VICTOR HUGO JUGÉ PAR SON SIÈCLE

DU MÊME AUTEUR :

Avant vingt ans (poésies). — Préface de Frédéric Mistral. — (Épuisé.)

Les Amours de Victor Hugo (étude), avec portraits et autographes. Éditions de *La Plume*, 2 fr. 50.

POUR PARAITRE PROCHAINEMENT

Vingt ans et au dela (poésies).

La Fin du Monde..... (nouvelles).

EN PRÉPARATION

Complications littéraires (études).

Autour de l'Institut (études).

TRISTAN LEGAY

VICTOR HUGO
JUGÉ PAR SON SIÈCLE

Préface de Pierre Quillard

VICTOR HUGO ET L'ACADÉMIE — VICTOR HUGO ET
M. BRUNETIÈRE — LES AMOURS DE VICTOR HUGO
— LE PENSEUR CHEZ VICTOR HUGO — JUGEMENTS
FANTAISISTES — JUGEMENTS CONTRADICTOIRES —
VICTOR HUGO ET LES POÈTES.

PARIS
ÉDITIONS DE LA PLUME
31, RUE BONAPARTE.
—
MCMII

A

PAUL MEURICE

Je dédie, avec une humble ferveur,

ce livre qui lui doit beaucoup,

en témoignage de respect,

de gratitude et d'admiration.

T. L.

PRÉFACE

*Dans les écoles grecques, les enfants,
puis les adolescents étaient instruits d'a-
bord et toujours à une connaissance de
plus en plus parfaite des poèmes homéri-
ques : là et non ailleurs, résidait pour les
Hellènes la révélation première et définitive de la sagesse et de la beauté, et quand
Julien voulut exclure de la cité universelle les chrétiens tueurs de dieux, il leur
interdit l'étude des lettres antiques ; ils ne
méritaient plus de lire, de méditer, de
comprendre la colère d'Achille ni les
voyages d'Ulysse sur la mer pourprée où
chante insidieusement la voix des sirènes
et de la magique Circé.*

*C'est aux hexamètres du poète que
vivait vraiment, éternelle, légère, posée*

tour à tour sur les lèvres des philosophes, des marins et des potiers qui modèlent l'argile, l'âme héroïque et charmante de la race.

Il faudrait que, dans les écoles de France, les vers de Hugo fussent lus en manière de liturgie, non pas à des dates rituelles, mais chaque jour, selon les saisons, les heures, et les pays divers, plaines frumentales, montagnes sévères, grèves heureuses ou farouches, villes de richesse et de douleur où peinent durement les foules ouvrières. A tous, mieux que les psaumes des religions mortes, créées pour d'autres âges, mieux que les formules abstraites de la vérité simple et nue, l'incantation de la parole souveraine dévoilerait le sens des choses, la beauté secrète de leurs gestes familiers et serviles, l'angoisse de leur chair dolente, le droit de chacun à toute la joie.

Mais aussi, car les temps sont révolus des thaumaturges et des bateleurs sacrés, les enfants apprendraient que le prodigieux créateur de tout un monde, le père *d'Eviradnus, de Cosette et de la fée Zineb, fut un homme d'entre les hommes, plus homme que les autres hommes, par où, en des âges passés, il aurait été tenu pour un dieu.*

Ils sauraient quelle hégémonie, plus impérieuse et vénérable que celle d'aucun empereur ou d'aucun pontife, exerça, aux dernières années de sa vie, le vieillard terrible et doux aux rudes cheveux blancs, aux yeux visionnaires, qui parlait aux souverains et aux peuples du fond de sa petite maison, cachée sous les arbres, là-bas, vers Passy.

Mais ils devraient connaître encore à quel prix fut conquise l'apothéose suprême, quelle lutte acceptée allègrement l'ancêtre a menée contre l'innombrable armée des imbéciles, contre la meute des chiens aboyeurs ou sournois.

C'est ainsi que sont nécessaires, autant que les hymnes et les dithyrambes à la sainte mémoire du Maître, des livres comme le livre de M. Tristan Legay. On y apprend comment s'y élabore peu à peu dans l'âme collective des multitudes, parmi les huées, les sarcasmes et les acclamations triomphales, la figure auguste d'un dieu humain.

A celui qui venait non détruire, mais rénover et accomplir la poésie française, deux sortes d'hommes furent, par prédestination, hostiles, irrémédiablement : les académiciens et les critiques, qui font profession de représenter le goût des personnes sensées et raisonnables. Même au delà du tombeau, à l'heure de l'apothéose, ils n'ont point désarmé, et alors que José-Maria de Heredia, en une prose sonore comme ses vers, aurait magnifiquement célébré Hugo, l'Académie d'aujourd'hui a remis cet honneur à M. Gabriel Hanotaux, écrivain médiocre, complice volontaire et conscient d'attentats sans nom contre l'humanité, l'un de ceux pour qui la bouche d'ombre, à l'époque des massacres serbes, avait dit prophétiquement : « Assassiner un homme est un crime, assassiner un peuple est une question. »

M. Auger, M. Jay, M. Baour-Lormian,

M. Arnault, M. Duval qui ignorait l'orthographe, ne sont point morts ; ils se perpétuent sous des figures différentes ; et demain et toujours, décorés d'autres masques, ils revivront et répèteront éternellement les mêmes paroles. Patiemment, des collections de journaux et des archives littéraires où sommeillent les pamphlets d'autrefois, les parodies et les romans à thèse, M. Tristan Legay a exhumé les plus mémorables âneries, les plus venimeuses injures, et il a confronté, avec son ironie sagace et avisée, les opinions successives et contradictoires : désormais, il sera indispensable d'avoir son recueil à portée de la main pour établir la généalogie de telle ou telle sottise courante touchant Hugo ou comparer une variante d'apparence inédite avec un texte déjà connu.

Mais tandis que la gent oisonnière des critiques tondait ainsi que pré d'avril l'œuvre reverdissant plus dru, les poètes, qui seuls auraient pu ressentir quelque jalousie contre le Poète, présent partout,

dressé à l'issue de toutes les routes, sur-
gissant à la fois de tous les horizons, le
saluaient, sans se lasser, de leur admira-
tion frénétique. M. Tristan Legay a re-
cueilli aussi leurs opinions et leurs dires.
C'est l'autre strophe de ce chant alterné,
la palinodie qui couvre de son harmonie
vaste le tumulte des voix discordantes et
des hurlements bestiaux.

Et c'est bien au nom de tous les poètes
que, le 31 mars 1885, au Panthéon, dans
la lumière dorée du soleil déjà oblique, le
plus grand et le plus hautain entre les fer-
vents de Victor Hugo, Leconte de Lisle, pro-
nonça solennellement, rhythmées comme
les affirmations d'un Credo, les phrases
qui consacraient pour jamais le héros
entré dans l'immortalité :

Nous saluons avec un légitime orgueil
filial, dans la sérénité de sa gloire, du fond
de nos cœurs et de nos intelligences, le plus
grand des poètes, celui dont le génie a toujours été et sera toujours pour nous la lumière
vivante qui ne cessera de nous guider vers la
beauté immortelle, qui désormais a vaincu la

mort et dont la voix sublime ne se taira plus sur les lèvres des hommes.

Adieu et salut, maître très illustre et très vénéré, éternel honneur de la France, de la République et de l'humanité.

Pierre QUILLARD

23 février 1902.

VICTOR HUGO ET L'ACADÉMIE

VICTOR HUGO ET L'ACADÉMIE

Et nunc erudimini.

Victor Hugo n'a jamais été heureux dans ses rapports avec l'Académie française. Un rapide coup d'œil préliminaire jeté sur l'ensemble de notre sujet suffira pour s'en rendre compte. Jetons ce coup d'œil.

En 1817, à peine âgé de quinze ans, le collégien Hugo prit part au concours de poésie de l'Institut. Sa pièce, publiée depuis, était, il est facile de s'en assurer, supérieure à celles de ses concurrents. Pour des raisons qu'on verra plus loin, l'*Enfant sublime* n'eut pas le prix ; il n'obtint qu'une mention. En 1819, même insuccès, mais un peu plus complet, car il brigua deux prix et n'obtint toujours qu'une mention. En 1820, même histoire... pas tout à fait pourtant — car, cette fois, il n'eut rien du tout. Plus le jeune poète progressait, moins il réussissait ; ses pièces de 1819 et 1820 (sauf celle qui lui attira sa seconde mention) ne furent pas même citées dans le rapport du secrétaire perpétuel. En 1824, Victor Hugo, déjà célèbre, patronna secrètement la candidature de son ami Lamartine.. Lamartine ne fut pas élu. A partir de 1827, époque où parurent *Cromwell* et son incendiaire préface, Victor Hugo fut la bête noire de l'Académie, encore toute peuplée de classiques à cheval sur les trois

unités et la poétique d'Aristote. L'académicien Coppée l'a dit lui-même :

> *Il étaient là, le ban avec l'arrière-ban,*
> *Fortifiés, selon les règles de Vauban,*
> *Dans les trois unités et dans la tragédie (1).*

Ce fut une guerre à mort contre ce terri-
fiant novateur. Chacun de ses succès —
lisez méfaits — fut considéré comme une
offense.

Mais le temps a la réputation de calmer
bien des haines. Victor Hugo laissa faire le
temps. En février 1836, pensant que cet auxiliaire avait fait son œuvre, il posa (pour des
raisons, d'ailleurs, peu littéraires) sa candidature à l'Institut. Alors les immortels de la
rive gauche goûtèrent au plat de la vengeance.
Et, ne s'étant point rassasiés, ils y regoûtè-
rent au mois de novembre de la même année.
En 1839, ils y goûtèrent encore — toujours
avec le même appétit...

L'Académie, dans ces trois élections, avait
sans scrupules préféré au poète d'*Hernani*
les premiers candidats venus, montrant bien
par là, non pas simplement qu'elle aimait à
être injuste envers lui, mais qu'elle entendait
l'évincer à tout prix.

Deux ans plus tard, par un tour de scrutin miraculeux, Victor Hugo, on ne sait comment, parvint à être élu (à la plus infime
majorité) et dut s'asseoir dans le fauteuil
d'un de ses plus cruels antagonistes, M. Népomucène Lemercier, lequel avait dit : « Moi

---

(1) François Coppée, *La Bataille d'Hernani.*

vivant, Victor Hugo ne sera jamais de l'Académie », et qui mourut, plutôt que de s'en dédire (1).

Succéder à un adversaire est un plaisir, pensera-t-on. Sans doute, mais la joie de ce triomphe s'atténue singulièrement, lorsqu'on est condamné à faire un solennel éloge de son prédécesseur.

Le récipiendaire Victor Hugo fut reçu par M. le comte Achille-Narcisse de Salvandy, qui, en vertu d'une gracieuse coutume académique, l'*éreinta*, sous couleur de faire son éloge.

Le nouvel académicien eut ensuite des bonnes fortunes dans le genre de celles-ci. En janvier 1845 (pour avoir été le directeur trimestriel de la noble compagnie, au moment où mourut M. Campenon), il dut recevoir et haranguer son successeur, M. *Saint*-Marc Girardin, un des critiques les plus injustes, envers ses œuvres (2) ; le mois suivant, au risque de ne plus savoir à quel *saint* se vouer, il fut contraint de faire les mêmes honneurs à *Sainte*-Beuve, qu'une

-----

(1) On ne prête qu'aux riches. C'est ainsi qu'on a souvent attribué à Népomucène Lemercier (voir, notamment, l'art. *Romantisme*, dans le Larousse) cette fameuse interjection lyrique :

AVEC IMPUNITÉ LES HUGO FONT DES VERS !

Ce vers mémorable, on le verra bientôt, est de l'académicien Baour-Lormian ; mais M. Lemercier dut l'envier à son collègue.

(2) On verra plus loin de quelle manière piquante il subit la chute de cette inexorable tuile. Non content de haranguer le récipiendaire, il eut soin aussi... de l'arranger.

brouille célèbre avait rendu son plus redoutable ennemi... L'infortuné directeur espéra
pouvoir se consoler de ces deux élections
en obtenant celle de Vigny et celle de Balzac.
Il perdit sa peine, pour ce dernier ; et Vigny
ne fut élu qu'après plusieurs candidatures.
Quand Musset se présenta pour la première
fois, en 1850; le patronage d'*Olympio* fut
également inefficace. Même histoire pour
Dumas père... Enfin, l'exil arriva. L'Académie
n'eut pas un mot de regret pour « l'illustre
victime du Deux-Décembre ». Il fut d'ailleurs
question de l'exclure... Hugo n'en continua
pas moins à faire cas de l'Institut et à vouloir
y introduire les gloires de son temps. C'est
ainsi qu'il favorisa les candidatures de Gautier, de Banville, de Leconte de Lisle et
d'Arsène Houssaye. Mais là encore il ne recueillit qu'ennuis et déboires.

Donc, qu'il eût des raisons contre l'Académie — comme dirait Jean Richepin — c'est
ce qui n'est pas à démontrer. Aussi fut-il toujours un peu devant elle dans l'attitude d'un
révolté.

Il fit, en outre, comme tout le monde, une
foule de bons mots sur l'Académie et les académiciens. Car, de tout temps, cette belle
institution a excité la verve sarcastique du
Français né malin et enclin à l'épigramme.
Les immortels se *blaguent* entre eux, à l'occasion, et, comme ce sont généralement des
hommes d'esprit, ils sont les premiers à rire
des boutades qu'ils inspirent à leurs contemporains (1). Quelques-unes de ces plaisante-

____

(1) C'est pourquoi, lorsque ces messieurs du

ries sont devenues classiques ; les autres ne s'écartent point de la tradition, et la formule peu académique : « blaguer les *Pois verts* » est acquise à un genre d'occupation qui est entré dans nos mœurs aux mêmes droits que ce jeu de salon qui consiste à caricaturer, d'une main légère et vive, les grands hommes du jour.

Ainsi, on a déjà criblé de tant de traits la façade des Quarante, et ils ont eux-mêmes si souvent donné l'exemple, qu'il faut laisser à l'ingénuité de certains étrangers le soin de se scandaliser d'une malicieuse et inoffensive coutume, aussi anodine dans le fond qu'impie et féroce en apparence. Il y aurait, en effet, une germanique velléité de méconnaître le caractère français, et le tour d'esprit dont il s'honore, à concevoir l'illusion qu'on pût décréter publiquement l'immortalité de quarante individus, sans que l'ironie nationale, qui ne perd jamais ses droits, s'emparât du fait et s'y taillât la plus confortable des cibles pour ses flèches d'humour à l'emporte-pièce.

— Nous avons cru devoir insister un peu

Quai Conti passent devant la fosse de Piron et qu'ils y lisent la savoureuse épitaphe de ce ricaneur d'outre-tombe :

> *Ci-gît Piron, qui ne fut rien,*
> *Pas même académicien,*

ils doivent y aller bravement de leur pinte d'hilarité, ne fût-ce que pour pouvoir dire tout bas ensuite à l'ombre narquoise de cette muse puffiste de la *Métromanie* ce mot sauveur relevé à propos dans sa pièce : — *J'ai ri, me voilà désarmé.*

sur ce point, car il est aisé de prévoir que nous allons être amené fatalement par notre sujet, et aussi par le tour d'esprit indiqué, — comment résister à une aussi belle occasion ?—à égarer nous-même quelques pointes attiques dans le dos de la vénérable compagnie (qui, ayant bon dos, ne saurait s'en émouvoir).

Mais revenons à Victor Hugo. Il importe de remarquer dès à présent que ses efforts pour démocratiser le noble « Sanctuaire des lettres », et pour élever son niveau littéraire, n'ont pas été inutiles. Avant lui, les bons écrivains n'entraient là que par exception — par tolérance, dirait Caliban. Le Sanctuaire était bien gardé. Quand on s'appelait Corneille, La Fontaine, Voltaire, Chateaubriand, on avait bien de la peine à obtenir que la porte s'entr'ouvrît pour vous laisser passer ; quand on s'appelait Pascal, Molière, Descartes, Saint-Simon, Diderot, Jean-Jacques, Beaumarchais — *j'en passe, et des meilleurs !* — oh ! dame, alors, on avait beau heurter, frapper, cogner, elle demeurait inexorablement close. Aujourd'hui, l'indulgente nécropole s'est presque résignée à laisser pénétrer dans ses augustes caveaux des individus qui ont cependant fait œuvre d'art. Elle semble même vouloir dépouiller toute prévention à leur endroit. On pourrait lui appliquer un joli mot de Méry et lui rendre cette justice — qu'*elle s'est humanisée, comme tous les fléaux qui vieillissent.*

Le récit des relations de Victor Hugo avec l'Académie, que nous venons d'esquisser à grands traits, mérite pleinement le soin que

nous allons mettre à le détailler. C'est un
des plus curieux chapitres de notre histoire
littéraire. Entreprendre ce récit est chose
facile, maintenant que les souvenirs du Poète
ont paru (voir *Actes et Paroles, Choses
vues, En voyage* et le *Post-Scriptum de
ma vie*), que sa correspondance est presque
entièrement publiée (1), et que nous sommes
de tout point en mesure de fouiller sa vie à
fond. Les documents ne manquent certes
pas ; nous en sommes submergés. On nous
permettra de n'accorder nos faveurs qu'aux
plus intéressants (il en est, parmi ceux-ci,
qui nous sont personnels) et de négliger un
peu les autres.

Mais, si piquant que soit notre sujet, on ne
supposera point que l'attrait seul de l'anecdote nous ait résolu à lui consacrer les nombreuses pages qu'on va lire. Ce thème amusant nous fut un prétexte aimable pour
pénétrer sans trop d'émoi dans le chaos des
opinions où se débat encore la gloire de Victor Hugo. Par ce qui précède, on voit aisément
que l'histoire des rapports du Poète avec
l'Académie française, c'est un peu l'histoire

____

(1) On sait que le second volume de cette correspondance a paru en 1898. Les seules lettres de
Hugo qui nous manquent encore sont des lettres
adressées à Meurice et à Vacquerie. Celles-ci ont
été, « par des raisons de convenance, réservées
pour une publication ultérieure ». C'est à des raisons de convenance plus impérieuses encore qu'il
faut attribuer le mystère si regrettable qui pèse
sur les innombrables lettres du poète à Mme Drouet,
la superbe héroïne de l'*Ame en fleur*, dans les
Contemplations.

de sa renommée. Ceci apparaîtra surtout dans la deuxième partie de notre étude : *l'Excommunié*, qui résume la lutte de l'Académie contre le Romantisme en général, et contre son chef en particulier. Notre histoire littéraire n'offre pas de spectacle plus curieux que le conflit entre ces deux puissances : la gloire officielle, l'immortalité en habit vert et « le seul couronné, le véritable élu », représentant, l'une, la stagnation, la routine, l'autre, l'évolution, le progrès, l'une souveraine de nom, l'autre de fait. Cette lutte épique se termine par un corps à corps émouvant. Là aussi le vrai Maître doit triompher. Après quoi, il expie longuement sa victoire. *Victor, sed victus !*

Mais la mort engendre la justice. Tel est le moral épilogue auquel nous assistons. L'imposteur d'autrefois est reconnu vrai dieu. C'est ce que les Quarante de 1901 viennent de faire assavoir aux poètes épris du laurier traditionnel... Où sont les sifflets académiques de la bataille d'*Hernani* ? La chapelle de M. Auger se transforme en temple de Victor Hugo. Et M. Legouvé rêve en ce sanctuaire... *Quantum mutatus ab illo !*

PREMIÈRE PARTIE

LE BLACKBOULÉ

> *Non licet omnibus adire*
> *Corinthum.*

I

En 1817, au sortir des épreuves qu'elle avait eu à subir sous la Révolution et sous l'Empire, l'Académie voyait enfin le bon temps arriver pour elle. Son règne sur les lettres allait recommencer, et elle devenait, sous le regard bienveillant de la Restauration, la maîtresse de ses destinées. Elle voulut donner un bon exemple à l'Europe. « Après tant de guerres civiles et autres, elle pensa, nous dit un de ses apologistes, que le goût de l'étude était le premier enseignement à prêcher. » Ponsard nous dira un peu plus tard, dans ce style supérieurement banal que son génie tragique hérita de Ducis et sut perfectionner :

C'est l'heure de calmer d'orageuses rumeurs,
D'épurer le langage et de polir les mœurs.

Elle choisit donc pour sujet du concours de poésie : « *le bonheur que procure l'étude dans toutes les situations de la vie.* »

Ce thème séduisit tous les jeunes poètes de l'époque, sauf M. Casimir Delavigne, qui le prit à rebours et démontra les *inconvénients* de l'étude, ce qui amenait ce vers final peu fait pour mériter le prix :

L'étude, après l'amour, est le meilleur des maux.

C'est dans cette dissertation rimée de Casimir Delavigne que se trouve le fameux vers devenu proverbe, et par suite anonyme :

Les sots, depuis Adam, sont en majorité.

Victor Hugo, dont les quinze ans s'impatientaient sur les bancs de cette pension Cordier qu'évoquent sans enthousiasme certaines pages des *Contemplations*, écrivit en cachette trois cent vingt vers sur les délices de l'étude et les envoya par l'intermédiaire d'un camarade externe. Ce poème ressemble fort peu à ceux de la *Légende des siècles* ; c'est du Victor Hugo d'avant sa naissance, comme il dit lui-même (1). Mais cela n'est nullement inférieur aux œuvres poétiques d'alors. Le plus remarquable des académiciens métromanes de l'époque l'aurait signé des deux mains. L'improvisation du jeune

---

(1) Avant les *Odes et Ballades*, l'Enfant sublime avait déjà écrit plusieurs milliers de vers. (On en trouve une partie dans le *Victor Hugo raconté*.) Les derniers de ces timides essais, sur la valeur desquels le débutant lui-même ne se faisait aucune illusion, avaient pour titre : *Les Bêtises que je faisais avant ma naissance.*

écolier arrêta l'attention des juges du concours, et sans doute la pièce leur parut
mériter le prix. Malheureusement, à l'en-
contre de Casimir Delavigne, qui s'était peint
sous les traits d'un vieillard morose et désabusé, pour s'excuser d'avoir si étrangement
modifié pour son usage le thème imposé,
Victor Hugo avait laissé échapper ce distique
révélateur de son âge d'éphèbe :

Moi qui, toujours fuyant les cités et les cours,
De trois lustres à peine ai vu finir le cours.

Les immortels se crurent mystifiés. Comment ! l'auteur de ces vers n'avait pas plus de
quinze ans ! Mais eux-mêmes, qui avaient
plusieurs fois cet âge, n'auraient pu qu'à
grand'peine en faire de pareils... Evidemment,
on se moquait d'eux. Cela méritait une punition. Il fut unanimement décidé que la pièce
n'aurait pas le prix, mais qu'on lui octroierait
une simple mention.

Un des détracteurs de Victor Hugo s'est
attaché à démontrer que cette histoire n'est
qu'une légende. D'après ce biographe malveillant, Victor Hugo n'eut pas le prix parce qu'il
ne le méritait pas, sa pièce ayant été jugée
inférieure à plusieurs autres. Notre détracteur s'appuie sur cette phrase ambiguë du
rapport lu en séance publique par M. Raynouard : « Si véritablement il n'a que cet
âge, l'Académie a dû un encouragement au
jeune poète qui a fait les vers suivants..... »
(Et le rapport cite quelques vers de la pièce
de Victor Hugo).

Cette phrase n'est pas aussi convaincante

que l'a prétendu l'ennemi du Maître ; et, à bien y réfléchir, on trouve que la logique des Quarante a très bien pu raisonner ainsi : Ou l'auteur, en affirmant n'avoir que quinze ans, n'a pas craint de se jouer de nous, auquel cas son impertinence mérite une leçon plutôt qu'un prix ; ou il dit vrai, auquel cas, nous ne lui devons qu'un encouragement, soit une mention, car il est inadmissible qu'on puisse à quinze ans être lauréat de l'Académie, et aucun précédent ne nous autorise à couronner un écolier.

On verra plus loin, par le récit de la visite que Victor Hugo fit à M. Raynouard, que l'hypothèse d'un tel raisonnement fait par l'Académie n'a rien d'inacceptable (1).

Et maintenant, si vous tenez à savoir qui obtint ce prix refusé à Victor Hugo, apprenez que ce furent MM. P. Lebrun et J. Saintine. L'accessit fut pour M. Charles Loyson. Ce dernier n'est point aussi obscur qu'on pourrait le croire ; du moins, il eut son heure de célébrité, puisqu'il vit parodier en son hon-

------

(1) Sainte-Beuve, qui, le premier, dès 1831, avait popularisé cette anecdote, a lui-même répondu au contempteur de Victor Hugo. Voici sa conclusion :

« ..... Il reste bien certain que les académiciens doutèrent de l'âge réel de l'auteur (« *Si vé-* « *ritablement il n'a que cet âge* », est-il dit dans le rapport de M. Raynouard), et ce doute, qui impliquait le soupçon d'une supercherie, put bien influer sur leur jugement. » (C.-A. Sainte-Beuve, « de l'Académie française », *Portraits contemporains*, nouvelle édition (1869), t. I, p. 397, note 1.)

neur un alexandrin de Lemierre. Voici le
vers :

Même quand l'oiseau marche, on sent qu'il a des ailes.

La variante est d'un lyrisme plus modeste :

Même quand Loyson vole, on sent qu'il a des pattes.

Avoir une mention quand on méritait le
prix, c'est peu ; le pauvre éphèbe dut s'en
vouloir d'être si jeune — et surtout de ne pas
l'avoir un peu oublié en la circonstance,
comme avait si bien fait, trop bien fait, le
futur chantre des *Messéniennes*. Mais, comme
c'était l'âge d'or pour les débutants, il se
trouva qu'une mention de l'Académie suffisait
à mettre un poète en lumière, et les journaux
s'occupèrent, pour la première fois, de celui
qui devait plus tard donner son nom à ce
siècle encore aussi jeune que lui.

Afin de prouver à messieurs les immortels qu'on pouvait, à quinze ans, être l'auteur d'un poème digne de leurs suffrages,
Victor Hugo écrivit ces lignes à M. Raynouard,
le secrétaire perpétuel :

« .....Ayant appris que vous avez élevé
des doutes sur mon âge, je prends la liberté
de vous remettre cy-inclus mon acte de naissance. Il vous prouvera que ce vers

» *Moi qui.....*
» *De trois lustres à peine ai vu finir le cours,*

n'est point une fiction poétique.

» S'il était encore temps de faire insérer

mon nom dans votre rapport imprimé par ordre de l'Académie, ce serait augmenter infiniment la reconnaissance que je vous dois, et dont je vous prie d'agréer la preuve dans cette langue que vos encouragements me rendent si chère et qui doit, à tant de titres, vous l'être bien davantage encore.

» J'espère de votre bonté, Monsieur, que vous voudrez bien, après en avoir pris connaissance, me renvoyer mon acte de naissance rue des Petits-Augustins, n° 18.

» Je vous prie d'agréer l'assurance du profond respect avec lequel j'ai l'honneur d'être, Monsieur, votre très humble et très obéissant serviteur.

» Victor-Marie HUGO. »

Et ce pratique « nourrisson des Muses », comme l'appela le classique M. François de Neufchâteau, avait, en effet, ajouté à cette épître et à cet acte de naissance quelques vers à la gloire de l'auteur des *Templiers* :

O Raynouard, toi qui d'un ordre auguste
Nous traças en BEAUX VERS le châtiment injuste...

En 1849, l'auteur de ces vers à Raynouard étant devenu membre de l'Assemblée constituante, défendit la liberté du théâtre. (On trouve dans ses *Actes et Paroles* le discours qu'il prononça en cette circonstance.) Une commission fut nommée qui fit appel aux lumières des auteurs dramatiques, des compositeurs, des directeurs, des critiques et des comédiens. Il va sans dire que monsieur

Scribe (1) ne fut pas oublié. (Hugo et lui étaient collègues à l'Institut...) Victor Hugo, qui dirigeait la discussion et continuait à livrer l'assaut le plus terrible à la censure, s'efforça de démontrer qu'en tout temps l'intervention officielle, l'autorité répressive du gouvernement avait été nuisible, atrocement nuisible à l'épanouissement de l'art au théâtre. Et il évoquait le souvenir du règne de Napoléon, dont le despotique génie enfanta plus de victoires qu'il ne suscita de chefs-d'œuvre :

« ..... Qu'a produit ce principe de l'autorité, si puissamment appliqué par l'homme qui le faisait en quelque sorte vivant ? Rien.

» M. SCRIBE. — Vous oubliez les *Templiers* de M. Raynouard.

» VICTOR HUGO. — Je ne les oublie pas. Il y a dans cette pièce UN *beau vers.* »

Il s'agit sans doute de ce vers qu'on aimait encore à citer quelquefois :

Mais il n'était plus temps ; les chants avaient cessé.

---

(1) « ..... Monsieur Scribe avait conquis ce privilège, qu'il partage avec monsieur Thiers, de devoir être appelé : monsieur, jusque dans la postérité la plus reculée et d'être si essentiellement un monsieur que l'action de prononcer ou d'écrire son nom sans le faire précéder du mot: monsieur, constitue une indécence. » (Th. de Banville. *Mes Souvenirs : Monsieur Scribe.*)

J'estime que M. Scribe et M. Thiers n'ont pas seuls conquis ce privilège, et j'appelle monsieur dans cette étude, malgré tout respectueuse, beaucoup d'autres personnages disparus qui m'ont semblé vénérables à plus d'un titre.

On voit que l'admiration de Hugo pour l'ancien poète secrétaire s'était quelque peu refroidie, et que son goût s'était singulièrement modifié.

Mais revenons à l'année 1817.

L'envoi du jeune collégien fut évidemment apprécié par son destinataire, car celui-ci daigna répondre (avec plus de condescendance protectrice que d'assurance grammaticale) :

« Je *fairai* avec plaisir votre connaissance.»

A dater de ce « *fairai* », si peu académique, l'auteur du dithyrambe cité plus haut fut un peu moins épris des « beaux vers » de son illustre correspondant. Ce sentiment n'hésita point à se développer les années suivantes, si bien qu'en 1849, comme on vient de le voir, le nombre des « beaux vers » qu'il avait célébrés s'était, dans son admiration, réduit à un seul. (L'épisode qu'on va lire légitime assez, d'ailleurs, ce refroidissement.)

La visite souhaitée par l'académicien sevré du goût pour la grammaire eut lieu sans retard, comme vous pensez, car l'éphèbe aux trois lustres ne vit aucun inconvénient à « se payer la tête » du quinquagénaire pontife.

« En vertu de son secrétariat, dit Mme Victor Hugo (1), M. Raynouard logeait à l'Institut ; ce fut donc dans le temple même que le néophyte alla voir le grand-prêtre. Pour comble de solennité, il tomba sur un jour de séance. On l'introduisit dans la bibliothè-

---

(1) *Victor Hugo raconté par un témoin de de sa vie*, chap. XXIX.

que, séparée par une porte vitrée de la salle
où se tenaient les immortels. En attendant
l'auteur des *Templiers*, Victor resta en tête-
à-tête avec un vieil académicien, en habit
d'uniforme et en calotte violette, qui était
M. Roquelaure, évêque de Senlis avant la
Révolution ; ce vieillard, qui lisait à une table
et qui ne fit nulle attention à lui, l'intimida
beaucoup.

» M. Raynouard vint enfin, de l'air affairé
et maussade d'un homme qu'on dérange ; il
vit un gamin, et, après n'avoir pas cru assez
à son enfance, il y crut trop, ne l'invita pas
à s'asseoir, lui dit que l'incrédulité de l'Académie le servirait, qu'il était bon pour lui de
n'avoir pas eu le prix si jeune, qu'un tel succès à son âge l'aurait infatué et dégoûté du
travail, et lui tourna le dos avec une simplicité qui fit dire à Victor qu'il savait la poli-
tesse comme l'orthographe. »

Vingt ans après cette visite, en novembre
1836, M. Raynouard étant mort, nous verrons
Victor Hugo, qui en était, cette année-là, à
sa deuxième candidature académique, pos-
tuler — sans succès — le fauteuil du *cher
Maître* de son enfance.

M. Campenon, cet immortel dont Victor Hugo
devait plus tard prononcer l'éloge, comme
directeur de l'Académie, célébra par quelques vers le « succès » du concurrent. M. Villar, ancien évêque constitutionnel, l'admit
dans son intimité. Mais ce qui vraiment cou-
ronna la gloire de notre poète, c'est l'amitié
qui s'établit entre lui et M. François de Neufchâteau.

Voici là-dessus quelques révélations de Mme Hugo :

« Le doyen des académiciens avait eu lui-même, à treize ans, un prix à une académie de province. Le glorieux incident, remis en lumière, fut comparé au triomphe nouveau, les quinze ans furent opposés aux treize, on fit le parallèle des deux prodiges, et l'on prédit à Victor qu'il serait un autre François de Neufchâteau. »

Sic ! Et le livre de Mme Victor Hugo, cet admirable « témoin de la vie » du Maître, abonde en aperçus de ce genre, où s'épanche, avec beaucoup de grâce, une discrète ironie. — Pour bien établir jusqu'à quel point la prédiction qu'elle relate put flatter l'amour-propre du débutant, il suffit de savoir que, l'année précédente, il avait gravé sur ses tablettes cet énergique ultimatum de son ambition : *«Je veux être Chateaubriand ou rien !* »

« Le vieux lauréat voulut connaître celui dont l'adolescence répétait les splendeurs de la sienne, d'autant plus qu'à l'époque de son prix, Voltaire (car cela remontait à Louis XV) l'avait sacré poète et adopté publiquement.

> » *Il faut bien que l'on me succède,*
> » *Et j'aime en vous mon héritier.*

» M. François de Neufchâteau, à qui l'on rappelait ces vers, fut charmé d'avoir à les dire à son tour et d'être le Voltaire de quelqu'un. Il exprima son désir devant un ami d'Abel (l'aîné des frères de Victor Hugo), Victor y courut, et il s'ensuivit bientôt cet échange de rimes. »

Suit l'épître en vers libres que *Victor* adressa le soir même à l'élu de Voltaire, et la réponse rimée de ce doyen de l'Institut. Ce n'était pas très fort, cette réponse :

> *Si j'admets la cajolerie*
> *Du compliment que je reçois,*
> *Au fond, sans vanité, je sais ce que j'en crois.*

L'académicien était modeste, comme on voit. Il va sans dire qu'on le serait à moins. Il y avait une quarantaine de vers, tous de cette force. Et *cajolerie* bout-rimait avec *flatterie*, *obligeant* avec *indulgent*, etc. Ce qui prouve que la lecture de Victor Hugo, de ce Victor Hugo qui était encore à naître, eût été plus utile à M. de Neufchâteau que celle de son maître Voltaire (1).

D'ailleurs, c'est ainsi que l'on versifiait à l'Académie, en l'an de grâce mil huit cent dix-sept, conformément à ce vieux crétin d'usage prébanvillesque qui faisait aligner symétriquement (et si bourriquement) *mourir* avec *périr*, *rimer* avec *assommer*, *regrettable* avec *lamentable*, et *prosaïquement* avec *mirlitonnesquement*.

Quant au Victor Hugo qui « était encore à naître », il n'était encore qu'un mauvais élève de la pension Cordier-Decotte, dont nous avons déjà dit un mot.

______

(1) Pour un très docte *éreintement* de Voltaire en tant que poète, voir Banville, dans cet éblouissant chef-d'œuvre (sagement didactique et moult récréatif) : *Petit traité de poésie française.*

« Un jour, raconte Mme Hugo, la pension Decotte fut couverte de gloire ; M. François de Neufchâteau invita Victor à dîner..... L'académicien s'occupait dans ce moment d'une nouvelle édition de *Gil Blas*, qu'allait publier M. Didot. Un point l'embarrassait. Un jésuite nommé Isla avait prétendu que le roman de Le Sage n'était qu'une copie de l'espagnol. L'ouvrage du jésuite n'ayant pas été traduit en France, il aurait fallu, pour le combattre, savoir l'espagnol, et M. de Neufchâteau ne le savait pas.

» — Je le sais, moi, dit Victor (1).

» — Oh bien, dit le vieillard, vous me rendriez un vrai service, si vous vouliez vous donner la peine de lire le livre et de me dire si le jésuite a raison.

» Dès le lendemain, Victor alla à la bibliothèque Richelieu. Il n'eut pas même besoin de demander la permission de sortir ; le portier avait ordre une fois pour toutes de ne jamais refuser la porte à ce convive des académiciens. Victor profita de cette liberté, un peu plus même qu'il n'aurait voulu, car, pour répondre à l'honorable confiance de l'héritier de Voltaire, il prit la peine de traduire toute la démonstration du jésuite, en l'éclairant et en la réfutant par des notes et des commentaires. Le résultat était que l'Espagne n'avait

---

(1) On sait que Victor Hugo, dont le père était général sous l'Empire, avait, lors de la campagne de 1811, accompagné nos troupes en Espagne. Il avait même été, durant quelque temps, avec Eugène, son frère aîné, élève du collège des Nobles de Madrid.

rien à revendiquer dans *Gil Blas*, et que Le Sage était bien l'auteur de son livre. Victor porta son travail à M. François de Neufchâteau. Le vénérable doyen de l'académie le trouva si bien fait qu'il le mit dans sa notice sans y changer un mot. »

Ce récit est en contradiction avec certaine biographie du Maître, déjà citée, qui est l'œuvre d'un hugophobe intransigeant. Ce monsieur se refuse à admettre que Hugo soit l'auteur de l'étude dont M. de Neufchâteau fit sa notice, et il prétend que sa version a pour elle la vraisemblance. Dans ce cas, il ferait bien de méditer ce vers d'un écrivain qui lui est cher :

Le vrai peut quelquefois n'être pas vraisemblable.

Le fait que les exécuteurs testamentaires du Poète ont ajouté la fameuse dissertation sur *Gil Blas* aux nouvelles éditions du livre de Mme Victor Hugo (voir la partie intitulée *Œuvres de la première jeunesse. — Histoire littéraire*) est une réponse suffisante à l'inutile argumentation du Zoïle moderne...

Il est donc entièrement prouvé, n'en déplaise au détracteur du Maître, que la Notice publiée par la maison Didot en tête des éditions de *Gil Blas* de 1819 et 1820, et qui fut lue par M. F. de Neufchâteau (en présence de Victor Hugo, qu'il avait invité) le 7 juillet 1818, dans une séance extraordinaire de l'Académie, n'est point l'œuvre du glorieux « successeur » de Voltaire qui trônait à l'Institut, mais bien celle de son obscur petit ami qui, plus modestement, siégeait sur l'un des bancs peu académiques de la pension Decotte.

II

Tout ce que j'accorderai à l'ennemi du Maître, c'est que le récit de Mme Victor Hugo est peut-être inexact dans le détail. Voici, en effet, une autre version où l'on notera quelques différences... Mais, que Mme Victor Hugo ne se soit pas rappelé exactement certains détails, cela ne prouve pas que le fait lui-même est une fiction ; cela prouve seulement qu'après quarante ans le souvenir des circonstances qui ont accompagné un événement n'est plus aussi net dans une mémoire. — Mais, dira-t-on, pourquoi Victor Hugo n'a-t-il pas fait rectifier tout cela avant la publication du livre ? — Pourquoi ? *Parce qu'il ne lisait jamais manuscrits les ouvrages dont il était le sujet. « Je n'ai même pas lu »*, écrivit-il à M. Alfred Barbou, auteur d'une biographie de Victor Hugo, qui lui demandait de lire son travail avant l'impression, *« je n'ai même pas lu le livre si noble et si touchant de Mme Victor Hugo. »* Et il fit la même réponse à Gustave Rivet (1).

La version que je vais citer est peu connue ; notre Zoïle — qui excelle à nous fournir des armes contre lui — l'a dénichée lui-même

______

(1) Voir la préface de son livre : *Victor Hugo chez lui.*

dans un extrait (publié en 1882 par l'*Artiste*) des mémoires inédits de M. Paul Lacroix (le bibliophile Jacob). Cela s'intitule : *Une soirée bibliographique présidée par Victor Hugo*, et la scène se passe en 1840, dans le salon de Mme Bouclier, salon littéraire qui avait appartenu à Mme de Staël et qui continuait à être le rendez-vous de toutes les jeunes gloires. Ce soir-là, Mme Bouclier avait réuni autour de Victor Hugo quelques amies à elle et quelques fervents à lui. Il faut citer Paul Lacroix, Jules Lacroix, Paul Foucher, beau-frère de Victor Hugo, le peintre Boulanger, le statuaire Jalley, le peintre Gigoux. Laissons la parole à Paul Lacroix :

« Victor Hugo allait parler. Tout le monde faisait silence et je n'étais pas le moins attentif. Il se recueillit un moment et commença son récit qne j'abrège beaucoup, pour venir au but.

— Vous avez pu entendre dire que M. le vicomte de Chateaubriand, qui avait publié aussi, presque en même temps que moi, un *Conservateur*, non littéraire, mais politique, daigna me citer dans une note de ce journal éloquent et passionné, en me qualifiant d' « enfant sublime ». C'était pour moi le *Tu Marcellus eris* de Virgile. M. de Chateaubriand m'avait sacré poète dans ce fameux concours de l'Académie française où j'avais eu pour concurrents Lebrun, Casimir Delavigne, Saintine et Loyson. Je persiste à croire que c'est à lui, à sa recommandation si puissante, que j'ai dû cette pension de 2000 francs que le roi Louis XVIII m'avait accordée sur sa cassette. Toujours est-il qu'il s'informait avec intérêt de mes travaux et m'accueillait de la manière la plus bienveillante, lorsque j'allais lui rendre mes devoirs. Dans le cours de l'hiver de l'année 1818, je fus très surpris et très intrigué, en recevant une lettre de M. le comte François de Neufchâteau, ancien ministre, membre de l'Académie française, qui m'invitait à venir le voir un matin pour une affaire pressante. J'avais beau me creuser la tête, je ne devinais pas quelle pouvait être cette affaire. Je me hâtai toutefois de me rendre à l'invitation de François de Neufchâteau, qui avait joué un rôle considérable comme ministre de l'intérieur sous l'Empire.

— « Asseyez-vous, mon enfant, me dit-il d'un air très avenant. Approchez-vous davantage, s'il vous plaît, car j'ai l'oreille un peu dure. C'est M. le comte de Chateaubriand qui m'a parlé de vous. M. le comte fait le plus grand cas de vos talents de littérateur. Il m'a dit que vous étiez plus capable que personne de me rendre le petit service que j'avais à vous demander. Vous savez l'espagnol... » Je m'excusai de savoir très imparfaitement cette langue, et je répondis qu'on m'avait sans doute confondu avec mon frère Abel, qui la savait à fond et qui s'occupait alors à traduire le *Romancero général*. François de Neufchâteau répéta que c'était bien moi, « *l'enfant sublime* », que le comte de Chateaubriand lui avait désigné et recommandé. Je ne pouvais m'en dédire et je me mis aux ordres de cet entêté, en le priant de me renseigner à l'égard du petit service littéraire qu'il attendait de moi. — « C'est bien

simple, me dit-il de l'air le plus confiant ;
M. Pierre Didot l'aîné, le célèbre imprimeur,
veut réimprimer le *Gil Blas* de Le Sage, dans
sa collection des meilleurs ouvrages de la
langue française ; mais il désire que j'examine la question de savoir si Le Sage est bien
l'auteur de *Gil Blas* ou s'il l'a pris de l'espagnol. J'ai vu, en effet, dans le *Cours de littérature* de M. de La Harpe, qu'on avait accusé Le Sage de s'être approprié ce roman,
en le traduisant ou plutôt en l'imitant d'après
l'original espagnol et en l'habillant plus ou
moins à la française. Je vous prie donc de
me donner quelques notes très précises et
très détaillées sur la question et j'en ferai
mon affaire. Ce sera très facile pour vous,
jeune homme, qui avez le bonheur de savoir
l'espagnol. » On ne fait pas entendre raison
à un sourd, et je ne lui répétai pas que c'était mon frère Abel qui savait l'espagnol.

« Je lui promis de faire de mon mieux
pour répondre à la trop bonne opinion que
M. de Chateaubriand avait de moi. — « A
bientôt, jeune homme, me criait François
de Neufchâteau en me reconduisant, le plus
tôt possible, car je me suis engagé à lire ma
notice à l'Académie dans la séance extraordinaire du 7 juillet prochain. Vous avez donc
deux grands mois pour vos recherches. Soignez cela, mon ami. » Je soignai donc ce
travail, qui devait, me semblait-il, être honorablement payé. Je tenais à honneur de ne
pas faire attendre un académicien, un ancien
ministre de l'Empire, un ami de M. le comte
de Chateaubriand. Je me fis aider par mon
frère Abel, qui avait étudié la question, et,

dans l'espace de quinze ou vingt jours, j'eus achevé ma besogne qui ne m'avait pas trop ennuyé. Il y avait un gros manuscrit tout entier de mon écriture. Je le portai, un matin, chez François de Neufchâteau. — « Vous êtes un homme de parole, monsieur, me dit-il solennellement. L'exactitude est une qualité bien rare et bien précieuse. Je vous en fais mon sincère compliment. » Il me fit asseoir, pendant qu'il dépliait mon manuscrit et en lisait les premières pages. — « Tout cela me paraît très bien pensé et très bien dit, murmurait-il en lisant . Voilà bien ce que demande M. Pierre Didot l'aîné. C'est très bien, mon enfant, ajouta-t-il en se levant avec un sourire qui témoignait de sa satisfaction. Je lirai la suite, à tête reposée. Mais je veux vous donner un petit souvenir, qui vous rappellera que j'ai toujours aimé la poésie et les poètes. » Il me remit deux petits volumes de *Fables et Contes* en vers, en tête desquels il inscrivit cette dédicace : *A mon jeune ami Victor Hugo, en lui souhaitant d'obtenir bientôt le prix de poésie à l'Académie française.* Ce fut là tout ce que me rapporta mon travail d'érudition critique sur le chef-d'œuvre de Le Sage.

— Et votre travail vous a-t-il été restitué ? m'écriai-je, sans donner le temps à Victor Hugo d'achever son récit. Existe-t-il encore ? Est-il à jamais perdu pour vos admirateurs ?

— Il existe, répondit Hugo, il existe, puisqu'il a été imprimé.

— Imprimé ! repartis-je, déjà curieux et impatient de connaître, de découvrir cette notice que je n'avais vu citer nulle part. Elle n'a pas été imprimée avec votre nom ; autrement, elle serait connue, et du moins je la connaîtrais, moi qui me suis consacré à la recherche de vos ouvrages inconnus ou égarés.

— Si j'avais cette notice signée Victor Hugo, dit Gigoux en sortant de sa somnolence rêveuse, j'obtiendrais de Dubochet, qu'il fît une nouvelle édition du *Gil Blas* de Le Sage avec mes dessins.

— Ecoutez la fin, reprit Victor Hugo. François de Neufchâteau eut l'aimable attention de m'envoyer un billet pour la séance de l'Académie française dans laquelle il devait lire sa notice sur *Gil Blas*. Il la lut fort bien, en homme accoutumé à parler et à lire dans les assemblées, et j'eus lieu d'en être très satisfait. Sa notice n'était autre que la mienne ; il n'y avait pas changé dix phrases. Je suis heureux de pouvoir ajouter que la lecture avait complètement réussi. C'était la première fois que j'entendais applaudir un de mes ouvrages.

— Et vous êtes certain que cette notice est imprimée ? répartis-je, avec la ténacité d'un bibliophile qui s'enquiert d'un livre à trouver. Je jurerais qu'elle n'a pas été annoncée dans le *Journal de la Librairie*.

— C'est ce que je ne saurais vous dire, répliqua Victor Hugo, mais vous la trouverez tout au long dans l'édition de *Gil Blas* qui fait partie de la Collection des meilleurs ouvrages de la langue française...

— Edition formant trois volumes in-8°, imprimée en 1819 par Pierre Didot l'aîné et dédiée aux amateurs de l'art typographique.

Je la vois d'ici, quoique je ne l'aie jamais feuilletée. Et la notice sur *Gil Blas* s'y trouve ? et cette notice est signée... ?

— Par le comte François de Neufchâteau, comme j'ai eu l'honneur de vous le dire.

— C'est un peu trop fort ! s'écria Mme Bouclier, dont l'indignation était au comble. Vous voler ainsi un de vos chefs-d'œuvre ! Et vous vous êtes laissé dépouiller ainsi ? Et vous n'avez pas même réclamé ?

— Non, madame, dit Victor Hugo avec indifférence. J'ai oublié ma notice, et je n'ai jamais revu depuis François de Neufchâteau... Si fait, c'était un vieillard très poli, qui m'a rendu ma visite deux ans après. J'étais alors rédacteur en chef et principal rédacteur du *Conservateur littéraire*. François de Neufchâteau l'apprit, peut-être de la bouche de M. le comte de Chateaubriand ; il m'écrivit une lettre très cordiale, de poète à poète, en me priant de vouloir bien parler, dans mon *Conservateur*, du recueil de ses *Fables et Contes*, qu'il avait eu le plaisir de m'offrir deux ans auparavant...

— Et vous avez daigné, mon digne et bon maitre, dis-je à mon tour en ajoutant cette apostille au récit de Victor Hugo, vous avez daigné consacrer un très bienveillant article du *Conservateur littéraire* aux poésies de votre effronté plagiaire.

— Effronté, non, reprit Victor Hugo, mais inconscient. Il s'était persuadé que nul autre que lui n'avait fait « l'Examen de la question de savoir *si Le Sage est l'auteur de* GIL BLAS, *ou s'il l'a pris de l'espagnol.* » Tel est le titre de ma notice, et ce titre appartient en propre au style de François de Neufchâteau... »

Ce qu'il y a d'étrange dans la version de Paul Lacroix, c'est qu'elle fait commencer les relations de Victor Hugo avec M. de Neufchâteau le jour où celui-ci lui demanda d'étudier *Gil Blas*, supprimant ainsi le curieux échange de rimes dont nous régale Mme Hugo et qu'atteste certain passage (que je vais citer) de la correspondance du Maître avec Sainte-Beuve.

On voit par là que le Maître, en 1840, ne connaissait déjà plus très bien ce chapitre de sa jeunesse. Tout cela ne datait-il pas de vingt ans. Et combien d'aventures plus notoires le séparaient de cet incident ! On a vu qu'il fut obligé de se recueillir durant quelques instants pour évoquer — tant bien que mal — le souvenir des faits, si anodins pour lui, qu'on le pressait de se rappeler. Or le *Victor Hugo raconté* fut écrit plus de vingt ans après cette soirée. Et le « témoin de la vie » de Victor Hugo n'avait pas joué un rôle dans cette histoire, connue de lui sans doute par le seul récit qu'avait dû lui en faire la victime — en 1817 (1). Comment dès lors s'étonner qu'il ait pu se tromper dans le détail ?

______

(1) Je sais bien que, d'après Zoïle, le *témoin de la vie* du Maître ne serait autre que le Maître lui-même, et non point Mme Victor Hugo, comme le prétendent bien à tort tous ses contemporains et tous les biographes. Mais je me hâte de déclarer, pour ceux qui l'ignorent, que, sur ce point, la lumière a été faite plusieurs fois. On en trouvera la preuve, notamment, dans l'excellent

Ce qui apparaît indéniable, c'est que le fait incriminé reste-le même dans les deux versions, malgré ce que l'une et l'autre peuvent avoir d'inexact. Et ceux que cette concordance ne suffirait pas encore à convaincre — elle n'a pas convaincu notre Zoïle — n'auront qu'à ouvrir le *Victor Hugo raconté* (édition définitive, dite *ne varietur*) (1), à la partie intitulée : *Œuvres de la première jeunesse — Histoire littéraire*. Ils trouveront là, comme je l'ai dit, le travail de Victor Hugo, et il leur suffira d'ouvrir, en regard de ce texte, celui que s'attribue M. de Neufchâteau (2), pour connaître et apprécier la seule différence qui existe entre les deux, c'est-à-dire les quelques erreurs minuscules de transcription (ou d'impression) échappées

---

ouvrage qu'un érudit de grand mérite, M. Maurice Souriau, a écrit sur la *Préface de Cromwell* (p. 45, note 1). Voir aussi un opuscule du même auteur intitulé : *Une source du Victor Hugo raconté*.

(1) Je ne prétends point nier les défauts de cette édition, et si j'y renvoie le lecteur, c'est parce que c'est la seule qui donne la partie en question. D'ailleurs, ces défauts n'ont rien à voir dans la question qui nous occupe.

(2) Voir l'édition de *Gil Blas* dont il a été parlé plus haut et qui comprend les volumes 23, 24 et 25 de la *Collection des meilleurs ouvrages de la langue française* publiée par Pierre Didot l'aîné. Cette collection devient assez rare ; mais on la trouve à la Bibliothèque Nationale, et voici la cote du *Gil Blas* : Y 2, 10,038, 10,039 et 10,040.

Zoïle ne m'accusera pas d'avoir évité de faire la preuve.

à M. le Comte (ou à ses typographes) (1).

Pour en finir avec cette question, déjà traitée dans une étude remarquable sur les romans de Le Sage, je dirai, avec l'auteur de l'ouvrage, M. Léo Claretie, qui a le premier résolu ce petit problème littéraire (2) : Il faut remercier le comte de Neufchâteau d'avoir été l'occasion de faire défendre le père de Gil Blas par le père de Ruy Blas.

Mais voici la conclusion des rapports rimés de M. de Neufchâteau avec son protégé. En 1831, Sainte-Beuve, ayant demandé à Victor Hugo les fameux vers de l'héritier de la Henriade.

Si j'admets la cajolerie, etc.

pour les citer dans une étude semi-biographique du Maître, (3) on lui répondit par l'envoi d'une dizaine de ces vers, plus ces quelques lignes de commentaire :

« Voilà tout ce que je me rappelle, mon

---

(1) Fautes d'impression, véritablement. En y regardant de plus près, je vois en effet, que le tout consiste dans le changement arbitraire de quelques signes de ponctuation et dans l'absence non justifiée d'italiques pour certains mots soulignés chez Hugo.

(2) *Le Sage romancier, d'après de nouveaux documents* (Colin, 1890), et : *Le comte François de Neufchâteau,* dans le *Monde illustré* du 25 mars 1899.

(3) *Victor Hugo en 1831.* (Voir : *Portraits contemporains* (Michel Lévy frères, éditeurs, 1869), t. I, p. 397.)

cher ami. C'était en 1817. Faites de cela ce que vous voudrez. Ce sont de bien pauvres vers à encadrer dans votre riche prose ; et vous avez bien de la charité d'enchâsser ainsi cet infortuné François de Neufchâteau (1). »

Ces lignes sont à rapprocher de l'article du *Conservateur littéraire* où Victor Hugo rendit compte des premières *Méditations poétiques* de Lamartine, article qui fut écrit alors que les deux poëtes ne se connaissaient pas encore. « Voici donc, s'exclamait l'Enfant sublime, des poëmes d'un poëte, des poésies qui sont de la poésie. »

Mais revenons à notre prose.

III

En 1819, Victor Hugo prit part pour la seconde fois, au concours de poésie de l'Académie. Le sujet proposé était *l'Institution du Jury*. Notre écolier rima un dialogue entre Voltaire et Malesherbes, l'un glorifiant les parlements, l'autre préférant le jury. (Cette pièce figure tout entière dans les dernières éditions du *Victor Hugo raconté par un témoin de sa vie*, où l'on trouve également les 320 vers sur *le bonheur que procure l'étude*, et, nous l'avons dit, cette dissertation qui fut l'œuvre capitale de M. le comte Fran-

____

(1) *Correspondance* de Victor Hugo, 1815-1835) p. 280.

çois de Neufchâteau.) L'éloquence de cette double péroraison demeura complètement stérile, et partagea le sort de toutes les pièces présentées à ce concours : le nom de son auteur ne fut pas même cité dans le rapport du secrétaire perpétuel. Mme Hugo a là-dessus une phrase charmante. « L'Académie, dit-elle, perfectionna le système de M. Raynouard, consistant à ménager aux trop jeunes gens l'excès de gloire. Victor n'eut pas même une mention. »

J'ai sous les yeux un passage du rapport de M. Raynouard qui, selon toute apparence, visait le travail de Victor Hugo. Après avoir annoncé qu'aucun des ouvrages présentés n'avait paru mériter le prix, le secrétaire ajoutait : « Il en est un où l'Académie a cru reconnaître l'instinct de la vraie poésie, le germe d'un beau talent, un style parfois brillant et énergique, et une sorte d'originalité qui permet de beaucoup espérer ; mais elle ne doit pas dissimuler que le défaut de composition, l'incohérence des idées et des images, l'ignorance ou le mépris de l'art des transitions, feraient craindre pour le succès de l'auteur s'il ne se hâtait, en s'imposant des études sévères et en invoquant d'utiles conseils, de se placer dans la bonne route dont il paraît écarté. »

On voit par là que le révolutionnaire de *Cromwell* était en germe dans le dialogue prêté par notre pensionnaire aux mânes de Voltaire et de Malesherbes. Et la réaction inénarrable des immortels semble déjà gronder et batailler dans le cri d'alarme de leur sentinelle.

Outre les défauts (?) qui avaient alarmé l'excellent M. Raynouard, on trouverait bien des choses à souligner dans l'académique dialogue entre Voltaire et Malesherbes. Par exemple, cette confession éplorée que le pâtron à M. de Neufchâteau exhale pompeusement dans le gilet de son indulgent interlocuteur :

Qu'ai-je fait ? Ces talents qui causaient mon orgueil
N'ont causé que des pleurs à ma patrie en deuil.....
Il m'était réservé de démentir mes vers,
Et ma folle sagesse a troublé l'univers.

(Avant tout commentaire, soulignons *folle sagesse !* C'est du Victor Hugo avant la lettre...)

Et c'est ainsi que le futur socialiste préludait à ce poème des *Voix intérieures (Regard jeté dans une mansarde)* où Voltaire est défini : *un singe de génie*

Chez l'homme en mission par le diable encoyé.

Soixante ans plus tard, en 1878, il s'écriera :

« L'œuvre évangélique a pour complément l'œuvre philosophique ; l'esprit de mansuétude a commencé, l'esprit de tolérance a continué ; disons-le avec un sentiment de respect profond, Jésus a pleuré, Voltaire a souri ; c'est de cette larme divine et de ce sourire humain qu'est faite la douceur de la civilisation actuelle.

» Voltaire a-t-il souri toujours ? Non. Il s'est indigné souvent.....

» .....Si la magistrature s'appelle la torture, si l'église s'appelle l'inquisition, alors l'humanité les regarde en face et dit au juge : Je ne veux pas de ton dogme ! je ne veux pas de ton bûcher sur la terre et de ton enfer dans le ciel ! Alors le philosophe courroucé se dresse et dénonce le juge à la justice, et dénonce le prêtre à Dieu !

« C'est ce qu'a fait Voltaire. Il est grand. »

Ainsi s'exprime, en 1878, l'illustre converti — parvenu depuis longtemps « au sommet de l'échelle de lumière » (1).

Et dix ans après, un nouveau poète, qui n'aura pas trois lustres, lui, mais qui en aura neuf ou dix, et qui sera même de l'Académie, écrira dans un journal, et placera ensuite dans un livre, un dialogue entre ce même Voltaire — pauvre ombre ! l'aura-t-on assez

---

(1) Il y aurait une étude fort curieuse à faire sur Voltaire jugé par Hugo ; on y verrait s'accomplir l'évolution complète de la pensée chez l'auteur de *Choses vues*. Outre le dialogue de 1819 et la page des *Voix intérieures*, il y aurait, pour écrire cette étude, à consulter. d'abord : le *Conservateur littéraire*, où le jeune admirateur de Chateaubriand parle maintes fois de Voltaire, auquel il consacre même un long article, recueilli plus tard (mais mutilé) dans *Littérature et philosophie mêlées* ; ensuite, la Notice sur la Vie et les Écrits de Voltaire, précédant un *Choix de lettres* de celui-ci publié par A. Boulland et Cie (Voir la *Muse française*, tome I, p. 427) ; puis quelques passages du *William Shakespeare* où l'auteur du mot : « le sauvage ivre » est durement pris à partie ; et enfin le discours prononcé au centenaire de Voltaire. (V. *Actes et paroles, Après l'exil*), en mai 1878.

tourmentée ! — et le citoyen de Genève. Et ce
Voltaire de 1890 parlera exactement comme
celui de 1819, malgré cette aventure qu'on
eût pu croire inoubliable, je veux dire : l'éva-
sion hors des préjugés de son petit-fils Victor
Hugo. — Et, circonstance aggravante, ce
colloque aura lieu dans les cryptes du Panthéon, oui, dans le temple de Hugo, qui ne
pourra, certes, en croire ses oreilles, et qui
devra être tenté de s'écrier comme le Brutus
qu'on jouait à Ferney :

Tombe sur moi le ciel ! je ne me connais plus !

Donc les Académiciens, pour en revenir à
nos moutons, — *moutons* n'est peut-être
pas le mot juste... — les Académiciens de
1819 furent impitoyables pour les candidats
aux prix de poésie, plus impitoyables même
qu'ils ne l'avaient jamais été. Car, cette année-
là, outre le prix traditionnel, il y en avait un
autre, « un prix extraordinaire », destiné à
récompenser le meilleur discours en vers sur
les *Avantages de l'enseignement mutuel,*
et ce prix fut, comme l'autre, « réservé »
par les Quarante, aucun des travaux présentés n'ayant satisfait suffisamment le goût
sévère de ces immortels puristes. Mais la
pièce de Victor Hugo eut encore les honneurs
d'une mention. *Bis repetita placent.* (Cette
pièce figure aussi parmi les *Œuvres de la
première jeunesse* qui ont été reproduites
dans le *Victor Hugo raconté.* — Voir *Concours académiques.*) Cette fois, il n'avait
pas dit son âge, bien au contraire ; il avait
suivi l'exemple donné précédemment par

Casimir Delavigne, et s'était peint sous les traits d'un vieux maître d'école. (En réalité, il venait à peine de quitter les bancs de sa pension Cordier.) Il est même permis de supposer qu'il avait déguisé son écriture, ou fait transcrire ses alexandrins par une main moins juvénile que celle aux trois lustres. Cette précaution dut lui paraître tout indiquée après la correspondance poétique dont il avait honoré deux de ses juges, et la fameuse Notice sur *Gil Blas* qui avait été lue en pleine Académie.

L'année suivante, le sujet du concours de poésie était le *Dévouement de Malesherbes*. Ce dévouement fut chanté par trois douzaines de muses ; mais aucune de ces trente-six filles de l'abbé Delille ne fut couronnée par les Quarante. Malgré le silence de Mme Hugo à ce sujet, nous avons aujourd'hui la certitude que *Victor* prit part à ce tournoi (1), et la preuve qu'il n'y fut pas vainqueur...

On le voit, les concours académiques ne réussissaient guère au futur novateur. En somme, il subit là quatre échecs immérités. Mais la noble compagnie lui en réservait d'autres.

Avant de quitter cette période éprouvée de l'adolescence de Hugo, jetons un coup d'œil sur les *Misérables*, écrits un demi-siècle plus tard et où l'auteur, dans un chapitre des plus curieux, nous a retracé magistralement la

____

(1) Nous avons là-dessus le témoignage d'un ami intime de Victor Hugo, le comte Gaspard de Pons. (Voir ses *Adieux poétiques*, t. III, p. 10).

physionomie de l'année 1847. Voici quelques extraits de ce chapitre où s'étale avec complaisance le consciencieux bilan de cette époque sereine, que l'écrivain a jugée digne à tous les points de vue d'être recommandée à l'histoire :

« En 1817, Pellegrini chantait, mademoiselle Bigottini dansait ; Potier régnait ; Odry n'existait pas encore. Mme Saqui succédait à Forioso. Il y avait encore des Prussiens en France. M. Delalot était un personnage..... (*J'en passe, et des meilleurs.*) L'Académie donnait pour sujet de prix : *Le bonheur que procure l'étude.... .*»

Si vous tenez à savoir ce que c'était que Pellegrini, mademoiselle Bigottini, Potier, Mme Saqui et M. Delalot, je vous répondrai que c'étaient des gens aussi à la mode que l'Académie française. Car, à cette époque, l'Académie était à la mode, n'ayant, malgré tout, pas encore perdu son prestige. Lisez plutôt :

« Le libraire Pélicier publiait une édition de Voltaire, sous ce titre : *Œuvres de Voltaire, de l'Académie française.* « Cela fait venir les acheteurs», disait cet éditeur naïf.....»

A propos de Voltaire, remarquons que son « héritier » n'est point oublié.

« M. François de Neufchâteau, louable cultivateur de la mémoire de Parmentier, faisait mille efforts pour que *pomme de terre* fût prononcée *parmentière*, et n'y réussissait point (1). »

---

(1) La verve de Mme Hugo s'est amusée, à la fin du chapitre que j'ai cité, de ce goût que

Mais, pardon ! j'ai omis cette phrase très documentée, réminiscence piquante de l'académicien Hugo à la gloire d'un de ses prédécesseurs de l'Institut et du théâtre :

« Le comédien Picard, qui était de l'Académie dont le comédien Molière n'avait pu être, faisait jouer les *Deux Philibert* à l'Odéon. »

Ce Picard — voir les encyclopédies bien faites, et les bustes du foyer, ainsi que les lambris (très bien faits aussi) du reconnaissant théâtre de l'Odéon — ce Picard, dis-je, précurseur incontesté de M. Scribe et aïeul direct de M. Sardou, ce Picard, en un mot, — non ! en trois mots, car il signait, et en toutes lettres : *Louis-Benoît* Picard, en souvenir de *Jean-Baptiste* Poquelin — ce Picard en trois mots donc fut un de ceux qui ne pardonnèrent jamais la préface de *Cromwell*, et qui virent dans l'aube du Romantisme le crépuscule de l'Art et de la « féconde Tradition » (plus communément appelée de nos jours la stérile Routine).

Le sort lui fut pitoyable : il mourut avant le triomphe d'*Hernani*.

IV

Victor Hugo se consola de ses échecs en remportant, aux concours des Jeux Floraux

---

l'académicien affichait pour le « noble tubercule » qu'il avait, dit-elle, adopté, et dont il s'était fait le protecteur officiel. On a vu plus haut qu'il daigna rendre les même services à *Gil Blas*.

de Toulouse, trois victoires successives éclatantes. Ne lui fallait-il pas trois revanches? Les prix de ces concours, qui se présentaient sous la forme de lys d'or, d'amarantes d'or et d'églantines d'or, valaient mieux que les *mentions* soi-disant *honorables* de l'Académie française. Le jeune élu de Clémence Isaure fut charmé, d'autant plus que ses trois succès le firent nommer de droit *maître ès-Jeux Floraux*, un titre envié que personne jusqu'alors n'avait porté... avant la barbe.

Plus tard, on le sait, le poète se plaira, dans une de ses *Feuilles d'automne*, toute imprégnée d'une lyrique émotion, à évoquer ce touchant souvenir de sa prime jeunesse.

Toulouse la Romaine où, dans des jours meilleurs,
J'ai cueilli tout enfant la poésie en fleurs.....

L'écolier en rimes, qui avait déjà quelque peu progressé, fit plus de cas de ses nouvelles pièces de concours, qui devinrent l'ornement de son premier recueil : *les Odes et Ballades*. Ce sont les trois odes intitulées : *Les Vierges de Verdun* (liv. I, ode III), *Le Rétablissement de la statue de Henri IV*, sujet imposé (liv. I, ode VI) et *Moïse sur le Nil* (liv. IV, ode III).

Comme celle de Paris, l'Académie de Toulouse eut peine à croire que le concurrent fût vraiment aussi jeune. Alexandre Soumet lui écrivait : « Vos dix-sept ans ne trouvent ici que des admirateurs, presque des *incrédules*. » Mais, mieux inspiré que nos immortels, il ajoutait : « Vous êtes pour nous une énigme dont les muses ont le secret. »

Clémence Isaure avait, décidément, plus d'esprit que les *Quarante* — qui pourtant ont de l'esprit *comme quatre*, s'il faut en croire Piron.

Si l'on craignit, à Toulouse, une mystification, on eut le bon goût de ne pas s'en formaliser outre mesure ; si l'on fut renseigné d'une façon certaine sur l'âge du débutant (1), on ne fut pas tenté néanmoins de lui ménager l'excès de gloire, suivant la jolie expression de Mme Hugo...

Or sa gloire fut plus grande qu'on ne suppose. Et je ne ris pas... L'Académie des Jeux Floraux n'est sans doute qu'une vieille et routinière et absurde société, digne de l'oubli qu'on lui inflige, très indigne de son joli nom, et plus encore de l'auréole de Clémence Isaure. Tout son mérite, en somme, sera dans le beau geste qu'elle eut en 1818, puisque ce fut elle qui posa le premier laurier sur le front de l'*Enfant sublime*. Je ne fais donc pas consister toute sa gloire à lui dans ce qui fut surtout un grand honneur pour elle. Mais Victor Hugo rencontra là, dès sa première joute, un rival vraiment digne de lui, car il s'appelait : Alphonse de Lamartine. Ce rival avait presque deux fois son âge. Victor Hugo le vainquit.

----

(1) J'ignore comment les Mainteneurs des Jeux Floraux apprirent son âge. Le poète s'était depuis longtemps mis en garde, et pour cause, contre les distiques indiscrets. Mais peut-être avait-on souvenance des articles parus en 1817 et 1819, dans les journaux de Paris, qui avaient fait quelque bruit autour des mentions obtenues à l'Académie.

Cette victoire est glorieuse. Elle prouve qu'à vingt-huit ans Lamartine ne s'était pas réalisé encore, mais qu'à seize ans Victor Hugo se montra digne du surnom que devait trouver pour lui l'enthousiasme de Chateaubriand.

La pièce de Lamartine, disons — du futur Lamartine, a ceci de remarquable que la plupart des strophes ne contiennent pas moins d'un vers agréable et bien venu ; les autres vers ne servent qu'à faire saillir celui-là ; et ils s'appliquent si bien à être exécrables que ce but essentiel est presque toujours atteint.

Le nautonnier, voguant sur les flots du Bosphore,
Des yeux cherchait encore
Le palais de Priam et les tours d'Ilium ;

Surpris, il approchait, et la rive déserte,
De silence et de deuil, hélas ! partout couverte,
Ne résonnait au loin que du seul bruit des flots (1);
Mais au moins ces débris, dans leur triste étendue,
Découvraient à la vue,
Près du tombeau d'Hector, les urnes des héros !

Ne dirait-on pas un vers des *Trophées ?*

Parfois le vers agréable et bien venu n'apparaît pas, et on perd son temps à le chercher ; ce Joseph a été mangé par ses frères :

------

(1) Il est curieux de comparer ces vers simplement banals avec la stance vraiment et purement lamartinienne du *Lac :*

On n'entendait au loin, sur l'onde et sous les cieux,
Que le bruit des rameurs qui frappaient en cadence
Tes flots harmonieux.

Qu'ils tremblent cependant ! Tel que m'ont vu leurs
                                   [*pères,*
Dans mes mains tour à tour clémentes ou sévères
Serrant le fer vainqueur, arbitre de leur sort,
Tel, à la place même où ta douleur m'implore,
          Ils me verront encore
Présenter à leur choix le pardon ou la mort !

Ou bien, s'il apparaît, on s'aperçoit que c'est un faux Joseph, tant ce fils de Jacob — pardon ! de Lamartine — ressemble à un fils... de Ponsard... que dis-je ! — de M. de Bornier !

Penses-tu que ma gloire ait ressenti l'atteinte
Des coups qu'ils ont portés à cette image sainte
Que leur colère amour adorait autrefois ?
Non, leur lâche courroux, dans la demeure sombre,
          A réjoui mon ombre !
La haine des pervers est l'éloge des rois !

Quant à la pièce de Victor Hugo, elle se distingue en ceci qu'elle est un peu moins mauvaise que celle de Lamartine (1). C'est peu... mais n'est-ce pas beaucoup déjà ! Il est inutile de s'amuser à prouver cette supériorité, ce péché de la jeunesse de Hugo étant plus connu que celui de Lamartine, puisqu'il figure dans les *Odes et Ballades* (liv. I, ode VI). Car il s'agit du *Rétablissement de*

____

(1) Sur les débuts de Lamartine (qui piocha dix ans pour apprendre le métier, n'en déplaise à la légende qu'il propagea lui-même et qui nous le montre doué d'un génie *surnaturel* et *spontané),* on trouve de précieuses révélations dans le premier volume du bel ouvrage que M. Em. Deschanel a consacré au grand poète : *Lamartine* (C. Lévy, édit., 1893, 2 vol.).

la statue de Henri IV, que célébrèrent nos deux jeunes poètes, en fougueux royalistes qu'ils étaient... avant de devenir les fervents républicains que l'on sait.

Les lys d'or qui récompensèrent ses premières odes, contribuèrent à augmenter, chez le glorieux éphèbe, son goût naissant pour ce genre par excellence de poésie lyrique. C'est ainsi qu'à la mort du duc de Berry il fit encore une ode. Celle-ci fut admirée comme il convenait dans tous les salons royalistes, et elle arracha des cris d'enthousiasme à Chateaubriand lui-même. C'est à cette occasion que l'auteur d'*Atala* prononça le mot fameux — ENFANT SUBLIME — qui devint le surnom radieux de ce poète si extraordinairement précoce...

Aujourd'hui, on doute fort de l'authenticité du mot de Chateaubriand. — On connaît les dires de Zoïle à ce sujet... D'après lui, l'auteur des *Martyrs* n'aurait ni écrit ni prononcé ce mot historique. A quoi mon éminent confrère M. Souriau répond avec beaucoup d'esprit : « C'est tant pis pour Chateaubriand, car ce jugement légendaire était son mot le plus heureux (1) ». Citons le détracteur :

« ..... Mais si le mot n'a pas été écrit, peut-être a-t-il été prononcé ? Pas d'avantage ; et à

______

(1) Maurice Souriau, *La Préface de Cromwell*, p. 39. — Dumas fils avait dit aussi : « .....Je comprends que Chateaubriand l'ait appelé enfant sublime. On dit maintenant que le mot n'est pas vrai. Tant pis pour Chateaubriand.» (Rép. au disc. de récept. de Leconte de Lisle, 31 mars 1887).

cet égard je puis invoquer un témoignage
formel, celui d'un habitué du salon de Mme
Récamier, M. de Loménie : « J'ai entendu de
» mes propres oreilles, dit-il au tome Ier de
» la *Galerie des Contemporains illustres,*
» j'ai entendu M. de Châteaubriand lui-même
» déclarer positivement que, de sa vie, il
» n'imagina cet heureux accouplement du
» substantif *enfant* et de l'adjectif *sublime.*
» C'était quelques jours avant la réception de
» M. Hugo à l'Académie. M. de Salvandy,
» chargé de répondre au récipiendaire et
» assez peu hugolâtre, comme chacun sait,
» se lamentait en présence de M. de Châ-
» teaubriand sur la difficulté de sa tâche :
» Après tout, ajouta-t-il en s'adressant au
» grand écrivain, je me tirerai toujours bien
» d'affaire en brodant votre fameux mot. —
» Allons, vous aussi ! s'écria vivement M. de
» Châteaubriand ; mais sachez donc, une fois
» pour toutes, que je n'ai jamais dit cette...
» (j'atténue l'expression) *plaisanterie.* —
» Comment, répliqua M. de Salvandy, l'*en-*
» *fant sublime* n'est pas de vous ? — Eh !
» non, vraiment ! — Pas possible ! Ah ! ma
» foi, tant pis, le mot est consacré, il fait
» bien et je m'en servirai tout de même. »
Et en effet, le spirituel académicien n'a pas
manqué d'orner son discours du mot *consa-*
cré; seulement, par un scrupule de conscience
dont l'histoire doit lui tenir compte, il a laissé
en blanc le nom de l'auteur. »

Voilà le document... Maintenant, faisons
ce qu'on devrait toujours faire quand on cite
du Zoïle, examinons ses références.

La citation que fait Zoïle est empruntée,

nous dit-il, au tome Ier de la *Galerie des Contemporains illustres*, de M. de Loménie, — qui fut, ajoute-t-il, un habitué du salon de Mme Récamier. Ce dernier détail est vrai ; mais, quant à la citation, je mets le plus malin au défi de la trouver dans ce recueil... Notre Zoïle en possèderait-il un exemplaire spécial, tiré à son intention ? Dans ce cas, je serais curieux de savoir si ledit exemplaire ne renferme pas, comme celui que j'ai sous les yeux, les lignes suivantes, qui ressemblent si peu aux lignes qu'on a lues plus haut.

« ..... Le jeune homme (il s'agit de Victor Hugo, dont l'auteur nous donne une biographie consciencieuse et enthousiaste, surtout pour la période monarchiste),le jeune homme s'était fait dans le monde une place brillante; le parti royaliste lui avait tendu les bras ; M. DE CHATEAUBRIAND, DANS UNE NOTE DU *Conservateur*, L'AVAIT DÉCORÉ DU NOM D'ENFANT SU-BLIME (1). »

La morale de cette histoire sera, si vous le voulez bien, qu'il y a documents et documents, comme il y a fagots et fagots ; ne confondons jamais assurance avec référence, et gardons-nous toujours, comme dit l'autre, de prendre le... *Biré* pour un homme...

Mais ce n'est pas tout. M. de Loménie,quelques pages plus loin, écrit ces lignes, dont certain détail (que j'imprimerai en capitales)

____

(1) *Galerie populaire des Contemporains illustres, publiée sous la direction d'un homme de rien* (pseudonyme de Louis-Léonard de Loménie), tome I (1840), art. *Victor Hugo*, p. 19.

est curieux à rapprocher de la scène, plus ou moins authentique, où M. de Chateaubriand se serait montré si peu aimable et si peu enthousiaste à l'endroit du récipiendaire de M. de Salvandy (1).

Zoïle a raison de nous faire remarquer que M. de Loménie était un habitué du salon de Mme Récamier ; cela ne permet guère de douter de l'authenticité de ce qu'il rapporte relativement à Chateaubriand. Et nous nous garderons bien d'en douter... à condition que M. de Loménie soit cité d'après son texte... — Voici donc la fin de son article sur Victor Hugo :

« C'est dans ce sanctuaire enfin (sa maison de la place Royale) que M. Hugo se console sans doute en ce moment d'un de ces affreux malheurs qui faisaient le désespoir de Piron. L'auteur de *Notre-Dame de Paris* et des *Feuilles d'automne*, ESCORTÉ PAR M. DE CHATEAUBRIAND et M. de Lamartine, ses deux frères en poésie, vient de se présenter encore une fois (ce n'était que la troisième) devant l'Académie française, qui lui a obstinément refusé sa

----

(1) N'oublions pas de remarquer que la publication du tome Ier de la *Galerie des Contemporains* se fit entre l'élection de M. Flourens (20 février 1840) — dont il est, en effet, question dans le passage que je vais citer — et celle de Victor Hugo qui eut lieu un an plus tard (7 janvier 1841). Comment le récit de Zoïle a-t-il donc pu trouver place dans ce volume ?... Avouons qu'il y a un certain mérite à pouvoir lire, dans un recueil, paru en 1840, les détails d'une scène qui ne saurait appartenir qu'à l'année 1841...

porte pour l'ouvrir à un disciple d'Esculape (Flourens). Et voilà la presse entière qui jette feu et flamme contre l'Académie, comme s'il n'était pas tout naturel que ce respectable corps, exposé aux infirmités de l'âge, ait jugé, dans sa sagesse, qu'un illustre poète de plus était pour lui une acquisition beaucoup moins urgente qu'un médecin. Quant à nous, nous ne pouvons, en conscience, blâmer l'Académie. »

Paix à Chateaubriand et gloire à l'Enfant sublime !

Mais revenons à l'année 1819.

L'auteur du *Génie du christianisme* ne se borna pas à dire tout haut son admiration ; il voulut connaître le jeune prodige. Il s'ensuivit une amitié fervente et noble, qui fait le plus grand honneur à l'histoire des lettres, comme on dit sous la Coupole (1).

Hugo n'était encore que le protégé de M. François de Neufchâteau, et cet insigne honneur qu'il partageait platoniquement avec Le Sage et Parmentier, ne paraissait pas devoir le mener plus loin que l'homme au tubercule. Devenir le favori de Chateaubriand le réconcilia un peu avec l'Académie. Néan-

------

(1) En attendant d'être son collègue à l'Institut, Victor Hugo était le parrain de Chateaubriand chez Clémence Isaure. Voici, en effet, ce qu'on lit dans le *Victor Hugo raconté*, chap. XXXVII) : « M. de Châteaubriand fut nommé maître ès Jeux Floraux. Ses lettres devaient lui être remises par un académicien ; il y en avait six à Paris, dont un était collègue du nouveau maître à la chambre des pairs. On choisit Victor, qui était le plus jeune. »

moins il ne participa plus à ses concours. Les discours en vers, depuis qu'il avait trouvé le chemin de l'Ode, devaient déjà lui paraître dignes de ce goût rococo et suranné dont il allait sous peu décréter la salutaire déchéance.

DEUXIÈME PARTIE

> « .....C'est l'éternelle histoire
> du génie aux prises avec l'im-
> puissance farouche des eunu-
> ques de l'art. »

I

Mais n'anticipons pas. Le novateur que devait être Victor Hugo s'ignorait encore en
1820. Il ne cherchait même pas sa voie, persuadé qu'il l'avait trouvée et qu'il lui suffisait
d'emboîter le pas aux rimeurs de son temps.
L'Enfant sublime fut néanmoins un enfant
prodige, et je ne connais rien de plus extraordinaire que sa collaboration au *Conservateur littéraire*. Cela est véritablement inouï.
L'érudition dont il fait preuve dans ses critiques est une chose invraisemblable ; on est
tenté de leur appliquer le fameux *De omni
re scibili*, et je ne vois pas trop, à part Nodier (qui, d'ailleurs, avait deux fois son âge),
quel est le « censeur » de cette époque qui
aurait pu se mesurer avec lui. Quant à ses
poésies d'alors, bien qu'elles paraissent fort
modestes depuis qu'on a lu les suivantes, il
est incontestable qu'elles étaient de beaucoup
supérieures aux élucubrations poétiques de cet
âge de prose. Châteaubriand ne s'y trompa

point ; lui si réservé dans ses éloges n'hésita pas à reconnaître qu'il y avait dans les premières odes de cet adolescent « des choses qu'aucun poète de ce temps n'aurait pu écrire » (1). Et il avait dix-huit ans.

L'ode sur la mort du duc de Berry, dont il a déjà été parlé dans la première partie de cette étude, avait été lue par Louis XVIII. Ce roi lettré accorda au jeune lyrique une gratification de cinq cents francs... Je ne voudrais pas abuser des meilleures choses, et par conséquent je dois citer avec modération les vers de M. le comte François de Neufchâteau. Mais enfin, mon sujet m'autorise à vous servir encore quelques-uns de ses bouts rimés ; ce seront d'ailleurs les derniers, je vous le promets. On lit dans la dixième livraison du *Conservateur littéraire* la page suivante, que je reproduis, vers et notes, sans y rien retrancher.

VERS ADRESSÉS, LE 25 MARS 1820,

A M. VICTOR-MARIE HUGO (*).

De la douleur des bons Français
Eloquent et jeune interprète,
Je jouis plus que vous de vos propres succès.
L'éclat prématuré de vos premiers essais
Promettait sans doute un poète,

---

(1) *Victor Hugo raconté*, chap. XXXIII.

(*) M. le comte François de Neufchâteau, plein de bienveillance pour les jeunes littérateurs, avait envoyé à M. le duc de Richelieu, membre de l'Académie française, président du conseil des ministres, l'*Ode sur la mort de S. A. R. Charles-Ferdinand d'Artois*, duc de Berri, fils de France, insérée dans la 7ᵉ livraison du *Conservateur*

Mais votre Ode d'abord m'a semblé si parfaite,
  Qu'à tout venant je la lisais ;
Je l'adressais partout. Un auguste suffrage
    Doit redoubler votre courage.
    Sachez que le meilleur des rois
    Qui se trouve tout à la fois
    Le meilleur juge de notre âge,
Et qui du goût aussi pourrait dicter les lois,
Pour la forme et le fond approuve votre ouvrage.
Le Louvre s'est ému, jeune homme, à votre voix,
Venez : voyez, lisez la bienfaisante lettre
    Qui me choisit pour vous transmettre
Des royales bontés le gage précieux.
En vous l'annonçant, moi, j'ai les larmes aux yeux.
Pour vous qui débutez, c'est un honneur suprême ;
Pour votre vieil ami c'est un plaisir extrême.
    A vos triomphes éclatants
Mon hiver applaudit avec transport, et j'aime
    A vous l'écrire le jour même
    Où vous comptez dix-huit printemps (**).

Il est certain que ce beau lyrisme, si flatteur fût-il, était dû à l'auteur de la Notice sur *Gil Blas*. Et l'académicien avait à reconnaître, non seulement le service rendu, mais encore et surtout le silence gardé à ce sujet, — mieux encore, les éloges prodigués par l'auteur véritable à l'autre, le... signataire. Car le *Conservateur* s'occupa maintes fois des

----

littéraire. M. de Richelieu, non moins zélé pour les lettres, l'ayant jugée digne d'être mise sous les yeux du roi, S. M. daigna ordonner qu'une gratification de 500 francs fut remise à l'auteur, M. V.-M. Hugo, en témoignage de son auguste satisfaction. M. François de Neufchâteau, ayant reçu le 25 mars la lettre d'envoi de Son Exc. le président des ministres, l'annonça le jour même à M. V.-M. Hugo par les vers que l'on va lire.

(**) M. V.-M. Hugo est né le *25 mars* 1802 (1).

(1) Ce détail est inexact, mais il ne fallait pas contredire le comte de Neufchâteau... On sait que Victor Hugo est né le *26 février*.

nombreux travaux de M. de Neufchâteau (1), et chaque fois il le couvrit de fleurs. Il ne tarit surtout pas en éloges sur le commentateur du *Gil Blas*. En attendant qu'une réimpression de la fameuse Notice permît au *Conservateur* (plus jeune qu'elle) d'en entretenir longuement ses lecteurs, ledit *Conservateur* ne parla jamais de l'éditeur de Le Sage sans ajouter quelques mots sur l'étude en question. Il y arrivait toujours. Voyez plutôt (il s'agit d'un travail sur Corneille) :

« Nous nous plaisons à rendre un tribut d'éloges mérités à M. le comte François de Neufchâteau, *l'un de nos académiciens les plus distingués*. Depuis longtemps étranger aux dissensions politiques qui nous tourmentent, M. François de Neufchâteau se livre à d'estimables travaux que son âge et ses infirmités ne peuvent lui faire abandonner..... L'édition de Pascal semblerait aujourd'hui incomplète aux amis des lettres, si elle n'était accompagnée de son judicieux *Essai sur la langue et les écrits* de cet écrivain célèbre ; *et le nombre d'observations lumineuses et de faits curieux contenus dans sa dernière notice sur Gil Blas*, la rendent digne de faire suite à l'*Essai sur Pascal*. »

On a beau être très modeste, on a toujours le droit de professer une admiration sans bornes pour une étude qu'on n'a point signée. Le jeune Hugo ne s'en privait pas. Et, comme

----

(1) La fécondité de ce modeste érudit, infirme, caduc et abondant, m'inquiète un peu. Nous ne lui connaissons qu'un seul collaborateur... mais n'en aurait-il pas eu d'autres ?

il maniait la louange avec une grâce infinie,
M. de Neufchâteau prisait fort cet admirateur. L'admiration était peut-être moins sincère, en général, quand elle s'adressait au
rimeur. Mais comment ne pas admirer, si
faibles soient-ils, des vers qui vous annon-
cent une gratification de cinq cents francs ?
Le pauvre éphèbe dut goûter au moins ceux-
là.

Puisque j'ai commencé à feuilleter le *Conservateur*, qu'on me permette de continuer
encore un instant. Ecoutons penser tout haut
le futur grand chef du Romantisme. Il commence par être plus royaliste que le roi. Une
infraction aux règles des trois unités lui semble un crime épouvantable. Et M. Lemercier
l'ayant commis, malgré tout son respect pour
un des académiciens les plus distingués,
il ne peut s'empêcher de le rappeler à l'ordre.
Il n'est pas moins sévère pour le choix des
vocables. Appeler un abricotier par son nom,
dans un alexandrin, lui paraît être un acte de
lèse-poésie. Est-ce bien lui qui dira plus tard
au long fruit d'or : « Mais tu n'es qu'une
poire ! » Il demande ingénument à un traducteur des *Eglogues* s'il n'a pas « un peu hésité
avant de mettre dans un vers français, traduit
de Virgile, ce mot technique : *la glandée ?* »

Quinze ans plus tard, ayant accompli la
révolution que l'on sait, il s'écriera, fier de
son œuvre et montrant à ses pieds les cada-
vres classiques :

Oui, je suis ce Danton ! je suis ce Robespierre !
J'ai, contre le mot noble à la longue rapière,
Insurgé le vocable ignoble, son valet,
Et j'ai, sur Dangeau mort, égorgé Richelet.....

J'ai de la périphrase écrasé les spirales.
..... Je montai sur la borne Aristote
Et déclarai les mots égaux, libres, majeurs.....
Je nommai le cochon par son nom ; pourquoi pas ?.....
J'ôtai du cou du chien stupéfait son collier
D'épithètes ; dans l'herbe, à l'ombre du hallier,
Je fis fraterniser la vache et la génisse,
L'une étant Margoton et l'autre Bérénice.....
On entendit un roi dire : **Quelle heure est-il ?**
Je massacrai l'albâtre, et la neige, et l'ivoire,
Je retirai le jais de la prunelle noire,
Et j'osai dire au bras : Sois blanc, tout simplement.
Je violai du vers le cadavre fumant ;
J'y fis entrer le chiffre ; ô terreur ! Mithridate
Du siège de Cyzique eût pu citer la date.
Jours d'effroi ! les Laïs devinrent des catins.....
La syllabe, enjambant la loi qui la tria,
Le substantif manant, le verbe paria,
Accoururent. On but l'horreur jusqu'à la lie ,
On les vit déterrer le songe d'Athalie ;
Ils jetèrent au vent les cendres du récit
De Théramène ; ET L'ASTRE INSTITUT S'OBSCURCIT.....
Oui, si Beauzée est dieu, c'est vrai, je suis athée.
La langue était en ordre, auguste, époussetée,
Fleurs de lys d'or, Tristan et Boileau, plafond bleu,
LES QUARANTE FAUTEUILS ET LE TRONE AU MILIEU.
Je l'ai troublée, et j'ai, dans ce salon illustre,
Même un peu cassé tout ; le mot propre, ce rustre,
N'était que caporal, je l'ai fait colonel ;
J'ai fait un jacobin du pronom personnel,
Du participe, esclave à la tête blanchie,
Une hyène, et du verbe une hydre d'anarchie......
J'ai dit à la narine : Eh mais ! tu n'es qu'un nez !.....
J'ai dit à Vaugelas : Tu n'es qu'une mâchoire.
J'ai dit aux mots : Soyez république ! soyez
La fourmilière immense, et travaillez ! Croyez,
Aimez, vivez ! — J'ai mis tout en branle, et, morose,
J'ai jeté le vers noble aux chiens noirs de la prose (1).

---

(1) *Les contemplations : Réponse à un acte
d'accusation.* (On sait que la pièce est datée de
1834.)

Mais un abîme nous sépare encore de cette révolution. Et le futur auteur de *Cromwell*, respectueux de Beauzée, de Batteux, de La Harpe, veille sur les destins de la tragédie classique. Il préfère celle-ci au drame romantique étranger. Voici ce qu'il écrit, à propos de la *Marie Stuart* de Lebrun :

« On disait autour de nous, au théâtre, que cette tragédie n'était pas du genre classique, mais du genre romantique ; nous n'avons jamais compris cette distinction. Les pièces de Shakespeare et de Schiller ne diffèrent des pièces de Corneille et de Racine qu'en ce qu'elles sont plus défectueuses. C'est pour cela qu'on est obligé d'y employer plus de pompe scénique. La tragédie française méprise ces accessoires parce qu'elle marche droit au cœur, et que le cœur hait les distractions : la tragédie allemande les recherche, parce qu'elle s'adresse souvent à l'esprit et plus souvent encore à tous les sens. L'une présente un spectacle attachant, l'autre un tableau singulier. Dans l'une, tout concourt au même but ; dans l'autre, il n'y a point d'ensemble. Les Français veulent que l'intérêt se concentre sur quelques personnages ; les Anglais regardent la variété comme une qualité tragique. Chez nous l'intérêt va toujours croissant ; chez eux, chaque scène en est réduite à son propre intérêt ; et veut-on voir quelle différence il en résulte dans les effets ? Prenez le cinquième acte d'une de nos tragédies, et lisez-le séparément : souvent vous le trouverez faible et languissant ; lisez-le en le faisant précéder de tous les autres, vous n'aurez rien remarqué, seulement vous aurez fondu en larmes.

» Mais les Allemands se contentent de leurs tragédies..... cela prouve que les Allemands ont moins de goût que nous, c'est-à-dire qu'ils raisonnent moins leurs sensations. Il suffit de la simple narration des faits les plus bizarres et les plus invraisemblables pour émouvoir les enfants, parce que les enfants n'ont pas la force de comparer leurs idées ; j'ai vu des enfants pleurer en lisant la *Pucelle*.....

» La différence qui existe entre la tragédie allemande et la tragédie française, provient de ce que les auteurs allemands voulurent créer tout d'abord, tandis que les Français se contentèrent de corriger les anciens (1). »

Le rédacteur en chef du *Conservateur* a, nous dit-il, « ses entrées ordinaires et extra-ordinaires à l'Institut ». Il y va souvent écouter la bonne parole, et c'est un vrai régal pour lui qu'un discours de M. Laya, *un des académiciens les plus distingués*, cela va sans dire, sur le danger des innovations en littérature. Mais ce beau respect pour les principes de la maison n'exclut pas les plaisanteries sur les immortels. Un peu de l'esprit de Piron plane encore dans le voisinage du pont des Arts. Et rien n'est contagieux comme cet esprit-là. Lisez plutôt ce compte rendu d'une séance publique :

Les billets de cette séance étaient très recher-hés : elle promettait d'être variée. Un récipien-

---

(1) Le *Conservateur littéraire*, t. 1ᵉʳ, p. 355.

daire, un orateur et deux poètes lauréats, plus deux hommes de bien couronnés, voilà plus qu'il n'en fallait pour faire courir dans ce siècle éminemment curieux un peuple tant soit peu avide de spectacles. Aussi un joli peuple de femmes élégantes, entouré d'un essaim de brillants amateurs des lettres, occupait-il les banquettes dès l'ouverture des portes, et n'est-ce pas sans beaucoup de peine que nous sommes parvenu à nous placer convenablement (1).....

Tandis que les bancs académiques se garnissaient lentement, et que chacun, s'inclinant à l'oreille de son voisin, lui chuchotait à voix basse le nom de tout nouvel arrivant, en accompagnant sa désignation de quelque épiphonème, soit apologétique, soit satirique, sur le visage, la mise ou le talent de l'immortel, nous passions le temps comme le lièvre de Jean La Fontaine, nous *songions,*

Car que faire en un gîte, à moins que l'on ne songe:

si ce n'est pas manquer de respect à l'Académie, que de l'appeler un *gîte.* Notre irrévérence serait au reste suffisamment excusée, si le sujet de nos réflexions pouvait être utile à l'Académie. Nous *songions* donc qu'au lieu de ces banquettes circulaires qui mêlent l'Académie française avec le reste de l'Institut, et confondent presque les quatre Académies avec le public, il serait à la fois plus commode et plus digne de voir ces quarante fameux fauteuils où brilleraient au premier rang les académiciens

---

(1) Ceci rappelle l'anecdote de Piron, s'efforçant de percer la foule, pour assister à une séance publique de l'Académie. « *Il est plus difficile,* s'écria-t-il, *d'entrer ici que d'y être reçu.* »

littérateurs ; les autres pourraient être distingués par la différence des broderies. Grâce à ces classifications, les spectateurs ne seraient plus exposés à prendre, comme le faisait un de nos honorables voisins, M. Duval pour un savant, ou M. Mollevault pour un poète.

Puisque nous sommes en train d'innover sur le papier, nous voudrions encore que derrière chaque illustre fauteuil les noms de tous les occupants alternatifs fussent inscrits sur une plaque d'airain ; ce serait là une source de nobles émulations et peut-être aussi de réflexions bien piquantes. Quelle épigramme, derrière le fauteuil de Monsieur tel ou tel, que le nom de Racine ou le nom de Chapelain !

Cette mesure pourrait encore contribuer à prévenir les mauvais choix ; surtout si l'on adoptait l'usage de rappeler hautement, le jour de chaque réception, les ancêtres académiques du récipiendaire ; après cette terrible épreuve, les rires ou les acclamations du public décideraient de la validité de l'élection.

La fin du compte rendu nous ramène à deux concours dont il a été question et auxquels Victor avait pris part. Voyons les jugements du blackboulé.

« L'épître de M. Mennechet (lauréat du premier concours) offre de l'élégance, de la précision, des détails gracieux et ingénieux ; mais elle ne renferme *pas plus de poésie que le sujet*.....

» La pièce de M. Saintine (lauréat du deuxième concours), pleine de vers heureux, n'est cependant exempte ni de prolixités, ni de prosaïsme. En général, nous le disons avec peine, et parce que nous avons promis de tout dire, ces deux concours étaient médiocres ; et cela, bien plus *par la faute de notre vénérable Académie française*, que par celle des concurrents, forcés de travailler sur *de méchants sujets* (1). »

Ce n'est pas seulement à l'Académie que Victor Hugo rencontrait les immortels. Il les coudoyait aussi à la *Société royale des Bonnes-Lettres*, qui, sous le couvert de la littérature, offrait une tribune aux défenseurs de la cause monarchique. Le jeune poète y lut plusieurs de ses odes, notamment : *Vision*, *Louis XVII* et *Quiberon*, qui furent applaudis frénétiquement. Châteaubriand lui écrivit que l'ode sur Quiberon l'avait fait pleurer (2).

A cette époque, on le voit, Victor Hugo connaissait un peu tous les écrivains de Paris obscurs ou notoires. Mais, jusque là, le monde des lettres lui avait paru bien pauvre en gé-

---

(1) Le *Conservateur littéraire*, t. iii, p. 31-37.

(2) « J'ai retrouvé, Monsieur, dans votre ode sur Quiberon le talent que j'ai remarqué dans les autres pour la poésie lyrique : elle est de plus extrêmement touchante et *elle m'a fait pleurer*. Je suis bien honteux, je vous assure, de n'avoir pas fait l'article que je vous avais promis. Je n'y ai point renoncé ; et je me ferai un vrai plaisir de rendre la France attentive à un vrai talent inspiré par des sentiments élevés et généreux. Je vois tous les jours vanter dans les journaux des vers qui sont loin de valoir les vôtres..... » (*Collection de documents de M. Jules Le Petit.*) — « ..... J'ai reçu de M. de Chateaubriand une lettre charmante où il me dit que *cette ode l'a fait pleurer.* » (Lettre à Vigny. — Voyez *Corresp.* de Victor Hugo (1815-35), p. 15.)

nies poétiques. Dans le dixième fascicule du *Conservateur*, celui-là même où parurent les rimes de M. de Neufchâteau, l'Enfant sublime (car le critique V, c'était lui) (1), s'écriait, avec un mépris peu dissimulé pour ses contemporains : « J'ai cherché jusqu'ici autour de moi un poète, et je n'en ai pas rencontré. » Ce *rara avis* existait pourtant ; mais il n'était encore connu que de lui-même. Les triomphes de Victor Hugo à Toulouse avaient sans doute révélé ce rival victorieux à Lamartine, tandis que rien n'avait pu révéler celui-ci à Victor Hugo. Mais bientôt le luth lamartinien s'éveillait au souffle harmonieux des premières *Méditations*, et le nouveau poète, qui s'était enfin réalisé, apparut dans sa gloire aussi à son vainqueur adolescent. On sait que la rédaction du *Conservateur littéraire* était presque entièrement l'œuvre de Victor Hugo. C'est dire que les *Méditations* furent saluées avec une joie toute lyrique.

> *Poëte, j'eus toujours un chant pour les poètes,*

s'écrie plus tard Victor Hugo. (Et que de chants il eut, en effet, pour les poètes, celui que les jeunes « rosses » d'aujourd'hui accusent gra-

----

(1) Ses poésies seules étaient signées de son nom ; il prit plusieurs pseudonymes (V. d'Auverney, Aristide, Publicola Petissot) ; mais un grand nombre de ses articles ne sont suivis d'aucune signature, et beaucoup enfin, ne sont signés que d'une initiale : V, M, M***, E.

tuitement d'avoir banni de chez lui la confraternité...) (1).

Dès lors nos deux rivaux apprirent à se connaître. Ils devinrent même bientôt des amis intimes.

Chose curieuse, Victor Hugo semble avoir toujours ignoré qu'il avait battu Lamartine — à seize ans. Il est certain que Lamartine ne dut pas s'en vanter beaucoup, et cela est très humain...

Chénier, Lamartine, Chateaubriand : telles sont désormais les idoles de l'Enfant sublime, et il ne peut tarder à trouver sa voie. Cependant la querelle à peine ébauchée entre les classiques et les romantiques l'effraie singulièrement. Ses premières préfaces sont curieuses à ce point de vue. Le débutant hésite à faire un pas qui va l'engager pour toute la vie ; il semble toujours prêt à crier à ses *Odes* :

Ah ! ne me brouillez pas... avec l'Académie.

II

Mais nous voici en 1824, et le pas est fait. La *Muse française* vient de disparaître, suivant de près le *Conservateur*, son glorieux aîné. Victor Hugo, qui n'a tenté aucune polé-

_____

(1) Voir à ce sujet, la *Correspondance*, p. 293, et les *Mémoires* d'Alexandre Dumas, t. XIV, pp. 206 et suiv., et t. XXI, p. 285.

mique dans la *Muse*, qui ne s'y est pas compromis comme Vigny et Nodier, n'en a pas moins fait pacte avec les novateurs.

Dès 1821, le jeune Hugo écrivait à sa fiancée ces lignes significatives : « Je fais peu de cas, je l'avoue, de l'esprit de convention, des croyances communes, des convictions traditionnelles. C'est, je crois, qu'un homme prudent doit tout examiner avec sa raison, avant de rien accueillir. S'il se trompe, ce ne sera pas sa faute (1). » L'année suivante, il publiait un premier recueil de ses Odes, et Louis XVIII lui accordait une pension, bien qu'il n'admirât pas le livre sans réserves, comme il le prouva par ses annotations. « Celles-ci, dit Mme Hugo, étaient, en général, puristes, offensées des innovations, et plus souvent hostiles qu'élogieuses. L'ode qui lui avait paru la meilleure était celle qui parlait de lui ; il avait écrit en marge de *sa* strophe : *Superbe* ! »

Cette ode était celle sur la mort du duc de Berry (*voir plus haut p. 60 et p. 68*), qui a pour épigraphe — une phrase de Schiller...

Voici comment Alexandre Dumas caractérise, dans ses Mémoires, cette époque de notre récit : « Les premières odes d'Hugo paraissaient, les Méditations de Lamartine étaient éditées, mais c'était là une nourriture bien robuste et bien substantielle pour les estomacs de 1823, nourris avec les restes de Parny, de Berlin et de Millevoye (2). »

---

(1) *Lettres à la fiancée*, p. 118.
(2) *Mes Mémoires*, t. VII, p. 68.

Soumet, le néo-classique, grand ami de Hugo, faisait jouer une *Clytemnestre*, où se trouvait ce vers :

Quelle hospitalité funeste je te rends !

Ce vers inquiétait l'auteur. Il craignait que cet adjectif mal placé ne fût vraiment *funeste*... à sa pièce. Il soumet le cas à Victor.

« — J'hésite à laisser dire ce vers à la représentation.

» — Pourquoi ?

» — N'êtes-vous pas effrayé de cette épithète qui enjambe l'hémistiche ?

» — Ah bien, dit Victor, je leur ferai faire bien d'autres enjambées !

» M. Soumet s'en alla un peu rassuré, mais bientôt sa terreur lui revint, et il fit dire à Talma :

« Quelle hospitalité, Pylade, je te rends ! » (1)

Soumet, Alexandre Guiraud, Laurent Pichat étaient alors les serviteurs de Melpomène. « Ayant, dit excellemment Mme Hugo, le pressentiment d'un art nouveau sans en avoir la puissance, ils rajeunissaient la tragédie, ils avaient plus de velléité que de volonté, ils n'osaient pas oser. » Soumet eût bien osé, mais il avait peur des immortels. Cette peur venait de son désir d'entrer dans le temple. Ses sentiments libéraux en littérature ne lui créaient, certes,

---

(1) *Victor Hugo raconté*, chap. XXXVIII.

aucun titre à la sympathie des quarante. Heureusement, il avait donné des gages sérieux
à Melpomène. Ceci rachetait cela. N'avait-il
pas, dans l'espace de quarante-huit heures,
fait jouer deux tragédies nouvelles de son
cru, l'une aux Français, l'autre à l'Odéon !
Et il avait triomphé sur les deux scènes. Cela
ne s'était jamais vu (1). Aussi l'Académie,
bien aise de l'arracher au parti romantique
et de se l'attacher, lui laissa-t-elle entendre
que son élection était vraisemblablement
dans le domaine des choses possibles. Mais, à
ce moment, l'auteur de *Clytemnestre* eut
l'idée de fonder, avec Émile Deschamps et
Guiraud, une grande revue. Le *Victor Hugo
raconté* nous apprend qu'ils voulurent avoir
l'auteur de *Han d'Islande* avec eux, mais
qu'ils n'obtinrent d'abord qu'un refus. « Il
résistait, ayant des travaux à terminer ; mais
le bailleur de fonds fit de sa collaboration

---

(1) « TRAIT DE SANG-FROID DE M. SOUMET. — On a
donné, le même jour, au Théâtre-Français, deux
pièces de M. Soumet ; — cet écrivain qui, depuis
un mois, a publié un poème épique (*la Divine
Epopée*), une tragédie (*le Gladiateur*), et une
comédie (*le Chêne du roi*), me paraît produire
dans des proportions telles que l'on a à peine le
temps de lire aussi vite qu'il fait imprimer ; —
certes, s'il continue à aller de ce train-là, il
suffira seul à la consommation de ce qui reste de
lecteurs en France où tout le monde écrit aujour-
d'hui, — et on pourrait, je crois, sans inconvénients, supprimer tous ses confrères. M. Soumet,
pour montrer son sang-froid et la certitude qu'il
avait d'avance de son double succès, raconte lui-
même qu'il a fort bien dîné ce jour-là, et qu'il a
mangé un poulet aux truffes. » (Alph. Karr, *Les
Guêpes*, mai 1841, p. 13.)

une condition absolue; et il céda par amitié. Ainsi naquit la *Muse française*. Il s'aperçut bientôt qu'elle n'était pas viable. La critique modérée et pacifique de ses collaborateurs n'avait pas l'âpreté et l'audace passionnée qu'il faut dans les époques de révolution littéraire. La polémique était timide et douceâtre ; les questions, au lieu d'être abordées de front, étaient prises de biais, et l'on n'arrivait à aucune conclusion décisive. Si peu agressive que fût la revue, elle effraya l'Académie. M. Soumet s'y présentait ; on lui dit qu'il ne serait pas élu tant que la *Muse française* vivrait. Il demanda donc qu'elle cessât de paraître. MM. Guiraud et Emile Deschamps consentirent, mais Victor Hugo dit que les autres pouvaient se retirer, qu'il continuerait seul. Ce n'était pas cela que voulait l'Académie ; elle n'aurait rien gagné à remplacer une opposition de salon par une guerre à outrance. M. Soumet revint à Victor Hugo et lui demanda, comme un service personnel, de ne pas donner suite à son idée. La *Muse française* disparut. »

Le trait n'est-il pas joli ? — Soumet fut donc élu, et rentra dès lors dans le giron classique. Dans son discours de réception, il parla du « génie créateur de l'Eschyle anglais », mais il proclama que la France seule avait conservé « sur son imposant théâtre les antiques traditions de la véritable tragédie », tandis que les autres nations « ne possédaient réellement que des ébauches dramatiques ».

Ce passage plut beaucoup à l'Académie. M. Auger y répondit dans ces termes : « Le caractère de composition et de style de vos tragédies, et l'hommage que vous venez de rendre à la supériorité de notre système dramatique sur cette *poétique barbare* qu'on voudrait mettre en crédit, répond suffisamment à ceux qui affichent d'élever des doutes sur votre *orthodoxie littéraire*. Non, ce n'est pas vous, Monsieur, qui croyez impossible l'alliance du génie avec la raison, de la hardiesse avec le goût, de l'originalité avec le respect des règles..... Ce n'est pas vous qui faites cause commune avec ces amateurs de la belle nature, qui, pour faire revivre la statue monstrueuse de saint Christophe, donneraient volontiers l'Apollon du Belvédère, et de grand cœur échangeraient *Phèdre* et *Iphigénie* contre *Faust* et *Gœtz de Berlichingen* (1). »

L'immortel Auger ayant édulcoré ainsi les menaces qui s'apprêtaient à bouillir dans son aréopage, l'inquiétude assaillit toutes les âmes...

Comme l'Océan bout quand tressaille l'Etna,
Le monde tout entier s'émut et frissonna.

Le monde des lettres, bien entendu.

Peste ! on commençait à s'agiter étrange-

______

(1) « La plupart de nos chefs-d'œuvre ne sont parvenus au point où nous les voyons, qu'après avoir passé par les mains des premiers hommes de plusieurs siècles ; voilà pourquoi il est si injuste de s'en faire un titre pour écraser les productions originales. » (Article de Victor Hugo, dans le *Conservateur littéraire*, sur la *Marie Stuart* de Lebrun, 1820.)

ment sous la Coupole. L'académicien Baour-
Lormian, *rimeur et gascon* (1), surnommé
roniquement le Tasse de Toulouse, à cause
d'une traduction de la *Jérusalem*, dans un
dialogue rimé d'une haute fantaisie, ressusci-
tait Molière et accablait les Romantiques :

LE CLASSIQUE

De quel esprit malin êtes-vous possédé ?
Quel est donc votre espoir ? Auger, *d'un coup de foudre*
A frappé votre Muse et l'a réduite en poudre (2).
Tout Paris a pu voir ses disciples en deuil
De romantiques pleurs arroser son cercueil,
Et, pour parler ici votre langue embellie,
Sous l'arbre du sommeil ils l'ont ensevelie.
Croyez-moi, profitez d'un salutaire avis,
Abjurez un jargon qui remonte à Clovis,
Et la syntaxe en main, d'une erreur déplorable
Venez, aux pieds du goût, faire amende honorable.

LE ROMANTIQUE

L'Etoile, le Drapeau, l'Aristarque, le Nain,
Ont remplacé pour nous la Muse au front serein.
Ils grondent notre gloire, ils tressent nos couronnes ;

---

(1) On connaît le distique de Scudéry sur lui-
même :

Et poète et guerrier,
Il aura du laurier.

et la parodie qui en fut faite :

Et rimeur et gascon,
Il aura du bâton.

Mais Baour s'attira de bien plus terribles épigrammes.

(2) M. Baour attribue aux anathèmes académiques de M. Auger un mal qu'ils n'ont certes pas
pu faire, car la *Muse française* disparut cinq
mois avant le « coup de foudre » (en juin 1824).

Ils sont nos chevaliers, nos phares, nos colonnes,
Et, de notre génie éternels truchements,
Nous soumettent Lutèce et les départements (1).

Le *Nain*, l'*Aristarque*, le *Drapeau* et l'*Etoile* se chargèrent de répondre au Tasse dè Toulouse. Ils eurent sans peine les rieurs de leur côté. Mais Baour ne se découragea point, comme on verra bientôt. Du reste, il croyait à sa mission et s'écriait fort sérieusement :

Non, non ! je ne suis pas un quarante pour rire (2)...

Un Quarante, cela voulait dire *un immortel*.

Mais les Quarante ont toujours, pour certains, une vengeance prête. Pour ceux qui attrapent la « fièvre verte ». Et on sait qu'ils excellent à la donner au plus réfractaire (3). Lamartine — que Baour dans son ironie académique, appelait *Alphonse premier* (4) — avait eu l'imprudence de convoiter un fauteuil chez le meurtrier de la *Muse française*. Le danger lui apparut bientôt. Mais il était trop brave pour reculer. Seulement, il courut se lamenter chez son cher Victor. L'homme de la *Muse française* n'était pas précisément

---

(1) Le *Classique et le Romantique*, par Baour-Lormian (Urbain Canel, édit., 1825).

(2) *Encore un mot*, p. 5.

(3) Voir, dans les *Annales politiques et littéraires* (n° du 3 avril 1898, p. 213), les révélations de feu Notre Oncle à ce sujet.

(4) *Encore un mot*, p. 4.

persona grata au palais Mazarin ; mais la candidature de son ami lui remit en mémoire qu'il avait encore parmi les administrés de M. Raynouard des sympathies à utiliser. Comme surgissaient dans Paris les frimas de cette année 1824, l'auteur des *Odes* confia aux bons soins de la poste l'écriture suivante :

A Monsieur Villars
Membre de l'Académie française
Le dimanche 14 novembre.

« Depuis deux ans, presque toujours absent de Paris, je n'ai pas eu l'occasion de cultiver autant que je l'aurais voulu l'agréable et utile commerce de M. Villars. Je suis enchanté aujourd'hui qu'une circonstance fortuite me ramène vers lui et me mette à même de renouer une connaissance qui m'est si précieuse. M. de Lamartine, mon ami, est un des candidats à la place vacante de l'Académie française ; et, avant de se présenter chez M. Villars, il a désiré que je le prévinsse. Je lui ai dit que la bienveillance dont M. Villars m'avait donné tant de preuves ne suffisait pas seule pour fixer son choix ; mais je ne doute pas que *le mérite éminent et l'admirable talent* de M. de Lamartine ne soient des recommandations très puissantes auprès de M. Villars. MM. de Chateaubriand et l'évêque d'Hermopolis s'intéressent vivement à la nomination de M. de Lamartine. M. Villars se plaira sans doute à joindre son suffrage au leur et à aplanir à ce *beau talent* l'entrée de l'Académie où M. Villars occupe une place si distinguée.

« Je serai personnellement heureux et flatté d'avoir attiré son attention sur M. de Lamartine ; et la nomination de ce poète ajoutera une nouvelle obligation à toutes celles que j'ai déjà à mon ancien et respectacle ami M. Villars.

VICTOR HUGO.

Cette lettre serait certainement un chef-d'œuvre de diplomatie, sans les quelques... taches qui la déparent. Notons d'abord : *l'agréable et utile commerce de M. Villars*, formule maladroite, car elle ne dissimule pas assez ce qu'il y avait, en réalité, de hautain et de méprisant chez l'auteur de l'épître, et elle est un peu bien loin du respect agenouillé qu'il fallait à M. Villar, ancien évêque constitutionnel. Et puis, et puis surtout, notons l'éloge malencontreux du candidat : « le mérite éminent et l'admirable talent de M. de Lamartine ». Et plus loin, il insiste encore : « ce beau talent ». *Sic* ! Imprudence et naïveté de jeune homme. Mais, à part cela, quelle habileté chez notre épistolier ! Voyez le début, allusion probable à un assez long séjour sur la rive gauche : « Depuis deux ans presque toujours absent de Paris..... » L'expression : *absent de Paris*, est d'autant plus piquante que l'Institut n'a jamais été situé sur la rive droite. La vérité, c'est que le jeune Victor Hugo, ne pouvant supporter « l'agréable et utile commerce de M. Villars », avait dû un beau jour se dérober à la protection de ce cuistre académique. Ce qu'il faut souligner surtout, c'est la façon dont, huit fois, le nom de Villar est écrit, toujours avec un S. Pourtant le nom de l'immortel s'écrivait sans le secours de cette lettre, paraît-il. Cette fantaisie orthographique me rend songeur. Faut-il voir là une faute involontaire ? Je suis tenté d'y voir autre chose. L'auteur de la dissertation sur *Gil Blas* pouvait-il bien commettre une telle erreur par simple inadvertance, avec un homme surtout qu'il avait réquenté? Cela me paraît douteux. Ne perdons pas de vue l'objet de la lettre, et demandons-nous si le jeune diplomate, qui avait intérêt à flatter la vanité de son correspondant, ne crut pas y réussir en feignant de le prendre pour un descendaut du fameux maréchal, dont un S final lui octroyait le nom.

Le lendemain de cette démarche, le jeune homme qui avait été si longtemps absent de Paris se souvint également de l'immortel qui *admettait la cajolerie des compliments qu'il recevait*, et il lui dépêcha une fort gracieuse variante du billet ci-dessus.

Monsieur le comte François de Neufchâteau
de l'Académie française,

15 novembre 1824.

Monsieur le Comte,

Vous avez peut-être oublié mon nom ; mais moi jamais je n'oublierai la bienveillance avec laquelle vous avez bien voulu accueillir mes premiers essais. C'est de cette bienveillance que j'ose aujourd'hui vous demander une preuve qui, pour ne pas m'être personnelle, ne m'en sera pas moins chère.

Un fauteuil est vacant à l'Académie française (*le poète n'a pas tort d'énoncer le fait ; on pouvait fort bien ne pas s'en être aperçu*) ; je n'ai certes pas la prétention de dicter un choix à un goût aussi sûr que le vôtre: je me permettrai seulement d'appeler votre attention sur un célèbre candidat, qui est mon ami et dont je vous ai vu il y a quelques années admirer les premières poésies ; c'est vous nommer M. de Lamartine.

M. de Lamatine s'empressera d'aller lui-même briguer votre suffrage et je ne doute pas qu'il ne l'obtienne par son seul mérite, de votre impartialité si bienveillante et si éclairée ; mais je serais heureux d'avoir été pour quelque chose dans votre favorable détermination. Ce serait, monsieur le Comte, ajouter une nouvelle et bien vive reconnaissance à toutes celles que vous doit déjà

Votre très profondément dévoué

VICTOR HUGO.

Comme épilogue à cette histoire, il faut citer quelques lignes d'une lettre que l'admirable avocat de Lamartine écrivit, quelques semaines plus tard à son cher camarade l'auteur d'*Eloa*, capitaine au régiment d'infanterie en garnison à Pau.

Là-bas, tout vous inspire ; ici, tout nous glace. Que voulez-vous que l'on fasse au milieu de tant de tracasseries politiques et littéraires, de ces insolentes médiocrités, de ces génies poltrons, de l'élection de Droz, de *l'échec de Lamartine* et de Guiraud ? Que voulez-vous que l'on fasse à Paris, *entre le ministère et l'Académie* ? Pour moi, je n'éprouve plus, quand je me jette en dehors de ma cellule, qu'indignation et pitié.

Cette lettre d'un jeune Alceste — pas incurable, heureusement — dut plaire beaucoup au grand solitaire qu'était Vigny. Mais elle n'était pas très rassurante pour leurs communes ambitions. *Que voulez-vous que l'on fasse entre le ministère et l'Académie ?* Ce découragement devait être passager, mais il fut profond.

Et Hugo comprit qu'il était inutile de travailler à l'élection de ses amis avant d'être soi-même au rang des élus.

L'Académie ne permit pas que M. de Lamartine — qui avait pour lui sa noblesse, mais qui avait contre lui son génie — fût immortel si jeune, étant donné surtout qu'il avait déjà commis de nombreux chefs-d'œuvre, et qu'il avait un avocat qui commençait à suivre cet exemple antiacadémique. Elle lui imposa un stage de cinq années moins un mois. Quant à l'avocat, ses plaidoyers lui furent évidemment une mauvaise note ; il fit très bien de ne mettre en cause que beaucoup plus tard sa propre candidature.

Il allait, d'ailleurs, terriblement aggraver son cas. En effet, il méditait déjà le monstrueux manifeste qu'il devait arborer au seuil de son édifice dramatique, et il préludait par de libertaires enjambées aux enjambements révolutionnaires de *Cromwell* et du *Roi s'amuse*.

III

Lamartine n'était pas un chef d'école ; il n'ambitionnait point de prendre le théâtre d'assaut ; la coupe de ses vers n'était pas révolutionnaire, et il n'affichait, en somme, aucune théorie subversive. N'importe, il avait commis les *Méditations*, et appartenait au Romantisme (1). Pour l'avant-garde des nova-

(1) Dans le compte rendu des *Méditations* que publia le *Conservateur littéraire*, et dont j'ai parlé plus haut, Victor Hugo, faisant un parallèle

teurs, il n'était sans doute pas assez romantique ; pour les académiciens, il l'était beaucoup trop. Lui et ses pareils étaient *inaca-
démisables*. C'est ce que M. Auger leur avait
fait comprendre en recevant le poète Soumet. On le voit, ce fut l'Académie elle-même
qui ouvrit l'ère des hostilités. Tout surpris et
très affligé, Lamartine se retira, quelque peu
mélancolique ; et, sans trop chercher à ap-
profondir ces choses un peu nouvelles pour
lui, le chantre d'Elvire retomba dans ses
Méditations... Hugo et Vigny s'indignèrent ;
plusieurs convoiteurs de perruques battirent
des mains ; le public se demanda ce que cela
voulait dire ; Charles Nodier tira des conclusions. Le 7 novembre 1825, il écrivait à un
académicien, à propos des anathèmes de
M. Auger : « Vous avez levé la bannière, mon
cher maître, contre des ennemis qui ne manquent pas de puissance et qui ont la ferveur
énergique des opinions neuves. Vous deviez
attendre des adversaires. Vous les avez nom-
més, et, s'ils n'avaient pas pensé que leur école
fût une espèce de puissance, c'est de vous
qu'ils l'auraient appris. Immolés devant une
grande assemblée littéraire, anathématisés
par un concile classique, ils m'ont paru modérés dans la défense. »

Cette modération signifiait mépris et dédain. Une pareille attitude ne pouvait qu'accroître la fureur concentrée des immortels.

<hr>

entre Chénier et Lamartine, concluait ainsi : « Enfin, si je comprends bien des distinctions, du reste
assez insignifiantes. le premier est *romantique*
parmi les classiques, le second est classique parmi
les romantiques. » On ne saurait mieux dire.

Tout cela se passait donc en 1825, c'est-à-dire en la cinquante-septième année du règne de Ducis, dont le *Hamlet* date en effet, de 1769. Ce *Hamlet*, qui était si peu shakespearien, avait paru à Voltaire l'être beaucoup trop. Mais, en dépit de Voltaire, vétéran furieux contre Shakespeare, qu'il avait lâché, et contre Ducis, qui l'avait ramassé, et malgré Shakespeare, ombre indignée contre Ducis et contre Voltaire, la pièce avait triomphé. Depuis ce temps-là, le Vétéran s'était tu... l'ombre indignée s'était résignée, et Ducis trônait sur les lettres. « Il était, dit Hugo, assis côte à côte avec Delille, dans une gloire d'académie, chose assez semblable à une gloire d'opéra. » Et savez-vous dans quel fauteuil il était si bien assis ?... Dans celui de Voltaire ! L'auteur de *Choses vues* ajoute que Ducis « avait réussi à faire quelque chose de Shakespeare ; il l'avait rendu possible ; il en avait extrait des tragédies, il faisait l'effet d'un homme qui aurait taillé un Apollon dans Moloch. C'était le temps où Iago se nommait Pézare, Horatio, Norceste, et Desdémone Hédelmone. Une charmante femme et fort spirituelle, Mme la duchesse de Duras, disait : Desdémona, quel vilain nom, fi ! Talma, prince de Danemark, en tunique de satin lilas brodée de fourrures, criait : *Fuis, spectre épouvantable !* Le pauvre spectre, en effet, n'était toléré que dans la coulisse. S'il se fût permis la moindre apparition, M. Evariste Dumoulin l'eût tancé sévèrement. Un Génin quelconque lui eût jeté à la tête le premier pavé venu, un vers de Boileau : *L'esprit n'est point ému de ce qu'il ne croit pas.*

Il était remplacé sur la scène par une « urne »
que Talma portait sous son bras. Un spectre
est ridicule ; des « cendres », à la bonne heure.
Ne dit-on pas encore actuellement « les cendres de Napoléon » ? la translation du cercueil
de Sainte-Hélène aux Invalides ne s'appelle-
t-elle pas « le retour des cendres » ? Quant aux
sorcières de Macbeth, elles étaient sévèrement consignées. Le portier du Théâtre français avait des ordres. C'est avec son balai
qu'on les eût reçues. »

Victor Hugo s'exagère un tantinet la « mu-
flerie » de cette époque peu romantique. On
avait déjà toléré un spectre, celui de Ninus,
que Voltaire avait osé produire au troisième
acte de sa *Sémiramis*, au milieu des éclairs,
des coups de tonnerre, des effarements, des
« Ciel ! je meurs ! » de la coupable reine et
ce cri du perfide Assur :

L'ombre de Ninus même ! ô dieux ! est-il possible ?

Ce dernier vers, d'une si tragique horreur
(Tu parles ! comme dit Georges Courteline,
critique dramatique à ses heures) (1), était-il
destiné à souligner l'effet inexprimable de ce
prodige inénarrable, ou simplement à prévenir la stupeur du public, non moins troublé
qu'Assur ? C'est à M. Emile Faguet, académicien, à M. Faguet critique dramatique, à
M. Faguet professeur de littérature, de nous
dire cela. M. Faguet n'est-il pas, de son propre aveu, « le seul qui ait lu Voltaire en en-

---

(1) Voir le *Journal* (n^os de mai 1899).

tier » ! Et, vous savez, il l'a lu, dis-je, lu, ce qu'on appelle lu.

Le spectre de Ninus fut donc toléré. Seulement, il faut dire que Voltaire s'était permis cela sur le tard, ayant déjà l'autorité d'un « roi de la scène ». Et Ducis, qu'il trouva un peu dément, ne conçut jamais pareille audace. Non seulement il ne laissa pas entrer de spectres dans les pièces de son cru, mais il mit à la porte ceux que Shakespeare avait eu le mauvais goût d'introduire dans les siennes.

Hugo nous raconte l'histoire d'un volume dépareillé de Shakespeare, édition de Glascow, que Nodier, à Reims, lors du sacre de Charles X, avait reçu en cadeau d'un M. Hémonin, député du Doubs (Nodier, comme Victor Hugo, était natif de Besançon), lequel M. Hémonin l'avait payé six sous. Le soir, après avoir sacré le roi des Français, on lut le « *sauvage ivre* » dont Voltaire a si mal parlé (1) (oh! si mal, en effet! demandez plutôt à M. Faguet).

« Des auditeurs nous étaient venus, on

***

(1) « Comme tous les hauts esprits en pleine orgie d'omnipotence, Shakespeare se verse toute la nature, la boit, et vous la fait boire *Voltaire lui a reproché son ivrognerie*, et a bien fait. Pourquoi aussi, nous le répétons, pourquoi ce Shakespeare a-t-il un tel tempérament ? Il ne s'arrête pas, il ne se lasse pas, il est sans pitié pour les pauvres petits estomacs qui sont candidats à l'Académie. Cette gastrite, qu'on appelle « le bon goût », il ne l'a pas. Il est puissant. *J'ai la courbature d'avoir lu Shakespeare*, disait IM. Auger. » (*William Shakespeare*, 2ᵉ partie, iv. I, V.)

passe la soirée comme on peut dans une ville de province un jour de sacre, quand on ne va pas au bal ; nous finîmes par être un petit cercle ; il y avait un académicien, M. Roger, un lettré, M. d'Eckstein, M. de Marcellus, ami et voisin de campagne de mon père, lequel raillait son royalisme et le mien, le bon vieux marquis d'Herbouville, et M. Hémonin, donateur du livre payé six sous.

» — Il ne les vaut pas, s'écriait M. Roger.

» M. Roger riait de Shakespeare faisant crier *Autriche-Limoges* et confondant le vicomte de Limoges avec le duc d'Autriche. M. Roger eut tout le succès, et son rire fut le dernier mot. »

Mais Hugo et Nodier avaient profité de leurs lectures. Hugo avait aussi un fier bouquin, espagnol celui-là, et il en avait lu, ou plutôt traduit de longs passages à Nodier, qui, de son côté, lui avait traduit tout le *Roi Jean*. Les deux lecteurs-auditeurs s'étaient fait partager leur admiration particulière. Cette séance de lecture de Reims est une date de notre histoire littéraire. C'est là que la littérature française de 1825 a découvert Shakespeare et le Romancero.

Mais qui donc avait prétendu que l'Académie était une institution rétrograde. N'étaient-ils pas bien injustes, tous ces quolibets qu'on avait fait pleuvoir sur elle après l'échec du « grand » Lamartine et le triomphe de « l'imperceptible » Droz? Quoi! on avait été jusqu'à prétendre qu'elle n'était plus dans le train, qu'elle repoussait indignement les grands hommes du siècle et n'avait du goût que pour les médiocrités ! Eh bien on allait voir, on allait s'édifier...

Et là dessus, nos immortels appelèrent à eux... Casimir Delavigne. Après cela, viendrait-on dire encore que les immortels étaient aveugles, ou injustes, ou routiniers? N'était-ce pas un génie original que l'auteur des *Vêpres siciliennes* et de l'*Ecole des vieillards*? Les « écrits » de Casimir ne représentaient-ils pas toute la somme de réforme possible dans la littérature de Voltaire et de La Harpe?

Et l'Académie de triompher avec ampleur, l'âme pleine d'admiration pour son esprit de justice et d'indignation pour ses détracteurs.

Mais que pensait le public? Voici ce qu'on lit dans un pamphlet remarquable paru à cette époque :

« Au moment où nous écrivons, l'Académie française a perdu toute importance littéraire ; elle s'est placée, par l'organe de ses muets, hors de la littérature et des besoins du moment ; ses élections sont tournées en ridicule, ses arrêts sont cassés, et ses foudres n'alarment que ces âmes simples qui craignent encore le Vatican : et tout cela n'est que le résultat forcé de la marche de la civilisation. Aujourd'hui le seul juge, le seul protecteur des grands talents, c'est le public ; c'est lui qui juge, loue et paie ; les homélies de M. Frayssinous, académicien ; les rêves philanthropiques de M. Droz, académicien ; les œuvres dramatiques de M. Roger, académicien, jaunissent ignorées dans les caves des libraires: et le public enlève, édition par édition, les œuvres de MM. Béranger, Hugo, Ancelot, Barante, Ségur, Lamartine, qui ne

sont pas académiciens, et il dévore même les
nébuleuses créations de messieurs les romantiques que l'Académie en corps excommunie
quatre fois par mois (1). »

La même année, Gérard de Nerval, qui
débutait, à peine âgé de dix-sept ans (il
signait *Gérard*) publiait une « comédie satirique et en vers » avec ce titre suggestif :
L'Académie, ou les membres introuva-
bles. C'est un réquisitoire d'une violence
inouïe. Tous les membres sont passés en
revue, et la nullité de chacun est mise à nu
avec un cynisme sans précédent. Voici un
passage de la première scène (c'est un des
plus modérés) :

M. RAYNOUARD (A M. ROGER)

..... Cessac se pavane au fauteuil de Corneille (2)
A celui de Fléchier (3)... (et l'on cria merveille);
Celui de Montesquieu, de Bonald s'est chargé ;
Quant au vôtre, sandis ! il n'a pas dérogé :
De ce pauvre fauteuil le malheur est extrême,
Et vos prédécesseurs, obscurs comme vous-même,
N'auront point à rougir de vous voir après eux.....
..... Je me tais sur Baour l'ondoyant.
Et sur feu Lémontey, qu'on disait un peu chiche.....
Et sur l'in partibus (4), peigné comme un caniche.

---

(1) *Biographie des Quarante de l'Académie*
française (1826).

(2) Ceci est une erreur. Le comte Lacuée de
Cessac occupait, au contraire, le fauteuil de
Scudéry. Celui de Corneille, il est vrai, était
occupé par M. Népomucène Lemercier... Il y a
erreur aussi pour celui de Montesquieu, qui était
occupé, non par Bonald, mais par le comte
Louis-Philippe de Ségur. Mais tout cela est
sans importance.

(3) Occupé par l'ancien ministre Lainé.

(4) M. de Frayssinous, évêque d'Hermopolis
in partibus infidelium.

Je lègue aux temps passés où l'on les oublia
Bonald l'idéologue et l'honnête Laya ;
Je ne parlerai pas du jeune Lacretelle
De Cuvier disséquant les dindons chez Villèle,
Du fécond Montesquiou, d'Auger le noticier,
Et de Villar sans s, et du pédant Davier ;
Mais, au moins, dites-moi quelles sottes bévues
Vous font choisir si mal vos nouvelles recrues ?
Pour Soumet, passe encor ; mais le baron chrétien,
Mais mons le grand prélat, qu'ont-ils fait ? rien de bien.
Vous avez préféré, bravant l'ignominie,
L'homme grand au grand homme, et le rang au génie.
Le public sait pourtant distinguer à son gré
Le modeste savant, de l'ignorant titré ;
Sous la peau du lion l'âne en vain fait merveille :
On s'y trompe un instant, mais gare au bout d'oreille !
L'imperceptible Droz est un homme de bien ;
C'est tout : vous l'avez fait académicien ;
On sait qu'à la fourchette il emporta la place.
Quant au grand Savoyard, je vous en ferai grâce.

M. ROGER

Mais nous avons encore un auteur sans défaut :
La raison...

M. RAYNOUARD

Oui, je sais, et la rime, Brifaut.
Il dut bien s'étonner d'une telle aventure,
Il pouvait s'écrier, comme dans l'écriture,
En lisant son brevet à l'immortalité :
« Qu'ai-je donc fait, Seigneur, pour l'avoir mérité ? »
Et qu'en résulte-t-il maintenant ? que la France
Voit votre abaissement avec indifférence ;
Que vos jours d'apparat sont à peine honorés
Du vulgaire concours de quelques désœuvrés,
Ou d'amis courageux, qu'à grands frais on invite,
Mais qu'un de vos discours a bientôt mis en fuite.
Un jour, ce fut bien mieux : vous savez qu'on siffla...

M. ROGER

Oui, je m'en souviens bien ... ; mais la garde était là ;
Et notre ami bientôt, bravant les persifflages,
Fit à la baïonnette enlever les suffrages.

M. RAYNOUARD

Par le même moyen contraindrez-vous les gens
A venir se placer sur vos sièges vacants,
Où personne à présent ne se sent le courage
De braver la critique et d'affronter l'outrage ?

Victor Hugo, tout en restant parlementaire, faisait aussi son procès à la routine des

Quarante. En tête de la nouvelle édition de ses *Odes et Ballades*, il avait arboré un véritable manifeste, où l'on trouve comme un avant-goût de la préface de *Cromwell*. On sent qu'il en possède déjà presque tous les éléments. Voici un passage qui vise les théories académiques.

«..... L'esprit d'imitation, recommandé par d'autres comme le salut des écoles, lui a toujours paru (*à l'auteur*) le fléau de l'art ; et il ne condamnerait pas moins l'imitation qui s'attache aux écrivains dits *romantiques* que celle dont on poursuit les auteurs dits *classiques*. Celui qui imite un poète *romantique* devient nécessairement un *classique*, puisqu'il imite. Que vous soyez l'écho de Racine ou le reflet de Shakespeare, vous n'êtes toujours qu'un écho et qu'un reflet. Quand vous viendrez à bout de calquer exactement un homme de génie, il vous manquera toujours son originalité, c'est-à-dire son génie. Admirons les grands maîtres, ne les imitons pas. Faisons autrement. Si nous réussissons, tant mieux, si nous échouons, qu'importe (1) !

---

(1) « Lorsque Hugo eut affranchi le vers, on devait croire qu'instruits à son exemple les poètes venus après lui voudraient être libres et ne relever que d'eux-mêmes... Mais tel est en nous l'amour de la servitude que les nouveaux poètes copièrent et imitèrent à l'envi les formes, les combinaisons et les coupes les plus habituelles de Hugo, au lieu de s'efforcer d'en trouver de nouvelles. C'est ainsi que, façonnés pour le joug, nous retombons d'un esclavage dans un autre, et qu'après les PONCIFS CLASSIQUES il y a eu des PONCIFS ROMANTIQUES, poncifs de coupes, poncifs de phrases, poncifs de rimes ; et le poncif, c'est-

« Il existe certaines eaux qui, si vous y plongez une fleur, un fruit, un oiseau, ne vous les rendent au bout de quelque temps que revêtus d'une épaisse croûte de pierre sous laquelle on devine encore, il est vrai, leur forme primitive ; mais le parfum, la saveur, la vie, ont disparu. *Les pédantesques enseignements, les préjugés scolastiques, la contagion de la routine, la manie d'imitation*, produisent les mêmes effets. Si vous y ensevelissez vos facultés natives, votre imagination, votre pensée, elles n'en sortiront pas. Ce que vous en retirerez conservera bien peut-être quelque apparence d'esprit, de talent, de génie ; mais ce sera pétrifié.

« A entendre *des écrivains qui se proclament classiques*, celui-là s'écarte de la route du vrai et du beau qui ne suit pas servilement les vestiges que d'autres y ont imprimés avant lui. Erreur ! *ces écrivains confondent la routine avec l'art* ; ils prennent l'ornière pour le chemin.

« Le poète ne doit avoir qu'un modèle, la nature ; qu'un guide, la vérité. Il ne doit pas écrire avec ce qui a été écrit, mais avec son âme et avec son cœur. De tous les livres qui circulent entre les mains des hommes, deux

---

à-dire le lieu commun passé à l'état chronique, en poésie comme en toute autre chose, c'est la Mort.

» Au contraire osons vivre ! et vivre, c'est respirer l'air du ciel et non l'haleine de notre voisin, ce voisin fût-il un dieu ! » (Th. de Banville, *Petit traité de poésie française*, p. 109).

seuls doivent être étudiés par lui, Homère et la Bible. C'est que ces deux livres vénérables, les premiers de tous par leur date et par leur valeur, presque aussi anciens que le monde, sont eux-mêmes deux mondes par la pensée. On y retrouve en quelque sorte la création tout entière, considérée sous son double aspect, dans Homère par le génie de l'homme, dans la Bible par l'esprit de Dieu. »

C'en était trop. Baour tailla sa bonne plume ; et, de même qu'il avait en se jouant ressuscité Molière, il n'hésita pas à incarner Boileau.

Vous vous tairez bientôt, charlatans somnifères (1),
Et dans les magasins iront pourrir en tas
Vos drogues, qu'eût rougi de vendre Dubartas (2)
Mais Hugo furieux (?) m'accuse d'ineptie.....
Que ne puis-je, à l'instant, rayer ma prophétie !
Au faubourg Saint-Germain mon nom sera maudit.
Nodier va, contre moi, fulminer l'interdit ;
En faveur d'un Gascon, fœtus académique (!),
On n'engagera point de lutte polémique.
Quel journal sur mon sort voudrait s'apitoyer ?
Je n'ai point le Commerce, hélas ! et le Courrier
Pourra-t-il digérer, dans sa haine profonde,
Mon poème ascétique en ma Fête du monde.....
N'importe, dût Bertin (3), de fureur rugissant,
Me traiter à peu près comme le trois pour cent ;
Dût Sevelinge encor, dans un accès de bile,
Soutenir qu'à penser ma muse est inhabile ;

---

(1) Baour prêtait volontiers ses privilèges à autrui. Nul, certes, ne fut plus somnifère que *le Tasse de Toulouse*, à qui Nestor Roqueplan a rendu pleine justice dans ce quatrain-épitaphe :

Ne me demandez pas si c'est Baour qu'on trouve
Dans ce sombre caveau ;
On le sait, au besoin de bâiller qu'on éprouve,
En passant près de son tombeau.

(2) S'agit-il du gentilhomme-poète Guillaume de Salluste, sieur *Du Bartas*, tant prisé par Gœthe ? C'est ce que les Augers de l'avenir nous apprendront.

(3) Directeur-fondateur du *Journal des Débats*.

Dût CHARLES REMUSAT, avec son drame noir (?),
D'un succès colossal me ravir tout l'espoir ;
Dût l'absurde Frondeur, dût cette foule obscure
De guêpes bourdonnant au désert du Mercure,
Sans trêve, sans pitié, m'assaillir à la fois ;
Du bon goût méconnu prête à venger les droits,
Mon humeur guerroyante en est plus animée,
Et je n'aurai que moi pour chef et pour armée (1).

Ce dernier vers indique suffisamment que Baour n'engageait que lui-même dans le débat, et que l'Académie entendait rester à l'écart. C'est ce qu'elle eut la sagesse de faire quelque temps. Désormais, plus de blâme public, plus de scandale, rien que le mépris du silence ; mais, au dehors, une haine sourde, une opposition cachée, une guerre sournoise. Ce fut le beau temps des mots faciles, des épigrammes de salon et, en même temps, des réquisitoires feuilletons, feuilletons qu'ou pouvait écrire sans les signer, ou qu'on savait inspirer sans les écrire. Le journal des académiciens, le *Constitutionnel*, appelait à grands cris un Molière ou un Regnard (Quoi ! n'avait-on pas M. Baour !) capable de vouer « les ennemis du bon sens » à un éternel ridicule. Et M. Duvergier de *Hauranne* (prononcez : *O âne !*), qui faisait déjà sa cour à l'Académie (la belle se rendit d'ailleurs au bout d'une quarantaine d'années), répondait en ces termes à l'article du *Constitutionnel* :

« Le romantisme n'est pas un ridicule, c'est une maladie comme le somnambulisme ou l'épilepsie. Un romantique est un homme dont l'esprit commence à s'aliéner. Il faut le

____

(1) *Encore un mot* (Urbain Canel, édit., 1826.)

plaindre, lui parler raison, *le ramener peu à peu*, mais on ne peut *en (sic)* faire le sujet d'une comédie ; c'est tout au plus celui d'une *thèse* de médecine. »

Ces traits d'esprit devaient inspirer plus tard à M. Jay, autre académicien en herbe, un roman à *thèse* : la *Conversion d'un romantique*, dont je parlerai plus loin, car il est curieux de voir le Jay paré de la mâchoire de l'âne.

IV

Les dernières *Odes, Han d'Islande, Bug Jargal* furent bafoués, attaqués, déchirés, mis en pièces par tout ce que l'Académie comptait encore de fidèles. Mais cet excès de violence eut pour résultat d'élever l'auteur à la dignité de chef d'école. Sa préface de *Cromwell* acheva de le placer à la tête de la révolution.

Pendant qu'il écrivait ce formidable manifeste, une troupe anglaise vint jouer à Paris plusieurs pièces de Shakespeare. En dépit de M. Auger, le succès fut immense. Eugène Delacroix écrivait à Victor Hugo : « Eh bien, envahissement général. Hamlet lève sa tête hideuse, Othello prépare son oreiller essentiellement occiseur et subversif de toute bonne police dramatique. Qui sait encore ? le roi Lear va s'arracher les yeux devant un public français ! *Il serait de la dignité de l'Académie* de déclarer incompatible avec la morale publique toute importation de ce genre. Adieu le bon goût. *Apprêtez-vous dans tous les cas une bonne cuirasse sous votre habit. Craignez les poignards classiques.* » Ce conseil n'était point une boutade, on le verra plus tard. Seulement, le poignard — si classique fût-il — n'était pas l'arme à craindre, vu qu'elle exige des meurtriers un certain courage.

Cromwell et sa préface parurent enfin, dans les premiers jours de décembre 1827.

Et tout Quatre-vingt-treize éclata...

Cette fois, le novateur ne se bornait plus à châtier sommairement nos Aristotes en quelques lignes. Il « coupait du bois vert et fouaillait *ces* hommes. »

Qu'on ne s'y méprenne pas, si quelques-uns de nos poètes ont pu être grands, même en imitant, c'est que, tout en se modelant sur la forme antique, ils ont souvent encore écouté la nature et leur génie, c'est qu'ils ont été eux-mêmes par un côté. Leurs rameaux se cramponnaient à l'arbre voisin, mais leur racine plongeait dans le sol de l'art. Ils étaient le lierre, et non le gui. Puis sont venus *les imitateurs en sous-ordre, qui n'ayant ni racine en terre, ni génie dans l'âme, ont dû se borner à l'imitation.* Comme dit Charles Nodier, *après l'école d'Athènes, l'école d'Alexandrie. Alors la médiocrité a fait déluge ;* alors ont pullulé ces poétiques, si gênantes pour le talent, si commodes pour elles. On a dit que tout était fait, on a défendu à Dieu de créer d'autres Molières, d'autres Corneilles. On a mis la mémoire à la place de l'imagination. La chose même a été réglée souverainement : il y a des aphorismes pour cela : « Imaginer, dit La Harpe avec son assurance naïve, ce n'est au fond que se ressouvenir. »

L'académicien Soumet était un homme d'esprit et une bonne nature (1). Il écrivit à l'ennemi des Quarante cette lettre que bien peu de ses collègues auraient signée :

« Je lis et je relis sans cesse votre *Cromwell*, cher et illustre Victor, tant il me paraît rempli des beautés les plus neuves et les plus hardies ; quoique dans votre préface vous nous traitiez impitoyablement de mousses et de lierres rampants, je n'en rendrai pas moins justice, à votre admirable talent et je parlerai de votre œuvre michelangesque comme je parlais autrefois de vos odes. »

Mais l'exemple de Soumet ne fut pas contagieux à l'Académie, comme le prouve ce passage d'une lettre de Hugo à Victor Pavie (d'Angers) :

« Vous avez beau m'y louer, mon jeune et bien cher ami, et m'y trop louer, je n'en crierai pas moins jusque sur les toits que votre article est admirable, et qu'il est triste (je ne dis pas pour moi, que suis-je ? mais pour les lettres), qu'un si profond et si élevé morceau de critique s'imprime dans le coin d'une province, tandis que *MM. R. et Compagnie* (2) *déposent leur nullité en qua-*

---

(1) On pourrait lui appliquer ce mot de Hugo sur M. Campenon (*Rép. au disc. de récept. de Saint-Marc Girardin*) : « Il était du petit nombre de ces hommes du second rang qui aiment ceux du premier. »

(2) Lisez : *Roger et l'Académie.*

tre colonnes dans un journal (1), qui se multiplie à quinze mille exemplaires et parle à cinq cent mille hommes dans les deux mondes. Que voulez-vous !

« Toutes les personnes qui ont déjà lu votre premier article sur le *Cromwell* sont dans le ravissement : David, Sainte-Beuve, Paul [Foucher] en radotent. Je vais le faire lire à Emile Deschamps et à Charles Nodier. Sainte-Beuve a fait aussi, lui, deux bien remarquables articles sur ce pauvre livre ; on les a refusés au *Globe*, dont les prosaïstes me gardent rancune. Vous voyez qu'il y a de l'intolérance jusque chez les philosophes, et de la censure même chez les démocrates. »

On voit que le *Constitutionnel,* organe attitré de l'Académie, n'était pas le seul ennemi de Victor Hugo. La plupart des journaux étaient hostiles à la révolution littéraire, et le *Globe* (2) lui-même, qui avait pris le rôle de médiateur, n'osa pas défendre *Cromwell* contre « MM. R. et Compagnie ». Victor Hugo ne répondit à aucune des attaques de ses adversaires. Seulement il prit chez son éditeur un exemplaire de luxe de son drame et en fit hommage à l'Académie.

---

(1) Le *Constitutionnel,* organe attitré de l'Académie.

(2) Au sujet du *Globe* et du rôle qu'il joua dans la révolution romantique, on peut consulter avec fruit la brochure que le professeur Théodore Ziesing (de Zurich) a consacrée à cette question : *Le Globe de 1824 à 1830, considéré dans ses rapports avec l'école romantique* (C. N. Ebell, Zurich, 1881).

Cet événement eut lieu dans la « séance *extraordinaire* » (certes !) du mardi 8 janvier 1820. Les témoins du fait ont négligé de nous dire si cet exemplaire de luxe avait été tiré sur papier de Chine.

Quelques semaines plus tard, le premier drame de Victor Hugo, *Amy Robsart*, qu'il avait, on le sait, donné à Paul Foucher, son beau-frère, était monté par l'Odéon — et tombait à plat. C'était la réponse des classiques à l'hommage du novateur. Je retrouve l'écho de cette catastrophe dans une lettre à Victor Pavie : « La plébécule cabalante qui a sifflé *Amy Robsart* croyait siffler *Cromwell* par contre-coup. C'est une malheureuse petite intrigue classique qui ne vaut pas, du reste, la peine qu'on en parle. »

La préface des *Orientales* fit presque autant de bruit que celle de *Cromwell*. Elle répondait d'avance aux critiques dont l'ouvrage était menacé, (ce qui n'empêcha point les menaces de se réaliser aigrement). « Il ne se dissimule pas, pour le dire en passant, que bien des critiques le trouveront hardi et insensé de souhaiter pour la France une littérature qu'on puisse comparer à une ville du moyen âge. C'est là une des imaginations les plus folles où l'on se puisse aventurer. C'est vouloir hautement le désordre, la profusion, la bizarrerie, le mauvais goût. Qu'il vaut bien mieux une belle et correcte nudité, de grandes murailles toutes *simples*, comme on dit, avec quelques ornements sobres et de *bon goût*, des oves et des volutes, un bouquet de bronze pour les corniches, un nuage de marbre avec des têtes d'anges pour les voûtes, une flamme de pierre pour les frises, et puis des oves et des volutes ! Le château de Versailles, la place Louis XV, la rue de Rivoli, voilà. Parlez-moi d'une belle littérature tirée au cordeau !

» Les autres peuples disent : Homère, Dante, Shakespeare. Nous disons : Boileau. »

Les attaques n'empêchèrent pas les *Orientales*, triomphe des sons et de la couleur, d'enchanter les oreilles et d'éblouir les yeux. En moins d'un mois, le public absorba treize mille exemplaires du recueil. Jamais la poésie ne s'était vue à pareille fête. L'auteur ajouta ces lignes en tête de la quatorzième édition :

Ce livre a obtenu le seul genre de succès que l'auteur puisse ambitionner en ce moment de crise et de révolution littéraire : vive opposition d'un côté, et peut-être quelque adhésion, quelque sympathie de l'autre.

Sans doute on pourrait quelquefois se prendre à regretter ces époques plus recueillies ou plus indifférentes, qui ne soulevaient ni combats ni orages autour du paisible travail du poète, qui l'écoutaient sans l'interrompre et ne mêlaient point de clameurs à son chant. Mais les choses ne vont plus ainsi. Qu'elles soient comme elles sont !

D'ailleurs tous les inconvénients ont leurs avantages. Qui veut la liberté de l'art doit vouloir la liberté de la critique ; et les luttes sont toujours bonnes. *Malo periculosam libertatem.*

L'auteur, selon son habitude, s'abstiendra de répondre ici aux critiques dont son livre a été l'objet. Ce n'est pas que plusieurs de ces critiques ne soient dignes d'attention et de réponse ; mais c'est qu'il a toujours répugné aux plaidoyers et aux apologies. Et puis, confirmer ou réfuter des critiques, c'est la besogne du temps.

Cependant il regrette que quelques censeurs, de bonne foi d'ailleurs, se soient formé de lui une fausse idée, et se soient mis à le traiter sans plus de façon qu'une hypothèse, le construisant *à priori* comme une abstraction, le refaisant de toutes pièces, de manière que lui, poète, homme de fantaisie et de caprice, mais aussi de conviction et de probité, est devenu sous leur plume, un être de raison, d'étrange sorte, qui a dans une main un système pour faire ses livres, et dans l'autre une tactique pour les défendre. Quelques-uns ont été plus loin encore, et de ses écrits passant à sa personne, l'ont taxé de présomption, d'outrecuidance, d'orgueil, et, que sais-je? ont fait de lui une espèce de jeune Louis XIV, entrant dans les plus graves questions, botté, éperonné et une cravache à la main.

Il ose affirmer que ceux qui le voient ainsi le voient mal.

Quant à lui, il n'a nulle illusion sur lui-même. Il sait fort bien que le peu de bruit qui se fait autour de ses livres, ce ne sont pas ses livres qui le font, mais simplement les hautes questions de langue et de littérature qu'on juge à propos d'agiter à leur sujet. Ce bruit vient du dehors, et non du dedans. Ils en sont l'occasion, et non la cause. Les personnes que préoccupent ces graves questions d'art et de poésie ont semblé choisir un moment ses ouvrages comme une arène, pour y lutter. Mais il n'y a rien là qu'ils doivent à leur mérite propre. Cela ne peut leur donner tout au plus qu'une importance passagère, et encore est-ce beaucoup dire. Le terrain le plus vulgaire gagne un certain lustre à devenir champ de bataille. Austerlitz et Marengo sont de grands noms et de petits villages.

Remarquons, en passant, que Victor Hugo

ne s'est jamais départi de cette modestie superbe qui donne aujourd'hui un charme si piquant à ses préfaces.

Mais la modestie ne désarma point la vieille Invalide. (C'est ainsi que les jeunes d'alors — cet âge est sans pitié ! — désignaient à l'ordinaire l'Académie.) Elle lâcha contre l'auteur des *Orientales* son fidèle roquet, son bon petit Baour. Celui-ci se prenait au sérieux, depuis que les feuilles romantiques lui faisaient l'honneur de l'attaquer. On se rappelle qu'il s'était écrié : *Et je n'aurai que moi pour chef et pour armée !* Eloquente paraphrase du fameux cri cornélien : *Moi ! dis-je, et c'est assez !* Mais il avait beau être seul, il n'était pas moins bruyant qu'un escadron. Or donc, ce jour-là, lui chef et armée, se posta fièrement sur les remparts classiques ; et de là, tourné vers cette capitale des lettres qui se livrait sans vergogne aux envahisseurs romantiques, il fit « gronder la voix » de son *Canon d'alarme* (1).

> ...... *Boileau ne vit plus que par sa renommée*
> *Dans la tombe avec lui la Satire enfermée*
> *Ne vient plus châtier de burlesques travers :*
> AVEC IMPUNITÉ LES HUGO FONT DES VERS.

Il semble qu'après ce vers on pourrait tirer l'échelle, ou, du moins, pour rester classique, qu'on pourrait fermer l'oreille au bruit de ce « canon » fantastique. Mais il y a mieux. M. Baour voit dans la belliqueuse phalange de *l'impuni* un... troupeau de

---

(1) Le *Canon d'alarme*, par Baour-Lormian, (Delangle, édit., 1829).

pourceaux qui grognent. Oh ! M. Baour ! —
Mais citons... la Baourdise :

Il semble que l'excès de leur stupide rage
A métamorphosé leurs traits et leur langage ;
Il semble, à les ouïr grognant sur mon chemin,
Qu'ils ont vu de Circé la baguette en ma main.

La réponse à ces niaiseries fut la représentation de *Henri III* aux Français. Le baron
Taylor venait de livrer ce théâtre à l'ennemi.
On sait qu'il avait comploté avec Talma au
sujet de *Cromwell*. (Voir le *Victor Hugo
raconté*, chap. XLVII.) Malheureusement,
Talma mourut avant que le drame fût terminé. Et ce fut Alexandre Dumas qui planta
le premier drapeau du Romantisme sur la
scène de *MM. R. et Compagnie*.

Mais l'artillerie de Baour fit feu de toutes
pièces pour anéantir l'assaillant.

Au sein de son triomphe Henri III qui succombe
Bientôt avec sa cour rentrera dans la tombe.
On se demandera bientôt de toutes parts
Si Paris en effet a vu dans ses remparts
Quelques nains, bégayant le jargon de Clotaire,
Insulter à Corneille, à Racine, à Voltaire,
Et s'il fut un HUGO *que sur papier vélin*
Osa sans épouvante imprimer Gosselin (1).

Je borne là les citations de Baour-Lormian,
et je conviens que ce... Boileau de la Garonne
est indigeste. Mais la plus belle Académie du
monde n'a pu donner que ce qu'elle avait.
— Les satires de Baour, de même que certains pamphlets dont nous aurons bientôt à
nous égayer, sont aujourd'hui des curiosités

----

(1) *Les nouveaux Martyrs*, par Baour-Lormian (Delangle, 1829).

rarissimes, presque introuvables. Peut-être me saura-t-on gré de les avoir découvertes, car elles méritent quelques citations dans cette étude, ne fût-ce que pour les fous rires que leur a dus la génération de 1830.

Aussitôt après l'*Henri III* de Dumas, on vit apparaître l'*Othello* de Vigny. Le succès fut moins grand, mais le drame avait demandé du renfort, et *Marion de Lorme* avait répondu. Le Canon d'alarme — surnommé le Canon des invalides — avait résonné en vain. L'ennemi opérait à coup sûr. On riait chez lui de Baour, dont le canon, paraît-il, *n'était pas en bronze mais en carton-pâte*. Ce furent de bien tristes jours pour l'Académie. Qui dira jamais les tortures morales qu'elle endura dans ce temps d'épreuve ! Elle faillit en perdre la raison. La France n'avait-elle pas perdu la tête. On vit des choses lamentables. Baour devint aphone et brisa son canon — pardon ! sa lyre ; M. Arnault ne moliérisa plus et se retira aux champs (1) ; M. Auger ne professa plus et se jeta dans la Seine.

Au milieu de tous ces deuils, l'Académie eut pourtant une grande joie. *Othello* finit par tomber sous les balles des francs-tireurs classiques, et *Marion de Lorme*, saisie sur le territoire de M. de Martignac, allié des Quarante, fut livrée à Charles X et ne reparut point. Telle, autrefois, l'héroïne de Vaucouleurs, surprise dans les limites du diocèse de

______

(1) Voir la *Première lettre*, dans les *Souvenirs et regrets d'un vieil amateur dramatique, lettres d'un oncle à son neveu sur l'ancien théâtre français*, par A.-V. Arnault (C. Froment, édit., 1829).

Cauchon, était tombée aux mains des Anglais et avait disparu.

Uno avulso, non deficit alter. L'ennemi avait encore demandé du renfort, et l'intrépide *Hernani* parut à l'horizon. A cette vue, les « perruques » se hérissèrent d'effroi. Mais soudain une idée de génie germa sous la Coupole. Pourquoi ce roi qui avait supprimé si alertement *Marion*, ne ferait-il pas encore quelque chose pour la bonne cause ? pourquoi ne prononcerait-il pas l'interdit contre le Drame, cet ennemi de droit commun, et surtout du sens commun ? Et alors on vit cette chose inouïe, qui semble une charge inventée par les Romantiques pour ridiculiser leurs adversaires, on vit quatre académiciens en titre, plus trois académiciens en herbe, adresser au roi une pétition, pour lui demander... Mais ne gâtons pas l'histoire. Laissons, laissons parler ce document mirifique :

SIRE,

LA GLOIRE DES LETTRES N'EST PAS LA MOINS ÉCLATANTE DES GLOIRES FRANÇAISES, ET LA GLOIRE DE NOTRE THÉATRE LA MOINS BRILLANTE DE NOS GLOIRES LITTÉRAIRES.

AINSI PENSAIENT VOS AÏEUX QUAND ILS ONT HONORÉ LE THÉATRE-FRANÇAIS D'UNE PROTECTION SPÉCIALE ; AINSI PENSAIT LOUIS XIV A QUI IL A DÛ SA PREMIÈRE ORGANISATION ; PERSUADÉ QUE LES CHEFS-D'ŒUVRE QUE SON RÈGNE AVAIT FAIT ÉCLORE NE POUVAIENT ÊTRE REPRÉSENTÉS AVEC TROP DE PERFECTION, CE ROI PROTECTEUR DES LETTRES A VOULU QUE LES MEILLEURS ACTEURS, DISSÉMINÉS DANS LES DIVERSES TROUPES QUE POSSÉDAIT ALORS LA CAPITALE, FUSSENT

RÉUNIS EN UNE SEULE, SOUS LE TITRE DE COMÉDIENS ORDINAIRES DU ROI.

IL DONNA A CETTE TROUPE D'ÉLITE DES RÈGLEMENTS, ET ENTRE AUTRES, LE PRIVILÉGE EXCLUSIF DE REPRÉSENTER LA TRAGÉDIE ET LA HAUTE COMÉDIE, ET IL AJOUTA A CES FAVEURS CELLE DE LA DOTER. SON BUT, EN CELA, VOUS LE SAVEZ, SIRE, N'ÉTAIT PAS SEULEMENT DE RÉCOMPENSER DES ACTEURS QUI AVAIENT LE BONHEUR DE LUI PLAIRE, MAIS AUSSI DE LES ENCOURAGER DANS LA PRATIQUE D'UN GENRE QUI, PAR SON ÉLÉVATION, ÉTAIT EN HARMONIE AVEC SON AME ROYALE: MAIS AUSSI, DE PERPÉTUER LA PROSPÉRITÉ DE CE GENRE ET D'ASSEOIR SUR DES BASES SOLIDES UN THÉATRE MODÈLE, SOIT POUR LES ACTEURS, SOIT POUR LES AUTEURS.

LONGTEMPS LES INTENTIONS DE LOUIS XIV ONT ÉTÉ REMPLIES SOUS SES SUCCESSEURS QUI N'ONT DÉGÉNÉRÉ DE LUI NI EN GOUT NI EN GÉNÉROSITÉ ; LES DEUX GENRES QU'IL AFFECTIONNAIT, ET AUXQUELS LA SCÈNE FRANÇAISE DEVAIT SA DIGNITÉ ET SA SUPÉRIORITÉ, Y ONT RÉGNÉ PRESQUE SANS PARTAGE.

TEL ÉTAIT ENCORE L'ÉTAT DES CHOSES A L'ÉPOQUE DU DÉCÈS DE VOTRE AUGUSTE PÈRE. POURQUOI FAUT-IL AVOUER QU'IL N'EST PLUS TEL AUJOURD'HUI ?

LA MORT DE L'ACTEUR QUI RIVALISAIT DE TALENT AVEC LES AUTEURS LES PLUS PARFAITS DE QUELQUE ÉPOQUE QUE CE SOIT, A PORTÉ PLUS D'UN DOMMAGE AU NOBLE GENRE DONT IL ÉTAIT LE SOUTIEN (1). SOIT PAR DÉPRAVATION DE

---

(1) On sait que Talma soutenait les Campistrons, faute de mieux, mais qu'il s'était promis au drame et devait créer *Cromwell*. (Voir le *Victor Hugo raconté*, chap. XLVII.

GOUT, SOIT PAR CONSCIENCE DE LEUR IMPUISSANCE A LE REMPLACER, QUELQUES SOCIÉTAIRES DU THÉATRE-FRANÇAIS, PRÉTENDANT QUE LE GENRE OU TALMA EXCELLAIT NE POUVAIT PLUS ÊTRE UTILEMENT EXPLOITÉ, SE SONT EFFORCÉS D'EXCLURE LA TRAGÉDIE DE LA SCÈNE, ET SE SONT EFFORCÉS DE LUI SUBSTITUER LES DRAMES LES PLUS BIZARRES QUE PUISSENT OFFRIR LES LITTÉRATURES ÉTRANGÈRES ; DRAMES QU'AVANT CETTE ÉPOQUE ON N'AVAIT OSÉ REPRODUIRE QUE SUR NOS THÉATRES INFIMES.

QUE DES ACTEURS MÉDIOCRES AIENT CETTE PRÉTENTION, SI BIEN D'ACCORD AVEC LEUR MÉDIOCRITÉ ; QUE, NE POUVANT S'ÉLEVER JUSQU'A LA TRAGÉDIE, ILS VEULENT LA RABAISSER AU NIVEAU DE LEUR TALENT, CELA SE CONÇOIT ; MAIS CE QUE L'ON A PEINE A CONCEVOIR, SIRE, C'EST QUE CETTE PRÉTENTION SOIT ENCOURAGÉE PAR LES PRÉPOSÉS QUI DEVRAIENT LA COMBATTRE.

NON SEULEMENT ILS VIOLENT LES DROITS FONDÉS SUR LES RÈGLEMENTS POUR FAVORISER EN TOUTES CIRCONSTANCES LE GENRE OBJET DE LEUR PRÉDILECTION ; MAIS, POUR SATISFAIRE AUX EXIGENCES DE CE GENRE, QUI A MOINS POUR OBJET D'ÉLEVER L'AME, D'INTÉRESSER LE CŒUR, D'OCCUPER L'ESPRIT, QUE D'ÉBLOUIR LES YEUX PAR DES MOYENS MATÉRIELS, PAR LE FRACAS DES DÉCORATIONS ET PAR L'ÉCLAT DU SPECTACLE, ILS ÉPUISENT LA CAISSE DU THÉATRE ; ILS ACCROISSENT SA DETTE ; ILS OPÈRENT SA RUINE ! ET CEPENDANT, COMME LA TRAGÉDIE, MALGRÉ TOUT CE QU'ON FAIT CONTRE ELLE, LUTTE ENCORE AVEC QUELQUE AVANTAGE CONTRE SON IGNOBLE RIVAL, NON CONTENT DE SE REFUSER AUX FRAIS NÉCESSAIRES, A L'APPAREIL QU'ELLE

RÉCLAME, LES PROTECTEURS DE CELUI-CI S'ÉTUDIENT A DÉCONCERTER L'ENSEMBLE DES REPRÉSENTATIONS TRAGIQUES, A NE DONNER POUR AIDE AUX PRINCIPAUX ACTEURS QUE DES SUJETS RÉPROUVÉS PAR LE PUBLIC ; BIEN PLUS ENCORE, POUR RENDRE TOUTE REPRÉSENTATION TRAGIQUE DÉSORMAIS IMPOSSIBLE, ANTICIPANT SUR L'ÉPOQUE OU LES DEUX PREMIERS SUJETS TRAGIQUES, Mlle DUCHESNOIS ET M. LAFOND, DOIVENT PRENDRE LEUR RETRAITE, ILS PRÉTENDENT LES CONTRAINDRE A SUBIR, SOUS LE NOM DE CONGÉ, UN EXIL D'UN AN PENDANT LA DURÉE DUQUEL ON SE FLATTE DE CONSOMMER L'ABSOLUE DESTRUCTION DU THÉATRE DE RACINE, CORNEILLE ET VOLTAIRE.

SIRE, LES AGENTS SUR LESQUELS VOTRE CONFIANCE SE REPOSE DES SOINS DE SURVEILLER ET DE DIRIGER LE THÉATRE, RÉPONDENT-ILS BIEN A VOS INTENTIONS PROTECTRICES ? EST-CE POUR FAVORISER L'USURPATION DU MÉLODRAME? ESTCE POUR LIVRER LA SCÈNE FRANÇAISE QUE LES CLÉS LUI EN ONT ÉTÉ REMISES ? LES FONDS QUE VOTRE LIBÉRALITÉ MET A LEUR DISPOSITION, POUR ÊTRE EMPLOYÉS DANS L'INTÉRÊT DU BON GOUT, DOIVENT-ILS ÊTRE PRODIGUÉS DANS L'INTÉRÊT DE LEUR GOUT PARTICULIER, QUI TEND A ASSERVIR LE DOMAINE DE CES GRANDS HOMMES A LA MELPOMÈNE DES BOULEVARDS, ET A RÉDUIRE LEUR ART SUBLIME A LA CONDITION D'UN VIL MÉTIER ?

PERSUADÉS, SIRE, QUE LA GLOIRE DE VOTRE RÈGNE EST INTÉRESSÉE A CE QU'AUCUNE DES SOURCES DE LA GLOIRE FRANÇAISE NE S'ALTÈRE, NOUS CROYONS DEVOIR APPELER VOTRE ATTENTION SUR LA DÉGRADATION DONT LE PREMIER DE NOS THÉATRES EST MENACÉ.

SIRE, LE MAL EST GRAND DÉJA ! ENCORE QUEL-
QUES MOIS, ET IL SERA SANS REMÈDE ; ENCORE
QUELQUES MOIS, ET, FERMÉ TOUT A FAIT AUX
OUVRAGES QUI FAISAIENT LES DÉLICES DE LA
PLUS POLIE DES COURS, DE LA NATION LA PLUS
ÉCLAIRÉE, LE THÉATRE FONDÉ PAR LOUIS-LE-
GRAND SERA TOMBÉ AU-DESSOUS DES TRÉTEAUX
LES PLUS ABJECTS, OU PLUTÔT LE THÉATRE
FRANÇAIS AURA CESSÉ D'EXISTER !

SIGNÉ : A.-V. ARNAULT, N. LEMERCIER,
ÉTIENNE, DE JOUY, VIENNET, JAY,
O. LEROY.

Le tableau du Théâtre Français tracé par
les pétitionnaires n'est peut-être pas d'une
exactitude absolue, et je crains que leurs
arguments ne soient pas non plus inatta-
quables. Mais voici un commentaire de l'auteur d'*Henri III* qui fixe la valeur de cette
requête invraisemblable. Selon lui, l'idée de
ces messieurs pouvait se résumer ainsi :

« Sire, nous sommes les représentants de
l'art ; nous seuls savons ce que c'est que le
beau ; nous seuls avons la science, le goût, le
génie. Le public nous siffle, c'est vrai, aussitôt que nous paraissons ; nos tragédies n'atti-
rent personne, c'est vrai, quand on les joue ;
les comédiens nous représentent avec une
répugnance concevable, c'est vrai, puisque,
faisant les mêmes frais pour nos pièces, ils
n'en tirent pas les mêmes profits ; mais,
n'importe, il nous est dur de mourir, d'être
oubliés ; nous aimons mieux être sifflés
qu'ensevelis : ordonnez, sire, qu'on nous joue,

qu'on ne joue que nous, car nous sommes les
seuls héritiers de Corneille, de Molière et de
Racine, tandis que les nouveaux venus ne
sont que des bâtards de Shakespeare, de
Gœthe et de Schiller (1). »

Le succès, au demeurant, fut considérable.
Le plus spirituel des journaux de l'époque,
Figaro (le premier en date) écrivit plusieurs
articles sur la question des sept. J'en détache
quelques lignes :

« En ce temps-là, arriva furtivement aux
pieds du trône de S. M. Charles X, et en guise
de note secrète, une supplique apostillée par
sept grands hommes ; lesquels, humblement,
demandaient qu'on leur accordât le privilège d'endormir le public à l'exclusion de tous
autres ; ils s'en chargeaient à eux sept ; re-
quérant en outre, si besoin était, une escouade
de gendarmerie et un procureur du roi, lesquels n'étaient pas dans la forme, si l'on
veut, mais bien au fond de la très humble supplique, et au bas *Germanicus*, *Bélisaire*,
Artaxerce, *Clovis*, le *Pacha de Surêne* et
Onésyme Leroy (2). »

La réponse de Charles X à cette étrange
supplique fut aussi spirituelle que la démarche était inepte. « Messieurs, dit ce roi qui
n'aimait point le ridicule, quand il s'agit de
théâtre, je n'ai, comme tout bourgeois de
Paris, que ma place au parterre. »

---

(1) Alexandre Dumas, *Mes Mémoires*, 12,
VIII.
(2) *Figaro* du 13 mars 1829.

V

Décidément, la lutte ouverte ne réussissait pas à l'Académie. Elle revint à cette guerre sournoise dont j'ai dit plus haut les beautés. *Hernani* vit se dresser devant lui — ou plutôt, derrière lui — une cabale monstre, hargneuse, furieuse, exaspérée. On vit bientôt quel mal pouvait faire cet ennemi caché. Voici une lettre de Victor Hugo qui nous dit la chose en détail :

A Son Excellence le Ministre de l'Intérieur (1).

5 janvier 1830.

J'ai l'honneur d'exposer à Son Excellence le Ministre de l'Intérieur les faits qui suivent :

Lorsque, au mois de juillet dernier, la Comédie-Française voulut monter le premier drame que j'ai destiné au théâtre, *Marion de Lorme*, je demandai à M. de Martignac, alors ministre, d'être exempté de la juridiction censorielle et de n'avoir à subir d'autre examen que la censure même du ministre, faveur qu'il avait déjà accordée à plusieurs auteurs dramatiques. Voici de quelle façon je lui expliquai et verbalement et par écrit le tort qu'il pouvait me faire en livrant ma pièce aux censeurs.

« Les censeurs dramatiques sont tous pris dans les rangs littéraires qui nous sont opposés ; ce qui honore le parti de la liberté de l'art, auquel je me fais gloire d'appartenir. (Non que je veuille faire rejaillir sur toute l'ancienne école la faute de quelques-uns de ses membres, mais c'est un

____

(1) Le comte de Montbel.

fait que je constate en passant.) Or, ces censeurs, auteurs dramatiques pour la plupart, tous défenseurs intéressés de l'ancien régime littéraire, en même temps que de l'ancien régime politique, sont mes adversaires, et, au besoin, mes ennemis naturels. Qu'est-ce qu'une pièce de théâtre non représentée ? C'est tout ce qu'il y a de plus fragile et de plus incertain au monde. Une scène, un vers, un mot divulgué et travesti d'avance, peuvent, tous les théâtres le savent, tuer une œuvre dramatique avant même qu'elle ait vécu. D'où il résulte que la censure, qui est une vexation odieuse pour toutes les écoles, est, pour nous hommes de la liberté de l'art, quelque chose de pire encore, un piége, une embûche, un guet-apens. Il m'importerait donc bien que cinq ennemis avoués ne fussent pas, avant la représentation, dans le secret de ma pièce, et ne pussent en révéler d'avance les détails aux cabales intéressées à bien diriger leurs coups. Dans ma position, la pire de toutes les cabales, c'est la censure. »

Voilà ce que je disais au ministre d'alors. Ce qu'il avait accordé à d'autres, il jugea à propos de me le refuser. Ma demande fut rejetée.

Seulement, le ministre consentit à ne livrer *Marion de Lorme* qu'à un seul censeur, et me laissa le choix de ce censeur unique, que je n'eus pas cependant la faculté de choisir hors du bureau de censure. Je désignai un homme de lettres qui me parut offrir le plus de garanties, et avec qui j'avais eu des relations amicales *avant qu'il fût censeur.* Cet *examinateur*, comme il s'appelait, me fit de mes défiances contre la censure un reproche presque tendre. — Il concevait, disait-il, tous les inconvénients, tout le danger, de vers divulgués, colportés, mutilés, parodiés avant la représentation d'un ouvrage dramatique ; mais mes préventions contre la censure m'entraînaient trop loin. Les examinateurs dramatiques, continuait-il, ne sont plus hommes de lettres. Chargés d'un rôle tout officiel, occupés seulement d'extirper les allusions politiques, ils ne savent pas, ils ne doivent pas même savoir la couleur littéraire de l'ouvrage qu'ils censurent. Hors de l'affaire ministérielle, ils n'ont rien à voir. Le censeur qui méchamment divulguerait les détails de l'ouvrage qu'il a censuré, ne serait, et je cite ses propres expressions, ni moins indigne, ni moins odieux que le prêtre qui révèlerait les secrets du confessionnal.

Voilà ce que me disait mon censeur d'alors. Certes, ce langage eût rassuré de moins entêtés que moi sur le compte des hommes et des choses de police. Cependant, M. de la Bourdonnaye survint au ministère, et *Marion de Lorme* fut proscrite. Fidèle à mes travaux de conscience et d'art, je tâchai de réparer de mon mieux le tort que me faisait le ministre. Je fis *Hernani* (1). La Comédie-Française mit sur le champ ce drame à l'étude. Il fallut le soumettre à l'examen du pouvoir. Je n'ai aucune faveur à demander au ministère actuel. J'envoyai donc mon drame à la censure, la prenant telle qu'elle est, sans

---

(1) Après l'interdiction de *Marion de Lorme*, Hugo, en trois semaines, avait improvisé *Hernani*. On lit, à ce sujet, dans le *Victor Hugo raconté* :

« M. Victor Hugo n'était pas de ceux qu'un échec décourage ; il comprenait d'ailleurs que l'interdiction de *Marion de Lorme* profiterait à son prochain drame. La semaine suivante, il dînait chez M. Nodier avec le baron Taylor, qui partait pour un voyage.

» — Quand serez-vous de retour ? lui demanda M. Victor Hugo. — A la fin du mois. — Cela nous donne un peu plus de trois semaines. Eh bien, convoquez le comité pour le 1er octobre, je lirai quelque chose.

» Le 1er octobre, il lut *Hernani*. »

réclamations, ni précautions, mais non sans défiance. Je me rappelais les protestations du censeur de *Marion de Lorme*, et je me disais, sans cependant trop y croire, qu'il existe peut-être des gens qui savent faire honnêtement un métier peu honnête.

Or, depuis qu'*Hernani* a été communiqué à la censure, voici ce qu'il advient. Des vers de ce drame, les uns à demi travestis, les autres ridiculisés tout entiers, quelques-uns cités exactement, mais artistement mêlés à des vers de fabrique, des fragments de scène enfin plus ou moins habilement défigurés et tout barbouillés de parodie, ont été livrés à la circulation.

Des portions de l'ouvrage ainsi accommodées ont reçu d'avance cette demi-publicité, tant redoutée à bon droit des auteurs et des théâtres. Les artisans de ces louches manœuvres ont, du reste, pris à peine le souci de se cacher ; ils ont fait la chose en plein jour, et pour leurs discrètes confidences, ils ont choisi tout simplement des journaux. Cela ne leur a pas suffi. Cette pièce qu'ils ont prostituée à leurs journaux, les voilà qui la prostituent à leurs salons.

Il me revient de toute part (et il s'est formé à cet égard une sorte de notoriété publique) que des copies frauduleuses d'*Hernani* ont été faites, que des lectures totales ou partielles de ce drame ont eu lieu en maint endroit et notamment chez un employé supérieur du ministère de M. de Corbière.

Or, tout ceci est grave.

Il est inutile de faire ressortir l'influence que de pareilles menées peuvent avoir, dans le calcul de leurs auteurs, sur un ouvrage dramatique dont le sort se décide en deux heures et souvent sans appel.

Maintenant, d'où peuvent venir ces menées ? Sur quel manuscrit d'*Hernani* ont pu être faites ces parodies, ces contrefaçons avec variantes,

ces copies frauduleuses, ces furtives lectures ?
Je prie le ministre de faire attention à ceci.

Il n'existe hors de chez moi que deux manuscrits d'*Hernani*. L'un est déposé au théâtre ; c'est celui sur lequel on répète tous les jours. Dès que la répétition est terminée, ce manuscrit est renfermé sous triple clef. Personne au monde ne peut en avoir communication. Le secrétaire de la Comédie-Française, auquel, dès la réception de la pièce, les plus sérieuses recommandations ont été faites, le tient secret sous la responsabilité la plus sévère. L'autre manuscrit est à la censure.

Or, des contrefaçons circulent. D'où peuvent-elles venir ? Je le demande de nouveau. Du théâtre dont elles ébranlent les espérances, dont elles ruinent les intérêts, du théâtre où la circonspection la plus complète est observée, du théâtre où la chose est impossible, — ou de la censure ?

La censure a un manuscrit, un manuscrit à sa discrétion, un manuscrit pour son bon plaisir. Elle en peut faire ce qu'elle veut. La censure est mon ennemie littéraire, la censure est mon ennemie politique. La censure est de droit improbe, malhonnête et déloyale. J'accuse la censure.

Je prie son Excellence le Ministre de l'Intérieur de recevoir....., etc.

VICTOR HUGO.

Les soupçons de Victor Hugo étaient fondés. En effet, qui avait-on chargé de l'*examen* d'*Hernani ?* Deux académiciens, deux grands faiseurs de tragédies : M. Laya, auteur d'*Eusèbe*, et M. Brifaut, auteur de *Ninus II !*
Après le scandale des vers parodiés, plusieurs journaux, et, notamment, le *Figaro*

et les *Débats,* reprochèrent à ces messieurs
les copies frauduleuses dont parle l'épître
ci-dessus. M. Brifaut, par la voie du *Moniteur*, repoussa cette accusation dans une
lettre publique, tour à tour indignée, explicative et railleuse, qui ne convainquit personne.
Cette défense, assaisonnée d'éloge et de
moquerie, était d'ailleurs maladroite. Qu'on
en juge.

« AU RÉDACTEUR.

» Monsieur,

» On a singulièrement dénaturé dans quelques journaux les circonstances d'un fait qui
serait sans importance, si le nom recommandable de M. Victor Hugo ne s'y trouvait pas
attaché. Voici, Monsieur, comment les choses
se sont passées : Vers la fin de l'année dernière, à l'une des séances du comité de
l'Odéon dont je fais partie, on parla du nouveau drame d'*Hernani* et l'on en cita des
vers très ridicules. Je dis que je connaissais
la pièce, que je n'y avais point lu ces vers
attribués méchamment à l'auteur, mais que
par malheur elle en renfermait d'autres qui,
sans être aussi étranges, ne valaient guère
mieux. Alors j'en rapportai trois, les seuls,
en vérité, que ma mémoire ait pu ou voulu
retenir. On rit et j'en fis autant. Nous étions
quatre ou cinq personnes à cette réunion.
Un ami de M. Victor Hugo, membre du
comité, arriva un moment après : la séance
n'était point encore commencée: quelqu'un
lui conta notre conversation, qu'il alla redire
à celui qu'elle intéressait, le tout sans mau-

vaise intention ; son nom suffit pour m'ôter tout soupçon à cet égard : mais l'affaire eut des suites. L'auteur d'*Hernani* m'écrivit d'un style un peu amer pour se plaindre de mon indiscrétion (1). Ma réponse (2) se ressentit de l'impression désagréable que m'avait laissée le ton de sa lettre : cependant, après lui avoir avoué la vérité, que je ne dissimule jamais, dût-elle me nuire, je lui promis de ne plus répéter ses vers quand ils pourraient prêter à la raillerie, l'assurant que je trouvais beaucoup plus de plaisir à citer les belles strophes ou les brillantes tirades qu'il crée avec une si heureuse facilité. Voilà tout ce qu'il y a de vrai dans ce qu'on a raconté : voilà tout mon crime. Quant au reste, je ne sais ce que cela veut dire. La copie frauduleuse du manuscrit d'*Hernani*, la falsification du texte, les lectures de l'ouvrage chez des particuliers, les vers livrés à des journa-

---

(1) Cette lettre ne figure pas dans la *Correspondance* de Victor Hugo.

(2) Voici un passage de cette réponse, cité par le *Victor Hugo raconté* (chap. LIII) :

« ..... Que disent vos espions (il appelait les autres des espions) et les journaux qui vous soutiennent ? que j'ai révélé le secret de la comédie ? que j'ai cité vos vers en m'en moquant ? Eh bien, quand cela serait, où est mon tort ? Si je vous ai loué quand vous étiez louable, ne m'est-il pas permis de vous blâmer quand vous êtes blâmable ? Vos ouvrages sont-ils sacrés ? Doit-on les admirer ou se taire ? Vous ne le pensez pas, vous n'avez pas ce ridicule amour-propre. Vous savez que celui qui a franchement applaudi à vos premières odes est libre de condamner avec la même franchise vos drames nouveaux. J'ai blâmé, c'est vrai, le style de *Hernani*..... »

listes, sont des infamies dont je n'ai pas à me justifier. Je suis persuadé que M. Victor Hugo, en qui j'ai toujours reconnu autant de loyauté que de talent, est étranger aux imputations calomnieuses auxquelles a donné lieu un fait très insignifiant par lui-même, qu'il me rend la justice que je me plais à lui rendre, et qu'il sera le premier à désavouer des amis imprudents qui me reprochent des bassesses qu'il leur serait aussi impossible de prouver qu'il m'est impossible d'y descendre.

» Agréez l'assurance..... etc.

» BRIFAUT (1). »

La Censure, d'après Mme Hugo, n'était pas précisément la seule coupable. « Les auteurs tragiques et comiques, dit-elle, supportaient malaisément ce nouveau venu qui menaçait leurs doctrines et leurs intérêts. Ils travaillaient d'avance contre ce démolisseur d'une littérature qui était la bonne, puisqu'elle était la leur. Ils écoutaient aux portes, provoquaient les indiscrétions, ramassaient çà et là quelques vers qu'ils défiguraient, racontaient des scènes en les caricaturant, en imaginaient au besoin, et faisaient bien rire les salons du prétendu chef-d'œuvre. Un auteur du Théâtre-Français fut surpris blotti dans l'ombre pendant une répétition. D'autres venaient chez M. Victor Hugo, se disaient ses grands admirateurs, lui arrachaient à force

____

(1) Le *Moniteur* du 6 mars 1830.

d'importunités une ou deux scènes, et allaient les colporter dénaturées. Un auteur tragique, académicien et censeur (M. Etienne), qui avait lu la pièce comme censeur, était un des colporteurs les plus actifs ; un de ses auditeurs, indigné, déféra le fait aux journaux. »

La bataille d'*Hernani*, c'est l'éternelle histoire du génie aux prises avec l'impuissance farouche des eunuques de l'Art. Le poète François Coppée, qui est de l'Académie dont le poète Théophile Gautier n'a pu être, a tracé, d'après ledit Gautier *(Histoire du romantisme)* un tableau de cette lutte légendaire.

..... La cabale était terrible. Académie,
Salons, journaux formaient cette armée ennemie.
Ils étaient là, le ban avec l'arrière-ban,
Fortifiés selon les règles de Vauban,
Dans les trois unités et dans la tragédie,
Et se moquaient un peu de la troupe hardie.....
Qui cependant allait les vaincre, un contre dix.
Mais c'était la jeunesse !... et par cette poignée
De braves la bataille à la fin fut gagnée .
Pour l'art nouveau, pour l'art libre et jeune
(comme eux.
Leurs noms ? Tous depuis lors sont devenus fameux :
C'étaient Balzac, rêvant la Comédie humaine,
Delacroix, ce Titien ; David, ce Cléomène,
Gautier, dont le pourpoint insultait les rieurs,
Berlioz, Devéria... J'en passe, et des meilleurs !
Détestant la routine et ses œuvres caduques,
Ils agitaient, devant les vieillards à perruques,
L'ironique défi de leurs cheveux flottants,
Et se sentaient, les beaux artistes de vingt ans, .
Sûrs de vaincre, en songeant que le chef de l'école
Avait l'âge précis du général d'Arcole.

. . . . .

..... Le premier soir fut bon aux Romantiques.
Le grand drame, entouré de tous ses fanatiques,
Fit peur ; et la cabale un instant se troubla.
Mais, dès le second jour, par Saint-Jean d'Avila !
La lutte fut terrible, et jamais le théâtre
N'en a vu soutenir de plus opiniâtre ;
Et, plus de trente fois de suite, on se battit.

Gautier, le grand témoin, nous l'a souvent redit :
Tel vers, qu'avec ivresse aujourd'hui l'on écoute,
Etait pris et repris ainsi qu'une redoute (1).
Au passage où toujours nous nous émerveillons,
Cris et sifflets partaient en feux de bataillons.
Et les bravos lançaient leurs paquets de mitraille.
Une tirade était tout un champ de bataille.
Ici, Nanteuil guettait d'un regard attentif
Un classique embusqué derrière un adjectif,
Et là, Borel avait quelque duel intrépide
Pour le : Quelle heure est-il ? *ou le* : Vieillard stupide !

Gautier et Coppée n'ont pas été seuls à raconter la bataille d'*Hernani*. Ce récit a été fait bien des fois. On connaît surtout celui de Dumas père, dans ses *Mémoires*, celui de Mme Hugo, dans le *Victor Hugo raconté*, et celui de Louis Reybaud (témoin et combattant, comme Gautier) dans son *Jérôme Paturot*.

---

(1) « Quand on assiste aujourd'hui à une représentation d'*Hernani*, en suivant le jeu des acteurs sur un vieil exemplaire marqué de coups d'ongle à la marge pour désigner *des endroits tumultueux, interrompus ou sifflés, d'où partent d'ordinaire maintenant les applaudissements* comme des vols d'oiseaux avec de grands bruits d'ailes *et qui étaient jadis des champs de bataille piétinés, des redoutes prises et reprises, des embuscades où l'on s'attendait au détour d'une épithète,* des relais de meutes pour sauter à la gorge d'une métaphore poursuivie, on éprouve une surprise indicible que les générations actuelles, débarrassées de ces niaiseries par nos vaillants efforts, ne comprendront jamais tout à fait. Comment s'imaginer qu'un vers comme celui-ci :

Est-il minuit ? Minuit bientôt.

ait soulevé des tempêtes et *qu'on se soit battu trois jours autour de cet hémistiche ?* » (Théophile Gautier, *Histoire du Romantisme*, p. 103.)

On sait que le premier vers de *Cromwell* était une date :

Demain, vingt-cinq juin mil six cent cinquante-
[*sept (1).*

Les perruques de l'Académie n'ayant pas eu la satisfaction de siffler ce vers en public, puisque la longueur de *Cromwell* rendait ce drame injouable, l'auteur voulut, pour les dédommager, leur offrir un équivalent de ce plaisir perdu. Il commença *Hernani* avec le même parti pris de violence, d'attentat à la pudeur classique.

Serait-ce déjà lui ? C'est bien à l'escalier
Dérobé.....

« La querelle était déjà engagée, dit Gautier. Ce mot rejeté sans façon à l'autre vers,

---

(1) Voir la préface dialoguée du *Dernier Jour d'un condamné (Une comédie à propos d'une tragédie)* :

LE POÈTE ÉLÉGIAQUE

..... Il a publié aussi un drame, — on appelle cela un drame, — où l'on trouve ce beau vers :

Demain vingt-cinq juin mil six cent cinquante-sept.

QUELQU'UN

Ah ! ce vers !

LE POÈTE ÉLÉGIAQUE

Cela peut s'écrire en chiffres, voyez-vous, mesdames :

Demain, 25 juin 1657.

Il rit. On rit.

LE CHEVALIER

C'est une chose particulière que la poésie d'à présent.

LE GROS MONSIEUR

Ah çà ! il ne sait pas versifier, cet homme-là !

cet enjambement audacieux, impertinent même, semblait un spadassin de profession, un Saltabadil, un Scoronconcolo allant donner une pichenette sur le nez du classicisme pour le provoquer en duel.

» — « Eh quoi ! dès le premier mot l'orgie « en est là! On casse les vers et on les jette « par les fenêtres », dit un classique admirateur de Voltaire avec le sourire indulgent de la sagesse pour la folie.

» Il était tolérant d'ailleurs et ne se fût pas opposé à de prudentes innovations, pourvu que la langue fût respectée ; mais de telles négligences au début d'un ouvrage devaient être condamnées chez un poète, quels que fussent ses principes, libéral ou royaliste.

» — « Mais ce n'est pas une négligence, « c'est une beauté, répliquait un romantique « de l'atelier de Devéria, fauve comme un « cuir de Cordoue et coiffé d'épais cheveux « rouges comme ceux d'un Giorgione.

« ..... *C'est bien à l'escalier*
« *Dérobé.....*

« Ne voyez-vous pas que ce mot *dérobé*, « rejeté et comme suspendu en dehors du vers, « peint admirablement l'escalier d'amour « et de mystère qui enfonce sa spirale dans « la muraille du manoir! Quelle science « architectonique ! quel sentiment de l'art du « seizième siècle! quelle intelligence pro- « fonde de toute une civilisation ! »

» L'ingénieux élève de Devéria voyait sans doute trop de choses dans ce rejet, car ses commentaires, développés outre mesure, lui attirèrent des *chut* et des *à la porte*, dont l'énergie croissante l'obligea bientôt au silence. »

Et là-dessus, la bataille devint tragique, presque aussi tragique assurément que la pièce elle-même.

« ..... La passion qu'une salle contient se dégage toujours et se révèle par des signes irrécusables. Il suffisait de jeter les yeux sur ce public pour se convaincre qu'il ne s'agissait pas là d'une représentation ordinaire ; que deux systèmes, deux partis, deux armées, deux civilisations même, — ce n'est pas trop dire — étaient en présence, se haïssant cordialement, comme on se hait dans les haines littéraires (1), ne demandant que la bataille et prêts à fondre l'un sur l'autre. L'attitude générale était hostile, les coudes se faisaient anguleux, la querelle n'attendait pour jaillir que le moindre contact, et il n'était pas difficile de voir que ce jeune homme à longs cheveux trouvait ce monsieur à face bien rasée désastreusement crétin et ne lui cacherait pas longtemps cette opinion particulière.

» En effet, de petits tumultes aussitôt étouffés éclataient aux plaisanteries roman-

---

(1) « Les haines littéraires sont encore plus féroces que les haines politiques, car elles font vibrer les fibres les plus chatouilleuses de l'amour-propre, et le triomphe de l'adversaire vous proclame imbécile. Aussi n'est-il pas de petites infamies et même de grandes que ne se permettent, en pareil cas, sans le moindre scrupule de conscience, les plus honnêtes gens du monde. » (*Hist. du Romantisme*, p. 100.) On trouve, dans les *Mémoires* des Goncourt, la même idée développée par Hugo dans une conversation.

tiques de Don Carlos, aux *Saint Jean d'Avila* de Don Ruy Gomez de Silva, et à certaines couches de couleurs locales espagnoles prises à la palette du *Romancero* pour plus d'exactitude. Mais comme au fond on sentait que ce mélange de familiarité et de grandeur, d'héroïsme et de passion, de sauvagerie chez Hernani, de rabâchage homérique chez le vieux Silva, révoltait profondément la portion du public qui ne faisait pas partie des *salteadores* d'Hugo ! »

La dispute à propos de *l'escalier dérobé* ne fut pas la seule : il y en eut d'autres du même genre. Le *Vieillard stupide* ! un des mots les plus sifflés de tout le drame, eut la sienne aussi, qui fut encore plus drôle. C'est à Dumas que nous en devons le récit.

« On attaquait sans avoir entendu ; on défendait sans avoir compris.

» Au moment où Hernani apprend de Ruy Gomez que celui-ci a confié sa fille à Charles-Quint, il s'écrie :

Vieillard stupide ! il l'aime !

» M. Parseval de Grandmaison (1), mon ancien ami, qui avait l'oreille un peu dure, entendit : « *vieil as de pique* ! il l'aime ! » et, dans sa naïve indignation, il ne put retenir un cri :

» — Ah ! pour cette fois, dit-il, c'est trop fort !

» — Qu'est-ce qui est trop fort, monsieur ?

____

(1) Un des Quarante. « L'orchestre et le balcon étaient pavés de crânes académiques et classiques. » (Gautier.)

qu'est-ce qui est trop fort ! demanda mon ami Lassailly, qui était à sa gauche et qui avait bien entendu ce qu'avait dit M. Parseval de Grandmaison, mais non ce qu'avait dit Firmin.

» — Je dis, monsieur, reprit l'académicien, je dis qu'il est trop fort d'appeler un vieillard respectable, comme l'est Ruy Gomez de Silva. *vieil as de pique* !

» — Comment, c'est trop fort ?

» — Oui, vous direz ce que vous voudrez, ce n'est pas bien, surtout de la part d'un jeune homme comme Hernani.

» — Monsieur, répondit Lassailly, il en a le droit ; les cartes étaient inventées... Les cartes ont été inventées soûs Charles VI, monsieur l'académicien ; si vous ne savez pas cela, je vous l'apprends, moi... Bravo pour le *vieil as de pique* ! bravo, Firmin ! bravo, Hugo !... Ah !...

» Vous comprenez qu'il n'y avait rien à répondre à des gens qui attaquaient et qui défendaient de cette façon-là. »

Mais l'incident le plus caractéristique de la première d'*Hernani* fut une escarmouche terrible, où l'Académie faillit laisser un de ses membres. Nous avons là-dessus le rapport de M. Alfred Nettement, témoin oculaire — et impartial, s'il faut l'en croire.

« Un spectateur classique, raconte cet historien, ayant manifesté son improbation, une escouade d'admirateurs se leva avec son chef et demanda à grands cris l'expulsion immédiate du délinquant. —« A la porte ! chassez-le », répétait-elle en poussant de redoutables clameurs, lorsque le chef d'une autre escouade, se levant avec indignation et protestant contre cette faiblesse : « Non, dit-il, ne le chassez pas ; tuez-le ! c'est un académicien (1) ! »

Se non è vero, è bene trovato. Seulement, ce récit fait un quart de siècle après la bataille, pourrait bien être une légende, et une légende fort peu accréditée, car, dans les récits des autres témoins, et dans les journaux du temps, on ne trouve même pas une allusion à cette scène de carnage épique.

Hernani eut quarante-cinq représentations (2). On peut dire que chacune d'elles fut un combat.

Voici le bulletin de victoire que le jeune chef du Romantisme adressait à son lieutenant Paul Lacroix (le bibliophile Jacob), après le deuxième engagement :

« 27 février, minuit.

«.....Je vous aurais voulu ce soir au théâtre. Vous auriez ri. La cabale classique a voulu mordre, et a mordu, mais grâce à nos amis elle s'y est brisé les dents. Le 3e acte a été rudoyé, ce qui sera longtemps encore, mais

____

(1) *Histoire de la littérature française sous la restauration*, t. II, p. 472.

(2) Tel est, du moins, le chiffre indiqué par Mme Hugo. Selon Maxime du Camp, il n'y aurait eu que trente-neuf représentations. On lit, en effet, dans ses souvenirs sur *Théophile Gautier* (p. 28, note 1) :

« Dans le courant de 1830, *Hernani* fut joué *trente-neuf fois.* C'était un succès considérable pour cette époque, où les chemins de fer, n'existant pas, n'amenaient pas à Paris, comme aujourd'hui, la masse de provinciaux et d'étrangers qui renouvellent chaque soir le public des théâtres. »

le 4ᵉ a fait taire, et le 5ᵉ a été admirablement, mieux encore que la première fois. Mlle Mars a été miraculeuse. On l'a redemandée, et saluée, et écrasée d'applaudissements. Elle était enivrée.

» Voilà, je crois, qui ira. Les deux premières recettes font déjà 9,000 francs, *ce qui est sans exemple au théâtre.*Ne nous endormons pas pourtant. L'ennemi veille. Il faut que la troisième représentation les décourage, s'il est possible. Aussi, au nom de notre chère liberté littéraire, convoquez pour lundi tout notre arrière-ban d'amis fidèles et forts. Je compte sur vous pour m'aider à arracher cette dernière dent au vieux Pégase classique. A mon aide, et avançons ! »

La lettre suivante, citée par Mme Hugo, peint admirablement l'entrain superbe et la bravoure épique des volontaires d'*Hernani*.

« Quatre de mes janissaires m'offrent leurs bras, je les dépose à vos pieds, et vous demande pour eux quatre places pour ce soir, s'il n'est pas trop tard, ou pour mercredi, s'il n'y a plus de billets disponibles.

» Je vous garantis mes hommes. Ils sont gens à couper les têtes pour avoir les perruques.Quant à moi, je les encourage à persister dans ces nobles sentiments et ne les laisse pas partir sans leur donner ma bénédiction paternelle.

» Ils s'agenouillent, j'étends les mains et je leur dis : — « A moi,gens de bien, et que Dieu « vous soit en aide ! La cause est bonne, faites « votre devoir.» Ils se relèvent et j'ai toujours soin d'ajouter : «Ah çà, mes enfants, soignons « Victor Hugo, car Dieu est bon garçon, mais

« il a tant d'occupation que notre ami doit
« compter sur nous avant tout. Allez, soyez
« dignes de ceux que vous servez. *Amen.* »
» Votre dévoué de cœur et d'âme,

» CHARLET.

» *Lundi soir.* »

Voilà comment l'héroïque jeunesse de
1830 luttait pied à pied contre les brigades
classiques. L'acharnement de celles-ci prouvait d'ailleurs leur beau respect de la Tradition. Bon sang ne peut mentir ! A moins d'être
complètement dégénérés, les héritiers de ceux-
là mêmes qui avaient sifflé le *Cid* pouvaient-
ils bien ne pas siffler *Hernani* ? Mais le grand
drame ayant superbement vaincu, l'Académie se vengea de ce triomphe par une lourde
et plate diatribe de M. Arnault — un des
sept ! (Réponse au discours de réception de
M. le Comte Philippe de Ségur, 29 juin 1830.)
On trouve dans cette soporifique palabre,
imitée des plus doctes pages de Baour-Lormian, toutes les énormités possibles à l'adresse
des jeunes vainqueurs du Romantisme. Voici
quelques-unes des plus jolies périphrases
que leur appliqua l'homme en vert :

« Certains novateurs qui, avec la prétention d'exprimer des idées neuves, s'efforcent
de déguiser des idées vieilles ou communes
sous des expressions barbares. » — « Ces
écoliers. » — « Quelques adolescents impatients de prendre rang parmi les hommes. »
— « Quelques chefs qui ont pris pour devise :
Notre ordre, à nous, c'est le désordre. » —
Des esprits qui ne supportent aucune règle et
qui s'affranchissent de la plus nécessaire de

toutes. (?) » — « Les sectateurs de ces principes. » — « Je ne sais quels parodistes de
Boileau. »—« Ces iconoclastes. »—« Des législateurs caractérisés par une dénomination
qui n'a pas encore trouvé place dans le dictionnaire de l'Académie (1), et dont le cynisme
effarouche depuis quarante ans l'ingénuité de
l'histoire ! »

Ne gâtons pas par des commentaires l'é loquence de cette ineffable et suprême formule.

Un détail touchant que nous notons avec
joie nous console un peu de la conduite des
immortels en cette circonstance. Parmi les
myrmidons (2) de l'Académie, il y avait pourtant une gloire. Cette gloire s'appelait
Chateaubriand. Voici ce qu'il écrivait au
vainqueur le lendemain de la bataille : « J'ai
vu, monsieur, la première représentation
d'*Hernani*. Vous connaissez mon admiration pour vous. Ma vanité s'attache à votre
lyre, vous savez pourquoi. Je m'en vais,
monsieur, et vous venez. Je me recommande
au souvenir de votre muse. Une pieuse gloire
doit prier pour les morts. »

Ici aussi nous pouvons nous dispenser de
tout commentaire. Songez que ces lignes
furent sans doute écrites à la même heure, et

----

(1) Cette dénomination n'y fut admise, en effet,
qu'à partir de l'édition de 1835, où elle est men-
tionnée comme désignant « *certains écrivains* qui
affectent de s'affranchir des règles de composition
et de style établies par l'exemple des auteurs classiques. » Qui dira jamais la séance où fut élabo-
rée cette définition...

(2) « L'Académie écrit mirmidons et note l'orthographe myrmidons, qui est la seule correcte. »
(Littré.)

peut-être à la même table, où M. Arnault improvisait à loisir son laborieux pamphlet, en attendant que l'élection de n'importe qui lui permît d'agiter ce manifeste...

VI

Mais un grand fait s'était accompli sous la Coupole. A la faveur des événements que je viens de relater, Lamartine avait pu être élu académicien. Tout à la lutte qu'ils venaient d'engager contre le Drame, les immortels ne s'étaient point passionnés contre l'amant d'El vire. Malgré l'opposition haineuse du diplomate rimeur Andrieux, le poète diplomate avait obtenu dix-neuf voix sur trente-trois votants — soit la majorité plus deux voix — et avait pu s'asseoir à côté de Chateaubriand. Elu le 5 novembre 1829, il avait été reçu le 1er avril 1830.

Ayant encore sur le cœur les âneries injurieuses que sa première candidature avait inspirées à MM. Baour et Cie, Lamartine avait quelque peu fait leur procès à ses juges. Ecoutons-le haranguer les ouailles de feu l'abbé Delille.

« La poésie, proclame-t-il, *dont une sorte de profanation intellectuelle avait fait longtemps, parmi nous, une habile torture de la langue, un jeu stérile de l'esprit,* se souvient de son origine et de sa fin. Elle renaît fille de l'enthousiasme et de l'inspiration, expression idéale et mystérieuse de ce que l'âme a de plus éthéré et de plus inexprimable, sens harmonieux des douleurs ou des voluptés de l'esprit ; après avoir enchanté de ses fables la jeunesse du genre humain, *elle l'élève* sur ses ailes plus fortes, *jusqu'à la vérité* aussi poétique que ses songes, *et cherche des images plus neuves pour lui parler enfin la langue de sa force et de sa virilité.* »

Puis il plaide la cause de ces absents qui ont toujours tort, de ces esprits glorieux dont la lumière l'eût un peu rassuré dans ce milieu obscur.

« Vous ouvrirez successivement vos rangs au talent, au génie, à la vertu, à toutes les prééminences de ces époques ; déjà d'illustres et pures renommées vous attendent ; vous n'en laisserez aucune sur le seuil ! Sans acception d'écoles ou de partis, vous vous placerez comme la vérité au-dessus des systèmes. »

Les systèmes ! les systèmes ! Aristote, Boileau, La Harpe ! Qu'est-ce que tout cela ? C'est bon tout au plus pour les impuissants ! Et l'intrépide orateur montrait à ces aveugles le soleil levant, il proclamait le fait accompli, l'émancipation de la pensée, la mise en liberté du génie :

« *Tous les systèmes sont faux ; le génie seul est vrai, parce que la nature est infaillible* (1). Il fait un pas et l'abîme est franchi ! il marche et le mouvement est prouvé !

____

(1) « Nous mettons le marteau dans les théories, les poétiques et les systèmes ; nous jetons bas ce plâtrage qui masque la façade de l'art ; il n'y a ni règles, ni modèles ; ou plutôt, il n'y a d'autres règles que les lois générales de la nature, qui planent sur l'art tout entier. » (Préface de *Cromwell*.)

Vous voudrez que ce corps illustre, comme le prisme dont les nuances diverses forment l'éclatante harmonie, réunisse toutes les célébrités contemporaines, et concentre tous les rayons de cette immortalité nationale dont vous êtes le foyer et l'emblème ! et vous glorifierez ainsi le roi qui vous protège, le grand homme qui vous fonda, la France qui se reconnaît et qui s'honore en vous ! »

C'était mêler un peu de flatterie à beaucoup d'insolence. Nous verrons bientôt comment l'Académie exauça les vœux du récipiendaire.

Cuvier avait répondu à Lamartine. La Science et la Poésie devisant sous la Coupole, c'était là un spectacle peu banal. Mais les deux harangues étaient peu dans la note de la maison et rendaient assez mal les sentiments de l'assemblée. M. Arnault, trois mois plus tard, dans le discours dont j'ai déjà eu l'occasion de parler plus haut, remit les choses au point. Voici dans quels termes ce pétitionnaire éconduit commentait l'émancipation de la poésie, défendue par Lamartine et tolérée par le roi de France :

« Rejetant comme des langes les règles que, sous la dictée de l'expérience et de la méditation, la raison a prescrites aux compositions de l'esprit, et prenant pour devise ce mot que le tragique anglais met dans la bouche d'un chef de révoltés : *Notre ordre à nous, c'est le désordre* (1), ils ont avancé (les novateurs) qu'indépendants comme la nature,

---

(1) Henri IV (seconde partie), acte IV, scène VII. *(Note de M. Arnault.)*

objet de ses imitations, le poète ne doit recevoir de lois que de son caprice. »

Lamartine a dit : génie, et non : caprice ; et la Préface de *Cromwell*, l'évangile des dissidents (1), ne dit rien de pareil non plus ; mais il faut bien calomnier un peu ses adversaires, pour discréditer leurs œuvres. Et puis M. Arnault ne croit pas beaucoup au génie des novateurs, il se demande, avec un «légitime effroi», « si ce ne sont pas les rebuts de la raison qu'ils nous donnent pour des produits du génie ». D'ailleurs, en admettant qu'il pût y avoir du génie chez tel ou tel novateur, ses idées ne lui seraient pas acquises, parce qu'il n'aurait pas su les faire siennes en leur donnant une forme convenable, en un mot, parce qu'il ne sait pas écrire : « Fût-il vraiment riche en idées trouvées, elles lui seront dérobées, même sous ses yeux, parce qu'en littérature ce qui a été mal dit n'a pas été dit ; et sa destinée sera celle de ces écrivains surannés qui, malgré leur esprit, malgré leur génie, inconnus du vulgaire, parce qu'ils sont inintelligibles pour lui, sont continuellement mis à contribution par tant de gens qui ne peuvent écrire qu'autant qu'on a pensé pour eux, et qui les pillent sans encourir même l'accusation de plagiat : car, après tout, en cela ils ne font que traduire. »

Après ça, il ne fallait pas venir nous dire que la préface de *Cromwell* révélait un écri-

____

(1) « La préface de *Cromwell* rayonnait à nos yeux comme les Tables de la Loi sur le Sinaï. » (Th. Gautier.)

vain de race, et que son jeune auteur avait une plume d'or à son service.

Hélas ! il y eut encore des gens pour le dire, non seulement dans le Cénacle, mais encore dans le public innombrable d'*Hernani*.

L'Académie devint très impopulaire, malgré l'élection de Lamartine, dont elle se repentait d'ailleurs visiblement. Les troupes d'*Hernani* devinrent encore plus féroces. On fit du mot *académicien* l'insulte la plus grave, la plus déshonorante. Un homme appelé ainsi était digne de tous les mépris, de tous les supplices même, surtout s'il avait le malheur d'être chauve. Car ces jeunes gens n'étaient pas plus tendres pour les « genoux » que les tardigrades de l'Institut ne l'étaient pour leurs crinières flottantes. Volontiers ils eussent rétabli la peine de mort en matière littéraire, massacré l'Académie en masse, et M. Arnault en particulier. « On s'attendait de jour en jour, dit Alexandre Dumas, à une Saint-Barthélemy de classiques, et on félicitait ce pauvre M. Auger, qui venait de se tuer si tristement d'avoir échappé au massacre général par le suicide (1). »

Dans sa rage de ne pouvoir détruire les unaux du pont des Arts, Pétrus Borel les fustigeait, du moins, à grands coups d'alexandrins, aux rimes acérées :

Détriments de l'Empire, étreignant notre époque
Qui triture du pied leurs cœurs étroits et secs ;
Détriments du passé que le siècle révoque,
Fabricateurs à plat de Romains et de Grecs ;
Lauréats, à deux mains, retenant leur couronne,
Qui, caduque, déchoit de leur front conspué ;

(1) *Mes Mémoires*, t. XII, p. 325.

Gauchement ameutés, et grinçant sur leur trône
Contre un âge puissant qui sur eux a rué.
Comme un ours montagnard qui sur les rocs se traîne,
Saigneux, frappé de mort, ils voudraient dévorer,
Etouffer sous leurs bras, et broyer sur l'arène,
Tout ce qui gît debout, avant que d'expirer (1).

Si terribles que fussent les nouveaux venus, les anciens et leurs fidèles ne l'étaient pas moins. Voici une page de Richard Lesclide qui peint assez bien les mœurs de cette époque troublée :

« Rien de plus acharné que les haines littéraires. Croirait-on que Victor Hugo a failli être assassiné ? Voici l'histoire qu'il nous a contée :

» Un peu après la Révolution de Juillet, il demeurait dans une petite maison des Champs-Elysées (2), près de la Seine, à peu près à la hauteur du pont des Invalides. La fenêtre de son cabinet de travail était située au second étage ; le bureau, devant lequel il écrivait, était parfaitement visible du dehors.

» Un soir, après une assez longue promenade, le poète rentra pour fixer ses pensées sur le papier. Il écrivait en ce temps-là *les Feuilles d'automne.*

» Une détonation se fait entendre, une vitre vole en éclats, une balle siffle, passe au-dessus de la tête du travailleur et va percer au mur un tableau de Louis Boulanger.

» Victor Hugo alla réfléchir dans son lit à ces nouveaux procédés de critique.

» Si la colère allait jusqu'au meurtre, on

____

(1) *Rhapsodies* (Levasseur, édit., 1832), p. 67.
(2) Rue Jean Goujon.

peut supposer quelles lettres recevait le poète à cette époque de fièvre. Il fallait se défaire du chef du romantisme, de celui à qui l'on attribuait la devise stupide : « Le laid, c'est le beau ». On lui écrivait des billets dans ce genre :

« Si tu ne retires pas ta sale pièce, on te fera « passer le goût du pain (1). »

» Un classique convaincu, auteur dramatique dont Victor Hugo n'a jamais voulu nous dire le nom, le provoqua en combat singulier, « pour sauver l'honneur des lettres », disait-il.

» Ce qu'il y a de certain, c'est que les amis du poète, qui n'avait pas voulu porter plainte contre le pistolet des Champs-Elysées, se serrèrent autour de lui. Les colères qu'il excitait furent balancées par des amitiés passionnées. Gérard de Nerval et Pétrus Borel lui présentèrent Théophile Gautier ; il se forma autour de lui un cénacle de jeunes gens qui le gardaient sans qu'il s'en doutât. Leur plus grand bonheur était d'accompagner le poète le soir, au sortir du théâtre ou d'une visite. On soulevait des questions littéraires si attachantes, qu'arrivés aux Champs-Elysées, on revenait jusqu'à la place Royale, et ces allées et venues duraient parfois jusqu'à ce qu'on vît paraître le jour (2). »

On ne se bornait pas à soulever des questions littéraires très attachantes. On parlait aussi

____

(1) Le *Victor Hugo raconté* cite la phrase ainsi, ajoutant qu'elle terminait cette lettre, qui avait, paraît-il, plusieurs auteurs : « Si tu ne retires pas ta sale pièce *dans les vingt-quatre heures, nous te ferons* passer le goût du pain. »
(2) *Propos de table de Victor Hugo,* p. 72.

de choses moins graves. Or, en ce temps-là parut la *Conversion d'un romantique*, chef-d'œuvre de l'esprit classique, lequel s'était incarné en M. Jay, un des sept et un futur Quarante. Quelle joie que l'arrivée de ce volume dans le Cénacle ! Cénacle... lisez : salle à manger ! disait l'auteur, insinuant que la reconnaissance des estomacs était le secret des admirations de la nouvelle pléiade. Et il attaquait Hugo, Lamartine, Vigny, Dumas, Emile Deschamps, Sainte-Beuve. Il attaquait et il tuait. Cela commençait par des *Explications préliminaires* et ornées d'une épigraphe empruntée aux foudres de Juvénal. Suivait une Introduction qui se recommandait d'une pensée de Duclos : «Jeune homme, prends et lis! » Ces jeunes hommes ne se faisaient pas prier. Jamais livre n'eut plus de succès. Dans les Explications et dans l'Introduction, l'auteur exécutait sommairement *Cromwell* et sa préface, *Hernani* et son triomphe, les *Orientales* et leur flot d'éditions. M. Hugo était *tombé dans l'absurde ;* et c'était vraiment dommage, car l'auteur avait d'abord vu en lui *un jeune homme heureusement doué.* Hélas ! *quantum mutatus ab illo !* En fait de nouveauté, *Hernani* offrait celle d'être écrite *dans un langage qui n'a pas de nom.* « Ce langage, déclarait M. Jay, fait mentir la définition du maître de philosophie de M. Jourdain, qui prétendait qu'on ne peut parler qu'en prose ou en vers. Le style d'*Hernani,* comme celui de *Cromwell* est une espèce de jargon bâtard, qui n'a ni la mesure du vers, ni le mouvement naturel de la prose. Si la pensée n'y avorte pas, elle en sort sous des formes ridicules. » Puis M. Jay défendait les bons auteurs, ceux de l'Institut, auxquels il faisait sa cour discrètement (abstraction faite de cet intrus de Lamartine, cet échappé du Cénacle, que M. Jay remettait à sa place, bien sûr d'être approuvé sous la Coupole). Quoi ! on osait prétendre que la littérature classique était frappée de stérilité. Assertion absurde ! calomnie gratuite de ces messieurs ! Est-ce qu'il ne venait pas justement de paraître une admirable traduction de Lucrèce par M. de Pongerville, de l'Académie française, ouvrage qui avait valu à son auteur le suffrage éminent de son illustre collègue M. Raynouard. Ah ! si les vers de M. Hugo ressemblaient à ceux de M. de Pongerville ! ce serait plaisir de les entendre. Si *Cromwell*... Mais, ici, M. Jay renvoyait le lecteur à une autre partie du livre, « le lecteur que ne rebute point une critique raisonnée ».

Je vous ferai grâce de la « critique raisonnée. » Je craindrais précisément, comme dirait Pétrus Borel, que vous ne vous rebutassiez (1). Mais il faut dire un mot du roman. Car c'était un roman que le livre de M. Jay, un roman à thèse, mais d'une psychologie pénétrante. Le héros est un jeune *égaré*, à qui les Romantiques ont fait perdre la tête. *Sur le point de se perdre à jamais*, il a la

______

(1) On connaît la démarche que Pétrus Borel fit un jour auprès de M. de Paris. « Je voudrais, Monsieur, lui dit-il avec toutes les grâces de la plus parfaite urbanité, je voudrais que vous me guillotinassiez. »

chance de rencontrer M. Dumont, un vieux maître de rhétorique, doublé d'un maître jardinier et « qui partage son temps entre la culture des lettres et celle d'un petit jardin à fleurs dont il fait ses délices ». Dès lors ce jeune homme est sauvé. M. Dumont saura bien le remettre dans la bonne voie. La chose n'est pas facile, certes, mais l'influence du milieu est telle, les saines causeries classiques ont une telle puissance, on fait de si bons dîners cuits à point à la table de M. le docteur Lefranc « que tout Paris connaît », chez qui le poisson est *superbe* et le café *excellent*, et Mlle Berthe Lefranc *exécute* des sonates avec des mains *si blanches* et un sentiment de l'harmonie *si parfait*, et enfin on est si bien forcé de reconnaitre « qu'il serait difficile *de se faire l'idée* d'une plus jolie personne », que le malheureux jeune homme finit par « abjurer toutes ses erreurs ». Il s'écrie un beau soir, comme l'héroïne de Corneille :

Je vois, je sais, je crois, je suis désabusé !

C'est alors qu'il obtient la main « si blanche » de Mlle Berthe et qu'il jette au feu sa ballade intitulée : *le Spectre monté sur un fantôme de cheval, qui va chercher sa fiancée et la ramène au grand galop à son cercueil.*

Et voilà comme on se convertit. Avouez que c'est assez simple. *Sancta simplicitas !* N'est-ce pas le cas de dire avec l'académicien François Coppée :

Et je n'ai pas trouvé cela si ridicule !

Eh bien, cette fable bébête, au style rococo, fut louée en pleine Académie. Oui, M. Dumont qui porte des *ailes de pigeon*, et qui l'avoue ; le petit salon de M. Lefranc, tout meublé *d'acajou* et en *velours d'Utrecht*, son guéridon, sa cheminée en marbre de bleu turquin, ses vases d'albâtre et ses deux gravures «se détachant sur un papier de couleur d'ocre » ; et Mme Lefranc, « une femme sans prétentions qui pourrait, tout comme une autre, faire valoir, à quarante ans, une taille bien faite et une figure agréable, mais qui a le sentiment des convenances, et se contente d'être bonne et spirituelle » ; et Mlle Berthe qui remarque, non sans malice, que si le café est *excellent*, « c'est sans doute *qu'il a été fait suivant les règles* » ; et Véronique qui interrompt les conversations « en apportant le thé avec des *muffins* d'un goût *particulier*, qui enlèvent tous les suffrages ; et enfin, « les degrés par lesquels notre héros parvint à se débarrasser des rêveries grotesques qui absorbaient son temps, et le rendaient incapable d'un travail sérieux », — toutes ces beautés d'une littérature transcendante furent goûtées, approuvées, proclamées par les immortels, ravis et conquis. Car vous pensez bien que l'auteur de ce roman sensationnel ne fit pas longtemps antichambre au palais Mazarin. Il fut reçu à bras ouverts. Songez donc ! un homme qui avait converti un romantique ! M. Arnault célébra l'événement. Et puis, M. Jay avait d'autres titres. Voici une des tirades de M. Dumont :

« Examinons un peu cette époque littéraire aujourd'hui si décriée. Je vous prie d'observer que, pendant ces années de triomphe merveilleux, Ducis, Bernardin de Saint-Pierre et l'abbé Delille ont publié quelques-unes de leurs productions les plus admirées ; que la scène française s'est ranimée ; que Chénier, écrivain de premier ordre, a composé son *Tibère*, M. LEMERCIER son *Pinto*, M. RAYNOUARD ses *Templiers*, M. ARNAULT ses *Vénitiens*, M. ETIENNE ses *Deux gendres* ; que MM. ANDRIEUX, gracieux et aimable conteur, Collin d'Harleville, DUVAL et Picard ont obtenu de nombreux et durables succès. C'est à la même époque que M. PARSEVAL GRANDMAISON terminait son épopée de *Philippe Auguste.* » (Ici une note qui répond aux *impertinentes critiques* et aux *sarcasmes injurieux dirigés contre ce poème qui n'en est pas moins parvenu à sa quatrième édition.*) « ..... Qu'on me cite parmi les enfants du siècle des écrivains d'un mérite aussi distingué que M. de Fontanes, M. Garat, M. CHARLES LACRETELLE, M. Lémontey, M. Daunou ; M. MICHAUD, historien des Croisades ; MM. Ginguené, CUVIER et FOURIER. M. DE JOUY est l'objet de vives attaques, qu'il doit à ses succès, à sa vive admiration pour Voltaire, et à la franchise de son mépris pour les détracteurs de ce grand homme. Mais l'écrivain qui a composé... *etc.* (1). » Plus loin, il acclame *Villemain*, M. *Delavigne*,

---

(1) M. Victor-Joseph Etienne, dit de Jouy, un des sept, était l'auteur d'une tragédie de *Sylla*, écrite en collaboration avec Talma, et admirablement jouée par le grand tragique, à qui elle avait

M. *de Barante*, et quelques autres immortels. Il va jusqu'à louer Chateaubriand, malgré sa gloire toute romantique.

Bref, il n'avait rien négligé pour s'assurer la majorité des voix et une réception enthousiaste. Les honneurs de celle-ci lui furent rendus par M. Arnault. Ecoutons sa nullité couvrir de fleurs celle de son nouveau et digne confrère. Voici comment il lui détaille le *dignus es intrare :*

« Tout en défendant, par une polémique quotidienne et courageuse, les principes sur lesquels repose la littérature des bons esprits et la politique des honnêtes gens, joignant la pratique à la doctrine, de combien d'ouvrages n'avez-vous pas enrichi la bibliothèque de la morale et du goût.

» ..... Tantôt vous mettez en action les travers de l'humanité..... tantôt, *critique sans pédanterie, vous faites sortir d'un drame ingénieusement inventé la discussion qui démontre la vanité et le ridicule des théories que quelques esprits présomptueux se sont efforcés de substituer à des principes auxquels notre littérature doit deux siècles de gloire.* »

Vous voyez que le directeur de l'Académie s'acquitte envers son panégyriste. Il poursuit... et je continue à citer, dans la crainte

---

dû ainsi tout son succès. Une autre tragédie de cet immortel, *Tippoo-Saïb (sic)*, écrite et jouée sans le secours de Talma, n'avait pas eu le même sort, et M. de Jouy n'était guère connu des nouvelles générations que par ses barbarismes académiques.

de n'avoir pas insisté assez sur les mérites de la *Conversion* :

Dans ce dernier ouvrage surtout se montrent les qualités qui vous sont propres ; je veux dire la justesse et la modération qui distinguent le critique du satirique. Plus jaloux de persuader que de confondre, et de ramener que de repousser, avec quels ménagements ne présentez-vous pas la lumière aux yeux malades que vous voulez apprivoiser avec elle ? L'esprit ne saurait modifier plus habilement les censures de la raison. Vos leçons de goût sont aussi des exemples d'urbanité (?).

Puissent vos arguments, fondés non sur des doctrines acceptées sans examen, non sur des préjugés travestis en lois par une aveugle soumission, convertir au bon goût, ou à la raison, car l'un ne va pas sans l'autre, des esprits moins pervers que pervertis, qui auraient déjà augmenté les trésors de notre littérature, s'ils avaient employé à bien faire la force et les efforts qu'ils ont dépensés à faire mal ; et qui, semblables au voyageur engagé dans une fausse voie, se sont égarés de toute la vigueur et de toute la vitesse qui devait les conduire au but.

Vous voyez que M. Arnault avait lu l'exemplaire de luxe du *Cromwell* offert à l'Académie. Il avait lu aussi les drames nouveaux, *Henri III, Othello, Hernani, Marion de Lorme, Antony.* Que n'avait-il pas lu, M. Arnault ! Aussi apporte-t-il, après M. Jay, un jugement définitif sur les novateurs:

Triste effet du besoin de se distinguer. Pour faire du neuf ils ont fait du bizarre ; mais encore ce bizarre n'est-il pas du neuf. La physionomie étrange que donne à leurs compositions ce

mélange de tous les caractères, cette confusion
de tous les genres, cette cacophonie de tous les
styles, les rend très dissemblables sans doute
des maîtres de notre école ; mais ne les rend-elle
pas un peu trop semblables aux maîtres de certaines écoles étrangères ? Si la nature, en leur
donnant le besoin d'écrire, ne les a pas doués de
la faculté d'inventer, ne feraient-ils pas mieux
d'imiter Corneille, Racine et Voltaire dans leur
régularité, que, dans leur difformité, le Dante
et Shakespeare ?·

Partout où il se trouve, même dans Ennius,
l'or est toujours de l'or. Je ne suis pas de ceux
qui méconnaissent la présence du génie dans les
compositions de l'épique italien et du génie
anglais ; mais je ne crois pas que ce soit par
l'alliance de la bouffissure et de la trivialité avec
les sentiments les plus simples et les plus nobles,
que leur supériorité se révèle. Ce n'est pas pour
cela, mais malgré cela, que je les admire. Et
c'est en reproduisant ces grossiers disparates
qu'on prétend rivaliser avec eux de génie !

Ce travers est à déplorer, mais plus dans l'intérêt des écrivains qui s'y livrent que dans celui
de la gloire nationale. Pure et durable comme la
raison, la gloire des deux grands siècles doit-elle
redouter les atteintes des insensés qui l'abjurent ? Ils ne peuvent pas la détruire, s'ils ne
veulent pas la continuer.

M. Jay voulait, non seulement la continuer,
cette gloire, mais la protéger. N'était-il pas
l'un des sept ! C'est un peu à ce titre, évidemment le premier de tous aux yeux de M.
Arnault, que M. Viennet avait dû de remplacer le comte de Ségur. M. Viennet avait,
d'ailleurs, toutes les gloires. Bien avant M.
Jay, bien avant même M. Baour, il était
parti en guerre contre le Romantisme. Les

trois cents vers de son *Epître adressée aux Muses* dataient de 1824. L'histoire de la littérature ou, plutôt, des littératures, devra bien tenir compte de cette priorité. Quant à moi, je reconnais que j'ai eu gravement tort de ne pas vous parler en temps et lieu de cette Épître bien pensante.

Pour me le faire pardonner, et pour rendre tout de suite à M. Viennet la place qu'il convient de lui réserver dans cette étude, je veux vous citer un petit épisode de sa très longue carrière poétique. Je dis *très longue*, car M. Viennet, poëte comique, tragique, satirique, épique (mais surtout comique), avait commencé à rimer à l'âge de huit ans (1), et il rimerait certainement encore, si la mort l'avait oublié plus de quatre-vingt-douze ans, comme son petit-fils M. Ernest Legouvé (2),

---

(1) M. de Chateaubriand — ou M. de Neufchâteau, sinon M. de la Harpe — aurait pu le surnommer *le bébé sublime.*

(2) Petit-fils peu respectueux pour son grand-papa, si l'on en juge par les lignes suivantes :
« M. Viennet avait une grande réputation de lecteur, réputation méritée quand il lisait ses vers. Sa voix rauque, ses gestes bourrus et imitant la franchise, sa petite mèche de cheveux en l'air comme une crête de coq, ses intonations joviales, étaient la représentation exacte de son genre de talent, avec tout ce qu'il avait de vif et d'un peu vulgaire ; ajoutez qu'il avait un goût extrême pour tout ce qu'il faisait ; il se plaisait singulièrement à lui-même, ce qui donnait à son débit, quand il lisait ses propres vers, un feu, une chaleur qui gagnait l'auditoire. On me proposa un jour de lire à l'Académie des vers de M. Viennet, je refusai. « Ni moi, ni le morceau, nous n'aurions aucun succès, répondis-je. Je manque-

le doyen des immortels d'aujourd'hui. —
Voici donc l'épisode.

C'était quelque temps après l'apparition de
l'*Epître aux Muses*. (Car cette Epître, si
elle ne fut pas le plus beau jour de la vie de
M. Viennet, en fut, du moins, une date essentielle.)

Le nouveau Boileau, plus fécond que l'autre assurément, voulut aborder le genre si
mal illustré par Chapelain. Avec l'aisance
d'un Scudéry qui peut tous les mois sans
peine enfanter un volume, il improvisa une
Philippide (entendez par là un poème sur
Philippe Auguste) en dix chants, de trois
mille vers chacun. Le dernier vers écrit, M.
Viennet s'en alla par la ville, racontant sa
prouesse à qui voulait l'entendre. Ayant rencontré un de ses confrères, il courut à lui : —
« Que dites-vous de ça, mon cher ? je viens
de terminer un poème de trente mille vers.
— Je dis qu'il faudra quinze mille hommes
pour le lire. »

VII

J'ai déjà dit que l'accueil fait à la *Conversion* de M. Jay ne fut pas moins chaleureux
dans le Cénacle qu'à l'Institut. L'ouvrage y
plut tellement que Théophile Gautier s'en
inspira pour écrire une de ses meilleures
fantaisies : *Daniel Jovard, ou la Conver-*

---

rais absolument de ce qui fait une partie de l'effet
de M. Viennet, la conviction profonde que ce que
je lis est un chef-d'œuvre. » (*L'Art de la lecture*,
p. 23).

sion d'un classique. On ne saurait croire par combien de vertus thérapeutiques se recommandent ces vingt-cinq pages de l'homme au gilet rouge pour qui vient d'absorber les quatre cents pages de l'autre *Conversion*. Voici d'ailleurs le ton de *Daniel Jovard* :

..... Je vous le peindrai en un mot : il (Daniel) était fort en thème ; du latin et du grec, il n'en savait pas plus que vous et moi, et en outre, il savait assez mal le français.

Vous voyez que c'était un personnage de haute espérance que le jeune Daniel Jovard.

Avec de l'étude et du travail, il aurait pu devenir un charmant commis voyageur et un délicieux second clerc d'avoué.

Il était voltairien en diable, de même que monsieur son père, l'homme établi, le sergent, l'électeur, le propriétaire. Il avait lu en cachette au collège *la Pucelle* et *la Guerre des Dieux*, *les Ruines* de Volney et autres livres semblables : c'est pourquoi il était esprit fort comme M. de Jouy, et prêtrophobe comme M. Fontan. Le *Constitutionnel* n'avait pas plus peur que lui des jésuites en robe courte et longue ; il en voyait partout. En littérature, il était aussi avancé qu'en politique et en religion. Il ne disait pas M. Nicolas Boileau, mais Boileau tout court ; il vous aurait sérieusement affirmé que les romantiques avaient dansé autour du buste de Racine après le succès d'*Hernani* ; s'il avait pris du tabac, il l'aurait infailliblement pris dans une tabatière Touquet ; il trouvait que guerrier était une fort bonne rime à laurier et s'accommodait assez de gloire, suivi ou précédé de victoire ; en sa qualité de Français né malin, il aimait principalement le vaudeville et l'opéra-comique, genre national, comme disent les feuilletons : il aimait fort aussi le gigot à l'ail et la tragédie en cinq actes.

Il faisait beau, les dimanches soir, l'entendre tonner dans l'arrière-boutique de M. Jovard, contre les corrupteurs du goût, les novateurs rétrogrades, les Welches, les Vandales, les Goths, Ostrogoths, Visigoths, etc., qui voulaient nous ramener à la barbarie, à la féodalité, et changer la langue des grands maîtres pour un jargon hybride et inintelligible ; il faisait encore bien plus beau voir la mine ébahie de son père et de sa mère, du voisin et de la voisine.

Cet excellent Daniel Jovard ! il aurait plutôt nié l'existence de Montmartre que celle du Parnasse ; il aurait plutôt nié la virginité de sa petite cousine, dont, suivant l'usage, il était fort épris, que la virginité d'une seule des neuf Muses. Bon jeune homme ! je ne sais pas à quoi il ne croyait pas, tout esprit fort qu'il était. Il est vrai qu'il ne croyait pas en Dieu ; mais, en revanche, il croyait à Jupiter, *en M. Arnault et en M. Baour mêmement ;* il croyait au quatrain du marquis de Sainte-Aulaire, à la jeunesse des ingénuités du théâtre, *aux conversions de M. Jay*, il croyait jusqu'aux promesses des arracheurs de dents et des porte-couronnes.

Il était impossible d'être plus fossile et antédiluvien qu'il ne l'était. S'il avait fait un livre, et qu'il lui eût accolé une préface, il aurait demandé pardon à genoux au public de la liberté grande, il eût dit : ces faibles essais, ces vagues esquisses, ces timides préludes ; car, outre les croyances que nous venons de mentionner, il croyait encore au public et à la postérité.

Pour terminer cette longue analyse psychologique et donner une idée complète de l'homme, nous dirons qu'il chantait fort joliment *Fleuve du Tage* et *Femme sensible*, qu'il déclamait le récit de Théramène aussi bien que la barbe de M. Desmousseaux, qu'il dessinait avec un grand succès le nez du Jupiter olympien, et jouait très agréablement au loto.

Eh bien — qui le croirait ? — cet homme-là se convertit, si l'on peut appeler se convertir le fait de déserter le culte de M. Jay. Il est vrai que l'auteur a pour les deux religions, celle de M. Arnault et celle... de Pétrus Borel la même somme d'irrespect ; de telle sorte que la vraie satire du ridicule romantique, ce n'est point chez M. Jay que nous la trouvons, mais chez Théophile Gautier. Et quelles différences caractéristiques dans la manière des deux conteurs ! Toute la verve romantique pétille chez le bon Théo, toute... l'abondance pseudo-classique sévit chez M. Jay. Celui-ci — si j'ose me permettre ce parallèle grand siècle — attaque avec la lourde incompréhension de la routine ce qu'il y a de fort et d'original dans l'œuvre de la pléiade ; celui-là souligne, avec l'ironie légère d'un maître humoriste, ce qu'il y a de clinquant et de puéril chez les suivants plus ou moins autorisés de Victor Hugo (1). En présence du

____

(1) Dans la préface de *Cromwell*, Victor Hugo avait signalé les *deux fléaux* qui sévissaient alors sur la littérature : le classicisme caduc et *le faux romantisme, qui osait poindre aux pieds du vrai*... « Car le génie moderne a déjà son ombre, sa contre-épreuve, son parasite, son *classique*, qui se grime sur lui, se vernit de ses couleurs, prend sa livrée, ramasse ses miettes, et, semblable à l'*élève du sorcier*, met en jeu, avec des mots retenus de mémoire, des éléments d'action dont il n'a pas le secret. Aussi fait-il des sottises que son maître a maintes fois beaucoup de peine à réparer. » (Voir aussi plus haut.)

Quatre-vingt neuf littéraire (1), le premier s'acharne à ruer sur les chefs du mouvement, — les mauvais bergers ! le second s'amuse à parodier la démarche du troupeau. L'un moleste Danton et la Montagne ; l'autre persifle le père Duchêne et les sans-culottes... Ecoutons le persiflage :

En ce temps-là, on était possédé d'une rage de prosélytisme qui vous aurait fait prêcher jusqu'à votre porteur d'eau, et l'on vit de jeunes hommes employer à disserter le temps d'un rendez-vous qu'ils auraient pu employer à toute autre chose. C'est ce qui explique comment le dandy, le fashionable Ferdinand de C***ne dédaigna pas user trois ou quatre heures de son précieux temps à catéchiser son ancien et obscur camarade de collège. En quelques phrases, il lui dévoila tous les arcanes du métier, et le fit passer derrière la toile dès la première séance, il lui apprit à avoir un air moyen âge, il lui enseigna les moyens de se donner de la tournure et du caractère ; il lui révéla le sens intime de l'argot en usage cette semaine-là ; il lui dit ce que c'était que ficelle, chic, galbe, art, artiste et artistique ; il lui apprit ce que voulait dire cartonné, égayé, damné ; il lui ouvrit un vaste répertoire de formules admiratives et réprobatives : phosphorescent, transcendantal, pyramidal, stupéfiant, foudroyant, annihilant, et mille autres qu'il serait fastidieux de rappeler ici ; il lui fit voir l'échelle ascendante et descendante de l'esprit humain : comment à vingt ans l'on était Jeune-France, Beau

---

(1) « Nous sommes 89 aussi bien que 93. La Révolution, toute la Révolution, voilà la source de la littérature du dix-neuvième siècle. » (*William Shakespeare*, 3ᵉ partie, liv. II, I.)

jeune mélancolique jusqu'à vingt-cinq ans, et
Childe-Harold de vingt-cinq à vingt-huit, pourvu
que l'on eût été à Saint-Denis ou à Saint-Cloud ;
comment ensuite l'on ne comptait plus, et que
l'on arrivait par la filière d'épithètes qui suivent : ci-devant, faux-toupet, aile de pigeon,
perruque, étrusque, mâchoire, ganache, au dernier degré de la décrépitude, à l'épithète la plus
infamante : *académicien et membre de l'Institut!*
ce qui ne manquait pas d'arriver à l'âge de quarante ans environ ; — tout cela dans une seule
leçon. Oh! le grand maître que c'était que
Ferdinand de C*** !

..... Dès cet instant, le jeune Daniel fut travaillé de la plus horrible ambition qui ait jamais
dévoré une poitrine humaine.

En entrant chez lui, il trouva son père qui
lisait *le Constitutionnel*, et il l'appela garde national ! Après une seule leçon, employer garde
national comme injure, lui qui avait été élevé
dans la patrioterie et la religion de la baïonnette
citoyenne, quel immense progrès ! quel pas de
géant ! Il donna un coup de poing dans son tuyau
de poêle, jeta son habit à queue de morue, et
jura, sur son âme, qu'il ne le remettrait de sa
vie ; il monta dans sa chambre, ouvrit sa commode, en tira toutes ses chemises, et leur coupa
le col impitoyablement, la guillotine étant une
paire de ciseaux de sa mère. Il alluma du feu,
brûla son Boileau, son Voltaire et son Racine,
tous les vers classiques qu'il avait, les siens
comme les autres.....

Cette opération terminée, il s'enferma chez
lui et lut, durant six semaines, tous les
ouvrages nouveaux que Ferdinand lui avait
prêtés. Pendant ce temps, il laissait pousser
sa barbe, voulant avoir « une royale assez
confortable pour se présenter à l'univers »,

et il se faisait confectionner, par le tailleur de son ami, « un habillement complet dans le dernier goût romantique ».

Dès qu'il fut fait, il s'en revêtit avec ferveur, et n'eut rien de plus pressé que de se rendre chez son ami. L'ébahissement fut grand dans toute la longueur de la rue Saint-Denis ; l'on n'était pas accoutumé à de pareilles innovations. Daniel avançait majestueusement, accompagné d'une queue de petits polissons criant à la chienlit ; mais il n'y faisait seulement pas attention, tant il était déjà cuirassé contre l'opinion, et dédaigneux du public : deuxième progrès !

Il arriva chez Ferdinand, qui le félicita du changement opéré en lui. Daniel demanda lui-même un cigare, et le fuma vertueusement jusqu'au bout ; après quoi Ferdinand, achevant ce qu'il avait commencé d'une manière triomphale, lui indiqua plusieurs recettes et ficelles pour différents styles, tant en prose qu'en vers. Il lui apprit à faire du rêveur, de l'intime, de l'artiste, du dantesque, du fatal, et tout cela dans la même matinée. Le rêveur, avec une nacelle, un lac, un saule, une harpe, une femme attaquée de consomption et quelques versets de la Bible ; l'intime, avec une savate, un pot de chambre, un mur, un carreau cassé, avec son beefsteak brûlé ou toute autre déception morale aussi douloureuse ; l'artiste, en ouvrant au hasard le premier catalogue venu, en y prenant des noms de peintres en *i* ou en *o*, et par dessus tout, en appelant Titien, Tiziano, et Véronèse, Paolo Cagliari ; le dantesque, au moyen de l'emploi fréquent de donc, de si, de or, de parce que, de c'est pourquoi ; le fatal, en fourrant, à toutes les lignes, ah ! oh ! anathème ! malédiction ! enfer ! ainsi de suite, jusqu'à extinction complète de chaleur naturelle.

Il lui fit voir aussi comment on s'y prenait pour trouver la rime riche ; il cassa plusieurs vers devant lui, il lui apprit à jeter galamment la jambe d'un alexandrin à la figure de l'alexandrin qui vient après, comme une danseuse d'opéra qui achève sa pirouette dans le nez de la danseuse qui se trémousse derrière ; il lui montra une palette flamboyante : noir, rouge, bleue, toutes les couleurs de l'arc-en-ciel, une véritable queue de paon ; il lui fit aussi apprendre par cœur quelques termes d'anatomie, pour parler cadavre un peu proprement, et le renvoya maître passé en la gaie science du romantisme.

Chose horrible à penser ! quelques jours avaient suffi pour détruire une conviction de plusieurs années ; mais aussi le moyen de croire à une religion tournée en ridicule, surtout quand l'insulteur parle vite, haut, longtemps et avec esprit, dans un bel appartement et dans un costume incroyable ?

Daniel fit comme les prudes : dès qu'elles ont failli une fois, elles lèvent le masque et deviennent les plus effrontées coquines qu'il soit possible de voir ; il se crut obligé à être d'autant plus romantique qu'il avait été classique, et ce fut lui qui dit ce mot, à jamais mémorable : Ce polisson de Racine, si je le rencontrais, je lui passerais ma cravache à travers le corps ! et cet autre non moins célèbre : A la guillotine, les classiques ! qu'il cria debout sur une banquette du parterre, à une représentation de l'*Honneur castillan*. Tant il est vrai qu'il était passé, du voltairianisme le plus constitutionnel, à l'hugolâtrie la plus cannibale et la plus féroce.

M. Jay avait mis les conversions à la mode. Cette mode régna longtemps sur les lettres. M. Bignan lui dut un laurier académique.

Mais qui était M Bignan ? M. Andrieux, secrétaire perpétuel de l'Académie en 1831, nous le dépeint ainsi : «..... A déjà remporté plusieurs prix ou accessits dans nos concours de poésie, et..... jeune encore, a le mérite et l'honneur d'avoir terminé et publié un ouvrage important et de longue haleine, une traduction en vers de l'*Iliade* d'Homère. » Vous voyez, comme dirait l'auteur de *Daniel Jovard*, que c'était un personnage de haute espérance que le jeune Bignan.

Or, l'Académie avait mis au concours ce thème de rhétorique, qu'elle comprenait à sa manière : *La gloire littéraire de la France.* L'honneur et le mérite du jeune traducteur de l'*Iliade* furent, cette fois, de voir du premier coup comment ce sujet devait être interprété, c'est-à-dire de deviner l'idée de ses maitres, j'entends l'idée de derrière la tête. Ecoutons le magister Andrieux :

« L'auteur, *maître de donner à l'ouvrage qu'il destinait au concours la forme qu'il voudrait*, l'a intitulé : *Epître à un jeune romantique.* »

Voilà ce qu'on pouvait appeler avoir du flair. Aussi, quel succès !

« Il a traité la matière gaiement, avec esprit, avec grâce, avec facilité; *il se montre très inoffensif* (!), ne se sert que d'armes légères *et qui ne peuvent blesser ;* mais il fait voir pourtant par combien d'endroits seraient vulnérables ceux contre lesquels il s'escrime, si l'on voulait leur porter des atteintes sérieuses. »

Mais il valait mieux les convertir. M. Bignan s'y essayait :

Poète ou prosateur, pense au lieu de rêver ;
Soumets au frein du goût la fureur d'innover ;
Vrai sans être grossier, neuf sans être bizarre,
Cherche le sens commun, chose aujourd'hui si rare!

Surtout à l'Académie. — Et voici comment M. Andrieux, grand chasseur du gibier romantique, laissait passer le bout de l'oreille :

« L'Académie française avait eu le dessein d'exciter nos poètes à faire acte de patriotisme et preuve de talent en célébrant la *gloire littéraire de la France*, et en repoussant ainsi les attaques qui ont été inconsidérément tentées par des critiques étrangers et par quelques nationaux, contre les renommées les plus éclatantes et les mieux établies du Parnasse français. »

Puis M. Andrieux enfourchait le dada de M. Arnault :

« Les détracteurs de notre belle littérature n'ont respecté ni Racine, ni Voltaire ; ils ont fort mal traité Boileau, le poète de la raison, le législateur de notre Parnasse, l'oracle du goût ; qu'espèrent-ils en cherchant à mordre sur d'immortels chefs-d'œuvre ? »

A propos de morsures, Hugo affirme quelque part que M. Andrieux, — professeur en Sorbonne, s'il vous plaît — avait du goût aussi pour ce genre littéraire :

Dévidant sa leçon et filant sa quenouille,
Le petit Andrieux, à face de grenouille,
Mordait Shakespeare, Hamlet, Macbeth, Lear,
        [Othello,
Avec ses fausses dents prises au vieux Boileau (1).

---

(1) *Les Quatre vents de l'esprit*, liv. satirique, V.

Et voilà M. Andrieux éternisé dans cette posture, qui risque de le rendre peu sympathique à la postérité. Triste fin pour le chantre, si longtemps célèbre, du meunier Sans-Souci !

Mais revenons à notre lauréat.

« L'auteur de la pièce que l'Académie couronne aujourd'hui a pris le parti que conseille Horace, lorsqu'il dit que le ridicule est une arme à l'aide de laquelle on peut souvent triompher ; et après tout, l'issue du combat est facile à prévoir ; ou, pour mieux dire, il n'y a plus de combat ; *cette émeute* littéraire, loin de se changer en une révolution, *s'est apaisée d'elle-même et touche à sa fin.* »

On croit volontiers ce qu'on désire. Malheureusement, les désirs de l'Académie n'étaient pas encore des réalités... Mais voici les premières, les seules paroles classiques vraiment sages qui aient résonné sous la Coupole durant tout le conflit.

« Qu'importe, poursuivait M. Andrieux, que nous nous appelions ou qu'on nous appelle *Classiques* ou *Romantiques*, ou comme on voudra? ce ne sera pas sur une définition insignifiante, ou mal comprise et plus mal appliquée, que nous serons jugés ; ce sera sur nos ouvrages : s'ils sont mauvais, rien ne les sauvera de l'oubli ; s'ils sont bons, ils seront approuvés des gens de goût et ils resteront, quelle que soit l'école où l'on veuille les classer. Ne voyez-vous pas qu'en peinture on admire et l'on étudie les chefs-d'œuvre des maîtres romains, lombards, vénitiens, flamands, espagnols, français? Laissons de vaines et fausses distinctions ; faisons bien, si nous le pouvons ; et attendons notre jugement et notre récompense, si nous en méritons une, du temps et de la postérité. »

A la bonne heure ! Victor Hugo n'avait pas dit autre chose. Par malheur, ce qu'on lui faisait dire ne ressemblait guère à ce qu'il disait.

Mais l'Académie s'aperçut bientôt que les désirs exprimés par son secrétaire perpétuel étaient loin, en effet, d'être des réalités. Un an plus tard, M. Népomucène Lemercier le reconnaissait tristement, dans une ode lue en séance publique :

> *L'Olympe n'a plus de prophètes.*
> *Du trépied brûlant des poètes*
> *Les oracles sont méconnus.*

Traduisez: Les Canons d'alarme de M. Baour ont résonné en vain.

> *Clio condamne en vain Alcide*
> *De qui la rudesse homicide*
> *A brisé le luth de Linus.*

Traduction facile. Clio, c'est l'Académie ; Alcide, c'est Victor Hugo. Les rébus ont fleuri longtemps sous la Coupole.

Suit un tableau de Paris, tel que le voit M. Lemercier. A ce tableau il oppose celui de Thèbes, dont les fils,

> *de Pindare idolâtres,*
> *N'empoisonnaient pas leurs théâtres*
> *D'une lascive cruauté.*

Les nôtres, moins heureux, réclament un contre-poison. M. Lemercier le demande aux

Muses, *de Phébus chastes amantes* (1).
Epurez, leur dit-il,

> *Epurez nos cirques pervers*
> *Qu'infectent les noires tourmentes*
> *De drames sortis des enfers !*

Car il est grand temps, vous savez !

La luxure et le meurtre, unis dans nos spectacles,
Des corbeaux sur les morts sont les horribles jeux.

La strophe suivante présente peut-être une certaine incohérence. Mais elle est d'une telle envolée qu'on le lui pardonne volontiers.

> *.....Si nos romanciers féroces*
> *Conjurent la chute des arts,*
> *Amants des voluptés atroces,*
> *Que goûtaient les derniers Césars,*
> *Fuyez ces bardes frénétiques*
> *Soufflant aux partis fanatiques*
> *L'ivresse des coups meurtriers !*
> *Fuyez-les, Muses immortelles !*
> *De Pégase ils souillent les ailes,*
> *Et trempent de sang vos lauriers.*

Tel était le lyrisme de l'Académie en l'an de grâce 1832.

Sa prose ne valait guère mieux que ses vers. Il faut pourtant nous occuper un peu de cette prose. Car l'année 1832 vit aussi fleurir le *Misantrope du Marais*, d'exhilarante mémoire. L'auteur était M. Alexandre Duval, le plus fécond de nos dramaturges avant M. Scribe. Cet académicien n'avait pas

---

(1) Elles n'avaient pas été si chastes que cela, le jour où elles avaient inspiré à M. Lemercier ces poèmes érotiques appelés *Les Quatre Métamorphoses.*

de chance. Sous l'Empire, il avait eu une grande ennemie, la Censure, qui, maintes fois, lui avait poliment fermé au nez la porte du théâtre. Maintenant, il avait un autre ennemi, le Romantisme, qui, lui, le chassait brutalement. C'était plus grave ! Et si la Censure avait pu le mettre en rage, quelles fureurs ne devait-il pas avoir devant le Romantisme ! Contre les vilains tours de la Censure son ingénieuse fécondité pouvait encore le défendre ; la porte du drame se refermait sur vous, vite, on rentrait en scène, par celle de la comédie, qui bien souvent restait ouverte. Mais le Romantisme avait changé tout cela. *Inde iræ !...* « M. Duval, dit Jules Janin dans son *Histoire de la littérature dramatique*, avait été longtemps le *tyran dramatique* du Théâtre-Français ; il y régnait par la contrainte et par certaines qualités d'invention que son style était loin de faire valoir. Il était maussade, atrabilaire et mécontent, avec des brusqueries qu'il avait conservées de ses anciennes qualités de marin ; si rétif à la censure qu'un seul mot le mettait en rage, si jaloux de la faveur publique qu'il pensa mourir de douleur le jour où il découvrit que M. Scribe était un concurrent qui avait ses dangers, et que le seul petit acte de la *Demoiselle à marier* valait, pour le moins, les cinq actes de la *Fille d'honneur* ! Vous pensez si cet homme-là fut content quand, au fond du Marais où il avait creusé sa tanière, il entendit parler, pour la première fois, d'un nommé Victor Hugo, qui avait publié certaines poésies, et qui proclamait, dans une préface insolente,

que, lui, Victor Hugo, il avait découvert, tout
ensemble, un nouvel art poétique et un
drame tout nouveau.

« Comment donc, s'écriait le bonhomme
Alexandre Duval (il n'y a rien de plus furieux
qu'un poète dramatique lorsqu'il sent que le
public échappe à ses lois), est-ce possible,
est-ce vrai, qu'un blanc-bec, un faiseur de
vers, un saltimbanque, un fou furieux viendra sur mes grèves, pêchera dans mes pêche-
ries, et, trouvant mes filets étendus à sécher
sur le rivage, les couvrira de mépris et de
sable ? Comment donc ! ce morveux aura l'audace, moi vivant, de proclamer la vanité des
travaux, de la gloire et des succès des anciens ;
et sans nous avoir jamais lus, il fera fi de nos
chefs-d'œuvre, les traitant comme autant de
hasards et de radotages. Et je le souffrira si
moi-même, moi, Alexandre Duval ! Non ! . »

En guise de protestation, M. Duval écrivit
donc ce fameux roman : *Le Misantrope du
Marais, ou La jeune Bretonne. Historiette
des temps modernes*. Ne sachant pas s'il
fallait un H à misanthrope, cet académicien
n'en mettait pas. Dans le doute. il s'abstenait,
M. Duval. Le dictionnaire de l'Académie,
dont la sixième édition parut trois ans plus
tard, dut lui ôter son doute, et M. Duval
aurait pu corriger son titre dans une
deuxième édition ; mais le besoin de celle-ci
ne se fit point sentir. Les succès d'hilarité
obtenus par un ouvrage sérieux ne constituent
point des succès de vente.

C'était pourtant une chose considérable que
ce roman. Il n'avait pas moins de 394 pages
in-octavo. Reprenant le thème de M. Jay.

M. Duval sacrifiait à la mode nouvelle, et faisait, lui aussi, sa petite conversion. « Dominé
par la passion des fleurs, Dubocage avait *placé*
là toute son existence. » On voit tout de suite
la parenté avec M. Dumont, le rhéteur-jardi-
nier de M. Jay. Seulement, au lieu d'octroyer
un jeune ami, un élève, à M. Dubocage, qui
n'a d'autres titres pédagogiques que ceux de
cocu et de misanthrope (le second est la con-
séquence du premier), l'auteur lui attribue
un neveu. Il va sans dire que ce neveu est
romantique et amoureux. Vous voyez le nœud
de la situation. Pas de conversion, pas d'argent, et par suite pas de Berthe — pardon !
pas de Juliette... Aussi, à partir de la trois-
centième page, le farouche Gustave com-
mence-t-il à s'amender. Et comme, au fond,
c'est une brave nature, il finit par où il aurait
dû commencer : un beau jour, il écrit
une belle et bonne tragédie en cinq actes et
en vers, avec les trois unités, avec songes,
reconnaissances, récits, confidents et confi-
dentes. Vous devinez le reste. Je cueille une
fleur au hasard dans la végétation Dubocage.
Il s'agit de Victor Hugo, que le jeune et
romantique Ernest admire passionnément :

« Oui, je le soutiens, dans ses ouvrages
dramatiques, ce grand auteur a fait ce
qu'aucun de ses prédécesseurs n'a fait.....
Quel pas de géant dans la carrière poétique ! Conviens avec moi que ses premières
poésies, ses odes surtout, avaient je ne sais
quoi de classique qui les rabaissait presque
au niveau des odes de Jean-Baptiste Rousseau. » Ici une note de l'auteur, qu'il appelle
Note de l'Editeur et que je vous demande

la permission de citer en regard de quelques lignes d'un autre romancier de l'époque, lequel savait écrire, n'étant pas de l'Académie... Mais ce n'est point pour cela que le rapprochement s'impose.

Nous ne sommes pas de l'avis de M. Ernest. Nous admirons les premiers ouvrages du jeune auteur, qu'il nous paraît blâmer et louer tout de travers. Les derniers au contraire, ses romans et ses œuvres dramatiques, créés sous l'empire d'un faux système, tout en offrant de la verve et du talent, prêtent souvent à la critique par une absence de goût et de raison. Ah ! pourquoi ce jeune auteur s'est-il détourné de la belle voie dans laquelle il marchait à si grands pas ! pourquoi s'est-il avisé de mépriser Boileau (?) et tant d'autres ! Cela lui a porté malheur. Ce Boileau, si décrié par lui (??) et ses partisans, leur a pourtant dit comme à tout le monde :

Aimez qu'on vous con-
seille.....

LE MARI. — Votre M. Victor Hugo est un garçon qui ne manque pas de mérite, il a des dispositions, personne ne lui en refuse ; la pièce qui a remporté le prix aux Jeux floraux n'était vraiment pas mal ; mais depuis il n'a fait qu'empirer ; aussi pourquoi ne veut-il pas parler français ? Que n'écrit-il comme Casimir Delavigne ! J'applaudirais ces ouvrages comme ceux d'un autre. Je suis un homme sans préventions, moi.

Théophile GAUTIER.
(Les Jeune-France ; —
Celle-ci et celle-là).

Mais si l'Académie écrivait fort mal de fort médiocres pamphlets, si elle rimait gauchement de très méchants vers, par contre, elle faisait preuve de talent dans le genre appelé intrigue. Oui, dans ce genre essentiellement académique, elle avait droit à quelque succès. L'interdiction du *Roi s'amuse* ne tarda pas à le prouver. La suppression de ce drame après sa première représentation fut une des grandes joies du *Constitutionnel*. J'ai déjà dit que ce journal était l'organe attitré de l'Académie. Il y a dans les nombreuses édi-tions du *Roi s'amuse* une *Note de l'Éditeur* qui dit son fait à la classique feuille de chou :

.....Le jour viendra peut-être de juger à leur tour les journaux qui jugent tout, et de faire remarquer qu'au moment où nous sommes, par une contradiction étrange, mais facile à com-prendre pour qui connaît à fond certaines pas-sions personnelles peu honorables, les doctrines politiques les plus larges (en apparence du moins), s'allient souvent, dans le même journal, aux doctrines littéraires les plus étroites (1). Telle feuille révolutionnaire en politique est illibé-rale en littérature. Le *premier Paris* dérive de Marat et le feuilleton de Boileau. Bizarre amal-game. »

Mais que s'était-il passé entre le *Roi*

---

(1) « Nous, hommes du mouvement littéraire, nous avions pour ennemis acharnés tous les jour-naux du mouvement politique.

C'était d'autant plus étrange que la révolution littéraire avait précédé, aidé, préparé, annoncé la révolution politique qui était faite, et la révolu-tion sociale qui se faisait. » (Alexandre (Dumas, *Mes Mémoires*, t. xx, p. 127.)

s'amuse et l'Académie ? Le procès de ce drame nous l'apprend. On connaît l'histoire mémorable de ce procès, intenté par Victor Hugo au Théâtre-Français, afin de pouvoir, par-dessus le dos de celui-ci, attaquer le Parlement et le Ministère et l'Académie. On sait aussi quel fameux discours, applaudi avec délire, prononça ce jour-là Victor Hugo, qui n'avait jamais parlé en public, mais qui *pour ses coups d'essai voulait des coups de maître.* Eh bien, c'est dans ce discours que nous allons trouver le récit de la nouvelle intrigue classique. Le passage suivant, en effet, résume la chose à merveille :

Après la raison morale et la raison politique, il y a la raison littéraire. Un gouvernement arrêtant une pièce pour des raisons littéraires, ceci est étrange et ceci n'est pourtant pas sans réalité. Souvenez-vous, si toutefois cela vaut la peine qu'on s'en souvienne, qu'en 1829, à l'époque où les premiers ouvrages dits *romantiques* apparaissaient sur le théâtre, une pétition, signée par sept personnes, fut présentée au roi Charles X pour obtenir que le Théâtre-Français fût fermé tout bonnement, et de par le roi, aux ouvrages de ce qu'on appelait la *nouvelle école.* Charles X se prit à rire, et répondit spirituellement qu'en matière littéraire, il n'avait, comme nous tous, que sa place au parterre. La pétition expira sous le ridicule. Eh bien ! Messieurs, aujourd'hui plusieurs des signataires de cette pétition (1) sont députés, députés influents de la majorité, ayant part au pouvoir et votant le budget. *Ce qu'ils pétitionnaient timidement en 1829, ils*

____

(1) MM. Etienne, Jay, Viennet.

ont pu, tout-puissants qu'ils sont, le faire en 1832. La notoriété publique raconte, en effet, que *ce sont eux qui, le lendemain de la première représentation ont abordé le ministre* (1) *à la Chambre des députés et ont obtenu de lui, sous tous les prétextes moraux et politiques possibles que le « Roi s'amuse » fût arrêté.* Le ministre, homme ingénu, innocent et candide, a bravement pris le change ; il n'a pas su démêler sous toutes ces enveloppes l'animosité directe et personnelle ; il a cru faire de la proscription politique, j'en suis fâché pour lui, on lui a fait faire de la proscription littéraire. Je n'insisterai pas davantage là-dessus. C'est une règle pour moi de m'abstenir des personnalités et des noms propres pris en mauvaise part, même quand il y aurait lieu à de justes représailles. D'ailleurs, cette toute petite manigance littéraire m'inspire infiniment moins de colère que de pitié. Cela est curieux, voilà tout. Le gouvernement prêtant main-forte à l'Académie en 1832 ! Aristote redevenu loi de l'Etat ! une imperceptible contre-révolution littéraire manœuvrant à fleur d'eau au milieu de nos grandes révolutions politiques ! des députés qui ont déposé Charles X travaillant dans un petit coin à restaurer Boileau ! quelle pauvreté !

Le Tribunal donna raison au Ministère. Ce fut un beau jour pour l'Académie ; elle put croire que Boileau était *restauré...* Mais là, comme au théâtre, Victor Hugo eut la majorité du public pour lui.

------

(1) C'était le comte de Montalivet.

VIII

« Monsieur,

» Vous me trouverez, sans doute, bien téméraire d'oser diriger contre vous une accusation ; mais le droit que tout homme de lettres a de défendre le théâtre national et la gloire des auteurs qui l'ont illustré pendant près de deux siècles, me décide à me livrer sans réserve au fanatisme de votre parti politique et littéraire. Je vous accuse donc, Monsieur, d'avoir, *par des doctrines perverses et des moyens que vous seul savez employer*, perdu l'art dramatique et ruiné le théâtre français.

» Si, *au moment où vous éprouvez des contrariétés*, il vous semble peu généreux de ma part *de saisir une occasion de combattre* votre faux système en littérature, rappelez-vous le passé, les insultes faites à nos grands maîtres et *à tous nous autres vieillards* que vous et les vôtres appelez si élégamment les *ganaches de l'empire*.

» Le but de ma lettre sera de faire connaître vos outrages envers les auteurs classiques, vos moyens de succès et le résultat qu'ils ont obtenu. »

Ainsi parle M. Alexandre Duval dans une *Lettre* ouverte *à M. Victor Hugo*. Car l'Académie française, *au moment* où l'auteur du « *Roi s'amuse* » éprouvait des contrariétés, c'est-à-dire pendant son procès, jugea opportun de l'attaquer. En effet, on venait de

supprimer sa pièce, il y avait peu de chance
pour qu'on la rendît au théâtre ; occupé et
préoccupé de son procès, le poète n'avait
guère le loisir d'en faire une autre ; le lion
était blessé. M. Duval vint donc lui donner le
coup de pied de l'âne. Car il lui en voulait à
mort, et pour bien des raisons. Toutefois,
celles qu'il énumère ne sont pas les vraies.
Celles-ci, Jules Janin les résume dans le passage que j'ai cité. Les autres, les voici. M. Duval reproche à Victor Hugo : *ses cabales et
ses nombreuses intrigues (sic !) ; son intention évidente de détruire complètement le bel art dramatique ; les erreurs
de son système ; les ressorts qu'il a fait
jouer pour faire triompher ledit système
de tous les obstacles que le bon sens lui
opposait ; son imagination très riche en
paradoxes ; sa flagrante complicité avec
Mme de Staël et un professeur de Bonn
(M. Schlegel) ; ses écrits nombreux, ses
diatribes amères contre Racine, Voltaire
et Boileau (sic !) ; ses sectaires qui, après
après avoir eu la modestie, la douceur
des apôtres du divin Messie, grâce au
succès de sa doctrine, sont devenus tout
à coup cruels, intolérants, et ont fini par
disputer à nos grands hommes leurs bre-
vets d'immortalité ; ses prédicants de la
loi nouvelle (les mêmes), qui ont voulu la
faire exécuter dans ces derniers temps,
comme les guerriers de Mahomet ou
comme les satellites de Robespierre, la
barbe au menton et le sabre au côté (sic !) ;
et enfin le succès sacrilège qu'obtint la
lecture de son premier évangile (Hernani)*

aux comédiens français, au milieu du cortège de ses zélés admirateurs.

Ici, M. Alexandre Duval laisse passer le bout de l'oreille. « Hélas ! ce beau triomphe bien ordonné en vous couvrant de gloire est devenu pour nous, pauvres auteurs du temps de l'empire, un arrêt de proscription. Tous les autres auteurs vivants *qui avaient illustré la scène* se sont vus abandonnés. »

Vous comprenez qu'après cela on pouvait s'attendre à tout. Et, en effet, il s'en est fallu de très peu qu'on ne brisât les bustes de Corneille, Racine, Molière, Voltaire, etc., tous les aïeux de M. Duval. « Oui, s'écrie-t-il, au milieu de ce fanatisme universel en faveur de la nouvelle loi, *les images durables dont une postérité reconnaissante avait fait hommage à nos grands hommes,* ont été sur le point d'être brisées et de vous être offertes en débris, comme un holocauste digne de votre génie. » Au bas de ces nobles périphrases, l'auteur ajoute une note explicative plus familière : « Je ne me rappelle pas si c'était à une pièce de M. Victor Hugo, ou à celle de l'un de ses imitateurs, que s'est passé ce grand événement. Tous les prosélytes du romantisme s'écriaient en sautant dans le foyer: *Racine, enfoncé ! Voltaire, enfoncé ! A bas toutes ces perruques de marbre, jetons-les par les fenêtres.* Je n'y étais pas ; mais cette scène bruyante m'a été racontée par vingt témoins. Au reste, elle ne m'étonne pas ; j'ai bien entendu crier auprès de moi : *Mort à l'Institut ! le sang des académiciens !* »

D'après les *Mémoires* d'Alexandre Dumas

(t. XII, p. 323), c'est au neveu de M. Duval qu'on attribuait ce cri de mort :

«..... On contait une foule d'anecdotes plus absurdes les unes que les autres : on disait qu'après la représentation d'*Henri III*, quand les lustres de la salle avaient été éteints, à la lueur mourante des flambeaux du foyer, une ronde sabbatique, pareille à la magnifique ronde de Boulanger, avait eu lieu autour du buste de Racine, qui est adossé à la muraille ! que les funèbres danseurs avaient fait entendre ce refrain : « Enfoncé, Racine ! » et que même un cri de mort avait été poussé par un jeune fanatique, nommé Amaury-Duval, qui demandait la tête des académiciens ; cri parricide, puisque ce malheureux était le fils de M. Amaury-Duval, de l'Institut, et neveu de M. Alexandre Duval, de l'Académie française. »

On voit qu'il y avait parenté entre ce jeune homme et certain héros de M. Duval, entre le neveu Ernest du *Misanthrope du Marais* et le neveu de son auteur. L'un devait être la copie de l'autre.

Mais qu'ont fait les comédiens, *froids témoins de tant d'extravagances* ? Hélas ! *séduits par l'éloquence de M. Victor Hugo, entraînés par ses disciples, ils se sont empressés de sortir de la voie sacrée que leur avaient tracée leurs prédécesseurs.* Dès lors, le théâtre est devenu fatalement *un mauvais lieu où tout honnête homme craindrait de conduire certains jours sa femme ou sa fille.* Ici, M. Duval adresse de dures paroles aux comédiens, ces malheureux qui n'ont pas vu où tout cela les mènerait.

Puis il ferme la parenthèse et revient à Victor Hugo : « Je ne vous cacherai pas, monsieur, qu'au moment où vous vous êtes armé pour détruire nos anciennes croyances, de ce moment où Racine, Voltaire et Boileau ont provoqué vos mépris (?), j'ai redouté *dans vous* un ennemi d'autant plus dangereux que vous avez reçu du ciel ce génie adroit et persévérant qui fait triompher l'erreur et force la vérité à se cacher quelque temps. Cependant, quand j'ai vu *qu'après de vains efforts vos apôtres n'avaient pu faire chanceler sur leurs bases les statues de nos grands hommes....., je me suis rassuré sur les attaques répétées de ces mauvais citoyens.* » Plus loin, ce radotage se contredit un peu, et M. Duval assure *qu'il a bien le droit de regretter un peu son beau théâtre, que, dès son entrée dans la carrière, M. Hugo a eu le projet d'anéantir.* Et il ajoute : « Réjouissez-vous, monsieur, *votre œuvre est accomplie.* » Mais il faut mentionner une note sur ces intentions qu'avait eues Victor Hugo de détruire le *beau théâtre* de M. Duval : « M. Victor Hugo ne peut pas nier qu'il en ait eu le projet, car, après les premières représentations d'*Hernani*, il s'écria *dans un salon à moi bien connu :* « Enfin, j'ai « porté le dernier coup à la baraque classique. » Mot énergique qui fait bien connaitre la mission du prophète. Mais, décidément, il ne fallait pas désespérer ; « l'œuvre n'était pas accomplie ». La lettre de M. Duval pouvait peut-être tout sauver. « Si cet écrit ne devait avoir pour résultat de *sauver le Théâtre-Français de sa chute complète,* je ne vous

l'aurais pas adressé. » Et ne croyez pas qu'il
ait trop bonne opinion de lui, M. Duval. Tous
ses succès « selon les règles » n'ont pas
triomphé de sa modestie. « Mais, ajoute-t-il,
en supposant qu'un peu de vanité puisse être
permise à un auteur presque toujours heureux,
aujourd'hui j'aurais le droit de m'élever jusqu'à l'orgueil, en prouvant à *mon jeune adversaire qui, dans ma qualité de classique, m'à témoigné tant de mépris* (M. Duval exagère) que je compte autant de succès
qu'il a d'années, et que plusieurs de mes ouvrages, plus âgés que lui, n'ont point été en-
gloutis dans sa révolution littéraire et pros-
pèrent encore, au milieu de cette anarchie,
protégés par l'estime publique. » Alors, pourquoi s'être plaint d'abord de l'abandon total
que valaient à lui et à ses pareils les succès
de Victor Hugo ? Ce long radotage est de moins
en moins clair. Mais continuons. M. Duval
nous montre le théâtre sous l'Empire. Malgré
le *Journal de l'Empire*, ce Cerbère, et malgré la Censure, cette hydre, c'était encore très
bien — par comparaison. Il y avait encore de
l'honnêteté, de la loyauté. Tandis qu'à présent... Et M. Duval fait une peinture épouvantable des mœurs nouvelles. Il a assisté à des
scènes inénarrables. « Ce que je rappelle ici,
je l'ai vu *de mes propres yeux*. A certaines
représentations, on se trouvait environné
d'hommes effrayants dont le regard scrutateur
épiait votre opinion, et si, par malheur, votre
figure indiquait l'ennui ou le dégoût, *ils vous
attaquaient par l'épithète d'épicier*, mot
injurieux selon eux, qui signifie, dans leur
argot, *stupide, outrageusement bête.* » Une

note sur ces expressions les qualifie : « Injures romantiques en usage dans la conversation et dans la tragédie. Voyez le *Roi s'amuse.* » Puis le texte reprend : « Mais si vos cheveux étaient blanchis par le temps, alors vous étiez des *académiciens*, des *perruques*, des *fossiles* contre lesquels on vociférait des cris de fureur et de mort. »

Intarissable sur les abus de la ligue romantique, M. Duval se tait soigneusement sur les torts de son parti. Pourtant il serait juste d'en tenir compte. Appeler un académicien *perruque*, c'était drôle ; mais écrire : *Les drames du Goth*, pour désigner *Cromwell* et *Hernani*, c'était moins spirituel que méchant. Néanmoins cette piquante allégorie trouvée par l'esprit académique ne fut pas moins en honneur que tous les bons mots du jeune Cénacle. Voici, d'ailleurs, un aperçu du glossaire imprécatoire qui florissait dans la littérature de cette époque.

CLASSIQUE, CI-DEVANT, FAUX-TOUPET, AILES DE PIGEON, PERRUQUE, CHINOIS, WELCHE, ÉTRUSQUE, INVALIDE, MACHOIRE, CRÉTIN, CHEVALIER DE LA ROUTINE, GANACHE, PHILISTIN, RÉTROGRADE, TARDIGRADE, FOSSILE, ACADÉMICIEN, MEMBRE DE L'INSTITUT.

ROMANTIQUE, APOSTAT, HÉRÉTIQUE, SECTAIRE, ICONOCLASTE, NOVATEUR, ÉCOLIER, CHARLATAN, GOTH, VISIGOTH, VANDALE, BARBARE, ALIÉNÉ, FOU FURIEUX, CARNASSIER, HUGOTISTE, HERNANISTE, HUGOLATRE.

Le mot *welche*, usité chez les Romantiques,

n'a rien d'exagéré pour M. Duval. Lisez cette phrase sur les malheurs de M. Dupaty, futur académicien : « Mon pauvre ami est resté six mois sur ce ponton, *au milieu des exhalaisons des vases de la rade de Brest.* » Vous vous demandez sans doute ce que la galère de M. Dupaty vient faire dans ces récriminations contre Victor Hugo. Je ne l'ai pas très bien compris. Il y a, du reste, un peu de tout dans la lettre de M. Duval. On y rencontre, notamment, Napoléon, M. de La Harpe, Voltaire, le duc de Bassano, *l'honorable M. de Choiseul*, M. Moret, la Cour, Shakespeare, Milton, Pope, Beaumarchais, François Ier, et tous les classiques. N'oublions pas Alfred de Vigny. Le passage mérite d'être cité :

« M. Alfred de Vigny a fait une traduction en vers de l'*Othello* de Shakespeare. On sait quel a été le résultat de cette tentative malheureuse. C'était pourtant du Shakespeare *tout pur*. Pourquoi donc vouloir nous imposer une littérature étrangère, à nous qui, sans le vouloir, avons imposé la nôtre à toute l'Europe ? »

Il est certain qu'il y avait quelque impertinence à jouer le nommé Shakespeare dans ce pays privilégié qui possédait un Alexandre Duval.

Mais arrivons aux conclusions de la lettre. M. Duval conseille à Victor Hugo de « rétrograder vers le simple bon sens » et lui promet, comme récompense, *un talent vif et original*. Vous voyez, c'est toujours une conversion... Il affirme qu'*aucun motif de haine n'a dirigé sa plume*. Puis il ajoute que. .

Mais lisez — si la phrase ne vous fait pas peur !

« Sans doute vous m'avez fait du mal, comme vous en avez fait à tous mes confrères en vous emparant d'un théâtre sur lequel vos succès ne vous donnaient aucun droit ; mais enfin vous avez agi dans votre intérêt, et en prouvant aux comédiens que mes ouvrages et ceux de mes confrères n'avaient pas le sens commun parce qu'ils n'étaient pas composés selon votre système, vous n'avez fait encore qu'user du droit que donnent l'*esprit* et l'éloquence sophistique et paradoxale sur des *esprits* faibles qui ont cru trouver, au bout de la route que vous leur avez indiquée, les mines du Potose ouvertes à leur avidité. »

Respirons !

Après avoir montré l'incroyable immoralité de *Marion de Lorme* et du *Roi s'amuse*, l'insignifiance d'*Hernani* et les dangers du faux système de M. Hugo, après lui avoir prouvé par A plus B qu'il ne connaît pas l'*abc* de l'art dramatique, M. Duval offre à son jeune confrère « les moyens de reprendre parmi les gens de lettres de tous les temps cette considération que doivent lui mériter ses talents et qu'on doit toujours craindre de perdre par intérêt pour soi-même. » Prenez-y bien garde, insiste-t-il, cela est sérieux ! « Oui, je vous le répète, si vous continuez à marcher dans la fausse route où vous êtes entré si orgueilleusement, c'en est fait de vous pour le théâtre, *jamais vous n'y réussirez.* » (Les italiques sont dans le texte.) Mais enfin, quels sont, direz-vous, ces moyens de salut si généreusement offerts par notre académi-

cien ? Voici. (Je passe encore quelques redites
et j'arrive au but.) Dellamaria fut un grand
compositeur, si grand même que M. Duval
n'hésita pas à lui demander *la musique de son
Prisonnier*. (Oh ! pourquoi ne joue-t-on plus
ce *Prisonnier* ?) Eh bien, ce Dellamaria,
avant d'être l'éminent collaborateur de
M. Duval, — longtemps avant — n'avait
d'abord été qu'un débutant prétentieux et
ignare. Et voici ce qui lui était arrivé. Ah ! la
belle leçon à méditer pour M. Hugo ! « Je
n'oserais pas vous le conseiller, Monsieur,
mais cependant fasse le ciel que vous soyez
assez sage pour imiter Dellamaria. Ce jeune
artiste, nouvellement arrivé à Naples, et
ayant composé un opéra avant d'avoir complètement fini ses études musicales, désira se
faire entendre chez une princesse, sa protectrice. Il eut l'avantage d'avoir pour auditeur
le célèbre Paësiello qui, après avoir écouté
tout l'opéra avec beaucoup d'attention,
s'avança froidement vers le jeune compositeur et lui dit tout haut en présence d'une
nombreuse société : « Vous ne savez pas la
« composition, votre ouvrage ne vaut rien ;
« cependant j'entrevois dans certains passages
« du talent ; venez chez moi, je vous donnerai
« des leçons. »

» On peut se figurer quel fut l'embarras,
le dépit, la colère de notre adolescent auteur.
Il sortit furieux du palais, s'enferma dans sa
chambre, y passa la nuit à pleurer ; mais
enfin, devenu plus calme, il comprit que l'orgueil devait céder à l'ascendant de la vérité,
qu'il valait mieux profiter des avis d'un grand
maître que de persévérer dans une ignorance

obstinée. Cette lueur de raison décida de son sort pour l'avenir. Dès le matin il se rendit humblement chez Paësiello, implora sa bienveillance, reçut ses conseils, en profita ; et grâce à la dure vérité du maître, il en devint l'élève le plus chéri et le plus distingué. »

On devine aisément le but de l'apologue. Par M. Duval, vrai Paësiello du théâtre français, M. Hugo pourrait en devenir le Dellamaria, ce qui n'est pas à dédaigner. Car M. Duval pourrait faire quelque chose de M. Hugo, et il n'est pas avare de ses enseignements, M. Duval. « Je me ferais toujours un plaisir, dit-il, d'offrir à qui me les demanderait des conseils qui seraient le résultat du travail, de l'âge et de l'expérience. »

Hélas ! M. Hugo, après avoir lu cette lettre (si toutefois son orgueil a daigné la lire), n'a pas eu, comme Dellamaria, une nuit de désespoir suivie d'une lueur de raison. Il a *persévéré dans son ignorance obstinée*. C'est grand dommage pour l'Art, en vérité. Guidé par l'auteur de la *Vraie Bravoure*, de la *Manie des Grandeurs* et du *Chanoine de Milan*, M. Hugo eût pu devenir quelqu'un et aurait peut-être écrit des pièces tout aussi remarquables, tandis qu'il n'a pu s'élever au-dessus de ces tentatives d'écolier aujourd'hui tombées dans un juste oubli, telles que *Ruy Blas*, les *Burgraves* et *Torquemada*.

Tel était, d'ailleurs, l'aveuglement des novateurs qu'ils se moquèrent de M. Duval, dont la *Lettre à Victor Hugo* eut le même genre de succès que le *Misanthrope du Marais*. Mais M. Duval trouva dans son entourage classique le tribut d'éloges auquel avait droit cette nouvelle tentative de conversion.

Hélas ! nul ne se convertit, et les horreurs continuèrent. Triomphe de l'anarchie ! Pourtant il y avait toujours une Académie. Hélas! elle fermait les yeux et se bouchait les oreilles. Et quand elle ouvrait la bouche, c'était pour répéter ses éternels anathèmes...

Mais certains écrivains, d'autant plus écoutés qu'ils n'appartenaient à aucun parti, lui faisaient entendre parfois un peu de vérité. Tel M. Silvestre de Sacy, rédacteur aux *Débats*, polémiste vigoureux, futur académicien — et excellent écrivain. Dans un article qui fit grand bruit, il épilogua magistralement sur le grand débat littéraire qui passionnait toute la France. Voici les principaux passages de cet article :

« Il est certain que la littérature moderne joue en ce moment le rôle du diable dans le monde ; c'est elle qui représente le principe du mal. Mais à qui la faute? mon Dieu, à personne, ou, si l'on veut, à tous, ce qui revient au même. Quand la nouvelle littérature est née, est-ce que le public n'était pas las jusqu'au dégoût, des éternelles et fades imitations de Racine et de Voltaire? Est-ce que les hémistiches de l'abbé Delille, à force de passer de main en main, comme une petite monnaie courante, n'avaient pas perdu leur brillant et leur empreinte? Il fallait renoncer à écrire et dire adieu à la littérature, ou il fallait écrire autrement.

»..... N'y aura-t-il donc que les hommes de notre temps auxquels nous ne voudrons rien passer, et que nous ne comprendrons pas ? *Serons-nous si dégoûtés que le génie*

*même ne recevra de nous que des affronts,
parce que ce sera le génie du XIXe siècle ?*
Eh quoi ! ne sommes-nous pas forcés d'en
passer beaucoup, si j'ose le dire, à nos propres classiques... Nous serions des ingrats et
des sots de ne pas passer à Racine ses amours
à temps et à contre-temps, sa froide Aricie,
son fade Hippolyte, son Mithridate qui oublie
les Romains pour tendre un piège de jaloux
à la pauvre Monime..... J'admire, quant à
moi, les gens qui parlent du siècle de
Louis XIV comme s'ils en étaient. Leur style
blafard ne dit que trop qu'ils n'en sont pas.
Bossuet faisait admirablement une oraison
funèbre, Racine une tragédie, La Fontaine
une fable. Eh ! Messieurs, qui en doute ?
Vous aurez beau le répéter, cela ne fera pas
que vous soyez de leur école et que vous écri-
viez comme Bossuet, Racine ou La Fontaine.
Bossuet était éloquent, et vous êtes plats,
voilà tout.

» Vous nous conseillez de ne pas perdre
notre temps à lire les ouvrages modernes ;
prenez garde : si nous suivions votre avis, la
première lecture que nous aurions à retrancher, ce serait celle de vos critiques. La
gloire de la vieille littérature ne vous appartient pas plus que la gloire de la vieille
monarchie, et Boileau ne vous a pas plus trans-
mis sa plume que Turenne son épée. »

Tandis que M. Duval essayait de convertir
Victor Hugo, celui-ci, pour se venger de l'interdiction du *Roi s'amuse*, improvisait *Lucrèce
Borgia* et remportait avec Frédérick Lemaître
et Mme Dorval son plus grand succès dramatique. (Ce fut la seule réponse qu'obtint l'épi-

tre de M. Duval.) Le Drame, placé, comme dit la préface de *Cromwell, entre le Charybde académique et le Scylla administratif*, avait émigré sur une scène du boulevard. Rome n'était plus dans Rome, et la foule avait suivi son poète jusqu'à la Porte Saint-Martin.

Sur ces entrefaites, l'Académie perdit un de ses membres, M. le baron Dacier. Charles Nodier, qui s'était retiré de la lutte romantique, posa sa candidature au fauteuil Dacier. L'Académie lui préféra M. Tissot, professeur de poésie latine au Collège de France (1). Mais, six mois plus tard, un nouveau deuil s'abattit sur le temple académique. M. Laya mourut. Nouvelle candidature de Nodier. C'était la troisième. (Car, malgré la fâcheuse attitude qu'il avait eue à la *Muse française*, il n'avait pas craint de se présenter une première fois en 1825 (2), concurremment avec Casimir Delavigne, qui en était, lui, à sa cinquième candidature, mais qui fut élu ce jour-là, puisqu'il avait contre lui un écrivain de valeur.) Cette fois donc, après neuf ans d'attente, Nodier fut élu. Voici la lettre de félicitation qu'il reçut de son ancien collaborateur de la *Muse* :

« 26 octobre 1833.

» Si je n'étais enfoui dans le troisième des-

---

(1) Ce M. Tissot fut maintes fois ridiculisé par le *Conservateur littéraire;* le jeune Victor, qui trouvait qu'un cours de poésie latine est un sot cours, y cribla d'épigrammes ce pédant personnage.

(2) Voyez : *Correspondance inédite de Charles Nodier*, p. 179.

sous d'un théâtre (on répétait alors *Marie
Tudor* à la porte Saint-Martin), quelle joie
j'aurais, mon bon Charles, à vous aller ser-
rer la main, et à jeter mon manteau sous vos
pieds en criant *Hosannah*, comme les autres.
C'est une gloire qui entre à l'Académie, chose
rare ! Aussi, voilà que nous applaudissons
l'Académie, chose non moins rare !

» Je suis vraiment heureux de vous voir
là. Je vous aime bien, croyez-le.

» VICTOR. »

L'élection du *bon Charles* avait cela de
curieux que, toute sa vie, cet homme d'esprit
avait daubé sur l'Académie. En 1807, il publiait déjà les *Remarques morales, philosophiques et grammaticales sur le dictionnaire de l'Académie*, mélange attrayant
d'érudition et de fine satire. Enfin, tous ceux
qui lisent encore les contes de Nodier — et
je plains avec eux ceux qui les ignorent —
tous ceux qui ont lu la savoureuse *Histoire
du Roi de Bohême et de ses sept châteaux*,
ce délicat chef-d'œuvre, se rappellent la description du Royaume de Tombouctou et de
son Institut. C'est une des plus piquantes
satires que l'on ait faites sur la maison du
Quai Conti.

Le nouvel immortel fut reçu un lendemain
de Noël, deux mois après son élection. Son
discours ne fut rien moins que révolutionnaire. Nodier ne crut pas devoir rééditer les
impertinences de Lamartine. Mais peut-être
fut-il par là plus utile que celui-ci aux intérêts de la cause. Dès l'année 1825, l'ancien

rédacteur de la *Muse française* avait dit à un académicien : « Je ne suis ni classique ni romantique. » Son discours répète à peu près cette affirmation. De plus, il approuve l'Académie de ne pas entrer dans le camp des novateurs. «Car le but des Académies comme autorité littéraire est essentiellement conservateur, et elles seraient infidèles à ce but le jour où, entraînées par l'aveugle ferveur du changement, elles livreraient leurs lois et leurs dieux au sort d'une tentative incertaine, sans avoir reconnu si le terrain où l'on entreprend de les conduire n'appartient pas aux barbares. »

On aurait pu répondre à Nodier que l'Académie avait eu raison, en effet, de ne pas se compromettre en se mêlant, *avec l'aveugle ferveur du changement*, au mouvement romantique ; mais qu'elle aurait dû se borner à cela et ne point fulminer contre l'esprit nouveau. Rien ne l'obligeait à proclamer *Hernani* un chef-d'œuvre ; mais rien non plus ne la forçait à demander au roi de proscrire le Drame.

Nodier reconnaît qu'il a, quant à lui, *donné quelques gages à l'esprit d'innovation*, et il ajoute : « Cette accusation est grave, Messieurs, dans le sein d'une assemblée dont je viens de définir et d'honorer autant qu'il était en moi le glorieux ministère ; mais il n'est pas dans mon caractère de l'éluder par de timides défaites, où l'on chercherait plutôt les concessions d'un candidat qui s'humilie que la résipiscence d'une opinion qui s'éclaire. Mon opinion n'a point changé. Elle est aujourd'hui ce qu'elle était dans le

jeune enthousiasme de mes études classiques.
Elle est ce qu'elle a été dans l'application de
mes théories littéraires à la composition de
mes ouvrages, et je ne crains pas de la professer sans détour ; j'ai souscrit aux efforts
de l'esprit d'innovation, Messieurs ; *je l'approuve et je le défends*, mais je vous prie
de me permettre de développer ma pensée et
de faire ma part. »

Distinguons ! distinguons ! s'écriait certain
député bien pensant, accusé de libéralisme et
qui voulait ménager la chèvre et le chou.
Nodier imite ce député. Il fait force distinctions dans les théories littéraires. Et il impose
un véritable cours à ses confrères. Il le fait
avec tact, avec modération, mais son enseignement n'en est pas moins assez lumineux
pour percer les épaisses ténèbres de la nécropole académique. Il sait que, pour eux, la
révolution littéraire est une tentative anar-
chiste, rien de plus, et il s'efforce de les dé-
tromper. Il leur fait entendre, avec certaines
précautions oratoires, que ces terribles innovations qu'ils ne comprennent pas sont une
chose logique, fatale, voulue par la marche de la civilisation et de la pensée, et en un
mot, le corollaire indispensable des autres
révolutions. « Ce phénomène indivisible est
une des lois de l'espèce : *il n'y a rien à lui
opposer.* » Puis il fait quelques concessions.
Evidemment, on a pu se tromper un peu, le
génie a pu s'égarer ; ce n'est pas sa faute.
En tous cas, il est quand même le génie, et
« il faut lui tendre les bras ; *il ne faut pas
le proscrire !* »

En parlant ainsi, Nodier traduisait une opinion qui commençait à se faire jour dans le public, même dans les salons. Ceux-ci, en effet, ne tardèrent pas à être choqués de l'absence d'Olympio dans l'Olympe des Quarante. Ils l'avaient assez *blagué* comme poète et comme romancier ; il était temps qu'on leur servît un nouveau thème. M. Arnault, de fulminante mémoire, étant mort, la *Revue des Deux-Mondes*, une nouvelle venue qui déjà prétendait régenter les lettres et les arts, se faisait l'écho du sentiment populaire :

« Que M. Hugo se présente, qu'il ne recule pas devant les ennuis d'une candidature officielle, car, si chacun des membres de l'Académie peut aller jusqu'à proclamer individuellement la supériorité de l'auteur des *Orientales*, on ne peut pas exiger d'un corps tout entier la même humilité et la même abnégation. » Mais tout cet effort de persuasion était gâté par la maladresse d'une phrase où les noms les plus ennemis hurlent de se voir accouplés, comme dirait Hugo lui-même :

« Une société littéraire qui peut nommer comme siens Chateaubriand, Lamartine, Lemercier, Cousin, est en droit de traiter avec le poète le plus illustre et le plus populaire sur le pied d'une égalité parfaite. »

Le conseil ne fut pas écouté ; bien plus, on vit le Dramatique impénitent continuer à ourdir des trames en cinq actes contre les trois unités académiques.

IX

L'année 1834 fut marquée par une nouvelle croisade de l'Académie contre le Romantisme.

Par la voix de son organe attitré, le *Constitutionnel*, M. Etienne déclara la guerre aux
infidèles. L'occasion de ce retour offensif
de la tragédie en déroute fut l'entrée d'*Antony*
et de Mme Dorval au Théâtre-Français. Le
premier Paris du journal académique fut
consacré à la question, au détriment de la politique, et M. Etienne s'y indigna, au nom du
bon goût et des bonnes mœurs, contre la littérature nouvelle et contre le pouvoir *qui ne
sollicite aucune mesure pour arrêter ce
débordement d'immoralité*. « Il n'y a pas
de pays au monde, si libre soit-il, s'écriait
M. Etienne, où il soit permis d'empoisonner
les sources de la morale publique. »

Ce n'était pas la première sortie de M. Etienne
contre le Romantisme. M. Etienne, immortel
sous Napoléon, son protecteur, avait cessé de
l'être sous Louis XVIII, son ennemi ; mais
l'Académie, par une nouvelle élection, l'avait
appelé a son secours à la veille d'*Hernani*.
Nommé en remplacement de M. Auger qui
s'était noyé dans un accès de désespoir classique, il s'était montré digne de la succession,
et, dès son entrée dans le temple, il avait ful-
miné contre les hérétiques dans des termes
tels que M. Auger n'aurait certainement pas
trouvé mieux. Voici comment il avait défini
la nouvelle pléiade : « Certains esprits qui,
parce qu'on a dit peut-être que le génie est
inégal, se sont persuadé qu'il fallait courir
après l'inégalité pour rencontrer le génie, et
qui, pour échapper à ce qu'ils appellent la
décrépitude d'une littérature éteinte, remon-
tent, sans s'en douter, jusqu'à son enfance :
novateurs rétrogrades qui, voulant écrire

mieux que Racine, n'écrivent pas autrement
que Ronsard, et pour lesquels on dirait que
Malherbe n'est pas venu. »

Maintenant, c'était le *Constitutionnel* que
M. Etienne armait de ses foudres, sous le prétexte jésuitique de venger la Morale.

L'effet de l'article fut considérable. Toute la
littérature s'émut, et le pouvoir se troubla.
M. Thiers, qui avait provoqué tout ce tapage,
en patronnant Dumas, son drame et son interprète, les lâcha tous les trois et fit interdire la
représentation d'*Antony*. Il ne faut pas oublier que M. Etienne était député. On se rappelle le discours prononcé par Victor Hugo à
son procès du *Roi s'amuse*, et le passage
de ce discours relatif aux intrigues de certains
députés académiciens, les mêmes qui avaient
adressé la fameuse pétition à Charles X. Eh
bien, les intrigues continuaient, et le *Constitutionnel*, organe redouté, leur prêtait toujours l'appui de ses colonnes. Mais au *premier
Paris* de M. Etienne le *Journal des Débats*
répondit par un feuilleton de Jules Janin qui
est peut-être le chef-d'œuvre du glorieux lun-
diste. Chef-d'œuvre d'improvisation, s'entend.
Jamais volée de bois vert ne fut plus gaillar-
dement administrée.

Il faudrait pouvoir citer ici en entier cet
admirable article : mais, comme la longueur
de ses neuf colonnes s'y oppose, je dois me
borner à quelques citations. Cela commence
gaiement :

« Qui l'aurait jamais pensé, vous en seriez-
vous douté ? N'est-ce pas là un grand
miracle ? La littérature de l'Empire, sur
laquelle nous avions chanté, et de si bon

cœur, un si joyeux *De profundis*, elle dont
nous avions mené le deuil à quatre chevaux,
et avec plus de pompe qu'elle ne le méritait
vraiment, eh bien ! elle a fait un mouvement
cette semaine. Oui, vraiment, le cadavre s'est
agité ; il s'est redressé sur son séant, il a
relevé sa tête chauve au front si étroit, il a
prononcé de nouveau ses vieilles phrases
mal articulées, *de bon goût et de morale.*
bien plus, il nous aurait mordu s'il avait eu
des dents. Et il y a encore des gens qui ne
croient pas au galvanisme ! »

Et cela continue ainsi, sur ce ton enjoué,
dont l'ironie devait si bien exaspérer les
tristes confrères de Nodier. La littérature impériale, constate Janin, est peut-être revenue
aussi de son île d'Elbe pour cent jours. Et il
ajoute : « Je vous demande pardon de la comparaison, c'est là en effet une île d'Elbe bien
triste et bien honteuse, celle où vous a jeté
la risée de nos contemporains ! » Puis il lui
apprend, à cette littérature surannée, qui
s'obstine à ne pas mourir et à importuner les
vivants, *qu'elle a manqué cette fois encore
son dix-huit brumaire.* Et il lui montre
l'inutilité de ses attaques, et la vanité de ses
prétentions. « Vous vous dites classiques !
s'écrie-t-il. Mais en quoi, je vous prie, êtes-
vous classiques ? Ce n'est pas, à coup sûr,
en ce sens que vos ouvrages sont des modèles
ou des objets de comparaison. Qui les étudie ?
Personne ! Qui les lit ? Personne. Qui les
connaît ? Qui vous connaît, vous les classiques ; vous, les Corneille, les Racine et les
Voltaire du siècle de Bonaparte ; vous les
poètes de *Te Deum ?* Vous dont les œuvres

complètes (car ils ont leurs œuvres complètes) ont été pour nous un si admirable
sujet de risée ! » Il leur prouve ensuite qu'ils
sont *aussi peu classiques par leurs études
passées que par leurs ouvrages passés.*
« L'ignorance de la littérature de l'Empire
est déjà une chose qui nous confond de nos
jours ; ces gens ne se sont doutés de rien, ni
du passé de la littérature du monde, ni de son
avenir ; ils n'ont su aller ni en deçà ni au delà
de ce moment de gloire guerrière, dont la
poésie était le canon et le bruit des villes
croulantes, de trônes renversés et de fleuves
qui passaient en grondant d'un empire à
l'autre ! Classiques par l'étude ! Mais eux ils
n'ont rien étudié, ils n'ont même rien appris,
pas même l'Empire, qu'ils n'ont pas vu, em-
portés qu'ils ont été dans ce tourbillon de feu
et de fumée. Eux, classiques ! mais il n'y en a
pas un, pas un seul qui ait jamais lu Sophocle dans sa langue ; la Grèce était pour
eux une contrée fermée par une colonne de
nuages. Classiques ! mais les plus illustres
d'entre eux sont connus par des barbarismes
célèbres (1), et ce serait à grand'peine qu'ils
expliqueraient la première églogue de Virgile
à l'aide d'un confus souvenir ! Classiques,
mais l'antiquité les renie ; mais le dix-septième siècle français aussi les renie. Classiques ! eux, des hommes qui n'ont su représenter aucune nuance du génie français quand
tout le génie français était au dehors en ba-

____

(1) Tel M. de Jouy, à qui il était arrivé de dire,
dans une réunion de l'Académie, que le mot français *agréable* vient du latin *agreabilis.*

taille ! eux qui n'ont rien compris à la grandeur impériale, si ce n'est qu'il fallait la flatter en vers de douze pieds et en dithyrambes ramassés çà et là dans le *Dictionnaire des Rimes*. Classiques ! Mais ils n'ont pas même vu que ces poètes du xvii⁰ siècle, dont ils se prétendent les fils légitimes, et dont ils ne sont pas même les bâtards, indépendamment de leur génie et de leur savant langage, ont tous représenté le génie de leur époque. » Et Janin se demande ce qu'ils représentent, eux, les pseudo-classiques. Ils ne représentent rien, conclut-il. *Ils ne se représentent pas eux-mêmes !* « Dans cette prodigieuse quantité de tragédies, de comédies, et autres fabrications du même genre que nous a léguées la Muse impériale, si vous en prenez une au hasard, au beau milieu de ce tas puéril, je vous défie de deviner et de reconnaître à quel grand grand homme appartient la tragédie que le hasard vous aura mise entre les mains, tant ce sont là des styles identiques, des imaginations et des chefs-d'œuvre qui se valent ! »

Après cette longue analyse de la nullité des anciens, le feuilleton détaille avec soin les mérites des nouveaux venus. « Que ce fut un brillant concert, s'écrie-t-il, quand toutes ces voix s'élevèrent de toutes parts, et que la littérature de l'Empire resta stupéfaite et éperdue quand elle découvrit qu'elle était au néant et qu'il y avait quelque part de la sympathie et du mouvement qui n'était pas pour elle ! Quel beau moment pour la France qui se repose de tous ses poèmes et de toutes ses tragédies, de tout son vieil esprit et de tout son scepticisme.

» En même temps, au-dessous de cette intelligence avancée, bouillonnaient tant de jeunes esprits impatients d'avenir, remplis d'études sévères (*ils étaient classiques, ceux-là*, ils savaient et ils savent ce que n'ont jamais su nos classiques) : comme ils allaient en avant ! comme ils dévoraient l'espace ! comme ils portaient leurs deux mains sur l'avenir ! comme ils méprisaient la poésie impériale et comme ils comprenaient bien l'Empereur ! Du milieu de cette foule sont sortis le chantre immortel des *Méditations* et le jeune homme qui a ouvert une voie nouvelle à l'ode française, l'homme qui a fait pour l'intimité du cœur ce que Pindare a fait pour l'histoire. A peine échappé des bancs de l'école, il nous a donné les *Orientales*, les *Feuilles d'automne*, il a fait *Notre-Dame de Paris* ; celui-là s'appelle Victor Hugo. Pourrais-je nommer ceux qui se sont éveillés à sa suite ? et ceux qui se sont levés à ses côtés ? et ceux qui se sont levés contre lui ? et ceux qui sont entrés dans la politique, cette lutte sans fin ? et ceux qui ont pris l'enseignement, ce sacerdoce civil ? et ceux qui n'ont pas reculé devant l'exercice des lois, et les plus petits, tout au bas de l'échelle, ceux qui se sont dit : A moi la critique ! à moi la tâche difficile et pénible ! à moi tout ce qui est triste dans l'art ! à moi les haines tant que je serai vivant, à moi l'oubli quand je serai mort ! »

Vraiment, Janin se fait la part trop petite, et il affiche plus de modestie qu'il n'en avait. Il est vrai qu'à ce moment-là, il n'avait pas encore eu l'idée de réunir ses feuilletons sous ce titre alléchant pour la postérité : *Histoire de la littérature dramatique*. Le feuilleton que j'analyse ne figure pas dans ces six volumes. Et c'est vraiment dommage, comme on va le voir. Car je ne puis faire mieux que de reproduire, sans y rien retrancher, la dernière partie de ce bel article, où se trouve résumé tout le grand débat qui nous occupe.

Partout il y avait du mouvement et de la vie, mais aussi partout et toujours, en France et ailleurs, il y avait le plus complet oubli ou, tout au moins le mépris le plus profond pour les élucubrations littéraires de l'Empire. Chose étrange ! ceux qui commençaient n'avaient pas même un sentiment de pitié ou de respect pour ceux qui allaient finir ; front levé ils marchaient en avant et par une autre route, sans prendre pitié de ces vieillards, sans prendre la peine de les avertir et sans leur dire : — Arrêtez-vous ! il est inutile que vous marchiez plus longtemps, bonnes gens, et ménagez votre asthme poétique.

Eux cependant croyaient faire bien du chemin, marchaient toujours. Vous avez vu ces chevaux aveugles attachés à un manège et qui tournent une roue : ainsi faisaient *ces Messieurs de l'Académie* et du Théâtre-Français. Au plus grand mouvement de ces idées nouvelles, au plus fort de cette immense et inquiète recherche, pour trouver une poésie qui fût de la poésie, au plus fort de ces éclats de génie qui honoreront notre époque, quand même ils ne reproduiraient qu'un éclat d'un siècle, nos poètes s'amusaient toujours à faire des tragédies et des livres, des poèmes épiques et des romances, des histoires et des poèmes descriptifs. Rien n'était changé pour eux, l'*Institut était encore l'Institut*, le Théâtre-Français était encore le Théâtre-Français. Ils s'apercevaient bien qu'on lisait d'autres poésies que leurs poésies, mais ceux qui avaient vu finir l'Empereur, pouvaient-ils croire que leurs rivaux naissants ne passeraient pas bien vite ? D'ailleurs, ils avaient encore à eux un homme qui a bien des reproches à se faire ; cet homme, c'est Talma, il a tant dépensé de génie sur les vers de nos grands hommes qu'ils se sont figurés que c'étaient eux qui avaient du génie. Il a fait verser tant de larmes, ce beau Talma, il a fait tant frémir, il a été si terrible, qu'ils se sont fait honneur de ces frémissements et de ces larmes ! Quand il est mort succombant sous le dernier faix d'une tragédie impériale (1), ils l'ont conduit en pleurant à son dernier asile ; ils auraient pleuré bien plus fort s'ils avaient pensé, ce qui était vrai, qu'en effet ils enterraient leur propre génie et leur propre tragédie sous la pierre de Talma !

Eh bien ! si ces hommes avaient laissé là leur génie à côté de Talma, s'ils s'étaient arrêtés en même temps que lui, s'ils avaient été modestes comme c'est le devoir de tout homme qui tombe, s'ils avaient reconnu de bonne foi qu'ils étaient impuissants à parler désormais aux hommes assemblés après que leur comédien était parti, s'ils avaient fait place, et une place libre aux jeunes qui venaient, ils pouvaient encore être admis dans le monde littéraire comme d'honnêtes poètes honoraires qui ont fait, après tout, ce qu'ils ont pu faire ; on leur aurait su gré de cette abnégation profonde ; chacun les aurait excusés de son mieux en se disant que leur enfance avait été privée d'études, que leur jeunesse avait été troublée par les discordes civiles, et que la gloire du maître avait empêché leur âge mûr de rien savoir, on leur aurait pardonné toutes les tragédies de leur vie écrivante en faveur de la bonho-

____

(1) *Charles VI*, de Delaville.

mie de leur vieillesse ! Mais non, c'est là un rôle bien séant et sage qu'ils n'ont pas voulu jouer. Talma mort, ils ont fait des tragédies comme s'il eût été vivant ; on a sifflé ces tragédies. Ils ont imprimé leurs œuvres complètes, demandez-en des nouvelles au Pont au Change ! Eh bien ! encore, on leur aurait pardonné cette dernière et innocente faiblesse ; mais non contents d'être maladroits, ils sont devenus hargneux. On les oubliait dans leur gloire passée, ils ont voulu obscurcir toute gloire naissante ; on les laissait écrire et faire des pièces de théâtre, ils ont voulu empêcher les jeunes d'écrire et de faire des pièces de théâtre ; on les laissait bien tranquilles dans le sillon qu'ils avaient tracé, ils se mettaient sur les routes nouvellement découvertes, non pas pour marcher en avant avec les autres, car volontiers on leur eût fait place, mais pour empêcher les autres de marcher. Enfin, on les laissait être *classiques* tout à leur aise, ils n'ont pas voulu qu'on fût *romantique*. Ils ont été injustes à plaisir ; ils ont été obstinés ; ils n'ont rien compris ni aux hommes nouveaux, ni aux choses nouvelles. Trouvez un nom glorieux dans la poésie ou dans les arts qui ait échappé à l'honneur de cette ignorante et jalouse critique ? Tous les plus grands noms de notre époque ont passé par cette épreuve, qui a cessé même d'être une épreuve, Chateaubriand, lord Byron, M. de Lamennais, Lamartine ; à l'heure qu'il est, voilà M. Alexandre Dumas mis à l'index au nom des bonnes meurs, du bon goût, du patriotisme ; *l'insecte s'est attaché à M. Victor Hugo : mais c'est un lion qu'on ne fait pas facilement rugir* (1).

---

(1) « Rien de nouveau ici. La Seine et les tragédies coulent toujours..... » *Lettres de V. Hugo aux Bertin* (Plon, 1890), p. 40. (Cette lettre ne figure pas dans la *Correspondance* de V. Hugo).

Et quelques mois avant la révolution de juillet, quand toute la France était plongée dans cette anxiété profonde et dans ce grand silence, avant-coureurs de tous les orages, vous vous souvenez qu'il y eut une pétition adressée par la littérature de l'empire au roi Charles X lui-même. Dans cette pétition, la littérature de l'empire demandait et suppliait qu'on ne fît jouer désormais au Théâtre-Français que les tragédies de Corneille, de Racine et de Voltaire, et par suite les tragédies impériales, les *Brutus* (1), les *Coriolan* (2), les *Germanicus* (3), et consorts ; le tout était accompagné des grands mots : morale politique, vertu, pudeur et autres ; la littérature impériale ne s'était jamais plus occupée de la rougeur des femmes et de l'honneur des familles ; la pétition resta sans réponse (?), et malgré elle on joua *Henri III*, on joua *Hernani*, on joua tout ce que peut jouer un théâtre qui veut être suivi, les pièces de ceux qui étaient jeunes, de ceux que le public aimait, de ceux qui ont l'avenir pour eux ; cette pétition d'une tragédie contre une tragédie rivale, d'un grand vers à césure contre un vers sans césure, d'une toge romaine contre un habit du moyen âge, restera dans nos annales littéraires comme un monument impérissable d'envie, de jalousie et de mauvais goût.

Eh bien ! voici qu'aujourd'hui, après cinq années de pleine possession, quand depuis cinq ans la littérature de 1800 est tout à fait oubliée ; quand depuis cinq ans la jeune école littéraire, qui est la seule école possible, marche en avant ou du moins travaille avec courage et constance,

(1) Tragédie de M. Andrieux.
(2) Tragédies de M. de La Harpe, de M. le Comte Louis-Philippe de Ségur et de M. P. Lebrun. (Rien de Shakespeare.)
(3) Tragédie de M. Arnault.

voici que cette pétition d'une littérature contre une autre se renouvelle avec plus de rage et de colère que jamais. Que dis-je ? il y a progrès dans l'attaque. La première pétition fut d'abord manuscrite et humblement envoyée au Roi ; c'était une prière ; la seconde pétition est imprimée dans un journal la veille d'un budget, c'est un ordre. Il y a cinq ans, les pétitionnaires étaient moins vieux, les jeunes étaient plus jeunes ; cinq ans perdus par ceux-ci, cinq ans gagnés par ceux-là, ce sont dix années de distance entre la première et la seconde pétition ; est-ce là ce qu'on appelle du progrès ? Non pas, certes ! Du reste, ce sont tout à fait les mêmes raisonnements. L'honneur du Théâtre-Français, comme s'il y avait encore un théâtre plus français que les autres, comme si le Théâtre-Français était en France la seule légitimité inviolable ! La gloire de Molière ! comme si Molière n'était pas au contraire défiguré, immolé, sacrifié à plaisir par les comédiens français qui ne le comprennent plus, excepté Melle Mars et Monrose. La gloire de Racine, de Corneille et de Voltaire, comme si ce n'était pas les compromettre étrangement, ces grands hommes, s'ils pouvaient être compromis, que de l'accoler avec toutes les gloires en litige de nos jours. — La pudeur des familles qui ne peuvent aller voir des pièces où l'on voit tant d'incestes et de maris trompés, comme si *Amphitryon* et le *Cocu imaginaire* n'étaient pas les maris trompés et les plus visiblement trompés qui se soient montrés sur aucun théâtre de ce monde. — Le respect dû au Théâtre-Français, comme si ce n'était pas le théâtre du *Mariage de Figaro* et de la *Mère coupable*, comme s'il était moins dangereux de faire parler les passions au milieu de cette société intelligente, que sur les théâtres des boulevards par exemple, au milieu de cette population avide de tout sentir, et toujours prête à se rejeter dans les extrêmes ! —

L'éducation des jeunes filles et des jeunes gens,
comme si le théâtre avait jamais été une école
de morale, comme si ce n'était pas une ineptie
de répéter que le théâtre corrige les mœurs,
comme si pour une jeune fille il y avait un spectacle plus dangereux que celui d'un amour honnête de comédie ou de tragédie entre Hippolyte
et Aricie, entre Valère et Marianne ! Mais nos
grands poètes ont été heureux de pouvoir répéter
à tout propos la seule phrase de latin qu'ils aient
jamais sue par cœur : *Castigat ridendo mores !*

Mais que n'invoquent-ils pas ? ils invoquent
toutes choses, excepté la plus sainte et la moins
dangereuse des libertés, la liberté de l'art. Ils
invoquent l'art, ils invoquent la langue française, ils invoquent le sens commun, ils invoquent le bon goût, comme s'ils étaient eux-
mêmes l'art, la langue et le bon goût de la
France ! Et cependant toutes ces furibondes
déclamations sont écoutées : et cependant toutes
ces mesquines attaques portent coup ; et cependant le Théâtre-Français forcé un jour, un seul
jour, d'être tout à fait le Théâtre-Français
comme l'entendent ces Messieurs, est forcé
d'écrire *Relâche* sur sa porte. C'en est fait, la
tragédie impériale est triomphante ! Prenez
garde à vous, héroïnes de drames modernes, la
tragédie impériale va vous conduire à l'autel de
l'hymen ; prenez garde à vous, enfants au berceau
que prodigue le drame moderne , la tragédie
impériale demande à vous tenir sur les fonts
baptismaux ; prenez garde à vous, jeunes filles
court-vêtues, la tragédie impériale va vous
habiller des pieds à la tête, et vous prêter le
mouchoir de Tartufe pour couvrir ce sein qu'elle
ne saurait voir ; prenez garde, Antony, *Germanicus* est là, tout prêt à vous servir de père !
Allons, soyez raisonnables, parlez en vers, aimez-
vous chastement, ne vous tuez qu'à la fin de la
pièce et encore d'un coup de poignard, ou mieux

encore, avalez un verre, que dis-je, un verre !
une coupe de poison ! Allons, plus de moyen-
âge, plus d'histoire d'Angleterre ou d'Italie , mais
de vrais Romains, d'excellents Grecs, des papes
si vous voulez ; on vous permettra des Vénitiens
les jours de fête !

On vous passera un adultère par tragédie, vous
pourrez hasarder un léger inceste tous les mois ;
venez à nous, jeunes gens, nous vous guiderons,
nous vous éclairerons, nous mettrons une feuille
de vigne à votre génie, nous vous apprendrons
comment on fait une bonne tragédie morale, un
bon opéra-comique moral. Venez, nous serons
vos maîtres, vos juges et vos guides ; venez, nous
relirons vos ouvrages, et quand on aura joué les
nôtres le dimanche, le lundi, le mardi, le mercredi, le jeudi et le vendredi, nous permettrons
qu'on vous joue jusqu'à la fin de la semaine :
car nous sommes bons, voyez-vous, nous n'en
voulons pas à la jeunesse, nous lui tendons les
bras, nous ne demandons que la gloire de la
patrie, la gloire de Molière, de Corneille, de
Racine et de Voltaire et la possession exclusive
de leur théâtre, ou si vous aimez mieux, de
notre Théâtre-Français !

La prose de Janin ne désarma point la ligue
académique. Le débat fut porté à la tribune
de la Chambre, où M. Liadières et M. Fulchiron
(*sic*) exécutèrent des variantes sonores sur le
thème classique de M. Etienne. Celui-ci, tel
un chef qui préside au sort d'une bataille, les
encourageait de loin, de la mine et du geste.
Les deux orateurs furent admirables. M. Liadières, auteur dramatique et candidat au prix
Montyon, démontra péremptoirement le
danger des pièces romantiques et la profonde
immoralité de ces « compositions ». Impos-

sible de subventionner un théâtre où l'on jouerait des œuvres de ce genre. Tout cela fut dit avec une éloquence persuasive qui stimula efficacement les pudeurs de l'assemblée. Et quelle puissance d'argumentation déploya le jeune moraliste ! « On vous dira, Messieurs, que la morale est froide au théâtre, que l'ennui rendra souvent la leçon stérile. *Répondons en citant cent chefs-d'œuvre qui instruisent, éclairent et amusent à la fois ;* répondons qu'on subjugue les cœurs en les élevant par de nobles actions et de belles pensées, mieux et plus vite qu'en les dégradant par *la peinture complaisante des vices les plus hideux et par l'obscénité du langage.* »

La jeune littérature releva le gant, et cette partie du discours de M. Liadières obtint de Frédéric Soulié, ce puissant dramaturge doublé d'un brillant polémiste, une réponse en plusieurs colonnes qui remit toutes choses au point. Pouvait-on se laisser décerner publiquement un brevet d'immoralité par l'ignorance haineuse de ces faux tragiques en disgrâce ? Soulié commence par demander à M. Liadières quelles sont les pièces qui figurent dans sa liste des cent chefs-d'œuvre moraux. Puis il passe en revue tout le théâtre du dix-septième et du dix-huitième siècle, essayant d'y trouver des œuvres qui pourraient figurer dans ladite liste. Rien de plus curieux que cette glose édifiante sur la prétendue moralité du théâtre classique. Soulié examine tour à tour *l'Avare,* « où le caractère sacré du père est traîné dans le mépris » ; les *Fourberies de Scapin,* « où il est bafoué dans le ridicule » ; l'*Ecole des Femmes*, l'*Ecole des Maris*, *Sganarelle*, « où l'adultère sous un nom plaisant fait rire des maris trompés, et intéresse aux femmes qui se vengent » ; *Phèdre*, « où l'inceste n'a d'autre tort que de s'adresser à un amoureux transi qui vous remplit de pitié pour la folle qui l'aime » ; *Iphigénie*, « où l'ambition féroce d'un père va jusqu'à égorger son enfant » ; *Œdipe*, « abominable amas d'incestes » ; *le Cid*, « où il est démontré que le meurtrier du père peut épouser la fille » ; *Andromaque*, « où l'on voit un roi trahissant sa parole pour le frivole amour d'une femme, et un ambassadeur assassinant ce héros pour satisfaire ses propres passions ». Sont-ce là des tableaux d'une moralité irréprochable, et doivent-ils figurer dans la liste ? Vaut-il mieux choisir le *Légataire*, *Turcaret*, le *Mariage de Figaro ?* Prendra-t-on beaucoup de pièces à Regnard, à Le Sage, à Beaumarchais ? Enfin, que pourra-t-on mettre dans cette liste ? « A défaut de Corneille le Grand, y mettrez-vous Lemierre avec sa *Médée* ; à défaut de Racine, Dubelloy avec *Gabrielle de Vergy* ; à défaut de Voltaire, Crébillon avec *Rhadamiste ?* Non, non, biffez tout cela. Tout cela, c'est l'immoralité et l'horreur combinées ensemble. Donnez-nous donc votre liste de cent chefs-d'œuvre moraux, monsieur Liadières ; je suis curieux de la connaître. Commence-t-elle par *Joconde*, ce charmant chef-d'œuvre de votre spirituel collègue (M. Etienne), cette imitation libre d'un conte si libre de La Fontaine ? Y avez-vous mis *Armide*,

> » *Et tous ces lieux communs de morale lubrique*
> » *Que Lulli réchauffa des sons de sa musique ?* »

Quant à la question de la langue, Soulié la trouve trop vaste pour l'aborder. Mais, sans vouloir précisément la traiter, il s'amuse à quelques comparaisons qui prouvent que la jeune littérature n'a pas plus *dégradé le style* que ne l'avaient fait les auteurs du dix-septième siècle. Et quelle différence entre la langue des nouveaux venus et celle de MM. Etienne et Compagnie ! « Il serait facile de prouver que la langue poétique, rude, franche, pleine et droite de quelques-uns de nos jeunes littérateurs est bien mieux modelée sur celle des grands écrivains du siècle de Louis XIV, que la versification vide, flasque, farcie de mots inutiles et impropres, et flanquée de phrases languissantes, dont les littérateurs de l'Empire avaient hérité des médiocres dramaturges de la fin du XVIIIe siècle. »

Vous pensez bien que Jules Janin ne laissa pas Frédéric Soulié lutter seul contre la littérature de la Chambre. Ce qu'il avait fait pour M. Etienne, il le fit pour ses acolytes. Ce deuxième feuilleton fut aussi brillant que le premier. La question de moralité a été souvent traitée depuis, mais jamais avec plus de compétence et plus de verve. Janin passe en revue, lui aussi, toutes les grandes œuvres dramatiques, depuis Sophocle jusqu'à Beaumarchais ; et il conclut que *jamais le théâtre n'a été l'école des mœurs.* « Au contraire, dit-il, c'est la représentation exagérée, ensanglantée et fanatisée des grandes

catastrophes, des grands meurtres, des
grands crimes, des grandes trahisons, des
grands empoisonnements, des grands coups
de poignard de l'histoire. Le théâtre, c'est
l'histoire des vices, des passions, des amours,
des haines, des ambitions, des faiblesses du
cœur de l'homme..... L'école des mœurs !
Dites donc que le théâtre est tout simplement
le très élégant, le très rare, le très peu moral
délassement des nations très policées et très
corrompues. C'est la joie des Grecs de Péri-
clès, c'est la grande fête des Romains d'Auguste, des Français de Louis XIV, c'est la
palme à l'ombre de laquelle se réfugie le
génie des peuples qui ne croient plus ni à
l'ode ni au poème épique..... Ne dites donc
plus que le théâtre est l'école des mœurs,
vous qui, en votre qualité de législateurs,
devez être des hommes sérieux. Corneille,
Racine, Voltaire et ce grand Molière, le géant
du monde dramatique, ces hommes que vous
reconnaissez modestement pour vos maîtres,
sans savoir seulement s'ils voudraient vous
reconnaître pour leurs disciples, n'ont pas
fait autre chose, sinon se servir, en grands
poètes, de tous les transports, de tous les
désirs, de tous les emportements de l'humanité. A cette condition seulement ils ont été
des auteurs dramatiques. » Puis il démontre
que ces grands tragiques ont été, eux aussi,
des novateurs. « Eux aussi ils ont obéi, comme
vous dites si élégamment, *à un système littéraire qu'on a créé* ; eux aussi ils ont
parlé une certaine langue qu'on appelle le *néologisme*. Corneille est le plus grand révolutionnaire du théâtre et le plus grand nova-

teur. Racine, venu après Corneille, s'est tracé sa route lui-même. Voltaire n'a pas marché sur les pas de Racine, et l'on ne peut pas dire, à coup sûr, que *Tancrède* soit la suite de *Britannicus*. On est un grand artiste, à la condition d'être nouveau, sachez-le donc. »

Janin et Soulié auraient pu constater en passant que le théâtre de Victor Hugo est bien supérieur, au point de vue moral, aux œuvres dramatiques antérieures, que c'est là même un des côtés de son originalité, et que tous ses drames obéissent à ce précepte développé dans plusieurs préfaces : « Il ne faut pas que la multitude sorte du théâtre sans emporter avec elle quelque moralité austère et profonde (1). » Il est vrai qu'ils auraient pu ajouter aussi que ce n'est point cette supériorité-là qui fait la valeur de ses pièces et qui doit assurer leur immortalité.

Certains passages des discours Liadières et Fulchiron révoltent particulièrement le brave Janin. Ce sont les passages où ces orateurs se plaignent qu'on ait *dégradé le style* :

« Quoi donc, vous reprochez même au public, ce grand maître qui siffle tout le monde, de ne plus savoir ni siffler ni applaudir : quoi encore, vous êtes mécontents de tout ce qui se passe, et de tout ce qui arrive, et de tout ce qui se fait, et de toutes les nouveautés qu'on a tentées, et quand on vous demande pourquoi toute cette mauvaise humeur, vous répondez : — C'est qu'on ne respecte pas la langue !

---

(1) Préface de *Lucréce Borgia*.

» Eh ! Messieurs, commencez vous-mêmes par lui porter les grands respects qui lui sont dus, à cette belle langue française notre orgueil ! Commencez par ne plus faire de barbarismes dans vos harangues ; parlez français les premiers, *non pas le français de M. Hugo, le grand poète*, nous ne vous en demandons pas tant, mais le plus simple français de l'homme qui parle en public. La langue ! Les voilà maintenant qui se font professeurs de grammaire, comme tout à l'heure ils voulaient que le théâtre fût l'école des mœurs ! Nous serions, en effet, une nation bien morale et bien éloquente, si nous allions apprendre nos mœurs au théâtre, et la langue française aux discours de M. Auguis ! »

C'est surtout Victor Hugo que Janin défend dans son article. Car il sait bien que c'est principalement à lui qu'on en veut (1). Le

____

(1) M. Foucher, le beau-père de Victor Hugo, écrit, à ce sujet, dans ses *Souvenirs:*

«..... Victor Hugo, dans un état de fortune rassurant, est une des grandes célébrités du siècle... Pourtant je ne suis pas tranquille ; sa gloire importune bien du monde. Il a contre lui les académiciens, et toute une école littéraire. Ses ennemis sont parvenus à le commettre même avec le gouvernement ; ils ne reculeront devant aucun moyen. Ils veulent le perdre dans le public et jusque parmi les amis des mœurs, eux qui ont produit *Joconde* sur notre scène ; eux, les continuateurs de la littérature matérialiste du xviii° siècle, les adorateurs du chantre de la *Pucelle*, les admirateurs de la *Guerre des Dieux*, les prôneurs de *Faublas* et les disciples de Diderot !

» L'hypocrisie de ces hommes me fait peur autant que leur crédit. Il faudra toute la force, tout

mot d'ordre parti de l'Académie est : empêcher l'auteur de *Lucrèce Borgia* et de *Marie Tudor*, le vainqueur de la Porte-Saint-
Martin, de rentrer au Théâtre-Français. Aussi
Janin fait-il justice de toutes les attaques di-
rigées contre le poète. Et il montre la déloyauté
de ses adversaires :

« Arriver avec des noms sonores pour
toutes raisons, c'est trop facile. Quand M. de
Chateaubriand jeta son admirable prose dans
le monde, il y eut des emphatiques pour parler de Fénelon, et qui opposèrent le *Téléma-
que* aux *Martyrs*. Quand M. de Lamartine
eut trouvé l'ode française, on lui parla de
Jean-Baptiste Rousseau. Et maintenant que
M. Victor Hugo, cet esprit vivace, incisif,
éclatant, cette puissante volonté plus ferme
que le roc, se met en quête d'un nouveau
drame, la belle action c'est là de venir jeter à
la tête de M. Hugo, Corneille, Racine et Voltaire ! La belle action de venir, *sans le nommer*, l'accuser d'empoisonnements, de meurtres et d'incestes, et de désigner la bête hur-
lante : *bestiam mugientem* aux mères de
famille *qui n'osent pas siffler !* La belle
gloire de lui reprocher ses enthousiastes et
ses défenseurs ! La noble conduite de compter
ses droits d'auteur comme on ne compterait
pas les appointements d'un commis d'agent
de change ! Vous appelez cela de la discussion,
Messieurs ! »

Ne croyez pas que toutes ces leçons profi-

---

le sang-froid de Victor Hugo pour qu'il ne succombe
pas dans cette lutte..... »

tèrent à l'Académie. Elle était *injuste à plaisir*, comme dit Janin, et, de plus, n'avait à
aucun degré le sentiment du ridicule. Ce défaut, si regrettable chez une société d'hommes
de lettres, éclata bientôt d'une façon merveilleuse.

X

En cette même année 1834, le 19 octobre,
fut inaugurée à Rouen, sa ville natale, la statue de Corneille, œuvre de David d'Angers.
L'Académie, invitée à la cérémonie d'inauguration, envoya cinq de ses membres la représenter auprès de celui qui avait eu jadis tant
de peine à pénétrer dans la maison de Richelieu. La députation était composée de M. P.
Lebrun, directeur de l'Académie, surnommé
Lebrun-Pindare (1) (on avait une piètre idée
de Pindare dans ce temps-là), de M. Alexandre
Duval, misanthrope du Marais, tombeur de
Victor Hugo, de M. Casimir Delavigne, surnommé le Corneille du dix-neuvième siècle
(*Rodrigue, qui l'eût cru? Chimène, qui
l'eût dit?*), de M. Michaud, historien des Croisades, et de... Charles Nodier. Quoi ! Nodier !
Pourquoi Nodier? se demanda-t-on. Pourquoi
pas aussi Chateaubriand et Lamartine? Est-ce
que M. Baour, surnommé le Tasse de Toulouse, n'aurait pas mieux fait l'affaire ?

M. P. Lebrun, vainqueur de Victor Hugo
dans le fameux concours académique de

____

(1) Lui-même, dans une ode lue à Olympie,
s'était écrié :

> *Que la lyre d'un étranger*
> LUTTE AVEC CELLE DE PINDARE.
> *Enfants de la Grèce, écoutez*
> *Mes chants, par vous-même excités...!*

1817 (1), est l'auteur d'une *Marie Stuart,* imitation de Schiller, jouée en 1820, et classée parmi ces œuvres de transition qui passent pour avoir frayé la route au drame romantique (2). On va voir comment il traita ceux qui avaient pris ladite route.

L'Académie fut, paraît-il, très bien reçue à Rouen. Elle avait, d'ailleurs, répondu avec empressement à l'appel des autorités. Tant de gens prétendaient qu'elle n'existait plus ; elle fut bien aise de les démentir. Oh ! quelle reconnaissance elle garda de cette invitation ! comme elle savoura le souvenir de tous les égards qu'on avait eus pour elle ! Qui donc oserait dire après ça qu'elle ne devait plus compter dans le monde littéraire, et qu'il ne lui restait plus rien de son antique majesté ? La fête de Rouen la vengeait solennellement de ses détracteurs. « Dans cette grande fête littéraire, dit le rapport du directeur, les autorités *semblaient prendre plaisir à s'effacer pour laisser partout à l'Académie la première place.* » Plus loin, le rapport insiste sur « l'honneur que la ville de Rouen a voulu faire à l'Académie elle-même, en accueillant avec distinction sa députation ». Enfin, le rapporteur nous apprend que « les commissaires qui étaient venus prendre le matin la députation de l'Académie n'ont pas cessé de lui faire cortège durant toute cette journée ». Il ajoute que, « à l'inauguration de la statue, à

____

(1) Voyez p. 28.
(2) On se rappelle que Victor Hugo avait fait, dans le *Conservateur littéraire,* la critique de cette pièce. (Voyez p. 73.)

l'Académie, au théâtre, *les honneurs et les égards les plus empressés et les plus délicats* n'ont cessé d'accompagner la députation, jusqu'à ce que le dernier de ses membres ait quitté Rouen ». Et il conclut que « cette grande journée a droit de prendre place dans les fastes de l'Académie française comme dans ceux de la ville de Rouen ».

Dans les fastes de l'Académie, certes oui ! Car M. P. Lebrun, académiquement parlant, fut *à la hauteur de sa tâche.* Car M. P. Lebrun adressa d'éloquentes paroles au bronze de David. Il appela Corneille : *le plus grand des ancêtres de l'Académie.* En parlant de celle-ci, il dit aux Rouennais : « Elle a voulu que plusieurs de ses membres, et son directeur à leur tête, la représentassent au milieu de vous. » Cet imparfait du subjonctif, au dire d'un journal peu respectueux, plut beaucoup au maître d'école engagé comme souffleur par la députation. Mais le point capital de ce discours mémorable, c'est le passage suivant, qu'il convient de citer intégralement :

« La statue de Corneille élevée aujourd'hui à Rouen, comme celle de Racine naguère à la Ferté-Milon (1), ne semblent-elles pas des protestations éclatantes contre *les usurpations d'un goût qui se trompe et les erreurs d'une scène qui se pervertit ?* Dans cette époque de crise, de doute et *d'aberrations littéraires,* quand *les saturnales impudiques* sont montées de toutes parts sur

----

(1) L'inauguration de cette statue, qui est aussi l'œuvre de David d'Angers, avait eu lieu l'année précédente. L'Académie n'y avait pas été invitée.

le théâtre, c'est sans doute un enseignement
utile que cet hommage solennel rendu au
grand poète qui sauva la scène du *chaos* et
y ramena, avec toute la puissance du génie,
l'ordre, la raison et la pudeur.

» L'Académie française, conservatrice héré-
ditaire de la langue et du goût, se plaît à consacrer ici ces publiques protestations par l'autorité de sa présence. »

Il paraît que cette sortie eut beaucoup de
succès. Le rapporteur (M. P. Lebrun lui-
même) nous l'affirme. « Il n'est pas hors de
propos, dit-il, de rapporter ici, *en l'honneur
du bon goût et de la morale publique*, avec
quelle vivacité d'approbation le directeur de
l'Académie a été interrompu par toute l'assemblée quand il a solennnellement protesté,
devant l'image de Corneille, contre *la dégé-
nération et l'immoralité du théâtre.* »

Ce terrible Janin était de plus en plus sus-
ceptible et irritable. A peine avait-il ouï les
périodes sonores de M. P. Lebrun, qu'il sauta
sur sa bonne plume, pour châtier les mœurs de
dame Académie. Après avoir remarqué que
cette solennité *aurait été plus littéraire
sans les tristes discours et les méchants
vers dont elle avait été encombrée*, il
détailla fidèlement ses impressions de la
journée.

« A mon sens on n'a pas dit assez combien
ces discours étaient misérables et ridicules.
L'Académie française est venue la première,
apportant de Paris ses petites rancunes et
ces vieux mots qui sont usés, même pour *le
Constitutionnel, d'aberrations littéraires,
de saturnales impudiques, de chaos, de*

goût perverti ; l'Académie française a juré, au nom du grand Corneille, dont elle se dit l'héritière, d'opposer une barrière toute neuve au mauvais goût toujours envahissant, comme si l'Académie Française pouvait arrêter quelque chose! Certes, ce n'était pas le lieu d'attaquer la jeune Ecole poétique. Si Corneille appartient à quelqu'une aujourd'hui, il appartient plutôt aux jeunes gens en dehors de l'Académie, qu'aux vieillards, jeunes ou vieux, qui sont de l'Académie. Corneille a donné le mot d'ordre à M. Victor Hugo, quand celui-ci a essayé de la tragédie en vers. On devait donc s'attendre que la jeune Ecole dramatique, ainsi attaquée à l'improviste par la vieille Ecole de l'Empire, relèverait le gant qu'on lui jetait en si bon lieu, et que puisqu'on prenait pour juge le grand Corneille, elle en appellerait à lui-même des jugements et des accusations de la tragédie impériale. Certainement c'était là un noble champ-clos : une Cour d'assises littéraire présidée par l'auteur de *Rodogune ;* pour spectateurs, toute une ville désintéressée dans la question ; pour jouteurs, la vieille tragédie de 1804, déjà morte, et le jeune drame de 1828, déjà bien vieux ; le moment était beau pour répondre, et *il est bien à regretter que M. Victor Hugo n'ait pas été là. Sans nul doute, il aurait fait une sortie vigoureuse pour répondre à cette inconvenante sortie ;* mais pour M. Alexandre Dumas (1), il n'a

____

(1) Alexandre Dumas était allé à l'inauguration comme député de la Commission des auteurs dramatiques.

pas été à la hauteur de la position. Comme
l'Académie, il arrivait avec des phrases toutes
faites; les deux discours avaient voyagé côte
à côte dans la même diligence, sans se
froisser et sans se douter, celui-ci qu'il devait
répondre à celui-là. Il est résulté de là la plus
étrange des réponses. »

L'article finit par une boutade fort plaisante. Notre humoriste affirme que Corneille
a daigné entendre *toutes les vaines paroles*
dont on a cru devoir l'honorer, et qu'il a
même répondu à tous les orateurs, *en bais-
sant la tête, étonné de les trouver si petits,
et leur parlant tout bas, de peur de les
rendre sourds.* Et Janin de reproduire
in extenso ce discours qui ne devait pas figurer dans les recueils de l'Académie.

« *A M. l'Orateur de l'Académie
française.*

» Monsieur l'orateur, je n'accepte pas toutes
vos injures contre la jeune poésie. Si je suis
bieninformé, il n'y a aujourd'hui que les jeunes
poètes qui donnent quelques espérances. Si
l'Académie française est fière de la tragédie
qu'elle a faite pendant vingt ans, elle a grand
tort; rien n'est plus triste, plus misérable et plus mal écrit. Mon pauvre frère
est un aigle à côté de ces Messieurs, et j'aime
autant le Comte d'Essex, que tous vos
Grecs et tous vos Romains de théâtre. Vous
n'avez jamais vu un Grec ou un Romain vous
autres, comme moi je les ai vus. Ainsi donc,
ne profitez pas de cet anniversaire pour
déclarer la guerre en mon nom aux jeunes

gens qui occupent la scène. Quant à dire que vous êtes mes héritiers et mes confrères, je ne crois pas que cela soit juste. Je n'ai eu d'héritiers que Racine et Voltaire, voilà mes légitimes successeurs. Ceux-là ont recueilli mon domaine, ils ont fertilisé mon héritage. Quant à être mes confrères, je ne vous reconnais pas tous pour mes confrères ; ceux qui parmi vous sont mes confrères, sont justement tous ceux qui n'ont pas fait de tragédies. Dites cela de ma part à MM. de l'Académie française, s'il vous plaît. »

Cependant, Victor Hugo, plus attentif aux *voix intérieures* qu'à celle de M. P. Lebrun, écrivait quelques-uns de ses plus beaux poèmes. Dans un de ceux-ci, *Réponse à un acte d'accusation* (1), il reconnaissait avoir *pris et démoli la bastille des rimes*. Comme ces Messieurs de l'Académie lui reprochaient *de n'avoir pas tenu le peu que ses · débuts promettaient*, il réimprimait ses premiers ouvrages *tels qu'il les avait écrits, afin,* disait-il, *de mettre les lecteurs à même de décider, en ce qui le concernait, si c'étaient des pas en avant ou en arrière qui séparaient Han d'Islande de Notre-Dame de Paris.* Mais M. Duval et ses confrères persistaient dans leur opinion et dans leur mauvaise foi, si bien que l'auteur de *Notre-Dame* ne daignait même plus répondre à leurs *actes d'accusation.* Au fond, les jugements, ou, plutôt, les attaques des Messieurs de la Tragédie lui importaient

______

(1) *Les Contemplations : Autrefois*, VII. On sait que la pièce est datée de 1834.

peu, et il pensait avoir mieux à faire que de riposter. N'avait-il pas écrit dédaigneusement, après le triomphe de son premier drame : « *Je n'ai été mis hors la loi que par l'Académie* (1) ! » Et il continuait de porter gaiement son excommunication. D'ailleurs, il commençait à ne plus percevoir très bien les semblants de clameur de ces vieillards aphones. Et il n'est pas certain qu'il les vît bien distinctement s'agiter à ses pieds. *Le Dante*, nous dit-il, *aperçoit peu Gresset*. Comment alors pourrait-il apercevoir M. Arnault et M. Jay, M. Duval et M. Baour ? Il les apercevait d'autant moins que le passage de son vaisseau avait submergé leurs frêles embarcations. Il enregistrait le naufrage et poursuivait sa route... « On voit bien encore flotter çà et là sur la surface de l'art quelques tronçons des vieilles poétiques démâtées, lesquelles faisaient déjà eau de toutes parts il y a dix ans. On voit bien aussi quelques obstinés qui se cramponnent à cela. *Rari nantes*. Nous les plaignons. Mais nous avons les yeux ailleurs (2). »

Plus tard, l'auteur de ces insolences y ajoutera un commentaire. S'il ne l'écrit pas tout de suite, c'est qu'*il pense plus loin*, c'est qu'il a « les yeux ailleurs ». Mais il faut lire ce post-scriptum pour connaître toute sa pensée :

« Jusqu'à ce jour il y a eu une littérature de lettrés. En France surtout, nous l'avons

____

(1) *Correspondance* (1815-1835), p. 96.
(2) *Littérature et philosophie mêlées. But de cette publication.*

dit, la littérature tendait à faire caste. Etre
poète, cela revenait un peu à être mandarin.
Tous les mots n'avaient pas droit à la langue.
Le dictionnaire accordait ou n'accordait pas
l'enregistrement. Le dictionnaire avait sa volonté à lui. Figurez-vous la botanique décla-
rant à un végétal qu'il n'existe pas, et la
nature offrant timidement un insecte à l'ento-
mologie qui le refuse comme incorrect.
Figurez-vous l'astronomie chicanant les
astres. Nous nous rappelons avoir entendu
dire en pleine académie, à un académicien
mort aujourd'hui, qu'on n'avait parlé français
en France qu'au dix-septième siècle, et cela
pendant *douze* années ; nous ne savons plus
lesquelles (1). Sortons, il en est temps, de cet
ordres d'idées. La démocratie l'exige. L'élar-
gissement actuel veut autre chose. Sortons du
collège, du conclave, du compartiment, du
petit goût, du petit art, de la petite chapelle.
La poésie n'est pas une coterie. Il y a, à cette
heure, effort pour galvaniser les choses mortes.

---

(1) Cet académicien était M. Cousin, comme le
prouve le récit du même fait par M. Paul Stapfer,
qui était le confident de Victor Hugo, à l'époque
où celui-ci écrivit ces lignes. Voici, en effet, ce
qu'on lit dans les *Artistes juges et parties* (Sandoz
et Fischbacher, 1872), p. 44 :

« M. Cousin était un puriste ; il soutenait qu'on
n'avait écrit le français en France qu'au dix-
septième siècle, et encore pendant *dix* années
seulement. »

Il faut remarquer que Victor Hugo se trompait
(peut-être volontairement) en écrivant : « un académicien *mort aujourd'hui* ». En 1864 (c'est
l'année où ces lignes furent écrites et publiées),
M. Cousin avait encore trois ans à vivre.

Luttons contre cette tendance. Insistons sur ces vérités qui sont des urgences. Les chefs-d'œuvre recommandés par le manuel au baccalauréat, les compliments en vers et en prose, les tragédies plafonnant au-dessus de la tête d'un roi quelconque, l'inspiration en habit de cérémonie, les perruques soleils faisant loi en poésie, les *Arts poétiques* qui oublient La Fontaine et pour qui Molière est un *peut-être*, les Planat châtrant les Corneille, les langues bégueules, la pensée entre quatre murs, bornée par Quintilien, Longin, Boileau et La Harpe; tout cela, quoique l'enseignement officiel et public en soit saturé et rempli, tout cela est du passé. Telle époque, dite grand siècle, et, à coup sûr, beau siècle, n'est autre chose au fond qu'un monologue littéraire. Comprend-on cette chose étrange, une littérature qui est un aparté ! Il semble qu'on lise sur le fronton d'un certain art : *On n'entre pas.* Quant à nous, nous ne nous figurons la poésie que les portes toutes grandes ouvertes. L'heure a sonné d'arborer le *Tout pour tous.* Ce qu'il faut à la civilisation, grande fille désormais, *c'est une littérature de peuple.*

» 1830 a ouvert un débat, littéraire à la surface, social et humain au fond. Le moment est venu de conclure. *Nous concluons à une littérature ayant ce but : le Peuple* (1). »

Entre lui et ce but, l'auteur de *Claude Gueux* n'apercevait certes pas l'Académie. Comme il rêvait de s'immoler à tous les hum-

---

(1) *William Shakespeare*, 2 partie, liv. V, V.

bles, pour les aider à conquérir la terre promise, le veule mandarinat des Quarante lui
paraissait être à l'opposé de sa mission. Il
avait dit : « Le poète aussi a *charge d'âmes* (1) »,
et sans doute il pensait qu'un directeur de
l'Académie a plutôt *charge d'ânes*. Eh bien,
il devait un jour assumer cette charge aussi.
Et déjà il marchait à son insu vers le pont
des Arts. Tout chemin mène à Rome, et bien
des routes conduisent au palais Mazarin. La
voie que suivait Victor Hugo reliait la république des lettres à celle de la politique. Or
cette route, pleine de surprises, mais qui
semblait devoir l'éloigner de l'Académie, cette
route aux détours imprévus l'y amena sournoisement.

____

(1) Préface de *Lucrèce Borgia*.

TROISIÈME PARTIE

L'ÉVINCÉ

> Les places d'académicien étaient autrefois des brevets d'honneur recherchés par les plus grands hommes, aujourd'hui, comme dit un critique, c'est un corps où l'on reçoit des gens titrés, des gens d'église, des gens de robe, *et même des gens de lettres.*
>
> *Petite Biographie des Quarante de l'Académie française* (1826).
>
> Comme il y a en littérature des questions d'honneur autant que partout, quelle réponse fera l'histoire littéraire de l'avenir à la question de savoir pourquoi M. Victor Hugo a sollicité d'être académicien, et a fait trente-neuf visites à des gens dont il méprisait littérairement pour le moins trente-sept ?
>
> BARBEY D'AUREVILLY.
> *Les Quarante Médaillons de l'Académie française.* (1864).

Dans son curieux ouvrage, les *Propos de table de Victor Hugo* (p. 240), parlant des relations de Victor Hugo avec l'Académie française, Richard Lesclide a écrit ces lignes, qui appellent des commentaires :

« Victor Hugo raconte volontiers les difficultés et les obstacles que sa nomination rencontra. Ce qu'on ne sait pas assez, c'est qu'il ne se fit candidat à l'Académie que pour arriver à la Cour des pairs, dont les portes ne pouvaient lui être ouvertes sans qu'il fît partie d'un corps spécial, rachetant son manque de fortune. Cela a l'air embrouillé et ridicule, mais c'est comme cela. »

Ces détails n'étaient point aussi inconnus que l'auteur a pu le supposer. Dans le *Victor Hugo raconté*, dont le secrétaire du Maître réédite çà et là, sans s'en apercevoir, les plus curieux passages, Mme Hugo avait dit avant lui « ce qu'on ne savait pas assez » au sujet de cette histoire « embrouillée et ridicule ».

Mais le *Victor Hugo raconté* est lui-même trop sobre de détails sur les ambitions politiques de Victor Hugo, et l'origine de celles-ci ne nous est point indiquée. Elles datent de loin. A étudier cela de près, on voit bien vite que la politique sollicita Victor Hugo dès son jeune âge. L'auteur des *Odes et Ballades* était né actif, remuant. Le sang de soldat qui bouillonnait dans ses veines le prédisposait à la lutte, et sans doute, à défaut du *tourbillon de la mêlée*, il voudrait affronter les *orages de la tribune*. Ne s'écriera-t-il pas dans une de ses plus belles odes :

Nous froissons dans nos mains, hélas! inoccupées,
Des lyres, à défaut d'épées!
Nous chantons comme on combattrait!

Et ne croyez pas qu'il n'eût plus dès lors que des visées littéraires. Ses premières odes sont presque toutes politiques. Sans doute il avait dit : *Je serai Chateaubriand ou rien !* Mais être Napoléon ne lui aurait pas déplu. Il aspire au laurier de Chateaubriand, parce que le règne des Césars est passé et que celui des lettres est venu. Il sent très bien que, dans cette France « où grandit un autre âge », la gloire militaire n'est pas le secret de l'avenir. Il sera donc Chateaubriand. Mais Chateaubriand n'est pas seulement l'auteur d'*Atala* et des *Martyrs*. Chateaubriand, ancien combattant de 1792, a été tour à tour ambassadeur, exilé politique, ennemi personnel de Napoléon, puis sénateur, pair de France et ministre. Les fonctions politiques n'ont donc rien d'incompatible avec les occupations littéraires. En tous cas, pour *être Chateaubriand*, il faudra, comme lui, suivre à la fois les deux carrières.

Au commencement de 1820, Soumet, dans une lettre à Jules de Rességuier, raconte une visite qu'il a faite à Victor Hugo. « Je lui ai demandé, dit-il en terminant, à quoi il se destinait, et si son intention était de suivre uniquement la carrière des lettres. Il m'a répondu qu'il espérait devenir un jour pair de France... et il le sera ! »

Et il le fut.

Un autre aveu très important de Victor Hugo lui-même, et qui a passé inaperçu, nous apprend qu'il avait été « jeté à seize ans dans le monde littéraire par des passions politiques (1). » Comment s'étonner dès lors du caractère des premières odes ?

L'amour du théâtre endormit quelque temps ses premières ambitions. La scène, d'ailleurs, vaut bien une tribune, et le monologue de Charles Quint, puis le discours de Ruy

---

(1) Préface de *Marion de Lorme*.

Blas, valurent à l'auteur d'*Actes et Paroles* ses premiers triomphes oratoires. « Mais, dit Mme Hugo, l'action indirecte et lente de la littérature ne suffit bientôt plus à Victor Hugo, il voulut y joindre l'action immédiate de la politique et compléter l'écrivain par l'orateur. » Lamartine, que le théâtre n'attirait point, avait suivi le premier l'exemple de Chateaubriand. Victor Hugo, qui était depuis si longtemps l'admirateur et l'ami de Chateaubriand et de Lamartine, se fit un devoir de les imiter.

> *Je vous aime, ô sainte Nature :*
> *Je voudrais m'absorber en vous ;*
> *Mais, dans ces siècles d'aventure,*
> *Chacun, hélas! se doit à tous.*
>
> . . . .
>
> *Dieu le veut, dans les temps contraires,*
> *Chacun travaille et chacun sert.*
> *Malheur à qui dit à ses frères :*
> *Je retourne dans le désert !*
> *Malheur à qui prend ses sandales*
> *Quand les haines et les scandales*
> *Tourmentent le peuple agité.*
> *Honte au penseur qui se mutile*
> *Et s'en va, chanteur inutile,*
> *Par la porte de la cité !*

Et voilà comment, tandis que Vigny s'enfermait dans sa tour d'ivoire, qu'Alexandre Dumas parcourait le monde, ou, plutôt, les mondes, y compris le monde littéraire et le monde théâtral, tandis que Nodier devenait classique et Musset libertin, l'auteur du *Voyage en Orient* et l'auteur des *Orientales* voulurent s'atteler au char de l'Etat (1)...

____

(1) « ..... Il est possible, comme vous le dites, que nous devenions députés. Tant pis pour nous ; tant mieux pour nos commettants. Je crois que

Lamartine avait choisi la députation ; Victor Hugo, fidèle aux intentions de 1820, préféra la pairie. Mme Victor Hugo, qui n'avait pas lu la lettre de Soumet, explique ainsi cette préférence :

« Il y avait deux tribunes, celle des députés et celle des pairs. Député, il ne pouvait l'être ; la loi électorale d'alors était faite pour de plus riches que lui ; *Notre-Dame de Paris* et les *Feuilles d'automne* n'équivalaient pas à une terre ou à une maison. Il y avait bien un moyen de tricher la loi, assez usité, si l'on avait un ami propriétaire ; il vous prêtait sa maison. Mais, quand M. Victor Hugo eût emprunté la maison d'un ami, les électeurs du cens étaient peu sympathiques aux littérateurs ; les écrivains étaient pour eux des rêveurs bons à les amuser dans les interval-

nous pensons bien. Nous voulons l'ordre et nous estimons la liberté, nous respectons ce qui est respectable du passé, nous espérons ce qui est désirable de l'avenir. Nous savons surtout que la politique est une science expérimentale où les principes ne se jugent bien qu'aux conséquences. Avec cela nous serons, vous et moi, sur les mêmes bancs, amis de la religion de conscience et non de la religion de police, de la monarchie de raison et non de la monarchie de préjugés. de la liberté de Platon et non de la liberté de Marius. Mais qui sait si on nous enverra là, vous et moi ? il y a tel chambellan impérial, barbouillé de phrases conventionnelles, et flattant la populace aux dépens du bon sens, qui aura souvent plus de chances que nous. Ne vous fiez pas tant à l'élection. Elle est souvent aveugle. Regardez les académies !.....» (Lettre de Lamartine à Victor Hugo (sans date). — Collection de documents de M. Jules Le Petit).

les de leurs affaires sérieuses, mais, du moment qu'on était un penseur, et surtout un poète, on devenait radicalement incapable de bon sens et de rien entendre aux choses pratiques. Je ne sais par quelle erreur Lamartine avait pu être élu ; c'était déjà trop d'un poète ; on n'en aurait certainement pas admis deux. — Restait la chambre des pairs. Mais pour pouvoir être nommé, il fallait être d'une des catégories où le roi devait choisir. Une seule était accessible à M. Victor Hugo, l'académie. »

Et Mme Victor Hugo ayant résumé en six lignes, et avec très peu d'exactitude, toute l'odyssée académique de Victor Hugo, arrête là son récit. La chose est fâcheuse. Nul n'était mieux placé que le *témoin de la vie* du Maître pour étudier en détail le sujet qui nous occupe.

On sait que Mme Hugo mourut avant d'avoir achevé son œuvre. Mais, ce qu'on ne sait pas, c'est qu'il existe encore des pages inédites de cette œuvre. Cette suite des deux volumes que nous possédons déjà, n'est qu'un fragment peu considérable, mais elle renferme assez de détails intéressants pour légitimer sa publication, et notre maître Paul Meurice nous l'offrira un de ces jours. En attendant, le légataire de Victor Hugo a bien voulu trahir à mon intention le secret de quelques-unes de ces pages, et l'on trouvera plus loin le détail de ces indiscrétions.

I

Après l'élection de Charles Nodier, que j'ai raconté, l'Académie avait élu M. Thiers et M. Scribe, ce qui n'était point si mal qu'on pourrait le penser. On conviendra que c'était même un progrès, si l'on veut bien se souvenir qu'après l'élection de Lamartine, l'Académie repentante avait appelé à elle M. Etienne, M. Viennet, M. Tissot et M. Jay. Il faut noter aussi que les doctrinaires de la Tragédie avaient renoncé à toute manifestation contre le Romantisme — en public, du moins. Cet apaisement était dû à l'arrivée de M. Villemain aux fonctions de secrétaire perpétuel, en remplacement du « petit Andrieux, à face de grenouille ». L'influence du nouveau secrétaire fut considérable. Ce critique érudit et homme d'esprit voulut extirper du sol académique « le chardon antinovateur » et y cultiver cette fleur inconnue que les nouveaux venus appelaient : *l'amour de la liberté dans l'art.*

L'Académie était donc vraiment en progrès. Mais ce progrès si lent irait-il jusqu'à rendre possible l'élection d'un excommunié tel que Victor Hugo ? Certes, l'auteur de *Cromwell* n'était jamais à court d'antithèses. Mais où avait-il bien pu trouver celle-là : *Han d'Islande* et *Hernani* fraternisant avec *Ninus II* et le *Misanthrope du Marais ?* Ce romantique n'avait-il pas vraiment un peu trop d'imagination ?

Mais venons au fait. Le 17 décembre 1835, l'Académie perdit M. Lainé, l'ancien minis-

tre de Louis XVIII, pair de France et auteur
de ce mot prophétique consacré par l'histoire :
Les rois s'en vont. Victor Hugo ambitionnait
la pairie. La Mort semblait donc se faire sa
complice en emportant M. Lainé, laissant
ainsi vacant un des sièges qu'il voulait atteindre et un des fauteuils propres à lui servir
de marchepied. Il écrivit donc officiellement
au palais Mazarin, pour le prier d'enregistrer
sa candidature.

Je laisse à penser l'émoi qui s'empara dès
lors de toute la littérature. Les intimes de la
place Royale furent scandalisés. J'imagine
que Victor Hugo, pour les rassurer, dut —
sans leur dévoiler tous ses desseins, ce qui
n'aurait pas été rassurant du tout — leur
faire entrevoir des résultats merveilleux,
comme conséquences de son élection.

Malheureusement, celle-ci paraissait fort
douteuse. En même temps que l'auteur des
Chants du Crépuscule, quatre candidats plus
ou moins obscurs frappaient à la porte de
l'Institut. Les immortels avaient le choix entre
quatre médiocrités. Tant pis pour le génie
qui leur barrait la route ! L'Académie sait
toujours reconnaître les siens et leur tendre
la main.

Ces quatre concurrents de Victor Hugo
s'appelaient : M. Dupaty, M. Dumolard,
M. de Kératry et M. le Comte Molé (1).

---

(1) Suivant l'*Annuaire historique* de Lesur
(chronique de février 1836), il y aurait eu deux
autres candidats : M. Constant Berrier et M. Firmin Didot. L'excellent M. Lesur avait oublié que
M. Constant Berrier était mort en 1824, onze ans

Ce dernier, politique pur sang, n'avait rien d'un homme de lettres. Sa candidature, au dire du journal *La Mode*, offrait un certain intérêt. « Il existe, remarquait cette feuille satirique, une œuvre peu connue de M. Molé, œuvre inédite et dont la célébrité n'a franchi le seuil du cabinet impérial que par une indiscrétion. Cette pièce académique est un rapport fait par M. Molé, ministre de la justice, en janvier 1814, pour faire sentir à l'empereur Napoléon la nécessité de faire traduire en jugement M. Lainé, pour la part qu'il avait prise aux fameuses remontrances du corps législatif. M. Molé ne demandait rien moins alors que la tête de M. Lainé ; aujourd'hui il ne veut que son fauteuil. M. Molé, comme on voit, est devenu fort modeste. »

L'épigramme était bonne et devait porter. Mais M. le Comte Molé invoquera d'autres titres académiques que cette pièce regrettable. La *Mode* examine ces titres-là. « M. Molé, que nous sachions, n'a pas un bagage académique fort volumineux ; ses œuvres se bornent à une brochure politique, publiée, il y a quelque trente ans, sur *le pouvoir et la magistrature*, dans laquelle Bonaparte vit une telle conviction des idées du pouvoir absolu, qu'il s'empressa d'ouvrir les portes de son conseil d'Etat à ce jeune adepte de Machiavel. Depuis cette époque, M. Molé s'est montré le vizir le plus dévoué aux volontés de son sultan. Mais franchement on

---

plus tôt que M. Lainé. Quant à M. Firmin Didot, aucun historien (à part M. Lesur) ne lui prêta jamais des ambitions académiques en 1836.

ne peut considérer ce dévouement comme un titre académique.

» Le second titre académique de M. Molé est la rédaction de l'acte additionnel, pièce d'éloquence que nous ne pouvons pas considérer comme très française, car on y trouve une phrase barbare sur le bannissement à perpétuité de la famille des Bourbons. »

Mais M. le Comte Molé, pair de France et aspirant ministre, puisque ancien ministre, s'appuie, pour hériter du fauteuil de M. Lainé, sur cette tradition, qu'il faut remplacer un homme d'Etat par un homme d'Etat. On pourrait, il est vrai, lui rappeler le vers du poète : Ah ! peut-on hériter de ceux... *que l'on voulut assassiner ?* Mais la *Mode* seule fait encore allusion à cette vieille histoire, et la candidature Molé est soutenue par les membres des deux Chambres, qui s'efforcent de retarder l'élection, dans l'espoir qu'on ne pourra refuser au ministre les votes qu'on refuse au pair de France. Cette intrigue des... valets de Chambre de M. le Comte épouvante les amis de Victor Hugo. Les autres concurrents, par bonheur, paraissent moins redoutables. M. Dumolard et M. de Kératry ont pour eux leur nullité, puissante recommandation pour un candidat, mais qui n'équivaut point aux atouts que l'élu de Napoléon a dans son jeu. Sans doute le bagage littéraire de ces messieurs est plus considérable que celui de notre Comte, mais il s'agit, ne l'oublions point, de remplacer un homme d'Etat. Peu importe donc que M. Dumolard ait publié son Théâtre complet, où l'on trouve un drame pieux sur Saint-Vincent de Paul, précédé d'une comédie beaucoup moins morale sur un *Mari instituteur* ; où l'on trouve encore une grande tragédie sur Jeanne d'Arc (en a-t-on fait des tragédies sur Jeanne d'Arc, depuis M. Dubelloy jusqu'à M. Joseph Fabre !), suivie d'un petit vaudeville, *Le Roman d'un jour* ! Peu importe que M. de Kératry, — qui du moins est député, — ait rimé des contes et des idylles et mis jadis en vente son habit mordoré (1) ! D'ailleurs l'étoffe de cet habit, lui fait-on remarquer, est un peu trop mince et trop usée pour qu'on puisse songer à y coudre des palmes vertes.

Mais M. Dupaty a cet avantage appréciable d'être encore plus nul que MM. de Kératry et Dumolard. C'est donc le seul rival dangereux... pour M. le Comte Molé. M. Dupaty est un vaudevilliste. Or, l'Académie adore les vaudevillistes. Sans doute elle possède déjà M. Scribe. Mais combien d'autres manquent encore à sa gloire, et qu'elle appelle de tous ses vœux. M. Dupaty le sait bien, et M. Dupaty a bon espoir.

Les candidats commencent leurs visites, ces fameuses visites où l'on doit toujours craindre de se rencontrer avec son ou ses concurrents. M. Dumolard, en se présentant chez ses juges, décline tous ses titres. Il en est un qui les résume tous ; il est, dit-il, le doyen des auteurs dramatiques. Sa première pièce, affirme-t-il, est née bien avant l'auteur d'*Hernani*. Et c'est très probable, car

____

(1) *Mon habit mordoré*, 2 vol. in-8° (1802).

elle est depuis bien longtemps défunte et oubliée. Mais ne croyez pas qu'il tienne beaucoup à cette forme de l'immortalité qui consiste à faire graver sur ses cartes : *membre de l'Académie française.* « Je ne me présente, déclare-t-il à tous ses futurs confrères, que parce que mes amis m'y forcent, mais qu'y faire ? j'ai là mon armée derrière moi, et il faut marcher. »

M. Dupaty, lui, en faisant ses visites, pense n'avoir qu'à se nommer. Ce qui lui vaut une épigramme de Royer-Collard, peu familier avec la *Leçon de Botanique* et les *Voitures versées.* — « Dupaty, objecte l'académicien, goguenard, ma foi ! le nom est plus connu que l'œuvre. »

A tout seigneur tout honneur. La première visite de Victor Hugo est pour Chateaubriand. Dans les pages laissées par Victor Hugo, suite encore inédite de ces admirables *Choses vues,* cette visite est racontée. Je dois à Paul Meurice de connaître le contenu de ces pages. Voici une scène qu'on y retrouvera. Le manuscrit est tout entier de l'écriture de Mme Victor Hugo, mais son récit lui fut dicté par le Maître lui-même.

« Comment ! s'écrie l'auteur des *Martyrs,* comment ! vous, Victor Hugo, vous vous présentez à l'Académie ! Mais pourquoi donc ? mais à quoi bon cela ? mais, dites-moi un peu, à quoi cela rime-t-il ? Ah çà, vous êtes donc comme l'Auguste de Corneille, à peine monté sur le faîte, vous aspirez à descendre. Et vous aimez mieux perdre votre précieux temps en démarches futiles, — plaise à Dieu qu'elles ne soient que futiles ! — au lieu de bâtir quelque *Notre-Dame* ou de mettre au jour quelque *Hernani* ? Croyez-moi, vous regretterez un jour d'avoir perdu chez Monsieur tel ou tel un temps dont vous devez compte à la postérité. »

Devant cette sortie peu académique, le poète se trouble et ne sait que répondre. Il rougit, puis s'excuse, et finit par balbutier :

— Pourtant, mon cher Maître, j'avais cru pouvoir espérer que vous ne me refuseriez pas votre adhésion, votre voix.

— Ma voix vous est acquise, naturellement, et j'irai exprès à l'Académie, — une fois n'est pas coutume, — afin de voter pour vous. Mais, quant à mon adhésion, comment avez-vous pu l'espérer ? Je ne puis pas adhérer à votre folie, je ne puis que vous en blâmer.

— Mon cher Maître, il me semble que vous êtes bien dur pour l'Académie.

— Non, je suis juste. L'Académie est une ridicule coterie, digne des mépris de votre Cénacle. Au fait, que va-t-il dire, votre Cénacle ? Ce n'est pas lui, je pense, qui vous encourage dans cette voie.

— Mais pardon ! mon cher Maître, mes amis seront fiers de me voir siéger à côté de Chateaubriand, de Lamartine et de Charles Nodier.

— Eh bien, ils n'auront pas cette fierté-là. Car je ne mets jamais les pieds à l'Institut ; j'ai bien autre chose à faire. Et, quant à Lamartine, il n'est pas moins occupé que moi. Villemain, qui est très assidu — dame !

lui est payé pour ça — me disait qu'il ne l'a pas vu plus de dix fois sous la Coupole depuis son élection. Ce doit être exagéré. Dix fois en cinq ans, ce serait excessif. Où aurait-il pris tout ce temps-là ? Quant à Nodier, lui qui compose des dictionnaires ne pourrait sans danger s'oublier souvent dans le pays où fleurit le barbarisme. »

Victor Hugo ne peut s'empêcher de rire. Il demande pardon d'avoir cédé à une aussi fâcheuse tentation, regrette que l'exemple de Nodier et de Lamartine lui ait été contagieux et promet d'être aussi très rare à l'Académie.

Il est probable que la visite faite à Lamartine, de même que celle à Nodier, ne furent pas moins curieuses que celle à Chateaubriand, et il est regrettable que nous n'en connaissions pas les détails.

Victor Hugo dut aller voir M. le Comte Lacuée de Cessac. On s'est souvent demandé, dans ce temps-là, quels étaient les titres de cet académicien, et on a longtemps cherché ce qu'il avait bien pu écrire. L'anecdote suivante laisserait croire que M. le Comte taquinait la Muse. « Qu'avez-vous fait pour être académicien ? demanda au visiteur cet homme qui sans doute ne lisait guère que ses propres vers. — J'ai fait *les Orientales*, répondit le candidat. — Savez-vous bien qu'il y a là dedans des vers que je signerais... »

Malgré ce compliment, si flatteur pour Victor Hugo, M. le Comte Lacuée de Cessac ne devait pas lui accorder son suffrage.

Au sujet de ces visites académiques de l'auteur d'*Hernani*, on trouve ces lignes dans *les Propos de table de Victor Hugo* : « Victor Hugo a conservé un souvenir grotesque des visites qu'il faisait à ces *bustes* qui le recevaient en robe de chambre et le regardaient comme un pestiféré (1). Quelques-uns ne craignaient pas de montrer ouvertement leur « répugnance » ; entre autres Baour-Lormian, à qui Théophile Gautier ne le pardonna pas.» Au sujet de cette visite à l'auteur du *Canon d'alarme*, de foudroyante mémoire, M. Alfred Barbou a raconté l'anecdote suivante qu'il tenait de Hugo lui-même :

« Le jour où il (Victor Hugo) alla chez le célèbre Baour-Lormian, le concierge avait quitté sa loge ; comme il errait à travers les étages, il aperçut au pied d'une porte une paire de souliers si immense qu'il n'hésita pas à frapper à cette porte. Il n'y avait que Baour qui pût chausser ces souliers-là. »

Alexandre Dumas, fort lié avec Casimir Delavigne, se chargea d'aller lui demander sa voix. Voici comment lui-même raconte la chose dans ses *Mémoires* :

« Je crois que Casimir Delavigne n'a jamais

---

(1) « ..... Il (Hugo) ne regrette pas, nous a-t-il gaiement rappelé, ses frais de cabriolet. Voir en robe de chambre ces pontifes hargneux qui affectaient un si grand dédain pour ses œuvres, cela l'amusait infiniment. Il se souvient encore de l'attitude de Brifaut, de la mine de Lacuée de Cessac..... Il se rappelle aussi l'attitude d'Alexandre Duval, qui l'accueillit avec une hostilité mal déguisée. « Qu'aviez-vous donc fait à cet acadé- « micien ? lui avons-nous demandé récemment. « — Je lui avais fait *Hernani*, nous répondit-il « en souriant.» (Alfred Barbou, *La Vie de Victor Hugo*, p. 187.)

haï qu'un seul de ses confrères. Mais il le haïssait bien. C'était Victor Hugo. Quand l'auteur des *Odes et Ballades*, de *Marion de
Lorme* et de *Notre-Dame de Paris* fut pris
de cette fantaisie étrange de devenir le collègue de M. Droz, de M. Brifaut et de M. Viennet, je me chargeai d'aller personnellement,
pour lui, demander la voix de Casimir Delavigne. Je croyais qu'une nature aussi intelligente que celle de l'auteur des *Messéniennes*
regarderait comme un devoir de sa position de
faire asseoir près de lui un rival aussi illustre que l'était le candidat qui faisait à l'Académie l'honneur de lui demander un fauteuil.
Je me trompais ; Casimir refusa obstinément
sa voix à Victor Hugo, et cela avec une véhémence et une volonté dont je l'eusse cru incapable, et surtout vis-à-vis de moi qu'il aimait
beaucoup. Ni instances, ni supplications, ni
raisonnements, ne purent, je ne dirai pas
le convaincre, mais le vaincre. Et cependant
Casimir Delavigne savait bien qu'il repoussait un des hommes influents de son époque. Pourquoi cette antipathie ? Je ne l'ai jamais su. Ce n'était certes pas à cause de la
différence des écoles. Je n'étais pas, et il s'en
fallait du tout au tout, de l'école de Casimir
Delavigne et il m'offrait à moi cette voix, qu'il
refusait à Victor Hugo.

» C'est qu'aussi cette fois-là, ils étaient bien
embarrassés, les pauvres académiciens, si
embarrassés que, si je m'étais présenté, je
crois qu'ils m'eussent nommé.»

La haine de *Casimir* n'était peut-être qu'un
ressentiment, lequel pouvait dater des beaux
jours du *Conservateur littéraire*. Dans un

compte rendu, d'ailleurs très bienveillant, des *Comédiens*. Victor Hugo avait dit :

« Nous craignons que M. Delavigne ne soit dépourvu des deux qualités les plus essentielles au théâtre. Comme auteur tragique, il a du mouvement et manque de sensibilité ; comme auteur comique, il a de l'esprit et point de gaîté. *Il semble,* ainsi que le disait ce joyeux et infortuné Scarron, *il semble que cet homme-là n'ait ni entrailles ni rate.* »

L'article n'était pas signé, mais l'auteur des *Comédiens* fut peut-être renseigné sur la personnalité de ce juge clairvoyant de ses œuvres. C'était vraiment terrible, ce critique adolescent qui trouvait du premier coup le défaut de la cuirasse. Voilà donc bien le grief que cherchait vainement Alexandre Dumas. Et n'y en avait-il pas d'autres ? Est-ce que le succès énorme des *Orientales* n'avait pas fait oublier celui des *Messéniennes* ? Est-ce que le triomphe d'*Hernani* n'avait pas un peu détrôné *Marino Faliero* ? En vérité, les frondaisons de ce géant plein de sève jetaient une ombre bien épaisse sur les pâles fleurettes du chlorotique Delavigne. Dumas affirme que, malgré « la différence des écoles », Delavigne aurait volontiers voté pour lui. C'est possible, mais c'est probablement parce que Delavigne « aimait beaucoup » Alexandre Dumas, et en outre, parce qu'il était, lui Alexandre Dumas, le rival de gloire de Victor Hugo, de ce Victor Hugo, la bête noire de l'envieux Casimir.

L'échec de Hugo ne tarda pas à se dessiner. On comptait à peine sur une dizaine de voix, et tout semblait annoncer que, dans cette course au fauteuil, la Poésie serait distancée par la Politique et battue par le Vaudeville.

Mais, comme dit l'autre, on ne peut jamais savoir... L'élection eut lieu le 18 février 1836. Il y avait trente-deux votants. Il fallait donc dix-sept voix pour être élu. Au premier tour de scrutin, M. Dupaty en obtint 12 ; Victor Hugo 9 ; M. le Comte Molé 8 ; M. de Kératry 1 ; M. Dumolard 1. Et il y eut un bulletin blanc. Il fallut encore quatre tours de scrutin pour amener un résultat. Voici comment les suffrages se répartirent :

	DUPATY	MOLÉ	VICTOR HUGO
2e tour	14	12	6
3e —	16	13	3
4e —	16	14	2
5e —	18	12	2

Tel fut le triomphe de M. Dupaty. Les neuf voix que Victor Hugo obtint au premier tour de scrutin furent celles de Chateaubriand, de Lamartine, de Charles Nodier, de Soumet, de Villemain, de Guiraud, de Pongerville, de Royer-Collard et de Lacretelle. Mais on a remarqué qu'il y eut ensuite gradation descendante. Certaines défaillances s'expliquent. Les véritables académiciens aiment à voter en masse. Ainsi le veut la sage discipline de la maison. Le premier tour est donc généralement décisif. Vous n'avez que neuf voix, il est peu probable que vous obteniez une majorité : on vous lâche. Repassez une autre fois. Je crois que Chateaubriand et Lamartine ne voulurent pas raisonner ainsi. D'où les deux voix obtenues aux quatrième et cinquième tours de scrutin. M. le Comte Molé eut pour lui les politiciens, qui ont une tactique spéciale, et, comme on vient de le voir, il faillit être élu. Au quatrième tour, il ne lui manqua que trois voix pour obtenir la majorité.

Ainsi la victoire était pour le vaudeville. Le couplet de la chansonnette l'emportait sur la grande strophe de l'ode. « Victor Hugo, raconte Dumas, s'en consola par un des plus jolis mots qu'il ait jamais trouvé : « Je « croyais, dit-il, qu'on allait à l'Académie par « le pont des Arts, je me trompais ; on y va, « à ce qu'il paraît, par le Pont-Neuf. »

Pour comprendre ce bon mot, il faut se rappeler que les chansonnettes à cette époque se nommaient des ponts-neufs, parce que le Pont-Neuf était l'endroit où on les vendait.

Malgré son triomphe, M. Dupaty ne perdit pas la tête. Il sentit très bien que, s'il était l'élu de l'Académie, il n'était pas celui de la Gloire. Le soir même, il se rendit chez l'auteur des *Feuilles d'automne* et, ne l'ayant pas trouvé, laissa une carte de visite, sur laquelle le poète, en rentrant, lut ce madrigal bien pensant :

> *Avant vous, je monte à l'autel ;*
> *Mon âge seul peut y prétendre.*
> *Déjà vous êtes immortel,*
> *Et vous avez le temps d'attendre.*

Ceci n'était pas d'un grand poète, mais c'était d'un homme d'esprit. Si la presse eût connu ce quatrain tout de suite, peut-être aurait-elle été moins dure pour M. Dupaty. Car son élection, et surtout l'échec de Victor Hugo et de M. le Comte Molé ne passèrent point inaperçus. Il y eut dès le lendemain force commentaires. Quelques-uns sont intéressants. Tels, par exemple, ceux de la *Revue de Paris* (la première en date), qui relate ainsi l'événement :

«..... L'Académie a un moment occupé toutes les colonnes du feuilleton. Ce contact inattendu avec le public l'avait rajeunie et attiré sur elle tous les regards. Les corps d'élite, en effet, ne peuvent se retremper et se vivifier que grâce à une puissante assimilation des idées, des sentiments, des passions, des systèmes nouveaux qui fermentent dans les extrémités du corps social. Nous avons défini l'Académie un sénat conservateur des traditions les plus pures et les plus correctes de la langue française. Or, pour conserver, il faut voir en même temps le présent et l'avenir. Bien loin de se raidir contre les innovations, il faut les examiner, les diriger et les transformer. Plusieurs élections récentes semblaient prouver que l'Académie était entrée dans cette voie généreuse et intelligente. Un fauteuil restait vide par la mort de M. Lainé. »

Ici, la revue énumère les candidats et examine leurs titres. Puis elle s'indigne qu'on ait préféré... « qui ? il faut bien le nommer enfin, M.... Dupaty ». « En vérité, ajoute-t-elle, cela ressemble à un tour d'escamotage. Lorsque l'on interroge son voisin sur les titres de M. Dupaty.... l'un vous répond : *la Leçon de botanique* ; l'autre : des épithalames.

officiels ; le troisième : capitaine de la garde nationale ; soit pour ce dernier titre, puisqu'on voulait un homme politique pour remplacer M. Lainé. »

« Ce choix, conclut la revue, a produit quelque étonnement, l'Académie en a souffert ; on s'est demandé si on allait revenir à ce que l'empire eut de plus décrépit et de plus anti-littéraire ; lorsque l'Académie préférait M. Tissot à M. Charles Nodier, elle vengeait, en la personne de l'auteur des études sur Virgile, les proscriptions de la Restauration ; mais pour être proscrit, il faut être quelque chose en politique ou en littérature, comme Arnault, Villemain, Jouffroy. Et qu'est-ce que M. Dupaty ? en choisissant un nom aussi profondément inconnu (excepté des chasseurs de sa compagnie), l'Académie a greffé un fruit sans saveur sur une branche morte. »

Ce que je voudrais pouvoir citer ici intégralement, c'est le prestigieux feuilleton que Jules Janin consacra dans les *Débats* à la victoire académique du vaudeville. Janin avait justement à rendre compte de la première d'un vaudeville. Le voilà fort embarrassé. Ce genre lui déplaît infiniment, mais ce genre est en grand honneur sous la Coupole, et il commence à être las de braver les foudres académiques. Mais donnons-lui un instant la parole.

Je commence par vous dire que si le combat que je livre avec l'Académie dure encore longtemps, je suis prêt à rendre les armes. Nous ne pouvons pas lutter plus longtemps contre le vaudeville, si le corps le plus littéraire de la France,

comme on dit, s'obstine, à chaque nouvelle élection, à appeler un vaudeville dans son sein. De
quel droit, en effet, nous autres les critiques sans
nom, oserions-nous protester encore contre cette
comédie bâtarde et pitoyable, à présent qu'on
lui donne droit de cité entre le *Génie du Christianisme* et les *Méditations poétiques* ? De quel
droit irions-nous poursuivre jusque dans le fauteuil de M. Lainé, oui, de M. Lainé, le vaudeville et l'opéra-comique protégés par une élection
académique et par l'huissier Pingart? Pouvons-
nous donc aller à la porte de l'Institut et lui
dire : *Rends-nous nos morts*? L'Institut nous
répondrait qu'il aurait trop de morts à nous
rendre,

Et l'avare Achéron ne lâche point sa proie.

Voilà pourtant ce que je disais à l'élection de
M. Scribe! Vous qui êtes l'Académie, vous con-
fondez tous les genres, vous prétendez que tous
les genres vous sont bons, même les plus inutiles;
et, comme M. Villemain l'a fort bien dit à son
nouveau confrère, l'Académie nomme M. Scribe
parce qu'il faut à l'Académie un peu de tout.
C'est très bien dit et très bien fait. Voyez pourtant ce qui arrive et comme l'opéra-comique
attire l'opéra-comique! et comme le vaudeville
pousse le vaudeville! Nous pensions, nous autres
bonnes gens, que, grâce à M. Scribe, l'Académie
française avait assez de vaudevilles et d'opéras-
comiques dans son sein, pour vingt ans au moins.
Trois cents vaudevilles ou opéras-comiques, présents ou presque tous présents, sans compter
l'avenir, et quel avenir ! il y avait certes de quoi
satisfaire les plus avides. Eh bien, non ! l'Académie, une fois en goût de ce fruit si fade,
s'est écriée, comme l'avare : *On n'en peut trop
avoir !* et aussitôt, à la première occasion, à l'occasion de M. Lainé, l'Académie française a été

chercher pour s'asseoir à côté du vaudeville moderne de M. Scribe le vaudeville fané, passé de mode, usé jusqu'à la dernière rose de M. Dupaty. Les voilà donc assis côte à côte, le vaudeville impérial et le vaudeville de la Restauration. L'un, jeune encore, c'est celui de M. Scribe, mais qui a déjà plus d'une ride à son front, plus d'un cheveu blanc dans ses cheveux noirs et quelques dents de moins dans son sourire. D'ailleurs, si le vaudeville de M. Scribe a du ventre, c'est encore un vaudeville spirituel et bien portant. Mais le vaudeville de M. Dupaty, *bone Deus !* c'est celui-là qui est niais, efflanqué, ridé, réduit à l'état d'une vieille pomme reinette sur laquelle plus d'un hiver a passé ! Pauvre vaudeville de bosquets et de prairies émaillées, tes bosquets se sont fanés, tes prairies se sont déteintes ; les roses de ta chevelure sont tombées avec tes cheveux ; et que tu dois être malheureux de te trouver ainsi face à face, côte à côte, avec le vaudeville rubicond, fleuri, éperonné, redondant de ton confrère, le vaudeville Scribe ! Il est vrai qu'à présent vous êtes égaux devant la statue de Bossuet et du grand Corneille. A présent, vous vous valez l'un l'autre, vous avez le même uniforme vert pomme, le même chapeau à peluche, vous avez le droit d'écrire à M. Royer-Collard ou à M. de Talleyrand : *Mon cher confrère ;* vous êtes deux honorables cousins issus de germains, à qui la France est trop heureuse de rendre justice, et chacun de vous deux peut dire à l'autre ce que disait ce mort opulent à un mort indigent !

Je suis sur mon fauteuil comme toi sur le tien.

Mais moi, cependant, moi le critique moins écouté que la Cassandre antique, que devenir en présence de pareils triomphes ? Comment désormais remplir en toute sécurité cette tâche obs-

cure ? **A** présent, je n'oserai plus dire d'un vaudeville, — c'est un vaudeville ! Soyez donc justes
envers les œuvres des hommes, pour les envoyer
tout d'un coup à l'Institut de France ! Attaquez-
vous donc à un vaudeville ou à un opéra-comique pour revoir le surlendemain sire Vaudeville
ou le seigneur Opéra-comique, tout brodé en
vert, assis dans un fauteuil vert, vous écraser de
son éloquence et de son triomphe deux heures
durant, pendant que vous êtes humblement caché
dans la foule du Gymnase ou de Feydeau, cette
foule lettrée qui applaudit comme si Bouffé
jouait, ou si Martin chantait encore ! Allez donc
vous faire un ennemi implacable de tel mauvais
couplet chanté par Vernet ou par Odry, pour que
dans quelque vingt ans d'ici, quand l'univers,
l'Europe, la France, Paris, le théâtre du Vaudeville, le souffleur, l'ouvreuse de loges, le comédien qui l'a chanté, tout le monde, excepté peut-
être l'auteur qui l'a fait, a oublié le susdit couplet comme on oublie la feuille jaunie de l'arbre
que le vent emporte, ce même couplet se dresse
tout d'un coup devant vous, éclatant de jeunesse
et de vie, triomphant, adoré, habillé à neuf et
chanté de nouveau en pleine Académie française ! Que dis-je, chanté ? Commenté, parlé,
analysé, enflé, écartelé dans les proportions oratoires ! — Ah ! tu me croyais mort, dit le couplet. Ah ! tu croyais que je n'avais plus ni refrain ni ritournelles, ah ! tu dormais tranquillement sur l'oubli de mon esprit : eh bien, me
voilà avec la même pointe, avec la même grâce,
avec le même parfum de vieux quinquet et de
vieux foin ! Me voilà élu, choisi, préféré, moi le
couplet, au drame, à l'élégie, au roman, à la plus
sérieuse prose, aux plus beaux vers, me voilà ton
maître et le maître de ton dictionnaire, et l'arbitre de la langue française ; c'est moi qui donnerai désormais le prix de l'éloquence et le prix
de la poésie aux jeunes adeptes ; j'en donnerai à

tout le monde, si je veux, excepté à toi, qui m'as
sifflé quand on me chantait, à toi qui m'as
oublié quand on ne me chantait plus, à toi l'envieux de toutes les gloires inaperçues et le jaloux
de toutes les renommées éteintes, à toi que
j'écrase, à toi qui viendras entendre mon discours,
à toi qui mourras sous mon triomphe, à toi le
cri d'un jour contre moi le refrain immortel, que
dis-je? moi le vaudeville! Que dis-je? moi
l'opéra-comique! Non, je dis bien, moi l'éternel,
moi l'immortel, moi *l'arbiter elegantiarum*
comme Pétrone, moi qui ai été et qui *resuis*, et
qui maintenant serai toujours le couplet!

..... O vaudeville! ô toi le parangon littéraire, ô
mon doux opéra-comique! ô vous les deux sauveurs de l'Institut de France, pardonnez-moi nos
offenses multipliées, du haut de votre illustre
fauteuil! Jusqu'à présent, je m'étais imaginé que
vous étiez tout simplement de faciles et futiles
bagatelles d'un jour, que chaque jour apporte
dans la conversation dramatique! Je vous avais
toujours regardé l'un et l'autre comme de très jolies petites fantaisies d'esprits ingénieux et médiocres, et je pensais, à part moi, qu'un homme
raisonnable ne s'ennuyait à arranger des couplets
sur l'air de la *Catacoua* que lorsqu'il ne savait
pas écrire. Pardon, messeigneurs! pardon, excel-
lences! je vois que je m'étais trompé. Vous êtes
en effet toute la poésie de la France; vous êtes le
drame, vous êtes l'ode, vous êtes le roman. *La
Demoiselle à marier* vaut *le Dernier Jour d'un
Condamné*, et *la Leçon de Botanique* l'emporte
sur *Notre-Dame de Paris* comme 17 l'emporte
sur 9. La *Leçon de Botanique!* Ah! oh! Et *les
Voitures versées!* Oh! ah! Pardon. J'ai parlé de
vous avec peu de retenue et de respect, quelquefois même j'en ai parlé sans ménagement; j'étais
dans l'erreur la plus grossière. A présent mon
erreur se dissipe; votre gloire me paraît sans
conteste; je baise humblement la poussière de vos

bons mots et la broderie de vos calembours. Vous êtes nos sauveurs, vous serez les sauveurs de l'art, du théâtre et surtout de l'Institut.

Ayant ainsi châtié les mœurs de dame Académie, Janin passe à l'examen de la pièce nouvelle, laquelle, déclare-t-il, est *un excellent vaudeville, académiquement parlant.* Puis il demande à l'Académie « l'établissement d'une classe nouvelle, qu'on appellerait : *classe du vaudeville et de l'opéra-comique,* comme il y a les classes du dictionnaire ». Il affirme que cette nouvelle classe serait d'un grand secours pour la critique, « qui ne sait plus ce qu'elle doit blâmer ni admirer, à présent qu'un académicien tout armé peut surgir du moindre couplet final ». Pour lui, désormais toute la critique peut se réduire à cette question : Le présent vaudeville (ou opéra-comique) sera-t-il de l'Académie française ? Celui qui l'occupe lui paraît fort académisable. « Fallût-il me compromettre encore une fois avec toute l'Académie, je vous dirai, la main sur mon jugement, que je ne sais pas s'il ne sera pas de l'Institut dans un temps donné. Malheureusement, M. de Lamartine n'est pas mort..... et M. de Chateaubriand se porte bien. » Mais, patience ! ajoute-t-il, patience ! messieurs les vaudevillistes ; vous entrerez tous à l'Académie française.

Suit un parallèle fort édifiant, entre *le Sourd, ou l'Auberge pleine,* le chef-d'œuvre de Desforges, qui ne fut pas de l'Académie, et tous les autres vaudevilles qui en sont ou qui en seront. Puis le feuilletonniste revient à cette élection dont il a si bien étalé le ridicule, et il en souligne avec soin le caractère odieux :

S'il se fût agi d'un fauteuil moins sérieux que celui de M. Lainé, et surtout si l'Académie se fût rencontrée dans une de ces pénuries littéraires où elle n'a pas à choisir, ou à défaut de l'homme de talent elle prend le galant homme, l'homme aimable et bon qui a de l'esprit à ses heures, sinon pour le public, du moins pour ses amis ; si cette fois l'Académie, à défaut d'hommes de talent, eût été trop heureuse de se donner un bon citoyen de plus, sinon une illustration de plus, à la bonne heure ! Mais cette fois deux hommes se présentaient au choix du noble corps. L'un est un des rares grands seigneurs que la France ait conservés. Homme d'Etat, homme d'un grand esprit, un de ces hommes qui font honneur à toutes les gloires qu'ils envient ; l'autre, l'esprit le plus actif, l'imagination la plus ardente, le style le plus infatigable de notre temps..... Celui-là se présentait avec la jeunesse la plus occupée et la plus laborieuse, avec une des plus grandes réputations de notre âge. M. Victor Hugo, à la fois grand poète et grand prosateur, menant de front l'ode, l'élégie, la satire, le roman, la critique littéraire, la tragédie et même le drame, M. Hugo si jeune encore (1), cœur élevé, noble esprit, plein de présent et d'avenir, qui, en dépit de tant de critiques déloyales et pédantes, a tenu toutes les promesses qu'il a données et qui tiendra toutes les promesses qu'il donne encore ; M. Victor Hugo, la plus grande arène où se débattent tant d'opinions contraires, la plus grande préoccupation poétique de notre temps ; à présent que tous nos poètes sont à leur place, bonne ou mauvaise, excepté lui, il avait droit de se présenter à l'Aca-

------

(1) Victor Hugo allait avoir trente-quatre ans.

démie en toute confiance. Les plus nobles mains de cet illustre corps lui étaient tendues ; les voix les plus intelligentes lui étaient assurées. Il pouvait bien n'être qu'un barbare de génie pour quelques-uns ; mais, à coup sûr, il était pour tous un homme de foi et de talent, qui avait la conscience de son œuvre ; surtout il était un homme littéraire et rien qu'un homme littéraire ; c'était un écrivain naïf, inspiré, qui s'était fait lui-même tout ce qu'il était ; enfin, par son école, par ses systèmes, par ses amis comme par ses ennemis, M. Hugo représentait à lui seul une grande partie de la littérature et de la critique contemporaines dont il eût été le loyal et hardi représentant à l'Institut, si cette fois encore le vaudeville, l'heureux et triomphant vaudeville, n'avait pas prévalu sur les plus nobles ouvrages, sur les plus illustres veilles, sur les plus incontestables talents.

Cela est fâcheux pour l'Académie, non pour M. Hugo ; cela est fâcheux pour l'opinion publique qui, sur trente-neuf voix que les Quarante se réservent, devrait bien au moins avoir une voix pour faire la quarantaine.

Janin ne voit que bêtise et aveuglement chez les Quarante. Le mot de l'énigme lui échappe, ou il se refuse à y croire. Pourtant le doute n'est pas possible. C'est précisément parce que Victor Hugo serait à l'Institut *le loyal et hardi représentant de la littérature et de la critique contemporaines,* que l'Institut ne veut pas de lui, que l'Institut a peur de lui. Et puis ne faut-il pas se venger de *Cromwell* et d'*Hernani,* et, par la même occasion, de *Henri III* et d'*Othello ?* Ne faut-il pas faire expier ses triomphes et ses préfaces à l'auteur des *Orien tales* et de *Notre-Dame ?* Lui préférer l'auteur de la *Leçon de Botanique*, n'est-ce pas afficher le mépris le plus significatif, le moins dissimulé pour toute son œuvre victorieuse ? La vengeance est un mets fort académique, et les Quarante excellent à le pimenter. Comment a-t-on pu croire que l'Académie verrait venir à elle son plus redoutable adversaire et qu'elle s'empresserait de lui ouvrir ses bras ? Quelle naïveté ! L'Académie, tout au contraire, lui fait la grimace, et elle sourit à son plus infime rival ; elle tourne le dos à ce roi de la poésie et elle tend la main à un faiseur de ritournelles. Et elle accomplit tout cela sans remords, certes, mais non sans plaisir, n'ayant qu'un seul regret, c'est de ne pouvoir faire pis.

Mais voici la conclusion de l'article de Janin :

« Quand on pense que si l'illustre auteur des *Odes et Ballades*, des *Orientales*, des *Feuilles d'automne*, des *Chants du Crépuscule*, du *Dernier Jour d'un Condamné*, d'*Hernani* et de *Notre-Dame de Paris*, au lieu d'user sa belle vie à tant de travaux obstinés auxquels cette jeune âme seule a pu suffire, avait eu le bon esprit d'écrire seulement ces petits vers :

> *» Apollon toujours préside*
> *Au choix de mes voyageurs.*
> *Et jamais les jardins d'Armide*
> *Non, jamais les jardins d'Armide*
> *N'ont eu de tels enchanteurs.*

ou ce joli madrigal :

> *» Entre le chêne et l'églantier,*
> *Buffon, couché dans la verdure,*
> *Ecrivit son ouvrage entier*
> *Sur les genoux de la nature,*

ou seulement ces autres couplets ingénieux
où la femme est comparée, chose incroyable !
à une rose :

> *» Une femme dans une rose !*

M. Victor Hugo, au lieu d'être tout simplement aujourd'hui Victor Hugo et rien de plus
(mais aussi rien de moins), aurait le droit de
faire graver sur sa carte de visite : Victor
Hugo, *membre de l'Académie française.*
» Voilà pourtant où vous conduit

> *» De se coucher sur la verdure*
> *Entre le chêne et l'églantier*
> *Et de placer son encrier*
> *Sur les genoux de la nature ! »*

Si Victor Hugo fut content de son critique,
M. Dupaty le fut moins. L'imprudent Janin
ne connaissait pas M. Dupaty. Sans doute, il
le jugeait d'après ses œuvres, et le tenait
pour un nain, falot et négligeable. Or, M. Dupaty, l'ancien marin, l'homme qui avait survécu aux persécutions de Napoléon, n'était
rien de moins qu'un colosse, physiquement
parlant. Et il professait, lui bœuf, lui taureau,
pour les guêpes *bourdonnantes* du journalisme, le même mépris que M. Francis de
Croisset, notre jeune et alerte contemporain.
Il paraît que le couplet sur Apollon et le
couplet sur Buffon n'étaient pas de M. Dupaty.
Se voir ridiculiser avec des vers qu'on n'a pas

commis, c'était exorbitant. Néanmoins, bien des gens affirmèrent que M. Dupaty n'y perdait pas, que les couplets cités valaient mieux que les siens. Et les railleries d'aller leur train. La plupart des journaux furent sans pitié. Tout cela n'était pas fait pour calmer le nouvel élu. M. Dupaty était capitaine de la garde nationale. L'honneur de cette arme lui demandait une réparation. Voici donc ce qui arriva. On comprendra que je cède la parole à l'académicien Legouvé, qui fut le contémporain, l'ami intime, le confident et le consolateur de M. Dupaty.

« Dupaty ne lui demanda pas raison (à Jules Janin) ; Dupaty ne lui envoya pas de témoins. Il tomba chez lui, un jour, comme la foudre, au milieu d'une partie de billard, avec deux pistolets d'arçon, l'un chargé, l'autre pas, criant à tue-tête : *Il faut que je le tue ou qu'il me tue !* et poursuivant autour de la salle le pauvre Janin qui se sauvait le mieux qu'il pouvait, sa queue de billard à la main. En vain, pour l'apaiser, lui répétait-il, faisant allusion à son âge : « Monsieur Dupaty, la partie « entre nous n'est pas « égale ! — Non certes, elle ne l'est pas !... « répondit Dupaty ; car si je vous tue, on « dira: *C'est bien fait.* Et si vous me tuez, « on dira: *C'est dommage !* » Et il le poursuivait toujours, et on eut toutes les peines du monde à arracher Janin à son terrible adversaire (1). »

Tel était ce nouvel académicien, que les im-

---

(1) *Soixante ans de souvenirs*, t. 1er, p. 155.

mortels venaient d'élire *parce qu'il n'était pas romantique !* Pourquoi n'avait-on pas élu aussi l'étrange noctambule qui s'amusa un soir, ayant trouvé une croisée ouverte, à décharger ses pistolets classiques sur le poète d'*Hernani* (1)?

Mais rien ne prouve que cet homme de goût n'était pas déjà de l'Académie...

II

Trois semaines après l'élection de M. Dupaty, un nouveau deuil s'abattit sur l'Institut. M. Destutt de Tracy, comte de l'empire, ancien colonel, membre de l'assemblée constituante, du sénat conservateur et de la chambre des pairs, une des gloires de la Sorbonne et de l'École Normale, philosophe, économiste et polémiste, mourut subitement, chargé d'années, de rancune et de gloire. Victor Hugo ne voulut pas briguer la succession d'un homme aussi considérable. Il laissa le champ libre à « Messire Vaudeville » et à « Monseigneur l'Opéra-Comique. » Mais, cette fois, ni l'un ni l'autre ne se présentèrent. M. Guizot fut seul candidat et obtint vingt-sept suffrages. Six mois après, nouveau deuil sous la Coupole. Les morts vont vite, comme dit la ballade... Pas assez pourtant, au gré des candidats. D'ailleurs, l'Académie ne s'en porte pas plus mal et, comme l'avouera M. Duval, en répondant à M. Dupaty, elle « supporte *philosophiquement* ces

____

(1) Voir plus haut, 2ᵉ partie, VI.

inévitables *changements* que la mort apporte *tous les ans* (quel excès de rimes !) parmi les immortels. » (« Parmi *nous autres immortels* », dira M. Duval, s'affublant avec une naïve fierté de l'épithète ironique dont on accable les Quarante.)

Ce nouveau mort était M. Raynouard, l'auteur des *Templiers*, l'ancien secrétaire perpétuel, le même qui avait écrit à l'Enfant sublime : « Je *fairai* avec plaisir votre connaissance. » Et l'on se rappelle que tout le plaisir fut pour lui, en effet.

Rassuré par le cas de M. Guizot sur les ambitions du Vaudeville, Victor Hugo trouva qu'il serait piquant d'occuper le siège de son ancien juge, et de succéder au premier académicien qu'il avait connu. Mais trois autres candidats surgirent aussitôt : M. Pariset, M. Casimir Bonjour et... M. Mignet.

L'historien de la Révolution française était alors un personnage. D'ailleurs, compatriote et ami intime de M. Thiers, alors président du Conseil, il mit sa candidature sous la protection de cet homme influent.

M. Pariset était membre de l'Académie de médecine. Sa candidature était l'œuvre de M. Népomucène Lemercier, l'ennemi le plus acharné de Victor Hugo.

M. Pariset ne frappait pas pour la première fois à la porte des Quarante. Dix ans plus tôt, en 1836, il s'était déjà présenté, en même temps que deux de ses confrères, les docteurs Alibaud et Dupuytren. Deux abbés s'étaient mis aussi sur les rangs, l'abbé Guillon et l'abbé Guyon. Ce concours de prêtres et de médecins avait inspiré au journal *le Corsaire* l'épigramme suivante :

Trois docteurs de la Faculté
Se présentent, dit-on, à notre Académie.
— Elle est donc bien malade ? On craint tant pour sa
Deux ministres de Dieu, déjà par charité,   [*vie.*
A son guichet, frappant de compagnie.
L'Académie est à l'extrémité.

Ces petits vers avaient gâté l'affaire de ces messieurs, et l'Académie avait cru démentir les malveillants et faire preuve de vitalité en élisant — M. Brifaut... C'est, je crois, depuis ce temps que l'on dit, en style académique, d'une personne qui se distingue par de certains actes inattendus... : — Oh ! *elle en a, une santé !*

M. Casimir Bonjour, lui, se présentait pour la première fois, mais non pour la dernière, car il fut candidat perpétuel durant vingt ans. Après quoi, il se désista, n'étant plus assez valide pour gravir les étages qui conduisent aux demeures académiques. Le cas de ce martyr de la « fièvre verte » est resté légendaire, si bien que lorsqu'on rencontre un ami candidat, faisant les visites traditionnelles, il faut éviter de lui dire : bonjour ! ce qui lui paraîtrait peut-être d'un mauvais présage et, à coup sûr, d'un mauvais plaisant.

Nos quatre candidats venaient de commencer leurs visites, lorsque eut lieu la réception de M. Dupaty. On me permettra de cueillir quelques fleurs dans le discours du nouvel élu. Cela débute ainsi :

« Messieurs,

» Il est des familles qu'un penchant irrésistible entraîne vers les arts, la littérature et les sciences. »

Telle, par exemple, la famille de M. Dupaty qui, certes, n'a pas dégénéré ; car si son père, le célèbre auteur des *Lettres sur l'Italie* fut un grand écrivain (avant l'auteur de *Corinne*), et si son frère aîné, l'auteur de la statue du général Leclerc, fut un très grand sculpteur (avant David d'Angers et son général Foy), lui-même fut un grand dramaturge (bien avant M. Scribe), l'Académie, sinon Jules Janin, vient de le lui prouver.

Son père, malgré ses *Lettres sur l'Italie*, ne fut pas un des Quarante. Non pas qu'il ne se fût point présenté. Mais il s'était « retiré devant le brillant chevalier de Boufflers ». Le récipiendiaire définit cette retraite : « un de ces actes de courtoisie, fréquents alors, et dont il m'a laissé l'exemple » (*sic*). Exemple qu'il a suivi en ne se retirant pas devant Victor Hugo. Et cet homme d'esprit, autrefois si modeste en face de son glorieux rival, aigri maintenant par les attaques de la presse, part en guerre avec frénésie contre le drame moderne, contre le roman moderne et contre la poésie nouvelle. Il constate avec mélancolie que « le goût s'altère bientôt dans la société, quand il disparaît dans les lettres », et il déplore qu'on ait voulu « dénaturer le caractère de la littérature française », et qu'après avoir eu « le malheur de subir l'invasion de l'étranger », on ait *appelé*, « sans restriction et sans choix, l'invasion de

son drame, où se heurtaient inconsidérément
tous les genres ».

Trouver tout cela à l'occasion de M. Lainé,
c'est d'un esprit ingénieux, assurément. Et
il continue, toujours sur ce ton, durant plù-
sieurs quarts d'heure. Et malgré M. Villemain, le récipiendaire, protégé par M. Duval
qui aura l'honneur de lui répondre, ressuscite
la vieille querelle classique dont j'ai dit plus
haut les beautés. Ah ! on s'est vengé sur lui de
la défaite du Romantisme ; ah ! on lui a reproché sa médiocrité, sa nullité, sa cécité ; et on l'a
couvert d'opprobre, tout en couvrant de fleurs
le grand poète ! Eh bien, son tour est venu
de parler. Il parle ! Il parle, il s'écrie, il gesticule, il foudroie ! Il n'est plus l'homme qui
fait des quatrains à Victor Hugo ; il est son
juge.

« Il n'est pas plus permis à l'écrivain de
mal employer son génie, qu'il n'est permis au
soldat de mal employer ses armes. »

Et voici tout le procès des nouvelles générations. Leur tentative est une lâcheté, leur
œuvre est une ignominie.

Cette vieille question de l'immoralité, ce
dada poussif, qui semblait avoir succombé
sous le ridicule, M. Dupaty l'enfourche à
son tour. Son frère en le vaudeville et en
l'opéra-comique, M. Scribe, l'académicien de
fraîche date, ne lui a-t-il pas donné l'exemple ?
Et M. Duval ne va-t-il pas faire comme eux ?
Touchant concert de voix autorisées. Con-
naît-on rien de plus grotesque, de plus
réjouissant que ces pontifes du vaudeville
plaidant pour la Morale outragée, tonnant
contre l'oubli de toutes les vertus. Au fond,

sous ces invocations à la pudeur, il y avait
une attaque mal dissimulée contre un genre
victorieux, contre un art tout-puissant, qui,
opposant la vérité au convenu, avait détrôné
la Routine. Voilà pourquoi cette éloquence
académique nous fait sourire aujourd'hui.
Comment ces hommes-là auraient-ils pu
croire que la Morale réclamait leur appui ? Ils
le lui offraient, et ne juraient que par elle, à
seule fin de discréditer leurs adversaires.
Mais il faut plaindre les naïfs que ces mercu-
riales abusaient et qui allèrent fortifier leur
vertu aux spectacles de M. Duval. Je doute
fort que ladite vertu ait résisté à cette épreuve.
Pauvre Morale ! quel tort manifeste ces braves
gens lui ont causé !

Si savoureuse que soit la harangue de
M. Dupaty, je n'hésite pas à lui préférer le
discours *ab irato* de M. Alexandre Duval.
L'auteur du *Misanthrope du Marais* et du
Repas de fiançailles servit ce jour-là un
de ses chefs-d'œuvre. Ne devait-il pas se
mettre en frais pour un ami intime, son
compagnon d'infortune sous l'empire, ancien
marin comme lui, et auteur dramatique
d'une fécondité presque égale à la sienne.
Car tel était l'homme que la nouvelle littérature avait osé attaquer, avait immolé à
Victor Hugo. L'Académie, par la voix de
M. Duval, devait venger son nouvel élu. Outre
ses titres littéraires, M. Dupaty en possède
plusieurs qui le rendent recommandable.
M. Duval les énumère : héritage d'un grand
nom, estime justement acquise par son caractère, loyauté de conduite dans les crises politiques, franchise de manières. Mais tous ces

avantages n'ont influé en rien sur le vote de l'Académie. « Ils ont pu nous séduire, affirme l'orateur, mais non nous aveugler. Ils ont pu nous disposer en votre faveur, mais ils ne nous ont point empêchés d'être JUSTES ; *nous avons discuté, nous avons pesé dans notre balance académique les ouvrages que vous avez fait publier.....* » Etc.

Ainsi, ces beaux ouvrages, *pesés dans la balance académique*, ont paru devoir l'emporter sur tous ceux de Victor Hugo. (Il est vrai qu'ils sont plus lourds... Espérons toutefois que cette *balance académique* ne sera pas celle de la postérité). Ainsi, Jules Janin n'est qu'un mauvais drôle, et l'Académie, je l'ai déjà dit, saura toujours reconnaître les siens.

Ayant ainsi vengé son ami et justifié son aréopage, M. Duval enfourche gaiement le fameux dada et se rue de toutes ses forces contre l'ennemi commun. Mais tout n'est pas fureur et menace dans ce discours du noble vieillard, certaines tirades paternelles sont d'un jésuitisme savant et exquis :

« Espérons que les jeunes auteurs, pleins de verve et d'ardeur, qui se sont un instant égarée du véritable but de l'art dramatique qui doit être la morale en action (!), reviendront à des idées plus saines sur les convenances théâtrales. Dès qu'ils seront époux et pères, ils apprendront à respecter la pudeur publique. »

Diable ! le cas de l'auteur du *Roi s'amuse* était bien plus grave qu'on ne l'avait cru. N'était-il pas depuis longtemps époux et père, lorsqu'il avait donné au théâtre ce drame dont M. Duval avait signalé dans sa

Lettre publique à *M. Victor Hugo* (1) la flagrante immoralité?

Mais M. Duval n'est pas seulement furieux contre le Romantisme, qui a consommé la ruine de son théâtre. Les succès de M. Scribe ont eu les premiers torts. La maison Eugène Scribe et Compagnie a fait tomber la sienne ; le Romantisme l'a empêchée de se relever. Tous deux sont des ennemis. Et M. Duval n'épargne pas plus l'un que l'autre. Il donne de vigoureux coups de patte aux associations littéraires, à leurs produits, à ces pièces faites à deux ou à trois « dont la surabondance nous étonne et nous effraye ». Il voit un danger dans « ces nombreuses fabriques d'esprit ». La collaboration est une nouveauté regrettable. Corneille, Racine, Molière et M. Duval ont fait leurs pièces tout seuls. C'est la bonne méthode, et il est douteux que « l'œuvre de plusieurs *puisse* posséder ce feu divin qui ne *peut* appartenir qu'à un seul créateur ». Et puis, le moyen de lutter quand on est vieux, infirme et à bout d'idées, contre plusieurs jeunes hommes qui travaillent ensemble et dont l'union fait la force ?

M. Duval a d'autres griefs contre la maison Scribe et contre toutes les maisons similaires. Il paraît que ces nouvelles venues ont démarqué ses produits et se les sont appropriés. Et il se demande si « ce vieil Apollon, qui est tout à fait passé de mode et dont on ose à peine prononcer le nom, aurait été chassé de son temple par cet autre dieu très peu scru-

______

(1) Voir plus haut, 2ᵉ partie, VIII.

puleux, le dieu du commerce et des plagiaires ».

Voilà bien l'esprit académique de M. Duval. Il est tout entier dans cette phrase, et j'imagine que l'auteur devait s'y mirer avec emphase.

Le succès de ces messieurs fut très circonscrit. Ils obtinrent quelques poignées de main bien accentuées sous la Coupole et quelques réponses bien senties dans les chroniques de la semaine.

Quatre jours plus tard, l'Opéra donnait la première représentation de *La Esmeralda*, montée avec le plus grand luxe, et dont la musique fut trouvée digne du sujet. Les belles voix de Mlle Falcon et de Levasseur firent oublier à Victor Hugo les crécelles de l'Institut.

Un mois et demi après la réception de M. Dupaty devait avoir lieu celle de M. Guizot. Le bruit courut que l'on avait, par une intrigue odieuse, fait hâter la cérémonie, pour permettre au nouvel académicien de donner sa voix à Victor Hugo. La *Revue de Paris*, qui devait beaucoup à celui-ci, mais qui le payait par l'ingratitude, démentit la nouvelle en ces termes :

« Si M. Hugo s'est rapproché du ministère dans le but d'arriver plus vite à l'Académie, il a eu tort, car M. Guizot ne lui donnera pas sa voix. Nous n'avons pour soutenir cette opinion que deux faits, mais ils sont positifs. Le premier, c'est que dans le salon de M. de Broglie, M. Guizot a promis sa voix à un autre candidat ; le second, c'est cette sentence genevoise prononcée par M. Guizot en parlant des

œuvres de Victor Hugo : « C'est la fécondité
« de l'avortement. » Le mot est dur, il est
injuste, mais il a été dit. »

Je ne sais si le mot a été dit, mais le dévouement de M. Guizot à la cause du poète n'était
pas douteux (1). Non pas que le rival de M. Mignet se fût « rapproché du ministère », mais
parce que M. Guizot était trop heureux de
pouvoir opposer à l'élu de M. Thiers un candidat de cette importance.

Tout ceci fit beaucoup de bruit autour de la
prochaine élection. Le petit jeu des conjectures allait son train dans les salons et dans
les cercles, et l'on se passionnait de plus en
plus, à mesure que la date décisive approchait.
Je trouve un écho de tout ce bruit dans une
lettre écrite à cette époque. Dans cette missive
adressée à son frère Victor, Théodore
Pavie, un des familiers de la place Royale,
écrit ces lignes curieuses : « J'ai vu
Mme Hugo, mais point le poète, qui n'est
jamais à la maison..... Quant à l'Académie,
pour Hugo, c'est douteux encore cette fois ;
mais il est décidé à se présenter toujours.
Lamartine blessé au genou ne sera peut-être
pas de retour. Guizot, qui présente Hugo par
opposition à Mignet, candidat de Thiers,
*Guizot ne sera sans doute pas encore reçu
officiellement et ne pourra voter.* Guiraud est

----

(1) C'est à lui qu'on dut le privilège du théâtre
de la Renaissance, qu'il avait offert à Victor Hugo
lui-même, et que celui-ci refusa pour lui mais fit
octroyer à son ami Anténor Joly, directeur du
Vert-Vert.

à Limoux à faire sa blanquette. Il ne reste de ferme que Chateaubriand et Soumet, car Nodier est passé aux Classiques, transfuge et débile. »

M. Guizot, malgré les craintes de Théodore Pavie, fut *reçu officiellement* quelques jours après, une semaine avant l'élection ; il put donc voter pour Victor Hugo.

Comme la première fois, il fallut cinq tours de scrutin pour amener un résultat. Il y avait trente-et-un votants. Majorité, 16 voix. Voici quels furent les résultats des divers scrutins:

	MIGNET	CASIMIR BONJOUR	VICTOR HUGO	PARISET
1er tour	7	11	6	7
2e —	8	11	6	6
3e —	10	11	6	4
4e —	13	12	5	1
5e —	16	11	4	0

Mme Emile de Girardin, « la dixième Muse », publiait chaque semaine dans la *Presse*, le grand journal populaire que son mari venait de fonder, une chronique spirituelle et alerte, sous le titre : *Courrier de Paris*. Voici comment son *Courrier* apprécia le triomphe de M. Mignet :

« Le grand scandale de la semaine est la préférence donnée par l'Académie à M. Mignet sur Victor Hugo. Nous plaignons M. Mignet s'il en est flatté. M. Mignet sans doute a du talent, mais Victor Hugo est un homme de génie, c'est ce que l'Académie française aurait dû remarquer ; mais les académiciens s'occupent peu du mérite d'un candidat, ils ne s'inquiètent que des convenances.

Tel candidat est exclu à cause de sa femme,
dont la conduite est légère ; tel autre à cause
de son caractère peu avenant ; celui-ci déplaît, celui-là effraye. Mais le talent ?...
qu'importe... mais les succès ?... on ne les
compte pas ; messieurs de l'Académie tien-
nent à des qualités aimables ; un nouveau confrère est admis en raison de son doux vivre, de
sa gaîté, de son commerce agréable. L'Académie est une jeune fille romanesque qui ne
comprend que les choix du cœur. En vérité, cela
fait pitié ; eh ! messieurs, êtes-vous des jeunes
gens de clubs, avez-vous le droit de mettre
une boule noire pour repousser qui vous déplaît ? Etes-vous de la Société du *Caveau
moderne*, n'admettez-vous que de joyeux
convives ? Etes-vous une société de gens de
lettres ? Avez-vous le droit de choisir par
bienveillance ou par faveur ? Non, messieurs,
non certes, vous n'êtes pas libres de préférer
et de haïr. Une fois dans l'enceinte académique, vous perdez votre individualité. Vous
n'êtes plus ni poètes, ni historiens, ni auteurs
tragiques, ni orateurs ; vous ne vous appelez
plus M. Dupaty, M. Scribe, M. Salvandy,
ou M. Casimir Delavigne. Vous êtes membres de l'Académie française, vous faites
partie d'un corps révéré, d'un corps de l'Etat,
vous êtes revêtus d'un pouvoir indépendant,
indépendant de l'opinion, sans doute ; indépendant du gouvernement, sans doute ; mais
surtout indépendant de vous-mêmes, de vos
mesquines haines, de vos passions misérables, de vos caprices et de vos faiblesses. On
ne vous donne point, messieurs, quinze cents
francs par an et un jeton tous les jeudis pour

vous réunir entre amis et causer de vos affaires avec des gens qui vous plaisent ; on ne
vous a pas donné un habit brodé de feuillage
et le droit de porter une épée, pour vous faire
jouir du privilège de fonder une coterie ina-
movible. Vous représentez une idée, messieurs, une idée grande et belle que vous ne
devriez pas perdre de vue, si toutefois vous
l'avez comprise. Le fauteuil académique est
un fauteuil de juge, et l'impartialité est le
premier devoir de la justice ; l'académicien
comme le juge doit oublier sa vie privée, ses
rivalités, ses affections les plus chères, pour
ne songer qu'à la justice littéraire, à la vérité
de l'art pour lui-même. Et quelle justice plus
belle à rendre : la consécration du succès !
Quel droit plus facile à exercer : admettre ce
qui est choisi, appeler ceux qui sont élus ! La
France, messieurs, ne vous demande point de
vous aimer et de vivre en bonne intelligence ;
elle vous demande d'honorer ce qu'elle admire et de couronner le talent qui dans
l'étranger fait sa gloire. Pour l'honneur du
pays, Victor Hugo a pour soutiens dans
l'Académie Chateaubriand et Lamartine : la
justice vient d'en haut, comme vous voyez.
Quelqu'un disait à propos de cela : « Si l'on
« pesait les voix, Hugo serait nommé ; malheu-
« reusement, on les compte. »

Quelques mois plus tard eut lieu le mariage
de M. le duc d'Orléans et de la princesse
Hélène de Mecklembourg-Schwerin. Il fut
célébré le 30 mai au Palais de Fontainebleau,
et le 10 juin on fêta l'inauguration du musée
de Versailles. Il y eut, ce jour-là, un banquet
royal dans la galerie de Louis XIV, et la fête

se termina par une soirée dramatique. On avait invité tous les jeunes talents : Victor Hugo, Balzac, Musset, Michelet, Dumas, Janin, Sainte-Beuve. Mme la duchesse d'Orléans vint à Victor Hugo et lui dit qu'elle était heureuse de le voir, qu'elle avait souvent parlé de lui avec « M. de Gœthe », qu'elle avait lu tous ses livres et qu'elle savait ses vers par cœur. — « Dites-moi le premier vers d'un de vos poèmes, ajouta-t-elle, et je vous dirai les suivants. » Victor Hugo ne voulut pas, mais elle y mit tant d'insistance qu'elle triompha de sa modestie. Victor Hugo cita la pièce des *Chants du Crépuscule* :

C'était une humble église au cintre surbaissé,
L'église où nous entrâmes.

Aussitôt la duchesse d'Orléans, sans la moindre hésitation, lui récita tout le reste du poème. Enfin, son admiratrice lui dit : J'ai visité *votre* Notre-Dame. »

Trois semaines plus tard, l'auteur des *Chants du Crépuscule* et de *Notre-Dame de Paris* recevait la croix d'officier de la Légion d'honneur. La cour l'avait vengé de l'Académie.

Cette vengeance réjouit les familiers de la place Royale et les innombrables admirateurs du Maître ; mais elle plut beaucoup moins aux immortels qui avaient élu MM. Mignet et Dupaty. En leur nom et au nom de la bonne littérature, M. Viennet adressa aux journaux de la capitale une lettre pleine de dépit, où il attaquait le Romantisme et son complice M. de Salvandy, ministre de l'In-

struction publique — et membre de l'Académie française, le même qui répondra au discours de réception de Victor Hugo. Voici un passage remarquable de cette épître, dont le seul tort est de n'être point rimée, comme l'*Epître aux Muses*, de plaisante mémoire :
« Il est tout naturel qu'un ministre romantique (?) décore ses amis ; il serait plus juste de donner la croix de chevalier à ceux qui auraient le courage de lire jusqu'au bout les vers ou la prose de ces messieurs, et la croix d'officier à ceux qui les auraient compris. Je désire en outre qu'on n'en donne que douze par an aux écrivains qui font des libelles contre les grands pouvoirs de l'Etat, les ministres et les députés : il faut de la mesure dans les encouragements. »

Mais n'aurait-on pas dû nommer M. Viennet grand-croix de la Légion d'honneur, ne fût-ce que pour avoir écrit ce vers inimitable :

Sous son casque Arbogaste avait un esprit vaste,

qui n'est pas le moindre ornement de sa meilleure tragédie ? Véritable précurseur de Franc-Nohain, auteur de fables et d'épîtres qui furent longtemps la grande joie de l'Académie et le principal attrait de ses recueils, M. Viennet mérite surtout de survivre en raison des innombrables bons mots qu'il sut inspirer à ses contemporains. « Peu d'hommes, dit Alexandre Dumas dans ses *Mémoires*, faisaient plus beau jeu à la riposte que M. Viennet. C'était une véritable quintaine, à l'exception qu'il ne rendait pas le coup quand on le manquait. Il est vrai qu'il offrait une belle surface et qu'on le manquait rarement. » Le meilleur de ces bons mots, ou un des meilleurs, est une réplique de Mme de Girardin. C'était à un dîner. Quelqu'un parla de Lamartine. « Lamartine ! s'écria M. Viennet, un fat qui se croit le premier homme politique de son temps, et qui n'en est pas même le premier poète ! — En tous cas, répondit la « dixième Muse », il n'en est pas non plus le dernier, la place est prise. » Mais ceci n empêcha pas l'auteur d'*Arbogaste* de continuer à se prendre au sérieux. A sa première candidature académique, Baudelaire étant allé voir M. Viennet, M. Viennet fit au poète des *Fleurs du Mal* un petit cours de littérature. « Il n'y a que cinq genres, Monsieur, lui dit-il, la tragédie, la comédie, la poésie épique, la satire et la poésie fugitive qui comprend la fable, où j'excelle. » Et comme *les Fleurs du Mal* n'appartenaient évidemment à aucun de ces cinq genres, M. Viennet ne vota point pour Baudelaire.

La lettre de M. Viennet, au sujet de la distinction accordée à Victor Hugo, avait un mérite : la brièveté. Ce mérite, qui n'était d'ailleurs pas la qualité dominante de l'auteur, ne fut pas celui d'une autre lettre, due, celle-ci, à M. Alexandre Duval, le cordial patron de M. Dupaty. On se rappelle la *Lettre à Victor Hugo*, du même auteur, dont j'ai analysé les quarante-sept pages. Mais voici une suite qui en compte soixante-deux. Ayons du courage. Cela s'appelle : *Le Théâtre-Français depuis cinquante ans. — Lettre à Monsieur de Mon-*

talivet, *Ministre de l'Intérieur*. Et cela débute ainsi :

« Monsieur le Ministre,

« En prenant la liberté de vous écrire, de vous faire part de mes idées sur l'art dramatique et la situation particulière du Théâtre-Français, je crois accomplir un devoir. »

Ce devoir, c'est toujours le même. M. Duval doit aide et protection à la maison de Molière. Ce devoir, il a essayé de le remplir, en conjurant Victor Hugo de revenir aux saines traditions et au respect de toutes les règles. Mais on sait le peu de succès de sa tentative et le silence évidemment dédaigneux de l'ennemi des lois, aggravé par le triomphe de *Lucrèce Borgia* et de *Marie Tudor*. Devant cet insuccès, M. Duval avait un instant désespéré de l'art et de l'avenir. Mais tout à coup, un changement s'était opéré. Un nouveau directeur, un homme de goût, celui-là, et non un barbare, comme le baron Taylor, avait monté une œuvre de M. Duval. Depuis ce temps, des jours nouveaux avaient lui pour la scène française. Malheureusement, la nouvelle pièce n'avait eu qu'un succès modeste. Mais à qui la faute ? Au Romantisme. N'avait-il pas, hélas ! changé, gâté, empoisonné le goût du public. Il fallait donc plus que jamais combattre et terrasser ce terrible ennemi, qui avait pris pour devise : *La liberté dans l'Art !* et dont la liberté consistait apparemment à occire les chefs-d'œuvre de M. Duval. Mais ce carnage ne s'accomplirait pas. Car un secours d'en haut

était acquis à la bonne école, car Sa Majesté
avait adressé à celle-ci des paroles encourageantes. Quel baume que ces paroles sur les
vieilles plaies de M. Duval! Aussi, le voilà tout
ragaillardi, tout prêt à des luttes nouvelles.
« Depuis qu'une voix auguste s'est fait entendre, que le roi des Français, dans sa sollicitude pour tout ce qui peut contribuer à la prospérité de la France et dans ses craintes
d'en voir altérer la gloire, a sommé l'Institut,
avec cette éloquence du cœur qui toujours
fait naître l'enthousiasme, de veiller au dépôt
des sciences et des lettres qui lui était confié,
et surtout de préserver des *écarts du génie*
cette belle littérature que nous ont léguée
nos illustres prédécesseurs, je n'ai plus hésité, rassuré par cette voix du protecteur
éclairé des arts et d'un roi honnête homme,
à livrer au public des réflexions et des critiques que je dois à l'expérience et à l'amour
de mon pays. »

Ces réflexions et ces critiques sont assez
semblables à celles de sa *Lettre à M. Victor
Hugo*, et de sa réponse au discours de
M. Dupaty, pour que je puisse me permettre
d'en faire grâce au lecteur. Je me bornerai
donc à quelques citations édifiantes. Comme
toujours, l'offrande de M. Duval est abondante et généreuse. On trouve de tout dans
sa « lettre », des plaintes, des récriminations,
des souvenirs, des statistiques, des portraits,
des charges, des légendes, de l'ironie, — ou,
du moins, de la raillerie, — de la grâce, —
ou, du moins, des minauderies, — des arguments, — ou, du moins, des affirmations, —
enfin, de la verve, des épigrammes, de la

mauvaise foi, disons du parti pris, de la rancune, des insinuations, des solécismes, de
l'enjouement — et même de l'esprit. Oh !
un esprit très spécial, qui n'est pas celui de
Voltaire ou de Piron, de Regnard ou de Beaumarchais, de Méry ou d'Alphonse Karr,
un esprit qui n'a de spirituel que l'intention,
et d'intarissable que la peine perdue. Quant
au style, c'est celui d'un aide-tabellion qui
aurait appris le maniement de la langue littéraire en étudiant les discours les plus typi-
ques de nos immortels. Voici un échantillon
de ce style bien pensant :

« Vous avez dû remarquer comme moi,
Monsieur le Ministre, le changement qui
s'est opéré dans nos mœurs. Les calculs
scientifiques ou financiers ont remplacé les
plaisirs délicats de l'*imagination*, ou les
douces *sensations* d'une *illusion* dramatique.
Toutes nos *émotions* sont fondées maintenant sur un intérêt matériel. On ne connaît
plus d'autres plaisirs, même dans les arts et
les lettres, que celui de s'enrichir. De là les
grandes spéculations, le charlatanisme littéraire, les primes, les traités, les ventes de
billets d'auteurs, les faux succès, *les claqueurs,* les procès, la mauvaise foi de certains journaux, enfin tout ce qui avilit et
dégrade les lettres, les arts, et les nobles
cœurs qui devraient seuls les professer. »

Toutes choses que l'on ignorait sous le
règne de M. Duval. Et à qui doit-on ces
innovations regrettables ? Mais à ces lâches
usurpateurs qui, *en se servant de petits tours
d'adresse,* savent *se fabriquer une gloire
bien conditionnée.* Et nous voilà rensei-

gnés sur l'origine des *claqueurs*. La chronique nous apprend que l'auteur d'*Hernani* refusa leurs services parce qu'ils appartenaient, de par la tradition, à la vieille école. Mais la chronique a tort de prétendre cela, car c'est le drame moderne qui a produit les claqueurs, et c'est de lui que date leur institution. Ceci devait enfanter cela.

Telle est la logique de M. Duval.

M. Duval termine en nous racontant un rêve qu'il a fait tout éveillé, en se promenant dans le parc de Versailles. Il a rêvé qu'il était Ministre de l'Intérieur. Naturellement, son premier soin a été de formuler un arrêté sauveur et rédempteur, au profit de l'art dramatique, lequel, ayant mordu la pomme du Romantisme, a vu s'ouvrir sous lui l'enfer de l'anarchie.

« Considérant que l'art dramatique est complètement anéanti ;

» Que le Théâtre-Français a perdu sa spécialité (?) ;

» Que la société instruite s'en est elle-même écartée ; qu'à la place d'une harmonieuse poésie et de grandes leçons morales, on n'y retrouve plus que des monstruosités que le peuple repousse, même au boulevard ;

» ..... Que le charlatanisme, le plagiat, l'industrie littéraire ont enlevé au théâtre toute sa dignité, et que les auteurs nombreux qui travaillent encore, à force de produire, ne produisent plus rien de grand et de vraiment beau ;

» .....Considérant enfin que l'administration, ruinée par les décorations, les primes, et toujours en butte aux procès par des traités inconsidérés ou des marchés ridicules, ne pourra, malgré ses efforts et les *encouragements* qu'elle reçoit du *gouvernement*, parvenir à rendre à ce vieil *établissement* sa première prospérité.

» Arrête qu'il y aura un Théâtre-Français fondé sur une base plus large, plus élevée et plus solide.

» ARTICLE PREMIER

» Ce théâtre national et royal sera composé de toutes les personnes à talent (*sic*) qui composent encore aujourd'hui *l'ancienne société.*

. . . .

» ART. 3

» Ce théâtre, devant par son genre former le complément d'une éducation vaste et libérale, n'admettra dans son ancien répertoire que les pièces qui, par leur étendue, leur poésie, leur moralité, pourront contribuer à développer les sentiments qui doivent distinguer l'honnête homme et le grand citoyen.

. . . .

» ART. 6

» Personne n'ignorant que, depuis douze ans à peu près, *jamais pièce n'a été jugée que par un public fait par le théâtre ou les auteurs,* et qu'un succès toujours annoncé d'avance par les journaux n'est point un succès réel, il ne sera distribué à qui que ce soit aucun billet d'entrée. L'auteur seul obtiendra pour chacune des représentations de ses pièces une loge pour lui et sa famille.

» ART. 7

» L'opinion du public sur les ouvrages nouveaux n'ayant jamais dépendu, comme il a été dit, que des cabales qui ont essayé de faire triompher les nouvelles doctrines littéraires, on tentera de ramener le parterre à ce temps où un mot impropre, un faux vers blessaient son oreille. Mais comme ce public connaisseur manque tout à fait, on essayera de le recréer, en accordant deux cents entrées personnelles à des hommes de mérite à qui leur fortune ne permet pas de se procurer les plaisirs du théâtre. Ces personnes seront choisies parmi les gens de lettres, les jeunes professeurs de l'Université, tant dans les sciences que dans les lettres et dans les arts, parmi tous ceux qui ont obtenu les grands prix, et tous les lauréats de l'année. Ce complément d'une éducation libérale qu'ils devront à leurs travaux et à leurs talents, ne peut manquer d'exciter l'émulation parmi nos jeunes étudiants. Leur jugement peut influer beaucoup sur le public, ainsi que le faisaient autrefois les opinions des amateurs éclairés du vieux théâtre.

» ART. 8

» Comme le succès d'un théâtre dépend presque toujours du comité de lecture; comme tous les ouvrages barbares et immoraux qui ont contribué à la décadence du Théâtre-Français sont dus *au désir que sept comédiens, abusés par de fausses doctrines, qui formaient alors le comité, avaient de gagner de l'argent* ; comme ils recevaient avec admiration des ouvrages que depuis ils ont été forcés de repousser de la scène ; pour remédier à cet abus, le comité du nouveau Théâtre-Français sera composé de vingt-cinq personnes choisies parmi les gens de lettres qui ne travaillent pas pour le théâtre, par un certain nombre d'acteurs, et même par un certain nombre d'amateurs du théâtre, qui, par les relations qu'ils ont avec la haute société, peuvent donner d'utiles conseils à l'auteur, sous le rapport des formes en usage et des convenances sociales.

» ART. 9

» Chaque membre du comité donnera son jugement écrit sur un bulletin : car enfin, lorsqu'on accepte ou qu'on rejette une pièce, il faut au moins appuyer son jugement par des observations qui puissent être utiles au théâtre ou à l'auteur.

. . . .

» ART. 11

» Pour encourager les jeunes auteurs qui travaillent pour le théâtre à se distinguer dans la haute littérature, il y aura tous les ans un prix de dix mille francs pour la meilleure tragédie ou comédie en vers en cinq actes. Ce prix ne sera donné que deux ans après la première représentation. Le nombre des représentations, la quotité des recettes, et le jugement écrit de l'Académie française, constateront le grand succès......

. . . .

Tel était, dans ces grandes lignes, le plan dramatique de M. Duval. Mais ce n'était qu'un rêve, et notre immortel n'espérait pas vivre assez longtemps pour le voir enfin réalisé. Aussi s'empresse-t-il de former un vœu plus modeste :

« En attendant que ce projet s'exécute, s'il doit jamais s'exécuter, si j'osais émettre un vœu, ce serait celui de voir S. M., entourée de sa vertueuse famille, juger par elle-même lequel du genre classique ou romantique doit obtenir la préférence. Elle le pourrait facilement en faisant, dans ces mois de l'année qui lui laissent quelques loisirs, représenter sur l'un de ses théâtres trois pièces romantiques et trois pièces classiques d'auteurs vivants. »

Mais ce vœu aussi était un rêve. M. Duval en fut pour ses frais d'imagination. Il n'y gagna que le ridicule d'avoir repris pour son compte un projet sombré sous les rires et d'avoir ressuscité, dix ans après la fameuse réplique de Charles X, la classique pétition des sept, par où s'illustrèrent les naufragés de la littérature impériale.

La même année, le théâtre de la Renaissance, palais du Drame moderne, fondé avec la protection du gouvernement, ouvrait ses portes à la jeune école, et inaugurait sa carrière par le triomphe de *Ruy Blas*.

III

Le 30 septembre 1839, M. Michaud, historien des Croisades, mourut à l'âge de soixante-dix ans. Or, M. Michaud, historien des

Croisades, qui avait survécu à deux condamnations à mort, mais qui ne put survivre au trépas de ses œuvres, était, on le sait, membre de l'Académie française... En ce temps-là, Victor Hugo explorait la Suisse et une partie de l'Allemagne. Devant la sérénité des neiges éternelles, il oubliait toutes les rancunes des immortels. Mais le mois d'octobre le ramena vers la place Royale, et il apprit la mort de M. Michaud. Nous avons vu que Victor Hugo était *décidé à se présenter toujours*. Il posa donc sa candidature, au succès de laquelle se dévoua M. Villemain, qui venait d'ajouter à ses fonctions de secrétaire perpétuel de l'Académie celles de ministre de l'instruction publique et des beaux-arts. Voici quelques lignes du poète à son patron de l'Institut :

« Ce 30 octobre 1839.

»..... Nos petits dissentiments, en quelque matière que ce soit, n'ont jamais été qu'à la surface. Au fond, je crois et je suis fier de croire que nous sommes, vous et moi, du même avis sur bien des choses.

» Je sais que je vous dois des remerciements personnels pour des choses toutes récentes. J'irai vous voir un de ces jours et je vous dirai ce qui se passe en moi à l'endroit de l'Académie. Je ne veux ni l'importuner, ni l'embarrasser. Mais vous, je vous remercie *pour tout* et du fond du cœur. »

Comme en 1836, Victor Hugo avait trois concurrents : l'éternel M. Bonjour, M. Vatout et M. Berryer. Balzac avait aussi informé l'Académie qu'il aspirait au fauteuil de M. Michaud ; mais, ayant appris que Victor Hugo posait sa candidature, il s'empressa de retirer la sienne (1).

M. Vatout, espèce de factotum de Louis-Philippe, avait écrit, dans ses moments perdus, plusieurs ouvrages consacrés à la description des châteaux de l'apanage d'Orléans, plus une *Histoire de la Conspiration de Cellamare*. C'étaient là ses titres au fauteuil vacant, lequel avait été occupé jadis par La Bruyère, dont le bagage était moins considérable — disons moins lourd — que celui du nouveau candidat. M. Berryer était dans toute sa gloire. On le comparait tantôt à Démosthène, tautôt à Mirabeau, oubliant que dans tout grand orateur il y a un grand écrivain. Dans M. Berryer il n'y avait qu'un grand avocat. Au surplus, son bagage littéraire était encore plus léger que celui de M. Vatout et de La Bruyère. Or la presse en fit la remarque. Le *Journal des Débats*, par la voix de M. Cuvillier-Fleury, futur académicien, discuta longuement les mérites littéraires de l'éminent tribun comparés à ceux de Victor Hugo :

---

(1) Balzac, plus tard, se représenta plusieurs fois, sous le patronage de Victor Hugo. En 1848, notamment, il brigua le fauteuil de Chateaubriand. L'Académie lui préféra M. de Noailles ! On lit, à ce sujet, dans la *Correspondance de Balzac* (t. 11, p. 392) : « L'Académie m'a préféré M. de Noailles. Il est sans doute meilleur écrivain que moi, mais je suis meilleur gentilhomme que lui, *car je me suis retiré devant la candidature de Victor Hugo.* »

« Un jour, Boileau cherchait à rassurer un avocat qui doutait de son génie (c'est là, comme on le voit, une bien vieille histoire). « Vous n'avez jamais fait de vers ? demanda le « poète. — Jamais, reprit l'autre. » Sur ce, Despréaux ouvrit les plaidoyers de l'avocat et tomba d'abord sur ce vers :

Onzième plaidoyer pour un jeune Allemand.

» Patru, car c'était lui, confessa qu'il avait fait de la poésie sans le savoir. Il fut cependant de l'Académie ; mais ce fut pour sa prose qui était fort bonne. Nous y reviendrons.

» Il paraît que M. Berryer a découvert, en parcourant ses harangues, quelques étincelles de ce génie qui fut révélé par Boileau à l'avocat Patru ; car, lui aussi, il vint se mettre sur les rangs pour remplacer un poète et un historien à l'Académie.

» ..... Je veux, avant d'aborder la question très obscure des titres académiques de M. Berryer, dire un mot de celui de ses concurrents dont le génie et la gloire peuvent jeter le plus de lumière dans ce débat : on voit que j'entends parler de M. Victor Hugo.

» Pour moi, je l'avoue, dans l'élection littéraire qui se prépare, il n'y a qu'une question vraiment sérieuse : celle de savoir comment il est possible que M. Victor Hugo, s'il se présente, ne soit pas de l'Académie.

» Je sais qu'il y a toutes sortes de raisons pour qu'un homme de lettres ne soit pas de l'Académie. Ainsi, l'Académie impose pour condition à toute candidature une effrayante série de visites, et il y a tel écrivain trop sûr de son droit, trop fier ou trop timide pour solliciter le suffrage de ses juges. Mais M. Victor Hugo? Presque aussi patient que Fontenelle qui fut refusé quatre fois, il en est à sa troisième candidature. D'autres fois le postulant déplaît à l'Académie parce qu'il a écrit exclusivement dans un genre qui ne trouve pas grâce devant la docte assemblée. Mais M. Victor Hugo ? Il a fait des odes, des ballades, des romans, des drames, de la philosophie, de la critique ; on peut choisir. L'Académie, qui n'est pas une coterie, n'aime pas les renommées qui sont l'œuvre de quelques amis complaisants ou qui se font à grand renfort d'annonces payées. Mais M. Victor Hugo ? Ses œuvres sont dans toutes les bibliothèques de France ; elles enrichissent la contrefaçon belge ; elles inondent l'Allemagne ; elles viennent d'être traduites en langue espagnole. Puissante coterie qui fait le tour du globe ! Enfin l'Académie, qui est justement fière de quelques hommes de génie qu'elle renferme dans son sein, a le droit de laisser à la porte les écrivains qui n'ont ni verve, ni originalité, ni couleur, ne fût-ce que pour ne pas grossir le nombre de ceux qui siègent à tous ces titres sur ses bancs. Mais M. Victor Hugo ? Franchement, est-ce le génie qui lui manque, s'il lui manque quelque chose ? N'a-t-il pas le feu sacré qui fait les poètes ? Ses plus grands adversaires (et je suis du nombre) peuvent-ils lui refuser l'originalité, l'inspiration, la force, la puissance ?

» Que reste-il donc pour légitimer l'exclusion qui a frappé jusqu'à ce jour l'auteur des *Orientales* et de *Notre-Dame de Paris* ? Il a

fait trois fois acte de soumission à l'Académie.
Il a écrit dans plusieurs genres, dont un seul
a ouvert les portes de l'Institut à quelques-uns
de ses juges. Son astre l'a formé poète, suivant le précepte de Boileau. Que reste-t-il
pour qu'il ne soit pas reçu dans l'Académie,
s'il demande à y entrer ? Il faut à ce sujet
que la critique essaie de s'expliquer une fois
pour toutes avec l'Académie et avec le public. »

Ici, M. Cuvillier-Fleury examine en détail
l'œuvre de Victor Hugo, signalant ce qu'il
préfère et enregistrant ce que tout le monde
admire, sauf peut-être à l'Académie. Puis il revient à la candidature de l'auteur de *Ruy-Blas*
et à l'obligation qui s'impose de l'élire enfin :

« Si j'avais l'honneur d'être son juge dans
une élection académique, si je tenais entre
mes mains les clefs d'or de l'Institut : Entrez,
lui dirais-je, en ouvrant les deux battants; entrez, car vous êtes un véritable homme de lettres ; car, dans un siècle où la littérature
semble le pis-aller des ambitions politiques,
vous avez consacré à l'étude, à la poésie, à
l'antiquité, à la langue, toute votre jeunesse,
tout votre avenir, toute votre ambition, toutes
vos pensées ! Entrez, car vous êtes, comme
poète lyrique, un des génies dont s'honore la
France ; comme prosateur, un grand écrivain,
un des plus heureux novateurs de ce siècle qui
a tout renouvelé ; comme romancier, un des
plus merveilleux conteurs de ce pays qui
fournit aujourd'hui des romans au monde
entier. Entrez, car avant vous nous avons
admis Chateaubriand, malgré l'Empereur ;
Charles Nodier, malgré les classiques ; Scribe,

malgré Janin. Entrez, Monsieur, car j'aime
votre génie malgré ses écarts, et l'éclat de
votre gloire me séduit, bien qu'il me cause parfois d'étranges vertiges. Entrez ! et à ceux
qui prétendent que vous avez violé la langue,
dont l'Académie est la protectrice naturelle
après le public et après Dieu, nous répondrons ce que M. de Montmor disait en riant de
Ménage, qui avait eu le malheur, lui aussi, de
déplaire à l'Académie : « Il faut le condamner
« à en être, comme on condamne un homme
« qui a déshonoré une fille à l'épouser. »

» Etrange destinée ! M. Victor Hugo est
l'homme de France qui s'est le plus exclusivement voué au culte des lettres ; c'est l'écrivain le plus obstinément littéraire de notre
pays : et qui lui oppose-t-on ? L'homme de
France qui a le moins écrit ; car il n'a rien
écrit du tout.

» M. Berryer est sans doute un homme de
beaucoup d'esprit et un avocat éminent. Mais
s'il est un orateur au monde qui n'ait absolument rien de littéraire, c'est M. Berryer. En
effet, allez à la Chambre ; M. Berryer est à la
tribune ; son geste est véhément, sa voix sonore, sa phrase habilement cadencée, sa logique audacieuse, ses poumons redoutables !
Tous ces avantages réunis s'appellent de l'é-
loquence. Vous êtes donc ému, physiquement
ému, et vous sortez de la Chambre avec cette
sorte d'engourdissement qui accompagne une
commotion électrique. Mais demain le *Moniteur* vous donnera le discours qui vous a tant
remué ; essayez de le lire ; cherchez-y du
style, de l'élégance, de l'harmonie, de la
force, de la noblesse. Il n'en reste plus rien ;

le vent de l'improvisation a tout emporté. Il faut donc bien le dire enfin : M. Berryer est un habile avocat, mais il n'est qu'un avocat.

» Démosthène, Cicéron, Bossuet, Massillon, lord Chatham, Mirabeau étaient des orateurs. On lit leurs discours ; on les lira. C'étaient d'éloquents parleurs, mais qui avaient souci du style. Ils étaient admirables à la tribune, mais ils pouvaient siéger dans une académie. Suivant moi, la première condition pour entrer à l'Académie, c'est d'avoir écrit quelque chose, si peu que ce soit ; ou si l'on n'a fait que parler toute sa vie, d'avoir parlé comme écrivent les gens de goût et de talent. Personne ne s'est avisé de contester les titres académiques de M. Royer-Collard. On est tombé d'accord sur le mérite littéraire de M. Guizot. Voilà des orateurs qui laissent trace de leurs discours. Ils ne sont pas tout entiers à l'effet du moment. Ils parlent le français en gens qui ont su l'écrire. L'Académie s'est honorée en leur ouvrant ses portes. Elle s'est souvenue du but de son institution, qui était de « porter la langue « que nous parlons à sa dernière perfection « et de nous tracer un chemin pour parvenir à « la plus haute éloquence ». Si elle avait voulu recevoir des avocats, elle n'aurait pas ajouté que : « Ses fonctions seraient de net- « toyer la langue des ordures qu'elle avait « contractées ou dans la bouche du peuple, ou « dans la foule du palais, et dans les impuretés « de la chicane ». De pareilles expressions, empruntées à ses statuts, ne consacrent-elles pas formellement l'exclusion de ce genre de mé rite qui s'acquiert par l'habitude du barreau, ce mérite fût-il rehaussé et corroboré par des facultés physiques d'une puissance incontestable ?

» Les avocats règnent au barreau , ils gouvernent la Chambre ; ils rédigent les lois ; ils président aux coalitions ; ils se plaisent dans le bruit et dans la confusion des partis politiques ; ils excellent à harceler des ministres; ils sont infatigables dans la prosopopée et intrépides dans l'apostrophe. C'est là leur génie et leur mission sur la terre ; *hæ tibi erunt aztes!* Mais de par Dieu ! qu'ils ne sortent pas de leur domaine qui est déjà bien assez vaste. Qu'ils laissent l'Académie aux écrivains, la république des lettres aux gens qui aiment la liberté de l'étude et lés paisibles jouissances de la pensée. « La littérature « est un sceptre en de certaines mains, a dit « Montaigne ; en d'autres une marotte. »Que feraient-ils de ce jouet d'enfant, eux qui gouvernent la France et qui prétendent à l'empire du monde? J'aime à voir sur les bancs de l'Académie un avocat tel que Patru, cet écrivain naïf, cet orateur si châtié, dont on disait de son temps que « c'était l'homme du royaume « qui savait le mieux notre langue ». Pierre Corneille, avocat du roi à la table de marbre de Rouen, n'était pas non plus un trop mauvais choix pour l'Académie. Je n'ai rien lu de Gerbier, qui fut, dit-on, un des Quarante à la fin du dernier siècle ; mais je sais qu'il a laissé la renommée d'un esprit singulièrement délicat, d'un goût excellent, d'une éloquence persuasive, d'une sincérité entraînante.Ce sont là des qualités qu'il est convenu

que tout le monde possède chez nous aujour-
d'hui, mais qui, du temps de Gerbier, pouvaient n'être pas communes, même à l'Académie.

» J'ai parcouru la liste des académiciens
reçus pendant près d'un siècle, depuis l'origine de l'institution ; je n'y ai pas trouvé un
seul avocat admis au titre de sa profession ;
et pourtant près du tiers des élus sont gens
de loi. Mais tous ont écrit. Sans doute leurs
ouvrages sont aujourd'hui aussi inconnus
que leurs noms, et cette magnifique devise
de l'Académie : *A l'immortalité !* ne les a
pas sauvés de l'oubli. Mais il reste du moins
le titre de quelques travaux sérieux. Dites-
moi, dans un demi-siècle, ce qui restera des
discours de l'honorable M. Berryer.

» Comme avocat M. Berryer ne peut
donc prétendre aux honneurs académiques.
S'il nous oppose M. Dupin, et s'il soutient
que l'auteur de la *Libre Défense des Accusés*,
que le spirituel et mordant orateur dont la
parole a laissé de si vives traces dans les
débats de la Chambre des députés, n'a été
admis à siéger à côté de Chateaubriand et de
Lamartine que pour ses mémoires sur procès
et ses plaidoyers en première instance, nous
lui répondrons que, précisément parce que
l'Académie a dans son sein un avocat, elle
n'en veut pas deux. Les avocats qui veulent
cueillir les palmes de l'Institut n'ont qu'à se
pourvoir par devant l'Académie des Sciences
morales, instituée en l'honneur des hommes
politiques, ou de ceux qui croient l'être pour
avoir balbutié un amendement à la tribune
ou défendu un écrivain en Cour d'assises.

L'Académie des Sciences morales a été fondée pour préserver l'Académie française. C'est un ouvrage avancé qui défend le corps de la place contre l'invasion du parlage politique. Beaucoup d'écrivains cependant, et, dans ce nombre, des hommes tels que M. Guizot, M. Mignet, M. Augustin Thierry, ont tenu à honneur d'y être admis avant d'aspirer au fauteuil littéraire. Pourquoi M. Berryer prétendrait-il, lui tout seul, y arriver du premier saut ? Est-ce parce qu'il a le privilège, unique dans ce siècle, de n'avoir rien écrit ? »

Ici, on pouvait répondre à M. Cuvillier-Fleury que sans doute l'Académie aurait eu tort d'accueillir des gens qui venaient à elle sans aucun bagage littéraire, et que la maison en effet n'était pas assez riche pour offrir l'hospitalité à ces pauvres-là; mais que ce tort était peut-être moins affligeant que l'autre, celui qui consistait à recevoir les prétentieux munis d'un bagage ridicule, ou plus lourd que solide. Un autre orateur, M. Thiers, écrivait beaucoup, il faisait une œuvre. C'est sans doute pour cela qu'on l'avait élu. Mais peut-être est-ce pour cela qu'il eût fallu ne pas l'élire. Et que d'ouvrages mort-nés dus à des ambitions académiques ! Combien de pièces oubliées du parterre ont reparu un jour avec toutes leurs sœurs, ornées de l'étiquette: Théâtre complet de M. Un Tel ! Et, drapé dans ce complet-là, M. Un Tel a été le bienvenu dans le salon de M. Pingard. Quand s'apercevra-t-on qu'un membre injustifié vaut mieux qu'un membre déshonorant ? La devise : *A l'immortalité!* ne peut signifier : *Honneur au courage mal-*

heureux ! Un auteur vierge, lui, est peut-être un auteur de l'avenir. Qui sait si son courage ne sera pas heureux ? Il peut vous dire : « Je n'ai pas encore atteint *à l'immortalité* ; mais j'y tends. Un fauteuil peut être un encouragement à un talent futur, il ne doit pas être un hommage à une présente nullité. Voltaire, si vous me donnez son fauteuil, m'y soufflera peut-être des pensées de génie ; je ne lui ai fait aucun tort, moi, et j'ai pour lui un culte filial ; mais il ne soufflera rien à mon rival, qui a l'air de lui apporter son œuvre à contresigner, et qui se regarde comme son confrère. »

M. Cuvillier-Fleury termine son article par un parallèle entre l'Académie du moment et l'Académie d'autrefois. Il nous fait remarquer que celle-ci « était ouverte à toutes les professions de la société : abbés, grands seigneurs, beaux-esprits de salon, avocats sans cause (mais non sans style), conseillers d'Etat, ambassadeurs, tout le monde y entrait. » En effet, Guillaume de Boutru, le conseiller de Louis XIII, y entra pour ses bons mots, le marquis de Saint-Aulaire pour ses madrigaux, et Marin Cureau de la Chambre, médecin du Roi, pour ses *Nouvelles Conjectures sur la Digestion.* Ce Cureau de la Chambre avait eu le fauteuil qui un peu plus tard devait échoir à La Bruyère, en attendant qu'on pût y asseoir M. Berryer ou M. Bonjour ou M. Vatout, à moins qu'on ne le laissât prendre par Victor Hugo. Des parchemins vermoulus, ou des bas violets, voire le bon plaisir du Roi : tels étaient jadis les grands titres académiques.

« Le Roi, dit M. Cuvillier-Fleury, était alors, suivant les statuts, le protecteur de l'Académie, et en réalité son maître, quoiqu'il n'ait pas eu le pouvoir d'y faire entrer Molière ! » Mais la Révolution a changé tout cela. « Autrefois, on trouvait tout simple d'admettre un grand seigneur sous prétexte de beau langage, et un évêque sous prétexte d'éloquence. Désormais, nous l'espérons, l'éloquence et le beau langage ne seront plus admis que pièces sur table ; et les faiseurs d'homélies et les galants diseurs de bons mots seront soumis à la condition qui a de tout temps pesé sur les gens de rien : on exigera qu'ils apprennent à écrire. Autrefois on croyait qne les gens de lettres avaient besoin de la protection des puissants du monde ; et on ne se trompait guère, quoique dès le dix-septième siècle l'avocat Patru soutînt en pleine Académie, à propos de la candidature d'un grand seigneur illettré, qu'il fallait préférer dans une lyre « les cordes à boyau aux cordes d'ar- « gent », et que Georges Scudéri s'écriât qu'on n'avait que faire de ces gens « qui n'avaient « jamais eu de plumes qu'au chapeau ! » Aujourd'hui les gens de lettres ont moins besoin d'être protégés que contenus. La Révolution est donc tout près d'être faite dans le personnel de l'Académie. Pour la première fois, depuis deux siècles qu'elle dure, elle est à la veille d'être exclusivement littéraire. C'est un grand honneur pour elle et une belle gloire pour notre pays. Mais, de grâce ! que l'Académie ne devienne pas une succursale de la basoche ou une doublure de la Société des Bonnes-Lettres ! »

Il est certain que si elle était menacée de devenir ou cette *succursale* ou cette *doublure*, il y avait à craindre qu'elle ne fût pas *à la veille d'être exclusivement littéraire*, et peut-être la Révolution ne s'était-elle pas *arrêtée* suffisamment *devant les portes de l'Académie.*

J'ai tenu à résumer, à citer et à commenter l'article un peu long de M. Cuvillier-Fleury, parce qu'il nous montre, rendus avec chaleur sinon avec éclat, les sentiments qu'on avait alors sur l'Académie et sur les candidats. Ces sentiments n'étaient d'ailleurs pas ceux de tout le monde. Mais la bonne majorité intellectuelle attendait avec impatience le vote des Quarante, prête à leur accorder toute sa sympathie, à condition qu'ils n'immoleraient point, tels M. Nettement et Mme la duchesse de Dino, la gloire de Victor Hugo à la renommée de M. Berryer. Plusieurs journaux rééditèrent l'accusation de la *Revue de Paris* contre Victor Hugo. Le grand poète se rapprochait du ministère, se mettait sous la protection de M. Guizot. Ce qui est vrai, c'est que M. Thiers se dévouait à M. Berryer, comme il s'était dévoué à M. Mignet, et que la protection de M. Guizot et de M. Villemain restait acquise à Victor Hugo, qui n'avait pas eu besoin de l'implorer. Le plus curieux incident de la bataille académique fut l'entrée en scène de dame Censure, empêchant toute attaque contre les immortels — dans l'intérêt de la candidature de Victor Hugo ! *Quantùm mutata ab illâ !...* Mais voici les faits.

« CARICATURE DE « LA MODE »

» Dame Censure tombe décidément en enfance : la voilà qui nous refuse tout net aujourd'hui le dessin le moins politique et le plus inoffensif qui se puisse crayonner. Il ne s'agissait que d'une plaisanterie fort innocente sur l'Académie française : représentée sous les traits d'une bonne vieille, l'Académie reçoit MM. Victor Hugo, Alexandre Dumas, Balzac, etc., à la porte de son établissement, et dit à ces messieurs : Vous êtes grands et forts et vous demandez les Invalides ! Vous voulez donc voler le pain des pauvres vieillards ?... Allez travailler, grands feignants !...

» Voilà en peu de mots l'explication du dessin dont cette malheureuse censure a cru devoir nous interdire la publication, non sans en avoir référé au grand lama du lieu, à M. Cavé, le censeur, qu'il ne faut pas confondre avec aucun des Catons que vous pouvez connaître.

» L'arrêt est souverain, nous ne disons pas le contraire, mais on conviendra qu'il est quelque chose de plus, il est souverainement stupide (1). »

Sans aucun doute, mais, en tous cas, il avait cela de bon qu'il évitait aux « pauvres vieillards » un dépit dont l'élection de Victor Hugo aurait pu recevoir le contre-coup.

Trois semaines avant l'élection, Alphonse Karr publiait son deuxième numéro des *Gué-*

----

(1) *La Mode*, 1839, p. 224.

pes et, entre autres nouvelles inédites, enregistrait celles-ci :

« Mme de Dino, fort mal vue du faubourg Saint-Germain depuis ses accointances avec la cour citoyenne, se donne beaucoup de mouvement pour la candidature de M. Berryer, qui n'est pas agréable au château : elle espère par là se réhabiliter auprès de ses anciens amis.

» Selon toutes les apparences, M. Bonjour sera élu. Il s'agit bien plus de n'avoir pas fait certaines choses que d'en avoir fait certaines autres.

» ..... Quelques académiciens ont annoncé qu'ils ne donneraient pas leurs voix à un des candidats à cause de ses chagrins domestiques trop connus. Ce candidat, chargé, il y a longtemps, de fonctions administratives, crut devoir employer la voie du télégraphe pour apprendre au ministère *une infortune* personnelle dont il venait d'avoir la preuve, et demander son changement immédiat.

» Cette proscription nous semble une singulière fatuité de la part de Messieurs les trente-neuf.

» Nous leur rappellerons alors qu'un autre des candidats a reçu et accepté, en plein foyer du Gymnase, une insulte grave de la part de M. Evariste Dumoulin, rédacteur du *Constitutionnel.*

» M. Berryer, s'il est élu, sera forcé de faire ratifier sa nomination par le roi Louis-Philippe et de lui être présenté. Quelques légitimistes appellent cela un *bon tour* joué à la royauté de Juillet ; d'autres disent que c'est une défection.

» Il est singulier pour les légitimistes de voir M. Berryer porté à l'Académie et soutenu par M. Thiers, auquel il rend de son côté quelques bons offices ; par M. Thiers, auteur de l'arrestation et de l'emprisonnement de Mme la duchesse de Berry. »

Les ennemis de l'auteur de *Ruy Blas* s'amusaient à des saillies plus ou moins spirituelles sur le poète et sur son œuvre. Telle cette épigramme qui est venue jusqu'à nous et dont l'impertinence ne sera bientôt plus compréhensible, tant les années ont fait justice des singulières accusations portées par les admirateurs de M. Viennet et de M. Scribe contre le plus habile des ouvriers de la Rime :

> *Où, ô Hugo, huchera-t-on ton nom ?*
> *Justice enfin rendu que ne t'a-t-on !*
> *Quand donc au corps qu'académique on nomme*
> *Grimperas-tu de roc en roc, rare homme ?*

C'était une imitation de ce quatrain de Marie-Joseph Chénier contre Lemierre :

> *Lemierre, ah ! que ton Tell avant-hier me charma !*
> *J'aime ton ton pompeux et ta rare harmonie.*
> *Oui, des foudres de son génie*
> *Corneille lui-même t'arma.*

L'auteur des *Feuilles d'Automne* accusé de cacophonie ! cela ne rappelle-t-il pas l'auteur du *Cid* accusé de ne pas savoir écrire ? Ce qui prouve que chaque siècle a ses Scudérys.

Le 19 décembre 1839, les « Quarante moins un » se réunirent pour donner un successeur à M. Michaud, historien des Croisades. Les « Quarante moins un » constatèrent qu'ils n'étaient que trente-trois, et qu'il faudrait dix-sept voix à peine pour être élu. Ces remarques faites, le vote commença. Il y eut force abstentions, et les tours de scrutin allèrent jusqu'à sept.

	BERRYER	C. BONJOUR	VICTOR HUGO	VATOUT	Bulletins blancs.
1ᵉʳ tour	10	9	9	2	3
2ᵉ —	12	10	8	0	3
3ᵉ —	11	9	10	0	3
4ᵉ —	11	9	8	1	3
5ᵉ —	11	8	9	1	4
6ᵉ —	10	10	6	1	7
7ᵉ —	10	8	6	1.	7

Au quatrième tour de scrutin, Lamennais, qui n'était pas candidat, avait obtenu une voix.

Les sept tours n'ayant donné aucun résultat, M. Cousin proposa de remettre l'élection à deux mois, ce qui fut accepté aussitôt. Les six académiciens absents étaient : Alexandre Soumet, qui aurait voté pour Victor Hugo ; le vicomte de Bonald, MM. de Quélen, de Frayssinous et de Pastoret, qui auraient voté pour M. Berryer; et M. de Barante, qui aurait voté pour M. Casimir Bonjour. Alphonse Karr consacra une page des *Guêpes* à cette élection manquée : « Les académiciens, dit-il, ont ajourné à trois mois l'élection sur laquelle ils n'ont pu tomber d'accord. Chacun des concurrents est invité, d'ici là, à faire un chef-d'œuvre.

» Les voix obtenues par M. Bonjour peuvent se diviser en deux classes : — Les unes signifiant « pas Berryer », les autres voulant dire « pas Hugo ». M. Bonjour n'est qu'une négation.

» M. Thiers a fort soutenu M. Berryer. — M. Thiers est trop égoïste, ses amis le savent bien, pour conspirer *pour* quelqu'un ; mais, en appuyant M. Berryer, il se fait une planche pour aller un peu aux légitimistes. — Il est de même pour un autre parti ; ne pouvant louer ouvertement les opinions politiques de MM. Berryer et Michel (de Bourges), il proclame ces deux avocats, qui n'écrivent pas, les deux plus grands écrivains du siècle.

» L'élection de M. Berryer, n'ayant pas été *enlevée*, est manquée pour longtemps. — On s'attendait à voir M. Berryer écrire qu'il renonçait, — mais M. Berryer n'écrit pas. Il improvisera sa renonciation au domicile de ses amis. — On a prêté divers mots à MM. de Chateaubriand, Scribe, etc. — En voici un que je cite parce qu'il vient à l'appui de ce que je disais tout à l'heure : « Que le « gouvernement fait tout ce que veulent ses « ennemis. » — Quelqu'un a dit : « Mais que « veut donc obtenir M. Casimir Delavigne « qu'il se met contre le roi à l'Académie ? »

» Comme on demandait à M. Royer-Collard son appui pour la nomination de M. Berryer, et qu'on lui disait : « Le duc de Bordeaux vous écrira lui-même à ce sujet », il a répondu : « Si monseigneur le duc de « Bordeaux me faisait l'honneur de m'écrire, « je dénoncerais sa lettre au procureur du roi. »

» M. Dupin a dit à M. Berryer : « Ma voix « ne vaut pas la vôtre, mais elle vous appar- « tient. »

» Il a dit à M. Hugo : « A quoi peut servir

« une voix, si ce n'est à vous proclamer un
« génie ? »

» Il a voté pour M. Bonjour. »

Douze jours après cette élection manquée,
un des six académiciens absents, l'archevêque
de Paris, Mgr de Quélen, qui, étant malade,
n'avait pu apporter sa voix à M. Berryer,
alla rejoindre son collègue, l'historien des
Croisades.

Cette fois, l'élection de Victor Hugo parut
assurée.

L'Académie disposait de deux fauteuils ;
elle lui en cèderait un assurément. Telle était
l'opinion qui se faisait jour dans la presse et
dans le public. Cependant les protecteurs de
M. Casimir Bonjour, c'est-à-dire les ennemis
de Victor Hugo, ne perdirent pas courage.
Les plus acharnés étaient : M. Lemercier,
M. Delavigne, M. Duval, M. Jay, M. Tissot,
M. Baour-Lormian et M. le Comte Lacuée de
Cessac. MM. Scribe, Etienne et Dupaty,
quoique plus calmes, étaient avec eux. Mais
ces conjurés ne tardèrent pas à s'apercevoir
que leur élu n'avait aucune chance d'être
nommé, bien que M. Vatout se fût retiré de la
lutte et que M. Berryer semblât tout prêt è l'i-
miter. M. Népomucène Lemercier eut alors
l'idée de recourir à une manœuvre savante qui
lui avait déjà réussi. On n'a pas oublié le cas de
M. Pariset, survenu tout à coup pour diviser
les voix, lors de la deuxième candidature de
Victor Hugo. Il s'agissait de trouver un nouveau Pariset, qui voulût bien jouer le même
rôle — avec plus de chances. Quant à M. Bonjour, on lui disait bonsoir, pour cette fois du
moins.

C'est ainsi que surgit la candidature de M. Flourens, médecin et secrétaire de l'Académie des Sciences. Ce choix était habile. Les secrétaires de l'Académie des Sciences avaient toujours trouvé bon accueil parmi les Quarante. Témoins : Fontenelle, d'Alembert, Condorcet, Cuvier et Fourier...

Mais cette intrigue indigne les partisans de Victor Hugo. Indignation contagieuse qui vaut au candidat de nouveaux adhérents, M. Mignet, M. Cousin, M. Dupin, M. de Salvandy. Ce dernier, jusque là peu d'accord avec Villemain, son successeur au ministère, s'allie avec lui dans l'intérêt de leur protégé. M. de Pongerville, classique irréductible, mais homme d'esprit et honnête homme, se distingue par son entrain et par ses jolies répliques aux épigrammes faciles des ennemis d'Hugo. Celui-ci va voir ses anciens concurrents, MM. Dupaty et Mignet. Tous deux lui promet tent leurs voix ; mais M. Mignet seul est sincère, et M. Dupaty, toujours saignant des coups que lui avait valus l'échec de son rival, découvre mille vertus à M. Flourens, dont l'élection lui paraît utile et nécessaire. « M. Dupaty, remarque la *Revue des Deux Mondes*, semble oublier l'aimable quatrain qu'il adressait à M. Hugo le lendemain de sa nomination. » Oui, certes, il l'a bien oublié, ce quatrain écrit jadis dans l'ivresse du triomphe. Peut-être ne l'avait-il écrit que pour désarmer la presse. Mais, la manœuvre n'ayant pas réussi, M. Dupaty avait rejeté son masque d'humilité et renié son admiration passagère. D'ailleurs, son patron et ami M. Duval avait dû lui reprocher terriblement sa trahison et exiger de lui un retour immédiat à la bonne cause. Le 13 février 1840, huit jours avant la double élection, Xavier Doudan écrit à Mme d'Haussonville : « On va élire M. Molé en remplacement de M. de Quélen. Ses adversaires dans l'Académie disent qu'il sera probablement élu à l'unanimité. On ne se hait presque plus... En attendant, M. Berryer ne sera pas de l'Institut, ce sera M. Victor Hugo, M. Lebrun me l'a affirmé (1). » M. Pierre Lebrun était une nouvelle recrue du parti de Victor Hugo. Il devait lui rester fidèle, ainsi que M. Viennet...

Quelques jours avant l'élection, bien que Victor Hugo ne fût pas candidat au fauteuil de M. de Quélen, quelques journaux du soir, mal informés, donnaient cette nouvelle : « Il paraît à peu près certain que c'est Victor Hugo qui succèdera à Monseigneur l'archevêque de Paris. » « Cette phrase, raconte Alphonse Karr dans *le Livre de bord* (t. 3, p. 85), tomba, par hasard, sous les yeux de Mlle Dupont, l'ancienne soubrette de la Comédie-Française, qui lisait le journal dans sa loge, tandis qu'on la coiffait ; elle lut la phrase, la relut, se frotta les yeux, la relut encore, puis tout à coup elle entra, le journal à la main, au foyer, où se trouvaient dix ou douze de ses camarades.

» — Par exemple, voilà qui est trop fort, s'écria-t-elle ; je vous annonce une drôle de

____

(1) X. Doudan, *Lettres*, avec une introduction par M. le Comte d'Haussonville et des notices par MM. de Sacy et Cuvillier-Fleury, nouv. édit. (C. Lévy, 1879), t. i, p. 142-143.

nouvelle. Certes, Victor Hugo a du talent, je ne dis pas le contraire ; mais c'est égal, je n'aurais jamais cru cela. Allons, il ne faut plus s'étonner de rien maintenant. Ne voilà-t-il pas Victor Hugo qui va être nommé archevêque de Paris ! »

M. Berryer s'était retiré de la lutte, et le fauteuil de M. de Quélen était promis à M. Molé. La presse et le public approuvaient presque unanimement ce choix, persuadés que l'autre fauteuil allait échoir à Victor Hugo. M. Thiers n'ayant plus à patronner M. Berryer, se rendit à l'éloquence des partisans de Hugo et promit de voter pour lui. La *Revue des Deux Mondes*, en général très hostile à Victor Hugo et à son œuvre, voyait dans son élection un devoir impérieux pour les immortels. « C'est jeudi prochain, écrivait la capricieuse feuille de M. Bulez, que l'Académie procède à une double élection pour le remplacement de M. Michaud et de M. de Quélen. La curiosité est très éveillée, et demeurera attentive au résultat ; c'est donc pour l'Académie une occasion, qu'elle ne doit pas laisser échapper, de répondre au vœu très manifeste du public, et d'accepter avec franchise les noms que lui indique la sympathie générale. Le fauteuil de M. de Quélen paraît destiné avec toutes sortes de convenances à M. Molé ; celui de M. Michaud revient de droit à M. Victor Hugo. M. Hugo l'obtiendra, nous l'espérons ; mais si, par impossible, les petites intrigues l'emportaient, l'Académie seule aurait à en souffrir devant l'opinion..... M. Flourens est sans nul doute un très estimable savant, dont personne ne conteste le mérite ; mais ce n'est

pas à l'Académie française qu'on extrait des ra-
cines cubiques, et Richelieu n'a nullement
songé, dans sa création, aux cornues et à tous
les appareils de laboratoire. L'universel génie de Cuvier, les admirables pages qu'a
écrites M. Fourier, ce grand mathématicien,
expliquent, sans les justifier complètement
peut-être, les choix précédents de l'Académie,
et ne prouvent aucunement d'ailleurs que tous
les secrétaires des Sciences aient droit au fauteuil de Corneille et de Voltaire. Pourquoi
M. Flourens plutôt que M. Arago ? Pourquoi
pas aussi M. Raoul Rochette, secrétaire de
l'Académie des beaux-arts ? Comme il s'agit
de talent littéraire, l'un vaut l'autre; et les
nuances échappent. Si un secrétaire perpétuel de quelque autre section de l'Institut
avait droit de se présenter à l'Académie française, c'était assurément M. Daunou. M. Daunou est un maître dans l'art d'écrire, auquel
très peu de plumes, dans ce temps-ci, pourraient le disputer en pureté, en élégance, en
élévation. Eh bien ! le vénérable secrétaire de
l'Académie des inscriptions laisse le champ
libre aux multiples ambitions de M. Flourens.
Cette candidature vaut celle de M. Pariset
(aussi secrétaire de l'Académie de médecine),
que M. Lemercier avait trouvé moyen de mettre en avant autrefois. Ce ne sont donc là
que des intrigues assez minimes contre
M. Hugo. La seule chose à craindre, c'est
qu'à un dernier tour de scrutin les partisans
battus de M. Bonjour ne se rejettent sur
M. Flourens, sur le candidat que prône M. Delavigne, dans l'intérêt des sciences physiques

et pour le plus grand bien de la poésie sans doute. »

La tactique indiquée par l'organe de M. Buloz n'était pas à redouter, les partisans de M. Bonjour lui ayant, comme je l'ai dit plus haut, substitué M. Flourens, auquel ils avaient promis toutes leurs voix et toutes celles qu'ils espéraient lui conquérir. M. Casimir Bonjour, abusé par des promesses formelles pour l'avenir, avait bien voulu se prêter à la combinaison. Il restait candidat perpétuel, mais il n'était plus candidat au fauteuil de M. Michaud.

« Quant à l'honorable M. Viennet, ajoute la Revue, il est, assure-t-on, dans la plus grande perplexité, et, par haine de M. Flourens (lequel lui avait succédé à la Chambre des députés), il finira peut-être par voter pour M. Hugo. Dites maintenant que la politique est toujours déplacée à l'Institut! »

Enfin la date fixée arriva. C'était le jeudi 20 février. Outre les deux morts, il y avait sept absents, tous les sept malades : le vicomte de Bonald, M. de Frayssinous, M. de Barante, M. de Pastoret, M. Campenon, M. le baron Guiraud et Soumet. Ces deux derniers, qui auraient voté pour Victor Hugo, étaient non seulement malades, mais absents de Paris.

M. Alexandre Duval était malade aussi, plus malade même que les sept académiciens restés chez eux. Mais, quoique perclus et à demi mort, le misanthrope du Marais se fit porter dans une chaise à l'Académie, pour voter contre Victor Hugo. Cet héroïsme devait, pensait-il, conjurer le péril qui menaçait la maison. Quand Royer-Collard aperçut, porté par des domestiques, ce malheureux à l'œil éteint, geignant mais résolu, il s'écria : « Quel est l'infâme candidat qui est cause qu'on apporte ici ce moribond ? Dites-moi son nom afin que je vote contre lui ! » Mais on lui dit le nom, et il s'excusa. Royer-Collard votait, en effet, pour Victor Hugo.

On s'occupa d'abord du fauteuil de M. Michaud, qui était le plus anciennement vacant. Pour l'autre, celui de l'archevêque de Paris, la chose devait être facile, et M. Molé, seul candidat, fut élu par 30 voix sur 31 votants. Une voix avait été donnée à Victor Hugo. Mais la lutte fut plus chaude autour du premier fauteuil. La majorité était 16. Les deux concurrents obtinrent d'abord 14 voix. Il y eut une voix pour M. Berryer, qui n'était plus candidat, et deux bulletins blancs. Tel fut le résultat du premier vote. Au suivant, M. Flourens conserva ses 14 voix, mais Victor Hugo en eut 15. Au troisième... ce fut le contraire. M. Flourens s'éleva jusqu'à 15, cependant que Hugo retombait à 14. Cette chute alla... jusqu'à 12, au quatrième tour. Victor Hugo, en y tombant, fit monter son rival à la majorité. Au-dessus même, car il fut élu par 17 voix.

Ainsi, au deuxième tour de scrutin, un immortel (celui, semble-t-il, qui venait de voter pour M. Berryer) était accouru au secours de Victor Hugo ; mais, dans les deux votes suivants, trois autres l'avaient abandonné. Les deux bulletins blancs avaient reparu à tous ces votes, exprimant, l'un, l'embarras de M. le marquis Philippe de Ségur ; l'autre, le mépris de M. Cousin pour les deux candidats.

Une remarque s'impose. Le second vote avait donné 15 voix à Victor Hugo. Avec les deux voix de ses amis absents, Guiraud et Soumet, il aurait donc pu être élu dès ce deuxième tour de scrutin, par 17 voix sur 33 votants, soit la majorité. Car l'intrigue qui se servait de M. Flourens pour repousser un ennemi, n'aurait pas eu le temps de travailler aux trois désertions que je viens de noter.

L'élection de M. Flourens causa une émotion inexprimable. Durant quinze jours, l'Académie et son élu furent lardés d'épigrammes. Quelques écrivains proposèrent de publier une protestation signée des plus grands noms de la littérature. Ce projet déplut à Victor Hugo, qui ne désespérait point du succès de sa cause et ne voulut pas la compromettre.

La *Revue des Deux Mondes* arriva trop tard « pour ajouter aux lazzi de toutes sortes qui avaient couru sur la nomination de M. Flourens ». Mais elle n'en fit pas moins chorus avec les mécontents, et son épilogue est des plus sévères : « Il est très fàcheux, déclare-t-elle, que la portion de l'Académie française qui s'est obstinée à ce point contre M. Hugo, n'ait pas compris que, dans le discrédit général où tombent tous les corps, il y avait inconvénient, pour le corps prétendu spirituel par excellence, à ranimer toutes les vieilles plaisanteries qui ont cours depuis Piron, depuis Chapelle, et à se les attirer grossies de ce je ne sais quoi de particulièrement méprisant et mortifiant qui est le propre de la clameur publique en ce temps-ci. Nous regrettons surtout que M. Flourens, un homme honorable, un savant distingué, qui remplit si bien son rang à l'Académie des Sciences, se soit prêté à une véritable intrigue qui, sans lui, aurait probablement échoué. Les éloges de Cuvier, de Chaptal, de Desfontaines, sont assurément des morceaux convenables, où la gravité du ton est assortie à celle des sujets, où il ne se rencontre (mérite rare !) aucune sortie déclamatoire et de mauvais goût ; mais on n'y distinguerait rien de particulièrement littéraire. Fontenelle, cité quelque part par M. Flourens, a dit que « ce « qui ne doit être embelli que jusqu'à une « certaine mesure précise, est ce qui coûte le « plus à embellir ». M. Flourens, dans ses Eloges, est encore bien en-deçà de cette mesure discrète et permise de l'embellissement grave qui sied à la science. Il aurait au besoin à se souvenir un peu plus, en écrivant, de Vicq-d'Azir et de Condorcet. Philosophe de cette dernière école, de celle de Tracy et de Cabanis, il a, dans le cas présent, cette piquante et méchante fortune d'être porté à l'Académie française par une coalition de littérateurs tous plus étrangers à la science les uns que les autres (j'en excepte l'honorable M. Lemercier), par des faiseurs de petits vers, d'opéras-comiques, par des royalistes boudeurs, par des hommes enfin qui, certainement, l'appréciaient moins directement en lui-même qu'ils ne repoussaient par son moyen M. Victor Hugo. N'est-ce pas là un tort réel qu'a eu M. Flourens de se prêter à servir ainsi d'instrument ? Ne le sent-il pas aujourd'hui ? Ces nuées d'épigrammes qui lui pleuvent sur la tête depuis quinze jours, qu'a-t-il à y opposer ? Son propre mérite n'est pas de ceux qui se puissent démontrer à la foule et qui aient le droit d'espérer une revanche ; il aura beau multiplier, au sein de l'Académie des sciences, ses estimables travaux sur la garance et la coloration des os, la plaisanterie ne subsistera pas moins autour de son nom, qui sera à jamais coloré de cette sorte dans l'opinion moqueuse et légère. Combien d'honnêtes gens, d'estimables esprits, sous la restauration, sont demeurés ainsi sous le coup du ridicule pour quelque faux pas qui a donné la seule idée de leur allure ! M. Flourens n'a guère qu'un moyen visible et direct de répondre à toutes les plaisanteries que sa nomination a déchaînées : c'est de profiter de son fauteuil à l'Académie française pour voter avec l'indépendance qu'il sait garder, nous assure-t-on, au sein de l'Académie des sciences. Si M. Hugo se présente à la vacance prochaine, M. Flourens lui doit sa voix, »

M. Flourens ne devait pas écouter ce conseil, qui l'aurait pourtant sauvé du ridicule. Et de plus, son discours aggrava singulièrement sa situation. A ceux qui lui avaient reproché sa nullité littéraire, il répondit : « L'union des lettres et des sciences, *cette gloire* vers laquelle tendent toutes les littératures modernes, commence, dans notre patrie, avec la langue elle-même. » C'est donc *cette gloire*, plus forte que celle de Victor Hugo, qui avait rendu nécessaire la nomination de M. Flourens. Et M. Flourens, la bouche pleine de Pascal, de Descartes, de Buffon, de Newton, de Laplace, de Fontenelle, de Vicq-d'Azir, de Cuvier et de Fourier, semble avoir pour mission de succéder à tous ces grands hommes. Il dédaigne les formules habituelles de modestie par lesquelles les récipiendaires déplorent leur insuffisance et leur indignité; une allusion aimable et fine à l'insuccès immérité de son concurrent, chose qui serait adroite et de bon goût, lui paraît également au-dessous de lui. En revanche, il sourit au plus cruel ennemi de Hugo et salue « la muse patriotique » de Casimir Delavigne.

Le dernier mot ne fut pas dit par la *Revue des Deux Mondes*. Il y a eut un post-scriptum admirable aux épilogues de la presse. Les *Guêpes* d'Alphonse Karr se ruèrent sur le palais Mazarin et traitèrent fort mal les hôtes de ces lieux. Quelques-unes s'attaquèrent même à Victor Hugo, pour le punir de s'être exposé à un tel outrage : « Qu'allait donc demander M. Victor Hugo à l'Académie? Il reconnaît donc l'Académie ? Il admet donc sa prétendue autorité littéraire, et il pense que la réputation d'un écrivain a besoin de sa sanction? Mais alors il fallait être conséquent : quand un orfèvre se propose de présenter ses ouvrages au contrôle de la Monnaie, il a soin de les mettre au titre qu'elle exige. M. Hugo a-t-il pensé à l'Académie en écrivant ses plus beaux livres ? Pourquoi demander la voix de gens dont il n'a jamais recherché le suffrage ?

» La révolte de M. Hugo ressemblait-elle donc à l'incorruptibilité de tant d'hommes politiques, qui n'a pour but et pour résultat que de les faire acheter plus cher? Je comprendrais le besoin d'une sanction pour un écrivain qui pourrait douter de lui-même et de son succès ; mais aucune formule de la louange n'a manqué à M. Hugo. Elle a trouvé moyen d'aller jusqu'à l'exagération, — quoiqu'il faille monter bien haut pour qu'une louange donnée à M. Hugo soit de l'exagération. — Vous voulez des honneurs ? Bel honneur pour un poète d'être le quarantième d'un corps quelconque, et surtout d'un corps dont vingt membres au moins n'ont aucune valeur ni aucune autorité. Vous ressemblez à un de ces corsaires si redoutés des Anglais dans nos anciennes guerres maritimes, qui aurait demandé un jour à être nommé lieutenant de vaisseau dans la marine royale, — pour son avancement. Vous voulez des honneurs ! vos honneurs ! ô poète ! c'est de faire battre de jeunes et nobles cœurs au bruit de vos beaux vers ; — c'est de faire répandre de douces larmes à cette femme si belle sous les lilas en fleurs, et lui traduire ces pensées confuses qui s'épanouissent dans son âme au milieu du silence et aux premiers rayons du printemps ; c'est de verser un baume salutaire sur les blessures du cœur ; c'est de dire au pauvre tout ce que la nature lui a réservé de richesses gratuites. M. Hugo ! M. Hugo ! est-ce que votre royaume serait de ce monde ? Mon Dieu ! est-ce qu'il n'y a pas de poètes ? Est-ce que tous ceux-là sont des menteurs qui disent en vers et en prose qu'ils aiment mieux les violettes que les améthystes, — les gouttes de rosée que les diamants, le bandeau de cheveux bruns d'une jeune fille que le diadème des rois ? Est-ce qu'ils sont des menteurs ceux qui disent en si beaux vers qu'ils préfèrent la voûte étoilée aux plus riches lambris, qu'ils ne reconnaissent de véritable grandeur que les merveilles de la nature, qu'ils n'admirent aucune pompe royale à l'égal du soleil d'automne qui se couche dans son lit somptueux de nuages rouges et violets ? Est-ce qu'ils n'existent pas, ces hommes que j'ai tant aimés sans les connaître, ces rois de l'intelligence, qui trouvent dans leur cœur et dans leur génie des trésors qui les rendent si supérieurs aux rois de la terre, est-ce que toutes ces belles pensées sont des mots et des phrases qu'ils vendent le plus cher possible, pour acheter, avec le prix qu'ils en retirent, tout ce qu'ils font semblant de mépriser ? »

Ayant ainsi déploré l'étrange maladie de son poète, la « fièvre verte », l'auteur des *Guêpes* enregistre le succès de M. Flourens : « M. Flourens n'est connu dans les lettres que par la nomination de l'Académie. — Les académiciens se défendent contre les reproches qu'on leur adresse, et citent des précédents qui constatent que le secrétaire de l'Académie des Sciences a été très souvent admis par l'Académie française. Oui certes, Messieurs, mais les secrétaires de l'Académie s'appelaient alors, non pas *Flourens*, mais *Fontenelle* ; non pas *Flourens*, mais *d'Alembert* ; non pas *Flourens*, mais *Condorcet* ; non pas *Flourens*, mais *Cuvier* ; non pas *Flourens*, mais *Fourier*. Le secrétaire de l'Académie des Sciences était, dans ce temps-là, non pas un obscur savant, mais un grand écrivain, sans en excepter *Mairan*, auteur plein de finesse et d'élégance. Et d'ailleurs, messieurs des lettres, c'est de votre part une grande humilité, car je ne m'aperçois pas que l'Académie des Sciences ait l'habitude de prendre des membres parmi vous. »

Alphonse Karr termine par quelques détails sur l'élection elle-même. Il commence par dire que M. Flourens « était fort protégé par M. Arago, dont il est à peu près le Trois-Echelles ». Puis il examine quelques votes : « M. Viennet a voté pour M. Hugo, malgré son antipathie contre le romantisme. M. Viennet a agi en honnête homme et en homme d'esprit ; il aurait voulu, a-t-il dit, que l'Académie fît de temps en temps une élection littéraire, ne fût-ce que pour n'en pas perdre l'habitude. » D'après ce qu'on a vu plus haut, le vote de M. Viennet était dû surtout à sa haine de M. Flourens. Il est vrai que s'il avait eu la même haine pour Hugo, ce double sentiment aurait pu se traduire par un bulletin blanc. L'auteur des *Guêpes* continue : « L'avocat Dupin devait être partisan de la médiocrité ; il a voté pour M. Flourens. M. Delavigne, l'écrivain chauffé, logé, nourri et indépendant du château (1), a voté contre M. Hugo. — M. Scribe, l'auteur d'une médiocre

------

(1) M. Casimir Delavigne est bibliothécaire de Fontainebleau ; de plus, sous le nom de son frère, M. Germain Delavigne, il est intendant des Menus-Plaisirs. Aux Menus-Plaisirs, une nichée de quatorze Delavigne, mâles, femelles, petits et grands, sont logés, meublés et chauffés. On craint d'y voir passer la forêt de Villers-Cotterets. » (*Les Guêpes*, décembre 1839.)

comédie, représentée le même jour au Théâtre-Français (1), a voté contre M. Hugo. *Petit conseil à M Scribe* : — Maintenant que M. Scribe est décoré et académicien, qu'il a fait sa fortune, et qu'il refait, pour le Théâtre-Français, les pièces qu'il a faites autrefois pour le Gymnase, il se présente à lui une nouvelle carrière, ce serait de mettre en français tout ce qu'il a écrit jusqu'ici..... Tous les gens qui n'ont pas écrit, tous ceux qui ne devraient pas être de l'Académie, ont voté avec frénésie pour M. *Flourens* ; leur enthousiasme pour ce médecin rappelle la reconnaissance du duc de Roquelaure pour ce seigneur sans lequel il eût été l'homme le plus laid de France. »

Quelques jours après les *Guêpes* paraissait la biographie de Victor Hugo par M. de Loménie. On put lire dans cette brochure les lignes suivantes que j'ai déjà eu l'occasion de citer: « L'auteur de *Notre-Dame de Paris* et des *Feuilles d'Automne*, escorté par M. de Chateaubriand et M. de Lamartine, ses deux frères en poésie, vient de se présenter encore une fois devant l'Académie française, qui lui a obstinément refusé sa porte pour l'ouvrir à un disciple d'Esculape. Et voilà la presse entière qui jette feu et flamme contre l'Académie, comme s'il n'était pas tout naturel que ce respectable corps, exposé aux infirmités de l'âge, ait jugé, dans sa sagesse, qu'un illustre poète de plus était pour lui une acquisition beaucoup moins urgente qu'un médecin. »

---

(1) La *Calomnie.*

Victor Hugo se vengea de l'Académie d'une manière peu banale. Quelques semaines après l'élection de M. Flourens, il publia son admirable recueil : *les Rayons et les Ombres.* « Il y a dans tout ce recueil, dit Mme de Girardin dans sa Chronique de la *Presse* (8 mai 1840), une élévation de pensées, une douceur de sentiment, une supériorité de bienveillance, un calme majestueux qui contrastent superbement avec ces petites passions mauvaises, ces haines mesquines, ces jalousies d'enfants ou plutôt de vieillards gâtés dont l'auteur de ces chants vient d'être l'objet. Ce recueil est une réponse royale aux injustices de l'Académie. »

Que disait donc Alphonse Karr ? Croyait-il donc que la fièvre verte pouvait tarir la grande source de poésie ? Chimère assurément. Ne serait-il pas étrange qu'on pût lire, à cet endroit de notre récit, cette définition de notre héros : *Un poète mort jeune à qui le* CANDIDAT *survit !*

IV

Dans un chapitre des plus curieux de ses *Mémoires,* cette galerie si riche en portraits littéraires, Alexandre Dumas a fait revivre avec éclat une des gloires de son temps, que mes lecteurs connaissent déjà : l'académicien Népomucène Lemercier, à qui l'on dut *Cahin-Caha* et la *Panhypocrisiade,* œuvres terribles, et auteur de ce mot non moins terrible : *Moi vivant, Hugo n'entrera jamais à l'Académie.*

C'était un serment. Nous allons voir ce qu'il en advint.

L'auteur de *Mes Mémoires* dissèque le *Pinto* et *Agamemnon*, « les deux chefs-d'œuvre » de M. Lemercier, et nous montre leur pauvreté anatomique et leur impuissance native. Puis il ajoute : « Mais les autres tragédies, les autres drames, les autres poèmes qui sont tombés, écrasés sous les sifflets, sous les rires, sous les huées, essayez de les lire ! » Suit (l'énumération de ces œuvres, avec le jugement de la postérité.) « Et encore, si, tout meurtri de ces échecs, tout disloqué de ces chutes, M. Lemercier s'était tenu tranquille dans son fauteuil du palais Mazarin, comme font ses collègues, M. Droz, M. Brifaut, M. Lebrun (1), essayant, celui-ci de faire oublier qu'il a écrit un petit volume sur le *Bonheur* ; celui-là, qu'il a commis une tragédie de *Ninus II* ; le troisième, qu'il a raté *le Cid d'Andalousie*, et estropié la *Marie Stuart* de Schiller, — il n'y aurait rien à dire, et on le laisserait dormir aussi tranquillement dans son tombeau que les spectateurs eussent dormi à la représentation de ses œuvres, si les sifflets n'eussent pas été inventés. Mais point ! M. Lemercier criait au sacrilège, au mauvais goût, au scandale, en voyant se produire le mouvement littéraire de 1829 ; M. Lemercier signait des pétitions au roi pour qu'on empêchât la représentation d'*Henri III* et de *Marion de Lorme* ; M. Lemercier se mettait en travers de la porte de l'Académie, quand Lamartine et Hugo vou-

---

(1) L'exemple de MM. Brifaut et Lebrun n'est pas très heureux. (Voir p. 124-127 et p. 213-216).

laient y entrer ; M. Lemercier poussait l'archevêque de Paris contre l'un, inventait M. Flourens pour écarter l'autre ; retrouvait ses jambes pour courir quêter des voix contre eux, sa main droite pour pousser les verrous. Dieu merci ! j'ai peu connu ce méchant petit homme, et n'ai jamais rien eu, pour mon compte, à démêler avec lui, n'ayant jamais rien eu à démêler avec l'Académie (1) ; mais, comme il faut que quelqu'un commence à donner l'exemple des justices rendues, je réclame la priorité.

» Le jour où M. Flourens fut nommé à l'exclusion d'Hugo, je traversais le foyer du Théâtre-Français. On jouait je ne sais quelle pièce nouvelle (2). M. Lemercier continuait là contre l'auteur de *Notre-Dame de Paris*, de *Marion de Lorme* et des *Orientales*, l'opposition qu'il avait silencieusement faite dans la journée à l'Académie. J'écoutai un instant sa diatribe. Puis, secouant la tête : « Mon-« sieur Lemercier, lui dis-je, vous avez re-« fusé votre voix à Victor Hugo ; mais il y « a une chose que vous serez obligé de lui « donner un jour ou l'autre, c'est votre place. « Prenez garde qu'en échange du mal que « vous dites ici de lui, il ne soit obligé de dire « du bien de vous à l'Académie. »

C'était une prophétie. On saura bientôt si elle devait se réaliser.

―――――――

(1) Dumas exagère. Il brigua plusieurs fauteuils académiques. (Voir à ce sujet l'étude de M. Charles Glinel : *Alexandre Dumas et l'Académie*, dans la revue *le Livre*, 1886, p. 210-216.)

(2) La *Calomnie*, de M. Scribe.

Disons tout de suite qu'elle porta malheur à M. Lemercier. Car il mourut trois mois après. On voit qu'il avait accompli sa personnelle prédiction, tenu son serment, et qu'il fît tout le possible pour ne pas infliger de démenti à l'auteur d'*Henri III*.

Victor Hugo, de son côté... n'en fit pas autant. Au grand désespoir du prophète, il ne se présenta point. On put croire un instant que les cabales de l'Académie l'avaient découragé, ou que la morale d'Alphonse Karr l'avait converti. Ce dernier, en apprenant la mort de M. Lemercier, avait posé cette question : « Voici à l'Académie un fauteuil vacant : voyons comment on fera pour ne pas le donner à M. Hugo, membre de la légion d'honneur? » Mais le légionnaire ne paraissait pas curieux de voir cela... Et, lassé de ces *ombres,* il s'en alla rêver à de nouveaux *rayons*, à de futurs poèmes. Son collaborateur le Printemps s'était déjà installé aux Roches ; il y courut avec son œuvre,

Pour l'achever aux champs, avec l'odeur des plaines
Et l'ombre du nuage et le bruit des fontaines.

Quoi qu'en eût dit l'auteur des *Guêpes*, il était donc bien toujours l'amoureux de la nature, le poète épris de soleil et de liberté, celui que préoccupe la voix du rossignol, bien plus que celle de M. Viennet...

Mais les grands hommes ont leur destinée, comme dit le poète latin. Et il paraît qu'on ne se dérobe point à sa destinée. Or il entrait dans celle de Victor Hugo, pour les fins que j'ai dites, d'être candidat à l'Académie, de forcer les Quarante à le reconnaître, à le subir, à l'accueillir. Bientôt donc, renonçant aux « molles chansons » et au « loisir serein », il revint à l'assaut du palais Mazarin…!

L'émotion fut grande en ce haut lieu. On avait espéré un instant que l'ennemi, fatigué des lenteurs d'un siège sans fin, ne reviendrait pas à la charge. Et M. Delavigne avait tressailli d'aise, et l'excellent Baour avait eu de petits jappements de satisfaction. Mais, brusquement, l'alarme avait été donnée. Silence au camp! Fini de rire! *Hannibal ad portas !*

Hélas! que faire en de si graves conjonctures? Ah ! c'est alors que l'on comprit quelle perte c'était que la perte de M. Lemercier. Celui-ci valait toute une armée. Il ne s'était point vanté, en affirmant que, tant qu'il vivrait, lui Népomucène, l'ennemi n'entrerait jamais dans la place. Mais son trépas irréparable, comme dit quelque part M. Duval, faisait comme une brèche aux murs de la cité…

Que faire? Que tenter ? Qu'essayer ? Qu'entreprendre ?

Ce vers cornélien de l'auteur d'*Arbogaste* (ce transfuge !) retentit douloureusement sous la Coupole. Que faire, en effet?…

On reconnut bien vite qu'avant tout il fallait songer à gagner du temps. Et l'on s'empressa de reculer la date fatale… — « A l'Académie, disent *les Guêpes* du 30 mai, les Hugophobes ont fait ajourner l'élection au mois de novembre prochain, pour avoir le temps de trouver jusque-là quelque génie qui aurait par hasard échappé jusqu'ici à l'attention. — S'ils ne trouvent rien dans la littérature, ils sont décidés à se rabattre sur M. Pariset, médecin de la Salpêtrière. »

M. Pariset ne voulut plus se prêter à la combinaison, et le mois de novembre arriva sans qu'on eût trouvé un auxiliaire. Cette fois, tout semblait perdu ! On tenta un dernier effort... on remit l'élection à l'année suivante. Il ne serait toujours pas dit que la même année avait vu partir Népomucène et apparaître Victor Hugo. C'eût été vraiment trop de deuils à la fois.

Ce retard acheva d'irriter les jeunes partisans du Maître. C'était là une troupe fort bruyante et mal disciplinée. Hugo, qui savait son La Fontaine, redoutait quelque peu ces maladroits amis. Il avait empêché à grand'peine la protestation collective dont j'ai parlé, contre les rigueurs de l'Académie. Mais il ne pouvait s'opposer aux diatribes et aux épigrammes dont ses farouches admirateurs abreuvaient ces messieurs du Quai de Conti. Leurs attaques donnaient à la candidature de Hugo l'air d'une invasion. La *Revue des Deux Mondes* en faisait la remarque. « Mais, ajoutait-elle avec bienveillance, quelque fâcheux que soient de pareils auxiliaires, est-il juste d'imputer à la volonté du chef les torts commis par sa troupe ? Est-il équitable de rendre un grand poète responsable du bruit qui se fait autour de son nom ? » Sans blâmer ouvertement l'Académie, dont l'injustice implacable a causé tout le mal, la Revue enregistre les... maladresses des immortels. «Tout en reconnaissant la légitimité des titres des élus|», elle parle des observations qu'elle aurait pu présenter, « non contre la bonté des choix, mais sur leur opportunité ». Du reste, elle est persuadée que les prochaines élections satisferont pleinement le public, pour qui l'Académie est malgré tout une association littéraire. « Personne, assurément, n'a le droit ni la prétention de tracer une ligne de conduite à l'illustre compagnie; mais il est bien permis de ne pas oublier qu'elle est fondée pour la gloire et l'encouragement des lettres. L'érudition, les sciences exactes et philosophiques sont encouragées et représentées par d'autres classes de l'Institut. A l'Académie française seule il appartient d'encourager et de rémunérer les œuvres qui relèvent de la plus belle et de la plus rare de nos facultés, de l'imagination. » A force d' « agrandir la question » et d' « élargir le point de vue », l'organe de M. Buloz arrive à se demander tout simplement ceci : « Qu'est-ce que l'Académie française et quelle est sa destination ? »

Je me suis moi-même si souvent posé cette question que je ne puis résister à l'envie de noter avec soin les réponses de la Revue. Charles Magnin, l'auteur de l'article, nous apprend que les anciens statuts de l'Académie lui imposaient une tâche collective, non seulement l'élaboration du fameux dictionnaire, « mais une grammaire, mais une rhétorique et des traductions ». L'abbé de Saint-Pierre, Fénelon, puis Voltaire et Chamfort furent partisans de ce programme. « Cette opinion fut en partie réalisée après la suppression de l'Académie française dans l'organisation de la seconde classe de l'Institut. D'autres membres,

et il est évident par le résultat qu'ils étaient
en majorité, ont été d'un avis contraire ; mais
ils ont eu le tort grave, suivant moi, de ne
pas oser exposer nettement leur opinion et de
laisser ainsi leurs détracteurs la répandre et
la défigurer à leur manière. On a répété, sur
tous les tons, que *l'Académie française était
un corps institué pour ne rien faire.* »
Magnin déclare que c'est là précisément
son avis sur la question. *That is my mind.*
Et cela « sans la moindre ironie ni la plus
légère idée de blâme ». Il remarque judicieu-
sement que si l'Académie, « au lieu d'être
une sorte d'Olympe, n'était qu'un atelier
grammatical », elle n'aurait que faire des
hommes d'imagination ; il ne lui faudrait que
des grammairiens, des écrivains didactiques
et des érudits de profession. « Comment, je
vous prie, faire travailler à une œuvre
commune MM. Soumet, Lebrun, Casimir
Delavigne, Lamartine, Chateaubriand, Victor
Hugo ?... Pardon, je mêle par habitude des
noms qui sont partout ailleurs voisins et
frères... Comment, dis-je, imposer un travail
collectif à ce qu'il y a de plus individuel au
monde, à la pensée et à la fantaisie des
poètes ? Autant vaudrait demander un tableau
collectif à la section de peinture ou un
oratorio à frais communs à la section de musique de l'Académie des beaux-arts ! » On ne
saurait mieux dire. Mais on a beau avoir été
institué pour ne rien faire, il importe d'avoir
une raison d'être. La raison d'être de l'Académie française comme de l'Académie des
beaux-arts, c'est tout simplement ceci : « ces
deux Académies sont le but et la noble ré-

compense des grands artistes. » Sans doute
une définition académique de ce qualificatif
« grands artistes » nous ferait comprendre
pourquoi Victor Hugo ne peut être admis
parmi les Quarante. Mais Charles Magnin
escamote la définition et nous mène au bout
de sa théorie. « Ces deux compagnies ont pour
mission secondaire de conserver le dépôt des
traditions et de maintenir le respect des
saines doctrines, soit par l'organe de leur
secrétaire perpétuel, soit par les nominations
qu'elles ont le droit de faire, *nominations qui
ont, en effet, une haute portée et une utile
signification.* Je le répète, ces deux académies sont un Elysée ouvert aux poètes et
aux artistes, ou, si l'on aime mieux, ce sont
deux sénats conservateurs. » Or, l'amour de
la conservation expose à un grave danger.
Celui de se vouer à une invincible immobi-
lité. Et Charles Magnin demande si, « *au lieu
de montrer la route comme guides* », les
immortels « *doivent se poser comme obs-
tacle* ». Il demande ensuite « ce que
deviendrait l'Académie française, si elle se
trouvait un jour tellement en dehors du
mouvement des esprits, qu'elle ne comptât
dans ses rangs presque aucun des hommes
dont la littérature contemporaine s'honore le
plus ». « Non pas que cela soit, tant s'en faut »,
ajoute le malicieux chroniqueur ; mais « il
importe que cela ne puisse jamais être ».

Malgré le parti pris de la Revue de ne point
déplaire aux immortels, elle ne peut s'empêcher de faire une bien triste constatation.
L'excellent Magnin, du reste, en adoucit de
son mieux les rigueurs. Le passage est typi-

que : « En s'obstinant à faire des choix qui, tout
en étant fort honorables, ne seraient pas
moins exclusifs des noms purement et véritablement littéraires, l'Académie donnerait à
penser qu'elle ne reconnaît aucun homme
d'imagination, aucun poète, aucun historien,
aucun critique, digne en ce moment de prendre place au milieu d'elle. Une telle déclaration serait bien grave. » Et Magnin parle d'un
grand homme qui vient de mourir, — et qui
ne fut pas de l'Académie. Il s'appelait M. Daunou. Puis il parle de deux vivants qui pourraient bien finir de même : Lamennais et
Béranger. Il est vrai, déclare-t-il, qu'ils ne se
sont pas présentés... Le sous-entendu se devine : c'est en quoi ils furent prudents. « Mais
à côté de ces deux noms, n'y en a-t-il pas
beaucoup d'autres ? Je ne parlerai pas de
celui que toutes les voix désignent. Il ne reste
rien à dire de M. Victor Hugo. D'ailleurs, je
défends ici la cause des lettres, non celle de
tel ou tel littérateur. Comment ! l'Académie
française croirait devoir aller chercher ses
membres parmi les hauts dignitaires de l'E-
glise ou de la diplomatie, quand, pour réparer ses pertes, elle a, parmi ses frères en littérature et en poésie, des hommes tels que
M. Victor Hugo, M. Ballanche, M. Sainte-
Beuve, M. Alfred de Vigny, M. Augustin
Thierry, M. Mérimée, M. Alfred de Musset,
M. Alexandre Dumas, M. Jules Janin, M. Patin, M. Bazin, M. Ampère, M. Quinet, M. Ph.
Chasles.....» *Etc.* Suit l'éloge de ces écrivains,
— la plupart collaborateurs de la Revue. Et
Charles Magnin tremble qu'il n'y ait bientôt,
« si l'on n'y prend garde, possibilité d'imagi-

ner une académie hors de l'Académie ». Cette idée, on le sait, devait séduire Arsène Houssaye, en attendant qu'elle s'emparât des Goncourt.

Quelques semaines avant l'élection, Casimir Delavigne publia des vers sur le *Retour des cendres de l'Empereur*. Ces vers, vraiment pleins des meilleures intentions, sont peut-être — car il est des degrés dans le médiocre — les plus mauvais qu'ait écrits l'auteur des *Messéniennes*. Un mois plus tard paraissait *Le Retour de l'Empereur*, une des plus belles odes de Victor Hugo. Mille parallèles édifiants parurent alors dans les gazettes. J'emprunte celui-ci au *Musée des familles*, tout dévoué à Casimir, son collaborateur : « Deux pièces de vers de deux poètes célèbrent le grand événement de la translation du cercueil impérial. M. Casimir Delavigne, disons-le bien bas, n'a point réussi ; il était dans un mauvais jour d'inspiration ; sa pensée, faible et sans élévation, s'exprime en vers pâles ; il n'y a rien là ni de la verve des *Messéniennes* ni de l'élégance de quelques charmantes élégies dont le *Musée des familles* a été le premier confident. Il faut savoir avouer de bonne grâce le tort même de ses amis, et ce qu'on vient de lire prouve à quelle extrême conscience le *Mercure* porte ses scrupules littéraires. On retrouve dans le poème de M. Victor Hugo sa vigueur et son éclat habituel. Il y a cette précision de pensée, cette ciselure de forme nette, vive, brillante qui caractérise les moindres choses qui portent la signature du poète. Chaque jour son talent grandit et s'épure sans rien perdre de sa force athlétique ; seulement les traces de rudesse qu'on lui reprochait s'adoucissent et s'effacent ; l'homme disparait peu à peu pour ne laisser voir que le *divus*. Il y a transfiguration. » Mais Casimir n'était point un collaborateur des *Guêpes*, et le parallèle d'Alphonse Karr, toujours en quête d'épigrammes, fut moins modéré que celui de l'organe des familles.

« .....Je ne parlerai pas de tous les vers auxquels cette fête impériale a servi de prétexte. Il y a de belles strophes et de belles pensées dans ceux que M. Hugo a bien voulu me donner. Ceux de M. Casimir Delavigne ont été reconnus les plus mauvais de tous ; et en lisant la strophe qui se termine ainsi :

» *La France reconnut sa face respectée,*
    » *Même par le ver du tombeau,*

on a regretté généralement que les vers de M. Delavigne n'aient pas pris exemple sur ce ver mieux appris. »

Cependant l'Académie, déjà veuve de M. Népomucène Lemercier, avait de nouveau perdu un des siens. Hélas ! un des plus nobles représentants de l'esprit classique de la maison : M. le marquis de Pastoret. Victor Hugo doit à cet immortel d'avoir eu les honneurs du Panthéon. Car ce marquis extraordinaire, traducteur de Tibulle et auteur d'une *Histoire de la législation*, sorte d'abbé Delille doublé d'une façon de Montesquieu, n'est autre que ce procureur général, de pieuse mémoire, qui, en 1791, demanda et obtint la désaffectation de Sainte-Geneviève. La devise : *Aux grands hommes la patrie reconnaissante*, est de sa rédaction.

M. Guizot et M. Thiers, continuant leurs petites rivalités, avaient chacun leurs candidats aux deux fauteuils vacants. Victor Hugo partageait avec M. le Comte de Sainte-Aulaire l'honneur d'être protégé par M. Guizot. Son collègue M. Thiers avait élu M. Berryer et l'éternel M. Bonjour. L'approche de l'élection troubla ce dernier, qui retira piteusement sa candidature. Mais un autre candidat venait de surgir : M. Ancelot, soutenu, prôné, protégé par les ennemis de Victor Hugo, ceux que la presse appelait « *le parti Joconde* », ou encore le parti de MM. Etienne et Compagnie. Car la presse ne tarissait plus en nouvelles, ni en conjectures, sur la prochaine élection. Certains journaux, trouvant que le nombre des candidats n'était pas encore suffisant, crurent devoir en inventer d'autres. Ceux-ci ne protestèrent point, vu l'excellence de la réclame. Et puis, que savait-on ! Au milieu de tous ces conflits, l'imprévu pouvait les servir. Règle générale, les immortels, on l'a dit souvent, ne votent pas pour quelqu'un, mais contre quelqu'un. L'essentiel est donc de ne pas être quelqu'un. N'être rien, c'est être *académisable*. Tel était le cas de MM. Affre, Azaïs, Guyon, d'Anglemont et Sebastiani. Ce dernier, au dire d'Alphonse Karr, voulait être de l'Académie, parce que le maréchal de Richelieu en avait fait partie. Cette ambition était naturelle. Dis-moi qui tu imites, et je te dirai qui tu es.

La double élection était fixée au 7 janvier. Huit jours auparavant eut lieu la réception de M. le Comte Molé. Le bruit qui se faisait depuis si longtemps autour de l'Académie profita fort à la solennité. Le Tout-Paris élégant, comme disent les chroniques mondaines, alla écouter les deux politiciens, M. Dupin et M. Molé, discourir sur le défunt archevêque de Paris. « Cette séance, écrivait le lendemain Alphonse Karr, avait ceci de remarquable que M. Dupin, qui n'est nullement un homme littéraire, répondait à M. Molé, qui ne l'est pas davantage, et qui faisait l'éloge de M. de Quélen, qui l'était moins que les deux autres. » Mais la séance avait eu certaine particularité bien autrement curieuse : à savoir l'*éreintement* discret et ingénieux du récipiendaire. Ce n'était pas une innovation dans les mœurs académiques, et depuis on a fort abusé de ce mode cruel d'intronisation ; mais le discours de Maître Dupin, avocat familier avec toutes les ressources d'une certaine éloquence, est peut-être bien encore le modèle du genre. « M. Molé, lit-on dans *les Guêpes*, a prononcé un discours très pâle, auquel Me Dupin a répondu par un discours très grossier, qui a fait dire au prince de C... : — Il a mis ses souliers ferrés dans sa bouche. » *Très grossier* est une exagération. Aujourd'hui, nous dirions plutôt... : très « rosse » ! « Il est d'usage de faire une sorte de répétition avant la séance publique, et de soumettre les deux discours à une sorte de censure. Me Dupin avait dissimulé les grosses choses du sien en le lisant très bas et sur le ton monotone dont il lirait une purge d'hypothèque. A la séance, l'avocat a reparu, et il a fait ressortir les énormités dissimulées. M. Royer-Collard a grommelé tout le temps qu'a duré le discours, et il a dit à la fin : — *Mais c'est un carnage !* Sur la fin,

Me Dupin a cru de bon goût, devant l'ambassadeur d'Angleterre, de parler de l'expulsion des Anglais du territoire français par Char-'es VII. Il y a eu trois salves d'applaudissement comme à Franconi. Il y avait là une foule de Françaises fort disposées à jouer les Agnès Sorel, — sous prétexte de Jeanne d'Arc. »

Un autre passage du discours de Me Dupin méritait une mention. C'est celui où cet avocat, « qui n'était nullement un homme littéraire », proteste néanmoins, au nom de l'Académie, contre la réputation d'antilittéraire qu'on a faite à l'institution. « Cessons de laisser croire que le *genre académique* n'est qu'un genre frivole, qui n'admet que des phrases compassées sur des sujets neutres et des lieux communs insignifiants ! »

Mettre les pieds dans le plat, n'est-ce point la ressource de l'orateur qui a mis ses souliers ferrés dans sa bouche ?

Mais nous voici à la veille de la double élection. L'éloquence de Me Dupin est bien vite oubliée. Victor Hugo serait-il enfin élu ? Telle est la grande question qui passionne, qui angoisse Paris et la province. L'étranger lui-même s'y intéresse. Jamais l'Académie n'avait à ce point occupé le monde, les deux mondes, comme la revue de M. Buloz — sans compter « l'autre monde », où se lamentait le père de *Cahin-Caha*. Car M. Népomucène Lemercier n'était sans doute pas le moins attentif...

L'œil était dans la tombe et regardait Cahin !

***

Victor Hugo avait trente-neuf ans moins deux mois. Il frappait depuis cinq ans à la porte de l'Académie. Il était donc ce que les immortels appellent un vieux candidat. — Mais sa gloire était beaucoup plus vieille... ·

Le 7 janvier arriva. Qu'allait-il se passer ? Le résultat était douteux. Les Quarante n'étaient que trente-deux. Il faudrait donc 17 voix pour être élu. Les candidats qui en avaient le plus ne comptaient que sur 14. Il fallait s'attendre à d'innombrables tours de scrutin, et l'on devait craindre un résultat négatif. Mais tous ces dangers furent bientôt écartés, grâce à un accord qui simplifia l'opération. En somme, la question, au dire de chacun, se bornait à ceci : nommer ou ne pas nommer Victor Hugo. Tous ceux qui n'étaient pas ses adversaires déclarés résolurent de voter pour lui. Les autres, je l'ai dit, avaient leur candidat : M. Ancelot. M.Ancelot n'était point le premier venu. C'était un dramaturge fécond et un personnage considérable. Sa muse était la cousine germaine de celle de M. Scribe, et, si ce dernier est vraiment le grand-père de M. Sardou, M. Ancelot est certainement son grand-oncle. Il eut, comme son petit-neveu, toutes les gloires et toutes les fortunes. Fonctionnaire, puis poète tragique, puis poète comique, puis vaudevilliste, puis librettiste, puis romancier, puis poète épique, puis poète lyrique, il recueillit, durant plus de quarante ans, tous les bouts de cigare de MM. Scribe et Delavigne. Il fut même pour eux maintes fois un rival redoutable. Tel de ses vaudevilles empêcha de dormir l'auteur de *Mon étoile*, et telle de ses tragédies entrava le triomphe des *Vêpres siciliennes*... Mais tous ces crimes lui furent pardonnés, en considération d'une haine commune pour *Lucrèce Borgia* et *Marie Tudor*. On ne put qu'admirer le noble et digne accueil, le touchant parrainage offert à ce confrère glorieux par des rivaux sans rancune et sans jalousie...Ces messieurs ne tarissaient pas sur les mérites de leur candidat.Il était chevalier de la légion d'honneur ; il avait composé plus de soixante pièces ; il avait été choyé, patronné, pensionné par Louis XVIII; il avait triomphé sur toutes les scènes de Paris ; enfin, privé de ses pensions et destitué par la révolution de juillet, il avait eu ce mot stoïque : « Jusqu'ici j'ai travaillé *pro famâ* ; je vais maintenant travailler *pro fame*. »— Il était bien difficile de ne pas élire un tel homme. Il ne manquait à son immortalité que la juste sanction de l'Académie. Jamais candidat fut-il plus digne de cette consécration ?

La séance ouverte, on compta les membres présents ; puis M. Villemain, secrétaire perpétuel, d'une voix grave et solennelle, ordonna de faire circuler l'urne parmi les votants. Le candidat Hugo n'avait pas de chance, M. Guizot, son protecteur, retenu à la Chambre, allait sans doute arriver trop tard ! Etait-ce une manœuvre de la dernière heure,une machination du « parti Joconde»? Le vote, hélas ! fut terminé en quelques instants, sans que M. Guizot apparût avec son suffrage...

Néanmoins, la justice avait enfin triomphé sous la Coupole. L'auteur de la préface de *Cromwell* l'emportait par deux bulletins sur M. Ancelot ; il avait atteint la majorité !

Victor Hugo nous a laissé la liste des académiciens qui votèrent pour lui et de ceux qui votèrent contre lui ; c'est une des pages encore inédites de *Choses vues*. Elle fut écrite sous la dictée du Maître, par Mme Victor Hugo, qui sans doute la destinait également à son ouvrage resté inachevé...

Voici ce précieux document :

« *Election académique du 7 janvier 1841.*

» Pour VICTOR HUGO :	Pour M. ANCELOT :
» CHATEAUBRIAND,	CASIMIR DELAVIGNE,
LAMARTINE,	SCRIBE,
ROYER-COLLARD,	DUPATY,
VILLEMAIN,	ROGER,
CH. NODIER,	JOUY
PH. DE SÉGUR,	JAY,
LACRETELLE,	BRIFAUT,
PONGERVILLE,	CAMPENON,
SOUMET,	FÉLETZ,
MIGNET,	DROZ,
COUSIN,	ETIENNE,
LEBRUN,	TISSOT,
DUPIN,	LACUÉE DE CESSAC,
THIERS,	FLOURENS,
VIENNET,	BAOUR-LORMIAN.
SALVANDY,	
MOLÉ.	

» M. Guizot arriva après la clôture du scrutin. Il avait été retenu à la Chambre des députés où s'agitait une question de vote et accourut aussitôt pour donner sa voix à Victor Hugo. Il était trop tard. »

Au lendemain de l'élection, le spirituel « Vicomte de Launay » (lisez : Mme de Girardin) remplissait avec la grande nouvelle quatre colonnes de la *Presse*. On retrouve là l'écho le plus fidèle de l'événement et de tout le bruit qui l'accompagna. Voici les passages les plus curieux de cette chronique :

Enfin !... Victor Hugo est de l'Académie française ! C'est heureux pour elle et pour lui ; c'est heureux pour elle, car il est bon que toutes les gloires du pays lui appartiennent et que les grands travailleurs viennent ranimer son esprit enclin au sommeil ; c'est heureux pour lui, car le titre seul d'académicien suffit pour faire tomber le ridicule préjugé qui voile encore son nom.

Chose étrange ! Victor Hugo a pour admirateurs le peuple, les femmes et les hautes célébrités littéraires de France, c'est-à-dire la partie rêveuse et passionnée de la nation. Il a pour détracteurs le roi, les journalistes voltairiens et la classe bourgeoise, c'est-à-dire la partie *affairée* de la nation, les gens occupés qui n'ont pas le temps de s'exalter par de poétiques lectures et qui ne connaissent les ouvrages de nos auteurs modernes que par des fragments dénaturés. Bref, Victor Hugo a pour détracteurs tous les gens qui ne l'ont pas lu. Nous ne parlons pas de ses ennemis et de ses rivaux ; ceux-là plus que personne l'admirent ; la preuve, c'est qu'ils le haïssent : on ne hait pas pour rien.

Mais ce qu'il y a de charmant, et ce qui pour notre part nous amuse fort, c'est que ceux qui ne l'ont pas lu ont la rage de le citer à tout propos, non seulement en vers, mais en prose. Quelqu'un nous disait l'autre jour : « Si j'étais de l'Académie, moi, jamais je ne donnerais ma voix à un homme qui a dit : *Enfoncé Racine!*

— Alors vous pourriez nommer Victor Hugo, car il n'a jamais dit cela.

— Il l'a vraiment bien dit.

— C'est impossible, pour deux raisons ; d'abord parce que c'est une sottise, ensuite parce que M. Victor Hugo est un homme de trop bonne compagnie pour se servir d'un mot si commun. Si c'est pour ce mot que vous lui en voulez, tâchez de trouver une autre raison.

— Ah ! je sais que vous l'aimez et que vous êtes empressé de le défendre ; mais soyez de bonne foi, vous qui avez tant de goût (on nous flatte pour nous arracher une critique), est-ce que vous pouvez admirer, par exemple, des vers comme ceux-là :

> *Sur le clocher jauni*
> *La lune apparaissait comme un point sur un i!*

— Mais certainement, je les admire , je trouve que c'est une moquerie très spirituelle, et qu'Alfred de Musset...

— Qui vous parle d'Alfred de Musset ?

— Vous, qui me citez des vers de lui.

— Ah ! le point sur l'i est de M. de Musset ?

— Sans doute. Si vous n'avez encore que cela à reprocher à Victor Hugo, tâchez de trouver autre chose.

— Je ne suis pas embarrassé, et rien que ces vers sur *la Liberté qui boit du vin bleu* suffiraient pour me donner des armes contre vous.

— Ne vous fiez pas non plus à ces armes-là. Ces vers :

> *La liberté n'est pas une comtesse*
> *Du noble faubourg Saint-Germain, etc., etc.,*

ces vers sont fort beaux et ils ont fait la réputation d'Auguste Barbier.

— Quoi ! ils ne sont pas de Victor Hugo ! mais alors qu'est-ce qu'il a donc fait de si admirable ?

— Il a fait *les Orientales*, *les Feuilles d'automne*, *les Chants du Crépuscule*, *les Voix intérieures*, *les Rayons et les Ombres*, *le Dernier Jour d'un Condamné*, *Notre-Dame de Paris*...

— Qu'est-ce que c'est que tout ça ?

— Ce sont des chefs-d'œuvre de composition et de style, de beaux livres que vous critiquez, mais que vous n'avez pas lus.

— Est-ce qu'on a le temps de s'amuser dans notre état ? Quand on fait des chiffres toute la journée, vous comprenez bien qu'on n'a pas le loisir de lire des vers.

— Je comprends cela très bien ; mais vous comprendrez à votre tour qu'on n'a pas le droit de juger des vers quand on n'a jamais fait que des chiffres (1), et qu'il n'est pas prudent de critiquer un auteur quand on n'a pas lu ses ouvrages et qu'on ne trouve à lui reprocher que

---

(1) Ceci rappelle une anecdote de la jeunesse de Flaubert, notée dans des *Souvenirs* sur le grand écrivain parus récemment.

« ..... A cette époque-là, Flaubert menait une vie moins retirée. Il fréquentait chez quelques amis, chez Mme Adam, chez la princesse Mathilde. Mais il ne devenait point un mondain, gardait sa belle franchise qui s'épanouissait en boutades amusantes, comme certain soir, pendant un grand dîner où un de ces snobs qui se croient des intellectuels parce que, le soir, ils récitent des articles lus le matin, se mit à causer de littérature. L'écrivain écouta quelques minutes avec patience, puis, comme l'autre continuait à émettre des opinions banales, Flaubert s'écria brutalement : « Monsieur, quand un « bottier me parle de bottines, je l'écoute ; quand

des vers qu'il n'a point faits. Il serait moins dangereux de l'admirer (1). »

Jamais jusqu'à ce jour séance académique
n'avait été plus remplie d'émotions, n'avait offert
plus d'intérêt. Ce qui était digne de remarque,
c'était cette union sincère qui, pour une heure
seulement, confondait toutes nos illustrations
politiques si malheureusement ennemies dans
un seul et même parti, le parti de l'intelligence;
cela faisait dire à quelqu'un : « L'esprit de parti
est remplacé par le parti de l'esprit. »

M. de Chateaubriand s'entendait avec M. Viennet ! M. Molé s'entendait avec M. Thiers
et avec M. Guizot ! M. Cousin s'entendait avec
M. de Salvandy et avec M. Villemain ! Le 15
avril, le 12 mai, le 1er mars et le 29 octobre cons-
piraient ensemble ! Les vieux et les jeunes historiens luttaient de zèle. M. Mignet envoyait
prévenir M. Guizot qui était en retard. M. de
Lacretelle avait dans la cour de l'Institut un
cabriolet et un fils attelé piétinant dans la neige,
impatients d'aller porter place Royale l'heureuse
nouvelle.

M. Thiers, que les projets les plus hardis n'ef-
frayent jamais, avait conçu l'audacieuse pensée
d'entraîner dans le camp Hugo M. Tissot ; mais
M. Tissot avait deux gardiens farouches, M. Jay,
M. de Jouy, et toute l'éloquence de M. Thiers,
cette fois, a été inutile. Il est revenu près de ses

« un épicier cause épicerie, il peut m'intéresser,
« mais quand un bourgeois parle de littérature,
« je m'en vais. »

*Flaubert (Souvenirs inédits d'enfance et de
jeunesse)*, par Mme Renée d'Ulmès. — Voyez :
La Revue (ancienne *Revue des Revues*), n° du
15 juillet 1901, p. 178.

(1) Ce dialogue est à rapprocher d'une scène
de Th. Gautier dont j'ai déjà eu l'occasion de
citer un passage. (Voir p. 171.)

alliés en leur disant en riant : « Je reviens plein de confusion, et je dirai presque de *contusions*, car ils sont très animés là-bas. »

Rien de plus aimable que l'empressement de M. Thiers, de M. Lebrun, de M. de Ségur et de M. Viennet, entre autres. M. Viennet a eu à subir les attaques et les séductions les plus dangereuses ; des lettres de femmes... Oui, M. Viennet a résisté à des lettres de femmes ; mais les billets parfumés ne l'ont pas enivré : épigrammes, flatteries, menaces, prières, rien ne l'a ébranlé ; il avait donné sa parole. Si nous ne vous parlons pas du zèle affectueux de MM. de Chateaubriand, Lamartine, Soumet et Nodier, c'est qu'il est tout naturel que dans cette occasion ils se soient conduits en frères.

On attribue à M. Dupin un mot dont nous ne garantissons pas l'exactitude, bien qu'il lui ressemble assez. Le jour où M. Hugo serait allé lui rendre visite, M. Dupin aurait dit : « Il y a deux Académies, une petite et une grande. Vous avez pour vous toute la grande. Quant à moi, je ne dis jamais mon vote. — Prenez garde, vous venez de me le dire », aurait répondu M. Hugo.

Cette nomination a été un événement pour toute la société de Paris ; chacun s'abordait en se demandant : « Eh bien ! Hugo est-il nommé ?» Car il est vrai de dire que M. Hugo n'avait d'opposants que dans l'Académie.....

On nous envoie ce quatrain anonyme :

Pleins de gloire en dépit de cent rivaux perfides,
Tous deux en même temps ils ont atteint le but.
Lorsque Napoléon demeure aux Invalides,
Victor Hugo peut bien entrer à l'Institut (1).

----

(1) Suivant M. Barbou, Victor Hugo aurait aussi reçu ce quatrain, sous pli cacheté, le jour de son élection. (Voir la *Vie de Victor Hugo*, p. 189).

Nous n'avons pu deviner le nom de l'auteur, ni reconnaître son écriture (1).

Point n'est besoin d'expliquer pourquoi les Parisiens de 1841 appelaient volontiers l'Académie l'*hôtel des Invalides de la littérature*. Cette image piquante se pouvait aisément justifier. Toutefois, l'exemple de Victor Hugo nous paraîtrait aujourd'hui mal choisi. Au moment de son élection, je l'ai dit, Victor Hugo a trente-neuf ans moins deux mois, et, en vérité, son jeune front, « où tant de passions et d'œuvres germeront », n'a que faire du bonnet de nuit de M. Droz et de messire Dupaty.

Le document que j'ai cité plus haut, la liste dictée par Victor Hugo lui-même, confirme les renseignements de Mme de Girardin sur quelques votes et, notamment, celui de

______

(1) Après la publication de cet article, Mme de Girardin reçut de Victor Hugo une lettre de remerciement. La voici :

« 7 mars 1841.

» Comment vous remercier, Madame, de votre ravissant feuilleton ? Où prenez-vous toute cette grâce, toute cette force, tout ce charme, toute cette moquerie ? cette amitié qui est de la puissance, cette colère qui est de l'éloquence, cette prose qui est de la poésie ? Vous trouvez tout cela dans votre cœur, où il n'y a pas seulement le génie d'un poëte, où il y a l'âme d'une femme. C'est ce qui vous fait exquise ; c'est ce qui fait que la beauté de votre visage reflète la noblesse de votre esprit ; c'est ce qui fait qu'on vous aime et qu'on vous admire.

» Je baise respectueusement vos mains charmantes qui écrivent de si belles choses et vos pieds courageux qui en foulent tant de laides. »

M. Viennet. Au lendemain de la mort de celui-ci, en 1868, l'*Indépendance belge* — qui avait pour collaborateurs parisiens Edouard Lockroy, Henri de Pène, Louis Ulbach, Paul Foucher, etc., — publiait — sous la signature de Jean de Paris (pseudonyme de Jules Lecomte) — une *Correspondance* consacrée en grande partie à l'illustre défunt. J'en détache l'anecdote suivante, qui peut être véridique, bien que certains détails du récit témoignent d'une connaissance très superficielle du passé académique de Victor Hugo :

« Ce fut M. Viennet, le classique endurci, qui fit entrer Victor Hugo à l'Académie !

» Hugo se présentait pour la seconde fois.

» Il avait compté qu'il aurait juste la moitié des voix, ce qui rendait le vote nul. Il en parla à un ami et lui dit en riant : — Il n'y aurait que la voix de Viennet qui pût enlever mon élection. — Pourquoi pas ? fait l'ami.

» C'était une sorte de gageure paradoxale. Le lendemain même, l'ami rencontre à l'orchestre des Français Viennet, qui était venu boire de la tragédie à longs flots. On amène la conversation sur l'élection prochaine.

»— Vous savez qu'il ne faudrait que votre voix pour faire passer Victor Hugo, mais que, connaissant vos sentiments, il n'oserait même pas vous la demander.

» — Pourquoi cela ? Mieux vaut encore un romantique qu'un grand seigneur étranger aux lettres. Qu'il vienne, *je lui lâcherai de terribles bordées* (1), puis nous verrons...

____

(1) M. Viennet avait été lieutenant dans l artillerie de marine.

» L'entrevue eut lieu sur le ton de la plus courtoise et de la plus ̇ spirituelle hostilité. Quinze jours après, Victor Hugo était nommé à une voix de majorité. La voix de Viennet ! »

Le correspondant de l'*Indépendance* réduit ainsi de moitié les candidatures de Victor Hugo. « Hugo se présentait pour la seconde fois », dit-il. La seconde fois... ne fut pas la bonne, on s'en souvient. Néanmoins l'anecdocte qu'on vient de lire semble plutôt appartenir à la seconde qu'à la quatrième candidature de Victor Hugo, puisque, à la troisième, M. Viennet, on l'a vu, était déjà tout acquis au rival de M. Flourens.

Mme de Girardin, dans le passage de son article que j'ai reproduit, cite un mot attribué à M. Dupin. Je me rappelle avoir lu ce mot ailleurs, où on l'attribuait — à Lamartine... Le texte était celui-ci : « Il y a aujourd'hui deux académies ; vous avez toute la grande pour vous. » C'était là une belle parole d'ami, très naturelle dans la bouche de Lamartine. En la prêtant à M. Dupin, on la rend un peu énigmatique. Du reste, M. Dupin aurait ajouté : « Quant à moi, je ne dis jamais mon vote. » Il est difficile de concilier cet avis peu engageant avec la promesse formelle et enthousiaste de voter pour Victor Hugo, promesse faite, à une candidature précédente du Maître, par le même M. Dupin et en vertu de laquelle ce facétieux personnage vota d'ailleurs pour M. Bonjour (1)...

M. Duval, trop malade pour quitter sa chambre à coucher, n'avait pu renouveler

____

(1) Voir p. 297-298

son acte d'héroïsme, qui, cette fois, n'aurait
pas été inutile... La voix de M. Duval aurait,
en effet, enlevé à Hugo la majorité. Seulement, M. Duval, en venant voter, aurait
peut-être rendu l'âme « au sein » de l'Académie. J'imagine que ce noble trépas n'aurait
point déplu au vieux classique, et qu'il se
serait écrié, comme certain héros de Voltaire : « *Frères, je meurs content !* »

Hélas ! il mourut fort chagrin... Cette fin
était un symbole. *Ceci avait tué cela.*

La « dixième Muse » ne fut pas seule à
épiloguer sur la nomination de Victor Hugo.
Les commentaires de la presse furent innombrables. Les quinze partisans de M. Ancelot
reçurent bien des horions. Ainsi, le *Musée
des familles*, alors en pleine gloire et auquel collaboraient Gautier, Dumas, Soulié,
Janin, etc., terminait ainsi, dans sa chronique
de janvier, dans son « Mercure de France »,
le compte rendu de l'élection : « Le *Mercure*
serait curieux de connaître les titres littéraires de M. Lacuée de Cessac. Il sait à quoi
s'en tenir, Dieu merci, sur le mérite académique de MM Jay, Brifaut, Droz et Flourens.»

La plupart des journaux chantaient hosan-
na. Pas un n'eut le ridicule de... de pleurer
sur l'échec de M. Ancelot (1). Mais pas un

-----

(1) M. Ancelot fut élu dans la séance du 25 février 1841, et non dans celle du 7 janvier, comme
l'indique l'ouvrage de M. Albert Rouxel : *Chroniques des Elections de l'Académie française*
(Firmin Didot, édit., 1888, nouvelle édition *revue
et augmentée*, p. 439). Cet ouvrage est, du reste,
si rempli d'erreurs qu'on a vraiment bien tort de
le recommander à ceux qui étudient, même inci-
demment, l'histoire de l'Académie.

aussi ne résolut la grande question, la question de savoir pourquoi ce candidat n'eut pas pour lui les voix bien pensantes de MM. Dupin, Viennet, Cousin, Lacretelle, Lebrun, Pongerville et Ségur, tous classiques pourtant vieillis sous le harnois. Pourquoi ces hommes-là, traîtres à leur drapeau, votèrent-ils pour l'ennemi ? Mystère ! M. Legouvé, le seul survivant de ces luttes classiques, apostrophe quelque part Banville avec ces vers de Racine :

J'ai mon Dieu que je sers; vous servirez le vôtre :
Ce sont deux puissants dieux...

Cet esprit de tolérance chez les immortels daterait-il de 1841 ?

Royer-Collard avait voté pour Victor Hugo. C'était au moins la deuxième fois (voir p. 304). Aussi s'étonne-t-on de lire dans une lettre datée du 1ᵉʳ avril 1840 et adressée par M. Xavier Doudan, hugophobe et potinier, à Mme la baronne de Staël :

« ..... On a causé de l'Institut ; de M. Royer-Collard qui disait à M. Victor Hugo venant lui demander sa voix : « Monsieur, on ne lit « plus à mon âge, on relit (1). »

Après avoir très régulièrement renseigné les lecteurs des *Guêpes* sur les incidents et les progrès de la candidature de Victor Hugo, Alphonse Karr, au lendemain de l'élection, ne négligea point de faire allusion à l'événement. « Les difficultés, observe-t-il, qu'a faites l'Académie pour recevoir M. Hugo,

______

(1) Xavier Doudan, *Mélanges et lettres*, t. III, p. 58.

l'ont fait plus honnir depuis quelques années peut-être qu'elle ne l'a jamais été. Les académiciens, du moins le parti Joconde, lui attribuent ces avanies, et l'un d'eux a dit le jour de la nomination : *M. Hugo entre à l'Académie comme on épouse une fille qu'on a déshonorée* ».

Cette morale est juste. Il est constant qu'une fille qu'on a déshonorée malgré elle, lorsqu'elle est jeune et belle, se venge noblement par la mort du coupable ; mais, vieille et défraîchie, elle n'a point droit au poignard classique : elle ne tue point, — elle épouse ! car sa vengeance, plus raffinée, relève de Thalie...

QUATRIÈME PARTIE

L'INTRUS

Victor, sed victus.

I

L'élection de Victor Hugo avait eu lieu le 7 janvier ; sa réception fut fixée au 3 juin. La date parut un peu lointaine. Dès le mois de mai, la fièvre de l'impatience régnait durement sur la capitale. Voici un fragment d'une chronique de Mme de Girardin qui laisse entrevoir l'état des esprits :

« ..... Chacun se demande : « Avez-vous « des billets ? Comment faire pour avoir des « billets ? » Et l'on se confie les ruses que l'on se propose d'employer pour obtenir une place à cette mémorable séance. — Il m'est venu une idée, dit quelqu'un. — Il faut vous en défier. — Pourquoi ? — Parce qu'il est probable qu'elle sera venue à tout le monde. — Mais je vous trouve très impertinent ; j'ai la prétention d'avoir des idées tout à fait originales et qui ne viennent pas à tout le monde. — Je le crois. Veuillez dire votre idée. — C'est d'écrire à Victor Hugo lui-même. — Ah ! je le savais bien que votre idée était mauvaise ! vous êtes la soixante-septième personne de ma connaissance à qui cette heureuse inspiration soit venue !... — Vous m'étonnez; c'est pourtant bien hardi. — Très hardi, mais il y a déjà soixante-six personnes qui ont été plus hardies que vous, puisqu'elles ont écrit avant vous ; d'ailleurs, l'idée ne valait rien. Un récipiendaire, quel qu'il soit, n'a jamais de billets à donner à des inconnus. Ceux qu'on lui réserve sont destinés de toute éternité à sa famille, à ses amis, à ses protecteurs, s'il en a eu ; à ses obligés, s'il en a ; à ses collaborateurs, quand c'est un auteur du second ordre ; à ses séides, quand c'est un génie sectateur ; à ses partisans, quand c'est un homme d'Etat. Et puis, à toutes ces femmes aimées, aimables et aimantes (les académiciens ont tous besoin de ces femmes-là), celle qu'il n'aime plus, celle qu'il aime, et puis celle qu'il pense déjà qu'il aimera... Tout cela, c'est beaucoup ; et pour satisfaire ce public si favorablement passionné et si légitimement exigeant, le pauvre récipiendaire n'a que vingt billets ! pas davantage. Rien que dans sa famille, Victor Hugo a déjà donné tous les siens ; peut-être ne lui en reste-t-il pas un pour ses amis les plus dévoués. — Vous avez raison, je renonce à lui écrire... Il me vient une autre idée... Si je m'adressais à M. de Salvandy ? — Cette idée est presque aussi bonne que la première. Mais vous ne devinez donc pas que la difficulté est la même? tout ce que je vous ai dit du récipiendaire peut s'appliquer au directeur qui le reçoit. Lui-même prononce un discours ; lui aussi a une famille qui veut aller l'entendre ; lui aussi a ses amis, ses camarades, ses femmes aimées, ses flatteurs et ses obligés qui veulent aller l'applaudir. Vous adresser à M. de Salvandy ! vous n'y pensez pas, lui qui a été deux ans ministre, et qui, pendant son ministère, n'a oublié personne, qui s'est souvenu de ses plus modestes et de ses plus anciens amis, et qui a trouvé moyen de faire rendre justice à tous... Lui, je le parie, n'a déjà plus de billets, il remplirait toute la salle rien qu'avec ses obligés. — Mais à qui donc faut-il s'adresser ? — Au premier académicien ou plutôt au premier *institutien* venu, à votre galant admirateur M. ***. — Est-ce qu'il est de l'Institut ? — Sans doute. — Je ne l'aurais jamais cru, il n'en a pas l'air ; mais qu'a-t-il donc fait pour avoir mérité cet honneur ? — Je n'en sais rien, demandez-le-lui, il le sait peut-être. — Et vous dites qu'il a des billets ? — Chaque membre de l'Institut a droit à trois billets. Or il est probable que tous les savants et artistes célèbres ont déjà distribué les leurs. Adressez-vous à un académicien *qui n'en ait pas l'air*. Peut-être n'aura-t-on pas encore pensé à l'implorer pour cette grande solennité. — Bah ! si obscur que soit un artiste, un savant, il y a toujours quelqu'un qui le trouve célèbre, et déjà... — Quelqu'un, oui, mais trois personnes, c'est trop, et j'ai l'honneur de vous dire, madame, que l'on a jusqu'à trois billets à donner. Suivez mon conseil, vous n'avez pas d'autre chance.

» Il nous vient à notre tour une idée. Il y a beaucoup de femmes qui lisent ce feuilleton, et qui ont envie d'aller à l'Académie le 3 juin ; peut-être vont-elles, d'après cet avis, écrire à messieurs tels et tels. — Ce serait plaisant ! Malheur aux savants, artistes, académiciens, etc., etc., *obscurs*, qui recevront demain, dans la journée, une petite lettre parfumée ! »

Cinq jours avant l'élection, la « dixième Muse » ajoutait un post-scriptum aux lignes qu'on vient de lire et terminait ainsi sa chronique de la *Presse :* « Nous avions bien raison de dire que Victor Hugo était assailli par les quémandeurs de billets. L'autre jour, au théâtre de la Porte-Saint-Martin, pendant un entr'acte, il a failli être étouffé ; une vingtaine de solliciteurs se pressaient autour de lui. Que leur répondre ? Une promesse à chacun, c'était impossible. Un homme d'esprit vint fort à propos le tirer d'embarras. — J'ai peu l'honneur d'être connu de vous, monsieur, lui dit-il, mais j'espère que vous voudrez bien me permettre de vous faire un cadeau. — A moi, monsieur? — Une chose qui vous fera grand plaisir... — Laquelle, je vous prie ? — Je veux vous offrir un billet pour le jour de votre réception à l'Académie. On m'en a promis un, et c'est à vous que je l'enverrai ; car je vois bien que vous n'en aurez jamais assez !...

» M. Hugo s'empressa d'accepter cette proposition si aimable, et les importuns, comprenant leur indiscrétion, s'éloignèrent.

» Le trait est charmant. Quel est l'homme d'esprit qui a fait cela ? — C'est M. Nestor Roqueplan. »

Tandis que Nestor Roqueplan offrait ainsi un billet à Victor Hugo, Balzac lui en demandait deux. Le 1er juin, en effet, l'élu des immortels reçut de l'auteur des *Illusions perdues* ce billet pressant :

« Mon cher Hugo,

» Si vous m'avez mis de côté les deux billets que je vous ai demandés, et que je suis allé chercher déjà deux fois sans avoir pu vous rencontrer, ayez la complaisance de les remettre au porteur, ou envoyez-les-moi, par la poste, rue des Martyrs, 47. Sinon, que le diable emporte l'Académie et ses habits verts !

» Mille adorations et mille amitiés (1). »

Enfin le jeudi 6 juin arriva.

Le plus parfait document sur cette journée, le meilleur tableau de cette émouvante séance académique, c'est encore dans les feuilletons de Mme de Girardin qu'il faut aller le chercher. Ce jour-là, le brillant « vicomte de Launay » fut plus admirable que jamais. On ne m'en voudra pas de lui faire ce nouvel emprunt. J'aurai, d'ailleurs, à fournir quelques preuves à son récit, pour répondre à une attaque du fidèle détracteur de Victor Hugo.

Jamais, de mémoire d'académicien, on n'avait vu pareille affluence, jamais la foule n'avait été plus agitée, plus impatiente ; jamais plus de coups de poing ne furent donnés par intérêt de littérature, et jamais coups de poing ne frappèrent de plus charmantes épaules ; jamais, non, jamais, on n'avait compté tant de femmes et tant de jolies femmes dans la docte enceinte ; jamais on n'avait admiré tant de fleurs dans le vieux bocage.

Mme de Girardin était elle-même une de ces fleurs, et je retrouve son portrait dans *la*

____

(1) *Correspondance de H. de Balzac* (C. Lévy, édit., 1876), t. ii, p. 19.

Mode du 12 juin 1841 : « Une femme au front large et haut, aux cheveux blonds tombants avec profusion de chaque côté de la figure, au nez aquilin, aux beaux yeux bleus, me frappa par sa ressemblance avec le vicomte Charles de Launay : ce devait être sa sœur ; elle avait un chapeau de paille de riz à bouquets de géranium giroflé ; sa robe était d'organdi à mille raies, et sur ses épaules une écharpe du pays d'Oscar et de Malvina. »

Mais reprenons le compte-rendu du charmant vicomte :

Dès dix heures du matin, la salle était pleine de monde ; à dix heures un quart, les huissiers étaient déjà forcés d'être ingénieux, c'est-à-dire d'utiliser les recoins, d'improviser les tabourets microscopiques. Et, depuis onze heures jusqu'à deux heures que la séance commença, les portes furent assiégées. Le bruit affreux se répandait qu'il n'y avait plus de places. Dans une espèce d'antichambre où dix personnes pouvaient à peine tenir à l'aise, la foule était entassée. De temps en temps une étroite porte s'ouvrait, un homme chauve apparaissait sur le seuil : « Quatre ! seulement quatre ! » disait-il ; et quatre personnes choisies étaient admises à pénétrer dans un corridor sombre où elles disparaissaient en poussant de grands cris, car la foule, jalouse d'elles, se précipitait avec fureur sur leurs pas. Pour contenir son impatience, le monsieur chauve eut l'heureuse pensée de recourir à la force armée. Alors ce fut une mêlée épouvantable, alors il fut permis à l'observateur de remarquer toute la différence qui existe entre les coups de poing ganté de l'homme du monde et les coups de poing primitif de l'homme de guerre. Ceux-ci ont une incontestable supériorité. Mais peu curieux, pour

notre part, de faire cette comparaison, nous
avons pris la fuite bravement, et nous sommes
allé nous réfugier dans le vestibule. Nous per-
dions ainsi tous les droits que nous avait donnés
une heure et demie d'attente inutile ; mais comment deviner que dans le sein même de l'Académie on peut être en proie aux fureurs d'une solda-
tesque effrénée ? — Ignorant ! ne sais-tu pas que
Minerve est Pallas ? Regarde sur ton billet cette
femme coiffée d'un casque, et résigne-toi à voir
des évolutions militaires sous les voûtes de l'Institut. En effet, les soldats se rangèrent en deux
lignes et ces mots retentirent dans la foule :
« Le prince et les princesses ! » Et M. le duc et
Mme la duchesse d'Orléans, Mme la duchesse
de Nemours, Mme la princesse Clémentine,
passèrent devant nous pour se rendre dans la tribune réservée. Chacun tout bas se disait : « C'est
la première fois depuis dix ans qu'un prince du
sang vient à l'Académie ! » C'est un présage favorable, et puis c'est une action très courageuse.
Est-ce que par hasard on voudrait sincèrement
honorer les lettres au château ? Est-ce que la
manie des médiocrités aurait fait son temps ?
Est-ce que les hommes supérieurs auraient quelque chance de plaire ? Cette apparition inattendue
donnait beaucoup à réfléchir (1).

Après les princesses, passèrent MM. les membres de l'Institut, et la foule se pressa autour de

----

(1) « M. le duc d'Orléans, entrant à l'Académie, fut reçu par le secrétaire perpétuel, qui lui
dit : « Il me semble, Monseigneur, que c'est la
« première fois que Votre Altesse Royale vient
« à l'Institut. » A quoi Son Altesse Royale répondit que ce n'était pas la première fois qu'elle
avait eu le désir d'y venir. Je crois que ce ne sera
pas non plus la dernière. » (*Lettres de Xavier
Doudan*, t. 1ᵉʳ, p. 236-237.)

la balustrade pour les voir et les reconnaître, et
chaque femme inquiète appelait son académicien d'une voix déchirante : « Monsieur Dupaty,
je n'ai pas de place ! — Monsieur de Jouy, je
suis là. — Monsieur de Salvandy, ayez pitié de
nous !... » Elle est bien belle, cette gracieuse
jeune fille qui appelait M. de Salvandy !... Mais
ils passaient tous insensibles, ces illustres ingrats, et les âmes plaintives restaient enchaînées
sur le bord. Parmi les exclus, on remarquait
Mme la comtesse M..., Mme la baronne de
Roth..., Mme G..., la belle Mlle C... et sa mère.
le duc de Val..., le comte V. Ki..., et l'on était
bien fier d'être repoussé et dédaigné en si brillante compagnie. Du reste, MM. les académiciens nous ont paru fort peu à leur avantage ;
excepté ceux que nous venons de nommer,
M. Molé, M. Lebrun et le récipiendaire, ils
étaient tous en frac et très mal mis ; ils avaient
l'air de députés : le mot est dur, mais il est juste.
Ce négligé parlementaire a été blâmé généralement.

Enfin, on nous a fait entrer dans la salle. Au
premier moment, nous nous sommes cru dans
une académie de femmes. De la place où nous
étions, au pied de la présidence, on ne voyait que
des chapeaux de toutes couleurs et dans ces
chapeaux les plus jolies figures que l'on puisse
imaginer. L'aspect élégant de cette assemblée
nous remplit d'inquiétude : Victor Hugo avait
bien voulu, la veille, nous lire son admirable
discours ; nous savions comme toutes les pensées
en étaient graves et profondes, et nous crai-
gnions que de si graves pensées n'eussent quelque
peine à pénétrer à travers les dentelles légères
dans ces imaginations si jeunes, si fraîches et si
joyeuses. A dix-huit ans, toutes les femmes peuvent comprendre les rêves sublimes et passionnés du poëte ; mais pour savourer l'amertume de
ses souvenirs, pour apprécier la dédaigneuse

patience de sa philosophie, pour partager l'indulgence désespérée de ses jugements, il faut avoir
acquis, à force de larmes et de dégoût, cette tristesse savante que le monde nomme expérience
et que nous appelons désenchantement.

Ce riant parterre nous avait d'abord épouvanté,
mais bientôt son enthousiasme nous rassura complètement ; l'exorde, qui est majestueux et superbe, fut applaudi avec transport. Vous connaissez ce beau discours et vous devinez l'effet
qu'il a dû produire : de l'admiration et de l'étonnement. Oh ! oui, un grand étonnement ; on s'attendait à des récriminations mordantes, à des
chants de victoire insultants, à une profession
de foi audacieuse, à des souvenirs enfin qui voudraient dire : « Vous m'avez repoussé trois fois,
et me voilà ! Vous avez proscrit mes doctrines,
et elles triomphent ; vous vous êtes joués de moi,
et je viens à mon tour vous narguer, car vous
êtes de pauvres écrivains sans style et de petits
poètes sans idées ; vous exaltez Corneille, et vous
prouvez par vos ouvrages que vous ne le comprenez pas ; vous vantez Molière, et vous ne rappe-
lez son génie que par vos ridicules de Trissotin.
Vous défendez la pureté de la langue, et vous ne
pouvez me critiquer moi-même sans faire dans
vos phrases pâteuses vingt fautes de français contre moi ! etc., etc. » Voilà ce que tout le monde
croyait que le nouvel élu viendrait dire, plus
éloquemment sans doute, mais avec non moins
de cruauté.

Au lieu de cela, il a fait entendre des paroles
dignes et calmes, pleines de douceur et de loyauté.
De sa position littéraire comme chef d'école et
sectateur... il n'a rien voulu dire : c'eût été rappeler l'opposition qu'on lui avait faite, c'eût été
faire un reproche. De ses doctrines rénovatrices...
il n'a point voulu parler : c'eût été proclamer
leur victoire, humilier les vaincus. De toute profession artistique... il s'est abstenu : confesser

des croyances nouvelles, c'eût été blesser les préjugés de ses confrères ; c'eût été leur crier : « Je
suis jeune, vous êtes vieux. Vous avez fait votre
temps ! » Mais, au contraire, ce qu'il a voulu,
c'est leur dire : « Rassurez-vous, je n'ai point de
colère dans le cœur, parce que je n'ai point de
vanité dans l'esprit ; je ne vous entretiendrai pas
de nos querelles. Vos persécutions, je les oublie ;
vos calomnies, je saurai vous les faire oublier. De
telles misères ne troublent point mes rêves. Ce
qui m'occupe, ce qui m'a toujours occupé, enten-
dez-le, c'est la dignité de l'art, c'est l'indépendance de la pensée, c'est le triomphe de la vérité,
c'est l'avenir de la civilisation, c'est la gloire de
la France, c'est la grandeur de Dieu, ce sont
toutes les nobles idées qui font vivre les nobles
âmes... O mes ennemis ! connaissez-moi donc et
rassurez-vous : un homme qui songe à de telles
choses pendant qu'on l'insulte, d'avance a pardonné ! »

Il se présentait ainsi au milieu de ses ennemis,
dépouillé volontairement de ses plus puissantes
armes : c'est-à-dire le souvenir de leurs haines
mesquines, le récit de leurs calomnies pitoyables,
le portrait de leurs ridicules si précieux. Il venait
là confiant parce qu'il était généreux, il ne regardait même pas à ses pieds, tant il était éloi-
gné de soupçonner une embûche ; et lui, le conquérant orgueilleux à qui les étudiants d'Allemagne élèvent des arcs de triomphe ; lui dont la
réputation est si grande dans la patrie même de
Byron, qu'un monsieur indiscret naguère lui a
dérobé son nom pour embrasser, grâce à cette
ruse, toutes les jeunes et jolies Anglaises éprises
de sa gloire ; lui qui a des séides comme Mahomet, lui qui a ses vieux grognards et sa jeune
gloire comme Napoléon, lui qui est un des rois
de la pensée, un des triumvirs du siècle... il
s'avançait modestement, presque aussi pâle que

sa femme, presque aussi ému que ses enfants (1),
car il prenait au sérieux cette solennité littéraire ;
il croyait à l'Académie en songeant qu'il pouvait
désormais siéger entre M. de Chateaubriand et
M. de Lamartine, car il se sentait dans le pays
glorieux des intelligences en voyant à ses côtés
M. Soumet, en apercevant en face de lui M. Molé,
M. Royer-Collard, M. Villemain, M. Guizot et
M. Thiers.

Et comme il s'approchait avec une générosité
de si bonne foi, une simplicité de si bon goût, on
l'a reçu avec des épigrammes. On a cherché à démolir tout son discours mot à mot. On a répondu
à tous les faits qu'il a cités sur M. Lemercier, et
qu'il tenait de sa veuve elle-même, par des récits
contradictoires qui détruisaient tous ces faits ; et
chaque parole venait dire : « Vous croyez que
l'auteur d'*Agamemnon* a eu telle intention à telle
époque, il ne l'a jamais eue... Vous affirmez qu'il
a fait telle action, il ne l'a jamais faite. Vous
prétendez qu'il a dit telle chose, il ne l'a jamais
dite à personne. » Et passant à ses titres académiques, on lui disait : « Quand vous étiez au collège,
vous avez trouvé en jouant de fort beaux vers,
mais depuis vous n'avez rien trouvé de mieux.
Vos travaux d'homme fait n'ont point dépassé
vos jeux d'enfant. Vous reprochez à Népomucène
Lemercier ses témérités ; eh ! monsieur, lui aussi
se les reprochait, parce qu'elles avaient provoqué

---

(1) « ..... Je cherche à me rappeler comment était
mise la femme du triomphateur, madame Victor Hugo, et je ne me souviens ni de la couleur
de sa robe, ni des fleurs de son chapeau, mais je
la vois encore avec le beau type espagnol de sa
physionomie, avec ses cheveux de jay tombant
à l'enfant autour de son cou ; et puis, comme ses
plus beaux bijoux, ses enfants autour d'elle, ses
deux fils et sa gracieuse fille. » (*La Mode*, n° du
12 juin 1841.)

les vôtres. » Et ce fut ainsi tout le temps ; et le public qui d'abord avait applaudi quelques passages éloquents et quelques mots spirituels, s'est révolté de tant de cruauté, et celui qui avait le triste courage de se faire l'exécuteur de ces hautes œuvres fut forcé par le mécontentement général de s'interrompre au milieu de ses injures et d'en ravaler la moitié. Ah ! si nous voulions à notre tour répondre à cette réponse !... Mais silence, celui qui l'a prononcée est un de ceux que nous nous plaisons à louer ; et quand ceux que l'on estime et que l'on aime s'oublient jusqu'à de telles injustices, il est permis de s'en indigner... jamais d'en rire.

Quant aux prétentions politiques des hommes littéraires, nous partageons l'opinion commune, même avec plus de générosité, car si nous défendons au poète de se *prosifier* dans le tripotage des affaires, nous permettons à l'homme politique de s'idéaliser dans le culte des arts et de la littérature. Cependant il est des époques extraordinaires où les penseurs perdent leur droit de rêverie et d'oisiveté. Nous aussi nous disons au poète : « Laisse voguer en paix la barque ; laisse ramer les matelots ; viens t'asseoir sur le pont, c'est ta place ; écoute le murmure des vagues, regarde le ciel étoilé ; admire, respire, pense, aime, chante et prie... voilà ta mission, voilà ton destin ; accepte-le avec joie, il n'en est point de plus beau... » Mais quand la barque est en péril ; quand les matelots enivrés, se querellant sur le choix du port, se battent au lieu de ramer ; quand l'écueil menace, quand l'orage gronde, alors, alors nous crions au poète : « Réveille-toi ! ton doux repos devient un crime ; ne chante plus, ta voix est faite aussi pour commander : qu'elle résonne dans la tempête ! qu'elle pénètre dans la révolte ! Rejoins les matelots, va te mêler à leurs querelles pour les apaiser, à leurs travaux pour les encourager ; saisis l'aviron, donne l'exemple, sauve la

barque bien-aimée qui porte tous les biens de ton
cœur, tous les trésors de ta gloire, ta mère et tes
amours, ton pavillon et ta lyre ! »

Oui, sans doute, quand les rois luttent entre
eux pour des provinces, quand les peuples se
brouillent pour des ressentiments passagers,
sans doute le poète doit garder une superbe indifférence et dédaigner les vainqueurs ; mais
quand les nations en délire s'entr'égorgent dans
les ténèbres pour des idées, quand le combat qui
fait couler le sang est tout intellectuel, le poète
n'a plus le droit de s'abstenir ; il faut qu'il appa-
raisse dans cette nuit fatale, rayonnant de tous
ses rayons ; il faut qu'il fasse entendre au-dessus
de ces clameurs insensées, comme une sympho-
nie éclatante, tous ses accords ; il faut qu'il
verse sur ces blessures envenimées, comme un
baume généreux, toute sa charité ; il faut qu'il
donne à ces périls tout son courage, à cette cause
sacrée toute sa foi. Le pouvoir de dompter la
démence est un des secrets de l'harmonie : les
chants d'Orphée calmaient la rage des démons ;
la harpe de David endormait les fureurs de
Saül. O peuples égarés, pauvres nations en
démence, ne repoussez pas les poètes, eux seuls
peuvent vous guérir, eux seuls peuvent vous
délivrer des fléaux qui vous persécutent ! Il n'y
a que les enfants de la montagne qui puissent
démasquer l'hypocrisie de vos tyrans ; il n'y a
que les favoris de la gloire qui puissent déjouer
les intrigues de la vanité ; il n'y a que les penseurs immortels qui puissent imposer silence
aux éternels parleurs...

Cette fin répondait au passage suivant du
discours de M. de Salvandy : « A ceux de
nous qui, faute de posséder les inépuisables
et charmants domaines de la poésie, nous re-
plions sur le champ étroit et aride de l'action,

vous faites bien de proposer en exemple le
ministre vertueux, l'homme d'Etat-martyr
dont la renommée est si pure qu'elle serait,
à elle seule, un jugement, une condamnation
sans appel à l'égard du temps et du régime
qui l'ont immolé (1). Poëte, cette grande mé-

------

(1) « ..... Le miroir de la vérité s'est brisé au
milieu des sociétés modernes. Chaque parti en a
ramassé un morceau. Le penseur cherche à rapprocher ces fragments, rompus la plupart selon
les formes les plus étranges, quelques-uns souil-
lés de boue, d'autres, hélas ! tachés de sang. Pour
les rajuster tant bien que mal et y retrouver, à
quelques lacunes près, la vérité totale, il suffit
d'un sage ; pour les souder ensemble et leur
rendre l'unité, il faudrait Dieu.

» Nul n'a plus ressemblé à ce sage, — souffrez,
Messieurs, que je prononce en terminant un nom
vénérable pour lequel j'ai toujours eu une piété
particulière ; — nul n'a plus ressemblé à ce sage
que ce noble Malesherbes qui fut tout à la fois un
grand lettré, un grand magistrat, un grand ministre et un grand citoyen. Seulement il est venu
trop tôt. Il était plutôt l'homme qui ferme les
révolutions que l'homme qui les ouvre. L'absorp-
tion insensible des commotions de l'avenir par
les progrès du présent ; l'adoucissement des
mœurs ; l'éducation des masses par les écoles, les
ateliers et les bibliothèques ; l'amélioration gra-
duelle de l'homme par la loi et par l'enseignement, voilà le but sérieux que doit se proposer
tout bon gouvernement et tout vrai penseur ;
voilà la tâche que s'était donnée Malesherbes durant ses trop courts ministères. Dès 1776, sentant
venir la tourmente qui, dix-sept ans plus tard, a
tout arraché, il s'était hâté de rattacher la monarchie chancelante à ce fonds solide. Il eût ainsi
sauvé l'Etat et le roi si le câble n'avait pas cassé.
Mais, — et que ceci encourage quiconque voudra
l'imiter, — si Malesherbes lui-même a péri, son
souvenir du moins est resté indestructible dans

moire de M. de Malesherbes n'est pas votre étoile conductrice. Ce n'est pas à sa lumière que vous avez marché dans la vie. Ce n'est pas son inspiration qui rayonne dans vos écrits. Les modèles que les lettres vous demandent d'accepter, à ce jour solennel où elles vous couronnent, c'est Corneille, c'est Shakespeare, c'est le Dante ; ce sont tous les maîtres de l'art, sous quelque ciel et sous quelque règle qu'ils aient vécu.

» Quand Napoléon disait, dans les caprices de sa puissance et de son génie, qu'il aurait pris Corneille pour ministre, sans s'en apercevoir, il faisait comme Richelieu : il le persécutait. Figurez-vous ce grand homme arraché, pour nos ambitions, pour nos misères, à cette autre ambition de donner un théâtre à la France, de fonder la langue, de marcher, dans le cours des siècles, le premier entre tous dans sa carrière ! Voyez-vous ce génie et cette âme antiques contraints de servir le cardinal ou de se débattre avec la Fronde, au lieu de gouverner souverainement les Horaces, Cinna, Polyeucte, le Cid ? Non, non, Monsieur! nous aurions des drames immortels de moins: est-il sûr que nous eussions un grand ministre de plus ? Il ne se rencontre pas de lacune dans la succession de nos politiques illustres, entre Richelieu, Mazarin et Louis XIV. Son-

---

la mémoire orageuse de ce peuple en révolution qui oubliait tout, comme reste au fond de l'Océan, à demi engloutie sous le sable, la vieille ancre de fer d'un vaisseau disparu dans la tempête. » (*Fin du disc. de récept. de Victor Hugo.* — On sait que ce discours figure dans *Actes et Paroles*, t. i.)

gez-vous quel vide ferait Corneille absent dans les lettres françaises ? Et Pascal ! obliger ce grand penseur d'agir au lieu de penser, ce grand écrivain de délibérer au lieu d'écrire ; condamner ce sublime esprit à se dépenser au profit de l'heure qui passe et qui dévore, au préjudice de l'avenir qui rend immortel ce qu'il adopte ! Ah ! que les maîtres du monde laissent notre bien où Dieu l'a mis ! Et vous, Monsieur, sachez gré aux lettres de se montrer avares et jalouses, de vouloir garder tout entiers ceux qui les honorent.

» Sans doute, il peut arriver qu'un double génie rayonne au front de quelques rares privilégiés du sort, qu'aux palmes de la poésie ils joignent celles de l'éloquence, et tracent, pour l'honneur de la patrie, un double sillon de gloire. Ailleurs, la politique s'applaudira de les avoir conquis. Ici, les lettres inquiètes, pour s'associer à leurs triomphes, ont besoin de se sentir assurées de ne les avoir pas perdus.

» Nous devons vous le dire, Monsieur : une des choses dont la Compagnie vous a tenu compte, un mérite qui ne vous était pas contesté, c'était l'indépendance et la fidélité de votre vie littéraire. Tous, nous savions gré à un jeune homme, doué des plus riches dons de la Providence, d'avoir courageusement défendu sa vocation et sa destinée de poète contre les séductions de l'ambition politique, les entraînements de l'esprit de parti, les mirages de la vanité, si facilement abusée sur notre mission et notre puissance. »

Car Victor Hugo avait fait un discours politique, plutôt qu'une harangue littéraire.

Cela n'étonnera nullement mes lecteurs. J'ai expliqué longuement, au commencement de la troisième partie de cette étude, le mobile des ambitions académiques de l'auteur des *Voix intérieures*. Mais l'Académie, mais le public ignoraient encore ce grand secret. On s'attendait à l'éloge de Ronsard et de la Pléiade, de Shakespeare et de Schiller, voire de Chateaubriand et de Lamartine ; au lieu de cela, on avait cinq pages sur la gloire de Napoléon, trois pages sur l'œuvre de la Convention, une page sur le dévouement de Malesherbes (1). « L'assemblée, remarque Charles Magnin dans la *Revue des Deux-Mondes*, n'a accepté qu'avec un sentiment de surprise et de mécompte ce renversement du programme. » Et il ajoutait, un peu plus loin : « Pour que M. Victor Hugo ait cru devoir se séparer, dans une occasion si solennelle, de la poésie, qui a fait sa gloire, il a eu sans doute des raisons graves et puissantes. Quelles sont-elles ? Des personnes qu'on ne peut pas soupçonner de malveillance nous ont donné de ce grand mystère une explication confidentielle par la voie des feuilletons. Transfuge de la poésie, nous dit-on, M. Victor Hugo passe à la politique. La harangue qu'il vient de prononcer marque une phase nouvelle dans sa vie et dans son talent ; il a assez pensé, assez écrit ; il veut agir : l'action le réclame. Ce discours, où il avait à louer un poète, et où il évoque tous les souvenirs politiques

____

(1) On se rappelle que Victor Hugo avait déjà traité en vers ce sujet-là, dans sa pièce de concours de 1820. (Voir plus haut, p. 53.)

d'un demi-siècle ; ce discours, où l'on attendait une profession de foi littéraire, et où il
est à peine question de littérature, c'est une
abdication solennelle de son passé, c'est un
premier pas vers la tribune, une candidature
à l'une de nos chambres, peut-être à toutes
les deux ; mieux encore, un programme de
ministère. — Vous souriez ; mais que signi-
fierait donc cette mystérieuse apparition de
Malesherbes à la fin de cette harangue, cette
apparition qui ne tient à rien, cette ombre,
en quelque sorte, qui passe au fond du discours, comme la litière du cardinal de Richelieu traverse la scène à la fin de *Marion de
Lorme*, pour jeter aux spectateurs le mot du
drame ? Ici, vous le voyez bien, le mot est
PAIRIE et MINISTÈRE. »

Mais voici comment Charles Magnin, au
début de son article, amenait le récit de ce
coup de théâtre : « Il s'est accompli, il y a peu
de jours dans la sphère de la littérature et de
la poésie, un de ces événement rares et éclatants qui ont le privilège d'exciter avant, pendant et longtemps après leur durée, l'attention des esprits sérieux et la curiosité même
des gens frivoles. Deux planètes, qui semblaient destinées à décrire dans le champ de
l'art une asymptote éternelle, deux principes, puissants l'un et l'autre, mais à des titres opposés, le génie de la tradition et le
génie de la poésie vivante et actuelle, le mouvement et la résistance, M. Victor Hugo et
l'Académie française se sont rencontrés face
à face, et ont opéré, sous la coupole du palais Mazarin, leur laborieuse et mémorable
conjonction. Comme on le pense bien, la

foule était grande à ce spectacle. Toute l'élite de la société parisienne, qui s'intéresse ou qui a la prétention de s'intéresser aux mouvements supérieurs de la pensée, se pressait dans l'étroite enceinte. On attendait avec anxiété le choc de cette prodigieuse antithèse, arrivée peut-être au moment de s'effacer et de se perdre dans une plus large formule ; on était curieux d'entendre les paroles *amies* qu'allaient échanger les deux formidables interlocuteurs. Chacun rêvait à sa manière cet étrange et merveilleux dialogue. On se figurait une autre conférence de Tilsitt où, cette fois, il y aurait un vainqueur et pas de vaincu, et où deux idées souveraines allaient se partager le monde de l'intelligence.

» Par une coïncidence qui semblait heureuse, l'illustre académicien dont la vie et les ouvrages devaient servir de texte aux deux harangues, Népomucène Lemercier, se rattachait par ses aventureux essais de poète à l'école réformatrice, tandis que, par ses restrictives et souvent judicieuses opinions de critique, il appartenait à la phalange des conservateurs : beau champ de bataille assurément, terrain neutre s'il en fut jamais, où semblait pouvoir se déployer à l'aise, de part et d'autre, tout ce qu'il y a de vérités acquises et de prétentions légitimes dans les deux théories adverses. On espérait donc, dans cette mémorable séance, s'abreuver largement aux sources jaillissantes de la littérature et de la poésie, entendre discuter les maîtres et sortir de ce tournoi intellectuel l'esprit mieux affermi dans l'une ou l'autre croyance. Il semblait en effet que ce dût être un bien grand jour dans

les fastes de la poésie que celui où la tradition et la réforme, mises en présence, seraient amenées à dire chacune son dernier
mot sur elle-même, devant l'ombre apaisée
de l'auteur d'*Agamemnon*, de *Christophe Co-
lomb* et de *Pinto*.

» Hélas ! cette attente a été trompée..... »

Plus loin, le chroniqueur littéraire de la
Revue des Deux-Mondes donne une interprétation toute personnelle du discours politique
de Victor Hugo :

..... Je ne puis supposer que M. Victor Hugo
ait une si faible opinion de la position que les
lettres lui ont faite, qu'il ait cru avoir besoin de
prononcer quelques phrases sur la convention
nationale et l'empire, sur les frontières natu-
relles de la France et le système d'hérédité de
branche en branche, pour établir son droit à un
siège au Luxembourg, ou pour lever les yeux jusqu'au ministère de l'instruction publique. Je
crois donc que, s'il s'est refusé à venir proclamer
ses convictions littéraires dans l'éloge de M. Lemercier, s'il a pris un chemin de traverse, et si,
contre toutes ses habitudes de stratégie franche
et directe, il a, dans cette circonstance, plutôt
tourné qu'enlevé la position, c'est tout simplement qu'un sentiment honorable de délicatesse
et de bienséance lui a défendu d'entrer dans un
sujet où, à moins de rester superficiel, et par
conséquent indigne de l'Académie et de lui-même,
il lui aurait fallu manquer à la mémoire qui lui
était confiée, ou déserter ses opinions et tirer
contre son drapeau.

Voyez, en effet, était-il possible que M. Hugo
entreprît une appréciation franche et complète
de l'œuvre poétique si embrouillée et si complexe de M. Lemercier, sans poser, tout d'abord,

une question capitale, terrible, inexorable, la
question des bonnes et des mauvaises réformes
en poésie? Eh bien ! entamer cette controverse,
c'était agiter de nouveau le problème qui divise
la littérature depuis le commencement du siècle,
et qui a reçu, vers 1820, une solution toute contraire à celle que M. Lemercier a poursuivie
obstinément toute sa vie. M. Victor Hugo, réformateur triomphant, porté à l'Académie sur les
bras de la foule, pouvait-il, sans la plus grave
inconvenance, venir contester à son prédécesseur ses tentatives restées sans écho et ses innovations inacceptées ? Pouvait-il venir expliquer
en quoi le réformateur de 1802 a eu tort, et en
quoi, suivant lui, la réforme de 1820 a eu raison ?
— Non, non. — Ce n'est qu'à nous, si complètement en dehors de ce grand débat, qu'il peut être
permis d'indiquer, (et encore très sommairement),
pourquoi des douze comédies, des dix poèmes,
des quatorze tragédies de M. Lemercier, il ne
surnage aujourd'hui que quelques noms. Esprit
sagace et indépendant, M. Lemercier a senti,
dès 1795, que le contre-coup d'une révolution
dans l'Etat doit être une révolution dans la littérature. Philosophe selon Voltaire, il s'est
aperçu qu'il était temps de suivre en poésie une
autre loi. Sa vive et prompte intelligence l'avertit
que les compositions si sèches, si décolorées, si
dépourvues de toute imagination, qu'on recevait
encore avec faveur en 1788, ne pouvaient plus
causer qu'un insupportable ennui à un peuple
qui avait retrouvé le mouvement et l'action, et
qui, par l'action, remontait au sentiment vrai
de la poésie. Sur le théâtre d'une nation, hier
encore oppressée par le démon de la terreur, et
qui, à peine délivrée de ce cauchemar, battait
des mains au vainqueur d'Arcole et des Pyrami-
des, il ne fallait plus songer à faire admirer les
dissertations banales et les lieux communs du
drame soi-disant philosophique. Lemercier le

comprit ; il trouva même dans son âme, troublée par les visions du 2 septembre, un ou deux accents terribles qui répondirent (et c'est là sa gloire) au besoin d'émotions profondes qu'éprouvaient les masses. Rompre avec la poétique du xviii° siècle, rajeunir par une sève nouvelle et plus énergique la littérature alanguie de Saurin et de Marmontel, telle a été la seule pensée commune que Lemercier ait eue avec les réformateurs artistes de 1820. Hors de là, et particulièrement sur les moyens de réalisation, tout a été entre eux opposition et contraste. Partisan par système de l'originalité plutôt qu'original, passionné pour l'invention plutôt qu'inventeur, M. Lemercier fit tour à tour des emprunts à Eschyle, à Pétrone, à la Bible, à Alfieri, à Shakespeare, à Manzoni. Quant à la langue, au rythme et à toutes les délicatesses de la forme qui constituent le style, cette condition vitale, cette consécration suprême de la poésie et de l'art, M. Lemercier, par un malheur de son organisation, y fut toujours insensible (1). Il croyait sincèrement que l'idée a

---

(1) « ..... Il semble que je pourrais ici, sans offenser vos usages et sans manquer à la respectable mémoire qui m'est confiée, mêler quelques reproches à mes louanges et prendre de certaines précautions conservatoires dans l'intérêt de l'art. Je ne le ferai pourtant pas, Messieurs. Et vous-mêmes, en réfléchissant que si, par hasard, moi qui ne peux être que fidèle à des convictions hautement proclamées toute ma vie, j'articulais une restriction au sujet de M. Lemercier, cette restriction porterait peut-être principalement sur un point délicat et suprême, sur la condition qui, selon moi, ouvre ou ferme aux écrivains les portes de l'avenir, c'est-à-dire sur le style, en songeant à ceci, je n'en doute pas, Messieurs, vous comprendrez ma réserve et vous approuverez mon silence. » *(Disc. de récept. de Victor Hugo.)*

droit sur la langue comme le planteur sur le nègre. Aussi combien d'intentions heureuses, combien de germes qui ne demandaient qu'à éclore, combien d'essais qui auraient mérité de vivre, ne se sont-ils pas glacés sous cette infirmité d'un beau talent !

Pour toutes ces raisons, et sans qu'il soit besoin de chercher dans les replis de la pensée du poète je ne sais quelles velléités d'ambition vulgaire, on voit comment le nouvel académicien a été conduit à présenter l'éloge de son devancier par un côté que l'auditoire n'avait pas prévu. Tout en rendant au génie laborieux, opiniâtre et fantasque de l'auteur de *Frédégonde*, de *Plaute* et de la *Panhypocrisiade* un hommage suffisant et habilement calculé pour se tenir dans une appréciation tout extérieure, M. Victor Hugo a construit l'édifice de son discours de manière à faire saillir une autre face moins indiquée, quoique certainement aussi remarquable, de la physionomie de son modèle, je veux dire le caractère si plein de noblesse et d'indépendance qui distinguait Lemercier. M. Hugo s'est complu, et on le conçoit, à retracer avec détails tout ce qu'il y a eu de loyauté et de sincérité démocratiques dans ce simple littérateur sans position, sans fortune, ami de Mme de Beauharnais et du général Bonaparte, commensal de la Malmaison jusqu'à la fin du Consulat, qui pouvait avec de telles liaisons arriver à tout, et qui, par une héroïque fidélité à ses principes, devint et demeura un des plus âpres et des plus constants adversaires du grand homme, qu'au fond du cœur il aima toujours, et dont il disait à la fin de sa vie : « Mon ami le premier consul ! »

Cette manière de concevoir l'éloge de Lemercier une fois admise, il faut convenir que c'était un beau sujet et même un des plus beaux sujets littéraires possibles, que cette glorification de la puissance des lettres, seule résistance que le régime impérial n'ait pu amortir ni briser. M. Victor Hugo semble avoir eu la pensée d'agrandir encore ce cadre. Il était attiré vivement par ce noble et beau problème : déterminer l'attitude que doit garder la littérature vis-à-vis de la société, selon les temps, les lieux et les institutions. Mais il y avait là les éléments d'un livre ; les bornes d'un discours n'y suffisaient pas. Nous ne possédons de ce plan regrettable qu'un long et magnifique exorde, peu en proportion avec les dimensions restreintes d'un remerciement académique, mais qui aurait été le digne péristyle du Panthéon que l'auteur projetait d'élever à l'héroïsme littéraire. La disposition singulière de ce morceau, beaucoup plus lyrique qu'oratoire, n'en a point affaibli l'effet sur l'assemblée. Quand, après avoir déroulé avec une savante lenteur le tableau le plus complet et le plus splendide, le plus minutieux et le plus oriental, que l'on puisse tracer de la gigantesque fortune de Napoléon, M. Victor Hugo a montré, seuls en révolte contre cette volonté colossale, six poètes, n'ayant d'autres armes que la conscience et la pensée, Ducis, Delille, Mme de Staël, Benjamin Constant, Chateaubriand, Lemercier (1), une immense acclamation a couvert ces noms glorieux et salué la noble et généreuse parole de l'auteur.

Pour nous reposer de la prose analytique de l'organe Buloz, donnons la parole à Alphonse Karr ; ou, du moins, écoutons ce que *les Guêpes,* d'ironique mémoire, bourdonnaient en ce beau mois de juin 1841 :

----

(1) Victor Hugo avait oublié Marie-Joseph Chénier, qui ne fut pas le moins hostile à Napoléon.

« A VICTOR HUGO

» Sainte-Adresse.

» Il faisait hier une belle soirée, Victor ; j'étais allé voir au bord de la mer le soleil se coucher dans une pourpre plus splendide que ne l'a jamais été celle des rois — quand il y avait de la pourpre — et quand il y avait des rois.

» On voyait passer à l'horizon des silhouettes de navires noirs sur un fond d'or rouge, et je cherchais à reconnaître un bateau d'Etretat qui doit m'emmener dans quelques heures, non à ses voiles brunes et tannées qu'on n'aurait pu distinguer à cette heure où les couleurs s'effacent, mais à la forme particulière de son beaupré incliné vers la mer.

» Après les couleurs, les formes commencèrent à disparaître. Je vis s'allumer les lumières rouges des phares sur les jetées du Havre, les lumières bleuâtres des étoiles au ciel et les lumières presque vertes des lucioles dans l'herbe. J'entendis le bruit de la mer qui montait, et je reconnaissais à son parfum une petite fleur jaune qui pousse à foison sur cette côte et qui embaume l'air.

» Et je pensai à un de vos anciens ouvrages, à un beau livre, au *Dernier Jour d'un Condamné*, dans lequel le malheureux qu'on juge, en proie à une bizarre hallucination, ne peut détourner ses regards et sa pensée d'une petite fleur jaune qui se balance sur une fenêtre où elle a été semée par le vent ou par quelque oiseau.

» Et je pensai à ces longues promenades que j'ai faites quelquefois avec vous sur les boulevards de Paris, à l'heure où Paris dormait, à ces promenades où nous parlions des magnificences de la nature, que vous aimiez comme moi et dont vous parliez si bien.

» Et je songeai que ce jour-là vous étiez reçu membre de l'Académie française. Vous voyez que je vous aime, Victor, puisque sous les beaux arbres, à travers lesquels je voyais les étoiles comme des fruits de feu, ayant à mes pieds la mer qui rejetait les varechs et les algues de ses prairies profondes où paissent les phoques, assis sur une côte revêtue du beau manteau dont la terre se couvre l'été, au milieu de tant de belles feuilles et d'herbes, au milieu de tant de choses vertes, j'ai pu penser aux deux pauvres petites palmes dont vous avez le droit maintenant d'enrichir le collet de votre habit.

» Vous voilà donc enfin à l'Académie. — Vous y êtes entré comme le fils de Philippe de Macédoine entra à Babylone. Mais ne vous semblerait-il pas singulier de lire dans son historien, Quinte Curce, qu'Alexandre ne demanda pour prix de ses victoires que d'être nommé citoyen de la ville de Darius ?

» Ne vous êtes-vous pas un peu laissé faire ce que le père Loriquet *è societate Jesu* voulait faire de Napoléon, que, dans son histoire de France, il appelait le marquis de Bonaparte, général en chef des armées du roi Louis XVIII ?

» Je lisais dernièrement un des romans de Walter Scott intitulé *le Pirate* : c'est l'histoire de Clément Vaughan, qui, après avoir été pendant plusieurs années le chef d'une troupe déterminée et le maître d'une frégate au redoutable pavillon noir, s'amende à la fin et devient officier sur un vaisseau de Sa Majesté, où ses supérieurs sont fort contents de lui.

» Je regardais l'autre jour sur une feuille d'un rosier planté au bord d'un ruisseau une goutte de pluie plus brillante qu'une opale ; tout à coup elle roula le long de la feuille, et tomba dans l'eau du ruisseau, où elle se perdit.

» C'est par l'individualité que charme un poète ; vous étiez un tout, pourquoi devenir une partie ?

» Il y a un grand nombre de pierres à la base d'une pyramide, il n'y en a qu'une au sommet.

» Le rossignol chante seul dans les buissons en fleurs ; les oies volent en troupes.

» Vous êtes entré à l'Académie en en enfonçant les portes ; en vain vous avez caché votre triomphe, en vain vous avez pris une allure modeste et hypocrite : vos confrères malgré eux ont fait comme les vieilles femmes d'une ville prise d'assaut : elles jettent du haut des fenêtres, à la tête de l'ennemi, tous leurs ustensiles de ménage.

» Ce n'était vraiment pas la peine de se faire Victor Hugo pour devenir l'un des quarante.

» Mon pauvre Victor, vous voici donc enfin l'égal de M. Flourens ; tout le monde dit maintenant que vous voulez devenir député, c'est-à-dire l'un des quatre cent cinquante.

.» De succès en succès, si on vous laisse

faire, vous arriverez à être l'un des trente-
trois millions qui composent la nation française. »

Devant ce nouveau pamphlet amical, Victor
Hugo n'hésita point à se justifier ; il répondit
au grand humoriste des *Guêpes* par cette
brève mais substantielle missive, document
mille fois plus précieux que son discours de
réception :

« *20 juin 1841.*

» *Mon cher Alphonse Karr,*

» *Vous êtes la poésie même qui se plaint
d'un poète, et qui a raison.*

» *Moi, de mon côté, je n'ai pas tort.
Je suis un peu poète, mais je suis beaucoup soldat. Comme vous le dites d'une
façon si spirituelle, on m'a vidé sur la
tête le discours de Salvandy ; cela est
vrai, mais, en somme, je suis dans la
place ! Et vous y êtes aussi, et toutes mes
idées et toutes les vôtres y sont.*

» *L'Académie, après tout, a été une
grande chose, et peut et doit le rede-
venir, grâce à tous les hommes de
pensée et d'avenir dont je ne suis que
le maréchal des logis, grâce aux vrais
poètes, grâce aux vrais écrivains. Il y
a là, même à cette heure, d'excellents
esprits qui vous aiment et qui vous
tendront la main ; les académies, comme
tout le reste, appartiendront à la nouvelle génération.*

» *En attendant, je suis la brèche vivante par où ces idées entrent aujour-*

d'hui et par où ces hommes entreront demain.

» Cela vous importe peu à vous, en ce moment, à vous qui vivez face à face avec l'océan, avec la nature et avec Dieu, je le conçois ; mais repliez-vous un peu sur nous autres ; revenez de ce grand Etretat à ce petit Paris ; est-ce que nous ne devons pas être las d'être gouvernés littérairement par M. Roger et politiquemeet par M. Fulchiron ? »

Qu'on me permette de souligner particulièrement une incidente qui a peut-être passé inaperçue. Dans cette phrase : « *Les Académies*, COMME TOUT LE RESTE, *appartiendront à la nouvelle génération* », les mots *comme tout le reste* ne sont rien moins qu'un aveu implicite... Le poète ne dévoile pas encore ses intentions politiques, mais, d'avance, il les justifie.

Ses intentions politiques, voilà justement le secret de son entrée à l'Institut, sorte de marchepied qui doit lui permettre d'atteindre jusqu'à la pairie. Mais ce n'est point cette raison-là qu'il donne de son odyssée académique ; l'excuse serait trop mauvaise auprès d'Alphonse Karr.

II

Avant de citer le feuilleton de Mme de Girardin, j'ai parlé de certaine attaque du détracteur de Victor Hugo. Voici cette chose ridicule. Dans son récit de la réception

académique du Maître, Zoïle insinue que
le discours de Victor Hugo n'eut aucun
succès et que le triomphe de la journée fut
pour M. de Salvandy. Cette façon d'écrire
l'histoire, voisine de la méthode du père Loriquet, n'étonnera point mes lecteurs, après
les réfutations auxquelles je me suis attardé
dans la première partie de cette étude. Puisque des discussions de ce genre me sont en
quelque sorte imposées par le plan même de
cet ouvrage, je répondrai cette fois encore
à notre Zoïle, tout en reconnaissant qu'il
vaudrait peut-être mieux m'en abstenir, malgré le titre de ces études. Il n'est point dans
l'esprit de celles-ci de prendre au sérieux
tous les racontars hugophobes. Au surplus,
éreinter n'est pas juger ; un libelle n'est point
une critique ; un pamphlet n'est pas un livre
d'histoire...

Charles Magnin, dans un passage de son
article que j'ai cité, fait, comme Mme de Girardin, allusion au succès oratoire de Victor
Hugo ; il dit, notamment, qu'après l'hommage rendu aux six poètes révoltés contre
Napoléon, « une immense acclamation a
salué la noble et généreuse parole de l'auteur. » Cela n'empêche pas Zoïle de prétendre trouver dans Magnin la preuve de
l' « échec » de Victor Hugo. Et il ajoute :
« Victor Hugo n'était pas pour prendre son
échec en patience. Il était l'un des habitués
du salon de Mme de Girardin : ce fut elle qui
se chargea de dire leur fait aux confrères du
poète, coupables de *haines mesquines* et de
calomnies pitoyables ; elle les accusa de lui
avoir tendu *une embûche ;* elle reprocha à

M. de Salvandy de s'être fait « l'exécuteur
des hautes œuvres » des *ennemis* de Victor
Hugo ; elle montra l'auditoire, — ce même
auditoire qui avait couvert M. de Salvandy
de ses applaudissements, — l'interrompant
au milieu de ses *injures* et de ses *cruautés*,
et le forçant *d'en ravaler la moitié* (1).

» Et ce qui était vrai, c'est que l'Académie,
dérogeant à tous ses usages, s'était excusée,
par la bouche de son directeur, vis-à-vis de
l'illustre récipiendaire, de ne l'avoir pas élu
plus tôt (2). Ce qui était vrai, c'est que M. de

------

(1) Voici dans quels termes modérés Charles
Magnin raconte, lui aussi, cet incident que notre
hugophobe, ne pouvant le nier, essaye du moins
de nous présenter comme une invention de
Mme de Girardin :

« ..... M. de Salvandy a de plus introduit une
innovation que nous regretterions fort, pour notre
part, de voir s'établir comme un précédent. Il ne
s'est pas contenté de controverser, selon l'usage,
quelques points de la harangue qu'on venait d'entendre. Il a tenu à faire de ce discours tout entier
une réfutation complète et suivie ; il l'a repris
paragraphe par paragraphe, ne laissant pas
échapper sans contradiction la pensée la plus
simple ni l'anecdote la plus indifférente. Cette
négation universelle, ce blâme de parti pris, cet
écho contradicteur, qui donnait aux habitués des
chambres l'idée d'une réponse à un discours du
trône faite par une majorité d'opposition, toute
cette petite guerre, qui d'abord avait vivement
éveillé l'attention, a fini par paraître un peu pro-
longée : *l'orateur a dû faire quelques coupures* et les a exécutées, séance tenante, avec un
remarquable à-propos. »

» L'orateur a dû faire quelques coupures » est
un charmant euphémisme auquel la « dixième
Muse » n'avait point songé.

(2) « ..... Ce n'est pas son choix qu'elle (*l'Aca-*

Salvandy avait rendu pleine justice aux
œuvres de Victor Hugo et à son génie, célébrant tour à tour en lui le poète lyrique, le
romancier et le dramaturge ; parlant de ses
odes avec enthousiasme, de *Notre-Dame de
Paris* avec admiration, de ses drames eux-
mêmes avec éloge. »

Ainsi, Mme de Girardin a menti (1),
Alphonse Karr, — qui nous montre l'Académie faisant comme ces vieilles femmes d'une
ville prise d'assaut, qui jettent du haut des
fenêtres, sur la tête de l'ennemi, tous leurs
ustensiles de ménage — Alphonse Karr a
menti également, et Victor Hugo, en reconnaissant qu'en effet on lui a versé sur la tête
le discours de Salvandy, profère à son tour
un affreux mensonge. Eh bien, le rédacteur
de la *Revue des Deux Mondes* n'est pas
moins impudent que tous ces menteurs-là.
Lisez plutôt :

« Le seul éloge que M. de Salvandy ait ac-

---

démie) aurait à justifier, suivant le vieil usage ;
ce seraient ses retards, si vous-même ne l'aviez
fait pour nous, en donnant aux lettres, entre deux
candidatures, ce volume des *Rayons et des Ombres*, brillant et pur reflet de vos premières illuminations. »

(1) Rappelons ce passage de l'article de Mme de
Girardin, si peu fait pour corroborer l'hypothèse
d'une vengeance de Victor Hugo exécutée par la
chroniqueuse de la *Presse:* «.....Ah ! si nous voulions à notre tour répondre à cette réponse !...
Mais silence, celui qui l'a prononcée est un de
ceux que nous nous plaisons à louer ; et quand
ceux que l'on estime et que l'on aime s'oublient
jusqu'à de telles injustices, il est permis de s'en
indigner... jamais d'en rire. »

cordé au génie de M. Victor Hugo s'est adressé à ses facultés lyriques. Il veut bien admettre son nouveau confrère dans cette triade poétique qu'il compose de M. Casimir Delavigne et de M. de Lamartine, et dans laquelle la France a depuis longtemps placé Béranger. Vous croyez, sans doute, qu'en décernant à M. Victor Hugo cette couronne de poète, M. de Salvandy a songé à l'auteur des *Feuilles d'automne* et des *Orientales*? Détrompez-vous. M. de Salvandy n'a songé qu'à l'auteur adolescent d'un premier recueil d'odes, où de grandes espérances faisaient pardonner l'absence des qualités brillantes qui se sont épanouies plus tard. Tout ce que M. de Salvandy veut bien accorder, c'est qu'il a été donné, par moments, à l'auteur des *Chants du Crépuscule* des *Voix intérieures* et surtout des *Rayons et des Ombres*, de retrouver quelque chose de ses premières inspirations. Que penser ? que dire d'un jugement si étrange et qui semble si peu sérieux ? C'est à peu près comme si l'on voulait soutenir que M. de Chateaubriand n'a jamais égalé son premier livre, l'*Essai sur les révolutions*, ou qu'on prétendît que David n'a rien fait de mieux que son grand prix de Rome, que n'ont égalé, comme on sait, ni le *Serment des Horaces* ni *Léonidas*. »

Voici le passage du discours de M. de Salvandy que Magnin nous dénonce particulièrement, après Mme de Girardin.

« Nous vous avons vu, homme de lettres avant l'âge d'homme, poursuivre et *obtenir* (?), à quinze ans, des palmes dans cette enceinte ; composer coup sur coup, *à cet âge où Voltaire ne méditait pas encore Œdipe*, vos premiers poèmes, qui vous valurent ce nom d'*enfant sublime* où le mot d'enfant était de trop ; publier, à dix-huit ans, VOTRE PREMIER RECUEIL LYRIQUE, QUI N'A PAS ÉTÉ SURPASSÉ, MÊME PAR VOUS. »

On le voit, l'Académie n'avait rien changé à ses opinions sur le plus grand poète lyrique. Victor Hugo était toujours l'auteur des *Odes et Ballades*. (*Les Rayons et les Ombres*, on l'a vu, n'étaient qu'un « brillant et pur reflet de ses premières illuminations ».) Et, dame ! cela se conçoit, dans les *Odes*, 1re édition, le futur novateur est à peine visible, il rime encore comme Casimir ; il n'a point perdu la note académique. On ne peut pas en dire autant des *Orientales*, qui arrachaient à M. le Comte de Neufchâteau cette exclamation typique : « Quel dommage ! il se perd ; il promettait tant ! Jamais il n'a si bien fait qu'au début (1). »

Le biographe de Victor Hugo dit encore, à propos de la joute oratoire où triompha M. de Salvandy : « Le poète avait fait un discours politique ; l'ancien ministre fit un discours littéraire. » Le compte rendu de la *Revue des Deux Mondes* dit à ce sujet : « Singulier contraste ! M. Victor Hugo, qui s'est emprisonné dans la politique, n'a fait, en définitive, qu'un grand et beau discours littéraire, et M. de Salvandy, en appréciant des drames, des romans, des poésies lyriques, ce

---

(1) Voyez les *Portraits contemporains* de Sainte-Beuve, (Michel Lévy, édit., 1869), t. i, p. 397.

qu'il a fait d'ailleurs en écrivain élégant et littéraire, a obtenu surtout un succès politique. »

Un peu plus loin, notre hugophobe nous apprend que Victor Hugo, dans son discours, *caressait tour à tour toutes les opinions*. « Eloge de Napoléon pour les bonapartistes, éloge de la Convention pour les républicains, éloge de Malesherbes pour les royalistes, il y en avait pour tous les goûts. » Mais Magnin nous dit, de son côté : « Il (Hugo) n'a été l'homme d'aucun parti (1), d'aucune opinion même. On l'accuse d'avoir flatté la Convention ; on se trompe. Il ne lui a fait grâce du souvenir d'aucun de ses crimes ; il n'a oublié ni l'échafaud d'André Chénier, ni le fiacre du 21 janvier, ni la pique du 2 septembre. Il a agi de même avec Napoléon. L'auréole de gloire qui l'entoure ne lui a point caché le fossé de Vincennes. »

Je n'ai point à conclure, n'est-ce pas, au sujet des appréciations de Zoïle. Les citations que je viens de faire en disent assez. Désormais nous nous ferons grâce de ses commentaires.

*
* *

Parmi les innombrables articles qu'on publia sur la réception académique de l'auteur

---

(1) On sait qu'il avait dit, dans la première pièce des *Feuilles d'automne* :

..... *Après avoir chanté, j'écoute et je contemple,*
A l'empereur tombé dressant dans l'ombre un tem-
[ple,
Aimant la liberté pour ses fruits, pour ses fleurs,
Le trône pour ses droits, le roi pour ses malheurs.....

d'*Hernani,* il en est un qui parut dans une feuille plus que modeste, c'est le seul auquel Victor Hugo répondit. M. Pierre Vinçard, le directeur de la *Ruche populaire*, avait pris la mouche, à propos d'un mot qu'il avait mal interprété. Voici le passage où se trouve ce mot :

« Dévouer sa pensée, — permettez-moi de répéter ici solennellement ce que j'ai dit toujours, ce que j'ai écrit partout, ce qui, dans la proportion restreinte de mes efforts, n'a jamais cessé d'être ma règle, ma loi, mon principe et mon but ; — dévouer sa pensée au développement continu de la sociabilité humaine ; *avoir* LES POPULACES *en dédain et le peuple en amour ;* respecter dans les partis, tout en 'écartant d'eux quelquefois, les innombrables formes qu'a le droit de prendre l'initiative multiple et féconde de la liberté ; ménager dans le pouvoir, tout en lui résistant au besoin, le point d'appui, divin selon les uns, humain selon les autres, mystérieux et salutaire selon tous, sans lequel toute société chancelle : confronter de temps en temps les lois humaines avec la loi chrétienne et la pénalité avec l'Evangile ; aider la presse par le livre toutes les fois qu'elle travaille dans le vrai sens du siècle ; répandre largement ses encouragements et ses sympathies sur ces générations encore couvertes d'ombre qui languissent faute d'air et d'espace, et que nous entendons heurter tumultueusement de leurs passions, de leurs souffrances et de leurs idées les portes profondes de l'avenir ; verser par le théâtre sur la foule, à travers le rire et les pleurs, à travers les solennelles leçons de l'histoire, à travers les hautes fantaisies de l'imagination, cette émotion tendre et poignante qui se résout dans l'âme des spectateurs en pitié pour la femme et en vénération pour le vieillard : faire pénétrer la nature dans l'art comme la sève même de Dieu ; en un mot, civiliser les hommes par le calme rayonnement de la pensée sur leurs têtes, voilà aujourd'hui, Messieurs, la mission, la fonction et la gloire du poète. »

La *Ruche populaire*, « journal des ouvriers, rédigé et publié par eux-mêmes, sous la direction de Vinçard », ne comprit point cette formule : « Avoir *les populaces* en dédain et *le peuple* en amour ». Et ledit Vinçard, qui maniait la plume un peu à la façon d'un marteau, consacra les premières pages de son plus prochain numéro à l' « exécution » du poète, coupable du délit de lèse-populace :

« DE LA POPULACE

» A PROPOS DU DISCOURS ACADÉMIQUE DE M. VICTOR HUGO.

» Grâce à Dieu, tous les grands hommes ne sont pas de l'Académie, tous les grands poètes ne sont pas des aristocrates, témoin notre sublime Béranger. Quand il s'occupe du pauvre peuple. lui, c'est pour verser de poétiques larmes sur les misères présentes de cette malheureuse classe, ou bien encore pour parer d'or et de soie les doux rêves que son imagination enfante, pour l'avenir de ces pauvres

parias de notre siècle. Mais, hélas ! il en est
d'autres, en ces temps d'anarchie monstrueuse
et de contradiction impie, il en est d'autres au cœur de glace et à la morgue nobiliaire, dont la parole n'est pas toute de miel,
quoique pourtant grave, brillante et sonore,
souvent elle émeut, entraîne, enthousiasme et
provoque l'acclamation générale, et qui, interprète fidèle de l'art pour l'art (1), par une
sublime harmonie semble quelquefois prélu-
der au cantique sacré de religieuse et sainte
fraternité des hommes. (*Sic.*) Mais, ô déception
étrange, le vieil homme reprend tout à coup
sa féodale allure, et donne de son insolente
cravache par la figure de la pauvre plèbe, oui,
mes amis, c'est inouï ! c'est à ne pas croire !
Il a osé, au milieu d'une grave et solennelle
assemblée, lui le prince des poètes, lui le
peintre chaleureux de l'agonie d'un condamné,
lui le poignant historien de Claude Gueux, il
a osé jeter sa parole de méprisant dédain à la
face du pauvre *peuple*, oui, du *peuple !* car,
que m'importe à moi sa vaine distinction de
populace, il n'y a plus d'inférieurs aujour-
d'hui, les hommes sont égaux en dignité morale, toutes les classes se doivent un mutuel

---

(1) On sait combien était injuste envers Victor
Hugo cette accusation de cultiver *l'art pour
l'art*. Malgré l'éclatant démenti que lui donnait
toute l'œuvre de l'auteur de *Claude Gueux*, malgré
ses professions de foi peu équivoques et ses inces-
santes protestations, cette accusation invraisemblable, ce non-sens aveugle et stupéfiant poursuivit le
poète durant toute sa vie. Auguste Vacquerie, dans
Profils et Grimaces (p. 339-343), a fait justice de
cette légende.

respect ; et M. Victor Hugo, quelque élevé
soit-il par son imagination puissante, par son
poétique génie, et quelle que soit enfin la
forme brillante, suave et divine dont il revêt
sa pensée, tant qu'elle ne sera point puisée
ou retrempée dans le principe sacré de fraternité et d'égalité morale, M. Victor Hugo
ne sera qu'un beau musicien, qu'on aime entendre quelquefois par désœuvrement. Mais
les moments sont courts pour toutes les classes aujourd'hui, et l'œuvre qui doit s'accomplir n'a que faire de désœuvrés ! Il est temps
enfin qu'on ne perde plus ses jours en vaines
paroles, et il est pénible de voir tant d'hommes puissants dépenser tout ce que Dieu a
mis en eux de pouvoir et de force en frivole
agencement de phrases plus ou moins pom-
peuses ! Il écrivait hier : *Le poète a charge
d'âmes* (1) ; puis, il dit solennellement aujour-
d'hui qu'*il a les populaces en dédain.*

Ainsi, il plaide pour la populace par sa
plume, puis il l'insulte par sa parole ; contradiction des contradictions ! Mais, qu'est-ce
donc que la populace ? est-ce qu'elle est en
dehors de la grande famille sociale ? Toujours
des divisions, toujours des classes : hautes,
basses, moyennes. Après tant de sang et de
larmes, il est encore des lignes de démarca-

----

(1) Préface de *Marion de Lorme.* — Victor Hugo
(dans une lettre en réponse à des vers enthousiastes de Savinien Lapointe, ouvrier cordonnier,
parus dans la *Ruche populaire*, à propos du
poème *Regard jeté dans une mansarde*, réponse
également publiée par la *Ruche*) avait rappelé
cette déclaration de 1831.

tion entre tous tes enfants, ô mon Dieu ! Et pourtant, cette *populace*, ingrats que vous êtes ! c'est elle qui tisse vos habits, qui bâtit vos palais ; c'est elle qui moissonne pour vous, quand à peine il lui est permis de glaner pour elle ! c'est elle qui engraisse de ses sueurs, de ses larmes et de son sang, ce sol où vous trônez en monarque, heureux prédestiné des muses et de la fortune ; c'est elle qui vous l'a faite, cette patrie, cette famille dont vous la repoussez indignement ; c'est elle qui vous l'a donné, ce sol du pays. Qui sait ? sans elle le cheval du Cosaque foulerait peut-être encore le tapis de verdure de vos villas. L'époque de 1830 ne vous a donc rien laissé dans l'âme ? Après l'acte de sa souveraine justice, elle est rentrée dans sa misère, dans son obscurité native, sans murmurer ; et ne craignez-vous pas que ce ne soit pas sans regrets ? Enfin, elle vous a laissé jouir des doux fruits de sa conquête : droit législatif, liberté civile et politique, tout vous a été octroyé, à vous qui possédez pignon sur rue ; mais que gardez-vous pour elle ? La pauvre plèbe, elle attend, calme et confiante, que les temps s'accomplissent, et vous lui répondriez par le dédain ? Non, cela serait trop infâme ! Et ne dites pas que vous séparez le peuple de la populace, car encore une fois il n'y a qu'un seul peuple, et, dans ce peuple, il y a des riches et des pauvres, des hommes qui possèdent et d'autres qui n'auront jamais rien. Sans entrer dans les interminables discussions sur la liberté d'acquérir, laissée aux pauvres, et sur le mouvement et changement des fortunes par le morcellement des propriétés et par la division des héritages, je dis qu'il est inouï qu'un homme tel que M. Victor Hugo ose jeter l'anathème sur une immense partie de la famille sociale ; car il sait mieux que nous, à en juger par ses travaux passés, tout ce qu'il y a de misère et de déplorable pauvreté dans cette masse flottante qu'on laisse errer au hasard dans le tourbillon incohérent qu'on appelle société civilisée ; il sait mieux que nous que, sans guide et sans boussole, l'homme qu'on jette pur et candide dans cette fournaise de désirs et d'ambitions de toutes sortes, souvent en sort la tête en vertige et le cœur gangrené. Et qu'est-ce à dire ? Le médecin refuserait les élans de son amour et le baume de son intelligence à un pauvre mourant ! Non, mille fois non. Grâces vous soient rendues, ô mon Dieu ! il est encore de grands cœurs qui ne dédaignent pas le petit peuple. Que M. Victor Hugo, qui chante si bien, et en prose si poétique, les grandes choses qui se sont accomplies sous l'empire, n'oublie donc point que Napoléon ne fut jamais plus grand qu'alors que l'auréole populaire entourait son noble front, et que les masses furent incarnées en lui ; et qu'il ne perdit de cette grandeur glorieuse qu'alors aussi qu'il voulut y joindre le baptême de la tradition nobiliaire ; Dieu sait tout ce qui lui en en a coûté d'oublier un instant qu'il n'était quelque chose que par le peuple. Si jamais ces lignes ont l'honneur d'être lues par M. Victor Hugo, pour qu'il n'ignore point que nous avons, nous aussi, des poètes dont l'intelligence, unie au sentiment religieux, sait et peut, au besoin, prouver que la populace n'est pas toujours la dupe des faux semblants et des caresses menteuses de ceux qui vivent à ses dépens, nous citerons l'ingénieux apologue *Le Léopard et le Renard*; nos lecteurs seront heureux du souvenir que nous leur rappellerons, et notre bon camarade Lachambeaudie trouvera l'application de sa fable si bien appropriée à la circonstance qu'il nous pardonnera notre larcin.

> » *Un jour le léopard,*
> *Accostant le renard,*
> *Lui dit : « Ami, bonjour ! j'allais vers ta tanière,*
> *Je te trouve à propos. » L'autre répond : « Seigneur,*
> *Moi, votre ami, d'où me vient cet honneur ? »*
> *« C'est que des préjugés on va combler l'ornière :*
> *De la fraternité flottera la bannière ;*
> *Plus de titres pompeux, de castes ni de rangs !*
> *Les faibles et les forts, les petits et les grands,*
> *Des privilèges vains franchissant la barrière,*
> *Vont enfin cimenter une sainte union ;*
> *Et, ce soir même, le lion,*
> *Pour fêter cette nouvelle ère,*
> *A de joyeux festins, où tous seront admis*
> *Incite ses sujets, ou plutôt ses amis... »*
> *« En vérité, dit le renard, je loue*
> *Ces nobles sentiments, et longtemps, je l'avoue,*
> *J'appelai de mes vœux cet avenir promis.*
> *Maudissant le destin contraire,*
> *Je gémissais tout bas de mon obscurité ;*
> *Mais aujourd'hui je touche à la félicité ;*
> *Allons, joie et bonheur ! car je suis votre frère !*
> *Vive, vive l'égalité !...*
> *Pourtant nous n'admettrons à nos fêtes, j'espère,*
> *Ni le pourceau fangeux, ni le singe éhonté ? »*
>
> « VINÇARD,
> « Fabricant de mesures linéaires. »

Victor Hugo ne fut pas insensible aux attaques de la *Ruche*. Ces méprises des humbles lui étaient particulièrement pénibles, et une agression aussi injuste, venant d'un prolétaire, devait blesser profondément l'âme où avait germé la *Prière pour tous*. Au surplus, le futur élu de Paris ne pouvait s'accommoder de ce malentendu. La logique du père Vinçard n'allait à rien moins qu'à le disqualifier auprès de ce bon peuple qui l'avait adopté et dont l'estime lui était si précieuse. Sans doute le parallèle avec Béranger n'était pas heureux, et l'on ne voit pas très bien l'auteur populaire du *Regard jeté dans une mansarde* détrôné par Lachambeaudie, émule bien pensant de M. Viennet. Mais le public ne raisonne pas toujours mieux qu'un directeur de revue ouvrière, et il brûlera aisément demain ce qu'il adorait hier. Victor Hugo écrivit à M. Vinçard la lettre suivante (1) :

« Puisque vous me faites l'honneur de m'envoyer votre article, Monsieur, je le considère comme une lettre, et j'y réponds.

» Je n'ai pas dit *la populace*, j'ai dit *les populaces* : dans ma pensée, ce pluriel est important. Il y a une populace dorée comme il y a une populace déguenillée ; il y a une populace dans les salons, comme il y a une populace dans les rues. A tous les étages de la société, tout ce qui travaille, tout ce qui pense, tout ce qui aide, tout ce qui tend vers le bien, le juste et le vrai, c'est le peuple ; à tous les étages de la société, tout ce qui croupit par stagnation volontaire, tout ce qui ignore par paresse, tout ce qui fait le mal

---

(1) Elle parut dans la *Ruche*, précédée de cette note :

« Sur notre demande, M. Victor Hugo a bien voulu nous autoriser à publier cette lettre, adressée par lui à M. Vinçard, qui lui avait envoyé son article. »

sciemment, c'est la populace. En haut :
égoïsme et oisiveté ; en bas : envie et fainéan-
tise ; voilà les vices de ce qui est populace.
Et, je le répète, on est populace en haut aussi
bien qu'en bas. J'ai donc dit : qu'il fallait
aimer le peuple ; un plus sévère eût ajouté
peut-être : et *haïr la populace*. Je me contente de la dédaigner.

» Ce que je ne dédaigne pas, Monsieur,
c'est la plainte d'un homme de cœur et de
bonne foi, même quand il est injuste. Je
cherche alors à l'éclairer. C'est pour moi un
devoir de conscience. Ce devoir, vous voyez,
Monsieur, que je tâche de le remplir.

» Recevez, je vous prie, l'assurance de
mes sentiments très distingués.

» Victor HUGO.

» Le 2 juillet 1841 (1). »

Victor Hugo devait plus tard développer
les pensées de cette lettre dans une des plus
belles pages des *Châtiments* :

Ceux qui vivent, ce sont ceux qui luttent ; ce sont
Ceux dont un dessein ferme emplit l'âme et le front,
Ceux qui d'un haut destin gravissent l'âpre cime,
Ceux qui marchent pensifs, épris d'un but sublime,
Ayant devant les yeux, sans cesse, nuit et jour,
Ou quelque saint labeur ou quelque grand amour.
C'est le prophète saint prosterné devant l'arche,
C'est le travailleur, pâtre, ouvrier, patriarche,
Ceux dont le cœur est bon, ceux dont les jours sont
[pleins.
Ceux-là vivent, Seigneur ! les autres, je les plains.
Car de son vague ennui le néant les enivre,

---

(1) La *Ruche populaire*, n° de juillet 1841,
pp. 13 et 14. — *Correspondance* de Victor Hugo.
(1836-1882), pp. 43, 44.

Car le plus lourd fardeau, c'est d'exister sans vivre.
Inutiles, épars, ils traînent ici-bas
Le sombre accablement d'être en ne pensant pas.
Ils s'appellent vulgus, plebs, la tourbe, la foule,
Ils sont ce qui murmure, applaudit, siffle, coule,
Bat des mains, foule aux pieds, bâille, dit oui, dit
                              [non,
N'a jamais de figure et n'a jamais de nom ;
Troupeau qui va, revient, juge, absout, délibère,
Détruit, prêt à Marat comme prêt à Tibère,
Foule triste, joyeuse, habits dorés, bras nus,
Pêle-mêle, et poussée aux gouffres inconnus.
Ils sont les passants froids, sans but, sans nœud,
                              [sans âge ;
Le bas du genre humain qui s'écroule en nuage ;
Ceux qu'on ne connaît pas, ceux qu'on ne compte.
                              [pas,
Ceux qui perdent les mots, les volontés, les pas.
L'ombre obscure autour d'eux se prolonge et recule ;
Ils n'ont du plein midi qu'un lointain crépuscule,
Car, jetant au hasard les cris, les voix, le bruit,
Ils errent près du bord sinistre de la nuit.....

III

C'était un tour de scrutin vraiment miraculeux qui avait fait élire Victor Hugo ; et le
chantre pieux de *Notre-Dame*, qui s'appli-
quait dans ses « loisirs sereins » à traduire
les *voix intérieures*, et qui excellait à voir
partout la main mystérieuse de la Providence,
dut trouver là une preuve bien éloquente de
son opportune intervention dans les événements sublunaires. Mais court fut son ravissement. On a vu comment le traita M. de
Salvandy. Ce n'est pas tout. En même
temps que lui, l'Académie avait élu un gentilhomme. Quelques semaines plus tard, elle
réparait les torts qu'elle avait eus envers
M. Ancelot en osant lui préférer Victor
Hugo. Le nouvel élu se vengea de son ancien concurrent par un passage de son dis-

cours qui visait la jeune littérature, et que l'Académie n'eut garde de « censurer ». Il a soin de nous apprendre que M. de Bonald, son prédécesseur, n'aimait point cette jeune littérature, et il nous explique pourquoi : « Nourri de la lecture des admirables modèles qu'il a parfois égalés, l'austère écrivain avait gémi à la naissance d'une littérature qui mettait sa gloire à fouler sous ses pieds toutes les traditions, à mépriser toutes les lois, à renverser tous les autels, et qui espérait se grandir en se dressant sur des débris..... »

Cette sortie nous ramène aux plus beaux jours de MM. Auger, Arnault, Duval et Andrieux. M. Brifaut, qui répondit à M. Ancelot (il avait voté pour lui contre Victor Hugo), eut du moins le bon goût, pour parler la langue académique, — de ne pas suivre le récipiendaire dans cette voie...

Hugo, d'ailleurs, ne se découragea point. La *Revue des Deux Mondes* n'avait-elle pas annoncé que son élection venait de *rompre toute reprise de coalition littéraire exclusive*. Le poète ne songea donc qu'à faire de bonne besogne académique. « Il fut, raconte Richard Lesclide, un académicien modèle. Il travailla au dictionnaire avec succès. Il se plaisait à ces disputes de mots où il l'emportait presque toujours, et n'était pas fâché de faire « quinauds » ses confrères (1). » Mais

____

(1) « ..... Hugo parle de l'Académie. « ..... Je « vous l'avoue, j'aimais aller à l'Académie, les « séances du dictionnaire avaient un intérêt pour

l'Académie mettait plus de temps à discuter un mot que l'auteur de *Ruy Blas* à écrire un drame, et celui-ci calcula qu'il ne faudrait pas moins de vingt à trente siècles pour mener à bonne fin les travaux du dictionnaire (1), si bien qu'à la rigueur la langue française pourrait avoir disparu à cette époque. L'œuvre du Maître, conclut l'auteur des *Propos de table*, nous préservera de ce danger. « Nous croyons que la langue de Victor Hugo suffira aux générations prochaines, et leur permettra de se passer d'un dictionnaire officiel. »

Après M. Ancelot, l'Académie nomma M. de Tocqueville et M. le duc Etienne Pasquier. Ce qui fit dire à Nestor Roqueplan que l'on continuait à faire de l'Académie une espèce de *Salle des Pas perdus de la politique*, où se contractaient les coalitions

---

« moi ; je suis très amoureux d'étymologies, charmé
« par ce qu'il y a de mystère dans ces mots de
« subjonctif, de participe..... J'étais assidu autour
« de cette table, où juste en face de moi, comme
« vous l'êtes, monsieur de Goncourt, j'avais Royer-
« Collard. » (*Journal des Goncourt*, t. v, pp. 240, 241.)

(1) « Un jour qu'on parlait du fameux dictionnaire historique que prépare depuis si longtemps l'Académie, il (Hugo) dit : « Au train dont on marche, il faudra trois mille ans pour l'achever. » M. E. Renan, à qui on avait répété le mot, et qui devait devenir le collègue du poète, M. Renan lui dit : « Je croyais votre calcul un peu exagéré, « mais je viens de le vérifier, il est strictement « juste. » (Alfred Barbou, *La Vie de Victor Hugo*, p. 192.)

de la tribune bien plus que les alliances de la littérature (1).

Ainsi, la paix annoncée par la *Revue des Deux Mondes* avait eu pour résultat l'élection d'un vaudevilliste et de deux hommes d'Etat. Victor Hugo, si optimiste dans sa lettre à Alphonse Karr, dut commencer à perdre ses illusions. Mais d'autres surprises l'attendaient. Cependant l'Académie eut quelques inspirations curieuses. Elle donna le fauteuil du légendaire M. Duval au philosophe Ballanche et celui du mémorable M. Roger à l'érudit Patin. Avec ce dernier, dame Critique, « la bête noire de Victor Hugo, » venait siéger sous la Coupole. M. Saint-Marc Girardin et Sainte-Beuve devaient suivre de près M. Patin. Mais l'année 1843, la plus cruelle de toutes dans la vie de Victor Hugo, car elle vit tomber les *Burgraves* et mourir sa fille, l'année 1843, dis-je, devait achever de désabuser le poète à l'endroit de l'Académie. Sa trilogie eut pour défenseurs Balzac, Théophile Gautier, Jules Janin, Frédéric Soulié, Emile de Girardin, Alphonse Karr, Edouard Thierry ; et pour ennemis — tous les dramaturges du palais Mazarin, plus leurs amis et alliés.

Ce parti redoutable eut alors une idée géniale : il inventa M. Ponsard. D'admirateur passionné de Victor Hugo, devenu tout à coup partisan effréné de M. Ponsard, ce provincial, qui aimait mieux être le second à Paris

---

(1) Les *Nouvelles à la main*, n° de janvier 1842.

que le premier dans son village, venait de déserter l'office paternel pour les coulisses de l'Odéon, et il avait fondé là l'ÉCOLE DU BON SENS, de bourgeoise mémoire, à qui l'on dut un renouveau du vers Pipelet justifié par toute une renaissance de prosopoètes. L'Académie, fidèle à ses principes, adopta cette école et s'occupa de son avenir. Alors M. Ponsard ne se contenta plus d'être le second à Rome. Comme César, il avait été le premier dans sa bourgade ; comme lui, il voulut aussi être le premier dans sa capitale. Il justifia cette ambition par la chute des *Burgraves* et par le triomphe de *Lucrèce*.

Un des plus chauds admirateurs de *Lucrèce* à l'Académie était M. Viennet, comme le prouve cette anecdote savoureuse notée dans *Choses vues*.

Au cours des représentations de la *Lucrèce* de M. Ponsard, j'eus avec M. Viennet, en pleine Académie, le dialogue que voici :

M. VIENNET. — Avez-vous lu la *Lucrèce* qu'on joue à l'Odéon ?

MOI. — Non.

M. VIENNET. — C'est très bien.

MOI. — Vraiment, c'est bien ?

M. VIENNET. — C'est plus que bien, c'est beau.

MOI. — Vraiment, c'est beau ?

M. VIENNET. — C'est plus que beau, c'est magnifique.

MOI. — Vraiment, là, magnifique ?

M. VIENNET. — Oh ! magnifique !

MOI. — Voyons, cela vaut-il *Zaïre* ?

M. VIENNET. — Oh ! non ! Oh ! comme vous y allez ! Diable ! *Zaïre !* Non, cela ne vaut pas *Zaïre*.

MOI. — C'est que c'est bien mauvais, *Zaïre !*

Un an après l'échec des *Burgraves*, le 8 février 1844, Victor Hugo eut la douleur de voir l'Académie préférer au grand Vigny, qu'il aimait et qu'il patronnait de son mieux, le minuscule Saint-Marc Girardin, qu'il n'avait certes aucune raison de chérir et de protéger. Ce critique succédait à M. Campenon, mort sous le consulat de Victor Hugo, en novembre 1843. A cette époque, l'auteur des *Burgraves* était, en effet, (pour la deuxième fois déjà) directeur de l'Académie. C'était donc à lui, hélas ! de recevoir... son détracteur. Non seulement il avait vu échouer un frère d'armes et triompher un adversaire, mais il devait encore faire à ce dernier les honneurs de la maison. M. Marc Girardin, dit Saint-Marc Girardin, homme d'une sainteté peu romantique, avait pour spécialité, à la Sorbonne et dans les gazettes, d'exalter le dix-septième siècle, voire le dix-huitième siècle, au détriment du dix-neuvième. Il avait immolé Victor Hugo à Jean Racine, et Dumas père à Crébillon. Éloquent précurseur de M. Brunetière, il avait mis dans ses paradoxales élucubrations toute la vigueur d'un esprit faux, sceptique aux lois d'évolution, et tout le zèle ombrageux d'une âme aveugle pour les lumières proches.

Tel était l'homme que l'infortuné directeur devait recevoir et haranguer, en présence de nombreux et malicieux témoins. Le dénigrer sournoisement, sous forme de louanges, eût été fort académique, mais fort mesquin — et très périlleux. Car on aurait vu là une vengeance. Que faire alors ? On ne saurait certes exiger d'Homère qu'il s'éprît de Zoïle. Victor Hugo, en étudiant la personnalité du défunt, dont il devait aussi et surtout faire l'éloge, s'aperçut tout de suite que son cas n'était point aussi terrible qu'il l'avait cru. Cet excellent M. Campenon, qui avait jadis adressé des vers à l'Enfant sublime, à propos de sa première mention académique, était un piètre poète mais un bien brave cœur. Sans doute, fidèle à ses convictions, et d'ailleurs aveuglé par son parti, il avait voté contre Victor Hugo ; mais pouvait-on lui en vouloir ? Il n'avait certes pas connu la haine des Delavigne et des Lemercier. Sa belle âme apparaissait dans son œuvre, qui n'était pas sublime mais qui était touchante. Quelle différence entre cet homme et son successeur ! Ce contraste surprit tout de suite le directeur des Quarante, en mal de harangue académique. Dès lors la note était trouvée. Et voici comment Homère se vengea de Zoïle, sur le dos de M. de Campenon : « Il avait, dit-il, le goût de l'admiration..... le ciel ne lui avait pas donné sans doute la splendeur du génie, mais il lui avait donné ce qui l'accompagne presque toujours, ce qui en tient lieu quelquefois, *la dignité de l'âme*. M. Campenon était *sans envie devant les grandes intelligences* comme sans ambition devant les grandes destinées. *Il était*, chose admirable et rare, *du petit nombre de ces hommes du second rang qui aiment les hommes du premier*. »

Tout le monde comprit la leçon cachée sous ses paroles. Le récipiendaire la comprit si bien qu'il en devint furieux. La *Revue des Deux Mondes* lui était dévouée, — d'autant plus dévouée qu'elle haïssait Victor Hugo. Le critique alla donc pleurer dans le gilet de M. Buloz, et ce dernier fit *éreinter* le poète par M. Labitte. Ce monsieur reprocha au directeur des Quarante d'avoir manqué *aux plus simples convenances académiques* et de n'avoir eu ni *chevalerie*, ni *urbanité*. D'ailleurs, tout le discours était médiocre, et il avait déplu à tout le monde...

De son côté, Alphonse Karr, qui avait assisté à la séance, racontait ses impressions aux lecteurs des *Guêpes* : « Le discours de M. Hugo, dit-il, a été jugé *par tous* plein de pensées élevées et d'images magnifiques. — Les compliments adressés au récipiendaire ont été mêlés d'une ironie dédaigneuse qui n'a échappé à personne *et qui a rencontré beaucoup de complices.* »

Mais une épreuve plus cruelle attendait Victor Hugo. Sous son consulat de 1843, quinze jours après la mort de M. Campenon, M. Delavigne était allé rejoindre les âmes hugophobes de M. Duval et de M. Roger. Victor Hugo devait donc faire, ou plutôt refaire, après son oraison funèbre directoriale, — l'éloge de M. Delavigne... et de son successeur. Or l'Académie élut — Sainte-Beuve. On connaît l'histoire de la brouille fameuse qui sépara Hugo de son critique. J'ai moi-même, dans une étude récente, consacré plusieurs pages à ladite aventure (1). Sainte-Beuve, grâce à Hugo, n'avait pas été élu d'emblée, comme M. Saint-Marc Girardin. Hugo avait deux raisons pour lutter contre l'élec-

____

(1) Les *Amours de Victor Hugo*. (Editions de *La Plume*, 1901), p. 73-83 et p. 103-111.

tion de Sainte-Beuve, d'abord, la perspective plutôt regrettable de répondre au discours de ce triste monsieur, s'il était nommé; ensuite, le devoir de soutenir Vigny, qu'il admirait et qu'il aimait. D'ailleurs, même sans ces considérations personnelles, entre un critique fameux et un grand poète, Hugo n'eût jamais hésité. Son aversion pour la critique fut toujours en proportion de son culte pour la poésie. Il patronna donc l'auteur d'*Eloa*. Celui-ci n'obtint que trois voix ; mais elles empêchèrent Sainte-Beuve d'être élu ce jour-là. (Dans la même séance on venait d'élire M. Saint-Marc Girardin. L'échec de Sainte-Beuve était donc la seule consolation du parrain de Vigny.) Sept tours de scrutin n'ayant donné la majorité à personne, l'élection fut remise à un mois. Cette fois Sainte-Beuve fut élu, au deuxième tour de scrutin (1), par 12 voix ; Vigny n'en eut toujours que trois. Le troisième candidat, M. Vatout, en obtint 12.

La réception de Sainte-Beuve eut lieu un ans après son élection, le 27 février 1845. Trois jours avant, Mme de Girardin terminait ainsi son *Courrier de Paris*, dans *la Presse* :

« On se querelle, on se bat pour aller jeudi à l'Académie. La réunion sera des plus com-

---

(1) « Victor Hugo (Sainte-Beuve croyait du moins le savoir) vota onze fois contre lui. » *C.-A. Sainte-Beuve. Sa vie et ses œuvres*, par le vicomte d'Haussonville. (Michel Lévy, édit., 1875) p. 193. — M. d'Haussonville exagère. Victor Hugo ne put voter que neuf fois contre Sainte-Beuve, puisqu'il n'y eut que sept tours de scrutin la première fois, et deux le jour de l'élection.

plètes ; il y aura là toutes les admiratrices de M. Victor Hugo ; il y aura là toutes les protectrices de M. Sainte-Beuve, c'est-à-dire toutes les *lettrées* du parti classique. Qui nous expliquera ce mystère ? Comment se fait-il que M. Sainte-Beuve, dont nous apprécions le talent incontestable, mais que tout le monde a connu jadis républicain et romantique forcené, soit aujourd'hui le favori de tous les salons ultra-monarchiques et *classiquissimes*, et de toutes les spirituelles femmes qui règnent dans ces salons ? On répond à cela : « Il a abjuré... » Belle raison ! Est-ce que les femmes doivent jamais venir en aide à ceux qui abjurent ? La véritable mission des femmes, au contraire, est de secourir ceux qui luttent seuls et désespérément ; leur devoir, d'assister les héroïsmes en détresse. Il ne leur est permis de courir qu'après les persécutés ; qu'elles jettent leurs plus doux regards, leurs rubans, leurs bouquets, au chevalier blessé dans l'arène, mais qu'elles refusent même un applaudissement au vainqueur félon qui doit son triomphe à la ruse. Oh ! le présage est funeste ! Ceci n'a l'air de rien, eh bien, c'est très grave ; tout est perdu, tout est fini dans un pays où les renégats sont protégés par les femmes ; car il n'y a au monde que les femmes qui puissent encore maintenir dans le cœur des hommes, éprouvé par toutes les tentations de l'égoïsme, cette sublime démence qu'on appelle le courage, cette divine niaiserie qu'on nomme la loyauté. »

Depuis que Victor Hugo l'avait chassé de chez lui, Sainte-Beuve, en effet, s'était vengé par son fameux article de la *Revue des Deux Mondes* (1ᵉʳ mars 1840) : *Dix ans après en littérature*, où il explique si étrangement son étrange conversion au classicisme académique. Aujourd'hui, on peut s'édifier sur les mobiles de cette conversion. Et l'ancien trompette exalté de Victor Hugo ne se borna pas à cette défection littéraire. Il calomnia le poète dans ses lettres, il éloigna de lui des amis dévoués ; enfin, il écrivit ce livre de haine qu'il a osé intituler : *Le Livre d'amour*.

Mais Victor Hugo, qui n'estimait plus Sainte-Beuve comme homme, l'appréciait encore un peu comme écrivain. Son discours fut ce qu'il devait être, élogieux sans contrainte, et digne sans affectation. Le public fut un peu déçu... L'excellent M. Barbou dit à ce sujet :

«.....Les cartes d'entrée se disputèrent avec acharnement, mais satisfaction ne fut pas donnée à la malignité des spectateurs. Il n'y eut pas dans le discours du poète une seule allusion, si ce n'est peut-être cette phrase qu'on peut diversement interpréter : « Vous « savez, vous, poète, que ceux qui souffrent « se retirent et se cachent avec je ne sais quel « sentiment farouche et inquiet, qui est de la « honte dans les âmes tombées et de la pu- « deur dans les âmes pures. »

On lit dans *le Livre de bord* d'Alphonse Karr (t. ɪɪɪ, p. 118) : «..... Je vis une seconde fois Victor Hugo à l'Académie : ce fut à la réception de Sainte-Beuve, un ancien ami qui lui avait donné le droit de ne plus l'aimer. » En effet, à la séance académique du 27 février 1845, on remarqua la présence d'Alphonse Karr, et voici ce qu'on lut quelques jours après dans *les Guêpes* :

« Je n'avais pas rencontré M. Sainte-Beuve depuis le jour où, il y a quatre ans, il était venu me voir de la part de M. Cousin ; je l'ai revu à l'Institut : il avait échangé une certaine redingote fauve contre l'habit brodé de feuillage ; il était tout pimpant et tout coquet ; il avait ramené ses rares cheveux sur le devant de la tête, en vertu de cette formule d'arithmétique : — *J'en emprunte un qui vaut dix*.

» .....Le discours de M. Hugo, chargé de répondre au récipiendaire, a eu cette fois quelque chose de plus que de l'élévation, — M. Hugo a trouvé moyen de *reprendre* l'éloge de Nodier, si mal fait dans la séance précédente par M. Mérimée et par M. Etienne.

» C'est une chose que je trouve à peu près un malheur pour M. Hugo que d'avoir été deux fois désigné par le hasard pour faire l'éloge d'un homme qu'il n'aimait pas, je crois, bien tendrement ; c'est encore un peu mentir que de dire, même des choses vraies, quand on ne les pense pas. Cependant, M. Hugo a adroitement choisi les côtés par lesquels il lui était le plus facile de louer Casimir Delavigne.

» Le discours de M. Hugo est resté dans une région aussi élevée qu'il est possible, sans entrer dans la région des nuages ; il a profité de l'ouvrage de M. Sainte-Beuve sur Port-Royal pour dire d'excellentes choses et en même temps des flatteries délicates à M. Royer-Collard, qui, assis à côté de M. de Salvandy, dans un coin, laissait voir un grand contentement sur sa physionomie fine et expressive.

» Quoique le jour dur et aigre que donne le toit de verre de la salle des séances soit peu favorable à la beauté des femmes, elles y assistent en grand nombre, — surtout lorsque doit parler M. Hugo, qui est fort à la mode. Je ne crois pas que ces dames s'amusent beaucoup des discours, mais c'est un spectacle où on voit et où on est vue. Sous ce dernier rapport, il faut répéter que des femmes, que je sais charmantes partout ailleurs, n'y paraissent nullement jolies. J'en excepte une. A toute femme qui me demandera laquelle, je dirai : Madame, c'est vous.

» Quelques belles dames n'arrivent jamais que trop tard ; c'est une faveur que d'avoir des billets pour certaines séances, mais c'est une faveur qu'on partage avec beaucoup de monde. En arrivant avec tout le monde, on a une des places qui sont vacantes, mais en arrivant tard, il n'y a plus de place, et on vous en fait une.

» Quelques femmes se mettent alors pêle-mêle avec les académiciens, qui ne s'en plaignent pas. C'est ce qui est arrivé à la dernière séance à Mme Ancelot. Mais de la part d'une femme qui écrit, je ne trouve pas de bon goût de se placer ainsi, c'est prendre le *fauteuil*, cela ne peut avoir une certaine grâce que fait par une femme nullement suspecte de prétentions littéraires. »

Sait-on aujourd'hui que Mme Ancelot, née Chardon, faisait des vers ? M. Legouvé raconte, dans ses *Soixante ans de souvenirs*, je crois, que cette dame aidait son mari à perpétrer ses pièces. C'est elle qui écrivait les rôles de femmes. M. Legouvé ajoute que cette collaboration donnait un charme infini et une saveur particulière aux œuvres de l'éminent académicien. Espérons que cette remarque alléchante préservera Jacques Ancelot contre l'ingratitude de la postérité.

Ainsi, la complicité conjugale chez les dramaturges n'est point une invention de M. Rostand... Notons, d'ailleurs, que ce jeune académicien — le plus jeune qui fût jamais — ressemble de bien des façons à M. Ancelot. Toutefois, si sa gloire devait pâlir de même, il lui manquerait à jamais, pour le défendre de l'oubli, l'auréole des quinze voix refusées à Victor Hugo...

Six semaines après la réception de Sainte-Beuve, Victor Hugo recueillit le prix de toutes ses épreuves... Son rêve se réalisait, après cinq ans de campagne académique et quatre ans de labeur sous la Coupole. Dans ce laps de temps, il avait subi quelques affronts : Dupaty, Mignet, Flourens, et reçu plusieurs tuiles : Salvandy, Saint-Marc Girardin, Sainte-Beuve. Tout cela pour les beaux yeux de la pairie. Le roi Louis-Philippe accorda le siège si bien gagné. Le mois suivant, Victor Hugo réussit enfin à faire élire Vigny académicien. On verra plus loin, dans les pages du Maître que je citerai, la tactique employée dans cette circonstance par l'auteur de *Choses vues*.

Mais la même tactique fut impuissante pour Dumas, Balzac et Musset. Musset, il est vrai, fut élu en 1852. Il fut reçu par M. Nisard, qui l'avait battu deux ans auparavant. Il eut le fauteuil de M. Dupaty...

L'oubli indulgent des haines académiques, le pardon généreux aux vaincus, conséquences d'un mépris olympien et sans bornes : voilà ce que Victor Hugo avait laissé voir le jour de sa réception. Vigny, qu'on avait repoussé pour accueillir, entre autres personnages, le transfuge Sainte-Beuve, jugea qu'il était temps de faire l'apologie du Romantisme. Comme Hugo, il succédait à un ennemi, M. Etienne, l'auteur de *Joconde*, le chef du parti de ce nom. Dans son éloge, il montra discrètement le triomphe des siens détrônant cet immortel. On comprit sans peine les sous-entendus de ce passage du discours : « S'il eût poursuivi ses travaux, il lui aurait fallu, pour se maintenir au niveau de ses propres succès, modifier sa forme et la déguiser, changer sa manière et son style. » Mais l'auteur de *La Maréchale d'Ancre*, conciliant et mal renseigné, ajoutait aussitôt : « Il fut mieux, il fut plus digne à lui de s'arrêter à temps et de *regarder en silence* (?) se former sous ses yeux une autre génération littéraire novatrice, sérieuse et passionnée. » Et voilà justement comme on écrit l'histoire sous la Coupole. On a pu s'édifier (voir pp. 193 et 205) au sujet des *regards silencieux* que l'auteur de *Joconde* jetait sur la nouvelle génération. Mais, grâce à l'acquiescement tacite (qui ne dit mot consent) prêté ainsi à son prédécesseur, Vigny se mettait à l'aise pour célébrer la victoire de son parti. Il fut sans pitié pour MM. Jay, Brifaut, de Jouy et Baour-

Lormian. Il constata qu'on avait *raffermi le style qui s'affaissait*, qu'on avait *transformé tous les genres d'écrits, retrempé toutes les armures*, et il proclama que *les arts avaient ressenti une profonde commotion électrique*. Il conclut en rappelant que *les sympathies du pays avaient consacré l'avènement d'une école nouvelle*. Nous voici loin de la note de MM. Arnault, Duval et Andrieux. Qui aurait prévu ce langage le jour où ces messieurs louaient la sagesse du pays faisant justice de tentatives barbares et avortées ? Par un artifice analogue à celui par lequel il enregistrait la noble attitude de M. Etienne, le récipiendaire feignit de croire que l'Académie n'avait attendu que la sanction des années pour reconnaître et accueillir les maîtres nouveaux, ceux qui, « les premiers, avaient ouvert les écluses à des eaux régénératrices ». Il la félicita d'avoir reconnu que « les excommunications littéraires ne sont pas toutes infaillibles »...

Ce beau chant de triomphe romantique, où les éloges fallacieux dissimulaient mal les ressentiments, où les habiletés déguisaient avec peine les ironies, ne fut pas accueilli sans protestation par les collègues de Victor Hugo. Vainement, Vigny, par une suprême habileté, avait couvert de fleurs (ce qui n'était, certes, pas obligatoire, comme l'éloge du défunt) M. le Comte Molé, chargé de lui répondre ; celui-ci avait riposté à sa lyrique apologie par un tranchant réquisitoire. Il déclara finement être prêt à admettre le programme romantique, moins le factice, l'affectation et l'enflure. Et dans la suite de son discours, il formula d'autres réserves essentielles... On le voit, M. le Comte Molé avait pris exemple sur M. le Comte de Salvandy. Les hommes d'Etat n'ont certes pas le temps d'écrire des chefs-d'œuvre, mais ils ont assez de loisir pour satisfaire leurs très légitimes ambitions académiques ; et, à peine immortalisés, ils justifient leurs titres par de très doctes *éreintements* des tentatives d'art qu'on a faites sans eux.

A les entendre si bien parler, on regrette qu'ils aient servi l'Etat au détriment des lettres. Mais, en somme, le goût de ces messieurs pour la critique, genre qu'on dit aisé, tient peut-être aux secrets difficiles de l'art.

IV

L'académicien Victor Hugo avait déjà été une fois chancelier et deux fois directeur. (Le 24 juin 1841, Charles Nodier, directeur ; Victor Hugo, chancelier ; — le 28 juin 1842, Victor Hugo, directeur ; Ballanche, chancelier ; — le 5 octobre 1843, Victor Hugo, directeur ; Charles Nodier, chancelier.) Jusque-là, il avait été fort assidu aux séances, il avait lu tous les manuscrits et tous les volumes susceptibles de prix ou de mentions, et s'était intéressé aux nombreux cas de vertu signalés à l'Académie. La seule chose qu'on n'avait pu obtenir de lui, c'est qu'il s'imposât des rapports écrits. L'auteur d'*Actes et Paroles* donnait son avis verbalement.

Devenu pair de France, Victor Hugo, arrivé à ses fins, et désabusé de l'Académie, déserta peu à peu le palais Mazarin. Il ne risquait plus de trahir par là son secret. Son discours de réception l'avait trahi suffisamment. A ce propos, Dumas raconte dans ses *Mémoires* (t. ix, p. 303), qu'ayant rencontré Hugo le lendemain de sa réception académique, il eut avec lui ce dialogue :

« — Eh bien ! qu'en dites-vous ? demanda Hugo. — Je dis que vous avez bien plus l'air de succéder à Bonaparte, membre de l'Institut, qu'à M. Lemercier, membre de l'Académie.

» — Parbleu, j'aurais bien voulu vous voir à ma place. Comment vous en seriez-vous tiré ?

» — Comme Racan, en disant que ma grande levrette blanche l'avait mangé. — En effet, dit Hugo, c'était un moyen, mais je n'y ai point songé (1). »

Si « MM. Roger et Compagnie » eussent assisté à cet entretien, ils l'auraient certainement trouvé antiacadémique, voire même séditieux. Mais qu'auraient-ils pensé, un an

---

(1) Dans l'édition Michel Lévy de 1865 (Voir t. iv, 1867, p. 117), Dumas a supprimé cette dernière phrase et l'a remplacée par ces lignes : « On sait que Racan se présenta un jour à l'Académie avec les bribes d'un discours qu'il comptait lire.

» — Messieurs, dit-il, j'avais un discours fort beau, et qui n'eût pas manqué de réunir tous les suffrages ; mais, ce matin, ma grande levrette blanche l'a mangé... Je vous en apporte les restes ; tâchez de vous y reconnaître, si vous pouvez !

plus tard, s'ils avaient pu lire cette lettre à Mlle Bertin :

«...., Quelqu'un doit nous remercier, vous et moi, c'est l'Académie. Grâce à vous, qui avez la gloire d'avoir fait *les Glanes*, grâce à moi, qui ai eu l'honneur de lui en lire quelques pages, cette pauvre bonne vieille femme d'Académie, qui n'avait jusqu'ici couronné que des vers, a enfin couronné de la poésie. C'est un grand pas qui fait honneur à son grand âge. Armand vous a écrit et raconté tout cela, n'est-ce pas ? Et les glapissements du vieux Jay dans sa broussaille. L'antique niaiserie classique a été battue sur son propre terrain et houspillée dans son propre sanctuaire.

» C'est une horreur ! Gloire à vous ! En somme votre victoire a été complète. Je ris des vaincus. C'est peu généreux. Pardonnez-le moi, ce sont des accès qui me prennent rarement (1)..... »

Ceci, en vérité, ressemble assez peu au tableau que Hugo faisait de l'Académie, dans ses discours sous la Coupole. Il y a, notamment, dans la réponse à M. Saint-Marc Girardin, une tirade qui serait curieuse à citer en regard de la lettre ci-dessus. Mais n'avait-on pas dit à Victor Hugo qu'il y avait deux Académies, et qu'il avait toute la grande pour lui (2) ? C'est donc de celle-ci qu'il par-

---

(1) *Lettres de Victor Hugo aux Bertin*, 1827-1877 (Plon, édit., 1890), p. 135-136. — Cette lettre ne figure pas dans la *Correspondance* de Victor Hugo.

(2) Voir p. 335 et p. 338.

lait dans ses harangues. Ses épigrammes s'adressaient à l'autre.

Mais, je l'ai dit, arrivé à la pairie, Victor Hugo va plus rarement à l'Institut. Peut-être même n'y va-t-il plus que pour soutenir les intérêts de son parti. Le jour où on va élire l'auteur de *Chatterton*, l'auteur de *Ruy Blas* est à son poste. Le vote enlevé, il dépêche à son frère d'armes ce bulletin :

« Je vous écris sur le papier même du scrutin. Vous êtes nommé à 20 voix, au premier tour. Je vous félicite et je nous félicite.

» *Ex imo corde.*

» Victor H. (1). »

Dès lors, le nouveau pair remet un peu à Vigny le soin de défendre les siens et leurs doctrines. Malheureusement, Vigny, nous l'avons vu, débuta par un discours qui le rendit fort impopulaire. Son influence dut être médiocre. La poésie en souffrit bientôt. Victor Hugo, qui avait fait triompher Mˡˡᵉ Bertin, vit échouer un autre poète qui lui était cher, le savant lyrique Amédée Pommier. Ce jour-là, il n'a plus aucune pitié pour l'Académie. Il écrit cette lettre au blackboulé :

« Comment ! vous qui connaissez si bien la poésie, vous ne connaissez donc pas l'Académie ! Vous vous avisez de concourir au prix de poésie et vous restez poète ! Hélas ! l'Académie est un lieu où l'on sait tout, excepté ce qui doit entrer dans les douze

____

(1) *Correspondance* de Victor Hugo, t. II, p. 72.

syllabes sacrées dont se compose un vers. Vous avez fait une belle œuvre, pleine de verve, de force, d'esprit et de talent ; vous auriez été couronné par des poètes, vous avez été écarté par des académiciens. Cela est dans l'ordre. Ne vous plaignez point, cher poète. Tout a sa raison en ce monde, même la déraison. »

Dès lors, les poètes ne concoururent plus au prix de l'Institut. Dès l'année suivante, Victor Hugo note ce changement :

« Aujourd'hui, à l'Académie, en écoutant les poèmes mauvais jusqu'au grotesque, qu'on a envoyés au concours de 1847, M. de Barante disait : — Vraiment, dans ce temps-ci, on ne sait plus faire les vers médiocres.

» Grand éloge de l'excellence poétique et littéraire de ce temps-ci, sans que M. de Barante s'en doutât. »

Telles sont les notes où se complaît l'auteur de *Choses vues*. L'œuvre posthume du Maître réservait à l'Académie d'étranges surprises. Témoin ces pages :

Séance du 23 novembre 1843.

Charles Nodier (1). — L'Académie, cédant à l'usage, a supprimé universellement la consonne double dans les verbes où cette consonne suppléait euphoniquement le *d* du radical *ad*...

Moi. — J'avoue ma profonde ignorance. Je ne me doutais pas que l'usage eût fait cette suppression et que l'Académie l'eût sanctionnée. Ainsi,

______

(1) Le 5 octobre, l'Académie avait nommé, pour le dernier trimestre de l'année 1843, Victor Hugo directeur et Charles Nodier chancelier.

on ne devrait plus écrire *atteindre, approuver, appeler, appréhender*, etc., mais *ateindre, aprouver, apeler, apréhender* ?...

M. VICTOR COUSIN. — Je ferai observer à M. Hugo que les altérations dont il se plaint viennent du mouvement de la langue, qui n'est autre chose que la décadence.

MOI. — M. Cousin m'ayant adressé une observation personnelle, je lui ferai observer à mon tour que son opinion n'est, à mes yeux, qu'une opinion, et rien de plus. J'ajoute que, selon moi, *mouvement de la langue* et *décadence* sont deux. Rien de plus distinct que ces deux faits. Le mouvement ne prouve en aucune façon la décadence. La langue, depuis le jour de sa première fondation, est en mouvement ; peut-on dire qu'elle est en décadence ? Le mouvement, c'est la vie ; la décadence, c'est la mort.

M. COUSIN. — La décadence de la langue française a commencé en 1789.

MOI. — A quelle heure, s'il vous plaît ?

J'interromps ici la citation des pages de Victor Hugo, pour joindre à celle qu'on vient de lire quelques commentaires autorisés. J'emprunte le premier à l'ouvrage de mon éminent confrère, M. Paul Stapfer : *Les Artistes juges et parties* (p. 44) :

« Cette science qu'il (Victor Hugo) a des mots lui donnait le droit de parler avec autorité dans les séances de l'Académie où l'on s'occupait de la confection du fameux dictionnaire, et rien n'était amusant (je l'ai entendu dire à un grand témoin, à M. Guizot), comme ses discussions et ses disputes avec M. Cousin. M. Cousin était un puriste ; il soutenait qu'on n'avait écrit le français en France qu'au dix-septième siècle, et encore pendant dix années seulement : aussi ses autorités étaient fort peu nombreuses ; c'était d'abord et presque uniquement Racine, et il apportait dans la question du choix des mots l'esprit le plus exclusif. Victor Hugo était dès lors l'homme du peuple et l'ami des opprimés ; il aurait voulu ouvrir les portes du dictionnaire toutes grandes à la foule de tous les proscrits. Il présenta un jour à l'Académie la liste des auteurs éminents que le dictionnaire ne citait jamais : cette liste était longue et parut formidable. Dans les *Contemplations* (1) il a raconté l'histoire héroï-comique de cette grande révolution tentée sans succès à l'Académie, mais accomplie en attendant, et cela peut suffire, dans la littérature.

».....Quand on se querelle sur les mots, des mots on passe vite aux idées : car derrière la grammaire la philosophie se cache et la politique même se tient prête à prendre les armes.

» ..... Dans ces combats, où les dissensions politiques et philosophiques aggravaient, renforçaient les dissentiments littéraires, Victor Hugo avait un auxiliaire puissant en la personne de M. Royer-Collard. Royer-Collard assistait Victor Hugo non pas de son éloquence (car il parlait peu), mais de l'antipathie profonde qu'il avait vouée à M. Cousin. Quand les deux adversaires étaient aux prises, Royer-Collard ressemblait, selon l'expression de Victor Hugo, au Jupiter d'Homère

____

(1) *Réponse à un acte d'accusation.* — Voir, ici, p. 71-72 et p. 219.

regardant par-dessus les nuages et faisant tout bas des vœux pour la victoire d'Achille sur le pauvre *Hector Cousin.*

» Un jour, M. Villemain faisait lecture à l'Académie d'un des essais envoyés au concours pour le prix d'éloquence. Un mot s'y rencontra qui fit bondir M. Cousin sur son fauteuil; il interrompit brusquement le secrétaire perpétuel : « Qu'est-ce que c'est que ce néologisme ? ô langue affreuse de notre époque ! voilà, voilà comment on écrit aujourd'hui ! Voltaire avait bien raison de dire que nous dégringolons dans la barbarie ! Messieurs les romantiques ont créé un nouvel idiome ! Lisez tous les écrivains du dix-septième siècle, oui tous, entendez-vous, Messieurs ? Lisez-les d'un bout à l'autre ; quand vous les aurez lus, relisez-les encore : je vous mets au défi de m'y montrer ce mot ! » On s'attendait à voir Victor Hugo relever le gant jeté par M. Cousin à l'école romantique ; mais lui, s'adressant tranquillement à l'appariteur : « Pingard, lui dit-il, veuillez pren-
« dre dans la bibliothèque le *Voyage en Lapo-*
« *nie* de Regnard, troisième volume de ses
« œuvres complètes. » Grand silence. L'appariteur sortit, et au bout d'un moment revint avec le volume demandé. Il le remit à Victor Hugo. Celui-ci l'ouvrit, pria M. Villemain de vouloir bien relire tout entière la phrase où se trouvait le mot incriminé : après quoi, il lut à son tour d'une voix nette et ferme un passage du *Voyage en Laponie,* qui contenait le même mot employé dans le même sens, ferma silencieusement le volume et le rendit à l'appariteur. M. Cousin était battu,

mais il ne voulut pas en avoir l'air. « Eh !
« dit-il, Regnard n'est pas une autorité, c'est
« un écrivain du second ordre, et puis, parce
« qu'un mot se trouve dans le coin d'un au-
« teur... » Ici, la parole échappa à M. Royer-
Collard ; coupant la parole à M. Cousin : « Il
» n'y a pas de coin, dit-il de son ton hautain
» et nasillard, il n'y a pas de coin aux au-
» teurs ; un auteur n'a pas de *coin*. »

Pour compléter l'histoire des rapports académiques de Victor Hugo avec M. Cousin, il
faut citer encore cette page du *Journal des
Goncourt*, où l'on retrouve, avec une autre du
même genre, l'anecdote contée par M. Paul
Stapfer :

« ..... A l'Académie, il faut vous dire, je ne
sais pourquoi, dès mon arrivée, Cousin s'était
posé vis-à-vis de moi en antagoniste. Un jour
arrive le mot : Intempérie. L'étymologie ?
demande-t-on. *Intemperies*, répond quelqu'un... « Messieurs, s'écrie Cousin, nous
« devons apporter une certaine réserve dans
« le choix des mots que nous avons l'honneur
« de consacrer ; *intemperies* n'est pas du
« latin, ça n'existe dans aucun auteur de
« bonne latinité : c'est du latin de cuisine. »
Tout le monde se taisait. Alors je jette tranquillement *intemperies*, et j'ajoute : « Tacite ».
« Tacite, mais ce n'est pas du latin, reprend
« Cousin, c'est du latin bon pour le roman-
« tisme, n'est-ce pas, Patin, vous qui savez le
« latin ? » Mais avant que Patin eût pris la
parole, *on entendit sortir de la haute cravate
de Royer-Collard* (1), avec une intonation

____

(1) « .....Il (Hugo) fait un coloré et spirituel por-

nasillarde et méprisamment moqueuse :
« Messieurs, Cousin et Patin sont des mes-
« sieurs qui savent du latin! » L'on rit, et
l'étymologie fut acceptée.

» Un autre jour, un autre mot vint... malheureusement je ne me le rappelle plus...
non, je ne me le rappelle plus. Cousin de déclarer que le mot n'était pas français. Là-
dessus un silence, au milieu duquel je dis :
« M. Pingard, voulez-vous descendre à la
« bibliothèque et m'apporter le troisième vo-
« lume de Regnard. Et le volume apporté, je
« lus le mot dans une phrase du VOYAGE EN
« LAPONIE. Il ne faut pas me montrer plus
« fort que je ne le suis. Quelques jours avant,
« un hasard m'avait fait faire une recherche
« dans le volume, pour quelque chose que je
« faisais. Cousin aussitôt de s'écrier : « Est-
« ce vraiment une raison d'accepter un mot
« parce qu'il est dans le coin d'un bon au-
« teur. » ? De la grande cravate on entendit
encore sortir : « Dans les bons auteurs il
« n'y a pas de coin, pas de coin » (1) !

Malgré ces leçons méritées, M. Cousin ne
s'amendait point. Il continua de sévir et de
pontifier, comme le prouvent ces lignes de
M. Gustave Frédérix, que je relève dans l'*Indépendance belge* du 23 mai 1885 :

------

trait de Royer-Collard : « Un œil très fin, très
« malin, sous un épais sourcil, un œil embusqué
« sous une broussaille, *le bas de la figure dis-*
« *paraissant dans une cravate, qui montait*
« *parfois jusqu'au nez,* au dos une grande re-
« dingote du Directoire, et toujours les bras croi-
« sés et la tête renversée en arrière. » (*Journal des
Goncourt*, t. v, p. 240.)

(1) Ibid., pp. 241, 242.

« Un jour, à l'Académie, comme Cousin, avec sa suffisance éloquente, semblait s'arroger le droit exclusif de prononcer sur les façons d'écrire du dix-septième siècle, Royer-Collard dit en regardant Victor Hugo, et assez haut pour être entendu : « Il n'y a qu'un « homme ici qui sache bien la langue du dix- « septième siècle ; quel dommage qu'il ne « la parle pas ! »

Mais le purisme intransigeant et farouche de M. Cousin s'humanisait quelquefois, s'il faut en croire cette anecdote contée récemment par M. Jules Claretie :

« Victor Cousin corrigeait un jour un de ses articles à la *Revue*. Le prote vint respectueusement lui signaler un mot qui lui paraissait quelque peu barbare. — Peu m'importe ; il exprime bien ce que je tiens à dire ! — Mais, monsieur Cousin, dit le prote, c'est qu'il ne se trouve pas dans le Dictionnaire de l'Académie ! Et l'ancien ministre de l'instruction publique alors de s'écrier (l'exclamation est demeurée célèbre) : — Qu'est-ce que cela me fait ? Je me f... pas mal du Dictionnaire de l'Académie » (1).

Reprenons la citation des pages de Victor Hugo :

8 octobre 1844.

Voici ce qui m'a été conté à la séance d'aujourd'hui :

Salvandy dînait dernièrement chez Villemain. Le dîner fini, on passa dans le salon, on causa.

______

(1) Le *Journal*, n° du 2 octobre 1901.

Huit heures du soir sonnant, les trois petites filles de Villemain entrent pour embrasser leur père et lui dire bonsoir. La dernière s'appelle Lucette; sa naissance a coûté la raison à sa mère; c'est une douce et charmante enfant de cinq ans.

— Eh bien, Lucette, lui dit le père, chère enfant, est-ce que vous ne direz pas une fable de La Fontaine avant de vous aller coucher ?

— Voilà, dit M. de Salvandy, une petite personne qui dit aujourd'hui des fables et qui fera faire un jour des romans.

Lucette ne comprit pas. Elle se contenta de regarder avec ses grands yeux étonnés Salvandy qui se pavanait.

— Eh bien, reprend Salvandy, Lucette, nous direz-vous une fable?

L'enfant ne se fait pas prier, et commence avec sa petite voix naïve, ses beaux yeux honnêtes et doux toujours fixés sur Salvandy :

On se croit aisément un personnage en France.

1er décembre 1846.

Dans la nouvelle salle des séances privées de l'Académie, la statue de Racine a été mise dans un coin et la statue de Corneille au centre, derrière le fauteuil du président.

Autrefois, c'était Racine qui était au centre, et Corneille dans le coin. C'est un pas de fait. Encore une démolition, encore une reconstruction, encore un pas, et ce sera Molière qu'on mettra à la place d'honneur.

---

14 janvier 1847.

Alfred de Vigny et moi avons fait manquer aujourd'hui l'élection à l'Académie.

D'un côté, on portait Empis ; de l'autre Victor Leclerc. Nous ne voulions ni de l'un ni de l'autre. Nous avons mis des billets blancs.

Il y avait trente-quatre votants ; majorité : dix-huit voix. Il y a eu cinq tours de scrutin. M. Empis a eu jusqu'à quinze voix, M. Victor Leclerc jusqu'à seize. Il y a eu des voix données, aux divers tours, à MM. Emile Deschamps, Lamennais, Alfred de Musset et Béranger. Avec nos deux voix, nous pouvions faire l'élection. Nous avons tenu bon. Il a fallu remettre, et l'on a remis à un mois.

Au premier tour, quand on a proclamé les deux billets blancs, M. Flourens a dit : — Voilà deux voix perdues.

Je lui ai répondu : — Perdues ! dites : placées à gros intérêts ! Mon intention est d'amener l'un des deux partis à s'entendre avec nous, qui sommes l'appoint tout-puissant, et à nommer Balzac ou Dumas en échange de nos voix. C'est de cette façon que j'ai fait nommer, il y a deux ans, Alfred de Vigny (1).

Justement, je chapitrais Dupin sur Balzac. Il m'a interrompu :

— Diable ! diable ! vous voudriez que Balzac entrât à l'Académie d'emblée, du premier coup, comme ça ! Vous citez des exemples : Patin, Saint-Marc Girardin, Brifaut; mais ils ne prouvent rien. Songez donc ! Balzac d'emblée à l'Académie ! Vous n'avez pas réfléchi. Est-ce que cela se peut ? Mais c'est que vous ne pensez pas à une chose ; il le mérite !

---

(1) « ..... On a expliqué comme quoi l'Académie, à l'instar des corps politiques, se divisait en trois ou quatre groupes, ayant leurs chefs de file et se passant réciproquement la casse et le séné pour arriver à faire nommer des candidats extraordinaires. » Richard Lesclide, *Propos de table de Victor Hugo*, p. 240.

SÉANCE D'ÉLECTION

11 février 1847.

31 académiciens présents. Il faut 16 voix.

Premier tour.

Emile Deschamps...	2 voix.
Victor Leclerc......	14 —
Empis.............	15 —

Lamartine et M. Ballanche arrivent à la fin du premier tour. M. Thiers arrive au commencement du second ; ce qui fait 34.

Le directeur demande à M. Thiers s'il a promis sa voix. Il répond en riant : — *Non*, et il ajoute : — *Je l'ai offerte.* On rit.

M. Cousin, à M. Lebrun, directeur : — Vous ne vous êtes pas servi de l'expression sacramentelle. On ne demande pas à l'académicien s'il a *promis* sa voix, mais s'il l'a *engagée.*

Second tour.

Emile Deschamps...	2 voix.
Empis	18 —
Victor Leclerc.....	14 —

M. Empis est élu. La nomination a été déterminée par Lamartine et M. Ballanche.

En sortant, j'ai rencontré Léon Gozlan, qui m'a dit : — Eh bien ? J'ai répondu : — Il y a eu élection. C'est Empis. — Comment l'entendez-vous ? m'a-t-il dit. — Des deux manières. — Empis ?... — Et tant pis !

*
* *

23 avril 1847. — *Election* — M. de Chateaubriand est venu. Il a signé le troisième sur la feuille. M. Baour-Lormian, aveugle, est venu le premier ; M. de Chateaubriand, paralytique, le troisième. Il s'est assis entre M. Brifaut et M. Ballanche, près de la porte.

Tout le monde s'étonnait que M. de Chateaubriand eût toujours le même visage et le même air. M. Guizot me disait : *le corps est détruit, la tête est entière.*

L'urne de scrutin où l'on jette les bulletins qui font les académiciens, et qui est par conséquent le vase d'où sort l'Académie, car chacun est né là, est une petite vasque en fer blanc de forme empire, couleur jaune-faux, tirant sur le rougeâtre.

L'Académie est complète. On est 38. Il ne manque que M. Empis et le défunt (1). — Election de M. Ampère. C'est un progrès sur la dernière. Progrès lent. Mais les Académies, comme les vieux, vont à petits pas.

Pendant la séance et après l'élection, Lamartine m'a envoyé par un huissier ces deux vers :

> *C'est un état peu prospère*
> *D'aller d'Empis en Ampère.*

Je lui ai repondu par le même huissier :

> *Toutefois ce serait pis*
> *D'aller d'Ampère en Empis.*

———

4 octobre 1847.

Je viens d'entendre M. Viennet dire : *Je pense en bronze.*

———

30 décembre 1847.

On a voulu me faire directeur de l'Académie (2), j'ai refusé. On a nommé Scribe. J'ai dit : —

———

(1) Alexandre Guiraud.

(2) Cet honneur, qu'il avait déjà eu deux fois, — et grâce auquel, comme on l'a vu plus haut, il avait dû haranguer Saint-Marc Girardin et Sainte-Beuve — ne devait plus lui échoir qu'une seule fois, en 1878.

Tant que l'Académie tiendra un de ses membres
en pénitence (M. de Vigny), je tiendrai compagnie à ce membre.

On ne veut nommer M. de Vigny ni directeur,
ni chancelier, à cause de son démêlé avec
M. Molé.

Vendredi 29 décembre 1848.

Hier jeudi, j'avais deux devoirs à la même
heure, l'Assemblée et l'Académie, la question du
sel d'une part, de l'autre la question beaucoup
plus petite de deux fauteuils vacants. J'ai pourtant donné la préférence à la dernière, voici
pourquoi. Au palais Bourbon, il s'agissait d'empêcher le parti Cavaignac de tuer le nouveau
cabinet ; au palais Mazarin, il s'agissait d'empêcher l'Académie d'offenser la mémoire de Chateaubriand. Il y a des cas où les morts pèsent
plus que les vivants ; je suis allé à l'Académie.

L'Académie avait décidé brusquement jeudi
dernier, à l'ouverture de la séance, à l'heure où
personne encore n'est venu, à quatre ou cinq
qu'ils étaient autour du tapis vert, qu'elle remplirait, le 11 janvier (c'est-à-dire dans trois semaines), les deux places laissées vacantes par MM. de
Chateaubriand et Vatout. Cette étrange alliance,
je ne dis pas de noms, mais de mots, — *remplacer MM. de Chateaubriand et Vatout,* — ne
l'avait pas arrêtée une minute. L'Académie est
ainsi faite ; son esprit, cette sagesse qui produit
tant de folies, se compose de l'extrême légèreté
combinée avec l'extrême pesanteur. De à beaucoup de sottise et beaucoup de sottises.

Sous cette légèreté pourtant il y avait une intention. Cette étourderie était pleine de profondeur. Le brave parti qui mène l'Académie, car
il y a des partis partout, même à l'Académie, espérait, l'attention publique étant ailleurs, la politique absorbant tout, escamoter le fauteuil de

Chateaubriand pêle-mêle avec le fauteuil de M. Vatout ; deux muscades dans le même gobelet. De cette façon le public stupéfait se retournerait un beau matin et verrait tout bonnement M. de Noailles dans le fauteuil de Chateaubriand ; peu de chose, un grand seigneur à la place d'un grand écrivain !

Puis, après l'éclat de rire, chacun se remettrait à ses affaires, les distractions viendraient bien vite, grâce au roulis de la politique, et, quant à l'Académie, mon Dieu ! un duc et pair de plus dedans, un ridicule de plus dessus, la belle histoire ! elle vivrait comme cela.

M. de Noailles est un personnage d'ailleurs considérable. Un grand nom, de hautes manières, une immense fortune, un certain poids de politique sous Louis-Philippe, accepté des conservateurs quoique ou parce que légitimiste, lisant des discours qu'on écoutait, il avait une grande place dans la Chambre des pairs ; ce qui prouve que la Chambre des pairs avait une petite place dans le pays.

Chateaubriand, qui haïssait tout ce qui pouvait le remplacer et souriait à tout ce qui pouvait le faire regretter, avait eu la bonté de lui dire quelquefois, au coin du feu de Mme Récamier, « qu'il le souhaitait comme successeur » ; ce qui avait fait bâcler bien vite à M. de Noailles un gros livre en deux volumes sur Mme de Maintenon, au seuil duquel une faute de français seigneuriale m'avait arrêté dès la première page de la préface.

Voilà où en était la chose quand je me décidai à aller à l'Académie.

La séance indiquée pour deux heures comme à l'ordinaire, s'ouvrit comme à l'ordinaire à trois heures un quart. Et à trois heures et demie...

A trois heures et demie, la candidature de M. le duc de Noailles, *en remplacement* de Chateaubriand, était irrésistiblement acclamée. —J'aurais mieux fait décidément d'aller à l'Assemblée.

On a vu plus haut que Balzac, patronné par Victor Hugo, avait brigué le fauteuil de Chateaubriand, et qu'il s'était vengé de M. de Noailles, qui l'avait battu, par ce mot : « Il est sans doute meilleur écrivain que moi ; mais je suis meilleur gentilhomme que lui, car je me suis retiré devant la candidature de Victor Hugo. » Balzac, je l'ai dit, se présenta plusieurs fois. En février 1847, il fut patronné par Hugo et Lamartine. Vigny vota contre lui, parce que Mme de Girardin, en plaidant la cause du grand romancier, qu'elle recommandait à ses frères de l'Académie, avait paru ne pas faire assez de cas de l'auteur de *Cinq-Mars* (1). C'est ce jour-là que l'Académie avait élu M. Empis. Un an plus tard, Balzac se présenta contre M. Vatout. Richard Lesclide a raconté les péripéties de cette candidature dans ses *Propos de table de Victor Hugo* (p. 242) :

Voici ce que Victor Hugo nous a raconté hier 2 mars 1877, en souvenir d'un grand écrivain :

« Je passais en voiture dans la rue du Faubourg Saint-Honoré, quand, devant l'église, j'aperçus M. de Balzac qui me faisait signe d'arrêter. Je voulus descendre ; il m'en empêcha et me dit, en me prenant les mains :

— Je voulais aller vous voir. Vous savez que je me porte à l'Académie.

— Non.

— Eh bien, je vous le dis. Qu'en pensez-vous ?

— Je pense que vous arriverez trop tard. Vous n'aurez que ma voix.

----

(1) Voir, à ce sujet, *les Guêpes* de janvier 1847.

— C'est surtout votre voix que je veux.

— Êtes-vous tout à fait décidé ?

— Tout à fait.

Balzac me quitta. L'élection était déjà à peu près convenue ; des noms très littéraires s'étaient ralliés, pour des motifs politiques, à la candidature de M. Vatout. J'essayai de faire de la propagande pour Balzac ; je me heurtai à des idées arrêtées et n'obtins aucun succès. J'étais contrarié de voir un homme comme Balzac réduit à une seule voix, et songeais que si j'en obtenais une seconde, je créerais dans son esprit un doute favorable pour chacun de mes collègues. Comment conquérir cette voix ?

Le jour de l'élection, j'étais auprès de l'excellent Pongerville, le meilleur des hommes ; je lui demandai à brûle-pourpoint :

— Pour qui votez-vous ?

— Pour Vatout, comme vous savez.

— Je le sais si peu que je viens vous demander de voter pour Balzac.

— Impossible.

— Pourquoi cela ?

— Parce que voilà mon bulletin tout préparé. Voyez : Vatout.

— Oh ! cela ne fait rien.

Et sur deux carrés de papier, de ma plus belle écriture, j'écrivis : Balzac.

— Eh bien ? me dit Pongerville.

— Eh bien, vous allez voir.

L'huissier qui recueillait les votes s'approcha de nous, je lui remis un des bulletins que j'avais préparés. Pongerville tendit à son tour la main pour jeter le nom de Vatout dans l'urne ; mais une tape amicale que je lui donnai sur les doigts fit tomber son papier à terre. Il le regarda, parut indécis, et comme je lui offrais le second bulletin sur lequel était écrit le nom de Balzac, il sourit, le prit et le donna de bonne grâce. »

Et voilà comment Honoré de Balzac eut deux voix au dépouillement du scrutin de l'Académie.

Mais voici la fin des confidences de Victor Hugo :

19 mars 1850.

A l'Académie française, on juge le concours de prose. Voici comment :

M. de Barante lit une brochure, M. Mérimée écrit. MM. Salvandy et Vitet causent à voix haute, MM. Guizot et Pasquier causent à voix basse, M. de Ségur tient un journal, MM. Mignet, Lebrun et Sainte-Aulaire rient de je ne sais quels lazzi de M. Viennet, M. Scribe fait des dessins à la plume sur un couteau de bois, M. Flourens arrive et ôte son paletot, MM. Patin, de Vigny, Pongerville et Empis regardent le plafond ou le tapis, M. Sainte-Beuve s'exclame de temps en temps, M. Villemain lit le manuscrit, en se plaignant du soleil qui entre par la fenêtre d'en face, M. de Noailles est absorbé dans une manière d'almanach qu'il tient entr'ouvert. M. Tissot dort. Moi j'écris ceci. Les autres académiciens sont absents.

Le sujet du concours est l'éloge de Mme de Staël.

26 mars 1850. Mardi.

J'étais arrivé de bonne heure, à midi.

Je me chauffais, car il fait froid, la terre est couverte de neige, ce qui déplaît aux abricotiers. M. Guizot adossé à la cheminée me disait : — Comme membre de la Commission du prix dramatique, j'ai lu, dans ma seule journée d'hier, six pièces de théâtre ! — C'est, lui ai-je répondu, pour vous punir de n'en avoir pas vu jouer une seule pendant dix-huit ans.

En ce moment, M. Thiers s'est approché, et le bonjour s'est échangé entre les deux hommes. Le voici :

M. THIERS. — Bonjour, Guizot.

M. GUIZOT. — Bonjour, monsieur.

***

SÉANCE D'ÉLECTION

28 mars 1850.

M. Guizot présidait. A l'appel, arrivé à M. Pasquier, il a dit : — *Monsieur le chancelier...* Arrivé à M. Dupin, président de l'Assemblée nationale, il a dit :

— *Monsieur Dupin.*

Premier tour.

Alfred de Musset............. 5 voix
M. Nisard..................., 23 —

M. Nisard est élu.

***

Aujourd'hui 12 septembre 1850, l'Académie travaillait au dictionnaire. A propos du mot *accroître*, on a proposé cet exemple tiré de Mme de Staël :

« La misère accroît l'ignorance, et l'ignorance la misère. »

Trois objections ont surgi immédiatement :

1° Antithèse.

2° Ecrivain contemporain.

3° Chose dangereuse à dire.

L'Académie a rejeté l'exemple.

***

Quinze mois plus tard, l'Académie était débarrassée de ce collaborateur incommode, si obstinément réfractaire à l'esprit de la maison. Victor Hugo allait expier dans l'exil tous ses crimes contre les autorités reconnues.

V

Depuis un mois, Victor Hugo était à Bruxelles, première étape de l'exil. Le 22 janvier 1852, une élection devait avoir lieu à l'Académie française. Ne pouvant y assister, Victor Hugo, huit jours avant cette date, écrivit la lettre suivante à ses confrères :

« A Messieurs les Membres de l'Académie française.

» *Bruxelles, 15 janvier 1852.*

» Messieurs et chers confrères,

» Le malfaiteur politique, dont le gouvernement pèse en ce moment sur la France, a cru pouvoir rendre un décret d'expulsion dans lequel il m'a compris.

» Mon crime, le voici :

» J'ai fait mon devoir.

» J'ai, par tous les moyens, y compris la résistance armée, défendu contre le guet-apens du Deux-Décembre la Constitution issue du suffrage universel, la République et la Loi.

» Il est interdit aux bannis, de par le coup d'Etat, de rentrer en France sous peine d'être déportés à Cayenne, c'est-à-dire sous peine de mort.

» Dans cette situation, en présence de la force brutale qui règne et contre laquelle je renouvelle du fond de mon exil mes protestations indignées, je ne puis prendre part à l'élection académique qui aura lieu le 22 janvier, et je vous prie, Messieurs et chers confrères, d'agréer, avec l'expression de mes regrets, l'assurance de ma vive cordialité et de ma haute considération.

» Victor Hugo,
» Représentant du peuple.»

Cette élection n'eut pas lieu le 22 janvier, mais le 12 février. C'est celle où Alfred de Musset fut élu. Il succédait à M. Dupaty ! Il fut reçu par M. Nisard, qui l'avait battu deux ans plus tôt. On se rappelle que Musset, ce jour-là, n'avait obtenu que cinq voix, tandis que M. Nisard était élu par 23 académiciens.

Quelques jours après l'envoi de sa lettre, Victor Hugo apprit qu'on voulait l'exclure de l'Académie, comme on l'avait expulsé de France, en vertu d'un décret officiel. Cette nouvelle l'émut fort peu. Toutefois, comme il avait de grosses charges de famille, il ne pensa pas sans regret aux 83 francs par mois que lui enlèverait cette radiation (1). Mais bientôt il put se rassurer. Il restait immortel et appointé.

Là se bornèrent, pendant l'exil, les rela-

____

(1) « ..... *On y regardera à deux fois* avant de mettre le séquestre sur mes meubles, sur mes droits d'auteur et sur mon traitement de l'Institut. Cela me ferait moins de mal qu'à eux. Calme-toi donc, chère Maman, en veillant toutefois. » (*Correspondance*, t. ii, p. 111. — Lettre à Mme Victor Hugo.)

tions de Victor Hugo avec l'Institut de France. Il ne fut pas rayé de fait, mais il le fut moralement... L'Académie ne devait pas lui donner signe de vie avant le 27 novembre 1870.

Le peu de regrets que sa perte laissa au palais Mazarin ne renforça point ses sentiments envers celui-ci. Si l'Académie fit aisément son deuil de leur séparation, cette indifférence fut réciproque. En avril 1866, M. Cuvillier-Fleury, élu académicien, fait savoir son triomphe à Hauteville-House, se disant très fier d'être désormais le confrère du grand poète. Victor Hugo lui répond :

« Monsieur et cher confrère,

» Je me sens, de toutes les manières, si profondément absent de l'Académie, qu'il m'est impossible de ne pas être touché chaque fois qu'un de mes confrères veut bien avoir l'air de croire que j'en suis. L'exil a créé l'académicien *in partibus* ; je suis cet académicien-là..... »

Mais revenons à l'année 1852. Le 16 janvier, au lendemain de sa lettre à l'Académie, Victor Hugo recevait... un canapé, hommage du poète belge Van Hasselt, ce qui lui inspira les réflexions suivantes :

« Vous me comblez, monsieur et cher confrère, je dirai même vous me meublez. Vous m'envoyez un canapé à Bruxelles, à moi qui ne pourrais même pas vous donner un fauteuil à Paris. Je le regrette pour nous autres infortunés quarante. L'Académie française serait un peu moins welche si elle prenait quelques Belges comme vous.

». Pour le moment plaignons-la : cette pauvre Académie est toute penaude là-bas. Trois proscrits ! Depuis 1815 elle ne s'était pas vue à pareille fête. Dans ce temps-là c'était Louis XVIII qui chassait l'autre Napoléon, le grand, de l'Académie des sciences. »

Les trois proscrits enlevés à l'Académie étaient : Victor Hugo, Thiers et de Rémusat. (Ces deux derniers n'étaient que « momentanément éloignés », disait le décret.) Au sujet de ces académiciens proscrits, l'*Indépendance belge* publia l'anecdote suivante :

« M. Villemain ayant été obligé de se présenter à l'Elysée pour quelque affaire relative à l'Académie française, M. Bonaparte lui dit d'un ton aigre-doux : « Monsieur Ville-
« main, l'Académie française me boude ; elle
« n'est pas comme l'Académie des sciences
« qui m'a donné trois sénateurs. — L'Acadé-
« mie française est plus heureuse, a répondu
« M. Villemain, elle vous a donné trois exi-
« lés. »

« Avez-vous lu cette petite histoire ? » demande aux siens Victor Hugo. Suit ladite histoire, découpée par le poète et jointe à sa missive (1).

L'exil de Thiers et du Comte de Rémusat ne dura que quelques mois. Leur retour réconcilia l'Académie avec le Deux Décembre. Sans doute il manquait encore Victor Hugo, mais on ne pouvait continuer à bouder pour si peu. On se contenta de ne plus parler du poète.

----

(1) *Corresp.*, p. t. II, 152.

C'est à partir de ce moment-là que l'auteur des *Châtiments* se sentit « profondément absent de l'Académie ». Ce curieux état d'âme se trahit maintes fois dans ses ouvrages. On se rappelle certains passages du *William Shakespeare* que j'ai eu l'occasion de citer plus haut. Dans l'un de ces passages, l'auteur raille « les pauvres petits estomacs qui sont candidats à l'Académie ». Dans l'autre, il bafoue le purisme étroit et saugrenu de M. Cousin (1). C'est aussi dans le *William Shakespeare* qu'on trouve ces ironies peu académiques : « ..... Je conviens qu'il est doux à un homme de se sentir supérieur et de dire : Homère est puéril, Dante est enfantin. C'est un joli sourire à avoir. Ecraser un peu ces pauvres génies, pourquoi pas ? Etre l'abbé Trublet et dire : *Milton est un écolier*, c'est agréable. Qu'il a d'esprit celui qui trouve que Shakespeare n'a pas d'esprit ! Il s'appelle La Harpe, il s'appelle Delandine, il s'appelle Auger (2) : il est, fut ou sera de l'Académie (3). » On n'a pas oublié le chapitre des *Misérables* sur l'année 1817, dont j'ai cité un fragment (p. 54-55) où il est dit que « le comédien Picard était de l'Académie dont le comédien Molière

____

(1) Voir p. 95, note 1, et p. 221.

(2) Il s'appelle aussi Faguet, et il est, en effet, de l'Académie française. Ne lit-on pas dans les *Etudes sur le* XIXᵉ *siècle* (p. 165-166), ces lignes édifiantes qu'il convient de citer après celles de Hugo, car elles en soulignent l'ironie :

« ..... De l'esprit, Hugo en a, mais d'un certain genre ; et il a le genre d'esprit qu'on a d'ordinaire quand on n'en a pas assez. »

(3) *William Shakespeare*, 2ᵉ partie, liv. IV, II.

n'avait pu être. » On se rappelle également la fameuse pièce des *Contemplations* (*Réponse à un acte d'accusation*) où le poète avoue cyniquement ses crimes de lèse-académie (voir pp. 71-72, 219, 409). Ce n'est pas tout. Dans le chef-d'œuvre du *Théâtre en liberté : La Forêt mouillée*, écrit en mai 1854, on trouve encore ces jolies choses :

LES VIEUX ARBRES, aux oiseaux.
Vous faites trop de bruit ! Paix donc !

LE MOINEAU, aux arbres.
Salut, perruques !

LE HOCHEQUEUE.
Académiciens, fichez-nous donc la paix.
Je sais, vous êtes sourds et vous êtes épais,
Soit. Contentez-vous-en. Foin de vos vieux bran-
[chages
Où l'antique Zéphyr redit ses rabâchages !

Dans l'*Art d'être grand-père*, il convient de noter cette épigramme :

..... Oui, Dieu vraiment est inégal ;
Ici la Sibérie, et là le Sénégal ;
Et partout l'antithèse ! il faut qu'on s'y résigne ;
S'il fait noir le corbeau, c'est qu'il fit blanc le cy-
[gne ;
Aujourd'hui Dieu nous gèle, hier il nous chauffait.
Comme à l'Académie on lui dirait son fait (1) !

---

(1) *Le poème du jardin des plantes,* v : *Encore Dieu, mais avec des restrictions.* — Dans le même poème, trente vers plus haut, je relève ceci :

Quel beau lieu ! Là le cèdre avec l'orme chuchote,
L'âme est lyrique et semble avoir vu Don Quichotte,
Le tigre en cage a l'air d'un roi dans son palais,
Les pachydermes sont effroyablement laids ;
Et puis c'est littéraire ; on rêve à des idylles
De Viennet en voyant bâiller les crocodiles.....

Et soixante vers plus bas, je relève encore ces réflexions :

Ce chêne que monsieur Despréaux eût signé,
Ces barreaux noirs croisés sur la fleur odorante,

Mais tout cela ne vaut pas ce couplet épique de l' « âne » sur l'Institut :

O le bon vieux palais gardé par deux lions !
La science met là tous ses tabellions,
Et l'on se complimente et l'on se félicite ;
Et moi l'âne, qui suis parmi vous en visite,
Je n'aurais jamais cru que l'homme triomphât
A ce point de son vide, et, si nul, fût si fat !
Avec Diafoirus Bridoison fraternise ;
Le dindon introduit l'oie et la divinise ;
Vrai ! quand la comète entre au sanhédrin des
  [cieux
Et des astres fixant sur sa splendeur leurs yeux,
Le grand soleil, auquel tout l'empyrée adhère,
Ne fait pas plus de fête à ce récipiendaire (1).

Comment s'étonner qu'un poète si peu respectueux, dans ses œuvres, pour l'Académie, ne l'ait point épargnée dans sa correspondance ? J'ouvre celle-ci encore une fois, et j'y trouve ces lignes de 1867, adressées à Alfred Asseline, cousin germain de Mme Hugo :

« Mon cher Alfred, je reçois ta lettre charmante, je fouille énergiquement le pantalon. Rien, rien, rien ! (Desmousseaux de Givré). La poche est vide comme la caboche d'un académicien. »

Ceci n'est peut-être qu'une réminiscence de Musset... Mais nous voilà, je crois, suffisamment édifiés sur la tournure d'esprit peu académique du poète Hugo.

Font honneur à Buffon qui fut l'un des Quarante.....
Cela n'empêche pas les roses d'être pleines
De parfums, de désirs, d'amour et de clarté ;
Cela n'empêche pas l'été d'être l'été.....
Cela n'empêche pas l'aurore en conscience
D'apparaître au zénith qui semble s'élargir,
Les enfants de jouer, les monstres de rugir.

(1) L'*Ane*, II.

Pour clore ces pages épigrammatiques, voici une dernière anecdote, empruntée à Richard Lesclide. Nous avons vu l'académicien Victor Hugo dans ses œuvres, dans sa correspondance. Le voici maintenant dans l'intimité.

« Un jour, à Guernesey, dit l'auteur des *Propos de table*, le poète, en rentrant chez lui, raconta qu'il avait été abordé par un âne qui avait brait doucement, avec un air de demander quelque chose ; et, cette idée s'enchaînant à d'autres idées :

» — Pourvu, dit Victor Hugo, qu'il ne soit rien arrivé là-bas, à l'Académie.

» — Pourquoi donc cela ?

» — Mais, répondit-il, cet âne avait l'air de solliciter ma voix.

» On rit de cette plaisanterie. Le lendemain, le courrier de Paris arrivait à Hauteville-House, annonçant la mort de M. de Barante... »

Ceci se passait en novembre 1866, huit mois après la lettre où l'on a pu lire cette déclaration péremptoire : « Je me sens, de toutes les manières, si profondément absent de l'Académie... » Huit mois plus tard, nouveau deuil sous la Coupole, mort de M. Ponsard. Ce fut M. Joseph Autran qui lui succéda ; et ce fut M. Cuvillier-Fleury, auquel s'adressait l'aveu ingénu, ou malicieux, de « l'académicien *in partibus* », qui répondit à son discours. M. Cuvillier-Fleury fut cet immortel courageux et unique qui osa prononcer, tout haut, sous la Coupole, le nom de l'exilé. C'était d'ailleurs en 1869, l'empire était libéral... M. Cuvillier-Fleury plaça cette phrase dans son discours : « A. de Vigny a chanté, dans une confession posthume, la perte de ses illusions ; Lamartine, les radieuses extases du cœur humain ; M. Victor Hugo, son « crépuscule » assombri. »

Le récipiendaire, M. Joseph Autran, n'avait point nommé le Maître, mais il s'était incliné devant sa gloire, et, ce qui est mieux encore, il avait, comme jadis Vigny, rendu pleine justice à la révolution romantique. L'homme qui avait eu cette double audace était un poète du Midi. M. Joseph Autran était né à Marseille... — Voici sa généreuse tirade sur le Romantisme :

« A Dieu ne plaise, Messieurs, que je parle avec indifférence du mouvement littéraire qui s'était produit avec tant d'éclat sous la Restauration, et se continua sous le gouvernement de Juillet. Mes premières paroles ont témoigné que je n'oublie pas ce que furent pour nous les maîtres illustres dont l'heureuse témérité ouvrit des voies nouvelles à l'imagination, releva le niveau des esprits, et infusa comme un sang nouveau dans la langue elle-même. Ce n'est pas dans cette enceinte qu'il serait possible de l'oublier : plusieurs d'entre eux sont ici présents ; et *s'il en est un qui manque sur ces bancs, il est de ceux dont la gloire n'est jamais absente !* Méconnaître ce que l'œuvre de ces hommes eut de généreux et de fécond ne serait pas seulement de l'injustice, ce serait de l'ingratitude. Quiconque date de cette époque a reçu d'elle quelques-uns de ses dons ; son influence s'est fait sentir à ceux-là même qui la combattaient, et, à défaut d'autres bienfaits, nous lui devrions des souvenirs qui se confondent pour nous avec l'image même de la jeunesse.

» C'est particulièrement au théâtre que se portait l'esprit de hardiesse et d'innovation. Secouant de vieilles entraves dont il ne voulait reconnaître ni la légitimité ni l'utilité, il s'inspirait du libre génie de l'Angleterre et de l'Allemagne, il s'inspirait surtout de sa propre audace, et la scène lui dut quelques-unes de ces créations dont la puissante originalité passionne la foule. L'écho répète encore, de temps en temps, les applaudissements de ces soirées qui ressemblaient à des combats et dont les noms sont restés comme des noms de victoires. »

Mais tous ces hommages et toute cette éloquence ne ranimèrent point les sentiments académiques à Hauteville-House. On y était encore sous l'impression réfrigérante du livre de Barbey d'Aurevilly sur les Quarante. Dans ce chef-d'œuvre des pamphlets, Victor Hugo avait une page qui vaut celle d'Alphonse Karr sur la réception de 1841, et qui paraphrase l'auteur des *Guêpes*, avec bien plus de cruauté :

« C'est bien derrière M. Viennet qu'il faut placer M. Hugo (1), le chef de parti littéraire,

____

(1) Barbey d'Aurevilly avait placé ironiquement le « médaillon » de Victor Hugo entre celui de M. Viennet et celui de M. Ponsard. Voici un fragment du portrait Viennet :

« Le premier de tous à l'Académie. Le véritable Académicien ! Que dis-je ? C'est vraiment l'homme-Académie ! Il a été engendré de toute éternité pour elle. S'il m'était permis de donner mes idées sur cette auguste institution, je voul'homme du romantisme et de la préface de *Cromwell,* pour avoir une idée juste de cette énormité : M. Victor Hugo à l'Académie ! Au moins le duc de Guise fut assassiné par Henri III et quand il fut tombé, dagué par les Quarante-Cinq, le roi dit, tout pâle : « Je ne le croyais pas si grand », ce que M. Viennet n'a pas, certes, dit, quand il a vu M. Hugo, qu'aucun des Quarante n'était de force à tuer, humilié à terre devant lui, sur le parquet ciré de l'Académie. Ce jour-là, où était la fierté de la Muse romantique ? Ce jour-là, l'homme qui s'est tant moqué des ailes de pigeon en a mis. M. Victor Hugo a démoralisé, par son exemple, cet enfant d'Alfred de Musset, qui, lui aussi, a accepté le caparaçon académique, sous lequel nous l'avons vu si tristement baisser la tête. C'était un bât sur le dos d'Ariel (1).

---

drais qu'on inventât, pour M. Viennet un fauteuil de présidence perpétuelle, tant il représente bien l'Académie ! tant il s'adapte bien à cette vieille chose du passé qui n'a plus de raison pour être ! M. Viennet, c'est le classique pur, la borne immuable. C'est le d'Arlincourt du classique, comme d'Arlincourt était le Viennet du romantisme. Il a fait des tragédies comme La Fosse, des comédies comme Rochon de Chabannes, des fables... pas comme La Fontaine..... On peut le nommer Campenon, Campistron autant que Viennet. »

(1) « MM. Victor Hugo et Alfred de Musset ne sont entrés à l'Académie qu'en demandant pardon de la liberté grande d'être originaux et romantiques, et ce fameux jour de bassesse littéraire où ils y sont entrés, ils ont fait bouillir du lait à M. Viennet, et même ils le lui ont sucré. » (*Ibid.*, p. 36, portrait Vitet.) Ceci est exagéré. Les discours de réception de Victor Hugo et de

Comme il y a en littérature des questions
d'honneur autant que partout, quelle réponse fera l'histoire littéraire de l'avenir à la
question de savoir pourquoi M. Victor Hugo
a sollicité d'être académicien et a fait trente-
neuf visites à des gens dont il méprisait littérairement pour le moins trente-sept ? Si
sévère qu'on soit pour un grand talent qui a
ses défauts et même ses vices, il n'est pas
moins certain qu'il y a disproportion du
contenu au *contenant*, quand on voit
M. Hugo à l'Académie, et que la racine d'un
chêne n'est pas de taille à tenir dans un
vieux pot à cornichons !.:...»

***

Victor Hugo rentra le 5 septembre 1870 à
Paris. Le surlendemain était un jeudi, mais il
n'y eut pas de séance à l'Académie...

Cependant l'Académie existait toujours.
L'auteur de *Choses vues* le reconnaît dans
son journal du Siège de Paris. Le 27 novembre, il enregistre cette nouvelle : « L'académie me donne signe de vie. Je reçois l'avis
officiel qu'elle tiendra désormais une séance
extraordinaire le mardi. » Mais, le 3 janvier, il
fait cette constatation : « Il y a en ce moment
douze membres de l'Académie française à
Paris, dont Ségur, Mignet, Dufaure, d'Haus-

Musset furent très dignes... On peut en dire
autant de ceux de Vigny et de Lamartine, même
de celui de Nodier... Sainte-Beuve seul manqua
de noblesse.

sonville, Legouvé, Cuvillier-Fleury, Barbier,
Vitet. »

Après le siège, Victor Hugo eut la joie de
voir son fidèle Janin venir s'asseoir auprès
de lui, dans le fauteuil du traître Sainte-
Beuve. Cela lui parut de bon augure.

Mais l'Académie crut devoir se dédomma-
ger de cette élection en nommant tour à tour
M. Xavier Marmier, l'élégant Bitaubé de
Gœthe et de Schiller, M. Duvergier de Hau-
ranne, le Baour en prose du classicisme, et
M. Camille Rousset, le sous-Mignet de la
Révolution...

Richard Lesclide fait observer que Victor
Hugo, après l'exil, rentra à l'Académie
avec une autorité légitime, mais que celle-
ci ne prévalut pas contre les petites coalitions d'école. Il ajoute que le poète « cher-
cha vainement à pousser ses collègues dans
une voie de progrès », vu qu'« une incomparable force d'inertie fit avorter ses tentatives ». Et l'émule d'Eckermann fait cette constatation : « Il n'est pas sûr que si Victor Hugo
n'avait pas été de l'Académie dans ces derniers temps, il l'eût emporté sur Messieurs...
Ne nommons personne. « Si c'était à refaire,
« il faudrait voir », disait un journal, qui racontait son élection d'autrefois. Victor Hugo
a beaucoup ri de ce mot, qui vient du reste
d'un de ses amis. » Ailleurs, Lesclide nous
apprend que Victor Hugo n'était pas toujours
aimable pour l'Académie française, mais qu'il
l'admettait « en principe, surtout comme fille
aînée de l'Institut ». Et l'auteur des *Propos
de table* affirme que Hugo voyait dans la
création des cinq classes de l'Institut une

des plus grandes pensées de la Convention.
Mais ici je note ces lignes : « Comme détail,
comme organisation, il (Hugo) abandonne
volontiers ce respectable corps aux railleries
des poètes qui n'en sont pas. L'autre soir,
on a mis dix hommes de lettres, réunis au
salon, au défi de se rappeler les noms des
membres actuels de l'Académie ; on est
arrivé difficilement à vingt noms. C'est déplorable. »

Victor Hugo pensait que la rénovation de
l'Académie ne pourrait être obtenue que par
le suffrage universel. On retrouve l'exposé
de cette théorie qui lui était chère, dans les
Propos de table et... chez les fondateurs
de l'Académie des Goncourt. « Le poète,
raconte Lesclide, entrait dans les détails du
mouvement populaire qui se produirait à ce
sujet et dont le premier résultat serait d'élever l'intelligence française et les idées populaires. Comment un peuple qu'on croit apte
à juger la valeur politique des hommes, n'ar-
riverait-il pas à deviner, à constater leur
valeur artistique ? Les paysans n'ont-ils pas
des livres que lisent leurs fils, de petits journaux que lisent leurs femmes ; n'auraient-
ils pas pour conseils les maîtres d'école, leurs
bourgeois, leurs amis plus lettrés ? Croit-on
qu'avec le suffrage universel, des supériorités
comme Hugo, Lamartine, Gautier, Balzac,
feraient longtemps antichambre à la porte
des immortels ? Les grands esprits, les esprits généreux ne feraient-ils pas à cet égard
une propagande utile et passionnée ? Les
paroles de Hugo ne me reviennent pas d'une
façon exacte, mais nous étions sous le charme,

et ce suffrage universel, dont il nous disait les miracles — et qu'il voudrait même appliquer aux nominations dans l'ordre de la Légion d'honneur — nous paraissait devoir gouverner le monde (1). »

En attendant qu'on introduisît cette petite réforme dans le mode de recrutement des immortels, Victor Hugo combattit de son mieux les inconvénients du suffrage restreint. Il patrona Gautier, Banville et Leconte de Lisle. « Il fut rarement, dit Lesclide, avec les triomphateurs. Leconte de Lisle, Théodore de Banville durent se contenter de sa voix. » En 1872, Victor Hugo était parvenu à faire agréer la candidature de Gautier, qui s'était déjà présenté trois fois sous l'empire et à qui on avait préféré Auguste Barbier, Joseph

---

(1) « ..... Il (Hugo) se met à parler. Il parle de l'Institut, de cette admirable conception de la Convention, de ce *Sénat dans le bleu*, comme il l'appelle. Il le voudrait voir, ses cinq classes assemblées, discuter idéalement toutes les questions repoussées par la Chambre... ainsi la peine de mort. Là, Hugo a un morceau de la plus haute éloquence, qu'il termine par ces mots : « Oui, « je le sais, le défaut c'est l'élection par les « membres en faisant partie... Il y a dans « l'homme une tendance à choisir son infé- « rieur... Pour que l'institution fût complète, il « faudrait que l'élection fût faite sur une liste « présentée par l'Institut, débattue par le jour- « nalisme, nommée par le suffrage universel. »

» Sur cette thèse, qui semble un de ses habituels *morceaux de bravoure*, il est, je le répète, très éloquent, plein d'aperçus, de hautes paroles, d'éclairs. » (*Journal des Goncourt*, tome v, pp. 86, 87.)

Autran et le père Gratry (1). Gautier, cette fois, devait être élu. Malheureusement, il mourut à ce moment-là, des suites d'une fluxion de poitrine contractée pendant le siège de 70, à cette époque où, d'après Hugo, il n'y avait que douze académiciens à Paris. (Voir plus haut, p. 435.) Un an plus tard, Leconte de Lisle se présentait à son tour. L'Académie lui préféra le baron de Viel-Castel. Quatre ans plus tard, l'auteur des *Poèmes antiques* échoua de nouveau, mais cette fois contre M. Sardou... Il y eut force protestations, mais l'Académie répondit aux médisants que l'auteur de *la Haine* était plus connu que l'auteur des *Erinnyes* ; ce qui, paraît-il, était sans réplique. C'est alors qu'on put lire dans les journaux la lettre suivante, adressée au blackboulé.

« *9 juin 1877.*

» Mon éminent et cher Confrère,

» Je vous ai donné trois fois ma voix, je vous l'eusse donnée dix fois.

» Continuez vos beaux travaux et publiez vos nobles œuvres qui font partie de la gloire de notre temps.

» En présence des hommes tels que vous, une académie, et particulièrement l'Académie française, devrait songer à ceci : qu'elle leur est inutile et qu'ils lui sont nécessaires.

» Victor HUGO. »

---

(1) Voyez : *Théophile Gautier*, par Maxime Du Camp (Hachette, édit., 1890), pp. 196, 197.

On n'a pas oublié la fameuse réponse de Leconte de Lisle : « Je suis élu, Maître, puisque vous m'avez nommé ! (1) »

Cela ne rappelle-t-il pas le mot de Balzac : « C'est surtout votre voix que je veux (2) ».

La candidature éphémère de Gautier en 1872 et celle de Leconte de Lisle en 1877, ont encore ceci de particulier que celui-ci avait contre lui, indépendamment de M. Sardou, le poète Edouard Grenier, et que celui-là aurait eu contre lui M. le duc d'Aumale. Ce dernier envoyait au Maître les ouvrages qu'il publiait avec un luxe typographique digne de revêtir les *Emaux et Camées*. La visite de ce candidat princier à Victor Hugo a été contée par Richard Lesclide :

« ..... Le duc, qui se présentait à l'Académie, est venu faire au poète la visite traditionnelle ; il a été reçu avec la plus exquise courtoisie. Sa visite a duré deux heures. Mme Drouet, qui est un brin curieuse, a demandé ce soir au maître : — Qu'avez-vous pu vous dire tous deux pendant tout ce temps ? — Hé ! madame, a répondu Hugo, les plus aimables choses du monde. Nous nous sommes contentés des roses sans aller au fond du pot. La question de l'Académie était délicate ; nous ne l'avons abordée ni

____

(1) « ..... L'Académie repousse l'auteur des *Poèmes barbares* parce que sa candidature a été trop chaudement patronnée par Victor Hugo ; et pourtant, soyez justes, elle ne pouvait pas l'être par un vaudevilliste. » (Th. de Banville, *Paris vécu*, p. 27.)

(2) Voir plus haut, p. 421.

l'un ni l'autre. A travers ce qu'il disait, j'entendais : « Vous savez que je viens vous « demander votre voix pour l'Académie. » Et je répondais, sans parler plus que lui: « Vous « savez, mon prince, vous ne l'aurez pas (1). »

Victor Hugo fut plus explicite avec le poète Edouard Grenier. Rien n'est plus féroce qu'un méchant rimeur éconduit. Dans les 357 pages que ledit Grenier a consacrées, sous le titre de *Souvenirs littéraires*, à proclamer sa gloire et à exécuter ceux qui l'ont méconnue, il y en a sept ou huit sur Victor Hugo, un des coupables en question. J'en extrais un fragment, où est racontée avec beaucoup d'art — j'allais dire d'artifice — la visite que fit au Maître ce rival de M. Bonjour, au cours d'une de ses nombreuses candidatures académiques :

On m'avait indiqué comme heure d'audience huit heures et demie du soir ; je fus exact, comme on le pense bien. On m'introduisit dans un salon sombre contigu à la salle à manger, et d'où je pus, sans distinguer les voix et les paroles, reconnaître à l'animation de la causerie et au bruit des fourchettes que les convives étaient nombreux et que l'on touchait au dessert. Je m'assis sur un sopha, en face d'un fauteuil gothique exhaussé et recouvert d'un dais, avec de vagues allures de trône. J'eus le loisir de le contempler ; la porte de la salle à manger s'ouvrit enfin, et Victor Hugo parut. Je me levai et m'excusai en quelques mots de lui imposer ce dérangement. Le maître me fit asseoir à côté de lui et me dit ces propres paroles d'une voix profonde, lente, bien accentuée, et sur un ton légèrement

----

(1) *Propos de table de Victor Hugo*, p. 247.

emphatique : « Monsieur Grenier, je suis bien
« aise de vous voir : Vacquerie m'a parlé de vous,
« Vacquerie vous a lu. Je voterai néanmoins pour
« Arsène Houssaye : il a de grands titres litté-
« raires. Sans doute il a trempé dans cette orgie
« de l'Empire ; mais je ne lui en veux pas : j'ai
« de l'indulgence pour les autres, je n'en ai pas
« pour moi. » Il fit une pause ; j'en profitai pour
lui dire qu'il n'aurait pas besoin d'indulgence à
mon égard, vu que je n'avais jamais changé
d'opinion. Ce qui était un peu dur (?) pour mon
interlocuteur, j'en conviens ; mais il y avait
dans la petite harangue du maître certains mots
que j'avais trouvés malsonnants, et j'étais un peu
crêté, je l'avoue, et mal disposé aussi bien par le
ton que par les paroles. Il reprit : « Je vais rarement à l'Académie ; quelques amis veulent
bien encore me consulter, mais j'y vais sans
plaisir. L'Académie n'est pas ce qu'elle devrait
être ; M. Guizot l'a pervertie et il l'a perdue,
comme il a perverti et perdu la monarchie. »
Il continua quelque temps sur ce thème en en-
flant la voix. Quand il se tut, je crus devoir lui
répondre que si j'avais eu la présomption de me
présenter, c'était sur la pressante invitation de
quelques-uns de ses confrères, et que j'avais vu
dans cette candidature improvisée l'occasion
rêvée depuis mon enfance d'avoir l'honneur de
l'approcher. Il s'inclina, et, comme il ne repre-
nait pas la parole, je me levai ; il se leva aussi
et voulut me reconduire non seulement à la porte
du salon, mais même jusqu'à celle du vestibule,
malgré mes supplications. Arrivé sur le seuil, je
ne pus m'empêcher de lui dire : « Je suis désolé
de ne pouvoir compter sur l'honneur que m'aurait fait votre suffrage ; je n'ai qu'une consolation, c'est que les autres poètes de l'Académie (1) m'ont promis leurs voix et, ajoutai-je

---

(1) Entendez par là M. Legouvé, M. Autran et
M. Doucet...

en accentuant ma phrase, non sans malice,
Lamartine eût voté pour moi (?). » Je saluai
profondément, sans voir l'effet de ces dernières
paroles, et je redescendis tout attristé d'avoir vu
un homme d'un si rare génie *ignorer que la simplicité est la seule attitude digne des grands de
ce monde, et que la vieillesse n'a de grâce et de
refuge que dans l'aménité et la bonhomie* (1). »

S'il n'était pas inutile de réfuter M. Edouard
Grenier, on pourrait citer, certes, cent dépo-
sitions de témoins dont l'impression différa
de la sienne... Dernièrement encore, l'académicien Jules Claretie écrivait ces lignes :

« J'ai eu le bonheur de voir de près, pendant de longues années, le poète qui incar-
nait pour moi toutes mes admirations, les
plus profondes émotions de ma jeunesse.
Dans l'intimité de sa vie, il semblait encore
grandir. *Il était simple, cordial et bon. Le
génie bonhomme,* eût dit Charles Nodier.
N'est-ce pas lui qui, célébrant par-dessus
toutes choses la Bonté, écrivait en parlant de
George Sand : « Il y a dans Mme Sand une
« chose rare et charmante, la bonhomie de la
« femme.

» Il avait, lui, la bonhomie du géant. Il se
livrait à ceux qu'il aimait avec une sorte de
familiarité souveraine. Théophile Gautier
assurait que Victor Hugo était né pour recevoir, dans quelque castel à la Walter Scott,
les visites et les hommages des jeunes générations de littérateurs venant saluer le Maî-

-----

(1) Edouard Grenier, *Souvenirs littéraires*
(Lemerre, édit., 1894), p. 219-222.

tre et l'Hôte. Il était l'Hôte, en effet, par définition. Il savait accueillir, conquérir et
charmer. A Bruxelles, place des Barricades ;
à Paris, à l'*Hôtel du Pavillon de Rohan*,
pendant le siège ; puis, rue Pigalle, rue de
Clichy, enfin avenue d'Eylau, je l'ai toujours
trouvé le même, la main tendue et le cœur
sur les lèvres. Il avait une grâce exquise, des
manières de vieux gentilhomme sous la va-
reuse d'un vieux marin (1). »

Revenons à M. Edouard Grenier. Ce poète
rancunier — cela rime — n'obtint jamais
plus de sept voix. Mais je dois dire qu'il en
appela de ses échecs. De plus, il se vengea
de l'Académie en critiquant ses élections,
et de Victor Hugo — dont il n'osait pas
critiquer les votes — en faisant la satire
de son caractère... J'ai dit ce que vaut cette
satire.

A ces fureurs d'un Vadius il faut préférer,
certes, la belle indignation du poète Banville. Lui aussi fut blackboulé. Mais quelle
différence dans son ressentiment ! Tout au
contraire de M. Grenier, qui ne peut pardonner à Victor Hugo de préférer les bons
poètes aux lauréats de l'Institut, et qui
trouve impossible une Académie où lesdits
lauréats obtiennent à peine six voix de plus
que Leconte de Lisle, Banville, en sa belle
âme dévouée à ses dieux, souffre plus de l'injure faite à ceux-ci que de sa défaite personnelle, et ce n'est point à sa vanité qu'il im-
mole l'Académie, mais à la bonne cause du
génie outragé...

____

(1) Le *Journal*, n° du 13 novembre 1901.

«..... Ici comme partout s'applique la loi invincible de Darwin ; l'Académie, comme tous les êtres, suit cette loi primordiale qui se nomme : *la lutte pour la vie*. Procédons méthodiquement ; si nous voulons savoir pour quelle cause réelle elle a exclu les hommes dont nous parlons, tâchons de trouver le caractère qui leur est commun : ce caractère est évidemment LE GÉNIE. Or, en éliminant le Génie, tout être collectif, tout corps constitué travaille à sa préservation, car le Génie, qu'il le veuille ou non, partout où il est, devient le maître et exerce une puissance dominatrice ; il est donc tout naturel qu'on ne l'admette pas dans les assemblées qui doivent avoir l'égalité pour principe et pour règle. Quand les animaux se réunissent pour causer de leurs petites affaires, ils ont grandement raison de ne pas inviter l'hôte incommode qui se nomme le Lion. C'est pourquoi Balzac aurait pu, comme Mercadet, devenir créancier, Dumas infécond, Théophile Gautier chauve, Leconte de Lisle brouillé avec son maître, Flaubert et Baudelaire chanteurs d'églogues, ils auraient toujours eu contre eux (*pelés et galeux dont venait tout le mal*) cette indignité dont le signe était visiblement écrit sur leurs fronts : LE GÉNIE !

» On m'objectera que Victor Hugo est académicien ; mais, soyons de bonne foi, ce n'est pas la faute de l'Académie. Elle lui avait suffisamment et assez clairement exprimé, par trois refus successifs, qu'elle désirait ne le posséder jamais ; elle a fini par lui ouvrir sa porte, sans joie ! parce qu'il ne voulait pas s'en aller, après lui avoir éperdument préféré des candidats illusoires. Elle avait rechigné aussi ouvertement que possible, et n'eut pas de reproches à se faire. Mais comme la proportion doit toujours être gardée, si le dieu même de la poésie moderne a été trois fois accueilli à la porte du petit local comme un chien dans un jeu de quilles tremblantes, quel bon poète ne tiendrait à honneur d'être refusé au moins trente fois par l'Académie, jalouse d'entasser dans *son sein* les plus exquis, les plus parfumés et les plus vanillés d'entre les professeurs (1) ? Mais c'est beaucoup d'allées et de venues, et peut-être le jeu n'en vaudrait-il pas la terrifiante chandelle (2) ! »

*
* *

Victor Hugo mourut le 22 mai 1885. Ses funérailles, ou, plutôt, son apothéose, eut lieu le 1er juin. M. Emile Augier y représenta l'Académie. Il prit la parole à l'Arc de Triomphe, après MM. Le Royer, président du Sénat, Floquet, président de la Chambre et René Goblet, ministre de l'Instruction publique. Voici son discours :

Messieurs,

Le grand poète que la France vient de perdre voulait bien m'accorder une place dans son ami-

____

(1) L'Académie avait élu, en 1870, M. Xavier Marmier ; en 1873, M. Saint-René Taillandier ; en 1874, M. Caro et M. Mézières ; en 1876, M. Gaston Boissier.
(2) *Paris vécu*, p. 27-29.

tié : c'est à quoi j'ai dû l'honneur d'être choisi par l'Académie française pour apporter ici l'expression d'une douleur partagée par l'Institut tout entier.

Mais qu'est-ce que notre deuil de famille au milieu du deuil national qui fait cortège à notre illustre confrère ? Toute la France est là, cette France dont Victor Hugo restait, après nos désastres, le plus légitime orgueil et la plus fière consolation, car, il l'a dit lui-même,

Rien de ces noirs débris ne sort — que toi, pensée,
Poésie immortelle à tous les vents bercée.

Et la sienne est immortelle, en effet !

Faut-il vous parler de l'éclat incomparable de son œuvre, de cette imagination merveilleuse, de cette magnificence de style, de cette hauteur de pensée qui font de lui un maître sans pareil ? Ses droits à l'admiration des siècles sont proclamés plus éloquemment que je ne saurais le faire par cette cérémonie sans précédent, par cette affluence de populations accourues des quatre points cardinaux à ce pèlerinage du génie.

Grand et salutaire spectacle, Messieurs ! Il est juste, il est beau qu'une patrie rende en honneurs à ses fils ce qu'elle reçoit d'eux en illustration.

Au souverain poète, la France rend aujourd'hui les honneurs souverains. Elle dresse son catafalque sous cet arc de triomphe qu'il a chanté et sous lequel jusqu'ici elle n'avait encore fait passer qu'un triomphateur, celui qu'elle a entre tous surnommé le Grand.

Elle n'est pas prodigue de ce beau surnom, elle en a fait presque l'apanage exclusif des conquérants. Il n'y avait qu'un poète couronné par elle de cette auréole : il y en aura deux désormais, et comme on dit le Grand Corneille, on dira le Grand Hugo.

Il y a dans la plus haute renommée une partie

caduque dont elle se dégage par la mort. Il semble alors qu'elle s'élance avec l'âme du mourant, secouant ainsi une sorte de dépouille mortelle pour planer radieuse au-dessus de la dispute humaine.

La renommée ce jour-là s'appelle la Gloire, et la postérité commence.

Elle a commencé pour Victor Hugo.

Ce n'est pas à des funérailles que nous assistons, c'est à un sacre, et on est tenté d'appliquer au poëte ces beaux vers qu'il adressait à son glorieux prédécesseur sous l'arche triomphale :

Maître, en ce moment-là vous aurez pour royaume
Tous les fronts, tous les cœurs qui battront sous le
[ciel ;
Les nations feront asseoir votre fantôme
Au trône universel.

Les nuages auront passé dans votre gloire ;
Rien ne troublera plus son rayonnement pur ;
Elle se posera sur toute notre histoire
Comme un dôme d'azur !

On le voit, l'heure de la justice avait sonné, même au cadran académique. Dès lors, les Quarante, ou plutôt les trente-neuf, élurent enfin Leconte de Lisle, que Victor Hugo avait « nommé ». Cette élection eut lieu le 11 février 1886, et la réception le 31 mars 1887. Cette fois, c'est sous la Coupole même que l'éloge du Maître retentit. Il y avait un demi-siècle exactement que l'auteur de *Cromwell* avait présenté son drame hérétique à l'Académie...

L'auteur des *Poèmes antiques* n'avait encore parlé qu'une seule fois en public, aux funérailles de Victor Hugo. Ce jour-là, il avait représenté les poètes. C'était au Panthéon.

Sous la Coupole, il eut cet exorde académique :

« Messieurs,

» En m'appelant à succéder parmi vous au Poète immortel dont le génie doit illustrer à jamais la France et le xix⁰ siècle, vous m'avez fait un honneur aussi grand qu'il était inattendu. Cependant, au sentiment de vive gratitude que j'éprouve se mêle une appréhension légitime en face de la tâche redoutable que vos bienveillants suffrages m'ont imposée. »

Voilà des périphrases que j'ai lues, je pense, plus de cent fois. Ce ne fut pas le moindre charme du travail que j'achève. Mais je dois dire que jusqu'ici je les avais rarement prises au sérieux. Pour la première fois peut-être, j'y ai vu autre chose qu'une banalité bien pensante et obligatoire. Leconte de Lisle était sincère. Son « sentiment de vive gratitude » n'était point seulement une formule académique. Il avait, certes, profondément détesté l'Académie, depuis l'avènement Saint-René Taillandier et l'intronisation Victorien Sardou. Mais, après toutes ces épreuves, il avait eu cette compensation : le fauteuil de Victor Hugo ! et, comme Hernani sacré chevalier par Don Carlos et fiancé à dona Sol, il eût pu s'écrier « Oh ! ma haine s'en va ! ».

Voici, du reste, comment le récipiendaire motiva sa très « légitime appréhension en face de la tâche redoutable » à lui imposée :

« Il me faut vous parler d'un homme, unique entre tous, qui pendant soixante années a ébloui, irrité, enthousiasmé, passionné les intelligences, dont l'œuvre immense, de jour en jour plus abondante et plus éclatante, n'a d'égale, en ce qui la caractérise, dans aucune littérature ancienne ou moderne, et qui a rendu à la poésie française, avec plus de richesse, de vigueur et de certitude, les vertus lyriques dont elle était destituée depuis deux siècles. »

Telles sont les premières paroles que Leconte de Lisle fit entendre sous la Coupole, et dont la suite de son discours développa le thème. Les mânes de M. Duval et de M. Baour avaient-elles prévu cette dernière épreuve ? Ce fut Alexandre Dumas qui répondit au successeur de Victor Hugo.

L'auteur de la *Dame aux Camélias* fit cette déclaration :

« Pour quiconque est un peu poète, Victor Hugo est irrésistible. Je viens de le relire, depuis les *Odes et Ballades* jusqu'à la *Fin de Satan* et jusqu'au *Théâtre en liberté*. J'ai retrouvé partout les éblouissements qu'il m'avait causés dans ma jeunesse. Car ceux de notre âge sont tous nourris de son lait, de son miel, de sa chair. A la seule évocation de son nom, les vers s'allument dans notre mémoire et s'élancent jusqu'au ciel en gerbes de feu de toutes les couleurs. »

Après cet acte d'admiration, on peut s'étonner de trouver, quelques pages plus loin, une critique de la poésie en général, et des beaux vers en particulier. « Cela est beau comme de la prose », a déclaré un jour, à propos d'un passage de Corneille, « le bonhomme Buffon, qui fut l'un des Quarante », comme dit un vers de Hugo que j'ai déjà cité. Alexandre Dumas reprend pour son compte ce joli mot et... et il l'enjolive encore. Mais il va plus loin. Il compare la poésie à Phryné, la prose à Socrate : « Les juges qui condamnent Socrate peuvent acquitter et même glorifier Phryné ; moins de dix ou quinze ans après, ce sera Socrate qui aura raison jusqu'à la fin des siècles. Ainsi souvent de la prose et de la poésie. » Donc, Victor Hugo « est irrésistible », mais à la façon de Phryné, et Alexandre Dumas, bien qu'il s'avoue « un peu poète », lui préfère Socrate, c'est-à-dire la prose. Vous êtes orfèvre, M. Josse ! Mais votre opinion, comme disait un jour Victor Hugo à M. Cousin, n'est, en somme, qu'une opinion. Plus convaincant que celle-ci, et que le bon mot de M. Buffon, serait le cri d'un poète disant d'une page de prose : Cela est beau comme des vers ! Malheureusement, le mot n'a pas été dit.

Dumas ne fut pas plus respectueux en essayant de définir Victor Hugo et son œuvre. L'un et l'autre lui paraissent simplement « monstrueux ». Hugo est « une force indomptable, un élément irréductible, une sorte d'Attila du monde intellectuel....., s'emparant de tout ce qui peut lui servir, brisant ou rejetant tout ce qui ne lui sert plus. C'est l'implacable génie qui n'a instinctivement souci que de soi-même. »

Plus loin, parlant du caractère de Victor Hugo, Dumas aboutit à ce jugement dont Guyau a dit avec raison qu'il est *naïf à force de subtilité malveillante* : « Il a aimé la liberté..... parce qu'il a compris que la liberté seule pouvait lui donner la gloire telle qu'il la voulait, et qu'un simple poète ne pouvait aspirer à être au-dessus de tous que dans une société démocratique..... Il a répudié la monarchie et le catholicisme, parce que, dans ces deux formes sociale et religieuse de l'Etat, il aurait toujours eu inévitablement quelqu'un au-dessus de lui. » Et voilà tout le secret de l'évolution politique et religieuse du Maître. « Ainsi Hugo, s'écrie Guyau indigné de ce jugement fantaisiste, Hugo n'a pas d'autre raison à opposer au catholicisme que les intérêts de son orgueil personnel (1) ! »

Alexandre Dumas fut plus heureux et moins impertinent dans l'analyse des œuvres de Leconte de Lisle. Il critiqua fort décemment l'idéal poétique de l'auteur de *Kaïn* et la philosophie implacable dont il se réclame. Il effleura par là, sans trop la voir, ou peut-être sans oser s'y arrêter, l'antithèse commise par l'Académie. Cette antithèse, un jeune poète, aujourd'hui lauréat de l'Institut, M. Ali Moussé, la formulait ainsi :

Où rayonnait Hugo, le chanteur de la vie,
Pourquoi venir placer le chanteur du trépas ?

Mais le Maître lui-même n'avait-il pas « nommé » Leconte de Lisle ? Et comment reprocher à l'Académie de sacrifier à l'antithèse sur le fauteuil de Victor Hugo ?

N'avait-elle pas commis une antithèse plus piquante, le jour où elle avait cédé au grand poète ce fauteuil où siégeait la veille Népomu-

____

(1) Marie-Jean Guyau, *L'Art au point de vue sociologique* (Félix Alcan, édit., 1889), p. 228, note 1.

cène Lemercier? Mais ce fauteuil était celui du grand Corneille, lequel avait succédé à François Maynard...

*
* *

Récapitulons, pour finir. Il y a trois quarts de siècle, Victor Hugo était excommunié par l'Académie, et M. Baour-Lormian s'écriait :

Avec impunité les Hugo font des vers :

Ce qui prouvait, d'ailleurs, que l'excommunication académique n'était pas une punition. Dix ans plus tard, Victor Hugo se présentait à l'Académie, qui le repoussa autant qu'elle put. Ayant réussi néanmoins à forcer la porte, il fut reçu comme vous savez. Puis, pendant dix ans, il fut aux prises avec M. Cousin, ce pitre souverain de la philosophie, renard mutilé du beau langage, ennemi de la queue d'autrui. Ensuite, durant dix-neuf ans, il fut... il fut absent. Enfin, à son retour, M. Cousin n'était plus là, mais il avait fait des petits. Bon sang ne peut mentir! Le poète dut s'avouer vaincu. Son influence immédiate à l'Académie aura toujours été à peu près nulle. En un quart de siècle, il ne parvint pas à faire élire Théophile Gautier...

Mais ici je m'arrête, pour laisser la parole à l'Académie.

PROGRAMME DES PRIX PROPOSÉS

PRIX D'ÉLOQUENCE A DÉCERNER EN 1902.

L'Académie propose pour sujet du prix d'éloquence à décerner en 1902 :

THÉOPHILE GAUTIER.

PRIX DE POÉSIE A DÉCERNER EN 1903.

L'Académie propose pour sujet du prix de poésie à décerner en 1903 :

VICTOR HUGO.

Tandis que les Quarante publiaient cet avis édifiant, Victor Hugo lui-même en donnait la morale. En effet, dans le *Post-scriptum de ma vie*, l'œuvre posthume du Maître parue en novembre 1901, nous lûmes cet aphorisme lapidaire et nimbé de gloire :

« LA TOMBE FINIT TOUJOURS PAR AVOIR RAISON »(1).

C'est la fin du « combat du jour et de la nuit ». C'est le suprême défi de la lumière aux ténèbres qu'elle a vaincues.

____

(1) *Post-scriptum de ma vie*, p. 63.

VICTOR HUGO ET M. BRUNETIÈRE

VICTOR HUGO ET M. BRUNETIÈRE (1)

Paris, 11 février 1898.

M. Ferdinand Brunetière prononcera, dimanche, à Besançon, un grand discours sur Victor Hugo.

Voilà qui ne saurait vous laisser indifférents, étant donnés, d'une part, votre culte pour le dieu que votre ville a vu naître, et, d'autre part, la personnalité, peu sympathique mais universellement notoire, de l'éminent académicien qui préside aux destinées de la *Revue des Deux Mondes.*

Evidemment, l'approche de la solennité de dimanche prochain doit provoquer une certaine inquiétude parmi vous. Comment votre hôte va-t-il parler de l'idole que vous honorez et sur la mémoire de laquelle vous veillez jalousement, en frères pieux de la même cité ? Admirateur fervent de Victor Hugo et un de ceux qui ont le plus chanté sa gloire, je comprends et je partage cette inquiétude. C'est pourquoi je me suis rendu ce matin, de bonne heure, chez M. Fer-

____

(1) Cet article fut écrit sur la demande d'un quotidien de Besançon, à l'occasion de conférences faites dans cette ville par M. Brunetière et organisées par la congrégation locale de Saint-Thomas d'Aquin.

dinand Brunetière (mon voisin de la rive gauche, s'il vous plaît !), ne pouvant résister à l'envie folle que j'avais de l'interroger et... de lui tirer les vers du nez.

C'est de la meilleure grâce du monde que l'illustre *éreinteur* a consenti à satisfaire mon impatiente curiosité. J'ai eu avec lui un assez long entretien, et je dois avouer que, tout de suite, les confidences matinales du « prince de la jeune critique » m'ont quelque peu rassuré. S'il n'y a pas à espérer que M. Brunetière puise dans son admiration plutôt calme pour Victor Hugo ces accents chaleureux que la critique, de temps en temps, — oh ! bien rarement, — daigne emprunter à l'éloquence, ni qu'il répande en faveur du Poète un peu de ces trésors d'affection dont il nous étonna parfois et qu'il réserve d'ordinaire au seul élu de son cœur, à l'heureux Bossuet ; s'il n'y a rien à espérer de tout cela, dis-je, du moins n'y a-t-il pas à craindre non plus qu'il cède une fois encore à son goût pour la démolition de nos gloires nationales, de celles, s'entend, qui ne connurent point l'heur, qui n'eurent point l'esprit de naître et de triompher en la splendeur idéale et exclusive du « grand siècle (1) ».

Victor Hugo, d'ailleurs, est un de ceux (je parle du Poète) qui ont eu le moins à souffrir

---

(1) J'ai fait de mon mieux, dans cette phrase peut-être laborieuse, pour m'élever jusqu'à l'ampleur de la période classique que M. Brunetière ressuscita et dont il a résolu d'imposer la pratique et le culte aux élèves soumis et dévotieux qu'il veut trouver en nous.

des fureurs de M. Brunetière. Non pas que le dieu de la critique ait toujours été bien tendre pour Olympio (1). Mais enfin, il consent aujourd'hui à voir en lui, *sinon le plus grand poète, du moins le plus grand lyrique de tous les temps*. Et cela, c'est presque de la justice. Oh ! croyez bien que, si Racine eût fait de la poésie lyrique, jamais M. Brunetière n'aurait parlé ainsi de Hugo. Mais Hugo a cette chance : Racine n'a fait que du théâtre.

Seulement, si le maître de la *Revue des Deux Mondes* a montré quelque velléité d'être juste envers le prodigieux poète que fut Victor Hugo, il s'est, en revanche, montré bien peu respectueux pour l'homme. C'est là précisément ce qui me faisait trembler à la nouvelle du discours dont on vous menace. Le conférencier n'allait-il pas rééditer dans vos murs les vilaines erreurs du critique ? Je vous l'ai dit, je suis rassuré ; M. Brunetière parlera très peu de la vie du Maître, de son action politique et de son rôle social. — « Tout cela, m'a-t-il dit, est de peu d'importance ; je ne le mentionnerai que pour mémoire. La politique de Hugo, de même que sa philosophie, qu'on a voulu évoquer dans ces derniers temps, se perdent pour nous dans le rayonnement de sa gloire poétique. »

---

(1) En 1889, Guyau faisait tristement cette constatation : « Pour M. Schérer et M. Brunetière, Victor Hugo est un virtuose, un versificateur incomparable, qui a immortalisé des lieux communs. »
Voyez : *L'Art au point de vue sociologique* (Félix Alcan, édit., 1889), p. 228, note 1.

Enchanté de cette déclaration qui détruisait toutes mes craintes, je me gardai bien de protester...

A quoi bon protester, d'ailleurs ? Jamais, jamais M. Brunetière ne modifiera ses opinions. On verrait plutôt le pape nier son infaillibilité que M. Brunetière douter de la sienne. Et l'entêtement inébranlable de ses convictions n'a d'égal que la logique aveugle de sa dialectique.

En le quittant seulement, après l'avoir écouté très respectueusement — pourquoi pas ? — je fis entendre au fanatique de Bossuet que je ne partageais pas sa manière de voir sur le mortel extraordinaire dans lequel il ne voulait admirer que « le plus grand lyrique de tous les temps ». Et, là, dans ces derniers mots, sur le pas de la porte, ma mimique, probablement malicieuse, sous-entendait clairement que je saurais bien dire son fait, même après cette visite, à mon hôte d'une heure, très affable mais très mal pensant. Sans doute il me comprit, mais sans témoigner aucune surprise, en homme singulièrement habitué à se trouver en face d'opinions diamétralement opposées à la sienne, toujours de la meilleure grâce du monde, il répondit, à mon sous-entendu autant qu'à ma remarque : « Cela, c'est votre droit. »

Dame ! et j'en use.

Oui, l'urbanité, l'affabilité, la cordialité même, sont des qualités connues de M. Brunetière. Je l'avais ouï dire. Le constater n'aurait donc pas dû me surprendre. Mais un commerce régulier avec ses œuvres vous

amène, malgré vous, à la longue, à vous le
représenter sous l'aspect d'un homme moins
avenant que hautain, moins affable que grin-
cheux et plutôt cassant que cordial.

— Oh! que l'homme est donc différent de
l'écrivain! se dit-on au sortir d'un entretien
avec ce « prince de la critique ». Comme cette
courtoisie, cette aménité contrastent avec le
ton sarcastique et agressif de ses polémi-
ques. Et pourtant, le style, c'est l'homme, s'il
faut en croire Buffon et M. Brunetière.

Oui, le style, c'est l'homme, se dit-on, se
répète-t-on. Et de là à croire à une feinte, à
un artifice, il n'y a qu'un pas.

Mais passons.

S'expliquant sur la nature même de son
discours, M. Brunetière m'a répondu : « Mon
discours sera ce qu'il pourrait être s'il s'agissait d'un anniversaire ou de l'érection d'une
statue.

— Il sera donc tout à la gloire du Maître!
m'écriai-je tout joyeux. » Mais alors le prudent
critique me fit entendre que j'allais trop
loin.

Et, de fait, M. Brunetière panégyriste d'un
grand homme qui n'est pas né sous le roi Soleil, qui ne s'appelle pas Bossuet, ou Racine,
ou Boileau, ou, tout au moins, Corneille, ou
Molière, ou La Fontaine! — voilà qui serait
bien étrange, il faut l'avouer.

Sans doute. Mais enfin, puisqu'il semble
qu'on veuille rendre un hommage à Victor
Hugo, pourquoi diable appelle-t-on M. Brunetière? S'il s'agissait de commenter, de dis-
cuter l'auteur de la *Légende*, je comprendrais qu'on se tournât vers ce critique sans

pareil, sinon sans égal, dont l'érudition est
inouïe et la force d'argumentation merveilleuse. Mais si l'on veut un discours genre anniversaire ou inauguration d'un monument,
le choix de l'orateur me paraît bizarre. Je ne
vois pas très bien Zoïle sacrifiant au culte
d'Homère.

Et qu'on ne m'accuse pas d'exagérer !...
M. Brunetière, je l'ai déjà reconnu plus haut,
a été moins injuste envers Victor Hugo qu'envers d'autres poètes — Baudelaire, par exemple ; mais il n'en est pas moins vrai qu'il a
fait chorus bien des fois avec les pires hugophobes. N'est-ce pas lui qui a pris la défense
du misérable pamphlétaire conspué naguère
par toute la bonne presse de Paris ? N'est-ce-
pas lui qui a le plus fait, après ce triste personnage, pour diminuer l'admiration et la
vénération que nous inspirent les bienfaits de
l'œuvre titanique du Maître (1) ?

Je sais bien que la faute en est surtout à la
méthode de M. Brunetière et à sa façon personnelle de comprendre la critique. Celle-ci
est, à ses yeux, un droit de vie et de mort
sur la pensée d'autrui. Et sa propre pensée
seule est inviolable, puisqu'elle seule doit
régner sur nous, de par son droit divin d'infaillibilité. Zola — si mal mené par l'auteur
du *Roman naturaliste* — a dit : « L'art,
c'est la nature vue à travers un tempérament. » M. Brunetière dirait volontiers : « La

----

(1) M. Maurice Souriau, dans maint passage
de son excellent travail sur la préface de *Cromwell*, a noté les erreurs d'appréciation de M. Brunetière touchant l'œuvre de Victor Hugo.

critique, c'est la littérature vue à travers mon cerveau. » Et, certes, nous imposer cette formule, ce serait faire triompher sa dictature intellectuelle. Malheureusement, là où M. Brunetière croit voir déjà dominer l'orthodoxie sacro-sainte d'un sacerdoce, nous n'apercevons encore que l'importunité d'un despotisme arbitraire et usurpateur. Laissons donc sévir une tyrannie passagère, et d'ailleurs chimérique. Et tâchons de nous en amuser. On peut s'amuser de tout. Regardons agir notre potentat. Ah ! certainement nous ne l'entendrons jamais dire d'un auteur: « Il a les défauts de ses qualités (1). » Non, il préfère ne pas voir ces qualités, — car là-dessus il n'y a pas beaucoup à dire pour un critique éducateur. Et alors il ne reste plus que les défauts. Et cela, notre maître le voit très bien, et il en parle savamment, et il ne nous fait grâce ni d'une remarque, ni d'une comparaison, ni d'un parallèle. Et une fois le pauvre auteur pris dans le filet de ses argumentations, il ne reste plus qu'à prier pour lui... — Mais, au fond, tout cela ne prouve pas grand'chose.

Les gens que vous tuez se portent assez bien,

pourrait-on dire à ce rhéteur impitoyable. Ce qu'il y a de plus affligeant, c'est de voir

____

(1) « Ses défauts (ceux de Hugo) furent des défauts nécessaires, il n'eût pas existé sans eux ; ce furent les défauts d'une force inconsciente de la nature agissant par l'effet d'une tension intérieure. » Ernest Renan, *Victor Hugo,* — *Journal des Débats* du 23 mai 1885.

cet homme sagace donner aveuglément dans
toutes les légendes les plus sottes et les plus
ignobles. Eprouve-t-il le besoin de se docu-
menter sur Hugo, c'est à Veuillot, c'est à
Biré qu'il s'adressera. Et il ne se rend pas
compte d'une chose, c'est que la haine aveugle et que les détracteurs les moins canailles
sont presque toujours dans le faux, même lorsqu'ils étalent des documents.

Ah ! certes, ils s'abusent tous à qui mieux
mieux, et pitoyablement encore. En voulez-vous
une preuve notoire ? Qu'il vous suffise de
méditer le fameux cas de Taine, qui passa
une partie de ses jours à violer sournoisement
tous les secrets de la vie de Napoléon et
accoucha d'un formidable pamphlet, destiné
à démolir autant que faire se peut la gloire
du bonhomme de la place Vendôme. Vous
connaissez la fin de cette chimérique entre-
prise, déjà tentée par Chateaubriand. Après
Taine, un autre biographe est venu, auquel il
a suffi de faire un usage moins malveillant de la
méthode à lui enseignée par son illustre prédécesseur, pour anéantir à jamais la bénédic-
tine catapulte si laborieusement enfantée par
l'ennemi de la Colonne.

Donc, les détracteurs sont en somme moins
dangereux qu'on pourrait le supposer. Peut-
être même ont-ils leur utilité, comme les
animaux nuisibles. En tous cas, je vous
demande un peu ce que cela fait à Homère,
à Eschyle, à Dante, à Cervantès, à Shakespeare, à Milton, à Corneille, à Molière et à
Voltaire, qu'il y ait eu derrière eux des
sophistes mal embouchés, des eunuques
rageurs appelés Zoïle, Saumaise, Chaudon,

La Harpe, Green, Trublet, Scudéry, Bossuèt et La Beaumelle.

Victor Hugo a eu plus de détracteurs — car les siens sont vraiment innombrables — que tous les génies venus avant lui. Qu'est-ce que cela prouve, sinon qu'il est le plus grand? Plus la taille d'un géant est surhumaine, plus il faut de nains pour l'abattre.

Du reste, Hugo n'a été bien jugé que par les poètes. Eux seuls l'ont pleinement compris, se sont montrés pour lui impartiaux et ont parlé de lui dignement. Voyez Lamartine, Gautier, Baudelaire, Banville, Vacquerie, Swinburne, Leconte de Lisle, Verhaeren, Quillard, etc.— *j'en passe, et des meilleurs!* Ils ne peuvent nous entretenir du Maître, même en prose, sans s'élever jusqu'à cette hauteur de lyrisme où la louange se confond avec le délire de la fascination. Seuls, ils ont eu la vision de ce prodige : VICTOR HUGO ET SON ŒUVRE ! Et le meilleur livre de critique qui ait paru sur le Maître est aussi l'ouvrage d'un poète. Car mon éminent confrère, M. Ernest Dupuy, le noble auteur de ce chef-d'œuvre : *Victor Hugo — L'Homme et le Poète*, M. Dupuy, dis-je, n'est pas seulement un commentateur de haute lignée, c'est aussi un poète d'une inspiration délicate et pleine de grâce.

« Bravo, les poètes ! disait Gautier. Ils aiment tous Victor Hugo. Cela leur fait honneur. » Et ainsi se trouve démontré l'axiome de Banville sur celui qu'il nomme le Père :

« On est poète en raison directe de l'intensité avec laquelle on admire et on comprend ses œuvres titaniques (1). »

Et ceci m'amène à cette conclusion que M. Brunetière ferait bien de méditer, à savoir que, pour bien juger, il est nécessaire de bien comprendre, et pour bien comprendre, il est indispensable d'aimer. Oui, d'aimer les génies sur le compte desquels on veut nous instruire. Les comtemporains de Hugo que je viens de nommer ont été, en parlant de lui, si bien inspirés et si justes, si éloquents et si véridiques, parce qu'ils aimaient profondément ce dieu incarné de la poésie.

Cette vérité me semble résumer ce qu'il y aurait à répondre à votre hôte, dimanche prochain, s'il s'avisait de ne pas montrer pour Hugo toute la piété avec laquelle il convient de parler de lui dans cette ville qui l'a vu naître et qui en sera toujours si justement, si maternellement fière, devant tous les rhéteurs comme dans toutes les circonstances.

Après son grand discours de l'après-midi sur Victor Hugo, M. Ferdinand Brunetière, orateur infatigable, fera les frais, pour mieux rehausser l'éclat du punch d'honneur qu'on veut lui offrir, d'une petite harangue sur la papauté et son influence grandissante à l'heure actuelle. Ceci prouve que l'auteur des *Essais sur la littérature contemporaine* n'épuisera pas son éloquence en faveur de

____

(1) *Petit traité de poésie française* (édition Charpentier, 1891), p. 268.

l'avocat des misérables. Ce qui sera perdu pour Hugo de cette éloquence sera autant d'acquis pour Léon XIII.

Sondé par moi au sujet de cette manifestation cléricale, le dissertateur de la *Revue* m'a répondu : « Je ne sais encore ce que sera cette allocution qu'on m'a demandée... Tout dépendra du public que je trouverai là et des autres observations que je ferai une fois sur les lieux. » Ces renseignements ne me satisfaisant point, j'ai insisté pour en savoir davantage, et je n'ai pas eu à le regretter. Pressé encore de questions, notre homme est entré dans les explications que voici :

— Pour cette allocution, j'ai trois sujets. Je choisirai l'un deux au dernier moment, celui qui me paraîtra le plus approprié au milieu et à la circonstance.

— Ah ! vous avez trois sujets..., dis-je, insinuant.

— Oui, trois sujets. Ou bien je parlerai du rôle personnel joué par Léon XIII, ou bien je traiterai de l'apologétique au point de vue de la phase nouvelle qu'elle traverse, ou bien encore je commenterai cette chose importante et malheureusement peu connue chez nous, à savoir qu'à l'étranger les mots *France* et *catholicisme* sont synonymes et que tout ce que le catholicisme perd est autant de perdu pour la France.

Je cite textuellement les paroles de M. Brunetière. On voit que l'auteur de *la Science et la Religion* est toujours coiffé de sa marotte apostolique, et que vos compatriotes de Saint-Thomas d'Aquin ont été fort bien inspirés en lui demandant l'appui et l'autorité de sa parole évangélique. Et vous comprenez maintenant pourquoi le conférencier ne parlera que pour mémoire de l'action politique et sociale de Victor Hugo. C'est que s'il s'étendait là-dessus, force lui serait de s'élever, en termes très véhéments, contre le justicier des *Châtiments* et de l'*Histoire d'un Crime*, contre l'homme qui a cloué au pilori de l'histoire l'archevêque Sibour et le pape Pie IX. Force lui serait enfin de fulminer contre le pionnier du progrès qui a sapé, de ses larges mains, l'édifice d'erreur et de mensonge à l'aide duquel un ténébreux essaim cherche à entraver la marche de l'humanité vers la justice et l'indépendance.

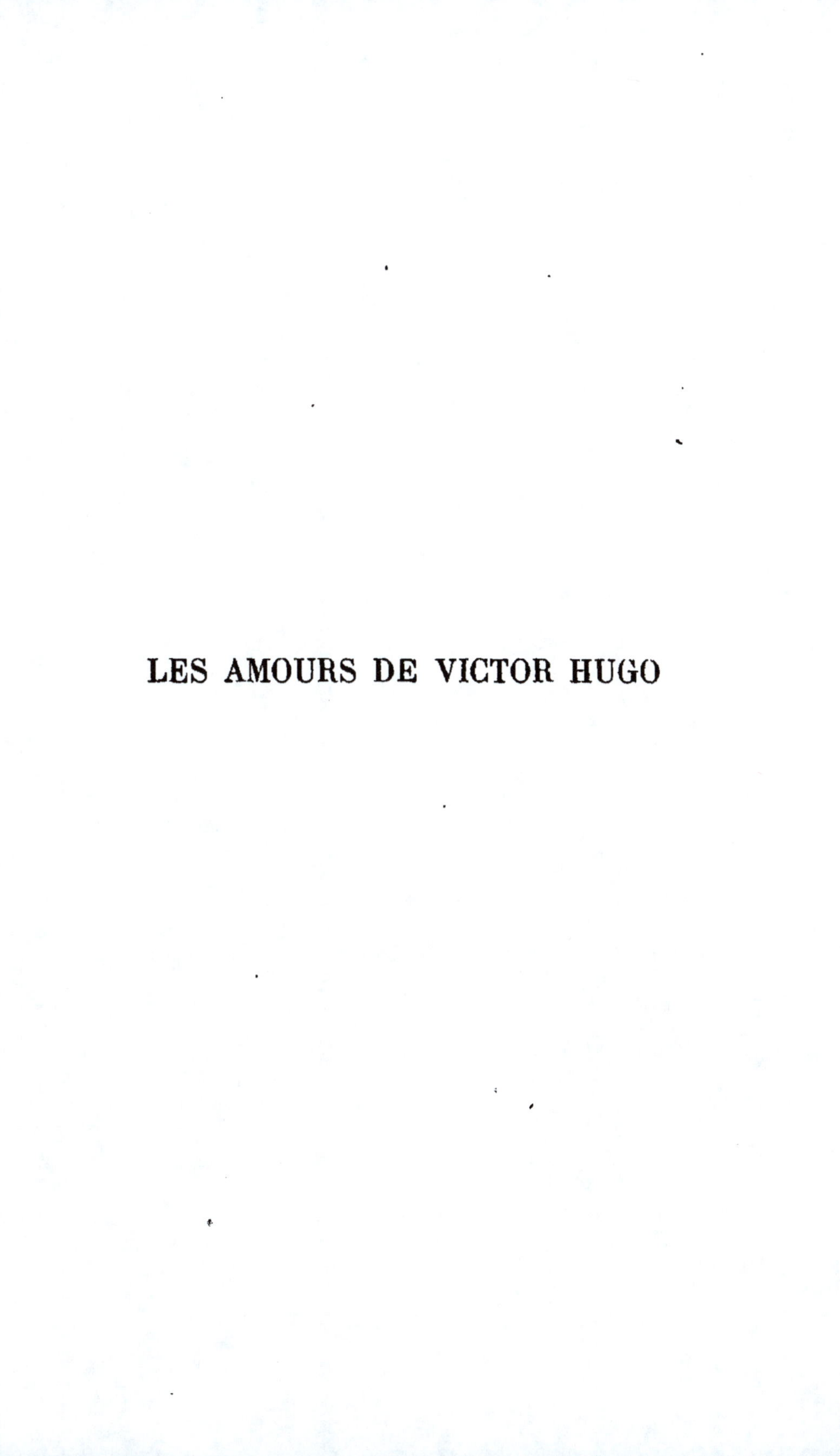

LES AMOURS DE VICTOR HUGO

LES AMOURS DE VICTOR HUGO

Lorsque *Dieu* parut, en juin 1891, Catulle Mendès, qui fut aimé du Maître, lui écrivit (sans doute !), entre autres belles choses, ces lignes, que je gravai — faute de mieux ! — dans le marbre portatif de ma mémoire :

« ..... La preuve que vous vivez, c'est le livre toute la nuit lu et relu, ardemment, follement, sur lequel j'ai ri d'admiration et pleuré d'extase, que je vais relire et relire encore, et relire toujours, quand j'aurai achevé de noircir cette page. Qu'il soit sublime, voilà, certes, qui n'a *rien d'extraordinaire* ; que vous y soyez monté, non pas dans des brumes, non pas dans de fausses lueurs, mais dans la plénitude d'une céleste lumière, jusqu'à des hauteurs où vous-même vous n'aviez jamais atteint ; que par l'énormité et la simplicité de la conception, par la miraculeuse abondance des images (des images nouvelles, ô miracle !), par la stupéfiante

---

(1) *Correspondance* de Victor Hugo, t. ɪ. p. 300.

multiplicité des rythmes (car vous en inventez encore, après les avoir tous inventés !), vous nous ayez donné une œuvre qui, avec toutes les splendeurs de vos œuvres précédentes, contient d'inespérées splendeurs, il n'y a *rien non plus d'étrange à cela,* — puisque *telle est votre coutume* (1) ! et c'est avec une *espèce d'épouvante* que, pareils à des fidèles prosternés, éblouis déjà jusqu'à la brûlure et à la fixité hagarde, par la clarté toujours plus flamboyante de leur dieu (2), nous attendons les manifestations futures de votre génie. »

(1) « .....Tout cela, dis-je, *ne me surprend pas,* c'est le régal où je suis *accoutumé.....* Il est arrivé l'événement *le moins extraordinaire,* le plus attendu, le plus souvent reproduit, le plus facile à prévoir, c'est-à-dire que Victor Hugo a fait un nouveau chef-d'œuvre. Dans notre vie actuelle et mesquine, un poème de Victor Hugo qui surgit, c'est comme si, dans une soirée de bons bourgeois occupés à jouer au loto, en mangeant des marrons et en buvant du cidre, on voyait tout à coup entrer un lion. Mais on s'y est habitué. Le lion est venu si souvent que, lorsqu'il apparaît, montrant ses dents terribles et sa gueule rose, et secouant sa crinière de lumière et de flamme, on dit : « Ah ! c'est le « lion !..... » — THÉODORE DE BANVILLE *(Paris vécu : — Torquemada).*

(2) « Victor Hugo ne nous a pas seulement laissé le travail prodigieux offert de son vivant à notre admiration. Le déroulement des chefs-d'œuvre posthumes transforme cette admiration en *une sorte d'effroi sacré,* en face d'une telle puissance de création. On dirait qu'il veut nous donner la preuve de l'immortalité toujours féconde de son génie au delà de ce monde, comme il aimait à l'affirmer d'après la conviction philosophique qu'il s'était faite.» —LECONTE DE LISLE *(Discours de réception à l'Académie).*

Et il ajoutait que le livre arrivait *à son heure* — à cause des troubles littéraires de cette époque décadente, célèbre par ses étrangetés étrangères à l'Art, inoubliable par ses tentatives poétiques, véritables attentats contre la Poésie. L'auteur de *la Reine Fiammette* concluait ainsi :

'« Même les plus têtus espéreurs de nouveauté se lassent de tant de puérile émeute à propos de vétilles sans innovation véritable ; et que quelques esprits de haute et réelle valeur se compromettent encore en la compagnie de douze plaisantins médiocres dénués de tout, sinon de sottise et d'envie, cela n'empêche pas qu'avec ses enfantillages et ses clabauderies, ce jeune monde ne ressemble enfin à une cour de collège, la cour des petits, où se fait trop de bruit en des disputes pour des billes (pendant ce temps on ne fait pas ses devoirs !) ; et il était temps, oui, mon maître, que votre simple et énorme poème, cloche d'or et de bronze, en le clair midi, sonnât triomphalement, impérieusement, et ordonnât : « Allons, « jeunes gens, en classe ! »

Certes, vous aviez raison, mon maître, et le poème sur *Dieu* vint à son heure. Oui, oui, il était temps, et vous l'expliquez fort bien. Mais que pensez-vous de l'apparition des *Lettres à la fiancée*? N'est-elle pas, elle aussi, d'une « opportunité presque stupéfiante », et ne prouve-t-elle pas, elle aussi, que le Maître n'a « jamais cessé de vivre, qu'il est toujours parmi nous, attentif comme naguère et sachant les choses » ?

I

N'est-ce pas, parmi tant d'étranges phénomènes, un des plus curieux que de voir
l'Amour sauvé deux fois par celui qu'on accuse de n'avoir jamais aimé ? Car il est bien
entendu, et dûment établi, n'est-ce pas, que
Victor Hugo n'a jamais aimé. Ce qui ne l'a
pas empêché pourtant de ressusciter l'Amour,
lequel était mort jadis... oui, mort tout à la
fois de honte devant les débauches de
Louis XV, et de dépit devant les fadeurs liber-
tino-galantes chères à la nullité mièvre de
pauvres âmes voltairiennes. A la voix d' « Hernani » et à l'appel des « Chansons des Rues et
des Bois », le pauvre Lazare était sorti de
son tombeau et avait retrouvé toute sa jeunesse. Il était beau et fort, et non tel que ce
fantôme mélancolique et rêveur confident des
Renés, des Elvires et des clairs de lune, mais
tel que la divine et blonde Astarté, « qui fécon-
dait le monde en tordant ses cheveux ».

Or, l'ami divin de Lazare étant mort à son
tour, les ennemis du ressuscité se jetèrent sur
lui et lui firent passer le goût des chansons.
Cette fois, il semblait bien mort, et sans
espoir de résurrection. Car un Dieu trépassé
ne peut plus ranimer un bonhomme défunt.
Et l'on ne se méfie pas d'un dieu trépassé.

On a tort. Les dieux font toujours des miracles, même après leur trépas. Et d'abord,
bonnes âmes, parce que leur trépas n'est
point une mort.

Et voilà pourquoi, cette année, parmi le
réveil du printemps, nous avons vu resurgir

l'Amour. Ce Lazare déjà ressuscité à l'aurore du siècle dernier, reparaît à l'aube de celui-ci. Voilà un mort bien récalcitrant ! Qu'en pense M. Paul Adam ? Qu'en pensent MM... ? Mais, pardon ! *le reste ne vaut pas l'honneur d'être nommé.* Une œuvre peut avoir germé dans les égouts et trouver des admirateurs. Plaignons ceux-ci et ignorons celle-là. Derrière la lance de Paul Adam apparurent, auxiliaires mais accessoires, les dents fauves de quelques chacals... Mais qu'importe, à présent, toute cette noirceur !

Bonheur ! Soleil ! Les maux et les froids sont finis ;
L'azur est dans le ciel, l'amour est dans les nids ;
L'amour trouble les yeux de vierge des gazelles ;
Oiseaux, mêlez vos chants ; âmes, mêlez vos ailes ;
Gloire à Dieu !

Et gloire au dieu Victor Hugo !

Voilà donc l'Amour, l'antique Amour qui reparaît, « jeune, ardent, fou, sauvage, exquis, attendri, désolé, luttant, souffrant, saignant, chantant, humain, surhumain, frêle, fragile — immortel » !

O ciel époux, reçois la terre fiancée.
Êtres, l'amour est flamme et l'amour est rayon ;
Il tend d'en haut la lèvre à la création,
Et la nature pose, en entr'ouvrant son aile,
L'universel baiser sur la bouche éternelle !

Mais voici de la prose. Elle est d'un jeune critique. Ce jeune critique est un homme de beaucoup d'esprit, mais pour qui les légendes sont sacrées. Il a toujours été convenu, n'est-ce pas, — et je le rappelais tantôt, que

Hugo détenait dans sa triste poitrine le cœur le plus gaiement insensible à l'amour. Lui aussi fut un conquérant et de lui aussi on a cru pouvoir dire :

Rien d'humain ne battait sous son épaisse armure (1).

Dès lors, l'amour qu'on trouve dans les *Lettres à la fiancée*, c'est tout ce qu'on voudra, mais ce n'est pas de l'amour ; ou, si vous aimez mieux, c'est de l'amour produit par un cœur qui serait physiologiquement incapable d'être amoureux.

Mon Dieu ! ce paradoxe n'est pas nouveau. Il résume une idée fixe des contemporains de Hugo. Bien avant notre « jeune critique », mais après beaucoup d'autres, Dumas fils, en 1887, proclama ceci : « Ce Jupiter (Hugo) a fait quelquefois aux amours terrestres la concession de se changer en cygne ou en taureau, pour se rendre visible et compréhensible à des créatures mortelles, pour prouver sa grâce et sa force, pour se reposer un moment de ses travaux et de sa grandeur, mais il n'a aimé vraiment qu'une femme, la seule qui pût satisfaire ce mâle prodigieux : la Gloire (2) ! »

C'est dit avec beaucoup d'assurance. Eh

----

(1) C'est à Napoléon que s'adresse ce vers, qu'on croirait de Hugo mais qui est de Lamartine, et qui peut-être ne convient qu'à demi à l'amoureux passionné de Joséphine et au père attendri du roi de Rome. (Voir la note de la page suivante.)

(2) Réponse au discours de réception de Leconte de Lisle.

bien, c'est faux! Et parmi le fatras de légendes qui constitue l'opinion du dix-neuvième siècle sur Hugo, il n'en est pas de plus irritante, de plus exaspérante. On applique à Olympio ces paroles de don Carlos (qui, d'ailleurs, ne se les adresse pas à lui-même sans quelque amertume):

L'empereur est pareil à l'aigle, sa compagne.
A la place du cœur, il n'a qu'un écusson!

Et personne ne songe à méditer les axiomes suivants qu'assombrissent les dépits beaucoup moins héroïques d'un autre monarque; oui, personne ne s'aviserait de chercher dans ces pensées, pourtant si familières aux lecteurs de Hugo, une indication sur le véritable état d'âme qui fut le sien, de sa quinzième année jusqu'à son dernier jour:

Le colosse a besoin, qu'il soit lion (1) ou mage,
Que l'atome soit près de lui dans cette cage,
Le destin. En amour, personne n'est petit.
La barque aide un trois-ponts tonnant qui s'englou-
[tit;
La douce Inès soutient l'effrayant roi Don Pèdre;
Un brin d'herbe devient le point d'appui d'un cèdre.
Ah! l'enfant Cupidon, ce petit drôle-là,
Toujours au sort des grands et des dieux se mêla,
Et le titan, l'archange immense, le génie,
Se meurt, si ce marmot ne lui tient compagnie.

Aimer! être aimé! mais cela parut tou-

---

(1) Ailleurs, cet « impassible », cet homme qui ne pouvait aimer que la Gloire, avait dit:

..... Les cœurs de lion sont les vrais cœurs de père.

Et si le mot est vrai de Napoléon, combien plus encore l'est-il de l'auteur des *Feuilles d'automne* (et de tant de perles, dont on a fait le *Livre des Mères*).

jours à Victor Hugo, non pas seulement le mot de la vie, mais la condition première d'une existence. Rappelez-vous l'éloquente pièce des *Feuilles d'automne* qui a pour épigraphe : *Quien no ama, no vive*. Il serait plaisant de venir dire à l'auteur de ces admirables commentaires :

Vous n'avez pas vécu, vous n'avez pas aimé !

Et voulez-vous en savoir davantage ?... Ouvrons cet écrin si peu connu encore, et où dorment tant de merveilles, je veux dire *Toute la Lyre*, un des ouvrages les moins lus de Hugo (1) (car c'est un de ceux que l'on vend le moins) et qui ne renferme pas moins de chefs-d'œuvre que n'importe quel autre recueil du Maître. Nous y trouverons cette page douloureuse et tragique, cette page émouvante et sublime, qui nous livrera l'âme tout entière d'Olympio :

Vous m'avez éprouvé par toutes les épreuves,
Seigneur. J'ai bien souffert. Je suis pareil aux veu-
           [ces
Qui travaillent la nuit et songent tristement ;
Je n'ai point fait le mal et j'ai le châtiment ;
Mon œuvre est difficile et ma vie est amère ;
Les choses que je fais sont comme une chimère ;
Après le dur travail et la dure saison,
J'ai vu mes ennemis marcher sur ma moisson ;
Le mensonge et la haine et l'injure, avec joie,
Ont mâché dans leurs dents mon nom comme une
           [proie ;
J'ai tant rêvé ! le doute a lassé ma raison (2) ;

---

(1) Parce qu'une légende (toujours des légendes !) veut qu'il soit fort au-dessous des recueils antérieurs.

(2) Voir, dans les *Chants du Crépuscule* : — *Que nous avons le doute en nous.*

L'ardente jalousie, âcre et fatal poison,
A, dans mon cœur profond qui brûle et se déchire,
Tué la confiance et le joyeux sourire ;
J'ai vu, pâle et des yeux cherchant ton horizon,
Des cercueils adorés sortir de ma maison,
J'ai pleuré comme fils, j'ai pleuré comme père,
Et je tremble souvent par où tout autre espère.

Mais je ne me plains pas, et je tombe à genoux,
Et je vous remercie, ô maître amer et doux ;
Car vous avez, Dieu bon, Dieu des âmes sincères,
Mis toutes les douleurs et toutes les misères
Sur moi, sur mon cœur sombre en vos mains com-
       [primé,
Excepté celle-là d'aimer sans être aimé !

Entre autres énormités, le « jeune critique » détaille celle-ci. L'auteur des *Lettres
à la fiancée* veut épouser son Adèle, soit !
— mais cela ne prouve pas qu'il l'aime... Au
contraire !

« ..... Il veut l'épouser encore plus qu'il ne
l'aime. Il veut arranger sa vie, il veut se
caser (?) pour travailler en paix : il prend
pour compagne la première jeune fille qu'il a
trouvée sur sa route, il ne la choisit pas. Il
ne l'aime pas *pour elle*, il pense surtout à
lui, sans qu'il s'en doute ; il veut avoir un
chez soi, être déjà marié et installé, n'avoir
plus qu'à s'occuper de produire, pour réaliser cet avenir de gloire dans lequel on sent,
à travers la modestie de ses lettres, qu'il a
une confiance inébranlable. »

Que répondre à une interprétation aussi
fantaisiste ? Autant de mots, autant d'erreurs.
Prions le « jeune critique » de se reporter
aux *Lettres à la fiancée,* notamment à celle
du mardi 8 janvier 1822. Que ne puis-je la
citer ici tout entière ! Pour quiconque sait
lire, elle déborde d'amour, de l'amour le plus
profond, le plus senti, le plus vécu ! Citons-

en du moins un passage, et imprimons en capitales les phrases qui contredisent le mieux notre « jeune critique » :

« FALLUT-IL, POUR T'OBTENIR TROIS MOIS PLUS TÔT, ABANDONNER LES PROJETS ET LES RÊVES DE TOUTE MA VIE, SUIVRE UN ÉTAT NOUVEAU, ENTRE-PRENDRE DES ÉTUDES NOUVELLES, CE SERAIT, MON ADÈLE, AVEC BIEN DE LA JOIE. TU SERAIS A MOI ; AURAIS-JE QUELQUE CHOSE A REGRETTER ? Je re-mercierai le ciel de toutes les épines dont il sèmera ma route, pourvu que cette route con-duise à toi.....

» Je crains quelquefois que l'on ne t'ait mis dans la tête les idées les plus étranges. Je crains que tu ne t'imagines que la carrière des lettres est l'objet de toute ma vie, tandis que je ne me suis attaché à cette carrière que parce qu'elle m'offrait les moyens les plus aisés et les plus nobles de t'assurer un sort indépendant. J'aimerais, je l'avoue, à voir le nom que tu porteras chargé d'une grande gloire littéraire, car cela assignerait à ma femme un rang digne d'elle, un rang au-dessus de tous les rangs sociaux. EH BIEN ! QUE DEMAIN ON ME DONNE MON ADÈLE AVEC LA CONDITION DE NE PLUS FAIRE UN VERS DE MA VIE, POURVU QUE J'AIE UN AUTRE MOYEN D'ASSURER TON EXISTENCE, JE LE DIS COMME JE LE DIRAIS A DIEU, JE NE M'APERCEVRAI PAS QUE LE BONHEUR DE TE POSSÉDER M'AIT RIEN COUTÉ; CAR, PRÈS DE CE BON-HEUR, TOUT LE RESTE A MES YEUX N'EST RIEN.

» Je ne puis, ma bien-aimée Adèle, rien te dire de plus ni de moins. Le jour où je t'ai dit que je t'aimais, je t'ai dit tout cela. L'a-mour est le seul sentiment qui ne puisse être exagéré. Tu m'ordonnerais demain, pour t'a muser, de mourir, que je devrais t'obéir à l'instant, ou autrement je ne t'aimerais pas (1). *Aimer, ce n'est plus vivre en soi, c'est vivre dans un autre. On devient étranger à sa propre existence pour ne s'intéresser qu'à celle de l'être aimé.* Aussi, tous les sacrifices, tous les dévouements de ton Victor pour toi n'auront-ils jamais aucun mérite ; ils seront les conséquences nécessaires d'un sentiment développé par des circonstances indépendantes de ma volonté. Tu dois me comprendre si tu m'aimes. En t'aimant, je dois tout rapporter à toi, alors je ne suis plus rien à mes propres yeux et, si quelque chose de moi peut t'être utile, il est tout simple que je te le livre à l'instant, fût-ce ma vie.»

N'est-il pas vrai que la passion parle là toute pure, comme dit Alceste ? Eh bien, le livre ne dit que cela à toutes les pages. Et il n'y a, certes, pas d'exagération quand le jeune amoureux termine ainsi une de ses missives : « Adieu ! j'ignore si tu pourras lire ce griffonnage. *A tous les mots qui t'échapperont, substitue* JE T'AIME, tu en auras toujours la pensée. » Un autre jour, il écrit : « J'AI UNE GRANDE FACULTÉ DANS L'AME, CELLE D'AIMER, et tu la remplis tout entière. »

Au début, le mariage, entravé par mille obstacles, paraît bien difficile. L'héroïque Victor commente ainsi la situation : « L'homme qui met sa vie en jeu dans les calculs de son avenir est presque toujours sûr de gagner (2);

---

(1) *Oh ! qu'un coup de poignard de toi me serait doux !*
(HERNANI.)

(2) *Qui veut mourir ou vaincre est rarement vaincu.*
(Corneille.)

et moi, je n'épouserai jamais que toi ou une boîte de sapin. »

Que dites-vous de l'éloquence de cette formule ? — Quelques semaines plus tard, la situation se complique davantage. Le fidèle amoureux la résume de nouveau dans une phrase lapidaire : « Mon sort est bien simplifié ; je n'ai plus que deux perspectives, toi ou la mort. »

Mais cette mort, dont il parlera longtemps, et comme d'une chose de peu d'importance, d'ailleurs bien résolue, cette mort l'épouvante par moments. « Qui sait si, même après la mort, on peut oublier qu'on n'est plus aimé ? » — N'être pas aimé ! voilà sa grande terreur. Qu'est-ce que mourir, à côté de cela ? « L'immortalité de mon âme ne me semblerait qu'un grand et triste désert, si je ne devais le traverser entre tes bras (1). »

On frémit bien des fois, à la lecture de ces lettres, en pensant qu'une jeune fille de quinze ans a tenu dans ses mains tout l'avenir, toute la gloire de Victor Hugo. Un peu d'indifférence pour son Victor, et la postérité, sans compter les contemporains, eût été frustrée de tous ces chefs-d'œuvre qui feront à jamais la joie et l'étonnement des siècles. *Souvent femme varie !* Et ils ont attendu trois ans et demi ! Quel trou formidable pouvait creuser dans le Parnasse la main mignonne d'une enfant !

Plus tard, lorsque l'amour de Victor a

____

(1) « Aimer, voilà la seule chose qui puisse occuper et remplir l'éternité. » (*Les Misérables*, 4ᵉ partie, liv. 5ᵉ, IV.)

vaincu, *lorsqu'il marche vivant dans son rêve étoilé*, il se plaint de ne pas trouver de mots pour exprimer son bonheur. Puis il ajoute : « Comment ! ce n'est que d'avant-hier ! Il me semble qu'il y a déjà longtemps que mon bonheur est à moi. J'ai tant senti dans ces deux jours ! »

En vérité, je ne vois pas d'excuse aux contresens fabuleux du « jeune critique ». Et la seule explication qu'on en puisse donner, c'est celle-ci : Un critique sait toujours, en ouvrant certains livres, ce qu'il va y lire. Et il le lit—toujours... même quand le livre dit tout le contraire ! Ainsi la morale de cette histoire est fort piquante. Elle est, d'ailleurs, dans les *Profils et Grimaces* de Vacquerie, où elle moliérise la légende de « l'Art pour l'art » (encore une légende !) et nous vaut une des pages les plus savoureuses du maître ironiste.

Mais revenons au « jeune critique ». Les *Lettres à la fiancée* se terminent généralement par ces mots : *Ton mari,— Ton mari fidèle, — Ton mari qui t'embrasse*. Le « jeune critique » s'en aperçoit. Et il s'en offusque. *Ton mari !* « C'est très bourgeois. »

C'est très inintelligent, ce manque absolu de perspicacité, pour qui prétend juger. Et juger qui ? Hugo ! Comment ne pas voir, de la première à la dernière lettre : *d'abord*, que Victor *veut s'imposer* à Adèle, son amie d'enfance (très jaloux déjà, il est le mari, il voudrait que... que ce fût bien entendu, qu'elle ne songeât pas un instant qu'elle pourrait être à un autre) ; *ensuite*, que ces lettres,

écrites en cachette, doivent renouveler tout
le temps la promesse formelle de mariage,
sans laquelle son amour serait coupable et
honteux et mal accueilli, et, ce qui est pis,
lui mettrait à dos, au cas d'une surprise, les
parents de sa jeune amie. Voici, à la date du
18 avril 1820 (deux ans et demi avant le mariage), un court passage qui démontre complètement tout cela :

« ..... Reçois ici mon inviolable promesse
de n'avoir jamais d'autre femme que toi et de
devenir ton mari sitôt que cela sera en mon
pouvoir. Brûle toutes mes autres lettres et
garde celle-ci. L'on peut nous séparer ; mais
je suis à toi, éternellement à toi..... N'oublie
jamais cela. »

Cette « promesse inviolable » charme la
« fiancée ». Elle le prie parfois de la redire.
Et lui alors de s'écrier :

« Quand tu me dis de te répéter souvent que
je suis ton mari, juge quelle est ma joie et
mon orgueil. Oh! oui, je suis ton mari, ton
défenseur, ton protecteur, ton esclave ; le
jour où je perdrais cette conviction, je suis
certain que mon existence se dissoudrait
d'elle-même, parce qu'il n'y aurait plus de
base à ma vie. »

Vous voyez que nous sommes loin de la
version du « jeune critique », du monsieur qui
prend femme au hasard, histoire de se marier, *de se caser (??)*, *d'arranger sa vie*, et
de pouvoir, *tranquille* désormais avec ses
sens, *travailler en paix* à de gros bouquins,
tandis que sa moitié reprisera ses chaussettes
ou classera ses manuscrits, tout en dorlotant
ses marmots.

Le « jeune critique » cite encore ce passage des *Lettres à la fiancée* : « Tout mon embarras est de trouver des mots qui rendent mes idées et mes émotions. Tu dois trouver quelquefois, Adèle, le langage de mes lettres bizarre : cela tient aux difficultés que j'éprouve à t'exprimer, même imparfaitement, ce que je sens pour toi. » Et il ajoute : « J'extrais cette citation d'une des premières lettres. Les autres sont pleines de passages analogues, où l'on sent, sous l'amoureux, l'homme de lettres déjà trop attentif au verbe. »

Vous entendez bien, n'est-ce pas ? Tout ça, c'est de la littérature. Quant à l'amour, il n'y en a pas, parce qu'il ne peut pas y en avoir. — Singulière puissance d'une idée fixe! Les passages qui démentent le mieux notre « jeune critique » sont précisément ceux qui lui paraissent le plus probants. On voit qu'il a profité des leçons de M. Faguet. L'étude que celui-ci a consacrée à Hugo le poursuit (et dans tout son article) (1). Un homme prévenu en vaut deux. Les *Lettres à la fiancée* ont beau lui révéler la plus ardente passion, le plus fervent amour, le « jeune critique » sait à quoi s'en tenir. Le texte de M. Faguet (avec quelques autres sans doute) plane sur sa lecture et l'empêche d'y voir clair. Essayons cependant de chasser le nuage.

____

(1) Que de choses j'aurais à répondre, si c'était ici le lieu, à ce qu'il dit de Lamartine, *peut-être mieux doué que Hugo* (voir p. 59, note 1), et des imitations par celui-ci de ce même Lamartine, de Chateaubriand et de Vigny ! (*Sic.*)

Donc, le fiancé se plaint des « difficultés qu'il éprouve à exprimer, même imparfaitement, ce qu'il sent pour son Adèle ». Pour nous, qui n'y entendons malice aucunement, cela veut dire ce que cela dit, à savoir que son amour est tellement fort, tellement grand, que le pauvre amoureux trouve, quand il en parle, tous les mots trop faibles et trop au-dessous de la vérité. C'est dans le même sens que, recevant, après un très long silence, un court billet doux, il écrira : « Je cherche des expressions pour te rendre mon bonheur à toi qui en es la cause, et je n'en puis trouver. » Ici, il y a quelque chose de plus que l'impuissance des mots à exprimer son amour ; il y a la difficulté, commune à chacun, de rendre un sentiment trop vif, trop impétueux. Et il ne cherche pas à vaincre la difficulté. Car il n'y a là aucune intention littéraire, quoi qu'en pense le « jeune critique », et c'est la sincérité, la chaleur du sentiment qui rachètent seules la banalité de l'expression, la pauvreté des phrases. Quand il ne reste plus rien de tous les obstacles qui empêchaient son mariage, quand il est sûr que son Adèle ne peut plus lui échapper, il s'écrie ingénument : « Mon Adèle, pourquoi cela ne s'appelle-t-il que de la joie ? *Est-ce qu'il n'y a pas de mots dans la langue humaine pour exprimer tant de bonheur ?* » Bien des amoureux, n'est-ce pas, ont dû dire cela avant lui ; mais *ne pas dire autre chose*, cela prouve peut-être que ce sentiment d'impuissance est invariable, et qu'on en souffre ; et *ne pas chercher autre chose*, cela prouve certainement qu'on a souci, non de la forme, de l'expression, mais du sentiment, rien que du sentiment.

Pour le « jeune critique », Hugo est tout à ses œuvres, et il ne vise que la gloire. J'ai déjà cité quelques passages qui prouvent assez bien le contraire. Je pourrais en citer beaucoup d'autres. Citons encore celui-ci :

« Je ne t'aurais pas promis, chère Adèle, de ne point travailler hier soir, que cela m'eût été impossible (1). Comment, encore tout enivré de cette charmante soirée passée à tes côtés, livrer ma tête et mes idées à un travail QUI ME SERAIT INSIPIDE SI JE NE PENSAIS QUE CE N'EST QU'EN TRAVAILLANT QUE JE PUIS ME CRÉER UNE EXISTENCE DIGNE DE T'ÊTRE OFFERTE. Je suis rentré transporté. Quel bonheur sera le mien ! *Je me suis couché, parce que j'ai pensé que tu te couchais en ce même moment.* Longtemps j'ai repassé dans mon esprit les moindres circonstances de ces instants si tranquilles, si courts et si regrettés, passés près de mon Adèle adorée : longtemps ton souvenir bien-aimé m'a empêché de dormir, et quand le sommeil est enfin venu,

____

(1) Forcé bien souvent de perdre sa journée en courses et en démarches, il travaillait la nuit pour réparer ce temps perdu. Tout cela, d'ailleurs, visait le même but. Dans le jour, il courait les ministères pour obtenir une pension *promise et due*, qui leur permettrait de se marier ; la nuit, il travaillait à ses *Odes* et à son *Han d'Islande*, qui devaient leur procurer aussi un peu d'argent. Mais ce travail nocturne inquiétait la fiancée. Elle ne voulait pas que son Victor se surmenât, même pour hâter ce mariage qu'ils désiraient tous deux avec une égale impatience.

mille rêves de félicité m'ont encore rapporté ton image rayonnante de charme et de douceur. »

Mais il y a mieux. Voulez-vous savoir comme l'amoureux et le travailleur font bon ménage ensemble. Savourez ceci :

« C'est pour moi une jouissance si vive de t'écrire qu'ensuite tout travail me devient insipide et à peu près impossible. D'une émotion si douce et si profonde, comment veux-tu que je passe tranquillement à des émotions étrangères ? Comment veux-tu que je songe à peindre des félicités ou des maux imaginaires quand je suis encore plein de ma propre tristesse ou de ma propre joie ? Ne m'accuse pas, mon Adèle ; tu ne connais pas ce supplice singulier d'appliquer violemment son imagination à mille choses différentes et indifférentes quand notre être tout entier est invinciblement absorbé dans un seul souvenir et dans une seule pensée. A la vérité, c'est toujours à toi que je ramène tous mes ouvrages ; mais si ton image préside à toutes mes idées, la nature nécessairement variée de ces idées fait souvent qu'elle ne peut y présider que de loin, et cela ne me suffit qu'à moitié. »

Dès lors, on conçoit combien dut être laborieux l'enfantement des quatre volumes de *Han d'Islande*.

« Il faudra cependant avoir la force de m'arracher à toi, mon Adèle, pour je ne sais quelle insipide correspondance et *cet éternel roman.* »

Pourtant, il devrait commencer à pouvoir *travailler en paix,* comme dit le « jeune critique ». Car le mariage est assuré, car le jeune Victor (qui a justifié son nom) passe _'été à Gentilly, sous le même toit que sa fiancée. Eh bien, Victor n'est pas encore content. Au lieu de travailler, le soir et le matin, à ces heures où il ne peut pas être avec son Adèle, que fait-il? — il lui écrit !... Il lui écrit jusqu'à deux fois par jour, et de longues lettres. Et il se désespère quand elle-même lui écrit un peu moins souvent. D'ailleurs, toujours aussi peu de littérature et encore plus de passion. N'a-t-il pas vingt ans! Il termine ainsi une lettre de plusieurs pages : « Adieu, _quoique j'aie encore mille choses à te dire !_ »

*
* *

Le lyrisme ne manque point à ces billets doux, n'en déplaise au « jeune critique ». Seulement, le verbe de Victor Hugo n'est pas né encore. Ce que son vers ailé traduira plus tard si éloquemment dans son œuvre, sa prose d'écolier le balbutie dans ses lettres. Notre maître Paul Meurice a écrit pour ce Hugo inédit que nous lui devons, avec tant d'autres, de précieux commentaires. En tête de ces belles pages, il nous rappelle, par une courte citation des _Feuilles d'automne_, que le Poète revenait avec émotion à ces « lettres d'amour, de vertu, de jeunesse » :

C'est donc vous! Je m'enivre encore à votre ivresse ;
Je vous lis à genoux.

Il est certain qu'il ne dut pas les relire sans profit, et que les scènes d'amour de ses drames lui durent toutes quelque chose. En feuilletant celles-ci dans ma mémoire, j'y trouve, en effet, de délicieuses réminiscences des _Lettres à la fiancée_ :

Tu m'as pardonné, toi, Adèle ; mais moi, me pardonnerai-je jamais ?

..... Tu me pardonnes ; mais, je me le redis amèrement, jamais je ne me pardonnerai.

Je ne puis te dire ce qui se passe en moi quand je vois cette Adèle adorée pleurer à cause de moi.

J'ai des tentations indicibles, quand je t'entends me parler noblement ou tendrement, de te ravir dans mes bras ou de baiser le bout de tes pieds.

L'homme vraiment et profondément heureux est grave et serein, il ne se montre pas gai. Que lui importe tout ce qui l'entoure !

..... Les grandes émotions, Adèle, sont muettes. Le bonheur parfait ne rit pas.

Je resterai jusqu'au dernier moment tel que tu m'as toujours vu, prêt à donner ma vie en souriant, si elle peut te faire la moindre joie.

Elle m'a pardonné,
Et m'aime ! — Qui pourra faire aussi que moi-
[*même,*
Après ce que j'ai dit, je me pardonne et m'aime ?

(Hernani.)

Qui te dira
Ce que je souffre au moins, lorsqu'une larme noie
La flamme de tes yeux dont l'éclair est ma joie ?

(Hernani.)

Oh ! je voudrais savoir, ange au ciel réservé,
Où vous avez marché, pour baiser le pavé !

(Hernani.)

Le bonheur, amie, est chose grave.
Il veut des cœurs de bronze et lentement s'y grave.
Le plaisir l'effarouche en lui jetant des fleurs.
Son sourire est moins près du rire que des pleurs !

(Hernani.)

Voulez-vous quelque chose et vous faut-il quelqu'un
Qui meure pour cela ? qui meure sans rien dire
Et trouve tout son sang trop payé d'un sourire ?
Vous le faut-il ? Parlez, ordonnez, me voici.

(Marion de Lorme.)

Ainsi je suis appelé sur la terre à une félicité céleste.

O Dieu ! depuis deux jours je me demande à chaque instant si tant de bonheur n'est pas un rêve ; il me semble que ce que j'éprouve n'est plus de la terre, je ne comprends pas le ciel plus beau.

Oh ! tu es donc à moi ! tu es donc à moi ! Bientôt cet ange dormira dans mes bras, s'éveillera, vivra dans mes bras. Toutes ses pensées, tous ses instants, tous ses regards seront à moi ! Toutes mes pensées, tous mes instants, tous mes regards seront à elle ! Mon Adèle !...
..... Je te vois jeune épouse, puis jeune mère, et toujours la même, toujours mon Adèle, aussi tendre, aussi adorée dans la chasteté du mariage qu'elle l'aura été dans la virginité du premier amour. Chère amie, dis-moi, réponds-moi, conçois-tu ce bonheur, un amour immortel dans une union éternelle ! Eh bien, ce sera le nôtre.

Si toute mon existence n'avait pas été à toi, l'harmonie intime de mon être aurait été rompue, et je serais mort, oui, mort nécessairement.

Donc je marche vivant dans mon rêve étoilé !

(Ruy Blas.)

Devant mes yeux c'est le ciel que je vois !.....
Devant moi tout un monde, un monde de lumière,
Comme ces paradis qu'en songe nous voyons,
S'entr'ouvre en m'inondant de vie et de rayons !
Partout en moi, hors moi, joie, extase et mystère !

(Ruy Blas.)

Oh ! comprends-tu ce mot céleste, mariés !
Beauté, pudeur, ton corps sacré, ta chair bénie,
Être l'époux, saisir l'ange éperdu qui fuit !
Te voir à chaque instant, te parler jour et nuit,
Tous les mots du bonheur t'entendre me les dire
Tremblante, et les venir baiser sur ton sourire !
Avoir le paradis pour joug et pour devoir !
Et qui sait ? bientôt, Rose, oh ! ne rougis pas ! voir
Entre ses petits doigts adorés un doux être
Presser ton sein charmant, moi l'amant, lui le maî-
                                            [tre!

(Torquemada.)

Vois-tu, je n'admets pas, mon ange, une minute
Que je puisse être au monde et ne point t'adorer.

(La Grand'mère.)

Il est probable que Victor n'en voulut pas trop à son Adèle d'avoir épargné aux missives de son fiancé l'épreuve demandée par tant de post-scriptum. Plus d'une fois, il a jeté sur les lignes juvéniles de l'amoureux la poudre d'or de son lyrisme, et elles se sont changées en des vers immortels. Cela vaut certes mieux qu'une incinération.

*
* *

Parlons un peu de *Han d'Islande*. L'histoire de cette « vaste composition » est curieuse.

C'était en mai 1821, Victor était séparé de son Adèle : on ne pouvait plus se voir ni s'écrire. L'amoureux était désespéré. Sa mère l'avait brouillé avec les parents de sa belle. Et puis il n'avait pas de fortune et ne pouvait pas encore gagner sa vie, encore moins celle d'une famille. N'importe ! il ne se découragea point. Un jour, il s'était écrié : « Oh ! dis-moi, mon Adèle, par quelles peines, par quels travaux t'obtenir ! » Et il ne cessait de rêver à des entreprises grandioses où il triomphait, à force d'héroïsme, de la situation où il se mourait (1). S'il pouvait seulement attendrir le père d'Adèle ! Oh ! que n'eût-il pas fait pour plaire à ce maître de sa destinée (2) ! Certainement il aurait

---

(1) « Quand on a la tête pleine de fantaisies héroïques qui vous grandissent à vos propres yeux..... « (*Han d'Islande : — Préface de* 1833.)

(2) On doit à M. Foucher un *Manuel de recrutement* qui est un ouvrage sérieux et soigné :

voulu le voir exposé aux pires dangers, assailli par la plus atroce des infortunes, sans espoir de secours et sans salut possible. Et quelle joie alors de se dévouer pour lui, d'affronter peines, travaux, périls, douleurs, mille désastres et mille morts, et d'arriver enfin, après des luttes énormes, des prodiges inénarrables, des prouesses démesurées, à le sauver, à lui rendre la liberté, l'honneur, la sûreté, la vie, tout... — sauf sa fille ! Car c'était le prix du chevalier.

Par malheur, on vivait à une époque fort calme, où les occasions d'être héroïque devenaient affreusement rares. Le destin de M. Foucher, paisible rond-de-cuir dans un ministère, ne semblait pas devoir sombrer bientôt dans quelque aventure sinistre et désespérée, broyé par une sorte de nœud gordien dans lequel ses jours se verraient pris tout d'un coup et que la main d'un héros pourrait seule trancher ! Impuissant à réaliser ses farouches fictions, l'intrépide Victor dut se borner à les transporter dans un roman. Et l'ingénieux éphèbe déposa dans cette œuvre échevelée « les agitations tumultueuses de son cœur neuf et brûlant, l'amertume de ses regrets, l'incertitude de ses espérances ».

Nous avons vu que le jour où il fut délivré de cette incertitude, l'oppression jour-

---

et l'on doit à Victor Hugo, qui rédigea longtemps à lui seul tout le *Conservateur littéraire*, un article non moins soigné et non moins sérieux sur la haute valeur technique de cette œuvre spéciale.

nalière de ce cauchemar qui s'appelle *Han
d'Islande* lui devint « insipide ».

Il termina néanmoins cette œuvre de jeunesse, qui obtint un fort grand succès. Son
Adèle put se reconnaître dans Ethel ; mais
M. Foucher ignora toujours que l'auteur
avait rêvé pour lui toutes les infortunes qu'il
accumule sur la tête de Schumacker.

II

Victor Hugo n'avait que seize ans lorsqu'il s'aperçut qu'il était amoureux d'Adèle
Foucher, sa belle compagne de jeux. Eh
bien, sachez... que son cœur « neuf et brûlant » — n'était plus vierge ; l'amour l'avait
déjà visité depuis longtemps. Son jeune
passé contenait un roman... que dis-je ! —
deux romans ! vieux tous deux de plusieurs
années.

Une telle précocité va paraître effrayante
à plus d'un lecteur. Hâtons-nous de dire que
ces premières passions n'avaient pas été bien
terribles. Il ne s'agit que d'une double idylle.
Cela fut charmant , mais cela ne fit point de
grands ravages dans le cœur de l' « enfant
sublime ». Victor Hugo, qui aimait à raconter
ces souvenirs d'enfance, disait que « chacun
pourrait retrouver dans son passé de ces
amours d'enfant qui sont de l'amour comme
l'aube est du soleil ». Il appelait cela « le
premier cri du cœur qui se lève et le chant
du coq de l'amour ». — Ce chant du coq
n'est pas aussi matinal pour tous ; mais,
chez les « impassibles », le cœur « se lève »
quelquefois beaucoup plus tôt...

C'était à Bayonne, en 1811. La générale Hugo, qui allait rejoindre son mari en Espagne, dut s'arrêter un mois dans cette ville.

Je pourrai dire un jour, lorsque la nuit douteuse
Fera parler les soirs ma vieillesse conteuse (1),
Comment ce haut destin de gloire et de terreur
Qui remuait le monde aux pas de l'Empereur,
Dans son souffle orageux m'emportant sans dé-
                                    [fense,
A tous les vents de l'air fit flotter mon enfance.
Car, lorsque l'aquilon bat ses flots palpitants,
L'Océan convulsif agite en même temps
Le navire à trois ponts qui tonne avec l'orage,
Et la feuille échappée aux arbres du rivage.

Vous allez voir qu'il n'attendit pas sa « vieillesse conteuse » pour évoquer le souvenir de cette jolie aventure. Mais nous avons aussi les indiscrétions de Mme Victor Hugo. Que dites-vous de cela : Adèle racontant le premier amour de son adoré Victor ! Comment avait-elle appris ce charmant secret ? Tout simplement par la confession de l'amoureux. Et voici comment elle-même, la Muse, retraça un jour la première idylle du grand Poète :

« La maison où était Mme Hugo appartenait à une veuve qui s'en était réservé un étage. Cette veuve avait une fille.

» Victor avait neuf ans : la fille de la veuve en avait dix. Mais dix ans pour une fille,

______

(1) Ces vers sont de 1830. Un demi-siècle plus tard, Jules Claretie, qui était l'hôte du Poète, écrivait : « ..... Ces conversations et ces souvenirs expliquent d'ailleurs profondément le génie même de Victor Hugo, son éclosion entre les murailles espagnoles.....»

c'est comme quinze pour un garçon. Elle le protégeait et le soignait.

» Quand il y avait un exercice à feu, Abel et Eugène, qui faisaient les grands, comme disait leur mère, ne manquaient pas d'aller voir la manœuvre sur les remparts. Victor aimait mieux rester avec la petite fille.

» Elle lui disait : « Viens avec moi, je te « ferai la lecture pour te désennuyer. »

» Elle le menait dans un coin où il y avait un perron. Ils s'asseyaient tous les deux sur les marches, et elle se mettait à lire de très belles histoires dont il n'entendait pas un mot, parce qu'il était occupé à la regarder.

» Sa peau, mate et transparente, avait la blancheur délicate du camélia. Il pouvait la regarder à son aise pendant qu'elle avait les yeux sur le livre. Lorsqu'elle levait la tête de son côté, il devenait tout rouge.

» Par instants, elle s'apercevait de son manque d'attention ; alors elle se fâchait, et lui disait : « Mais tu n'écoutes pas du tout ! « fais donc attention, ou je cesserai de lire. » Il protestait qu'il avait écouté très bien, afin qu'elle continuât à baisser les yeux ; mais, quand elle lui demandait quel passage l'avait le plus intéressé, il ne savait que répondre.

» Une fois elle le regarda dans un moment où il contemplait son fichu soulevé par la respiration. Il fut si troublé qu'il alla sans rien dire à la porte du perron et se mit à jouer énergiquement avec le verrou, dont il tordit la poignée tombante à s'écorcher les doigts.

» ..... Trente-trois ans plus tard, en 1844, il repassa par Bayonne. Sa première visite fut pour la maison de 1811. Etait-ce le souvenir de sa mère qui l'y attirait, ou celui de la petite liseuse ? La façade était la même ; elle n'avait qu'un peu vieilli ; il revit le balcon, la porte, la fenêtre de sa chambre, mais il ne revit pas le perron de la cour ; la maison était fermée. Il ne revit pas non plus sa liseuse. Il entra dans les maisons d'à côté et demanda si elle logeait toujours là, ou ce qu'elle était devenue ; personne ne la connaissait. Il dessina la maison et se mit à errer dans la ville, avec un vague espoir de la rencontrer, mais il ne vit aucun visage qui lui ressemblât, et il n'a jamais entendu reparler de celle dont il a été amoureux à neuf ans. »

La Muse était-elle jalouse rétrospectivement, et est-ce pour cela qu'elle s'est plu à rajeunir l'héroïne de cette histoire ? A dix ans, certes, on n'est encore qu'une fillette, qu'un enfant : mais, à quinze ans, on est une jeune fille. Or, c'est bien cet âge que Victor Hugo donne à ses premières amours (1). Car le Poète, lui aussi, a raconté cette idylle. (Et j'espère prouver plus loin qu'il a fait mieux que de la raconter.) C'est en 1843, et non en 1844, que le Poète revint à Bayonne. Et c'est dans la ville même où avait eu lieu l'aventure qu'il en écrivit le récit :

« C'était une personne de la ville, une veuve, je crois, qui louait cette maison à ma mère. Cette veuve habitait elle-même un pavillon voisin de notre logis. Elle avait une

____

(1) Il y a d'autres erreurs de détail dans le récit de Mme Victor Hugo. Le lecteur les remarquera lui-même en lisant la version du Maître.

fille de quatorze ou quinze ans. Ma mémoire, après trente années, n'a perdu aucun des traits de cette angélique figure.

» Je la vois encore. Elle était blonde et svelte, et me paraissait grande. C'était un regard doux et voilé, au profil virgilien, comme on rêve Amaryllis ou la Galatée qui s'enfuit sous les saules. Elle avait le cou admirablement attaché et d'une pureté adorable, la main petite, le bras blanc et le coude un peu rouge, ce qui tenait à son âge ; détail que le mien ignorait alors. Elle était habituellement coiffée d'un madras thé à bordure verte, étroitement serré du sommet de la tête à la nuque, de façon à laisser le front à découvert et à ne cacher que la moitié de la chevelure. Je ne me rappelle pas la robe qu'elle portait.

» Cette belle enfant venait jouer avec nous. Quelquefois, Abel et Eugène, mes aînés, plus grands et plus sérieux que moi, et « faisant « les hommes », comme disait ma mère, allaient voir l'exercice à feu sur le rempart ou montaient dans leur chambre pour étudier Sobrino et feuilleter Cormon. Alors j'étais seul, je sentais l'ennui venir ; que faire ? Elle m'appelait et me disait : *Viens, que je te lise quelque chose.*

» Il y avait dans la cour une porte rehaussée de quelques marches et fermée d'un gros verrou rouillé que je vois encore, un verrou rond, à poignée en queue de porc, comme on en trouve parfois dans les vieilles caves. C'était sur ces marches qu'elle allait s'asseoir. Je me tenais debout derrière elle, le dos appuyé à la porte.

» Elle me lisait je ne sais plus quel livre ouvert sur ses genoux. Nous avions au-dessus de nos têtes le ciel éclatant et un beau soleil qui pénétrait de lumière les tilleuls et changeait les feuilles vertes en feuilles d'or. Un vent tiède passait à travers les fentes de la vieille porte et nous caressait le visage. Elle était courbée sur son livre et lisait à voix haute.

» Pendant qu'elle lisait, je n'écoutais pas le sens des paroles, j'écoutais le son de sa voix. Par moments, mes yeux se baissaient, mon regard rencontrait son fichu entr'ouvert au-dessous de moi, et je voyais, avec un trouble mêlé d'une fascination étrange, sa gorge ronde et blanche qui s'élevait et s'abaissait doucement dans l'ombre, vaguement dorée d'un chaud reflet de soleil.

» Il arrivait parfois, dans ces moments-là, qu'elle levait tout à coup ses grands yeux bleus, et elle me disait : *Eh bien, Victor ! tu n'écoutes pas ?*

» J'étais tout interdit, je rougissais et je tremblais, et je faisais semblant de jouer avec le gros verrou. Je ne l'embrassais jamais de moi-même ; c'est elle qui m'appelait et me disait : « Embrasse-moi donc ».

» Le jour où nous partîmes, j'eus deux grands chagrins : la quitter et lâcher mes oiseaux.

» Qu'était-ce que cela, mon ami (1) ? Qu'est-ce que j'éprouvais, moi, si petit, près

----

(1) La lettre s'adresse à Louis Boulanger.

de cette grande belle fille innocente ? Je l'ignorais alors. J'y ai souvent songé depuis.

» Bayonne est resté dans ma mémoire comme un lieu vermeil et souriant. C'est là qu'est le plus ancien souvenir de mon cœur. Epoque naïve et pourtant déjà doucement agitée ! C'est là que j'ai vu poindre, dans le coin le plus obscur de mon âme, cette première lueur inexprimable, aube divine de l'âme.

» Ne trouvez-vous pas, ami, qu'un pareil souvenir est un lien, et un lien que rien ne peut détruire ?

» Chose étrange que deux êtres puissent être liés de cette chaîne pour toute la vie, et ne pas se manquer pourtant, et ne pas se chercher, et être étrangers l'un à l'autre, et ne pas même se connaître ! La chaîne qui m'attache à cette douce enfant ne s'est pas rompue, mais le fil s'est brisé.

» A peine arrivé à Bayonne, j'ai fait le tour de la ville par les remparts, cherchant la maison, cherchant la porte, cherchant le verrou ; je n'ai rien retrouvé, ou du moins rien reconnu.

» Où est-elle ? que fait-elle ? est-elle morte ? Si elle vit, elle est mariée sans doute, elle a des enfants. Elle est veuve peut-être, et vieillit à son tour. Comment se peut-il que la beauté s'en aille et que la femme reste ? Est-ce que la femme d'à présent est bien le même être que la jeune fille d'autrefois ?

» Peut-être viens-je de la rencontrer ? Peut-être est-elle la femme quelconque à laquelle j'ai demandé mon chemin tout à l'heure, et qui m'a regardé m'éloigner comme un étranger ?

» Qu'il y a une amère tristesse dans tout ceci ! Nous ne sommes donc plus que des ombres. Nous passons les uns auprès des autres, et nous nous effaçons comme des fumées dans le ciel profond et bleu de l'éternité. Les hommes sont dans l'espace ce que les heures sont dans le temps. Quand ils ont sonné, ils s'évanouissent. Où va notre jeunesse ? où va notre enfance ? Hélas !

» Où est la belle jeune fille de 1812 ? où est l'enfant que j'étais alors ? Nous nous touchions dans ce temps-là, et maintenant nous nous touchons encore peut-être, et il y a un abîme entre nous. La mémoire, ce pont du passé, est brisée entre elle et moi. Elle ne connaîtrait pas mon visage, et je ne reconnaîtrais pas le son de sa voix. Elle ne sait plus mon nom, et je ne sais pas le sien (1). »

Si quelque chose égale le charme de ce récit, c'est la « Tristesse d'Olympio » qui le suit. J'ai tenu à la citer tout entière. Elle nous montre à nu l'âme élégiaque de « ce Jupiter » voyageur... Que dites-vous de cet « impassible » qui fuit Paris, tout plein de sa gloire, et s'oublie, en un coin de province, à méditer sur « le plus ancien souvenir de son cœur », et qui pense que ce souvenir « est un lien que rien ne peut détruire » ?

La petite provinciale sut-elle jamais qu'elle

____

(1) *En voyage :* — *Alpes et Pyrénées.* (Œuvres posthumes.)

avait fait battre le cœur du plus grand des poètes ? Elle qui aimait la lecture, elle n'a pas dû ignorer les œuvres de Victor Hugo. Fidèle à son goût, elle en a peut-être lu tout haut des passages à un autre, qui l'aura aimée aussi, — autrement. S'est-elle aperçue alors que le nom de l'auteur était le même que celui de l'enfant timide et tendre à qui elle disait, câline : « Eh bien, Victor, embrasse-moi donc » ?

Il y a, dans les *Contemplations*, une *Lise* dont l'histoire m'a toujours paru avoir une grande analogie avec celle qui nous occupe. Notez que la pièce est datée de mai 1843, et que le voyage du Poète eut lieu deux mois plus tard. Il est vrai qu'elle commence ainsi :

J'avais douze ans, elle en avait bien seize.

Mais songez que le vers et la rime ont leurs exigences. Et, à part ces exagérations du premier vers, tous les détails de l'histoire peuvent se rapporter à l'idylle de Bayonne. La poésie se termine par cette strophe :

Jeunes amours, si vite épanouies,
Vous êtes l'aube et le matin du cœur.
Charmez l'enfant, extases inouïes !
Et, quand le soir vient avec la douleur,
Charmez encore nos âmes éblouies,
Jeunes amours, si vite évanouies !

*
* *

Qui a bu boira ! Victor eût oublié Lise en quittant Bayonne — s'il n'avait dû la retrouver à Madrid...

A vrai dire, ce n'était plus la même Lise.

Il crut même d'abord qu'elle s'appelait Inésille. C'était, d'ailleurs, la même chose ; car il est facile de voir que *dans Inésille il y a Lise.*

> *Comme elle avait la résille,*
> *D'abord la rime hésita.*
> *Ce devait être Inésille... —*
> *Mais non, c'était Pepita.*
>
> *Seize ans, belle et grande fille... —*
> *(Ici la rime insista :*
> *Rimeur, c'était Inésille.*
> *Rime, c'était Pepita.) (1).*

Va pour Pepita — puisqu'on était en Espagne. Il remarqua qu'elle n'avait plus les yeux bleus, mais plutôt noirs. Réflexion faite, il comprit que cela devait être — puisqu'on était en Espagne. Enfin, il s'aperçut bientôt qu'elle le trompait avec un superbe dragon. Il en souffrit beaucoup ; seulement, il s'expliqua peu à peu ce nouveau mystère. Dame ! puisqu'on était en Espagne.

> *Elle disait avec charme :*
> *Marions-nous ! choisissant*
> *Pour amoureux le gendarme*
> *Et pour mari l'innocent.*

Mais l'innocent s'écriait qu'il ne voulait pas de gendarme dans son ménage. Et elle, confuse, de se mettre en quatre pour le faire taire et pour le calmer.

> *Pepa répondait : Plus bas !*
> *M'éteignant comme on attise.*

Et tout cela est un chef-d'œuvre dans

____

(1) *L'Art d'être grand-père : — Les Fredaines du grand-père enfant.*

l'Art d'être grand-père... mais nous n'avons pas d'autre document sur Pepa. Mme Hugo elle-même a oublié de nous parler de la belle Madrilène. Peut-être le coupable a-t-il omis de lui confesser cette « fredaine ». Dame ! on peut pardonner une faute ; mais on est plus sévère pour la récidive.

III

J'arrive à la partie difficile de mon sujet.... — Beaucoup de gens regrettent — et on ne peut leur en vouloir — que les amours de Victor Hugo ne se soient pas bornées à son roman avec Adèle Foucher. Malheureusement, la fidélité conjugale, vertu essentiellement bourgeoise, s'il faut en croire Emile Bergerat, fut toujours d'une pratique fort pénible pour les poètes. Il est vrai que cette fidélité — *rara avis* en tous temps — commence à perdre son prestige. Certaines pièces modernes, comme *les Tenailles*, de Paul Hervieu, l'ont quelque peu malmenée. Et puis, n'avons-nous pas désormais le divorce ? C'est tout un bouleversement qui s'opère dans nos mœurs et dans nos manières de voir. Mais tout ceci n'empêche pas les bourgeois contemporains de Caliban d'être encore très choqués par les amours extra-conjugales de Victor Hugo. Aimer deux femmes à la fois, c'est plutôt dérisoire chez nos frères les Turcs ; mais c'est plutôt excessif chez nous, chez nous où Richepin est encore seul à prétendre et à prouver que « la femme est

un danger quand on n'en aime qu'une (1) ».
C'est là un effet de notre vieille éducation
catholique, pour qui les idées de divorce et
de polygamie sont des conceptions hors nature. De tout temps, l'Eglise ne voulut
reconnaitre qu'une seule union, de même
qu'elle n'admet qu'une seule Divinité. Ce Dieu
est le Dieu des *fidèles*, ne l'oublions pas.
Depuis des siècles, nous vivons, et nous légi-
férons, avec le respect de ces croyances (2).
De là notre instinctive et juste appréhension
pour tout ce qui s'en écarte.

Mais qu'importe à l'Amour ! Il reconnaît
nos lois mais obéit aux siennes. Rien ne peut
l'empêcher d'être un dieu fort épris d'indépendance, et d'un tempérament plutôt
rebelle à la servitude du mariage. Ce qu'on
nommait liens avant la cérémonie, on l'appelle
chaînes quelque temps après (3). Il y a dans
le théâtre de Banville un dialogue fort impertinent qui explique ces choses aux futurs
époux :

____

(1) *Les Caresses.*

(2) « Chose étrange, après dix-huit siècles de
progrès, la liberté de l'esprit est proclamée ; la
liberté du cœur ne l'est pas.

» Pourtant aimer n'est pas un moins grand
droit de l'homme que penser.

» L'adultère n'est autre chose qu'une hérésie.
Si la liberté de conscience a droit d'exister, c'est
en amour. » (Victor Hugo, *Post-scriptum de
ma vie,* p. 168.)

(3) On connaît la définition d'Alphonse Karr :
« De grands mots avant, de petits mots pendant,
de gros mots après. » — C'est aussi lui qui a
dit : « L'amour naît de rien et meurt de tout. »

> *..... Quoi ! poser sans retour*
> *Sur deux fronts de vingt ans l'éteignoir de l'amour !*

Le mot *toujours* est certainement celui qui charme le plus les amoureux. Probablement parce qu'il n'est rien d'aussi éphémère et d'aussi fragile que l'amour. Ce n'est, certes, pas lui qui a inventé ce mot *toujours*. — Non... mais c'est, vraisemblablement, un amoureux.

Ne croyez pas cependant que l'amour du Poète n'ait pas survécu à l'épreuve du mariage. Sa fidélité dura de longues années. Mais Olympio, si divin qu'il fût, ne pouvait pas ne pas être vaincu par celle qui lui apparut un soir, si jeune, si éblouissante et si terrible...

> *Toi, tu la contemplais, n'osant approcher d'elle,*
> *Car le baril de poudre a peur de l'étincelle (1).*

Voilà bien les « impassibles » !

Je ne sais quel penseur allemand, un jour qu'il philosophait très doctement sur l'amour, prétendit qu'il peut être fidèle, éternellement fidèle, mais à la condition d'habiter un cœur vierge et qui ne porte pas de cicatrices. Si le premier amour n'aboutit pas au bonheur, le deuxième, qui est déjà une infidélité, sera fatalement voué à l'inconstance.

Voilà une théorie fort ingénieuse — et utile à connaître pour tous... Si nous l'adoptons, — c'est, je crois, plus prudent que de la discuter, — l'aventure qui nous occupe s'explique aisément. Et tous les torts sont pour

---

(1) *Les Voix intérieures : — A Ol.*

la jeune fille de Bayonne. C'est elle qui a tué dans l'œuf les germes de fidélité qui couvaient certainement dans le jeune cœur du Poète...

*
* *

On a beaucoup parlé de Sainte-Beuve et de sa passion pour Mme Victor Hugo... Je me résigne à traiter aussi la question, puisque question il y a ; mais j'engage certains lecteurs malveillants à ne point me suivre dans ce débat, où je dirai tout le contraire de ce qui a été dit et de ce qu'ils aimeraient sans doute à me voir répéter après tant d'autres. On a pu voir que je n'aime guère les « légendes »... Celle qui prétend déshonorer l'admirable compagne de notre Poète ne me paraît pas... plus recommandable.

Vainement le Poète a écrit *la Prière pour tous, Toi, sois bénie à jamais, Date lilia, Dolorosæ*, et tant d'autres vers inoubliables qui chantent les vertus de cette Muse, on veut absolument qu'elle ait mis sur le front d'Olympio quelque chose de plus que des lauriers... Cela est faux ! J'en suis fâché pour les gens mal pensants et pour tous ceux dont l'infortune conjugale se complaît cruellement devant l'image de celle du Maître (y trouvant sans doute une consolation). Je n'ignore pas qu'on a cherché, avec un zèle digne d'un meilleur but, comme on dit sous la Coupole, des preuves irréfutables de cette infidélité. La seule sérieuse, pour le public, est dans les récits d'Alphonse Karr. La publication de ces récits — bien qu'ils ne nomment personne — est un acte incompréhensible de la part d'un ami intime de Hugo et de toute sa famille. (Si le journalisme a ses droits, il a aussi des devoirs qui lui défendent d'en abuser.) Mais faut-il croire ces récits, qui furent un crime, et un crime inexplicable ? Non, car voici l'opinion rassurante d'Arsène Houssaye, qui n'ignorait pas les prétendues révélations d'Alphonse Karr :

« Pourquoi faire le Don Juan, quand la Nature vous a destiné à la gloire littéraire, mais pas du tout à jouer les Lovelace ?

» *Sainte-Beuve était un illusionnaire qui croyait que ses rêves se réalisaient.* Qu'il ait écrit des vers amoureux à Madame V. H..., elle a pu les lire sans trop s'offenser, en face de la passion de son mari pour Juliette. Mais ELLE ÉTAIT TROP MÈRE DE FAMILLE (1), pour prendre au sérieux les flirtages de Sainte-Beuve. »

Ajoutez à cela que, si *Sainte*-BÉVUE (2) a été « l'homme le plus laid de son temps », Mme Victor Hugo a été « reine par la beauté ». Le *Livre d'amour*, dont la publication est la plus grande infamie à laquelle puissent aboutir la vanité exaspérée d'un soupirant ignoble, *bien plus que laid — vilain* (3) ! et l'infernal désir de vengeance

---

(1) Mme Victor Hugo était mère de quatre enfants et en avait perdu un.

(2) Ce surnom lui fut donné par Mme de Girardin — la « dixième Muse ».

(3) Ce mot, si féminin avec sa nuance très fine, est de Mme Victor Hugo. (Je le tiens de Paul Meurice.) Un jour, à Guernesey, comme on s'entretenait du critique (l'aurait-on fait devant

d'un amoureux éconduit, le *Livre d'amour*,
dis-je, ne prouve pas autre chose que cette
royauté. C'est un hymne à la gloire de la
splendide souveraine. Il est fâcheux que les
vers soient si peu dignes de l'idole. Et c'est
là justement une autre preuve de l'impossi-
bilité de ce qu'ils prétendent (1). Où est la
femme, si pervertie fût-elle, qui voudrait trahir le plus grand des poètes pour le plus impuissant des rimailleurs (2) ?

Et peut-on soutenir sérieusement qu'il
suffit d'être un hideux personnage, sans
âme (3), au facies marqué de petite vérole,
et d'avoir dans le style la même flétris-
sure (4), pour éblouir et subjuguer la plus

---

elle, si l'on avait cru la légende ?). elle s'écria :
« Oh ! ce pauvre Sainte-Beuve ! il n'était pas
seulement laid, il était — vilain ! » trahissant
par ce cri du cœur la nature du sentiment que
lui avaient inspiré ses déclarations.

(1) Les vers sont trop mauvais pour que ce
soit vrai. (Paroles de THÉOPHILE GAUTIER.)

(2) M. A.-J. Pons lui-même, un des panégy-
ristes autorisés de Sainte-Beuve, juge ainsi les
tentatives poétiques de son défunt patron : «L'expression seule lui a fait défaut. Impuissant à
dompter la langue poétique, à lui faire rendre
toute sa pensée, il en gémit, il en souffre ; le tour-
ment de son âme a passé dans ses vers et nous le
subissons nous-mêmes en le lisant.» — Seulement,
il est probable que la Muse ne voulut pas le subir.

(3) « Ce n'est qu'un système nerveux doublé
d'un amour-propre en littérature, mais une âme
— non ! — « BARBEY D'AUREVILLY. *Les quarante
Médaillons de l'Académie : — Sainte-Beuve.*

(4) « Il a inventé les *peut-être*, les *il me semble*, les *on pourrait dire*, les *me serait-il permis
de penser*, etc., locutions abominables, qui sont
la petite vérole de son style... »

                              (Id. Ibid.)

pure et la plus belle des Muses qui ait jamais inspiré l'âme d'un poète...

Singulier adultère, au demeurant, où c'est l'amant qui est laid, le mari qui est beau, et où la femme est une mère de famille exemplaire. Bref, tout l'opposé des adultères connus jusqu'à ce jour.

Cependant, il paraît que les preuves abondent. L'excellent Troubat les collectionne. Il en détient chaque jour de nouvelles, et elles sont toujours plus probantes, plus convaincantes que celles de la veille. Mais, on le sait, *qui veut trop prouver...*

Défions-nous des preuves ! En pareille matière, la plus grave, la plus troublante peut être suspecte. Je crois que, si l'on avait mis à chercher des preuves... favorables autant d'ardeur que l'on en a mis à chercher celles qu'on nous sert, on aurait peut-être abouti à une conviction moins déshonorante...

(— Déshonorante pour Mme Hugo... ?

— Non, pour les polémistes.)

Seulement, voilà, on est fougueux pour le mal, comme dit Hugo ; mais on l'est moins pour une belle cause.

Il existe à Paris quelques personnes — quatre surtout — (que je ne dois pas nommer ici) qui croient absolument, et pour des raisons graves (que je ne puis trahir), à l'authenticité... du délit. Qu'il me soit permis de leur dire que j'en sais autant qu'elles, et peut-être plus qu'elles, — et que je ne partage nullement leur conviction. Dans ces choses-là, il faudrait avoir tout vu pour avoir le droit de *tout croire*, (ce qui n'est pas beau) et de *tout affirmer* (ce qui est horrible !). Faut-il leur expliquer que des documents peuvent fort bien ne pas être une preuve (et ils n'en sont pas une dans le cas qui nous occupe) ? Songez à la quantité de gens qui furent pendus ou décapités, brûlés ou écartelés, en vertu de preuves écrites qui furent reconnues fausses quelque temps après leur exécution ! Le Christ n'avait peut-être pas bien tort quand il s'écriait avec épouvante : Ne jugez pas !

Non seulement nous jugeons, mais nous condamnons...

« Un peu de Triboulet, — côté physique — un peu de Lovelace, — côté moral — et un peu d'Aristote, — côté intellect — voilà tout Sainte-Beuve », disait Alphonse Karr...

On n'apprend pas à un vieux singe à faire la grimace ; c'est le cas de le dire. Et Sainte-Beuve savait bien que ses affirmations, que son lyrisme anémique même, ne suffiraient pas à donner de la vraisemblance au plus invraisemblable des phénomènes.

Comment ne pas se douter que ce satanique personnage, qui a eu, — notez ce détail ! — tant de maîtresses (oh ! peu... décoratives !), a dû accumuler, sa vie durant, des tas de preuves, forgées de toutes pièces, avec ou sans collaboration consciente, — il n'a, d'ailleurs, pas inventé cette supercherie, — et former de tout cela un faisceau indestructible, pour justifier ses pauvres rimes et nous imposer la foi dans sa bonne fortune. C'est le triomphe de la plus forte mystification du siècle. Lemice-Terrieux n'eût pas rêvé cela... (Aussi je ris sous cape malgré moi, quand je pense à une scène inédite qui s'est jouée il y a quelques années à Paris dans le plus grand secret...)

Mais, pour en revenir aux admirables polémistes qui font si bon marché de la vertu, pourtant avérée, d'une femme, je crains que ces messieurs ne détiennent pas encore autant de preuves qu'ils en voudraient. Plus familier peut-être avec mon Hugo, je ne veux point méconnaître la joie de leur en fournir une nouvelle — et qui vaut bien les leurs. Elle est absolument inédite, bien que je la puise dans le *Théâtre en liberté*.

On trouve, en effet, dans la pièce intitulée *les Gueux*, ce vers sublime, qui eût ravi Molière... :

Toutes les femmes font tous les hommes cocus.

N'est-il pas vrai que cela ressemble fort à un aveu... à un soupir qu'exhalerait Samson après la trahison de Dalila ?

Et quelle preuve précieuse, messieurs ! C'est la preuve du mari, la seule qui vous manque. *Habemus confitentem...*

Mais je dois vous soumettre une objection. Il m'a toujours semblé prudent de croire que le Maître eût hésité à formuler sa règle générale, s'il n'avait pas été certain d'être lui-même l'exception qui la confirme...

Et là-dessus, je reviens aux preuves favorables.

On peut faire dire à un livre bien des choses. Je ne crois pas cependant qu'on puisse trouver dans la *Correspondance* de Victor

Hugo la preuve, je ne dis pas de l'amour, car cela n'est pas à discuter, mais du triomphe de Sainte-Beuve. Pour moi, qui ai pesé toutes les phrases dans chacune des lettres à Sainte-Beuve, elles m'ont paru tout à fait rassurantes. Et mon avis est que *Sainte-Bévue* aurait bien dû les brûler, comme l'ami le lui demandait, — la femme de César ne devant pas même être soupçonnée ! — il aurait bien dû les brûler, dis-je, car elles démontrent que tout est fable dans son extraordinaire *Livre d'amour*.

Seulement, je crois — et c'est ce qui m'a poussé à parler de ces vilaines choses — je crois que l'horrible amour de Sainte-Beuve a été encore plus habile, plus industrieux, plus tacticien qu'on ne l'a dit, et je prouverai peut-être quelque jour que l'infidélité de Hugo fut son œuvre... Songez qu'il était l'ami intime, le confident et l'hôte journalier du Poète ; songez enfin qu'il ne dut pas être bien scrupuleux dans le choix des moyens pour écarter ce « rival » aimé qui était le maître...

Il rêvera partout à la chaleur du sein.

dit Alfred de Vigny, expliquant cet éternel *besoin de la femme* qui commence au berceau. Cela est vrai, je crois, pour chacun de nous, mais cela est surtout vrai pour Victor Hugo. Enfant, il a aimé sa mère avec passion, avec idolâtrie. Puis, dès sa neuvième année, ce Chérubin précoce commence à porter son culte à une autre femme. Ses frères, pourtant plus âgés, ne prennent pas garde à cette belle enfant et vont voir manœuvrer des soldats. Lui reste auprès d'elle, il ne se plaît qu'avec elle... Il la perd bientôt, et c'est pour lui un grand chagrin. Heureusement, il n'a point passé l'âge où l'amour d'une mère est un baume rapide ; il oublie cette apparition. Mais, quelque temps après, l'idylle recommence. Le cœur s'était fermé en s'éloignant de Lise ; il se rouvre plus tendre en approchant Pepa. Et, cette fois, l'amour s'aggrave d'une pointe de jalousie. Le chagrin du départ fut certainement plus profond. Et il fallut de nouveau que la tendresse maternelle fût bien puissante... Mais tout cela, c'était de l'aube ; voici du plein soleil. Voici Adèle. Ce coup-ci, l'épreuve est décisive ; la mère elle-même sera vaincue. Du reste, elle meurt, et le vide cruel qui se fait dans la vie du poète ne peut être rempli qu'avec un autre amour. Celui d'un autre ange ; car, après sa mère, il ne peut aimer qu'une « créature céleste ». Ange ou non, la femme le tient tout entier cette fois, et pour toujours. Sans doute, il changera encore d'idole — ou, plutôt, il connaîtra un nouveau culte (qui n'abolira point l'autre) ; mais son besoin de la femme, lui, ne variera point, ne s'atténuera point. Rappelez-vous les vers cités au commencement de cette étude (*Le colosse a besoin, qu'il soit lion ou mage.....*), et voyez combien j'avais raison de les trouver révélateurs d'un état d'âme.

L'infidélité de Hugo fut, hélas ! une chose fatale, qu'amenèrent des circonstances

plus fortes que le Poète — appelons-les
des circonstances... atténuantes. — Mais elles
ne suffisent point à expliquer le fait.
On sait, en effet, qu'il ne s'agit pas du rêve
d'un jour ; le charme a duré jusqu'à la
mort...

Qui oserait s'en plaindre, quand nous lui
devons de si beaux vers, de si magnifiques
élégies ? Alfred Asseline, le cousin germain
de Mme Victor Hugo, a lui-même écrit ces
lignes, qui ne sont pas d'une philosophie bien
profonde, mais qui renferment une théorie à
la portée des gens du monde (du monde où
l'on se pique de morale, plutôt que de celui
où l'on pense) :

« Dans l'état où sont nos mœurs, il est
admis que les hommes supérieurs ont le privilège d'imposer à ce qu'on appelle le monde,
à la société dont ils sont le charme et l'honneur, une amie — l'amie — la femme qu'il
leur a plu de choisir comme le témoin voilé
de leurs travaux, celle qui, légitime ou non,
se tient dans l'ombre, confidente discrète du
génie, au moment où ses rayons s'allument. »

C'est sans doute cette morale, appropriée à
« l'état où sont nos mœurs », qui fit pardonner Mme d'Houdetot à Saint-Lambert et
Mme Récamier à Chateaubriand. Mais aujourd'hui elle nous paraît un peu étroite ; une
excuse ne nous suffit plus... Dès qu'on reconnaît dans le divorce une chose naturelle et
normale, on est bien forcé de trouver nor-
mal et naturel ce qui le nécessite. La grande
question n'est pas de savoir si l'infidélité du
Poète fut une infraction grave à des lois qui

nous paraissent de plus en plus discutables, et une offense à des mœurs qui admettent l'hypocrisie des adultères de vaudeville, tout en s'offusquant des grandes passions sincères — chevauchées de l'Amour et de la Poésie dans le pays de l'Idéal, bien loin de la vanité dérisoire de nos principes niveleurs. Non, il s'agit simplement, et c'est ce que l'on néglige le plus, d'examiner cette histoire au point de vue psychologique et au point de vue de l'Art. Au point de vue psychologique, il y a là une apparence de mystère dont j'ai signalé plus haut les fausses ténèbres ; au point de vue de l'Art, il n'y a là aucune complication, il y a simplement une prise de possession. L'Amour est le domaine par excellence du Poëte. Et l'amour conjugal peut ne pas suffire à son inspiration, sans qu'il y ait lieu de requérir l'intervention de la loi. Voyez-vous bien cela : deux agents, suivis d'un commissaire en écharpe, pénétrant un soir chez la Muse et verbalisant contre Olympio ! Aristophane seul aurait pu se permettre cette énorme bouffonnerie.

Mais ceux qui s'attristeraient de voir *Victor* devenu indifférent pour son *Adèle* peuvent se rassurer. Il eut pour elle, après la fin de leur roman, une affection qui valait bien l'amour, sentiment profond et pur, fait de tendresse pour l'épouse et de vénération pour la mère. *En voyage* et la *Correspondance*, pleins de lettres à elle adressées, montrent bien quel attachement (oui, certes !) et quel culte il gardait à la Muse de son foyer.

L'autre Muse l'inspirait aussi dans le même temps, et l'œuvre du Poëte lui doit beau-

coup (1)... Aussi l'épouse a-t-elle pardonné.
Elle a souffert, sans doute, mais elle savait
aimer.

Le Poète atteignit à une vision très large
de l'Amour. Pour lui, tout dans la nature
conjugue le verbe Aimer, l'éternel verbe,
comme il dit.

O jeunesse, ô seins nus des femmes dans les bois !
Oh ! quelle caste idylle et que de sombres voix !
Comme tout le hallier, plein d'invisibles mondes,
Rit dans le clair-obscur des églogues profondes !
J'aime la vision de ces réalités ;
La vie aux yeux sereins luit de tous les côtés ;
La chanson des forêts est d'une douceur telle
Que, si Phébus l'entend quand, rêveur, il dételle
Ses chevaux las souvent au point de haleter,
Il s'arrête et fait signe aux Muses d'écouter (2).

Quels vers, n'est-ce pas ! Et quel tableau !
Où donc est le Puvis qui traduira cela, qui
animera, dans une toile idéale, toutes « ces
réalités » ?

Mais je m'arrête — malgré moi ! On est
toujours tenté, en parlant de Hugo, d'écrire
tout un volume ; et il serait facile, certes,
d'improviser sur lui plusieurs in-octavo.
Mais ce plaisir ne vaudrait pas le bonheur de
le lire. — Et je n'ai encore lu qu'une seule
fois les *Lettres à la fiancée.*

---

(1) Tout le monde connaît certaines pièces fameuses des premiers recueils, et le livre de
l'Ame en fleur, dans *les Contemplations.* Mais
on connaît beaucoup moins le livre VI de *Toute
la Lyre* : — *L'Amour*, qui est plein de révélations. (Voir, notamment, la pièce intitulée :
Amour secret.)

(2) *Toute la Lyre (L'Amour : — Mai).*

. En vérité, nous devons beaucoup de reconnaissance à notre vénéré maître Paul Meurice. Il aura bientôt la joie de présider au centenaire de 1902 ; il a dès maintenant celle de nous offrir un souvenir de Hugo qui est une chose rare entre les plus rares merveilles. Car c'est tout simplement l'âme et le cœur de l'Enfant sublime. Evidemment, il n'y a pas là une œuvre, mais il y a incontestablement un chef-d'œuvre. Les *Lettres à la fiancée* sont le plus riche document d'amour que nous possédions. Triomphera-t-il de cette légende qui va sourire devant l'épigraphe de mon étude? Non, ne l'espérez pas. Nous avons vu que cela n'est pas possible. Mais qu'importe, après tout! Hugo n'en a pas moins aimé. Ne serait-il pas affreux de penser qu'il en a été autrement, et de pouvoir appliquer au prince des poètes ce vers lugubre qui s'adresse aux plus grands parias de la terre, aux plus à plaindre de tous les déshérités :

Vous n'avez pas vécu, vous n'avez pas aimé!

(Avril 1901.)

NOTES ET ADDITIONS

Page 475

Ce jeune critique est un homme de beaucoup d'esprit.

Je me fais un devoir de reconnaître que j'estime fort le talent de mon « jeune critique ». Le fait de réfuter, sans inimitié, sinon sans irritation, quelques erreurs qu'il a commises de bonne foi, prouve assez que sa prose ne me laisse point indifférent. Si je mets quelque vivacité dans mon plaidoyer, mon excellent confrère, qui est homme d'esprit, saura voir là, non pas une marque de malveillance pour lui, mais une preuve nouvelle de mon amour pour le Maître qu'il aime aussi. Il est permis d'être chatouilleux à l'endroit de Hugo. Et puis, l'occasion est excellente, pour sabrer à nouveau quelques préjugés qui ont la vie dure. Cette queue de chien repousse toujours ; ne nous lassons pas de la recouper.

Page 503

Si quelque chose égale le charme de ce récit, c'est la « Tristesse d'Olympio » qui le suit.

Sur la *Tristesse d'Olympio*, je relève ces lignes dans le beau livre de M. Ernest Dupuy, *Victor Hugo : — L'Homme et le Poète* (p. 129) :

« ..... Qui n'a lu cette sonate pathétique où gémit le souvenir douloureux de l'amour passé.....? Qui n'a comparé cette élégie inoubliable au *Lac* de Lamartine, au *Souvenir* d'Alfred de Musset ? Qui n'a cru, à vingt ans, que, des trois poètes traitant le même sujet, Hugo fut le moins inspiré ? Qui peut le croire après avoir vécu ? Les vers profonds, révélateurs du mystère de l'âme, surgissent ici à chaque strophe ; ils traversent la trame de l'œuvre comme autant de traits lumineux..... »

Page 506

Nous n'avons pas d'autre document sur Pepa.

Pas d'autre document que les vers du Poète. Raison de plus pour noter tous ceux que lui inspira la jeune Espagnole. Outre *les Fredaines du grand-père enfant*, il y a une pièce, ou plutôt une fin de pièce, moins connue. Pour cette raison, je veux la citer ici, d'autant plus qu'elle appartient aux *Quatre Vents de l'Esprit*, un recueil que le « jeune critique » sacrifierait volontiers, dit-il, mais que je ne donnerais pas, moi, pour tous ses vers, bien que je les goûte beaucoup. (Car le « jeune critique » est surtout poète. Il aurait tort de croire que sa prose me l'avait fait oublier — d'autant plus que ses critiques ne sont vraiment pas faites pour ça...)

Voici donc la fin du poème intitulé *Nuits d'hiver*.

Enfance ! Madrid ! campagne
Où mon père nous quitta !
Et dans le soleil l'Espagne,
Toi dans l'ombre, Pepita !

Moi, huit ans, elle le double ;
En m'appelant son mari,
Elle m'emplissait de trouble... —
O rameaux de mai fleuri !

Elle aimait un capitaine ;
J'ai compris plus tard pourquoi,
Tout en l'aimant, la hautaine
N'était douce que pour moi.

Elle attisait son martyre
Avec moi, pour l'embraser,
Lui refusait un sourire
Et me donnait un baiser.

L'innocente, en sa paresse,
Se livrant sans se faner,
Me donnait cette caresse
Afin de ne rien donner.

Et ce baiser économe,
Qui me semblait généreux,
Rendait jaloux le jeune homme,
Et me rendait amoureux.

Il partait, la main crispée,
Et, me sentant un rival,
Je méditais une épée
Et me rêvais un cheval.

Ainsi, du bout de son aile
Touchant mon cœur nouveau-né,
Gaie, ayant dans sa prunelle
Un doux regard étonné,

Sans savoir qu'elle était femme
Et riant de m'épouser,
Cet ange allumait mon âme
Dans l'ombre avec un baiser.

Mal ou bien, épine ou rose,
A tout âge, sages, fous,
Nous apprenons quelque chose
D'un enfant plus vieux que nous.

Un jour la pauvre petite
S'endormit sous le gazon... —
Comme la nuit tombe vite
Sur notre sombre horizon !

Pauvre Pepita! Elle se refusait à l'amour, et
c'est le tombeau qui l'a prise.

Hélas ! que j'en ai vu mourir de jeunes filles !

Pepita en est une (1). Ne serait-ce pas celle qu'il a désignée ainsi :

Une, pâle, égarée, en proie au noir délire,
Disait tout bas un nom dont nul ne se souvient.

Quel était ce nom ? Celui du jaloux... mais tous les deux l'étaient... celui de l'amoureux à qui l'on refusait un sourire ? ou celui du « mari » à qui l'on donnait un baiser ?

Mais nous allons peut-être en savoir davantage. Feuilletons encore le poème, et tâchons de lire entre les lignes...

Quoi ! mortes ! quoi, déjà, sous la pierre couchées !
Quoi ! tant d'êtres charmants sans regard et sans voix !
Tant de flambeaux éteints tant de fleurs arrachées!...
Oh ! laissez-moi fouler les feuilles desséchées,
*   Et m'égarer au fond des bois !*

Doux fantômes ! c'est là, quand je rêve dans l'ombre,
Qu'ils viennent tour à tour m'entendre et me parler.
Un jour douteux me montre et me cache leur nombre;
A travers les rameaux et le feuillage sombre,
*   Je vois leurs yeux étinceler.*

Mon âme est une sœur pour ces ombres si belles.

Elles prêtent leur forme à toutes mes pensées.
Je les vois ! je les vois ! Elles me disent : « Viens ! »

Une surtout...

Regardez ! regardez ! voici, je crois, le spectre de Pepita qui se lève...

Une surtout : — Un ange, une jeune Espagnole !
Blanches mains, sein gonflé de soupirs innocents,

---

(1) *Que j'en ai vu mourir ! — L'une était rose et blan-*
*   [che ;*
L'autre semblait ouïr de célestes accords;
L'autre, faible, appuyait d'un bras son front qui pen-
*   [che,*
Et, comme en s'envolant l'oiseau courbe la branche,
*   Son âme avait brisé son corps.*

Une s'évanouit, comme un chant sur la lyre:
Une autre en expirant avait le doux sourire
*   D'un jeune ange qui s'en revient.*

Un œil noir, où luisaient des regards de créole,
Et ce charme inconnu, cette fraîche auréole
Qui couronne un front de quinze ans !

Non, ce n'est point d'amour qu'elle est morte...

Paix aux cendres du capitaine !

Pour elle,
L'amour n'avait encor ni plaisirs ni combats ,
Rien ne faisait encor battre son cœur rebelle.

Rebelle... c'est bien cela. Rappelez-vous son petit manège...

Quand tous en la voyant s'écriaient : « Qu'elle est belle !
Nul ne le lui disait tout bas.

— Pardon ! pardon ! et le gendarme ? direz-vous. — Mais vous savez bien qu'elle ne l'entendait pas, qu'elle ne l'écoutait pas... — Et l'autre, le... « mari » ? — Oh ! lui sait bien, maintenant, que c'était pour rire...

Elle allait moissonnant les roses de la vie,
Beauté, plaisir, jeunesse, amour !

Amour !... Mais

Elle aimait trop le bal...

Et pas assez le capitaine !

Elle aimait trop le bal, c'est ce qui l'a tuée.
Le bal éblouissant, le bal délicieux !
Sa cendre encor frémit, doucement remuée,
Quand, dans la nuit sereine une blanche nuée
Danse autour du croissant des cieux.

. . . .

C'était plaisir de voir danser la jeune fille !
Sa basquine agitait ses paillettes d'azur ;
Ses grands yeux noirs brillaient sous la noire man-
[tille :
Telle une double étoile au front des nuits scintille
Sous les plis d'un nuage obscur.

. . . .

Mais, hélas ! il fallait, quand l'aube était venue,
Partir, attendre au seuil le manteau de satin.
C'est alors que souvent la danseuse ingénue
Sentit en frémissant sur son épaule nue
Glisser le souffle du matin.

Et le souffle du matin éteignit les yeux noirs qui brillaient sous la noire mantille.

Et voilà pourquoi le jeune... veuf aima si peu la danse !

On le vit souvent au bal, mais... mais plus d'une beauté célèbre qui rêvait de se balancer triomphante aux bras d'Olympio dut renoncer à cette gloire.

Car c'était un étrange cavalier, qui aimait le bal... autrement que Pepita... Tenez ! nous voici, par exemple, à une grande soirée mondaine, sous Louis-Philippe. Déjà la musique prélude, les bras se cherchent, les petits pieds des valseuses frémissent dans le satin... Ecoutons Olympio parler à la dame de son choix...

Il lui disait : On a dans ces bruyants ébats
*   Une liberté plus entière,*
C'est la foule, on est seul en ces salons dorés ;
Le bal joyeux nous cache aux regards effarés
*   Dans un tourbillon de lumière.*

Les quadrilles ardents, follement entraînés,
Bondissent. Nous rêvons, l'un sur l'autre inclinés,
*   Un rêve peut-être impossible.*
Sans voir ces fleurs, sans voir ces fronts épanouis,
Nous passons dans ce bal rayonnant, éblouis
*   Par une autre fête invisible.*

.   .   .   .

La foule rit, notre âme est plus ravie encor.
Pour eux, à ces plafonds, brillent les lustres d'or,
*   Et pour nous, plus haut, les étoiles (1).*

Pepita ! belle Pepita ! l'écolier qui n'avait pu valser avec vous, n'a dansé de sa vie avec une autre femme...

Pages 509 et 510

On a cherché des preuves irréfutables de cette infidélité. La seule sérieuse est dans les récits d'Alphonse Karr. La publication de ces

(1) *Toute la Lyre*, liv. VI : — *Au bal.*

récits — bien qu'ils ne nomment personne —
est un acte incompréhensible de la part d'un
ami intime de Hugo et de toute sa famille.....
Mais faut-il croire ces récits qui furent un
crime, et un crime inexplicable ?

Crime ? oui. (Car il fallait prévenir le scandale, mais non aller le provoquer, et plus tard en
faire le récit.) Inexplicable ? non. Non, en définitive, puisque aujourd'hui tous les crimes doivent pouvoir s'expliquer...

Le tort d'Alphonse Karr fut de trop écouter sa
haine pour Sainte-Beuve ; la haine est aveugle
aussi, et mauvaise conseillère. Pourquoi faire
de la *copie* avec cela ? Pourquoi, plus tard, réserver à cela un chapitre de ses mémoires ?

Alphonse Karr a, d'ailleurs, donné deux versions très différentes de son histoire. Et comment croire à la visite que raconte le *Livre de
bord*, maintenant que nous possédons la *Correspondance* du Maître et que nous pouvons y lire
ces lignes de 1831 (reproche de Victor Hugo à
Sainte-Beuve, qu'il aime encore) :

« L'obligation qui m'est imposée par une personne que je ne dois pas nommer ici d'être toujours là quand vous y êtes..... »

Il est facile, avec la *Correspondance*, — et
avec un document dont je parlerai plus loin —
de reconstituer toute l'histoire.

C'est du Tartufe raffiné. Le fourbe, ici, ne fait
point d'aveux directs. Il laisse le mari travailler
inconsciemment pour lui et le rendre intéressant. Il disparaît donc après avoir dit son mal à
son ami. L'ami explique cette absence et ce long
silence comme il peut ; mais, à bout d'inven-
tions, il finit — c'était prévu — par révéler la véritable cause... Ce machiavélisme supplée avec
avantage à une déclaration personnelle, dange-

reuse pour l'esthétique et pour le succès de sa cause. Voyez-vous ce difforme roucoulant :

Et je n'ai pu vous voir, parfaite créature,
Sans admirer en vous l'auteur de la nature (1) !

Qu'eût répondu la « parfaite créature », sinon qu'elle n'avait pu le voir sans admirer en lui... tout le contraire ? — Mais, avec la révélation laissée au mari, on échappe au ridicule qui tue et on aboutit à la pitié qui... qui peut beaucoup. En effet, on le plaint, on le regrette, on songe à ses mérites, à son héroïsme notamment, et on finit par le rappeler, l'absence ayant dû le guérir et l'épreuve ayant assez duré. Le voilà revenu, grandi par son exil volontaire, idéalisé par tout ce passé mystérieux d'amour inavoué, amour peu inquiétant pour le mari et flatteur, malgré tout, pour la femme.

Mais toute cette belle tactique échoue. Trop de laideur, d'un côté ; trop de fidélité, de l'autre. L'amoureux n'a rien gagné ; son éloignement, son silence avaient fait regretter l'ami ; sa présence et ses paroles font rejeter le soupirant. Cette fois, il est banni malgré lui. Et si on le tolère à nouveau quelque temps après, c'est à la condition qu'il sera sage et ne démentira point le beau passé qu'on lui attribue encore. Mais toutes ces épreuves ont exaspéré la passion de Tartufe. Maintenant il est décidé à tout...

Et alors le dénouement fut rapide, car *Sainte*-Bévue dut justifier son surnom et se trahir... On vit cette âme à nu ; on vit qu'elle était aussi laide que son « vilain » masque — et l'on mit toute cette abjection à la porte.

Nous ignorerions cette scène, si *Sainte*-Bévue avait caché sa honte. Malheureusement, il n'a

---

(1) *Tartufe,* acte III, scène III.

pas brûlé les lettres de Victor Hugo (1) (qui nous révèlent ce qu'on vient de lire) et il a écrit le *Livre d'amour* (qui amena ce qu'on va lire). Ce *Livre d'amour* est une œuvre de haine. J'ai noté les deux sentiments qui l'inspirèrent. Rappelons-nous que l'impression du volume date de 1845. Aussi Victor Hugo, informé du fait, ne s'abusa-t-il pas un instant sur le but de cette infamie. Et nous avons de lui quelques vers dus à cette horrible nouvelle (2). Celle-ci a ému mais non surpris le poëte. Il s'attendait à une vengeance :

Rien de toi ne m'étonne, ô fourbe tortueux.

Et il évoque, dans le style terrible des *Châtiments*, la scène... des adieux :

Le jour où je te mis hors de chez moi, vil drôle...

Oui, le mari s'attendait à tout. N'avait-il pas vu jusqu'au fond de cette âme, et compris de quoi pouvait être capable sa *lâcheté changée en haine* — et, ajoute-t-il,

Et ce que méditait ta laideur dédaignée,
Car on pressent la toile en voyant l'araignée

Georges Rodenbach a, le premier, publié ces vers, peu connus encore, qui figureront dans le prochain et dernier recueil du Maître. Une note de celui-ci, écrite en marge du poème, disait :

____

(1) Il avait, il est vrai, écrit sur la liasse de ces lettres : *A brûler après ma mort.*

(2) Arsène Houssaye a ignoré ces vers. Aussi nous abusa-t-il étrangement, lorsqu'il écrivit dans le *Journal*, en février 1895 — quelques mois avant sa mort (et un an et demi avant la publication du premier volume de la *Correspondance*) : « Nul ne lui pardonna (à l'auteur du *Livre d'amour*), *hormis Victor Hugo*, qui n'avait pas douté un seul instant de la vertu de sa femme. »

« *Ne publier ceci que si le libelle paraît ; autrement faire grâce à cette vilaine ombre.* »
Le libelle, c'est le *Livre d'amour*. Il n'a point paru ; mais il en circule tant d'exemplaires, on en a publié tant de fragments, et il s'est fait un tel bruit autour de cette ignominie qu'on ne pouvait songer à « faire grâce »...

J'ai raconté ailleurs (1) la réception de Sainte-Beuve parmi les Quarante... (On sait que Victor Hugo fut obligé de prononcer le discours d'usage, en réponse à celui du récipiendaire.) Mais il faut noter que le Maître (comme s'il eût pressenti ce qui allait se passer) avait combattu de son mieux la candidature de Sainte-Beuve. Ceci dut porter à son paroxysme la haine de son ennemi. Il ne désarma point devant les paroles nobles et indulgentes du Maître, et un mois après il faisait imprimer son « libelle »... Tout ce que sa haine lui avait permis, c'est d'attendre que son élection fût assurée, car le libelle l'aurait certainement compromise...

Page 510

Ce surnom lui fut donné par Mme de Girardin.

Son coup de griffe amusa beaucoup. Mais (il y a loin de la griffe du chat à celle du lion !) Balzac, lui, a trouvé mieux. Il appelle l'auteur du *Livre d'amour: Sainte-*Bave (2). Mot génial qui peint notre homme entièrement.

Page 510

Le *Livre d'Amour*, dont la publication (3)

---

(1) Voir plus haut, pages 394 et suivantes.
(2) Alphonse Karr avait dit : *une limace sur une rose...*
(3) On sait qu'elle fut empêchée à temps par Alphonse Karr.

est la plus grande infamie à laquelle puissent
aboutir la vanité exaspérée d'un soupirant
ignoble.....

Voici ce que Georges Rodenbach, un de ceux
qui ont le mieux connu toute cette histoire, écrivait, à ce sujet, dans le *Figaro* du 28 décembre
1896(à l'époque où parut le premier volume de
la correspondance de Victor Hugo) :

« ..... Sainte-Beuve voulut aussi imaginer son
roman. Il le voulut d'autant plus qu'il était laid,
d'une laideur évidente.....

» Il dut désirer sans cesse des femmes idéales,
car on aime surtout ce qu'on n'a pas. JOIE ALORS
D'ACCRÉDITER UNE BONNE FORTUNE INOUIE, ET AINSI
DE S'AFFRANCHIR DE LA LAIDEUR OBSÉDANTE ! Oui, il
fut aimé ! Qui donc a dit qu'il était laid ? Il écrit
à propos du trouble qu'il causa à son amante (1) :

Mon visage assidu, délice de tes yeux !

» Le voilà non seulement aimé, mais beau
devant les siècles ! Décidément il veut trop prouver..... IL S'EFFORCE D'INSISTER, DE PRÉCISER, D'ACCU-
MULER LES DÉTAILS COMME DES PREUVES..... Ainsi nous
avons eu précisément dans les mains un exemplaire (du *Livre d'Amour*) d'un intérêt unique,
tout annoté de sa main, *en vue assurément
d'une réédition, plus tard, et de la postérité.*
Il écrit ceci, au seuil, de sa fine écriture retorse
et câline : « Ce sont des vers d'amour... On s'est
« décidé à en assurer l'existence, puisqu'ils ont
« été faits de l'aveu des deux êtres intéressés,
« pour consacrer le souvenir de leur lien. » C'est
bien invraisemblable, cela.

» ..... On saisit sur le vif SON PERPÉTUEL SOUCI DE

____

(1) Il dut la troubler, en effet !... Mais comment ?...

PARADER D'UNE LIAISON QUI FLATTE SA FATUITÉ, PUISQUE ADÈLE HUGO FUT LA PLUS BELLE ET LA FEMME DU PLUS GRAND. »

Rodenbach semble avoir ignoré le trait le plus invraisemblable, la folie de Sainte-Beuve allant jusqu'à se dire le père du dernier-né de Mme Victor Hugo ! Ici, pas de commentaire possible, il est vrai. C'est tellement *fort!*... Et puis, les vers du Maître suffisent. N'a-t-il pas stigmatisé comme il convenait cette *lâcheté changée en haine* et

le dégoût
Qu'a d'elle-même une âme où s'amasse un égout...

Pages 512, 513, et 514

Il existe à Paris quelques personnes — quatre surtout — que je ne dois pas nommer ici) qui croient absolument, et pour des raisons graves (que je ne puis trahir), à l'authenticité du délit.

..... (Aussi je ris sous cape malgré moi, quand je pense à une scène inédite qui s'est jouée il y a quelques années à Paris dans le plus grand secret...)

Je n'hésite point à reconnaître — très heureux d'avoir à le faire — que j'ai été, le fait est certain, que j'ai été, dis-je, — ainsi, d'ailleurs, qu'un éminent confrère du *Temps* — victime d'une mystification du plus mauvais goût...

Ce qui veut dire qu'il ne faut pas croire un mot de ce que sous-entendent les deux passages ci-dessus. — Je les maintiens pour deux raisons : d'abord, parce qu'ils ont déjà paru (ainsi que toute mon étude, — sauf ces additions) dans un périodique, et que par conséquent je puis les démentir, mais non les supprimer ; ensuite, parce que l'argumentation des pages 512 et suivantes répond d'avance à tout libelle possible qui s'armerait avec perfidie, contre la vérité, de ce document mystificateur ou d'un autre analogue.

Page 518

Aristophane seul aurait pu se permettre cette énorme bouffonnerie.

Or, comme Aristophane est de tous les siècles, la scène a été faite. Aristophane, ce jour-là, s'était déguisé en historien, ce qui aggrave son cas. (Voir *les Confessions*, d'Arsène Houssaye, t. I, pages 262 et suivantes.) L'idylle, si courte, de M. Apollo et de Mme Aphrodita, que j'ai sacrifiée .. — est bien authentique ; mais le dénouement du conteur l'est peut-être moins. Et je trouve qu'il manque une épigraphe au récit de notre humoriste. La préface du plus beau livre de Hugo pourrait, semble-t-il, en fournir le texte. L'auteur d'*Eviradnus* et du *Mariage de Roland* n'a-t-il pas dit de son œuvre : — *C'est de l'histoire écoutée aux portes de la légende...*

(Juin 1901.)

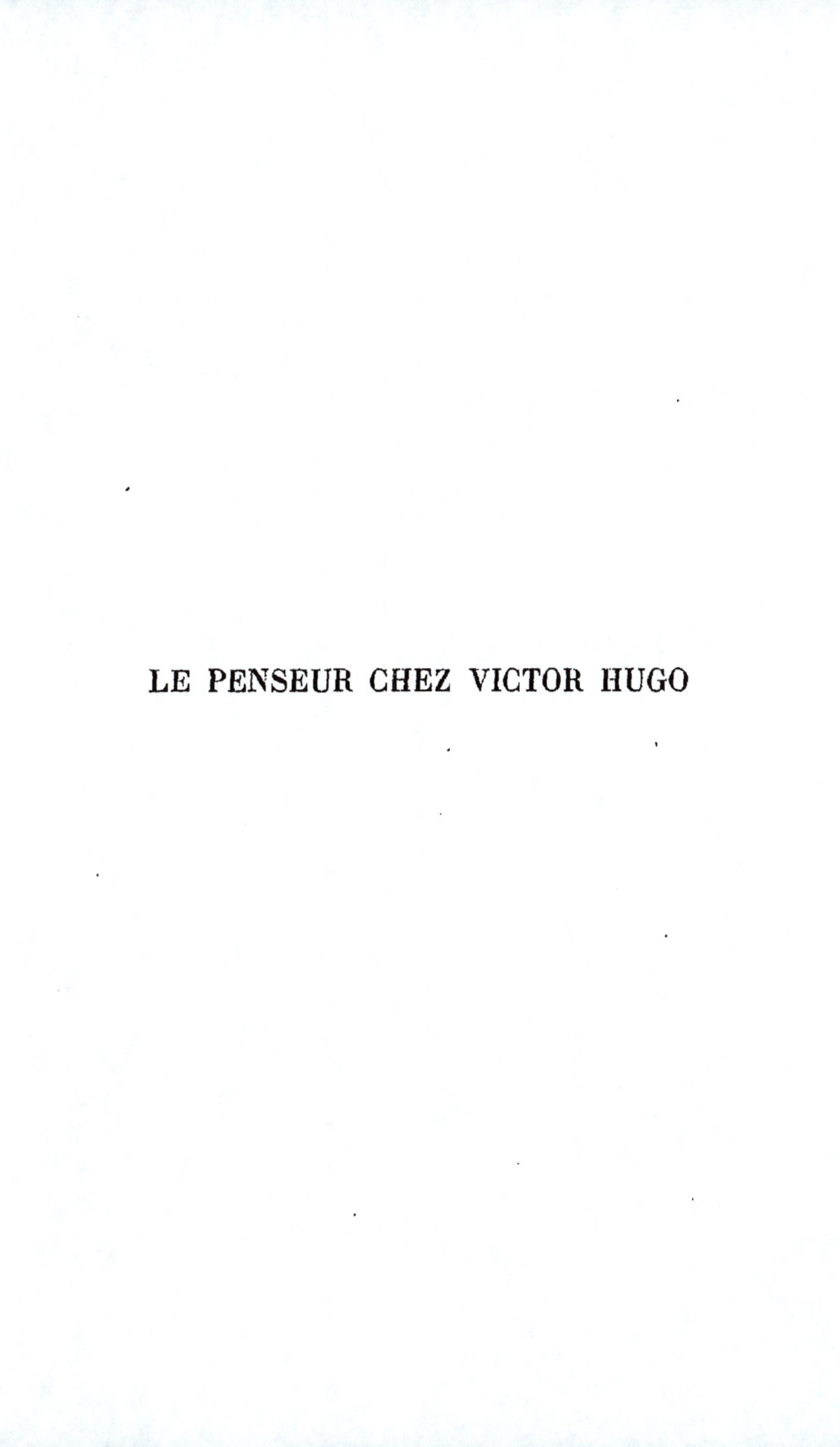

LE PENSEUR CHEZ VICTOR HUGO

LE PENSEUR CHEZ VICTOR HUGO

Peut-on voir sans une indicible mélancolie apparaître ce nouveau recueil : *Post-scriptum de ma vie* ?... Hélas ! nous n'aurons plus qu'une seule fois maintenant la joie de voir un volume inédit paré de la signature magique : Victor Hugo.

Depuis plus de trois quarts de siècle, il n'était jamais arrivé qu'une année entière passât sur nous, comme dit le poète, sans nous apporter un nouvel ouvrage, sinon plusieurs, dû à la plume qui écrivit la *Légende des Siècles.* Mais tout a une fin, et bientôt le plus grand producteur de chefs-d'œuvre n'aura plus rien à nous offrir. Depuis seize ans, chaque année, suivant la belle image de Lepelletier, la tombe du Maître s'entr'ouvrait, et un flot de rayons nous arrivait encore par delà l'infini. Maintenant, elle ne s'ouvrira plus qu'une seule fois. La main centenaire qui nous combla va nous tendre sa *Dernière Gerbe*, et la tombe se refermera sur elle à jamais.

A vrai dire, il restera bien encore quelques glanes éparses, perdues dans l'immensité de la moisson. Elles prendront place dans le gerbier, non pas en de nouvelles touffes, mais confondues avec les anciennes...

Car bien des pages inédites de Victor Hugo ne peuvent figurer dans les deux derniers volumes annoncés. Ce sont des croquis peu nombreux, destinés à grossir l'album de *Choses vues*, et quelques suprêmes mélodies, finales imprévus de *Toute la Lyre*...

*
* *

Le *Post-scriptum de ma vie* met encore une fois à l'ordre du jour la vieille question : *Victor Hugo est-il ou n'est-il pas un penseur ?* Controverse fameuse ! Hippocrate dit oui et Galien dit non. — *Oui !* affirme Pierre Leroux. — *Non !* protestent Nisard, Veuillot, Planche, Carrel et Pontmartin. — Ou, du moins, si peu... rectifient MM. Lemaitre et Faguet. — ...Que ce n'est pas la peine d'en parler, conclut M. Brunetière.

Mais alors survient M. Renouvier, émule en philosophie de Pierre Leroux et d'Ernest Renan. — Victor Hugo, déclare-t-il après eux à messieurs les critiques, est un très grand penseur. Et si vous en doutez encore, voici un petit volume qui vous édifiera.

Et M. Charles Renouvier publia 378 pages sur ce sujet : *Victor Hugo : — Le Philosophe.* La critique s'avoua vaincue.

Ceci se passait en l'an de grâce mil neuf cent. La pensée de Victor Hugo avait dû traverser tout le dix-neuvième siècle, avant de s'imposer à ses contemporains.

Mais Victor Hugo n'avait pas prévu le secours volontaire de M. Renouvier. Aussi avait-il confié sa cause à un autre avocat. Le voici qui entre en scène. La parole est au *Post-scriptum de ma vie...*

*
* *

Ce nouveau livre est daté de l'exil, de Guernesey, troisième étape du grand banni, expulsé tour à tour de Bruxelles et de Jersey. D'après M. Paul Meurice, ce nouvel extrait des manuscrits laissés par Victor Hugo appartient à l'année 1862 ou 1863.

L'auteur des *Misérables* venait de terminer son œuvre. Tandis que celle-ci, traduite dans toutes les langues, portait à son apogée la gloire populaire du Maître, un malheur étrange l'assaillit. Le grand travailleur ne put plus travailler. Il perdit l'appétit et le sommeil, et sa légendaire vitalité s'affaiblit d'une façon inquiétante. Les docteurs de l'île, consultés, n'y comprirent absolument rien, sinon que les jours de l'illustre malade semblaient menacés, et qu'il y avait lieu d'en référer à quelque sommité médicale capable d'élucider ce cas extraordinaire. Quant à eux, ils aimaient mieux avouer leur impuissance que d'exposer, par des soins maladroits, une vie si précieuse à l'humanité.

Le poète prit une valise et partit pour Londres. Charles Hugo, son fils aîné, l'accompagnait.

Nos deux voyageurs se rendirent chez le docteur Deville, un des proscrits de 1851, justement célèbre dans la haute société londonienne, dont les malades lui payaient un tribut annuel de deux cent mille francs.

Les trois proscrits échangèrent d'abord leurs impressions ; puis on en vint au but de la visite. Victor Hugo, très effrayé de voir ses forces décliner et la médecine guernesiaise l'abandonner, se voyait déjà dans la tombe. Il n'espérait plus qu'en la science du docteur Deville.

Le docteur s'empressa d'examiner son ami. Le poète dut se déshabiller, se coucher, s'asseoir, se lever, marcher, tousser, respirer fortement et être ausculté. Après quoi, le docteur Deville déclara que Victor Hugo vivrait, au bas mot, quatre-vingt-dix ans, et qu'il ne dépendait que de lui de devenir centenaire. Quant aux maux dont il se plaignait, ils étaient dus au climat de Guernesey, trop tempéré, trop bénin pour l'organisme du poète des *Châtiments*. Telle était la seule cause de la maladie de langueur dont il mourait discrètement. Il fallait corriger l'influence déprimante de ce climat par un « changement d'air » périodique, c'est-à-dire par un grand voyage annuel. Sinon la Médecine ne répondait de rien.

Une telle prescription ne pouvait que séduire l'auteur du *Rhin* et de *En voyage*. Touriste infatigable, il eût volontiers fait deux parts de sa vie, dont il aurait passé l'une à écrire, l'autre à courir le monde. Et voilà qu'on lui disait maintenant : la course ou la vie ! — Son choix fut bientôt fait.

Et c'est pourquoi on lit dans le manuscrit des *Travailleurs de la Mer*, à la page qui termine la première partie, *Sieur Clubin*, cette note hors texte de l'auteur :

« 3 août, huit heures 1/2 du matin.

» Interrompu jusqu'à mon retour. Je vais partir pour mon voyage annuel, le 10 ou le 11. »

Devant l'arrêt inattendu de la Médecine, Victor Hugo s'était senti renaître, littéralement. Il remercia le docteur, lui promit de suivre ce traitement agréable, et prit congé de la Science. Mais, dehors, il eut un accès de joie, des exclamations insolites lui échappèrent, et il lui fallut tout le sentiment de sa dignité pour ne pas danser dans la rue. M. Paul Meurice, qui nous a conté tous ces détails, n'est même pas certain... que ce sentiment de sa dignité ait eu le dessus chez le grand poète...

Je ne me sentais plus vivant; je me retrouve,
a-t-il dit dans un des poèmes de la *Légende: Les grandes Lois.* Ce vers peut, croyons-nous, donner une idée de son état d'âme après sa visite au docteur Deville.

***

Or, pendant qu'il ne se sentait plus vivant — puisqu'il ne pouvait plus travailler, — l'hôte immortel de Hauteville-House avait noté — simple passe-temps pour ce grand abatteur de besogne — ses impressions journalières, ses réflexions et ses sentiments sur divers sujets, la plupart très sombres : le sommeil, la mort, l'au delà. Et, en homme qui ne se sent plus vivant, il avait intitulé ces pages : *Post-scriptum de ma vie.* Et cela fit un livre qui est peut-être le plus curieux de toute son œuvre... A propos du tempérament extraordinaire de Hugo, le *Journal des Goncourt* (t. II, p. 91), fait cette remarque :

« Oh ! certes, c'est la santé d'un génie bien portant, mais toutefois pour le rendu des délicatesses, des mélancolies exquises, des fantaisies rares et délicieuses sur la corde vibrante de l'âme et du cœur, ne faut-il pas, je me le demande, *un coin maladif* dans l'homme, et n'est-il pas nécessaire d'être un peu, à la façon de Henri Heine, un crucifié physique ? »

Le *coin maladif* exista aussi chez Victor Hugo à un certain moment, et le dépérissement général dont il souffrit fut pour lui ce crucifiement physique qui nous rend aptes aux psychologies les plus pénétrantes. Sans doute il ne faudra pas chercher dans le *Post-scriptum* les marques de cette dégénérescence qui est le secret de l'originalité des Goncourt, de Verlaine et de Villiers de l'Isle-Adam. Hugo malade reste *sain de génie*. Mais les suggestions du mal perfide qui mit en danger son existence n'en sont pas moins apparentes dans maintes pages fiévreuses du nouveau livre. L'auteur des *Châtiments* a toujours subi l'influence des événements. La mort de sa fille lui avait dicté ses plus beaux vers ; la maladie de 1862 lui inspira ses plus profondes pensées.

Telle est l'origine du *Post-scriptum de ma vie.*

« ….. Fouillez les étymologies, arrivez à la racine des vocables, *image* et *idée* sont le même mot. Il y a entre ce que vous nommez forme et ce que vous nommez fond identité absolue, l'une étant l'extérieur de l'autre, la forme étant le fond, rendu visible.

» Si cette école du passé avait raison, si l'image excluait l'idée, Homère, Eschyle, Dante, Shakespeare, qui ne parlent que par images, seraient vides. La Bible qui, comme Bossuet le constate, est toute en figures, serait creuse. Ces chefs-d'œuvre de l'esprit humain seraient « de la forme ». De pensée point. Voilà où mène un faux point de départ. »

Ainsi s'exprime l'auteur du *Post-scriptum* (p. 46). Ouvrons maintenant l'ouvrage de M. Paul Stapfer, *Racine et Victor Hugo* (p. 235)...

Mais rappelons d'abord que M. Stapfer a connu Victor Hugo (voir p. 221, note 1), qu'il fut souvent son hôte à Guernesey, et que les questions qu'il a traitées depuis, il les avait maintes fois discutées avec le grand poète. Il n'est donc pas étonnant que nous retrouvions chez lui une pensée du *Post-scriptum*. Seulement, M. Stapfer y ajoute une conclusion que Hugo se contente de sous-entendre...

« Où finit l'idée ? où commence l'image ? ne sont-ce pas deux noms différents d'une seule et même chose, puisque le mot *idée* dérive d'un verbe qui a le sens de *voir* (1), et qu'ainsi le fait de la vision a servi à nommer le fait intellectuel ? On ne peut ni écrire ni parler ni penser sans images ; une langue, comme on l'a très bien dit, n'est qu' « un

____

(1) εἴδω. (Note de M. Stapfer.)

recueil de métaphores pâlies », et l'unique différence qu'il y ait à cet égard entre un froid écrivain et un poète brillant, c'est que le premier habille sa pensée de vieilles figures usées, tandis que le second la revêt d'une parure ingénieuse et neuve.

» Victor Hugo est un penseur à la façon des visionnaires ; la moindre idée qui traverse son cerveau s'y matérialise avec une extraordinaire intensité de couleurs et de formes ; au lieu de subtiliser sa pensée pour en extraire la quintessence, il la développe et la déroule en une série d'images complètes et massives, véritable galerie de tableaux dont l'éclat et la profusion peuvent paraître hors de proportions avec l'idée qui en est l'origine et le point de départ. Mais il n'est pas juste que cette myriade de fleurs épanouies cachent à nos yeux la valeur réelle de la plante qui les porte ; il n'est pas juste qu'éblouis par les magnifiques énumérations du poète, nous méconnaissions la force de la pensée d'où ce jaillissement d'images est sorti comme de son germe. »

Je dois dire que le livre de M. Paul Stapfer est antérieur aux études de M. Renouvier sur Victor Hugo. Et je dois ajouter que M. Stapfer est, avec M. Ernest Dupuy et M. Maurice Souriau, un des rares critiques qui ont su apprécier le penseur chez Victor Hugo.

Logiquement dénigré par certains adversaires religieux, systématiquement nié par les habiles théoriciens de l'école naturaliste, et méconnu par la presque totalité des critiques, le penseur Victor Hugo est reconnu

par les philosophes et salué par les hommes
de science (1)...

Remarquez qu'on peut faire une constatation analogue pour le poète. Il n'a de détracteurs que chez les pitres du Parnasse et chez les impuissants de la littérature. Mais voyez ses frères en art. Tous honorent en lui le Maître, et Banville a pu dire avec raison : « On est poète en raison directe de l'intensité avec laquelle on admire et on comprend ses œuvres titaniques. »

Les ennemis du penseur attaqueront triomphalement le *Post-scriptum de ma vie*. La chose est facile pour un recueil de pensées sans liens volontaires, formé d'ailleurs en partie de pages éparses, datées de toutes les époques, écrites sous l'impression des événements, plutôt que dans la vision nette de l'inspiration, ou sous les rayons mûrissants de la réflexion. Mais bien des pages du livre défient toutes les critiques. Les esprits de mauvaise foi pourront seuls le nier. A ceux-là nous rappellerons ces paroles de M. Charles Renouvier :

« Quelqu'un a dit et beaucoup d'autres ont répété : « Victor Hugo, c'est l'artiste, un « artiste extraordinaire, le premier peut-être « des artistes de la parole. » Par ce mot *artiste* on entendait *ouvrier*, et c'était une manière de dénier au poète la sincérité du

---

(1) On n'a pas oublié les hommages rendus, notamment, par Renan, Berthelot et Pasteur à Victor Hugo, lors du quatre-vingtième anniversaire de la naissance de celui-ci.

sentiment et le sérieux de la pensée ; c'était
dire que le fond manquait chez ce grand modeleur de formes.

» Ce jugement est faux absolument et en
tout (1). »

(4 nov. 1901.)

(1) Charles Renouvier, *Victor Hugo : Le Poète*
(A. Colin, édit., 1893), p. 315.

JUGEMENTS FANTAISISTES

JUGEMENTS FANTAISISTES

> *Le Français, né malin, créa*
> l'éreintement.
>
> Henry BECQUE.

1823. — Ce M. Hugo a un talent dans le genre de celui de Young, l'auteur des *Nights Thoughts;* il est toujours exagéré à froid ; son parti lui procure un fort grand succès. L'on ne peut nier, au surplus, qu'il ne sache fort bien faire des vers français ; malheureusement il est somnifère (1).

STENDHAL, *Correspond. inéd.* (Lévy frères, édit., 1855), t. I, p. 222.

---

(1) Pour bien apprécier ce jugement de Victor Hugo par Stendhal, peut-être n'est-il pas inutile de savoir ce que le poète, de son côté, pensait de son juge. Voici un passage du *Post-scriptum de ma vie* qui nous renseigne suffisamment à ce sujet :

« Certains critiques — sont-ce des critiques ? — prennent des sens qui leur manquent pour des perfections que n'a pas autrui. Quand Stendhal (le même qui préférait les mémoires du maréchal Gouvion-Saint-Cyr à Homère et qui tous les matins lisait une page du Code pour s'enseigner les secrets du style), quand Stendhal raille Chateaubriand pour cette belle expression, d'un vague si précis : « la cime indéterminée « des forêts », l'honnête Stendhal n'a pas conscience que le sentiment de la nature lui fait défaut, et ressemble à un sourd qui, voyant chanter la Malibran, s'écrierait : — Qu'est-ce que cette grimace ? » (*Le Goût : — Post-scriptum de ma vie,* p. 38-39.)

***

1829. — Quel dommage ! il se perd ; il promettait tant ! Jamais il n'a si bien fait qu'au début.

Paroles de FRANÇOIS DE NEUFCHATEAU (voy. : SAINTE-BEUVE, *Portraits contempor..*, (Michel Lévy, édit., 1869),t. I, p. 397.)

1830. — Il n'y a de nouveau, dans *Hernani*, qu'un langage qui n'a pas de nom. Ce langage fait mentir la définition du maître de philosophie de M. Jourdain, qui prétendait qu'on ne peut parler qu'en prose ou en vers. Le style d'*Hernani*, comme celui de *Cromwell*, est une espèce de jargon bâtard qu'on ne sait comment qualifier, qui n'a ni la mesure du vers, ni le mouvement naturel de la prose. Si la pensée n'y avorte pas, elle en sort sous des formes ridicules.

.....M. Victor Hugo, en traversant le romanesque, est tombé dans l'absurde.

.....Je le demande sérieusement aux amis de M. Victor Hugo, n'y a-t-il pas quelque cruauté de leur part à se pâmer d'admiration devant de pareilles inepties ?..... N'éprouvent-ils pas quelques remords à encourager un jeune homme, heureusement doué, à suivre une carrière où le succès même est une honte. Pour moi, je plains sincèrement M. Victor Hugo..... Je voudrais parvenir à le réconcilier avec le bon sens et la grammaire dont il a secoué le joug importun.

La Conversion d'un Romantique,manuscrit de Jacques Delorme, publié par M. A. JAY (Moutardier, édit., 1830), pp. 7, 9, 13, 14.

***

1839. — C'est la fécondité de l'avortement. (*Mot attribué à M.* GUIZOT *et résumant son opinion sur l'œuvre de Victor Hugo.*)

*
* *

1840. — George Sand pour la prose, et
Alfred de Musset pour les vers, surpassent
en effet leurs contemporains français, et dans
tous les cas ils sont supérieurs à M. Victor
Hugo (1), cet auteur si vanté, qui, avec une per-
sévérance opiniâtre et presque insensée, a
fait accroire à ses compatriotes, et à la fin à
lui-même, qu'il était le plus grand poète de
la France. Est-ce réellement son idée fixe ?
En tous cas, ce n'est pas la nôtre. Chose
bizarre ! la qualité qui lui manque surtout,
est justement celle que les Français estiment
le plus et dont ils sont particulièrement doués
eux-mêmes. Je veux dire le goût. Comme ils
avaient rencontré cette qualité chez tous les
écrivains de leur pays, l'absence de goût complète chez Victor Hugo leur parut peut-
être justement de l'originalité. Ce que nous
regrettons surtout de ne pas trouver en
lui, c'est ce que nous Allemands appelons le naturel. Victor Hugo est forcé et

(1) « ..... Chez Henri Heine, les réserves se
comprennent..... Evidemment, ce fut une lourde
erreur de préférer George Sand à Hugo, d'autant
que cet admirable analyste de Heine y voyait
clair, et discernait parfaitement, chez George
Sand, les alluvions de pensée que ses amours
attentifs y avaient déposées. Mais Heine trouvait
peut-être particulier qu'Hugo, avec sa belle, sa
profonde, son extraordinaire certitude de tout,
lui révélât l'Allemagne, et il se peut qu'il ait eu
très raison sur ce point. Et puis, c'était le choc
de deux fantaisies : si ailée que soit la verve
bouffonne d'Hugo, vaut-elle celle de son adversaire ? Don César est-il plus scintillant qu'Atta-
Troll ? Tous deux avaient une dilection profonde
pour Shakespeare et Cervantes et ne les comprenaient pas de la même façon, d'où dissentiments
de poètes. » Gustave KAHN *Victor Hugo et la
Critique, — Revue Blanche* du 1ᵉʳ mars 1902.

faux, et souvent dans le même vers l'un des hémistiches est en contradiction avec l'autre; il est essentiellement froid, comme l'est le diable d'après les assertions des sorcières, froid et glacial, même dans ses effusions les plus passionnées ; son enthousiasme n'est qu'une fantasmagorie, un calcul sans amour, ou plutôt il n'aime que lui-même ; il est égoïste, et pour dire quelque chose de pire, il est Hugoïste. Il y a en lui plus de dureté que de force, et son front est de l'airain le plus effronté. Malgré tous ses moyens d'imagination et d'esprit, nous voyons chez lui la gaucherie d'un parvenu ou d'un sauvage, qui se rend ridicule en s'affublant d'oripeaux bigarrés, en se surchargeant d'or et de pierreries, ou en les employant mal à propos : en un mot, tout chez lui est barbarie baroque, dissonance criante et horrible difformité ! Quelqu'un a dit du génie de Victor Hugo : C'est un beau bossu. Ce mot est plus profond que ne le suppose peut-être celui qui l'a inventé.

En répétant ce mot, je n'ai pas seulement en vue la manie de M. Victor Hugo de charger, dans ses romans et ses drames, le dos de ses héros principaux d'une bosse matérielle, mais je veux surtout insinuer ici qu'il est lui-même affligé d'une bosse morale qu'il porte dans l'esprit. J'irai même plus loin, en disant que, d'après la théorie de notre philosophie moderne, nommée la doctrine de l'identité, c'est une loi de nature que le caractère extérieur et corporel de l'homme répond à son caractère intérieur et intellectuel. — Je ruminais encore cette donnée philosophique dans ma tête, lorsque je vins en France, et j'avouai un jour à mon libraire Eugène Renduel, qui était aussi l'éditeur de Victor Hugo, que, d'après l'idée que je m'étais faite de ce dernier, j'avais été fort étonné de ne pas trouver en M. Hugo un homme gratifié d'une bosse. « Oui, on ne lui voit pas sa difformité », dit M. Renduel par distraction. — Comment, m'écriai-je, il n'en est donc pas tout à fait exempt ? — « Non, pas tout à fait », répondit

Renduel avec embarras, et sur mes vives instances il finit par m'avouer qu'il avait, un beau matin, surpris M. Hugo au moment où il changeait de chemise, et qu'alors il avait remarqué un vice de conformation dans une de ses hanches, la droite, si je ne me trompe, qui avançait un peu trop, comme chez les personnes dont le peuple a l'habitude de dire qu'elles ont une bosse, sans qu'on sache où.

Le peuple, dans sa naïveté sagace, nomme ces gens aussi des bossus manqués, de faux bossus, comme il appelle les albinos des nègres blancs. Chose aussi amusante que significative ! ce fut justement à l'éditeur du poète que cette difformité ne resta pas cachée. Personne n'est un héros aux yeux de son valet de chambre, dit le proverbe, et de même le plus grand écrivain finira par perdre à la longue son prestige héroïque aux yeux de son éditeur, l'attentif valet de chambre de son esprit ; ils nous voient trop souvent dans notre négligé humain. Quoi qu'il en soit, je m'amusai beaucoup de cette découverte de Renduel ; elle sauve la synthèse de ma philosophie allemande, qui affirme que le corps est l'esprit visible, et que nos défauts spirituels se manifestent aussi dans notre conformation corporelle. Mais il faut que je fasse mes réserves expresses contre une conclusion erronée qu'on pourrait tirer de là, en pensant que le contraire doit avoir lieu également, c'est-à-dire que le corps de l'homme doit toujours être en même temps son esprit visible, et que la difformité extérieure donne le droit de supposer aussi une difformité intérieure, une difformité morale. Non, nous avons trouvé bien des fois dans des enveloppes rabougries et laides, les âmes les plus droites et les plus belles, ce qui s'explique facilement parce que les difformités corporelles sont causées d'ordinaire par quelque accident physique, si elles ne sont pas la suite d'une négligence ou d'une maladie survenue après la naissance. Au contraire, la difformité de l'âme vient au monde avec nous ; et c'est ainsi que le poète français, en qui tout est faux, se trouve être aussi un faux bossu (1).

Henri HEINE *Lutèce* (Lévy, édit., 3ᵉ éd.), p. 53-56.

---

(1) « Ce que Victor Hugo a vu comme curieux, actes ou paroles, il le rend avec une fidélité de mémoire dont il y a peu d'exemples. Le volume de ses *Choses vues* contient des récits de faits et des conversations reproduites, qu'on ne peut lire qu'avec la plus vive admiration; mais là où il imagine, c'est-à-dire à peu près partout, dans ses écrits, il devient indifférent à la vérité de fait, à l'observation vulgaire ; il lui suffit d'être frappé de ce qui lui vient à la pensée avec les mots. — *faux*, s'il se trouve que ce le soit ; *exagéré*, dans tous les cas, parce que l'idée le touche ainsi davantage ; et enfin *absurde*, si quelque image lui vient, qui lui plaît, en dehors des figures et des métamorphoses de l'ordre naturel des choses. C'est pour cela qu'un poète allemand célèbre, et écrivain français très malicieux, a pu dire que Victor Hugo était *bossu* ! avec *la bosse en dedans*, à la vérité, ce qui faisait qu'on ne s'en apercevait pas, mais très certainement *bossu* ! Henri Heine n'était peut-être pas, de sa nature, sensible à la sublimité, qui rachète, à tant d'endroits, la difformité, saillante à quelques autres. Comme étranger, il ne pouvait l'être aux merveilleuses qualités de style du créateur des rythmes nouveaux de la poésie française. »

Charles RENOUVIER, *Victor Hugo : le Poète* (A. Colin, éditeur, 1893), p. 103-104.

« ..... Victor Hugo s'égaya le premier de l'invention du « Prussien libéré ». Et il écrivit gaiement au-dessous d'un portrait qu'il eût pu envoyer à Henri Heine :

» VICTOR HUGO

» *Voici les quatre aspects de cet homme féroce :*
» *Folie, Assassinat, Ivrognerie — et Bosse ! »*

Jules CLARETIE, *Le 26 février, — Le Journal*

*
* *

1843. — Rien ne me répugne autant que cette passion de M. Hugo qui gesticule et se démène d'une façon si bouillante, qui brûle si magnifiquement au dehors, et qui au dedans est si piteusement sobre et glaciale. Cette passion à froid, qui nous est servie dans des phrases si flamboyantes, me rappelle toujours les glaces frites que les Chinois savent si artistement apprêter, en tenant de petits morceaux de glace enveloppés d'une couche très mince de pâte quelques instants sur le feu : friandise antithétique qu'il faut avaler précipitamment et qui vous brûle la lèvre et la langue en vous refroidissant l'estomac (1).

Id. Ibid., p. 304.

---

du 13 novembre 1901 ; — et : *Victor Hugo — Souvenirs intimes* — (Librairie Molière, 1902), p. 7-8.

A propos de ce distique, on trouve dans les *Propos de table de Victor Hugo*, de Richard Lesclide (p. 283-284), l'anecdote suivante :

« Ces deux vers..... eurent des suites.

» .....Une fois il (Hugo) se baignait avec quelques amis sur la plage de Jersey ; ces messieurs s'aperçurent qu'ils étaient observés. Un groupe de jeunes misses, rassemblées sur une éminence voisine, braquaient sur eux des lorgnettes de spectacle et semblaient discuter avec animation. — Que peuvent-elles regarder ainsi ? se demandèrent-ils. Un des leurs, qui ne se baignait pas, revint sur ses pas et se rapprocha de ces demoiselles. Bien qu'il n'eût pas été présenté, une jeune fille, passant sur cette formalité, lui demanda lequel des baigneurs était M. Victor Hugo. Le poète lui fut désigné. Elle poussa un soupir de satisfaction.

» — Mais nô, dit-elle, il n'était pas bossu. »

(1) « ..... La preuve qu'il (Hugo) n'a rien de commun avec les étrangers, ni avec les littéra-

1851. — Cet homme est le plus misérable des drôles, l'orgueil de Satan et le cœur d'un chiffonnier.

..... Victor Hugo est au plus bas, au plus sale du ruisseau, à l'heure présente, et c'est justice. Il a vécu avec les femmes de théâtre, escorté par un cortège de poètes crottés qui l'encensaient comme un dieu ; la tête lui a tourné.

..... Ce poète ampoulé, dont l'avenir fera justice, croit l'univers attentif à sa seule personnalité. C'est un homme qui commettrait une méchante action comme il commet de méchants vers, pour attirer l'attention publique.

Mémoires du Comte HORACE DE VIEL-CASTEL *sur le règne de Napoléon III* (Imprimerie B.-F. Haller, 1883), pages 167, 171, 172.

***
** **

1856. — En dépit d'une forme supérieure, la poésie de M. Hugo reproduit fidèlement toutes les misères de sa pensée, comme sa pensée elle-même porte l'empreinte profonde des misères de l'âme éloignée de Dieu. (1)

Louis VEUILLOT, *Études sur Victor Hugo* (Librairie catholique Palmé, 1886, p. 215.

---

tures dont ils sont imbus, c'est qu'ils sont incapables de l'admirer. Gœthe -- car l'Allemagne nous permet l'agrément, non la grandeur, l'originalité dans le médiocre, non dans le sublime -- préfère l'auteur du « Dieu des bonnes gens » à l'auteur de « Cromwell » et des' « Orientales » ; et, lui-même, « notre » Henri Heine ne comprend pas ou fait semblant de ne pas comprendre Victor Hugo. Tant Victor Hugo est Français. Tant il relie notre épanouissement à notre origine. »

CATULLE MENDÈS, *Victor Hugo*, — *Le Journal* du 26 fév. 1902.

(1) Ceci est le ton d'une critique des *Contemplations*. — C'est aussi au sujet de ce recueil que Veuillot prononça son fameux mot : « Jocrisse à

*
* *

1857. — ...., Hugo, un comédien de poésie,
un esprit masqué où rien n'est sincère, pas
même la vanité.

..... Depuis 1830 il n'a pas fait un pas ; c'est
le même mannequin promené parmi nous avec
les modes anciennes, ou plutôt le vieil acteur
jouant toujours ses rôles de jeunesse.....

Il y a eu de faux prophètes, de faux mages,
il peut y avoir de faux poètes.

..... Ôtez à Hugo trente *gros* adjectifs, et
toute sa poésie s'affaisse comme un plafond
auquel on enlève ses étais.....

———————

Pathmos », que M. Jules Lemaître devait rééditer
en le modernisant. (On verra plus loin cette
variante.)

Depuis que ces *Jugements fantaisistes* ont paru
dans un périodique (*La Plume* du 15 fév. 1902),
M. Gustave Kahn a écrit un article sur *Victor
Hugo et la Critique*, dont j'ai déjà cité un fragment (voir plus haut, p. 551, note 1). Dans cet
article, M. Gustave Kahn cite et commente
plusieurs opinions consignées ici. La phrase de
Veuillot lui inspire ces réflexions :

« Il se peut que pour n'avoir pas été, à cette
époque (sous Louis-Philippe), un théoricien remarquable ni un politique clairvoyant, Hugo en
ait été plus humain, et que d'avoir voulu ré-
sorber des contraires, il ait été plus poète. Quoi
qu'il en soit, la critique politique, qui aime les
choses tranchées, lui en fut quelque peu hostile,
et la critique catholique, qui semble avoir, à
l'ordinaire, subordonné ses opinions littéraires
sur Hugo à la couleur des opinions du poète,
changea de ton avec lui et contre lui. A l'admiration pour l'auteur de *Notre-Dame de Paris*
succède la haine, et on lira dans Louis Veuillot
qu'« en dépit d'une forme supérieure..... » (Etc.)
Encore, ce jour-là, Veuillot était poli. »

Les femmes, il ne les aime pas ; les enfants, il ne les comprend pas ; la nature, il ne la sent pas. Il traîne des linceuls au milieu des tombeaux, et Young, l'ennuyeux Young, est plus profond, plus simple, plus intéressant que lui.

..... En Hugo jamais l'abandon de la nature ; il n'a ni joie, ni colère, ni douleur, ni tendresse ; il n'a que quelques adjectifs dans le cerveau. Jamais il n'est avec lui-même, il est toujours sur la place publique voulant étonner les passants.

Edmond DURANTY, *Les Contemplations, de Victor Hugo, ou le gouffre géant des sombres abîmes romantiques, — Réalisme*, n° du 15 janvier 1857.

*
* *

1862. --- M. Victor Hugo..... a le génie des mots --- et c'est même là tout son génie.....

Il n'a pas d'esprit..... Talent qui fut robuste, il est spirituel comme Hercule. Seulement Hercule nettoya les étables d'Augias, M. Hugo y aurait ajouté.

..... S'il est un lion, [il] a sa crinière faite et un globe sous la patte, comme un lion d'Académie et de pendule, ce qui n'est pas l'habitude ni l'attitude des vrais lions (1) !

BARBEY D'AUREVILLY, *Les Misérables de M. Victor Hugo* (Mirecourt, imprim. Humbert, 1862), pp. 57, 79, 80.

*
* *

1866. — ..... *Chansons des Rues et des Bois*, par un membre de l'Académie française, un

---

(1) «..... Un autre écrivain catholique, plus autorisé (que Veuillot), parce que réel écrivain, et intéressant malgré des folies de fond et de forme, partit en guerre contre lui (contre Hugo). Sans que ce soit en une page nette, — clairement

joli petit choix d'inepties heureusement difficiles à comprendre, tant le susdit académicien a maltraité la langue française.

Alexandre DE LAMOTHE, *Histoire d'une
Pipe.* (Ch. Blériot, édit., 1866), p. 3.

*
* *

187... — « *Monstre horrible. On n'a rien vu de tel.*
« *Informe, épouvantable et ténébreux. Un homme*
« *Qui brûlerait Paris et démolirait Rome.*

----

résumé, le système de Barbey d'Aurevilly est
d'opposer Balzac à Hugo (*). Sans cesse, le critique remarquera, à propos de Balzac, une clairvoyance supérieure, une grande entente du monde
social, une vue profonde des erreurs du siècle,
une force qui se dirige ; à chaque œuvre d'Hugo,
il notera de la confusion, de l'à peu près, de l'hyperbole, du chimérisme. Un article paru à propos des *Contemplations* donne l'idée la plus complète de cette technique, et, comme dans toute
production d'un écrivain qui n'est pas un sot,
on y trouve des pointes de vérité. Mais le mobile
n'est pas douteux. Si Hugo était resté catholique,
il eût à jamais joui des éloges de Barbey d'Aurevilly. Si Balzac avait joint à son don d'évocation, à son don de particularisation des figures et
d'analyse des petits côtés de l'humanité quelque
clairvoyance sociale, s'il n'eût pas défendu le droit
d'aînesse, la pairie, la noblesse et toute la défroque
du passé, Barbey ne l'eût pas choyé parmi tous
les écrivains du siècle. »

Gustave KAHN, *V. Hugo et la Critique.*

(*) « Cela ennuie beaucoup les Mameloucks de
M. Hugo que je cite toujours Balzac, et je le con-
çois ; ils n'ont pas tort. » BARBEY D'AUREVILLY, *Les
Misérables de M. V. Hugo*, p. 94.

Dans ce volume, ignoré aujourd'hui, et où Barbey d'Aurevilly annonçait l'oubli prochain qui
attendait le roman de Victor Hugo, il avait réuni,
pour éterniser néanmoins ce qu'il appelait la honte
du poète, les articles furibonds qu'il venait de faire
paraître, dans *le Pays*, contre *les Misérables*, au fur
et à mesure de leur publication en livraisons.

« *Voluptueux ; un peu le chef des assassins ;*
« *Bref, capable de tout. Foulant aux pieds les saints,*
« *Les lois, l'église et Dieu. Ruinant son libraire.* »

Portrait de Victor Hugo d'après l'évêque SÉGUR (1). (Voyez : *Les Quatre Vents de l'Esprit*, liv. I, XXIX.)

*
* *

1877. — ..... Victor Hugo; ce gigantesque Trompette-major fait pour sonner toutes les espèces de charges.

BARBEY D'AUREVILLY, *Les Œuvres et les Hommes*, 2ᵉ série : *Les Poètes* (Lemerre, édit., 1889), p. 87.

*
* *

..... Il a méprisé le public à un point inconnu avant lui.

..... Il a eu l'haleine littéraire remarquablement courte.

..... Il a laissé 47 volumes, dont 42 au moins..... n'ont plus d'existence dès aujourd'hui.

Voltaire et Victor Hugo ont été les Titans du ridicule.

Voltaire s'en empara sous sa forme *objective;* Victor Hugo sous sa forme *subjective.*

Discours de Nemo (Ignotus), successeur de Victor Hugo, prononcé à l'Académie française le jour de sa réception (anonyme) (2) — (Henri Delaroque, édit., 1877), pages, 58, 62, 79.

----

(1) N'ayant pas le loisir de rechercher l'article de Mgr de Ségur, article qui est d'ailleurs fort long, je me borne à citer ici ce résumé suffisamment édifiant.

(2) Ce pamphlet est de M. Titus Courtat. — Le « discours de Nemo » et la « réponse de M. Outtis » sont suivis de deux pièces de Victor Hugo, *les Pauvres Gens* et *le Bord de la Mer*, « translatées de baragouin en français ».En regard du texte

*
* *

1883. — Esprit sans portée, ne voyant que les surfaces, n'opérant que sur des mots, dépourvu, à un degré incroyable, de tout sens esthétique, Victor Hugo a produit une poésie vide et sonore. Que l'on remue du premier au dernier les volumes de vers sortis de sa plume, on n'y rencontrera ni une pensée profonde, ni une douleur sincère, ni un enthousiasme vrai.

Ce poète, qui a subjugué deux ou trois générations, n'a ni flamme, ni lumière..... Et il ne s'agit pas de distinguer entre les œuvres des diverses périodes..... La même nullité poétique

———

de Victor Hugo, M. Courtat donne le sien. Dans cette « translation », les vers des *Pauvres Gens* :

> *Et dehors, blanc d'écume,*
> *Au ciel, aux vents, aux rocs, à la nuit, à la brume,*
> *Le sinistre Océan jette son noir sanglot.*

sont *rendus* par ceux-ci : -

> *Au dehors la tempête*
> *De l'océan sinistre achève la conquête.*
> *Il jette à tous les vents son furieux sanglot.*

et le vers final :

> *Tiens! dit-elle, en ouvrant les rideaux : les voilà.*

est traduit ainsi :

> *Elle ouvrit les rideaux.— Tiens! mon homme, ils sont là.*

Décidément, le baragouin a du bon. — L'idée de ces ingénieuses translations n'appartient pas à M. Courtat. En 1864 parut un volume intitulé : « *Iphigénie*, tragédie de Racine, revue par le baron de Senez avec le concours de l'Esprit de Racine » (Aix, Remondet-Aubin, édit.). L'auteur a voulu récrire *Iphigénie*. Voilà qui est plus fort que de refaire les chefs-d'œuvre du jour. En regard du texte barbare de Racine, M. le baron de Senez donne sa traduction *en vers français...*

pèse sur ce vaste ensemble ; le comédien est partout, la poésie nulle part.

..... A travers un dévergondage poétique et prosaïque, Victor Hugo est un Allemand madré.

..... La pose est l'âme de cette vie, l'être même de Victor Hugo. Et ce n'est pas la pose réservée, discrète, craignant de se prodiguer ; c'est la pose à l'état d'artifice permanent, de force inépuisable, la pose héroïque, herculéenne, qui ne laisse jamais échapper une occasion et ne recule devant aucun labeur.

..... Poète, dramaturge, romancier, Victor Hugo n'a créé que des poseurs. Jéhovah, dans ses strophes, a l'air de poser, aussi bien qu'Olympio.

..... Mahomet est un précurseur de Victor Hugo.

..... Mahomet annonce aux Arabes qu'il est l'envoyé de Dieu. Victor Hugo persuade aux Français qu'il est le phare de l'humanité.

..... Lequel des deux, de Victor Hugo ou de Mahomet, a fait les choses les plus étonnantes ? Il faut être juste et attribuer la palme à Victor Hugo.

Jules LEFFONDREY, *Victor Hugo le Petit*
(Vanier, édit., 1883), pp. 3-5, 27-32.

*
* *

1885.—..... Ce Lama imbécile dont personne n'ignore la pitoyable sénilité intellectuelle, la sordide avarice, le monstrueux egoïsme et la parfaite hypocrisie comme *grand-père* et comme citoyen.

Léon BLOY. — *Le Pal*, N° 1 (mercredi
4 mars 1885), p. 20.

*
* *

Il fut le plus grand poète de notre siècle.
Il était fou depuis plus de trente ans.
Que sa folie lui serve d'excuse devant Dieu.

Plaignons ceux qui vont lui décerner l'apothéose et prions pour lui.
La Croix du 23 mai 1885.

*
* *

C'est..... à atteindre à la perfection en littérature que, toute sa vie, Hugo s'est uniquement appliqué.
Phillip. — *L'Ami du Peuple* du 24 mai 1885.

*
* *

Le rang qu'on veut lui attribuer comme poète ne peut lui rester acquis..... Il n'égale pas Dryden (1).
..... Comme homme politique, il n'a jamais su raisonner sainement..... Son rôle a été tout au plus celui de chef choriste du parti du désordre.
(*The Standard*, 23 mai 1885.)

*
* *

Le jugement des Allemands sur Victor Hugo

______

(1) « Victor Hugo était, de l'aveu de tous, considéré comme la plus haute personnalité littéraire depuis Gœthe, la seconde depuis Voltaire. »
The Times, 23 mai 1885.

« Toi le premier des hommes et leur ami..... ô le plus haut poète du cœur..... tu es notre chef et seigneur..... Tu es seigneur et roi..... Loué au-dessus des hommes sois-tu, — toi dont le front chargé de lauriers, — fait pour le matin, ne se courbe pas dans la nuit, — loué et aimé, parce qu'aucune — de toutes les grandes choses que tu fis — ne plane plus haut que le vol égal de ton esprit; — loué, parce que ni le doute ni l'espoir n'ont pu plier — la tête la plus superbe de la terre, haute et droite jusqu'au bout. » Algernon Charles Swinburne. *A Victor Hugo : — Poèmes et Ballades* (1866). — Traduction de Gabriel Mourey, avec des notes sur Swinburne par Guy de Maupassant (Albert Savine, édit., 1891), p. 188-192.

est tout à fait différent de celui des Français.
Ce que les disciples de cet écrivain trouvent
sublime dans ses œuvres nous paraît forcé ;
ce qu'ils considèrent comme grandiose nous
paraît grimaçant ; ce qu'ils nomment souffle
pindarique nous semble ampoulé et nous déplaît, et ses alexandrins, avec leurs antithèses
affectées, nous font le même effet que les œuvres encore connues de la seconde école de
Silésie, dans lesquelles le sublime artificiel
tourne au ridicule et la noblesse des sentiments à la phrase.

Comme homme politique, Victor Hugo était
un caméléon (1).

—————

(1) On a expliqué bien souvent l'évolution politique de Victor Hugo, laquelle fut aussi naturelle, aussi logique, que son émancipation sociale
et que son ascension littéraire. Victor Hugo a
lui-même traité maintes fois ce sujet (notamment, dans la dernière préface (1853) des *Odes et
Ballades* et dans la fameuse pièce des *Contemplations* qui a pour titre : *Ecrit en 1846* (liv. v,
III). Mais les ennemis du Maître, chez nous
comme ailleurs, sont peu sensibles à ses arguments. Et leurs dires sont encore écoutés. C'est
pourquoi il n'est pas inutile de revenir quelquefois sur cette question, comme le faisait dernièrement encore M. Jean Rodes, dans un article
judicieux d'où j'extrais ces lignes :

« En vain rappellera-t-on le lointain passé monarchiste, napoléonien et vaguement religieux
du poète, car ce furent là les étapes successives
que sa pensée jeune eut à franchir pour atteindre
à sa libération. Il nous plaît, au contraire, d'y
voir l'image des luttes que la plupart d'entre nous
ont dû engager contre les atavismes, les influen-
ces de famille, d'éducation et de milieu, pour se
libérer à leur tour. Et c'est justement par cette
évolution de sa personnalité morale qu'il emplit
le siècle dont il est, à nos yeux, la grandiose
synthèse et l'aboutissement. » Jean RODES, *Victor Hugo libertaire,—La Plume* du 1er mars 1902,
p. 299.

.....Tout en lui était extérieur ; il ne s'agissait
pour lui que d'agir sur le peuple, que d'étonner les lettres ; il était toujours en haut, toujours en avant, et quand cela ne lui réussit
pas, il devient un adversaire acharné ; Victor
Hugo était un virtuose dans l'expression des
sentiments tendres et des émotions puissantes, un maître dans la description de nouveaux
personnages de drames et de romans, un créateur et un travailleur infatigable ; c'est ainsi
qu'il a agi, vécu et recherché le succès, et
qu'il est finalement devenu le véritable représentant de l'esprit et du caractère de son pays,
qu'il remplissait d'étonnement et d'admiration (1).

(*La Gazette de Cologne* du 23 mai 1885.)

Ainsi que les modistes et les couturières
parent les mannequins de leurs étalages des
vêtements les plus brillants, pour accrocher
l'œil du passant, de même Victor Hugo cos-
tuma les idées et les sentiments que lui four-
nissaient les bourgeois, d'une phraséologie
étourdissante, calculée pour frapper l'oreille
et provoquer l'ahurissement ; d'un verbiage
grandiloquent, harmonieusement rythmé et
rimé, hérissé d'antithèses saisissantes et
éblouissantes, d'épithètes fulgurantes. Il fut,
après Chateaubriand, le plus grand des éta-
lagistes de mots et d'images du siècle.

Paul LAFARGUE, *La Légende de Victor
Hugo* (Jacques, édit., 1902), p. 55.

1886. — C'est Homais à Pathmos (2).
Jules LEMAITRE, *Les Contemporains*, t. IV,
p. 125.

---

(1) Il ne faut pas perdre de vue, en lisant ces
lignes, certaines pages de l'*Année terrible...*

(2) « Des gens ont voulu me persuader..... que
je lui avais manqué de respect (à V. Hugo).....A

***

1887. — Victor Hugo est démesuré (1) parce qu'il n'est pas humain. Le secret des âmes ne lui fut jamais entièrement révélé. Il n'était pas fait pour comprendre et pour aimer. Il le sentit d'instinct. C'est pourquoi il voulut étonner ; il en eut longtemps la puissance. Mais peut-on étonner toujours ? Il vécut ivre de sons et de couleurs, et il en soûla le monde.

Anatole FRANCE, *La Vie littéraire*, 1ʳᵉ série, 3ᵉ édit. (Lévy, édit., 1889), p. 115.

cause de cela, plusieurs m'ont traité de pygmée, ce qui est fort juste, — mais aussi de cuistre, de Zoïle et même de batracien. » (*Contempor.*, 4, p. 144.)

« La critique des professeurs a été pour Victor Hugo ce qu'elle est pour tout le monde : elle l'a soumis aux formalités d'une agrégation lente et mesurée. Encore que le titre d'académicien ait concilié à Hugo une grande partie de ses respects, elle a louvoyé, pour ne pas admettre toute sa valeur. On a accusé Hugo..... de manquer de goût, on lui a reproché que son déisme ne fût pas assez strictement du cousinisme, on a blâmé et même blagué sa grandiloquence. « Homais à Pathmos », indique quelque part M. Jules Lemaître. Mais, bien avant M. Jules Lemaître, le jeu fut de préférer à Hugo les autres grands romantiques (voir plus loin, p. 593), et parfois, je le crains, sans une conviction profonde. »

GUSTAVE KAHN, *V. Hugo et la Critique.*

(1) « S'il a fait abus du « démesuré », il a connu aussi la délicatesse des pensées : « La mélanco- « lie, c'est le bonheur d'être triste. » (*Les Tra- vailleurs de la Mer.*) « La joie que nous inspirons « a cela de charmant que, loin de s'affaiblir « comme tout reflet, elle nous revient plus rayon- « nante. » (*Les Misérables.*) « Un prêtre opulent « est un contresens.....Peut-on toucher nuit et jour « à toutes les détresses, à toutes les indigences, « sans avoir soi-même sur soi un peu de cette

*
* *

1889. — Il y a cent poètes en lui qui à eux tous n'en font pas un..... Victor Hugo a opprimé son temps. Il ne faut pas qu'il opprime l'avenir. Il faut qu'on cesse de croire qu'il ait tout réalisé. Il faut qu'on lui rende sa juste place d'artiste merveilleux et de poète secondaire.

Charles MORICE, *La Littérature de tout à l'heure*. (Perrin, édit., 1889), p. 137-139.

*
* *

188... — C'est un garde national en délire.
Mot attribué à TAINE.

*
* *

1891. — Garde national épique (1).
TRISTAN CORBIÈRE.

« sainte misère, comme la poussière du travail ?»
(*Les Misérables*.) « Il y a quelque chose qui nous
« ressemble plus que notre visage ; c'est notre
« physionomie ; et il y a quelque chose qui nous
« ressemble plus que notre physionomie, c'est
« notre sourire. » (*Les Travailleurs de la Mer.*)
« Notre prunelle dit quelle quantité d'homme il
« y a en nous. Nous nous affirmons par la lumière
« qui est sous notre sourcil..... Si rien ne brille
« sous la paupière, c'est que rien ne pense dans
« le cerveau, c'est que rien n'aime dans le cœur. »
Sur le démesuré même, il a des explications qui
ont leur valeur philosophique : « L'immense dif-
« fère du grand en ce qu'il exclut, si bon lui
« semble, la *dimension,* en ce qu'il *passe la me-*
« *sure,* comme on dit vulgairement, et en ce qu'il
« peut, sans perdre la beauté, perdre la *propor-*
« *tion.....* Quels personnages prend Eschyle ? les
« volcans..... Il est rude, abrupt, excessif. »
GUYAU, *L'Art au point de vue sociologique*
(Félix Alcan, édit., 1889), p. 233, note 1.

(1) « Hugo : l'homme apocalyptique,
L'Homme-Ceci-tûra-cela,
Meurt, garde national épique!
Il n'en reste qu'un — celui-là ! — »
Les Amours jaunes (Vanier, édit., 1891), p. 52.

189... — Bête comme l'Himalaya ! (1).
Mot attribué à LECONTE DE LISLE.

La pièce est datée de Charenton et a pour titre :
Un jeune qui s'en va. Lamartine et. Musset y
sont moins bien traités que Hugo. Lord Byron
est qualifié « anglais sec », « gentleman-vam-
pire », « hystérique du ténébreux », et Corbière
nous le montre « cassé par son rire,

Son noble rire de lépreux. »

(1) « .....Homais à Pathmos ! s'écriait je ne sais
plus qui, Veuillot, je crois. *Bête comme l'Himalaya !* répondait en écho Leconte de Lisle, qui
avait le monocle souvent féroce. Et la critique
littéraire de toute une génération a pris à son
compte ces jugements sommaires, pour une foule
de raisons d'ailleurs politiques autant que littéraires ; c'est devenu un article de foi dans certains milieux même très lettrés, voire admirateurs du poète, que la bêtise foncière et comme
sous-cutanée de Victor Hugo. « Il avait du génie,
« mais il était bête : voilà pour l'homme. Il était
« bête, mais il avait du génie : voilà pour le poète. »
Tout s'explique. — La réalité n'est pas si docile :
cette conception du génie cohabitant avec la
bêtise est par trop simpliste.
Elle a d'ailleurs fait fortune, parce qu'elle était
portative, et flattait ce goût singulier de l'absurde,
qu'on trouve dans les meilleures têtes ; aussi
l'avons-nous entendu généraliser et appliquer
souvent à d'autres grands hommes de notre siècle,
au Michelet de *l'Amour,* ou au Flaubert de *Bou-
vard et Pécuchet.* Or il faut en finir avec cette
légende, d'après laquelle les génies se trouveraient
la plupart du temps inférieurs en intelligence au
commun des mortels, et seraient des demi-imbé-
ciles possédant cette chose inanalysable, inspéci-
fiable, idiosyncrasique : le génie. C'est vraiment
une explication trop commode. Elle rappelle celle
de Molière sur l'opium et sa vertu dormitive. Si

*
* *

1891.—..... Ce génial bafouilleur qui s'appelle Victor Hugo.

Paroles d'Albert AURIER. (Voyez: Jules HURET, *Enquête sur l'Evolution littéraire* (Charpentier, édit., 1891), p. 132.

*
* *

1893. — ..... *Notre-Dame de Paris, les Châtiments*, tout son Théâtre enfin sont dignes de la portière (1).

Paul ADAM, *Opinion*, — *La Plume* du 15 juillet 1893, p. 311.

———

tous les hommes de génie étaient des Calibans sublimes, à ce compte-là il n'y aurait vraiment d'intelligent que les critiques, il faudrait être bête pour être créateur. Et d'ailleurs on en est venu là ; n'entendons-nous pas dire très souvent d'un raté : il est trop intelligent pour créer ? C'est faux. Il ne l'est pas assez. La création artistique n'est pas une chose divine ; c'est une chose humaine, où l'intelligence humaine a la principale part..... Le génie, c'est le don, le don primordial et indispensable, le don qui fait le talent, mais nourri, développé, élargi ou creusé par une très vaste ou très profonde intelligence. Il n'y a pas de différence spécifique entre le talent et le génie ; rien n'est si tranché, tout procède par nuances. Le *Natura non facit saltus* est vrai de l'esprit comme des choses. »

Fernand GREGH, *Victor Hugo fiancé*, — *Revue Bleue* du 16 mars 1901.

(1) « *Notre-Dame de Paris*, injustement critiquée par Gœthe, restera une vivante reconstruction archéologique et historique, telle que Victor Hugo l'a conçue et voulue, et quelles que soient les différentes façons de concevoir et de reproduire, dans une invention romanesque, les mœurs, les caractères, la vie des hommes du

*
* *

1901. — Victor Hugo..... ne fut qu'un portier sonore.

Laurent TAILHADE, *Les Fleurettes de Zoïle*, — *La Raison*, n° du 14 juillet 1901.

---

xv° siècle, au moment de leur histoire choisi par l'auteur. Peut-on oublier désormais tant de pages éclatantes, tant de scènes terribles ou touchantes, tant de figures à jamais vivantes, Claude Frollo, Quasimodo, la Sachette, Esmeralda, Louis XI, la formidable Cour des Miracles, l'assaut épique de la vieille cathédrale par les Truands ? Cette langue si neuve, si riche et si précise, ces figures, ces péripéties dramatiques, ces noms ne sortiront plus de notre mémoire ; la vision du poète est devenue la nôtre.

» ..... Les *Châtiments*, Messieurs, sont et resteront une œuvre extraordinaire où la colère, l'attendrissement, l'indignation, l'élégie et l'épopée se déroulent avec une éloquence inouïe ; où l'accumulation incessamment variée des images, le luxe des formules, donnent à l'invective une force multipliée et au poème de l'*Expiation*, en particulier, un souffle terrible. Ni les *Tragiques* d'Agrippa d'Aubigné, ni les *Iambes* de Chénier et de Barbier n'ont atteint une telle énergie.

» ..... Victor Hugo avait révélé dans ses drames une action et une langue théâtrales nouvelles. Quand ces vers d'or sonnèrent pour la première fois sur la scène, quand ces explosions d'héroïsme, de tendresse, de passion, éclatèrent soudainement, enthousiasmant les uns, irritant la critique peu accoutumée à de telles audaces, et soulevant même des haines personnelles, les esprits les plus avertis parmi les contradicteurs du jeune Maître, saluèrent cependant, malgré beaucoup de réserves, cet avènement indiscutable de la haute poésie lyrique dans le drame...... Le reproche de sacrifier l'étude des caractères et la vérité historique aux fantaisies de l'imagination est-il donc juste ? N'a-t-il pas été toujours permis aux poètes tragi-

*
* *

C'est une décadence de l'art poétique français que Victor Hugo représente (1).

Charles MAURRAS, *Protozoaire ou Vertébré,* — *La Gazette de France* du 18 nov. 1901.

*
* *

..... Victor Hugo ne fut pas un poëte, mais un orateur (2).

Remy DE GOURMONT, *Brefs Conseils à un journaliste touchant Victor Hugo,* — *Mercure de France* de décembre 1901 (*Revue du mois*), p. 769.

---

ques d'emprunter à l'histoire de larges cadres où leur inspiration personnelle pût se déployer librement ?

» ..... Dans cette tragédie légendaire *(les Burgraves)* le sublime poëte de l'Orestie eût reconnu un génie de sa famille. « On ne sur- « passera pas Eschyle, a dit Victor Hugo, mais « on peut l'égaler. » Et il l'a prouvé. »

LECONTE DE LISLE (*Disc. de récept à l'Acad.*)

(1) « La critique catholique n'a point désarmé contre Hugo..... c'est elle qui dicte à M. Maurras ce jugement..... on ne peut écrire plus lapidaire, ni donner à sa pensée une forme plus nette. Cela veut dire que le romantisme fut une erreur, et qu'à quitter les sentiers de Luce de Lancival on a démérité..... La critique royaliste dénonce ici l'erreur de tout mouvement de liberté ; et au moins la chose est franchement dite : au point de vue de M. Maurras, le romantisme est une erreur ; il le serait peut-être moins à ses yeux, si Hugo était resté royaliste. »

Gustave KAHN, *Victor Hugo et la Critique.*

(2) On trouvera une excellente réponse à ce paradoxe dans l'étude de M. Fernand Gregh sur Victor Hugo que publie la *Revue de Paris* depuis le 1er mars 1902.

*
* *

1902. — Jongleur de mots et de rimes, il
étonne, en impose par ses merveilleux tours
d'acrobatie versificatrice, sauf à communiquer
le divin frisson poétique. Il n'a pas mis assez
d'humanité douloureuse et assez d'âme dans
ses exercices de rhétorique et les boniments
antithétiques débités sous le masque d'un
Ezéchiel, d'un prédicant ou d'un tribun. En
outre, parce qu'on veut nous l'imposer, je le
récuse. Il se mêle trop de préoccupation extra-
littéraire dans l'hugolâtrie de l'heure présente.
Enfin, pour en faire un dieu aux attributs
sans limites, le mage gros de science et d'avenir, les universitaires l'ont accaparé : cela le
classe et son génie.

Léon BOCQUET, *L'Ermitage*, n° de fév. 1902,
p. 89-90.

*
* *

..... Hugo, avocat avec indifférence de toutes
les causes sonores, sous quoi, dénué de pensée réelle et de passion authentique, l'artiste
se fait voir impur et incomplet, et bénisseur
et vindicatif, l'homme se fait voir petit ; à notre
admiration pour ses dons féeriques nous ne
parviendrons à joindre ni sympathie, ni
estime.

F. FAGUS, *ibid.*, p. 104.

*
* *

Celui qui a dit de Victor Hugo qu'il résu-
mait à lui seul la poésie du XIXe siècle a sans
doute entendu marquer par là, d'une façon
ironique et piquante, qu'il avait passé sa vie
à démarquer le système de ses plus illustres
contemporains..... Certes, Victor Hugo fut
illustre, mais si l'on mesure le génie à la force
des acclamations populaires, il faut lui égaler
Népomucène Lemercier et l'abbé Delille à qui
les pouvoirs publics firent, en 1813, de si im-
posantes funérailles.

Ernest RAYNAUD, *ibid.*, p. 132-133.

*\
* *

Littérateur outré, cervelle pauvre, politicien verbeux, penseur débile et rhéteur sans mesure, Victor Hugo nous paraît bien peu digne d'incarner un utile, un fort idéal pour une nation.

« L'Effort », n° de fév. 1902, p. 1.

*\
* *

La société bourgeoise a grandement raison de bombarder l'auteur des *Misérables* « poète lauréat », deuxième du siècle après Béranger. Ils se ressemblent tous deux par l'absence totale d'aristocratie, par un goût tenace et bébête pour le pleur sentimental..... [Hugo] est conservateur de *tous* les préjugés que, l'un après l'autre, et sans dégoût, il porta dans les buccins de l'hyperbole tonitruante. Il flagorne les divers genres de bêtise ou de pleutrérie..... Il n'a rompu ni avec les idoles, ni avec les intérêts. Il croit en Dieu, hypothèse mal famée ; il admire la force, la brute militaire. Il se pavane dans l'Olympe avec un cynisme de cabotinage qui, parfois, gêne la révérence et, comme, volontiers, il descend du nuage apocalyptique pour braire en étalon, ce n'est pas sans effort qu'on lui garde un respect inviolé.....

Laurent Tailhade, — *La Plume* du 1ᵉʳ mars 1902, p. 290.

*\
* *

Qu'on dise : « Victor Hugo est toute la poésie et toute la pensée du XIX° siècle », cela est bien ; mais qu'on ajoute : « Jules Verne en est toute la science » (1).

____

(1) « ..... [Victor Hugo,] c'est le Poète. Et quand je pense que j'ai entendu dernièrement un

JULES VIGUIER. — *L'Ermitage*, n° de mars 1902, p. 179 (1).

représentant de la jeune école poétique dire sérieusement : « *Victor Hugo, le plus grand poète « du siècle, oui, si l'on veut, pourvu que Jules « Verne en soit le plus grand savant.* »

« Et M. Charles Richet leva douloureusement les bras au ciel. »

Revue hebdomadaire, n° du 22 fév. 1902, p. 497.

(1) Dans le même numéro (p. 195), l'*Ermitage* publie, non sans ironie, je pense, une *Elégie* de M. Jules Viguier. J'en détache les vers suivants :

Où allais-tu ?
Que voulaient cette fuite,
ce baiser triste et ce regard d'adieu ?
Où as-tu porté tes pas fiévreux
depuis l'automne où je t'ai vue ?
On dit qu'un jour tu disparus :
On dit aussi... Mais pourquoi ta pâleur
et pourquoi t'ai-je vue toujours seule ?

Mais pourquoi m'as-tu fui (sic) *?*
Et si à la tendresse se lie la peur puérile,
l'affre d'un songe obscur au désir d'un baiser,
si mon enfance délirante s'est penchée
vers les cloches bleues et dorées des aconits,
ne pouvais-tu m'offrir que ta pitié ?

.....Mais l'enfance est passée et je ne t'ai plus vue.
.....Où es-tu ? Où pleures-tu ? Où as-tu fait silence ?

.....Mais que fait pressentir ce soir d'anniversaire ?

Je pense à l'hôpital ; je pense au cimetière...

On voit que sa poésie donne à M. Viguier le droit d'être sévère pour Victor Hugo.

JUGEMENTS CONTRADICTOIRES

JUGEMENTS CONTRADICTOIRES

Grammatici certant.

Le romantisme s'est mépris..... sur la réformation, nécessaire elle aussi, cependant, du théâtre tragique..... Où est le drame — synthèse à la fois de la comédie de Molière et de la tragédie de Racine, — où est le drame que les *Préfaces* romantiques nous avaient si solennellement promis ?

F. Brunetière, *Etudes critiques sur l'histoire de la littérature française* (Hachette, édit., 1894), 3ᵉ série, p. 322.

Il n'est plus possible de parler de la banqueroute du Romantisme et de son manifeste, parce que l'on n'a pas encore représenté ce drame solennellement promis dans la Préface [de *Cromwell*], réunissant à la fois une comédie comme le *Misanthrope* et une tragédie de la valeur de *Phèdre*. Cela ne prouve qu'une chose : c'est qu'il n'est pas encore apparu un homme joignant le génie de Molière à celui de Racine. Mais tout le théâtre moderne, où une pièce peut être régulière ou non, sans même que l'on songe à s'en inquiéter, prouve que la *Préface* a réussi dans sa revendication de la liberté, dans sa protestation contre les règles (1).

Maurice Souriau, *La Préface de Cromwell* (Soc. franç. d'imprimerie et de libr., 1897), p. 157.

***

Ce vieux romantique....., presque jusqu'au bout....., est demeuré l'homme de sa jeunesse, le poète des *Odes et Ballades* et le romancier de *Notre-Dame de Paris*.

F. Brunetière, *Evolution de la Poésie lyrique en France au* XIX° *siècle*. (Hachette, édit., 1895), t. II, p. 148.

Nul au fond n'a été moins romantique que Victor Hugo, c'est-à-dire, nul n'a moins sacrifié que lui aux idoles du romantisme. Il n'a jamais admis les extravagances de son parti, simplement destinées à effarer les Philistins: ainsi il n'a jamais porté l'uniforme romantique (2).Pas plus qu'il ne s'est jamais laissé emprisonner dans une illusion vieillie, politique ou religieuse (3),

(1) « Si l'on peut se permettre tant de privautés à présent, c'est au romantisme qu'on le doit, c'est à Victor Hugo, c'est à nous : le naturalisme lui-même est un produit direct du romantisme.» (*Paroles d'*Auguste Vacquerie. — Voir : *Enquête sur l'Evolution littéraire*, par Jules Huret (Charpentier, édit., 1891), p. 353.)

(2) A. Karr, Le *Livre de bord,* I, 201, 202. (*Note de M. Souriau.*)

(3) *Je suis fils de ce siècle! Une erreur,chaque année,*
S'en va de mon esprit, d'elle-même étonnée,
Et, détrompé de tout, mon culte n'est resté
Qu'à vous, sainte patrie et sainte liberté!
(*Les Feuilles d'automne,XL.*)

il ne s'est pas éternisé dans le romantisme, quand le romantisme a commencé à sentir le renfermé, comme toutes les petites chapelles littéraires et autres. Victor Hugo n'est pas resté romantique, parce qu'un vrai poète ne reste pas négatif ; parce qu'après avoir jeté bas le pseudo-classicisme, et nettoyé l'opinion publique, il a suivi le libre cours de son génie, sans plus se préoccuper d'être la contre-partie de ce qui avait existé avant lui. Il a été romantique tant que le romantisme a été nécessaire, comme on est révolutionnaire tant que la révolution est utile ; puis on essaye de faire vivre quelque chose de nouveau (1).

MAURICE SOURIAU, *La Préface de Cromwell*, p. 161-162.

(1) « Vous savez que Victor Hugo a protesté toute sa vie contre cette épithète de romantique, et que, moi-même, je ne l'ai jamais acceptée..... Le romantisme a signifié : *Liberté !* Pas autre chose. Et nous tous, nous n'avons jamais obéi à une autre formule! » (*Paroles d'*AUGUSTE VACQUERIE. — Voyez : *Enquête sur l'Evolution littéraire.* par JULES HURET, p. 348-349.)

**
*

Il a traversé l'époque sans la voir, les yeux fixés sur ses rêves (1).

EMILE ZOLA, *Documents littéraires* (Charpentier, édit., 1881), p. 70.

Il jette sa pensée palpitante et vivante dans la bataille des opinions (2).

PAUL STAPFER, *Racine et Victor Hugo*, (A. Colin, édit., 1887), p. 232.

---

(1) « ..... Malgré de volontaires protestations, Zola dénigrait le vieil Hugo, à qui il doit tout ce qui restera de lui (*), car son fatras scientifique et sa puérile affabulation en vingt-cinq volumes, ne pèseront pas lourd dans bien peu d'années. »
LÉON MAILLARD, *Fifres et fanfares*, — *La Plume* du 15 juillet 1893, p. 313.

(2) « D'autres poètes ont eu plus d'unité morale, ont montré une sympathie plus profonde pour d'intimes souffrances de notre siècle ou en ont traduit avec plus de perfection certaines idées originales et caractéristiques : ne craignons pas d'en convenir ; car c'est ici surtout que la critique peut et doit se changer en un positif et superbe éloge.

» Si Victor Hugo, dans certains ordres de sentiments et de pensées, n'est pas le plus pénétrant des poètes, le plus substantiel des écrivains, c'est tout simplement parce que rien d'humain ne lui fut étranger ; c'est parce que son génie et son cœur étaient vastes, qu'il n'a pu ni voulu concentrer sur aucun point spécial, au détriment des autres, sa puissance de penser, de sentir et de rendre. Il n'est point l'organe exclusif de telle ou telle passion d'un jour, l'interprète, une heure à la mode, de tel ou tel rêve bientôt évanoui et remplacé ; il est l'âme même du XIXᵉ siècle ; il en a épousé tour à tour les aspi-

(*) « Victor Hugo a été ma jeunesse, je me souviens de ce que je lui dois. » (Lettre d'EMILE ZOLA à Georges Hugo, après la mort de Victor Hugo).

Du travail énorme du siècle, de ses recherches sociologiques, des lois complexes qui lentement arrivaient à se dégager, un vaste écho est venu jusqu'à lui, et ne lui a suggéré ..... Jamais homme..... ne fut plus de son temps ni plus préoccupé d'en être !

F. BRUNETIÈRE. *L'Evolution de la poésie lyrique en France au XIXe siècle* (Hachette,

rations changeantes, les enthousiasmes contradictoires..... Toutes les vicissitudes, toutes les révolutions de notre siècle ont eu leur contre-coup dans l'âme de ce grand homme, qui en est la personnification complète et magnifique.» *(Rac. et V. Hugo*, p. 232-233.)

[Victor Hugo,] « c'est l'âme inspirée du siècle, c'est la pensée de l'humanité. »

Octave MIRBEAU, *Victor Hugo*, — *La France* du 24 mai 1885.

« Cinquante années durant, il a été l'âme sonore de la France..... En se racontant lui-même, il révélait leur âme aux hommes de son temps, leur âme obscure et fraternelle, leur âme où eux-mêmes ne savaient pas lire. Toutes leurs aspirations confuses, toutes les rêveries qu'ils ne parvenaient pas à condenser en pensées, toutes les sensations incertaines, inachevées, voici qu'il les devine, les exprime, les fond dans les siennes, les y développe à l'infini et les fait chanter dans la musique incomparable de ses odes. Et il sait aussi faire vivre avec leurs passions, leurs mœurs, leurs attitudes, leurs costumes, tous les hommes de toutes les races lointaines, toutes les nations de toutes les époques disparues. Aussi facilement qu'il démêlait dans l'âme humaine ce qu'il y a d'éternellement humain, aussi sûrement qu'il traduisait dans l'âme contemporaine les passions, les troubles, les inquiétudes de l'heure présente, il accomplit le prodige de la résurrection. Le même homme qui a dit la *Tristesse d'Olympio* a compté les compagnons de Ratbert et dénombré l'armée de Xerxès. »

Marcel COLLIÈRE, *Le Père Hugo*, — *L'Européen* du 22 février 1902.

que quelques images plus éclatantes que justes. G. PAPILLAULT, *Essai d'étude anthropologique sur V. Hugo.* (Imprimerie Daix frères, Clermont (Oise), 1898), p. 9.

édit., 1894), t. i, p. 193.

*
* *

Notre Shakespeare français, ce n'est pas Victor Hugo..... c'est Balzac (1).

Emile ZOLA, *Une Campagne* (Charpentier, édit., 1882). p. 94.

Au dix-neuvième siècle, il y a eu de beaux et forts talents, Balzac, Flaubert... — mais seul Hugo a eu du génie.

Paroles de J.-K. HUYSMANS, — *Revue hebdomadaire*, n° du 22 fév. 1902, p. 468.

*
* *

Victor Hugo n'est pas un Français de race..... C'est un Latin du bas-empire, un Asiatique, un Byzantin, un Goth, un Hercule chinois, tout ce que vous voudrez, plutôt qu'un vrai Français, plutôt

M. Hugo est d'esprit essentiellement français.

EMILE HENNEQUIN, *Etudes de critique scientifique. Quelques écrivains français.* (Perrin, édit., 1890), p. 154.

______

(1) Les parallèles entre Hugo et Balzac sont un des grands morceaux de bravoure de Zola. On peut être sûr de retrouver ce thème dans chacun des nombreux volumes de son œuvre critique, depuis ses *Haines* jusqu'à ses *Campagnes* naturalistes et à ses *Documents littéraires.* Balzac étant *le père du Naturalisme,* — entendez par là le précurseur d'Emile Zola — il importait d'immoler à sa gloire le génie trop peu « réaliste » de Victor Hugo.

qu'un pur classique. Il a passé en Espagne une bonne partie de son adolescence : le soleil de l'Espagne a doré son génie.

Paul STAPFER, *Les Artistes juges et parties* (Sandoz et Fischbacher, édit., 1872), p. 67.

Il serait étrange..... qu'on imposât à notre âge le nom d'un poète qui est certes de premier ordre, mais qui représente si imparfaitement la tradition du génie français (1) et qui semble presque en dehors (2).

JULES LEMAITRE, Les *Contemporains,* (Lecène, Oudin, édit., 1889), t. IV, p. 153.

..... Hugo est un monde ; IL EST, POUR LA FRANCE, TOUT LE SIÈCLE ÉCOULÉ.

JULES LEMAITRE, *Notes : Victor Hugo,* — *Echo de Paris* du 9 février 1902.

---

(1) Dans la même étude (p. 146), M. Jules Lemaître appelle Victor Hugo « cet Espagnol retentissant ».

(2) « Le critique qui essaiera un jour de démêler ses origines se trouvera en présence du problème le plus compliqué. Fut-il (Hugo) Français, Allemand, Espagnol ? Il fut tout cela et quelque chose encore. Son génie est au-dessus de toutes les distinctions de race ; aucune des familles qui se partagent l'espèce humaine au physique et au moral ne peut se l'attribuer. »

ERNEST RENAN, *Victor Hugo.* (*Journal des Débats* du 23 mai 1885.)

« Par suite de quelles circonstances historiques, fatalités philosophiques, conjonctions sidérales, cet homme est-il né parmi nous, je n'en sais rien, et je ne crois pas qu'il soit de mon

*
* *

Ses contemporains ont consenti qu'il leur donnât l'illusion qu'il fût le premier des poètes..... En tout il se crut le premier ? Il était le second en presque tout.

CHARLES MORICE, *La Littérature de tout à l'heure*. (Perrin, édit., 1889), p. 137-138.

On a dit de Voltaire qu'il était le second dans tous les genres. Victor Hugo, au contraire, est et demeurera le premier dans plusieurs.

AUGUSTE VITU (*Figaro* du 23 mai 1885).

*
* *

Je ne suis pas sûr qu'il fût très sensible.

Henry FOUQUIER. *Les Grands Hommes* (*Echo de Paris* du 11 juin 1891).

Il est vraiment trop absurde de lui contester un cœur largement ouvert à toutes les émotions humaines, bien que cette absurdité manifeste soit un des articles reçus de la critique courante.

STAPFER, *Racine et Victor Hugo*, p. 241.

*
* *

Ce qu'il a peu senti, alors qu'il fallait absolument le sentir pour

Qui n'a lu cette sonate pathétique (*la Tristesse d'Olympio*)

devoir de l'examiner ici. Peut-être est-ce simplement parce que l'Allemagne avait eu Gœthe, et l'Angleterre Shakespeare et Byron, que Victor Hugo était légitimement dû à la France. Je vois, par l'histoire des peuples, que chacun à son tour est appelé à conquérir le monde; peut-être en est-il de la domination poétique comme du règne de l'épée. »

Charles BAUDELAIRE, *L'Art romantique* : — *Victor Hugo*, II.

le bien exprimer, ce sont les passions de l'amour.....Quand il n'est pas simple facteur de guitares, il s'en tire d'autre sorte et très habilement, car il sait son métier (1). C'est à savoir par le lieu commun poétique ou par la riche peinture du cadre de l'amour. La *Tristesse d'Olympio* est un développement sur la fragilité des amours humains au sein de la nature indifférente, et, considérée comme telle, est une belle chose (2). où gémit le souvenir douloureux de l'amour passé.....? Qui n'a comparé cette élégie inoubliable au *Lac* de Lamartine, au *Souvenir* d'Alfred de Musset ? Qui n'a cru, à vingt ans, que, des trois poètes traitant le même sujet, Hugo fut le moins inspiré ? Qui peut le croire après avoir vécu ? Les vers profonds, révélateurs du mystère de l'âme, surgissent ici à chaque strophe ; ils traversent la trame de l'œuvre

(1) « Victor Hugo, trop égoïste, n'a pas su être amoureux : avec son art prodigieux, il n'a pu qu'en donner l'illusion. » FÉLICIEN CHAMPSAUR, *Le Cœur* (Flammarion, édit. 1889), p. II.

(2) «..... Même partialité quand il s'agit d'apprécier la vérité des sentiments affectueux chez Lamartine et chez Hugo. « Car, dit encore « M. Brunetière, il y a de la rhétorique dans *la* « *Tristesse d'Olympio* : il y a de la littérature « jusque dans le *Souvenir* de Musset : — deux « vers de Dante, quatre lignes de Diderot, une « invocation à Shakespeare ; — mais il n'y a « pas trace de littérature dans *le Lac*, pas ombre « seulement de rhétorique, et c'est ce qui en fait « la suprême beauté. » Pas trace de littérature ni ombre de rhétorique dans :

> *Et la voix qui m'est chère*
> *Laissa tomber ces mots :*

> *O temps, suspends ton vol, et vous, heures rapides,*
> *Suspendez votre cours !*

» Les apostrophes au Lac : — « Regarde », « t'en souvient-il ? », la prosopopée au Temps, — le « rivage charmé », le « flot attentif », « gardez,

Emile FAGUET, *Etudes littéraires sur le* XIXᵉ *siècle.* (Lecène. Oudin, édit., 1893), p. 168-169.

comme autant de traits lumineux.....

Ernest DUPUY. *Victor Hugo : L'Homme et le Poète* (nouvelle édit., revue et augm., Lecène, Oudin, 1898), p. 129-130.

*
* *

On sait qu'il voulut tout imaginer.....Quand quelque hasard alluma sa chandelle, il la souffla, ne voulant pas que rien pût l'empêcher d'imaginer à son aise.

Louis VEUILLOT. *Etudes sur V. Hugo*, p. 314.

Son génie est d'avoir eu un cerveau que l'imagination avait envahi, supprimant tout, comme un tyran qui pour régner, seul et tranquille, fait massa-

Est-il bien sûr que la force de la pensée chez Victor Hugo soit aussi inférieure en réalité qu'il nous le semble à celle de l'imagination ? Cette critique n'implique-t-elle pas entre l'idée et l'image une distinction mal fondée, que le préjugé commun peut seul trouver valable, mais qui se dissipe à l'analyse comme une simple illusion ?..... On croit avoir trouvé..... l'explication des défauts

« belle Nature, au moins le souvenir » ; — tout cela n'est pas de la littérature, et même de la littérature usée? La pensée du *Lac* est la pensée épicurienne d'Horace sur la fuite des jours : « Hâtonsnous, jouissons », qui est assez mal fondue avec l'idée de l'océan des âges, et avec le sentiment moderne de l'amour. Quand un critique est si sévère pour l'un, comment est-il si indulgent pour l'autre ? »

M. J. GUYAU, *L'Art au point de vue sociologique*, p. 231.

crer ceux qui l'ont aidé à conquérir le trône.

Henry FOUQUIER, *Les Grands Hommes.*

comme des qualités du poète, quand on a dit que chez lui l'imagination toujours active dévore le cœur et la pensée.

P. STAPFER, *Rac. et V. Hugo*, p. 235 et p. 240.

****

Le poète de la légende a souvent enchanté nos imaginations ; il a peu agi sur notre pensée, ayant peu pensé lui-même.

LEMAITRE, *Contemp.*, IV, p. 152.

Le propre de Victor Hugo est d'avoir été tout imagination..... Je suis certain qu'il fut, dans le domaine des idées pures, un homme des plus médiocres.

Henry FOUQUIER, *Les Grands Hommes.*

La force de la pensée chez Victor Hugo demeure très grande ; elle reste infiniment supérieure à celle de la généralité des esprits qui pensent, et pour le moins égale à celle de l'élite ; elle ne paraît inférieure que si on la compare à son incomparable imagination. Un seigneur qui possède deux mille hectares de forêts peut être dit, par comparaison, *pauvre* en terres labourables, s'il n'en compte que 15 ou 1800 arpents ; mais quel est celui d'entre nous qui ne se contenterait de cette pauvreté ? Et puis, pour continuer ma similitude, qui donc aurait le cœur de porter la hache dans la forêt luxuriante et splendide de Victor Hugo, sous prétexte de distribuer d'une façon un peu plus égale les richesses du grand écrivain et d'accroître de quelques gerbes de blé ce qui peut contribuer dans sa poésie à notre nourriture morale et intellectuelle ?

(Id. Ibid., p. 238-239).

***

S'il est un titre que M. Hugo a usurpé, c'est celui de penseur.

.....En cette antithèse fondamentale et inaperçue du poète : la nudité du fond et la richesse de la forme, l'œuvre de Victor Hugo se résume (1).

EMILE HENNEQUIN,

La supériorité de Victor Hugo est généralement admise dans les termes et dans les limites que voici ; il est, dit-on, le plus grand fabricateur de vers et de beaux vers que la France ait produit.

Les personnes qui s'expriment de la sorte,

---

(1) « Selon M. Hennequin, avec son immense réputation, Victor Hugo n'a eu pour admirateur « aucun critique notable (?). » S'il en était ainsi, il faudrait le regretter pour les critiques notables : cela ne ferait pas honneur à leur intelligence, M. Hennequin a cru lui-même faire de la « criti- « que scientifique » et notable en réduisant le génie de Victor Hugo à la « grandiosité vague et ver- « bale » et en induisant qu'il devait y avoir en lui prédominance des éléments figurés du langage et de la « troisième circonvolution frontale ». Il ne reste plus qu'à disséquer le cerveau de Victor Hugo pour faire de la critique qui soit à la hauteur de la science. Cette « critique scientifique » rappelle les expérimentations scientifiques que Zola fait dans son imagination. »

GUYAU, *L'Art au point de vue sociologique*, p. 228.

Etudes de critique scientifique, pp. 133, 144.

On peut affirmer, je crois, que nul poète, ni dans les temps anciens, ni dans les temps modernes, n'a eu à ce degré, avec cette abondance, cette force, cette précision, cet éclat, cette grandeur, l'imagination de la forme..... Je sais bien que ce pauvre Hugo n'a que cela.

LEMAIT., *Contemp.*, IV, p. 131-132.

On croyait qu'un si grand poète avait pensé davantage. Il faut bien reconnaître qu'il a remué plus de mots que d'idées..... Tout son génie est là : c'est un grand visionnaire et un incomparable artiste. C'est beaucoup. Ce n'est pas tout.

ANATOLE FRANCE, *La Vie littéraire*, 3ᵉ édition (Lévy, 1889), t. I, p. 115.

Il a peu d'idées..... la moindre image fait mieux son affaire.
FAGUET, *Etudes sur le* XIXᵉ *siècle*, p. 180-181.

ou qui le proclament souverain maître de la rime, artiste incomparable, virtuose prodigieux, reconnaissent et portent même aux nues son talent d'exécution, mais pour lui contester plus à leur aise les autres dons essentiels sans lesquels il n'y a point de poète vraiment complet. Cependant, si elles sont de bonne foi, elles font quelques réserves : elles conviennent que telle pièce ou tel recueil de Victor Hugo montre exceptionnellement de l'âme, de la sensibilité, de la passion, une chaleur réelle, une véhémence sincère ou une gravité convaincue. Concession imprudente: il serait plus habile, sinon plus honnête, de soutenir hardiment ce paradoxe, que Victor Hugo est toujours et partout le même magicien, indifférent au fond des choses, uniquement occupé de nous éblouir, et que, ni dans les *Châtiments*, ni dans les poésies inspirées par la mort de sa fille, jamais il n'a laissé tomber de sa plume sa-

Hugo n'est pas un de ces hommes qui se survivent par les idées..... une force unique soutient l'édifice de son œuvre..... la force verbale.

HENRI DE RÉGNIER, *Figures et caractères.* (Éditions du *Mercure de France*, 1901), p.98.

Si la pensée avait égalé chez lui le génie verbal, il eût été un dieu et il faudrait l'adorer.

REMY DE GOURMONT

vante un seul vers qui partit du cœur (1).

(*Id. Ibid.*, p. 20-21.)

Quelqu'un a dit et beaucoup d'autres ont répété : « Victor Hugo, c'est l'artiste, un artiste extraordinaire, le premier peut-être des artistes de la parole. » Par ce mot *artiste* on entendait *ouvrier*, et c'était une manière de dénier au poète la sincérité du sentiment et le sérieux de la pensée; c'était dire que le fond manquait chez ce

----

(1) C'est un peu ce qu'a osé faire M. Brunetière. Voici ce qu'on lit, à ce sujet, dans l'*Art sociologique*, de Guyau (p. 231-232) :

« ..... Jusque dans les belles pièces des *Contem-* « *plations* que Victor Hugo a consacrées à la « mémoire de sa fille, on sent, ajoute M. Brune- « tière, l'arrangement et l'apprêt :

« *Maintenant que je puis, assis au bord des ondes,* « *Emu par ce superbe et tranquille horizon,* « *Examiner en moi les vérités profondes* « Et regarder les fleurs qui sont dans le gazon. »

» Quel apprêt y a-t-il dans l'expression de cette vérité que, tout d'abord, une grande douleur ne peut rien voir en dehors d'elle, rien *penser* de ce qui n'est pas elle, rien *regarder* de la nature, de cette nature souriante qui lui semble une ironie? Quand la douleur se calme, alors, et alors seulement on peut examiner en soi « les vérités profondes », on peut regarder hors de soi « les fleurs du gazon »; — et cela, sans songer à la tombe, elle aussi couverte de fleurs, sans détourner avec horreur ses yeux de ce printemps lumineux du dehors qui fait contraste avec l'hiver du dedans.»

Victor Hugo patron de la langue française, —*La Plume,* du 1ᵉʳ mars 1902, p. 262.

grand modeleur de formes.

Ce jugement est faux absolument et en tout (1).

Charles Renouvier, *Victor Hugo : Le Poète* (A. Colin, édit., 1893), p. 315.

---

(1) «Quand j'ai lu jadis l'œuvre de Victor Hugo, ce qui m'a frappé d'emblée, c'est que les *idées* y fourmillent sous la magnificence du *verbe.* Ce n'est donc pas *un simple verbal,* un forgeron retentissant, comme on le dit souvent ; tant s'en faut! Comment s'expliquer cette erreur courante ? De plusieurs façons.

D'abord on lit peu et mal. Ensuite, pour les lecteurs « aux faibles yeux », selon l'expression de Fénelon, dans les écrivains éclatants, les idées sont comme voilées de leur propre splendeur. Quand un personnage a deux qualités, on lui reconnaît la moins niable ou celle qui fait le moins ombrage. La beauté d'une femme fait nier son esprit ou son cœur. L'opulence *verbale* d'un auteur fait nier sa richesse *mentale.* Enfin le lecteur ne voit rien dans un auteur que ce qu'il porte en lui-même. Lire, c'est se reconnaître. Le spectacle, c'est le spectateur, et le livre, c'est le lecteur.

En ma qualité de philosophe, j'ai donc pu trouver de la philosophie dans Victor Hugo, et j'ai même projeté d'écrire un *Hugo philosophe.* Mais d'autres projets sont venus à la traverse, et j'ai été devancé par l'éminent chef de l'école néo-kantienne, M. Renouvier, qui a écrit, lui, le livre par moi projeté. Je m'en suis réjoui doublement. Je ne m'étais donc pas trompé! Et Hugo était vengé d'un injuste mépris. »

Izoulet, *Revue hebdomadaire* du 22 février 1902, p. 497-498.

**

Ibo est une ode d'un mouvement merveilleux. Mais les idées de *Ibo*, ces idées à la conquête desquelles le poète s'élance d'un transport si magnifique, quelles sont-elles? C'est « *Justice, Amour, Foi, Raison, Beauté, Idéal, Liberté, Droit.* » Voilà qui est bien ; mais il faudrait définir un peu tout cela, d'une indication rapide au moins, parce que ce sont choses qui ne vont point de soi ensemble, et que les hommes ont quelquefois opposé la raison à la foi, le droit à l'idéal, la beauté à la raison, et la justice à l'amour.

FAGUET, *Études sur le XIXe siècle*, p. 187.

Ainsi vous demandez au poète des définitions philosophiques, une dissertation en vers, et vous ne voyez pas que Victor Hugo a réellement défini comme il le devait, « d'une indication rapide », chacune des vérités du monde moral : — la beauté est *sainte*, parce qu'elle est, comme il l'a dit ailleurs, la « *forme* que Dieu donne à l'absolu » ; l'*idéal qui germe chez les souffrants*, parce que c'est la douleur même qui nous fait concevoir et entrevoir à travers nos larmes, par delà ce monde visible, un monde invisible et meilleur, et non seulement elle nous le fait concevoir, mais elle le fait germer en nous et éclore. L'idéal rend « les esprits fermes », parce qu'il leur montre un but et leur donne une loi ; il rend « les cœurs grands » parce qu'il leur communique la force de l'espérance. Nous doutons qu'une définition métaphysique valût cette condensation poétique d'idées et de sentiments.....

GUYAU, *L'Art au point de vue sociologique*, p. 225-226.

*
* *

Je trouve, à tort ou à raison, plus de substance dans leur œuvre (l'œuvre de Lamartine et de Musset), plus de rêve et aussi de pensée chez l'un et, à coup sûr, plus de passion chez l'autre. Je les sens absolument sincères, et que leur poésie s'écoule d'eux involontairement. Et surtout il me semble toujours que ce qu'ils expriment, je pourrais l'éprouver, que c'est mon âme à moi qui parle dans leurs vers, et qu'elle chante, par eux, ce qu'elle n'aurait su dire toute seule. Ces poètes, qui ont un don que je n'ai pas, sont après tout, des gens comme moi, de ma société et de mon temps, avec qui il m'eût été possible de converser... L'âme de Hugo (et c'est tant pis pour moi) est par trop étrangère à la mienne (1).

Lemait., *Contemp.*, 4, p. 123-124.

C'est une belle et louable chose, assurément, que d'offrir toujours dans ses vers une image fidèle et sincère de son propre cœur ; il est beau, il est rare de ne jamais rien écrire qui dépasse la mesure exacte de ce qu'on sent, de ce qu'on pense, de ce qu'on sait ; il est beau enfin d'être poète à la façon d'Alfred de Musset ou à celle de Sully Prudhomme : mais il est encore plus beau et plus merveilleux d'être Victor Hugo, d'avoir une âme large comme le monde, qui ne soit pas celle d'un individu seulement, si distingué qu'on le suppose, mais de l'humanité et de toute la nature.

Le *moi* peut être intéressant et sympathique; mais il est toujours égoïste et vaniteux pour le moins, quand il n'est pas misérablement consumé par quelque maladie de langueur physique et morale, et les plus

---

(1) « La diversité des jugements portés sur Hugo tient en grande partie à la diversité et à la com-

grands poëtes en tous temps ont été ceux qui, échappant à la mesquine enceinte de leur personnalité, ont ouvert leurs voiles ou leurs ailes aux quatre vents de l'horizon et se sont dispersés, comme Victor Hugo, à travers le monde réel et le monde idéal. Cette puissance d'expansion au dehors et d'oubli de soi-même est en poésie comme dans tous les arts, la marque la plus authentique d'un génie

plexité de l'œuvre du poète. Pour comprendre Musset, il suffit presque d'avoir aimé ; pour comprendre Lamartine, il suffit, bien souvent, d'avoir rêvé au clair de lune, tantôt avec douceur, tantôt avec tristesse. C'est une chose autrement complexe que de pénétrer le génie d'Hugo. Pour saisir sa richesse de coloris, il faudra pouvoir sentir Chateaubriand, Flaubert ; pour comprendre la sonorité de son langage, il faudra apprécier les artistes de mots comme ce même Flaubert, Théophile Gautier, nos Parnassiens ; seulement, sous les mots, il y a très souvent des idées élevées et profondes, tandis que, sous les vers ciselés des Parnassiens, il n'y a rien. Pour saisir enfin toute la force de certaines formules, ce n'est pas trop d'être quelque peu philosophe. Il y a sans doute bien des artifices de composition dans ses romans et ses drames ; pourtant dans les scènes particulières, dans les épisodes détachés de l'ensemble factice, il possède un sens du réel et arrive à une puissance lyrique dans la reproduction exacte de la vie que Zola, dans ses bonnes pages, a seul atteinte. Les admirateurs de Zola pourraient même, dans ces moments-là,

vigoureux et sain (1).
Ce n'est pas en se con-
centrant dans la con-
templation de sa pro-
pre pensée que la Divi-
nité a créé les mondes,
c'est en faisant jaillir
hors d'elle avec une
prodigalité indistincte
les innombrables for-
mes et la source inta-
rissable de la vie (2).

Stapfer, *Racine et
V. Hugo*, p. 234-235.

comprendre Victor Hugo, si, à côté du réaliste,
il n'y avait en lui un idéaliste aussi ailé que
l'Ariel de Renan. D'autre part, il faudrait des
écrivains accoutumés à l'analyse des Stendhal et
des Balzac, pour saisir la finesse ou la profondeur
de certaines observations psychologiques répan-
dues en masse dans l'œuvre de Victor Hugo et
telles que celles-ci : « Comme le souvenir est
voisin du remords !..... »

Guyau, *L'Art au point de vue sociologique*,
p. 232-233.

(1) Plus que jamais, on est tenté de voir aujourd'hui dans le *subjectivisme* de la sensation
le dernier mot de l'art. C'est de l'art, assurément,
mais un art inférieur et malsain. Comme Gœthe
et Shakespeare, Hugo a prouvé que le vrai
génie, le génie bien pensant est essentiellement
objectif.

Henry Michel. Le *Temps* du 24 mai 1885. —
(*Note de M. Stapfer.*)

(2) « Certes, ce dieu a souffert comme les autres
vivants terrestres, il a avoué de délicieuses et dé-
sespérées faiblesses, mais il a compris qu'il ne
devait point s'isoler dans son être unique, si
vaste, si douloureux, si admirable qu'il fût. Il
n'a pas voulu aimer et souffrir, par lui seul, pour

*
**

Hugo n'avait qu'à se laisser aller à sa prodigieuse faculté de voir, de composer, de peindre et de rythmer pour être ce qu'il est, un artiste supérieur. Mais les pentes de son caractère, la vanité, le pédantisme, le menaient précisément à avoir du poète une idée tout autre, en désaccord avec son génie. Il a cru toute sa vie que le poète était un apôtre, ou un Orphée, un pasteur d'âmes, un « flambeau », tenu d'avoir des idées, toutes les idées qui éclairent et améliorent le monde, et de résumer en lui les forces de la civilisation. Ce n'est pas se figurer ainsi le poète qui est une erreur : car il y a des poètes de ce genre, et je ne comprends pas sur ce point les railleries lourdes de Veuillot et les malices légères de Weiss ; *c'est croire que Victor Hugo avait*

Il fut semblable à ces mages qu'il a chantés, qui « sentent la pierre vivre », et que « Pan formidable enivre », mais que « l'horrible précipice retient blêmissants à ses bords ».

Victor Hugo, sentant ce qu'il était, *se croyait légitimement un de ces mages.* C'est à son siècle que manquaient la foi et une direction de la pensée analogue à la sienne. Il n'a donc pu remplir le rôle effectif d' «esprit conducteur des êtres », ou seulement exercer sur un peuple réfractaire l'action du plus petit des prophètes ; mais le sujet de ses visions a toujours été, jusque dans les cas où elles touchaient à ses douleurs personnelles, le sujet éternel : la contemplation du monde et le soupèsement des destinées. Il a revendiqué et *justifié* le titre de poète

lui seul ; son âme s'est répandue dans les âmes, sa grandeur, comme celle de Jésus, s'est agrandie à toutes les petitesses ; il a généralisé sa douleur dans la pitié de toutes les autres douleurs. »

CATULLE MENDÈS, *Victor Hugo*, — *Le Journal* du 26 février 1902.

cette vocation-là qui est s'abuser (1).

FAGUET, *Etudes sur le* XIXe *siècle*, p. 182.

en sa portée antique et dans sa grandeur ; c'est pour cela que son génie est maintenant méconnu par une école impuissante, même dans la technique de l'art, où l'on a le mépris de la pensée et l'indifférence pour le bien et le mal. Il a eu cette constante préoccupation de l'existence de la douleur, qui reste le mobile de la religion sérieuse, et l'essentielle question de la philosophie, dans un temps où la religion est devenue, pour les uns ou pour les autres, une routine, un sport, une politique de prêtres, et la philosophie une matière disputée de pures constructions intellectuelles ; et il a éprouvé

(1) «..... Victor Hugo ne m'était jamais apparu ainsi. Je l'avais toujours lu en « art pour l'art ». Il était tout autre chose pour mon ami. Il était le livre saint où l'on puise la santé morale.

Et en y réfléchissant je vois très bien qu'il était tout naturel qu'il en fût ainsi ; qu'il devait en être ainsi dans beaucoup de maisons, que *seul peut-être* de tous les grands écrivains du XIXe siècle, Victor Hugo pouvait être le consolateur et le viatique domestique et le semeur de bonnes paroles et la loi et les prophètes. Il a dû jouer souvent ce rôle et il continuera à le jouer. Ce sera peut-être un jour sa marque distinctive. »

Emile FAGUET, *Victor Hugo moraliste*, — *Revue Bleue* du 15 février 1902.

le sentiment, devenu si rare, du penseur primitif, l'émerveillement au spectacle de la nature. De là les idées gnostiques germées dans son propre fonds, la révolte du cœur contre un monde de douleurs, et les sombres personnifications grâce auxquelles la philosophie et la poésie ont fait corps dans la tête de ce mage qui s'est trompé de moment pour apparaître.

Ch. RENOUVIER, *Victor Hugo : le Philosophe* (A. Colin, édit., 1900), p. 376-378.

*
* *

Chose singulière, les jeunes poètes se détournent de cet Espagnol retentissant, de cette espèce de Lucain énorme, et le respectent fort, mais l'aiment peu.

LEMAIT., *Contemp.*, 4, p. 146.

..... Hugo ? Mais c'est l'ancêtre qu'on ne déracinera point et nous ne sommes point complices de Jules Lemaître ni des attaques savantes et détournées d'Anatole France (1) et de quelques autres esthètes.

(Paroles de PIERRE

---

(1) Depuis peu, M. Anatole France, de même que M. Jules Lemaître, s'est amendé (voir son discours du Centenaire). Tous deux sont arrivés, par des voies quelque peu différentes, à une compréhension plus large et à une admiration moins réservée de Victor Hugo.

..... Hugo, jusqu'à Hugo qu'on veut déboulonner ..... Il n'est pas jusqu'au dernier des symbolistes qui, à l'exemple de Jules Lemaître, ne s'ingénie à le représenter comme un simple jocrisse ! »

(*Paroles de* LECONTE DE LISLE, *Enquête sur l'Evolut. littér.*, p. 283.)

QUILLARD. — Voyez : JULES HURET, *Enquête sur l'Evolut. littér.*, p. 343.

C'est avec une profonde stupéfaction chez ceux qui, abusés, furent de bonne foi, avec un dépit mal dissimulé chez ceux qui propageaient la légende roublarde de notre haine contre le Père Hugo que fut accueillie l'idée de ce banquet (1) où nous venons de proclamer notre admiration pour le grand lyrique. ADOLPHE RETTÉ, *Toute la Lyre,* — *La Plume* du 15 juillet 1893.

*
* *

Il n'est plus de ce temps, sans être, comme Homère, Virgile ou Racine, de tous les temps. C'est un vieux sans être un ancien. Il est loin de nous, très loin (2)...

LEMAIT., *Contemp.*, 4, p. 126.

Victor Hugo est donc désormais pour nous un homme du passé. Sa grandeur, quoi qu'on pense de ce qu'il a cru, imaginé ou chanté, est comme celle des Dante, des Milton et de quelques anciens, indépendante des idées dont il s'est

---

(1) Le banquet de la jeunesse en l'honneur de Victor Hugo, lors de la publication de *Toute la Lyre* (17 juin 1893).

(2) «..... J'admire profondément Hugo. *Jadis*

Les tentatives d'art idéiste de Lamartine, Vigny, Baudelaire, ont, en somme, été dédaignées par ce siècle. Et pourtant, ne croyez pas que ces poètes-là ne compteront pas un peu plus dans l'histoire de l'art que ce génial bafouilleur qui s'appelle Victor Hugo.

Paroles d'ALBERT AURIER.—Voyez: Jules HURET, *Enquête sur l'Ecolut. litt.*, p. 131-132.

inspiré. Nous pouvons déjà contempler sa statue idéale, dressée dans la mémoire des hommes de l'avenir, à côté des statues de ces génies, et bien au-dessus de celles des autres poètes de notre langue, parce qu'il a remué des idées plus profondes, donné une forme admirable à de plus grands sentiments et créé une langue poétique nouvelle.

Ch. RENOUVIER, *Victor Hugo : le Poète*, pp. 373, 374.

---

je fus parfois injuste vis-à-vis de son œuvre ; eh bien, je déclare qu'aujourd'hui je l'admire sans réserve.»

Paroles de Jules LEMAITRE. — Voyez : *Revue hebdomadaire*, nᵒ du 22 fév. 1902, p. 491.

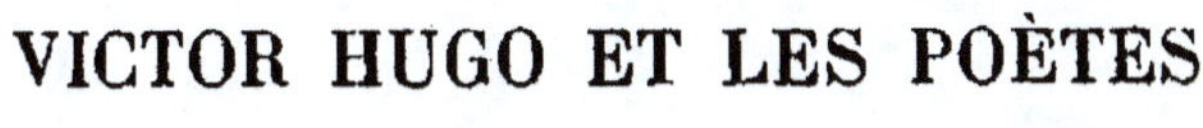

VICTOR HUGO ET LES POÈTES

VICTOR HUGO ET LES POÈTES

On a beaucoup exagéré les sentiments de Hugo pour dame Critique. Certes, il ne l'aima guère, mais elle l'irrita fort peu et ne l'inquiéta point. Il envisageait d'une âme sereine tous les grimoires qu'elle accumule autour de son œuvre, n'ignorant pas qu'*une loi vile sur l'Homère éternel met l'éternel Zoïle*, mais sachant en outre qu'*au-dessus du hideux carnage* de celui-ci *le prodigieux cœur du prophète surnage*, et que, des mille formes que l'on prête à un astre, la seule véritable saura bien s'imposer...

Car on nous a montré bien des Victor Hugo.

Lequel est le vrai ?

Il y a celui de nos rhéteurs, fort imparfait, fort inégal et fort discutable.

Il y a celui de Zoïle, très laid, très méchant et très noir.

Il y a celui des pouvoirs publics — voir les discours du Centenaire... — c'est un peu le « bourgeois épique » de Tristan Corbière.

Il y a celui des ignorants, dont la parole

fait autorité, parce qu'elle revêt avec ampleur cette gravité souveraine dont le Maître a noté la magistrale suffisance, et qu'ils ont

> *la fierté massive que l'on a,*
> *Lorsqu'on est orgueilleux de tout ce qu'on ignore.*

Il y a encore celui des « gens d'esprit » et celui des niais ; — c'est souvent le même (1)...

Il y a celui de M. Prudhomme et il y a celui de M. Charles Maurras... et il y en a beaucoup d'autres encore...

Enfin, il y a celui des poètes.

Je crois que c'est le vrai.

Si l'on n'est bien jugé que par ses pareils, le Hugo de Baudelaire, de Leconte de Lisle et de Sir Algernon Swinburne doit être un peu plus authentique, et logiquement plus vraisemblable, que celui de M. Nisard ou de M. Emile Faguet.

Quand Banville publie cet article de foi hugotiste : « On est poète en raison directe de l'intensité avec laquelle on admire et on comprend ses œuvres titaniques », il ne fait pas simplement acte d'humilité devant le Maître, comme le prétend M. Brunetière, mais il consacre un culte indéniable, il proclame axiome poétique une vérité que toutes les muses confirment, depuis Gautier jusqu'à Verhaeren. La liste des poètes qui ont célébré Olympio, au cours de ce grand siècle qu'il

---

(1) *Aux volumes des Lacépèdes*
Ajoutant de hardis morceaux,
Je dénommerai ces bipèdes
Les gens d'esprit qui sont des sots.

CATULLE MENDÈS

incarne pour nous, s'ouvre, en effet, avec l'artiste magicien dont la main sûre cisela les *Emaux et Camées*, et elle se clôt avec le magique visionnaire qui a authentiqué les féeries de son Rêve et bâti les *Villages illusoires*. La légende d'hier, chère à M. Jules Lemaître, de l'aversion des nouveaux poètes pour le « Père », n'est, on l'a vu, qu'une légende, — une légende peu sérieuse. Elle vaut à peu près celles qui brouillaient Victor Hugo avec Musset et Lamartine. Et tout récemment, Marcel Collière, en des pages substantielles d'érudit, de penseur et de poète, rendait un solennel hommage à celui qui demeure notre Maître, rappelant que « jamais effort plus puissant et plus fécond ne fut fourni par aucun écrivain dans aucune langue ». Ce Credo filial commençait ainsi :

« Il y a plus de trente ans que Théodore de Banville écrivit la *Ballade de Victor Hugo, père de tous les rimeurs*, et ce titre : le Père, à la fois solennel et familier, est resté attaché au nom d'Hugo. Il l'a pénétré. Grands et petits disent: le père Hugo, par habitude, et aussi avec la conscience plus ou moins précise d'énoncer un fait indiscutable. Tous ceux qui sont nés après lui dans la poésie française procèdent plus ou moins de son œuvre ; ils sont les fils ou les petits-fils de son esprit. Si, par impossible, il existe un poète français à qui l'œuvre d'Hugo soit inconnue, celui-là même descend de lui, qui a renouvelé notre poésie (1). »

____

(1) Marcel COLLIÉRE, *Le Père Hugo*, — *l'Européen* du 22 février 1902.

Donc, s'il y a mille façons de voir, de comprendre et d'apprécier Victor Hugo, il n'y en a qu'une pour les poètes, souverains juges en fait de gloire. Si l'aigle nous donnait son avis sur le soleil, cet avis-là serait le bon ; car nul n'a vu l'astre de plus près...

C'est pour toutes ces raisons que j'ai fait préfacer le présent recueil par l'auteur de *la Lyre héroïque et dolente*, voulant que, dans ces pages où blasphème Zoïle et où pérorent les Trissotins, l'Art et la Vérité eussent le dernier mot.

1ᵉʳ mars 1902.

(1) Voir pp. 446, 447.

* Chateaubriant. (Croquis fait par Victor Hugo à une séance de l'Académie française.)

APPENDICE

APPENDICE

VICTOR HUGO ET L'ACADÉMIE

Page 425.

Victor Hugo apprit qu'on voulait l'exclure de l'Académie.

On trouvera la confirmation de cette histoire peu connue dans le livre qu'un éminent académicien, M. Claretie, vient de publier sous le titre : *Victor Hugo (Souvenirs intimes)*. Le récit du fait, chez lui, est amené — on va voir comment — par une anecdote plus connue sur Musset, que j'avais sacrifiée, à tort sans doute, la croyant peu authentique. Elle paraîtra moins suspecte désormais...

« Alfred de Musset admirait profondément Victor Hugo ; le trait, qu'il répéta plus d'une fois à l'Académie, est demeuré légendaire.

» Après le 2 décembre, Alfred de Musset arrivait à l'Institut à l'heure habituelle et demandait, au moment où le président allait ouvrir la séance :

» — Pardon, monsieur le président, est-ce que M. Victor Hugo est là ?

» On devine l'attitude du président.

» — Non ? Il n'y est pas ? faisait Musset. Alors je m'en vais !

» Et il se retirait aussitôt.

» — Quelqu'un lui demandant : — Mais enfin pourquoi ? Pourquoi vous en allez-vous de l'Académie ?

» — Parce qu'il n'y a *personne !* répondit Musset.

» La boutade n'était peut-être pas galante pour le reste de l'Institut, mais elle était bien d'un poëte qui s'occupe surtout du maître en poésie. On doit regretter d'ailleurs que cette attitude n'ait point persisté jusqu'au jour où Musset consentit à écrire *le Songe d'Auguste.*

» Pour se rendre bien compte de la valeur de cette question d'Alfred de Musset en pleine Académie, il faut se rappeler que l'auteur des *Châtiments* était alors l'épouvantail de l'Institut et qu'un jour Montalembert, et — faut-il le dire ? — Alfred de Vigny (1) — allèrent trouver

---

(1) L'ingrat Vigny, s'il faut en croire certains dires, difficiles à contrôler, assouvissait là une vengeance personnelle et peu légitime. L'amant de Marie Dorval, la sublime interprète de *Marion* et de *Lucrèce Borgia*, était, paraît-il, fort ombrageux... Peut-être y eut-il en outre chez Vigny une jalousie plus littéraire, mais non moins regrettable de la part d'un si grand esprit... Dès 1832, Victor Hugo (voy. *Corresp.*, t. 1, p. 293), écrit à Sainte-Beuve, qui se plaignait de l'auteur de *Cinq-Mars* : « Le *gentilhomme* devient, en effet, fabuleux ; mais que voulez-vous ? Il faut le plaindre encore plus que le blâmer. Il sera bien ravi si *le Roi s'amuse* fait fiasco. C'est ainsi qu'il me paye les applaudissements frénétiques d'*Othello.* »
Ceci en dit long, et l'on voit de reste que l'amour pourrait très bien n'avoir pas eu plus tard tous les torts. Il est évident que l'histoire des *deux coqs vivant en paix, lorsqu'une poule*

M. Villemain, secrétaire perpétuel de l'Académie française, pour lui parler ainsi :

» — M. Villemain, avez-vous lu certain livre épouvantable qui s'appelle *les Châtiments* ?

» — Oui, messieurs, répondit Villemain, et je trouve même ce livre très beau.

» Villemain récitait avec un prestigieux talent la fameuse pièce des *Abeilles* (1), et il la déclarait supérieure, — lui, l'auteur d'un *Essai sur Pindare!* -- à toutes les inspirations pindariques.

» L'opinion de Villemain n'arrêta pas Montalembert.

» — Monsieur Villemain, dit-il, dans ce livre plus d'un de nos collègues (2) se trouve outragé. En pareil cas, l'Académie a le droit de se défendre, je dirai même qu'elle en a le devoir. En 1685, elle bannit Antoine Furetière, qui, élu en 1662, avait insulté Benserade et La Fontaine en appelant le fabuliste *Arétin mitigé*. Eh bien ! monsieur le secrétaire perpétuel, nous avons

---

survint, serait ici d'une application fort arbitraire...

Le nuage de 1832 semble s'être dissipé assez promptement, et l'aide que Vigny, dans son odyssée académique, trouva auprès de Victor Hugo (voir pp. 395, 400, 415 et 418) prouve que celui-ci n'avait pas eu un ressentiment bien tenace contre le « gentilhomme ». — Mais, on le voit, l'histoire des relations de nos deux poètes est encore bien obscure. Les détails en seraient fort intéressants, et il faut souhaiter que la chronique littéraire puisse les connaître un jour. M. Jules Claretie, toujours si riche en documents, nous doit encore ce récit, et tout cela est assez vieux pour que les raisons de convenance ne l'arrêtent pas plus longtemps.

(1) *Le Manteau impérial* (*Les Châtiments*. liv. v, iii).

(2) Lisez : Montalembert, Dupin, Nisard.

l'intention de demander à l'Académie d'appliquer en 1853 à l'auteur des *Châtiments* la peine qu'elle réserva à Furetière, et nous réclamons l'expulsion de M. Victor Hugo.

» — Vraiment? fit M. Villemain.

» Son visage ridé fit une de ces spirituelles et comiques grimaces qui rendaient son masque si curieusement mobile, et regardant bien en face M. de Montalembert :

» — Monsieur, dit-il, vous demanderez à nos collègues ce qui vous plaira; mais sachez bien une chose, c'est que le jour où Victor Hugo sortira de l'Académie, j'en sortirai !

» Et il salua très sèchement le futur auteur des *Moines d'Occident*.

» Victor Hugo, qui apprit le fait et le projet de M. de Montalembert, écrivit une pièce relative à son bannissement de l'Académie.

» Elle finit par ces deux vers :

» *Et j'aime mieux, Molière, ennemi des pédants,*
» *Etre avec toi dehors qu'avec Nisard dedans !*

» La fermeté de Villemain empêcha à la fois Montalembert de donner suite à son beau projet, et, par conséquent, la réponse versifiée de Victor Hugo d'être publiée (1). »

(1) Jules Claretie, *Victor Hugo (Souvenirs intimes)*, p. 239-241.

INDEX ALPHABÉTIQUE

A

B

C

D

E

F

G

H

I

J

M

N

O

P

Q

R

S

T

U

V

W

Y

Z

ERRATA

Page 108, ligne 3, *au lieu de* « 1820 », *lisez* « 1828 ».

Page 115, ligne 25, *au lieu de* « père », *lisez* « frère ».

Page 158, note 1, dernière ligne, *lisez* : « Voir aussi plus haut, p. 100, note 1 ».

Page 169, ligne 18, *au lieu de* « je le souffrirasi », *lisez* « je le souffrirais ».

Page 201, ligne 32, *au lieu de* « meurs », *lisez* « mœurs ».

Page 228, ligne 15, *au lieu de* « ces siècles », *lisez* « ce siècle ».

Page 257, ligne 31, *au lieu de* « en 1836 », *lisez* « en 1826 ».

Page 258, lignes 6 et 7, *au lieu de*
« *Deux ministres de Dieu, déjà par charité,*
A son guichet frappant de compagnie »,
lisez
« *Deux ministres de Dieu déjà, par charité,*
A son guichet frappent de compagnie ».

Page 262, ligne 26, *au lieu de* « égarée », *lisez* « égarés ».

Page 304, ligne 35, *au lieu de* « M. le marquis Philippe de Ségur » *lisez* « M. le comte..... »

Page 308, ligne 14, *au lieu de* « il y a eut », *lisez* « il y eut ».

Page 327, ligne 23, *au lieu de* « serait-il », *lisez* « sera-t-il ».

Page 348, ligne 2, *au lieu de* « tombants », *lisez* « tombant ».

Page 394, à la fin de la note 1, *ajoutez* : « Voir ici, p. 509-515 et p. 526-533 ».

Page 395, ligne 20, *au lieu de* « 12 voix », *lisez* « 21 voix ».

Cet ouvrage a été achevé d'imprimer

Le Mercredi 16 Avril 1902

par F. DEVERDUN, à Buzançais (Indre)

pour La Plume.